施元辉译文精选

女人的勋章

山崎丰子 著
施元辉 译

海峡出版发行集团 | 海峡文艺出版社

作者简介

　　山崎丰子（1924～2013），我国读者熟悉的一位日本当代女作家。1957年，她创作了第一部以自己出身家庭为背景的长篇小说《暖帘》，从此登上文坛，次年获直木奖。她用现实主义创作方法写的长篇小说《浮华世家》无情地暴露了日本金融界相互倾轧、弱肉强食的阴暗面，根据此书改编的电影《华丽的家族》曾在我国各地上映，受到广大观众的欢迎。《白色的巨塔》揭露了日本医学界怎样争权夺利，钩心斗角，以卑鄙手段隐瞒医疗事故。《不毛之地》是其第一部触及国际政治的小说，写一个在西伯利亚被拘留11年之久的日本前陆军部作战参谋，被释放回国后怎样卷入企业集团尔虞我诈的角逐中。由于内容涉及日本公司职员接受洛克希德公司的贿赂问题，这部作品还在《每日新闻 星期日版》连载期间引起巨大反响，这也说明作者思维敏捷，敢于抓住与国计民生息息相关的重大现实题材。

序

张 炯

《施元辉译文精选》即将出版,这是我国翻译界和中日文化交流的一件可喜可贺的事!施元辉是我认识多年的老朋友,也是隶籍福建福安的同乡。他是中国作家协会会员,知名的翻译家、散文家。他从北京外语学院毕业后分配到外交部工作,曾任我国驻日本领事并长期从事中日文化交流活动。出于对文学的爱好,他先后翻译了当代日本作家的作品十多部。其中既有儿童文学作品,更多是受到读者广泛欢迎的推理小说。他还出版过自己创作的散文集。他精选的译作共三百多万字,这次结集出版,编为十卷,可谓皇皇巨著!

中日文化交流可以追溯到汉唐,渊远而流长。特别是唐宋以后,日本曾派遣大批留学生来华,鉴真和尚携带许多书籍并率领大批工匠赴日,使中国文化得以广泛传播于日本。历代日本天皇多酷爱中国文化,也多方搜购中华书籍。所以,著名的日中友好人士白土吾夫先生曾说:"明治维新以前,日本的文化多来自中国。"而明治维新后,日本率先学习西方,自此我国也多有留学生到东瀛学习。我国新文学的兴起,大多得益于通过日本而吸取和借鉴了许多欧美等国的文学。鲁迅、郭沫若、郁达夫、茅盾以及周扬、胡风等都先后去过日本,并从日文翻译了不少西方和日本的作品。

施元辉翻译多部日本儿童文学作品和推理小说应非偶然,当今我们从日本动画中就可窥见日本儿童文学的发达。儿童是人类的未来，优秀的儿童文学作品对儿童精神世界的影响，已为世界各国所高度重视。日本最初的推理小说借鉴过中国明清的公案小说，后来才受到西方侦探推理小说的影响，并发展为具有深刻社会内容的小说品种。这种小说由于具有强烈的悬念，而层层推理在满足读者审美需求的同时又能培养读者的智慧，它之广受读者的欢迎是很自然的。

我国翻译外国小说的历史可以追溯到19世纪90年代。那时译界的名人严复和林纾都是福建人。康有为曾有诗称："译才并世数严林。"而严译学术名著，林译欧美小说。林纾先后译有外国文学作品达180余种，其中不乏世界名著，如《巴黎茶花女遗事》《黑奴吁天录》《块肉余生述》《撒克逊劫后英雄略》《滑铁卢血战余腥记》《迦茵小传》《鲁滨孙漂流记》《伊索寓言》等，林纾不会外语，与人合作，别人口述，他以文言译之。后来鲁迅、周作人也曾用文言译《域外小说集》。那时译家蜂起，据阿英《晚清戏剧小说目》统计，翻译小说从1882年至1913年计有682种，可见翻译小说之盛况，而侦探小说居然占一半以上，说明这类小说受欢迎由来已久。

施元辉翻译的日本小说也不乏名家之作，如井上靖的《红庄的悲剧》、松本清张的《跟踪》、高木彬光的《零的蜜月》、草野唯雄的《复制的脸形》、江户川乱步的《奇面城的秘密》、森村诚一的《恶梦的设计者》等，差不多遍及日本当代推理小说的各流派。他翻译的《恶梦的设计者》《零的蜜月》等作品多次再版，并被改编为电影、电视和广播小说。此外，他还翻译出版了日本著名作家山崎丰子的名著《女人的勋章》以及日本儿童文学鼻祖小川未明的《红蜡烛与人鱼姑娘》和滨田广介的《黄金的稻穗》等多部日本儿童文学作品。他自己写过小说和散文，他的译笔忠实于原文，流畅、生动、简洁、富于色彩。严复当年曾提出并实践译作的"信、达、雅"的要求。他在《天演论译例言》中说:"译事三难:'信、达、雅'。求其信已大难矣,顾信矣不达,虽译犹不译也,则达尚焉。"可以说,施元辉的译文做到了"信、达、雅"的要求。严复、林纾当年以文言来译,要做到"达"很难。而施元辉以现代汉语——白话来译,普通读者读起来是毫无障碍的。他翻译的作品曾得到著名日语翻译家文洁若女士的赞赏。

《女人的勋章》写的是一个女服装设计师的悲惨遭遇,有助于我们认识资本主义社会。女主人公大庭式子年轻漂亮,是大阪市久太郎町的一家古老的呢绒批发店的独女。由于家规甚严,从小关在深宅大院里,不韵世事。父母双亡后,她开了个小小的缝纫训练班,她好虚荣,为心毒手辣的情人八代引四郎所利用,最后被迫走上绝路。《女人的勋章》社会视野广阔,情节曲折起伏,心理刻画细致,有深刻的社会意义,是一部难得的好作品。

中国和日本为一衣带水的邻邦,有过两千年友好交往的历史,近代以来却不幸发生过战争。今后两国如何和平共处,继续友好,这是两国有识之士和广大人民都十分关心的。我国领导人提出建设人类共同体的建议,我想,其目的就在提倡各国友好、和平共处,把我们的世界建设得更美好!这期间,加大加深各国彼此的文化交流、包括文学的交流非常重要。施元辉原是从闽东北山村走出来的子弟,被家乡人誉为福安的第一个新中国外交官、第一个文学翻译家、第一个电影出品人。他退休后还投身企业界,创办了文化交流公司,热心家乡公益事业。我希望他不要忘记文学工作,译文集的出版不是终点,而应是新的起点,人们会期待他翻译更多的日本文学作品,帮助中国读者通过文学更多认识地日本;同时也将中国当代的优秀文学作品翻译为日文,帮助日本读者更多认识地中国,继续跟他熟悉的日本友人和作家一道为促进两国的文化交流和人民友好做出更大的贡献!

2017 年 2 月 20 日于北京

(张炯是中国著名的文学评论家,原中国社会科学院文学研究所所长、学部委员、中国作协副主席)

目 录

第一章　早春 …………………………………………… 1
第二章　出门 …………………………………………… 16
第三章　年轻人 ………………………………………… 29
第四章　女服装设计师 ………………………………… 41
第五章　初夏 …………………………………………… 57
第六章　舞台 …………………………………………… 87
第七章　仲夏 …………………………………………… 115
第八章　初秋 …………………………………………… 148
第九章　涛声 …………………………………………… 172
第十章　三面镜 ………………………………………… 196
第十一章　彩虹 ………………………………………… 212
第十二章　干花 ………………………………………… 230
第十三章　秘密 ………………………………………… 240
第十四章　诱惑 ………………………………………… 252
第十五章　明暗 ………………………………………… 269
第十六章　青云 ………………………………………… 287
第十七章　天空和海 …………………………………… 316

第十八章	新领域	……………………………	327
第十九章	脚步	……………………………	338
第二十章	漩涡	……………………………	348
第廿一章	巴黎之行	……………………………	380
第廿二章	旅愁	……………………………	401
第廿三章	追逐者	……………………………	436
第廿四章	回国	……………………………	470
第廿五章	期待	……………………………	486
第廿六章	虚和实	……………………………	500
第廿七章	碎冰	……………………………	514

第一章 早 春

夕阳绚丽的光彩照射着太阳形的彩色玻璃饰章，宛如一团燃烧着的火球。大庭式子出神地凝望着。

这间粉刷未干的十坪宽的房间，弥漫着潮湿的泥土气息，空旷而清寂。只有那嵌在两侧房檐下的窗户上的这块太阳形饰章，闪烁着金色的光芒。这种堂皇的装饰品和这八十坪宽的老式的泥灰涂刷的木房，显然是不相称的。

负责建筑这个房子的山形组①的设计者曾多次告诫式子，这种设计方案很不协调，应该改变。可她却固执己见，决不退让，以致使设计者，对式子这种怪癖的爱好，明显表示出轻蔑的嘲讽。然而，要在这雪白的墙壁上装饰这种太阳形的彩色玻璃饰章，却是她四年来朝思暮想的。

屋顶铺上漂亮的绿色瓦，再在西欧式的房子顶端安装上这样的彩色玻璃饰章。这是式子原来的设想。可是现在，即将在一个月内完工的圣和服饰学院，屋顶铺的却是水泥石板瓦，绿色改变成灰色，而且混凝土墙壁涂上泥浆，这些她可以迁就。

---

① 山形组：建筑公司的名字。

但是，安装太阳形彩色玻璃饰章，她是丝毫也不动摇的。

这似乎是她自幼潜藏在心中的本能的欲望。

式子是大阪那条集中着许多古老店铺的太郎町的一家罗纱批发商的独生女。从在幼儿园能拿蜡笔开始，她就表现得异样。她不像别的女孩子那样，画娃娃呀、草呀花呀之类，而是专画圆圆的浮线蝶（一种圆形的蝴蝶画）。即使画花草，她也不会忘记画上饰章似的圆框。在式子家，储藏室里母亲的衣箱、柜橱，以及镜台、针盒，甚至信匣，所有的东西无不标上镀金的饰章。这种饰章都是像太阳一样，圆圆的，金灿灿的。当然，如果再仔细观察一下，也还有一些用具是标上普通的四方形饰章的。但它们却都被客气地安在不显眼的角落里。并且它们的数量是不能与标有母亲的饰章的东西的数量相比的。

长期以来，在式子的眼中，这是一种奇特的情景。直到她进女子学校学习时，才从母亲的嘴里获知这两种饰章的不同之处。那圆形的是女主人为了区别和招婿入赘和作为养子入赘的丈夫的不同身份，而给女方特设的饰章。母亲每每说及此事，就从喉咙深处发出高雅的笑声。

为了表示自己的身份，那矜持和高贵，从服装到日常用品，乃至餐具，无不标上这种意义特殊的华丽的泥金画——圆形饰章。小时候的式子是怀着兴奋的心情，听母亲讲这些事的。

母亲，以及像仆人似的侍奉母亲的父亲，在八年前大阪初遇空袭的夜晚，被烧死了，把式子一个孤女抛在人间。但母亲庄重的音容笑貌和她的日常用品上镶嵌的饰章，已经深深地刻在式子的脑海中，无论如何也不能消失。

"你又来了？"

突然，背后传来一个男子轻快的声音。

式子回过头。原来是八代银四郎。他不知道什么时候走进来。穿着崭新的苏格兰呢西服，靠在半开的门旁。

"是放心不下才来的吧？"

八代银四郎说着，望着彩色玻璃饰章，两眼在不带框的眼镜里闪烁着。

"是我强迫他们安装上的，所以才不放心。"

实际上，在本星期内，彩色玻璃的安装就要完工了。可式子老惦记着，几乎每天都要到工地来看。

"你真固执啊，这玻璃太阳像什么？像新兴宗教的标志！"

他用听起来让人觉得发黏的大阪话说着，翘起薄薄的嘴唇，笑得很像妖冶的女人。他张开嘴，露出一排整齐的牙齿，而翘起的双唇水灵灵的，颇具女人的媚态。

一年前，才二十七岁的八代银四郎刚出现在圣和服饰学院时，他那像是磨制的光学镜片似的眼镜，那水光晶莹的嘴唇，给式子留下了深刻的印象。

八代银四郎是八代商店老板的四少爷。战后不久，他从东京国立大学毕业后，到第一流的公司工作过。可是干了一年，他对拿工资的职员的工作感到厌烦，就回到家，协助商店批发男西服衣料。在出入圣和服饰学院期间，式子托他翻译法国流行服装杂志和教学生们法语。

现在，圣和服饰学院似乎成了他的供职所在。他接受了每星期四小时的法语课。对这位毕业于国立大学法语专业，却愿出入于西服裁剪学校教授法语的年轻人，最初，式子是以奇异的眼光看他的。但是，过了一年以后，她发现这是银四郎任性的消遣，于是，在这次建筑新校舍期间，她就不客气地请他帮忙交涉和安排具体事务。

"那很好。是自己的房子嘛，只要自己看了喜欢就好。至于交涉建筑费用方面，看来进行得不坏。"

"这次，银四郎先生交涉有方，帮了我的大忙了。"

称呼银四郎先生，并不是因为关系密切，而是对一个比自己小五岁的男人这种称呼会显得随便些。况且"银四郎"本身是一个近乎爱称的好听的名字，直呼似觉方便。

"和官署打交道实在是棘手的事。什么特殊学校规定呀，洋裁学校批准标准呀，尽是麻烦事。"

"可是，比起官署来，土建部门的家伙更不好对付。官署的手续虽然繁杂，但办完了也就了事了。而土建部门却不，他们对什么东西都要借故狠狠提价，要是不厉害地敲他一下，实在没办法。"

式子慌忙用眼睛制止银四郎高声大嗓的谈话，担心地朝门外探视了一下。当知道木工们不在附近时，她问银四郎：

"前不久，不是提很多了吗？"

"不，他们的抬价还刚开始呢。他们还要再抬的，真拿他们没办法。"

眼镜里银四郎的眼瞳闪着执拗的光。

"是啊，对方对你也发怒了。前不久那个很胖的工程监督还愤愤然地说，'我三十年来第一次碰见象八代银四郎这样下流的人'，既然如此，我看，我们也不必——"

式子以劝诫的语调说。

"不，不能就此罢休。前天，星期天，我检查了厕所的瓷砖和预制水泥板数目，发现瓷砖和估计数至少少了两千块。每块瓷砖以二十日元计，他们就长了四万元，一面墙必须用五十五块水泥板，他们却只用四十五块，每块水泥板四十元，六十面围墙，你看看，他们从中就偷工减料赚了二万四千元。合同上写着，教室的墙要粉刷三次，可我仔细检查，他们只刷两次。这样，每坪墙差价就达四百五十元，墙面积以六十坪算，他们又从中赚了二万七千元。如此一算，他们总共捞了九万一千多元。可是，当我们向他们严正提出来时，他们却胡说什么，材料都运来了呀，是放在工地上被打碎、被盗窃了呀……想蒙混视听！"

"是吗？你连厕所的瓷砖都数了……我看还是不要过分和他们讨价还价。"

当式子持着退让的态度这样说时，银四郎摇着头打断了她的话：

"说无论怎样，也要把由鱼崎的住宅改成的西服教室建成地道的洋裁学校①的是谁？这钱又由谁从银行借来盖房子的？什么不能和他们斤斤计较！请放心，这些包在我身上好了。"

二十八岁的银四郎说优雅动听的大阪话时，式子总有一种异样的感觉。银四郎似乎已不适应古老的大阪话了，为了时髦，把吾说成我。但是这种新旧语掺杂的大阪话，一旦从他的嘴说出来，就富有一种奇妙魅力。他善于在不同场合，操着有自己特性的大阪话巧妙地处理着复杂的交涉。

"今晚我们一起用餐，怎么样？"

银四郎仿佛偶然想起似地说。

"好。工作告一段落，我也想松一口气。什么地方好呢？"

"心斋桥的花马车②。怎么样？可以的话，我现在先去樱桥山形组的事务所，再转回饭馆。"

"那么，我先在这儿待会儿，六点半左右去那里。"

银四郎看了一眼手表，知道离约定的时间还有两小时，就转身走了。

---

① 洋裁学校：西服学校。
② 花马车：地名。

式子又一次望着两侧的高高的窗户。夕阳收敛了它那瑰丽的光彩，彩色玻璃饰章顿觉像失去血色的肌肤，开始暗淡无光了。

式子从昏暗的房间出来时，做完房檐的木工和磨外墙的泥瓦匠，都以慢条斯理的动作结束了工作，准备从脚手架下来。

人开始离去，工地刹那间变得冷冷清清了。这一带位居郊外住宅区的一角，黄昏来时，行人渐少，大约五百米开外的甲子园的海滨，吹来了潮湿的风。在这儿能够看到北边甲子园球场深灰色水泥墙，那里尤显冷漠。乍暖还寒时候最难将息，式子拢紧了衣襟，轻轻地晃动着脚，将高跟鞋尖套里的砂子抖掉。

眼看离和银四郎约定的时间还有一个半钟头，式子缓缓地移动身子，往明亮而又嘈杂的车站前的商店街走去。虽说这四个月来，她多次往返于这条道路，但从心情上说，她是不愿走这条街的。无论是主妇们忙于买东西的傍晚，还是白天闲散的时光，当她从这里走过时，总有许多感兴趣的视线追随着她。起初，她以为大概是自己作为服装设计师，服饰有些奇特，而引起人们的兴趣。久而久之，她才渐觉事情不是这样，而是自己作为独身女人，竟能在二百五十坪的地基上建起八十坪校舍，不自觉中流露出高傲自大的缘故。

式子偶尔为犒劳木工们，到这儿买点心和面包之类，商店老板娘和店员对她另眼看待，说过份的奉承话，甚至在言语中想试探式子的私生活。这种烦人的事情，使得式子十分不愉快，然而，当看到那店面上贴着的圣和服饰学院的宣传广告画时，她就无法表现出厌烦和冷淡的神色了。复杂的心绪使她通过商店街时，为尽量避免和老板娘们相遇、打招呼，她总是把眼睛朝着地面。

"那不是老师吗？"

从低头而行的式子对面，传来了一伙人爽朗的叫声。

"还好，没走岔道，我们正要去施工工地呢。"

三个人气喘吁吁地说。她们都是圣和服饰学院的职员。也就是服饰学院的教员。她们年纪都很轻。那个如雕塑似的，最是端庄美丽的，是津川伦子，今年才二十六岁。圆圆脸，戴着红框眼镜的，是坪田葛美，年方二十五。那个富士额，脸白胖白胖的，牙齿细小白净得能给人留下印象的姑娘，叫大木富枝，今年二十四。她们三人像梯级一样各相差一岁。

"有什么急事吗？"

式子惊奇地问。

"不，没什么急事。主要，是想看看先生引以为自豪的彩色玻璃饰章，究竟是什么样子。怎么，现在去看晚了吗？"

伦子眨着如烟似画的睫毛说。

工地的电灯线虽然已经拉上，但灯光底下又能看出什么呢？太晚了。可是，又不能给热情的职员们浇冷水呀！怎么办呢？式子有点犹豫了。

"三位特地一块来了，我请大家一起吃饭吧。"

式子热忱相邀。她想，反正自己掏钱吧，银四郎约自己吃饭，有女伴们作陪才好。

当银四郎被招待员领到饭桌跟前时，他感到意外而吃惊了。三个女职员正在摊开餐巾，见他来，也停住了手，都以惊奇的目光望着他。

"对不起，因为忙，就请大家用便餐吧。都是自己人嘛，这是好机会。大家在一起吃饭还是头一次呢。"

式子以中庸的语调，好像并不针对哪一方，说。银四郎立刻满脸堆笑。

"实在对不起，在停留的地方稍微遇到一点麻烦事。"

银四郎为自己迟到十五分钟，慌忙道歉，坐到式子对面的空位上。

银四郎一入席，刚才还快活地喋喋不休的三位姑娘，一下子噤若寒蝉了。明显地表现出对他的警戒之心。她们对这位最初只拿着西服料进出学校，后来又翻译外国流行的时装杂志，接着又被聘请教法语，如今，一下子介入了学院的重要事务的银四郎，似乎觉得不能掉以轻心。

式子看出了她们的心理。觉得今天创造了这个机会让她们和银四郎同桌共餐是有益的。

"山形组事务所的事怎么样？"

式子有意向银四郎询问工程的事。

"不好办哪。起初他们装作不知道，故意不理不睬。当我拿出了合同，又把瓷砖和水泥板的数目，一五一十地给检点出来时，他们才无言对答，最后退还是退出了九万元……"

虽然是谈这金钱方面的事，但银四郎操的是漂亮的大阪腔，每个字从他舌头里滑出来，如同珠落玉盘，大家并不觉得讨厌。他用优雅的手势拿着叉子，愉快地、满不在乎地说着，像歌剧和戏剧演员，潇洒而典雅。

"我早说了，不一定要这样和他们讨价还价……"

式子大度地说着，但心里在想：在用费增长的现在，这退还的九万元马上就可以转做缝纫机的设备费了，当然是一件好事。

"另外，学校认可的事办得怎么样了？过一个半月，就要开学了。问题不大吧？"

"学校法人的承认规定和税法是有联系的，比较难办。不过问题不大，四、五天内即可解决。"

银四郎的回答很使式子放心。

"我想,学校一扩大,单靠我一个女人是应付不过来的。纵使说,服装设计、技术指导这样的事,我勉强还可以对付的话,那么,和官厅打交道,办税金手续等,这类事情,可就得……"

式子似乎为了博得从刚才开始一直沉默不语的三位女职员的赞同,这样说。

蓦然间,桌子边上泛起了三位姑娘暧昧的笑声。可是银四郎并不为之所动,从容地挟着鱼肉往嘴里送。坐在他旁边的津川伦子将美丽粉嫩的脖子往前伸了一下,用挖苦的口气说:

"还有呢,学校的设备和组织问题倒不大,可要紧的招生问题,怎么解决呢?"

"什么?招生问题?嗬!只要我们舍得花广告费,把我们的优势往外一抖,什么'新校舍即将落成'、'完备的现代化设备'如此一宣扬。我看,那些对窄小的住室,破旧的设备感到腻烦的姑娘们,一定会忙不迭地苦苦劝说自己的母亲,投到我们这儿来。"

"哟,听你这么一说,好像我们洋裁学校是专门靠广告和校舍吃饭一样!难道我们这些服装设计师都没有吸引力了?"

"误会,误会。我的意思是,服装设计师固然重要,但西服学校光有这些是不够的。有一个时期,那些战时失去学习机会的人多如牛毛,一下子向学校涌,甚至有三个姐妹一起报一个学校的,但那时只许四人中有一人上学。然而现在,那种情形过去了。目前,是求学者选学校,她们首先要索取学校的介绍书,看合不合自己的意愿。地方上的女孩子都想尽可能到东京或大阪的学校,想得到一块大城市洋裁学校毕业的金牌,而大阪的姑娘们则要选有名气、建筑好的学校,花同样的学费,谁愿进没名气的或建筑差劲的学校呢?"

为了避开伦子锐利的目光,银四郎轻轻一笑。这时,坐在银四郎斜对面的坪田葛美讲话了。她说。

"这是男人对洋裁学校的外行话。志愿学习洋裁的女孩子，是从学校的制图方式，是立体制图还是平面制图，这样极实际的问题，来进行判断的。"

坪田葛美闪动着红眼镜内的眼睛，说得很认真。

"您说得很对。如果就像你们过去那样，把鱼崎住宅改造成小巧玲珑的洋裁教室。那样的小学校，光凭您说的这一点就够了。但往后的洋裁学校，恐怕不单是洋裁指导机关，而是作为一个企业，一个洋裁企业来办了。再也没有比洋裁学校利率高的企业了。我这么说，作为服装设计师的式子可能会生气的吧？"

银四郎说着，把目光转向对面——式子那宽宽的额头上，式子稍微踌躇了一下，轻轻地眨眨晶莹的眼睛：

"男子这种现实的见解，对于我们学校的发展是必要的。全是我们女人已经干了四年了，一下子势必很难听进不同意见，请银四郎先生不必介意。坦诚相见，这对我们的事业是有帮助的。"

式子对银四郎的这番话，实际上是对伦子三人示意了银四郎在圣和服饰学院的地位。

服务员送来了餐后的水果和点心。但是令人发窘的气氛还在继续，大家默默地用勺子捣着蛋糕。

银四郎喝完了最后的咖啡，叠好餐巾，微笑着说。

"失陪了。一会儿和朋友还有个约会！"

显然是找借口离开。

当银四郎的身影在门口消失时，伦子首先开口说：

"老师，您瞧，一个脸皮多厚的角色！到职员办公室才一年，就那么好在人前喋喋不休……"

"是呀，从那样好的大学毕业，自己家又有商店，却死皮赖脸缠着我们的洋裁学校，真令人讨厌！老师，他不是别有用心？您放心吗？"

葛美直言不讳地将自己对银四郎的不满和戒心谈了出来。

只有坐在最旁边的大木富枝的胖胖的脸漾出了柔和的微笑。

"富枝，你有什么看法？"

葛美刚焦急地开口，富枝抬起眼皮，略嫌过厚的眼睛立即做了回答：

"我想，有男人总比没有男人好。有个男人帮着办事，我们心里也踏实一点……"

她说的是大阪话，而且慢吞吞地一板一眼。式子曾多次提醒她，用大阪话会影响教学效果，但富枝总不以为然。现在式子却容忍了，因为这时正当伦子和葛美对银四郎的事都有些神经过敏，富枝的话无疑是一种求之不得的缓和剂。

"是啊，有一个男人，总比没有好。你们也不必担心，因为不管怎么说，洋裁学校是女子的学校啊。"

式子说着，拿起了小提包。

"怎么样，到心斋桥散散步好吗？"

为了使气氛变得轻松活泼些，她这样提议。

九时过后的心斋桥，人群熙攘，十分热闹。她们朝着与从戒桥方向逆流而来的人群，向北走去。伦子、葛美、式子顺着阪神沿线走，富枝却朝天神桥三段走，异途同归，汇合到心斋桥的地下铁，然后出大阪车站。她们并非想买什么东西，但目光却没有离开那五光十色地排列着春装和妇女服饰的橱窗。打扮入时的四个年轻女人，在这样的地方是引人注目的。不时有人与她们擦身而过，回头瞟她们一眼，也有人从商店里向她们投来欣赏的目光。橱窗里一旦有新奇的东西，三位年轻姑娘总要驻步品评一番，悄悄地议论、吃吃地笑。只有式子似看非看，心猿意马，脑海里总是翻腾着刚才吃饭时的事。

　　银四郎一进门突然发现她们三人时，显然面露不悦的神色。可是谈话之中却掩饰不住喜悦，而待到离开时更流露出满足之情。反之，伦子她们对银四郎却似乎一下子产生了戒心，表现出格格不入的样子。今晚会餐，本想求得伦子她们对银四郎的谅解，谁知却产生了奇妙的误会。

　　一会儿，所有明亮的橱窗都看完了，她们来到心斋桥的桥头。桥下的流水，把船场和心斋桥一带分隔开，缓慢无声地流着，映着月光，闪闪烁烁。

　　和到处缀着霓虹灯的喧闹的心斋桥一带相比，长堀川对面的船场一带显得格外宁静。那里有许多古老房子，房子有深深的房檐，在那些房子之间，现代化的高层建筑像漂亮的镜框似的镶在黑色的夜空里。每个窗户都闪着绿色的光，可是高楼周围依然笼罩着昔日船场似的黑暗。

　　八年前，也就是在遇到战争灾祸之前，式子就是生活在对面的船场里。在呢绒批发商的内宅，从言谈到吃饭的方式，一切都被强迫保持船场式的惯例——

　　那时，她刚刚跨出中学的校门，多么羡慕女子流行的烫发，可是父母亲不允许。姐妹们纷纷去学洋裁，她只能按双亲的要求学和裁。不管什么时候，她总要被告知须穿那种染上花纹的绸子服装。她时常流露出郁郁不满的情绪，可是父母亲说，我们是经营呢绒，应该让自己的独生女儿披上绢织的衣服，就是不让式子与洋裁沾边。

　　式子对时髦的东西产生异常浓厚的兴趣，不能不归功于这种强制守旧的反作用力。看电影，非看西方的不可，看橱窗，也一定要欣赏洋裁店和洋货杂品柜，喜欢吃的也是西餐。每个月定要让女佣人买洋裁服装书，有好看的式样就做成小衣服，给洋娃娃穿上，她感到有趣，得到满足。出入自家商店的呢绒服装裁缝师，看到式子作的小洋服，惊讶不已。大约只有尺把高的洋娃娃，穿上用正式的裁缝纸做的小洋服，胸围、肩宽、腰间的尺寸都合适极了。这件事由番头传到母亲耳朵里，起先，母亲板着脸斥责她："你这小丫头，倒像个十足的洋裁女工了！"可是过了不久，母亲似乎来了个一百八十度的大转弯，却用严厉的口气对她说。"既然那么喜欢洋服，那就学去吧！……"

式子毫不犹豫地上了市洋裁学校。自那以后，她把自己的一切都洋化了。从头到脚，穿戴的是进口货，房间里铺的是波斯地毯，使用和摆设的是西洋家具。在家里，虽然不得不讲大阪话，但一出家门，她就煞费苦心地学讲好听而标准的东京话了。

随着这些洋式生活方式的逐渐浓郁，式子深觉自己应该迅速摆脱这沉闷的船场式的生活环境了。而就在这时候，战争给她创造了一个偶然的机会，她失去了她的船场，也失去了父母。

"老师——您怎么不打个招呼就自个儿先走了？"

葛美气喘吁吁地追了上来。式子如梦初醒似的回过头来。

在桥头街石原钟表店的一角，葛美、伦子和富枝十分惊愕地呆愣愣地望着她。自己不知什么时候竟忘记了三个同伴，一个人径自走到这儿了。

"我们只顾着慢慢儿看橱窗，忽然转头，不知老师躲到什么地方去了。我们在地铁车站旁边左等右等也不见老师来。我们想，老师会不会到北斋桥北头的骎骎堂买时装设计书什么的，就赶到这儿来了。"

葛美尖着嗓子说。大概她们赶急了，三个人都上气不接下气，气喘吁吁的。

13

"对不起！我约大家出来玩，倒把大家给忘了。可能是一个人考虑事情，走了神儿了……"

式子说这话时，不觉有些难为情。

"老师，您要是站在塞纳河畔，那该多好哇！可这儿是大阪龆脏河边，太不相称了，有损于一个优秀的洋裁设计师的形象，咯……"

伦子用她那矫柔造作的声调打趣地说。

"不会的吧！老师是在想她所出生的船场了，老师，您留恋自己的故居吧！"

富枝好似看出了式子的心绪，偏着头说。式子泛着似是而非的微笑，摇摇头。

"不，不能说是留恋船场什么的。我只是为自己出生的环境和自己现在的工作太不协调，而突然感到有点奇怪。"

"老师，您为什么讨厌船场呢？像我这样，生长在神桥一带普通商人家的女孩子，还很向往你们船场呢。可是，战争烧了您的家以后，您就很快搬到郊外来了，连讲话都不愿使用您那好听的船场话，却一个劲儿讲关东的标准腔。这是干吗啦？"

富枝不爱讲话，可无论什么时候一说起话来却是十分热烈的。

"嗯。这就像你富枝向往船场一样，我恰恰相反，却向往不被令人窒息的旧习惯、旧风俗所禁锢的现代世界。"

"这么说，老师您身上当不存在船场的印痕了吧？"

"那是你自己的想象！把我们这样时髦潇洒的老师和那散发着古董味的商人街——船场相提并论，不觉得可笑吗？"

伦子插嘴说。但式子却觉得富枝的话有一股异样的热力，她感到周身暖洋洋的。

自己虽然厌恶船场的风俗习惯，以战争的损伤为借口逃了出来；但自己身上却仍然留下了有几百年历史的船场的烙印。这烙印究竟在什么地方，会以什么意想不到的形式表现出来？

　　式子想着。望着暮色苍茫中的故居。

第二章　出门

清晨七时，式子睁开了眼。

上午十点钟要举行开学典礼，还有三个钟头的闲暇时光。

女佣人已经准备好了温水。式子走进浴室，把身体泡到浴缸里，慢慢地洗了一会儿。她觉得自己的皮肤比以往白了许多。皮肤的颜色是她最关心的一件事。因为她的肤色显然比一般的妇女要黑一点。作为女继承人的仪态庄重的母亲，她的皮肤是光滑而又白洁的，自己不像她。番头出身的被招赘入婿的父亲，他的皮肤是黝黑的。自己大概从父亲那儿继承得过多。虽然，她经常光顾的美容所的师傅们，都夸奖她的小麦色的皮肤很迷人，但仍然消除不去她那执拗的劣等感。所以，能够使自己的肤色比平时白皙一点，这是值得庆贺的。也许从半年前开始，一直坚持不懈的按摩，收到效果了吧。

她从浴室出来，很用心地用冷水洗了脸，开始对着镜子端详自己。那脸庞儿是红扑扑的，显然比自己三十三岁的年龄要饱满年轻得多。两只眼睛相隔过宽了些，鼻子也大了点儿；但那双大大的明亮而有神的眸子，那富有弹性的稍厚的嘴唇，弥补了那些不足的地方。式子虽不能说是一个妖冶的美人，但是她的脸是有个性的,这不仅自己也是大家所承认的呀。

她给自己浑身扑上滑石香粉,尤其是对那皮肤凹进去的地方,更细心的用粉扑,轻轻扑打着。末了,她穿上内裤,裹上毛巾,披上睡衣,走到饭桌旁。

早餐,固定的食谱是,一碟凉拌菜,一碟青菜色拉和半块面包。式子用了一个钟头,品味式地吃着这少量的早餐。边吃边回想这洋裁学校成立前四年的事情。

在大阪,战火已经把她家变成了废墟,双亲同时失去了,她再也不能经商了。她把那块房基卖给了舅舅,用那笔钱在阪神附近的鱼崎买下了这有五间大房的洋馆(明治时代的西式建筑)。她和女佣人希代默默地生活着。随着因新币的发行和经济萧条所造成的物价暴涨,她们的生活开始陷入了困境。但是,作为一个商人的女儿,她具有不教自通的气质,不愿这样坐吃山空。

她开始重新温习过去学习过的洋裁,在四年前的昭和二十四年[①]春天,在自己的住宅里开办了四个小巧玲珑的洋裁教室。舅舅竭力反对这件事,告诫她,用有限的储蓄资金办这样的事是危险的。然而她,把他的话当成耳边风。她本能地觉察到,生活已经悄悄地发生了变化:国家虽然仍处于刚刚停战时的穷困状态,但走私猖獗,外货已经涌进来了,人们开始追求奢侈的生活。年轻的姑娘们拿着高价衣料,纷纷来到她的洋裁教室。最初,她只用大门旁的一间房子;第二年,她开放了三间,每年增加二十个学生,这样,四年中她的学生达到了一百个。已经分上下午两班倒上课,她的业务兴隆起来了。但是教室不够用呀,难道刚刚兴起的事业就这样被束缚了么?她毅然决然地

---

① 即一九四九年。

在离大阪较近的鱼崎的甲子园建起了校舍。

今天,这座新校舍就要举行隆重的开学典礼了。

式子端着饭后的咖啡,沉浸在一种踌躇满志的兴奋之中。突然,双叶洋裁学院安田兼子的事,从脑海的深处又冒了出来。好比一件干净的新衣沾上了垢渍,她感到十分的不快。

这是两个星期前的一天。刚竣工的学校门口,挂上了圣和服饰学院的门牌,教员办公室也从鱼崎的洋裁教室迁到了这儿。国道筋的双叶洋裁学院院长安田兼子女士闯进来了。

银四郎代式子去应酬她。隔着一层毛玻璃,她可以清晰地听到客厅里传出来的声音。

安田一跨进客厅就嚷嚷开了:"开设新的洋裁学校,一定要有既设学校的校长认可。可你们还没有到我那里办手续呢。"银四郎反问道:"法律有没有这样规定?"安田答:"这虽然没有法律条文,但我们洋裁学校联盟的章程是写上了的!"

"洋裁学校联盟?"

银四郎玩味着她的话,重复了一句。但他立即降低了声音,柔和而又谦逊地对她说:

"那好,既然是联盟的规定,我们严格照办。不管如何,同行间还是要互相关照嘛。好了,我们将尽早到安田先生那儿办手续就是。"

"可是你们来了,我总不能简单地说:请吧!不管如何,稍一疏忽,会多一个同行冤家呀。哈哈!"

安田以奇妙的声调造作地笑了起来。

"您这种担心是多余的。在我看来,在这样行人颇少的住宅街只办一所洋裁学校,倒不如办他两所,三所更好。每隔一段距离就办他一所,电车一在甲子园站停住,上学的年轻小姐们,就一窝蜂地从车上涌下来。这条街可不变成洋裁街了?各所学校都兴隆起来……哈哈！"

"哟，办洋裁学校，可不是搞买卖呢。我不知道你们家是怎么考虑的。我们的办校宗旨是为了指导洋裁教育，可不存在什么兴隆不兴隆，这样低级的想法……"

安田轻蔑地说。

"哪里，您这话说得无礼了。难道我们的目的不是为了洋裁教育吗？最近大阪的繁华街道开始办起洋裁学校了，要是不注意，那些年轻姑娘们可都往那里跑了。所以，郊外的洋裁学校，只有在相互之间不造成麻烦的前提下，集中起来，进行有效的协作，才能改变被动局面。再说，我们的大庭式子院长和安田先生相比，洋裁经历相差悬殊。安田先生从事洋裁事业已有二十五年了，是个老前辈了。式子院长大约四年前才开始，而成立正规学校，却是最近的事。因而，我们的学院无非是安田先生的双叶洋裁学院的配角而已。"

银四郎用柔和的大阪话，孜孜不倦地说着。安田兼子一下子静下来了，小心地改变了姿势。

"和昨天比较起来，难得您今天说得这么好听！什么'老前辈'呀，只是'配角'呀，什么的。总之，在那些年轻姑娘们都争着涌进大阪繁华街的洋裁学校这种时候，我赞成您的意见，让我们扯住她们，别往那里跑吧！"

"那么，我们明天去贵处领认可证吧。"银四郎急追地追问。

"不过，我们现在很忙，或者下周末取怎么样？"安田兼子装模作样地说了这些走了。

后一星期，银四郎去双叶洋裁学院，可是安田兼子不在。第二天又去，她还是不在。第三天去，据说她去东京出差了。

问一下什么时候回来，说是四月十日，即圣和服饰学院开校典礼的前一天。这使式子对安田兼子这露骨的令人愤慨的行为，甚感遗憾。本来，没有老牌学校的认可，不是绝对不能开校的，法律没有这样的规定！因此式子说，将认可的事扔在一旁吧！可是银四郎考虑到以后要参加洋裁学校联盟，还是主张在安田兼子回大阪的昨夜，到她芦屋川的住宅去求得认可。式子感到十分的委屈。

她将冷了的咖啡放在饭桌上。觉得在这即将隆重举行开学典礼的早晨，想起安田兼子的事，实在是可恶。她看了看手表，已经是必须出门的时间了。她急忙穿上黑地金边的下午穿的礼服，出门时车已经来接她了。

她下了台阶，看到银四郎穿湛蓝色的对襟上衣，结着灰色的蝴蝶结，以立正的姿势站在门旁。见到式子时，有些睡眼惺忪的样子。他向式子道了早安。

"那件事怎么样呢？"式子问道。

"不能迟到，车上说吧。"银四郎催着她。

"劝说女人是件难事呀！特别是年过五十，事业心和名誉欲极强的独身女性。再也没有比这样的人，更难对付的了。昨晚，我真是费尽了心机，九时左右，拿了足够做一件衣服的法国料子做见面礼，去郑重地求她的认可。可她却唠唠叨叨了两个多钟头。最后才商定了上课的时间、内容，并得保证不给老牌的双叶洋裁学院制造麻烦，她这才给了我们认可书"。

说着，他从上衣口袋里掏出折成四折的文件，摊开来递给式子。

"此次，在贵校圣和洋裁学院开创之际，敝既设立校双叶洋裁学院予以承认。"式子读着认可书，不由得火上心头，骂道：

"真是厚颜无耻！好像没有这张纸，我们就办不成学校了！"

她的声音很响，连司机都惊讶地回过头来。

"是的，没错，没有它，我们也能开校。问题不是需要不需要认可书,而是其后台洋裁学校联盟,我们就要加入这个组织,混一个联盟理事什么的当当,因而也只好暂时委屈求全了!是吗?"

"什么联盟!这和我的事业有什么直接关系?"

"别说这些小孩话了!终战初期那样的混战局面已经结束了,七年以后的今天,所有的部门都经过整顿开始组织化。因此,联盟这样的组织是有必要的。今天,我们也邀请洋裁学校联盟的理事长和安田女士作为来宾参加我们的开校典礼。你看怎么安排呢……?"

银四郎劝解了式子一番。

车不知什么时候通过了今津,到了甲子园,明亮的阳光透过云层,箭一般地射到甲子园球场弧线形的墙壁上。横穿过球场之后,有一条宛如彩带般的小路伸延到圣和服饰学院。

下了车,穿过校门,离正门八米左右摆着一张细长的桌子,作为接待来宾的传达处。穿着黑色西服的坪田葛美和其他新职员站在那里。她一见到式子,就离开桌子,走了过来:

"老师,恭喜恭喜,我们的学校终于——"说到这里,坪田注意到跟在式子后头的银四郎:

"噢,银四郎先生也一起来了!"

她那眼光似乎含着怨气。式子忙说:

"没想到他来接我了!

"要是需要人接的话,我和伦子都已经来了,可是……"

她故意要让银四郎听见,说得很大声。

"也并非需要人接。银四郎先生是因为双叶洋裁学院的事,顺便来我那里的。"式子说。

"怎么?那件事还没有办完吗?"

葛美不怀好意地望了银四郎一眼。

"不，已经办完了。那位女士今日还要致祝词呢。她马上就要来了，请到来宾室去吧！"

银四郎说着，催促式子走。

作为临时来宾的职员室，今日焕然一新。桌上铺着淡绿色台布，桌前摆满大红色的石竹花。式子坐到门旁边的椅子上。银四郎站在窗户旁，眼望着校门方向。少顷，来宾室的门开了，式子站了起来，可是来者非客，乃是伦子和富枝。

"老师，恭喜您了，我们今天也穿着新衣服来了，您瞧！"

伦子象服装模特儿似的，跷着脚，转了一圈。她那匀称的身材，穿上绢质玫瑰色午礼服。这华丽的色调和光艳，和谐地衬托起她那玉雕般的俏脸，光彩照人。富枝穿的是一身淡紫色的柔软的毛西服，和她本人一样并不显眼，但却使她那富士山额下面的胖脸儿，显得格外生动。三人都各具自己的丰采：伦子，美貌而信心十足，艳丽的午礼服分外引人注目，葛美，像一个快活的小姑娘，穿着男式轻便西服，富枝，则带着日本式的土气，着女式西服便装。她们都表现了自己的个性。

"银四郎先生，我穿得怎么样？"

伦子以从来没有过的亲切口气，向窗旁的银四郎叫了一声。

"伦子女士可谓是大胆的服装设计师，又是一个标准的模特儿呀。不过，今天的入学式还是让我来主持，如何？"

"怎么，您……？"

伦子倏地不安起来了。

银四郎似乎并不注意伦子的表情变化，又说：

"负责服装设计的老师们，要忙于编班和编写教材。这种应酬来宾和主持仪式的事，还是委托给我为好。"

"那么，也由您担任司仪吗？"

伦子生硬地问他。

"是的，这对我也是方便的。"

"是什么时候决定的?"

伦子的话锋，与其说针对银四郎，不如说是针对式子。

"什么时候?"

式子语塞了。她不知如何回答好。因为在鱼崎洋裁教室的那个时期。这样的事一直都是由伦子一手承担的。所以式子也以为这次开学典礼理所当然还是由伦子主持。可是银四郎突然提出由他来担任。两人都准备着要争当司仪。银四郎穿上了新式黑礼服，伦子则穿着绢质午礼服。银四郎悠闲地背靠着窗旁，伦子则怒气冲冲。室内的空气一下子降到冰点!

"谁当司仪都一样嘛!"突然，富枝木然地开了腔，"当司仪又有什么?只要安排得当就行了。"

"富枝!"

伦子叫了起来，欲往下说。此时，门打开了，葛美领着客人走了进来。银四郎见到一个中年肥胖男人，立即走向前说：

"那一天，在您百忙中打搅了您，实在失礼了!今天您又如约光临敝校，不胜荣幸之至!"

银四郎不亢不卑地问候毕，马上转向式子介绍道：

"院长，这位就是我们经常说到的洋裁学校联盟的理事长，大原泰造先生!"

泰造是拥有二千名学生的大原女裁缝师学院院长大原京子的丈夫。式子经常从报纸和妇女杂志见到他的照片，可是过去却从未与其本人照面。

"我叫大庭式子，感谢您今天光临敝校!"

式子问候毕，请泰造就座。

"恭贺您了。我妻子原打算一起来，因为时装展览会那边忙得不可开交，只好作罢。在此深表歉意!您好像第一次经营学校吧？这很不容易呀！好在有八代银四郎君这样有为的经理协助您。洋裁学校要是没有男理事或男经理，是绝对不行的！"

泰造谈着自己的体验，话语间满含自信。寒暄毕，咕嘟咕嘟地喝干桌上的一杯红茶。

继大原泰造后，不到十分钟，市政和私立学校负责人，地方市议会议员和洋裁学校联盟负责人等来宾，相继来到了。

一到各所洋裁学校开学的日子，他们这些人大概每天都被邀请去参加开学式，因而现在重聚，未免不聊及昨天或前天的事。式子来回和来宾们寒暄着。想起母亲生前以一个名商人太太具有的翩翩风度和谦恭态度，向顾客打招呼的情景。母亲在顾客面前始终保持着固有的庄重和热情。既有大商人太太的威严，又有商家女的热忱和好客。这两方面似乎是矛盾的，须要运用得当，不失分寸。这是社交场合能给客人以满意印象的要素。

式子意识到这一点，努力仿效母亲的风度。果然，不一会儿，就使来宾室变成了气氛热烈的沙龙了。这使葛美、富枝大为惊讶，她们也站了起来，旋转着接待客人。只有伦子因为刚才争做司仪的事，闷闷不乐地坐在一旁。

银四郎和许多人毫无拘束地谈笑着。不知什么时候他已认识了这许多朋友。看来，他在服饰界的朋友，甚至比式子还多。此刻，偶尔有他不认识的人出现，他即急步流星地比谁都快来到客人面前，取出名片，自我介绍，郑重地问候客人，给人以一种爽快热情的印象。一下子谁都记住了八代银四郎这个名字。

"是八代银四郎先生吗？噢，这是一个有来历的名字！"

地方市议会议员看了看名片又瞧着银四郎发出奇妙的感叹声：

"目前，在您这样的年轻人中，能说这么地道的大阪话的，实在是凤毛麟角了。"

周围的人们似乎都在附和他,交目望着银四郎。每当这样的场合,银四郎总是眯起他那无框眼镜内闪闪发亮的眼睛,以女人般的妩媚绽开血红的嘴唇笑。

式子看到这么多来宾,很自然地把银四郎当作圣和服饰学院管事务方面的经办人,而感到安慰。这是一种能够在不得罪伦子她们三人的情况下,承认银四郎身份的最合适的方式。

开学式前五分钟,客人们正站起来时,门外响起了紧促的脚步声。安田兼子赶到了;

"对不起,来迟了!谢谢您昨晚特地来问候我。哎,您为什么还要带礼物来呀?!"

为了让大家都能知道,银四郎特别去拜访过她,兼子大声地说着,然后又转向式子道:

"哎呀,是式子小姐吗?初次见面!我们俩真是咫尺天涯哟,离这么近可从来没见过面。祝贺您这个盛大的开学式!我特地为参加这个仪式,昨晚急急忙忙从东京赶回来的哪!"

安田兼子仿佛把昨天银四郎求她的经过,忘得一干二净了。

她面无难色大模大样地大声说着。

"没及时向您问候,昨晚叫八代银四郎代表我向您——"

式子正要说下去时,安田兼子不容分说地打断她的话,

"噢,已经到时间了吧?这话改日再谈吧!"至此,她忽然发现了大原泰造:

"哎呀,理事长,您还特地光临呀!因为事先不知道您也来,我迟到了,真是失礼!"

她一转刚才的语气,亲昵而殷勤地向大原泰造问候,然后跟在他后面,走进会场。

会场,是将两个教室取下了中间的隔板改成的,面积为三

十坪左右。里头坐满了十八、九岁至二十二、三岁的年轻姑娘们。会场正面是彩色玻璃的高窗。里面摆着四十排凳子。因为教室不大,平时,学生必须分上午、下午两班倒上课,今天一下子容纳将近两倍的人,显得相当拥挤。原来两人坐的细长凳,今天得由三人挤坐在一起了。

来宾们坐在左侧,学校教员们坐在离门很近的右侧。银四郎在教员席坐区、式子旁边占了一个位子之后,随即站了起来,说:

"诸位,圣和服饰学院建校和学生入学式现在开始!首先,请来宾致辞!"

和平时一样,他以流畅的大阪话主持大会。大概是他那一口十分自然的关西诋(大阪地方腔)和黑礼服上结着蝴蝶领带的装束,引起学生们的好奇心,有些姑娘甚至伸长脖子直愣愣地望着他。

洋裁学校联盟理事长大原泰造,登上讲坛,老练地演说:

"四月份以来,我每天都要两三回在入学式上致辞,委实有些疲累了。同学们也不喜欢听那些千篇一律的老调。那么,我简短地说两三句吧。首先,祝贺贵校建校和同学们入学!其次,希望你们好好地学习!既然交了学费了嘛,缺一天课,就损失一天的知识,那多不合算呀?!"大原泰造简短地结束了他的祝词。接着登坛的是安田兼子。开头她同别人一样也客套了一番,致了祝词,接着话锋一转,说道:

"在服饰界,有些人年轻,好标新立异,追求时髦的设计技术,以此作为社交和政治上的一种手段。有些人,像我这样已过五十多的人,几十年来一直踏踏实实孜孜不倦,研究服装艺术。今天,同学们大概是怀着一种梦幻似的理想,和对美好未来的憧憬,跨进了洋裁学校的门。然而要想成为一名真正的服装师，那就需要长期的踏踏实实的、刻苦的努力。而且，在这种刚建立的年轻的洋裁学校学到一般的基础知识之后。还须进到更高级的洋裁学校去深造，学习古老的传统的专门技术。"

安田兼子在暗自吹嘘自己，有着二十五年经营双叶洋裁学院的历史的同时，不失时机地贬低刚创建的圣和服饰学院。对于这些微妙的措辞，学生们似乎不解其意，漫不经心地听着。而式子，则从这一字一句含沙射影的语言中，顿觉自己将不可避免地要被卷进服饰界激烈竞争的女人社会中去了。

银四郎轻轻地抬起手臂。来宾致辞毕，轮到式子讲话。为了使自己显得从容不迫，式子故意慢慢地站起来，冷静地一笑，登上讲坛。

式子知道，若正面站在台上，容易暴露自己扁平脸的不雅。于是她略斜地站着。将近六百人的年轻姑娘们一齐将视线投向她。她们眼中荡漾着亲切、好奇和期待的目光。

她也知道自己讲话不巧妙。但她自信，她可以用自己的表情和身体的动作，产生一种热烈的气氛。而且作为女人，这样更能表现出个性，产生一种魅力。她这样想着，用一种女人特有的脆亮嗓门开口道：

"洋裁学校，既不是新娘训练所，也不是一般的职业学校。它是学习有关年轻女性造型艺术的学校！在这里你们将学习到色彩和形态的巧妙组合。从理论上研究探讨服装的裁剪和缝制法。希望你们不仅在自己的服饰方面，而且在各种服饰方面，有所创新……"

式子清脆的声音，如同一缕柔和的清风，轻抚着这些肩并肩挤坐在一起的姑娘们的心。前面五、六排的学生，像被磁铁吸住似的，眼晶晶地望着式子那下襟轻垂的礼服。她们的眼睛里充溢着美好的向往之情。从这些目光中可以看出。他们进了圣和服饰学院,只要有象式子这样的老师,自己就一定能成为出色的服装设计师。这是激情的目光,信赖的目光。

式子沉浸在甜美的幸福中。

"我所说的设计师,并不是光设计服装,她还要设计我们日常的生活。即根据每个人自己的特性和感情,把生活环境,生活方式设计得更加美好些,把往往显得单调的日常生活,设计得更加丰富,舒适和富有诗意。进一步地说。通过这种对日常感觉的设计,尽力创造出一个独特的玫瑰色的美好人生来——"

她说着,望了一眼来宾席。来宾们大多脸露好意,很有礼貌,静静地听着。教员座上,伦子、葛美、富枝和五个助手,表情紧张地望着式子;银四郎那架在脸上的无框眼镜里的眼睛正直直地盯着她。

式子感到很大的满足,她停住了话,抬起头,吸了一口气。此时,她头顶上的彩色玻璃饰章,正闪烁着耀眼的光芒。窗外的阳光越来越强烈地射到这太阳型饰章上,映红了学生们白净的脸。式子在台上一转身,转向玻璃饰章方向,微微抬高声音:

"这彩色玻璃制的太阳模型,是我圣和服饰学院的标志。它寄托着我内心的向往;像太阳一样华丽、纯洁、温柔。"

第三章　年轻人

　　津川伦子在公寓的小厨房用过面包牛奶这样简单的早饭后，给野本敬太写了一张字条："因忙于编写新学期的教材，今晚不能按时回来了。你和平常一样，到拐角的饭馆，去吃点什么好了。"

　　她把字条折起来，夹进门缝里。想起三个月前邻居的屋子被。小偷跑了进去，她又把门紧紧地锁了起来。

　　走廊只有一个小小的窗户，显得晦暗。在走廊转弯的地方，她绊了广跤。是毫不讲理的邻居，又把冬天用的火炉端到自己房屋外头，扔在过道上的缘故。倒霉！本来，这幢私人经营的有二十个房间的公寓，是符合建筑要求的，住在这里并非不舒服。只是住在这里的人们那种疯狂地争夺公用场所的行为，太令人生厌了。每当遇到这样不愉快的时候，伦子就不由地想，只要和野本敬太一结婚，就可以住进公营的钢筋混凝土公寓了。她一气之下，也不和公寓管理人打招呼，从木屐箱里，取出一双高跟鞋穿上，走了出来。走过三条小而整齐的郊外住宅街，便是拐角的吃茶店饭馆了。饭馆前是稀稀疏疏的商店，紧接着是车站前繁华的商业街道。因为车站附近经常洒水、柏油路上裂开的缝隙间到处都积满了水。伦子踮着脚小心谨慎地走着，免得高跟鞋踩进水里。一进入车站的剪票口，她便一下子放松了肌肉，感觉舒坦了。那些站在站台上的男人们，都会一下子向她投去灼人的目光。她亭亭玉立的身材，惹人注目的漂亮容颜，以及总穿着新式流行服装，这些不能不成为过客们的"磁铁"。因此，在她心里，在等待电车进入站台的这几分钟，是她一天之中最得意的时光。她觉得，要继续保持这种引人注目的惬意，单靠她那一点儿收入是不行的。伦子，名义上是服装设计师，可是月收入不过一万一千圆。她常常为如此菲薄的月薪与服装设计师这个被人认为是了不起的职业的不相称，而感到烦恼。但是，在所有经营洋裁学校的人眼里，在学校里头，一边工作拿工资，一边还可以不断学到新的洋裁技术，拿这一点工薪也可以说是一种美中不足了。一万一千圆扣除房租和伙食费之后，所剩无几了，无法不断添置流行的服饰。好在野本敬太能够用批发价从他工作的纺织品公司给她买来廉价的衣服和处理的样品以及布头之类。使她仍能不断穿上崭新的衣衫。

电车一进站，伦子和平常一样站到最前头车厢的停止线上。她冷静地观望着。混乱的人群涌上来了。待到铃声一响，她随即机灵地蹽进车厢车门旁边那凹进去的地方。

因为在这里她用不着担心被挤进坐着的男人张开的双脚中，而不得不拉住吊环，或者被挤压得要倒下去似的在男人的脚胫下面而透不过气来。因此，她每天上班坐电车时，目标总是对准这个地方，当然，有时候也不顺利。象今早这样顺利，她真是高兴极了。她站稳了身子，直起腰昂然而立。她那四尺五寸的高挑个儿，在满员的电车里颇有些鹤立鸡群，女性们那嫉妒的视线比起露骨的男性们的视线，更使她感到愉快。四年前，他从姬路来到大阪时，穿着一身普通服装，在这样最拥挤的电车里,是不曾引、动人们的。

四年前她也是和今天一样,从这个车站乘电车去鱼崎的圣和服饰学院。那时,首先引起她兴趣的是学校那美妙的名字,再者,这个学校又是在电车沿线。于是她报了名。学校不大,与其说是洋裁学院不如说是洋裁教室。可是大庭式子耳朵上戴的那大粒的珍珠却给她留下了很深的印象。

学校毕业后,院长大庭式子劝她留校当教员。本来,她是因为和年轻的继母吵架后,才走出姬路的家门的,尔后,只靠父亲瞒着继母给她的一点生活费过日子。因而那种收入较高的洋裁店比低工资的洋裁学校,对她来说是更有魅力的。但是,在式子百般的劝说下,她动心了。她也觉得在洋裁店服务,要依着顾客的脸色行事,有时还得蹲到人家脚跟下,给人量下襟的尺寸。相比之下,学校工资虽然微薄但那种"老师,老师"的称号,却令人快适。而且洋裁学校的老师是被人当作服装设计师而受到尊敬的。这种社会地位和荣誉深深吸引了她。可是,当她一经留在学校之后,大庭式子好像把早先如何劝留她的事忘却了,对她表现出漠不关心的样子。按常情,伦子原以为她既然如此热心劝留自己,那么至少在社交场合或在学校众职员中对自己一定会另眼相待,显得更亲近,更投契——当然这也是伦子所希望的。然而式子并不这样。对式子这种冷漠态度,伦子既无恶意,也不讨厌,只是觉得对院长不应过于计较罢了。

伦子当了老师以后,因为原来的两位老师都结了婚离开了,她一下子成了资格"最老"的老师了。三年来,她虽和式子一起共事,但至今仍觉得无法完全了解式子的性格。她只知道,这个已经三十多岁的女人还具有娇小姐的气质:希望周围的人,在所有问题上,都围着她转。这恐怕是她自小所处的生活环境造成的吧!她是有名的老店铺大老板的独生女,父母把她视为掌上明珠，周围的人也奉承她。因而养成了一种唯我独尊的性格。她尽管这样像个名门闺秀，但从她向来不让自己身边的职员知道哪怕一点点有关学校收入的情况来看，又好像具备有实业家的才智。

电车在鸣尾站停住，伦子慌忙从门玻璃窗伸出头来，往站台上张望。

她看到站台上有个穿蓝色短外衣的身影，并向她招手。这是平田葛美。她抱着一个手提包敏捷地跑到车门前，推开人群挤了进来。

"怎么样？今天我没迟到，放心吗？"

葛美毫不介意地大声说着，以至伦子向她使眼色之后，她才笑了一下，把脸转到窗外。

伦子无论什么时候到达鸣尾车站，只要碰到葛美，就放心了。要是这一趟车伦子遇不到葛美，那就说明她不是迟到，就是不能上班。在人数有限的教员室里只要有一个人不上班，她伦子的工作量就一下子增多了，不得已得让助手兼任葛美的工作。葛美虽然比伦子晚一年当教员，但在元老式的伦子面前并不感到局促和畏缩，而且常常心安理得地托伦子办事。可是她工作却十分出色，手脚麻利，富有效率，学生们很欢迎她。美中不足之处只是爱迟到和时时因故旷工。

葛美出生在一个拘谨的银行职员家庭。母亲已病故，她和上中学的妹妹分担全部家务事。可能因为这个原因。令人不可思议地在她身上压根儿看不到银行职员小姐的庄重。她是伦子她们三人中，最为活泼的姑娘。在这方面，父母都健在的大木富枝却别具一格．她虽然在三人中年纪最小，但似乎显得特别庄重和通达情理。在一般的场合，她那胖乎乎的白嫩脸盘只是略含微笑，默默地听着人们讲话。

到达甲子园车站时，她们看到许多拿书包的学生从车上跑下来，挤在细长的站台上。站在车门旁边的葛美先跳了下来，焦急地等待着在她后面悠悠地走下来的伦子，待到伦子挨近时，她叹了口气道："真烦人，入学后才一个多月，每天就要编一部分裁缝法、制图法，这些教材，忙得不可开交，连看电影的时间都没有了。"

"可不是嘛！我还得编师范班的教材，所以我今天还得留下来。富枝大概也一样吧！"

"她嘛，据说部分裁缝法的教材，已经编好了。"

葛美随口说。伦子的心被撞了一下。这个富枝！无论何时总是悄悄地干着，令人焦急，不知道她什么时候能把事干完。可是往往却好几次出人意料，动作神速地把所有工作都赶到别人前头去了。

当初富枝和葛美刚当上教员时，因为富枝缺乏设计感，伦子瞧不起她。然而去年春，学校举办第一次时装展览会，富枝制作的夜宴服，却令伦子瞠目结舌。当然，这套服装的设计者是式子，但是富枝高超的缝制技术，使呈现在人们面前的实物更加美妙绝伦。当时葛美却不以为然地说富枝是袋品店老板的女儿，缝纫技术比一般人高明，这是自然的。但自那以后，伦子却奇妙地对富枝产生警诫之心了。

走出剪票口，来到甲子园球场附近。一路上学生们以清脆甜润的声音，向她俩致以早晨的问候。伦子和葛美即以老师的庄重的笑颜向学生们应和。

教员室里，大木富枝和银四郎已经到了。没见到院长。富枝正慢条斯理地擦着自己的桌子，她一见到伦子和葛美，同往常一样，发出平板的笑声。银四郎正把助手和传达室的事务员叫到自己的桌子边，指指点点，分配这分配那。伦子和葛美故意不理睬他，径自走到自己的座位旁。银四郎好像觉察到她们的神色，停止了谈话，堆上一脸笑容，向她们打招呼："早上好，怎么样?!"在这不宽的教员室，没法装出听不见，伦子、葛美也只好"好，你好!"地应酬。伦子说着，装出忙碌的样子，把眼睛转到教材上；葛美也同样地低着头，看着学生们的考勤表。一下子，教员室里产生了一种令人不快的气氛。这时，上课铃响了。

伦子抱着教材，走进教室，她一踏上讲台就忘记了刚才那不愉快的情景。这时五十多双年轻的目光，像柔美的清泉渗入她的心间。当伦子用粉笔和定规尺往黑板上画白线时，学生们也同时在自己的制图纸上依样画葫芦，教室里发出铅笔在新的白纸上划动的声音。

"像这样，不仅要量好尺寸，而且要用两角规和分度器，计算好曲率，打好立体制图的基础。所以这不仅是思考长短线的问题，还必须研究度数。对于每一线条，切勿疏忽，制图必须严密尽量做到不出分毫差错。"伦子朗朗地讲解着。她觉得，新学期虽然周而复始，教材内容变动不大，但从未感到乏味。她已经经历了好几个新学期，但心情还是愉快的。教室里洋溢着学生们对一切都感到新鲜和对新教师怀着尊敬的气氛。女人都有一种要把自己打扮得美丽动人的本性。这种本性在这种场合，却以这样一种令人感到新鲜和紧张的形式，别有风味地表现出来了。伦子感受到一种奇妙的兴奋，那是一种点燃心中欲望之火，跃跃欲试，准备同谁奋斗一番的快感。

左右相邻，是葛美和富枝的教室，两个教室也都向着走廊开着窗户，从那儿断断续续地传来两位教员的讲课声。

上午三个钟头，下午三个钟头。下了课，三个人都感到口干舌燥，手脚发酸。伦子往嘴里扔进一块水果糖，脱下高跟鞋，双手往脚尖按摩着。在这段时间教员室听不到明朗的笑声,大家开始感到倦怠了。

富枝和葛美两人叉着手,无神的眼光望着夕阳西沉的窗外。式子和银四郎的两个空椅子整齐地放在桌下。式子在上午第二节来讲课;下午教完第一节后,说是洋裁学校联盟有会就出去了。而银四郎刚才还在这里,看来他已办完了日常方面的杂务事,在伦子她们进来时,也出去了。

"我们还得再工作一会儿呢……。"

伦子有气无力地说。

事务员拿来几碗清汤面,三人吃完这简便的晚饭后即开始编写教材。

新学期的主要教材是部分缝制法和基础制图。部分缝制法讲义要求简明易懂,使学生产生兴趣,而基础制图,则要求学生一开始就能很好地理解,否则将来无法掌握制图的展开法。教材的基本项目大纲由院长决定,任教教员则根据这些基本项目结合本班具体情况进行编写教材。这方面进行最快的是葛美,她象处理日常事务那样,爽利而快速地划着线,写上指导要领。伦子则不如她快了。每划一根线,总是要习惯地考虑这根线的意义和所表示实物的形象。富枝虽然精于部分缝制的实际技术,但对编写教材和制图,似乎提不起兴趣。

葛美整理好改编就的制图教材后,看着富枝慢吞吞地划动着铅笔,奇怪地问道:"富枝,你那么快就搞完了手工部分缝制的教材,而对这制图好像不太感兴趣呀?"

"用铅笔在纸上画着西服,不如一针一线地缝制一件更有意思。"富枝轻松地笑着说。

"真是袋品店的小老板!可我和葛美对一针一线的缝制实在感到枯燥之极!"

伦子一边动着定规和两脚规，一边插进来说。

"或许是这样的吧！绢纱批发商家庭出身的式子先生也很喜欢裁缝呢。我小时候总天真地认为，那些能将一块块好看的布缝起来，制成一个个漂亮的手提包的裁缝匠，真是天底下最了不起的人了。"

富枝用慢滋滋的大阪话说。

"式子老师最近怎么啦？过去总是待在学校埋头工作，可现在……"

葛美不满地发牢骚。

"新学校成立后的这一两个月，她老是没完没了地到处奔走拜客访友，可热乎了。"

葛美之后富枝也插了话。

"她外出是过多了，变得有点奇怪了。伦子，你看我说得对吗？"

葛美要伦子表态，她问伦子。

"是呀——这也并不奇怪。因为学校扩大了，作为院长可能因为这样那样的事必须出去。不过，在鱼崎时，她的确对讲授课程非常热心，而现在连编写教材的事，全都推给我们了……"

伦子犹犹豫豫地说了以上这些话之后，注意到壁钟时针已指向八点。

"怎么样，今天的工作就到此告一段落吧，余下的留着明天干吧。"

此时她想到野本敬太正在公寓房间等待着她。但为了不让葛美、富枝看出她心中有事，故意漫不经心地说。

伦子到了公寓区第二段前，就望见自己窗户的灯光。从楼那边数过来的第三个窗口，绿色的窗帘透出光亮。

野本敬太来时，总是只开着电灯，连窗帘也不拉开的。他总是穿着上衣，横躺在榻榻米上。于是伦子眼前浮现出野本躺着的样子。他通常把宽厚的肩膀贴在榻榻米上，像一尊石雕，姿势不变。用粗犷健壮来形容野本敬太是确切的。伦子甚至为自己过去怎么会看上这样一个其貌不扬的男人而感到奇怪。

两年前，伦子代表式子为鱼崎的圣和服饰学院到本町的三和织物株式会社选择布料——当时，这家公司要赞助一些布料给学院，为举办秋季学生作品展览会用。最初出来接待伦子的一个职员，贪婪地望着伦子的俏脸。可是一注意到伦子的服装很一般时，就用淡淡的口吻说。

"赞助洋裁学校学生作品展，这是很好的事，可是，目前所有的洋裁学校都要求我们帮助，所以失礼了！布料嘛只能从我们所规定的品种中选择了。"

说着就领伦子到陈列室里。伦子只能从所规定的几个品种中，认真选择勉强过得去的布料罢了。

"您好像还要看相当长的时间，我因为比较忙，只好另换一个人来替我接待您了。"

说着他走了，代替他进来的就是野本敬太。

敬太穿着一身与一个织物会社职员很不相称的土里土气的衣服。沉默寡言，不善于应酬。尽管伦子选择布料很不熟练，但野本敬太却不厌其烦，还帮她将成堆的布料，搬到阪神电车的乘车处。这使离开姬路第二年刚成为圣和服饰学院教员的伦子，深感温暖和亲切。伦子第二回去时，敬太还是和第一回一样默默地亲切接待她。第三次第四次，以至以后的无数次，敬太态度依然如初。倒是伦子态度改变了。她选定了布料，喝茶的时候便主动地将自己的事情侃侃地告诉他。敬太总是以浓厚的兴趣倾听着。听完后总是有礼貌地回答：

"是呀，实在不容易。不过，对于年轻人，也是个锻炼呢。"

敬太甚至帮助伦子提着布料，送她回公寓，还是不改他那拘谨和有礼。一到公寓宿舍前，他即把手提的东西交还伦子，惶惶然地告辞。就在一年前下着暴雨的一天，敬太还是和平常一样，送到房子前，客气地告了别，正要走时，伦子生气了。她把敬太的魁梧身体按进门里。就这样，敬太进到伦子房间。

　　现在伦子眼前这一扇粗糙的旧门，仍和当时一样发出吱吱的声音。

　　进到房间，看到敬太果然和衣横躺在榻榻米上。枕头旁边放着饭馆送菜的菜盆，盆上放着两个装杂烩饭和汤的空碗。敬太可能早吃完饭了，还有饭粒粘在碗沿上。

　　"对不起，我迟到了。夹在门口的字条看见没有？"

　　敬太仰躺着点点头。伦子从他那浓眉下、紧盯着自己的柔和眼光中看出他并没有生气。

　　"实在是烦人，入学式以来，没有一刻轻松过！"

　　伦子一边打开在车站前的商店里买来装着寿司的盆子，漫不经心地说。

　　"开学早，忙一阵，不是挺好的嘛！"敬太依然躺着，说。

　　"话是这么说！我是出于责任心，任劳任怨地干，可我上次说的那个讨厌的男人八代银四郎，自从充当所谓经理角色以来，我们教员室的气氛，真有点阴云笼罩了。首先，院长奇怪地变得不安静了，经常外出，而助手和事务员，也逐渐地不听我的吩咐了。"

　　伦子喋喋不休地诉说着，突然转口问：

　　"可是，他是一流大学的毕业生，为什么要当洋裁学校的经理呢？"

　　"这，我也觉得不可思议。"

　　敬太沉默了一会儿不感兴趣似地回答着，慢吞吞地坐起来。

"不能总谈他人的事。我们两人的事怎么办呀？我再不能为了住到这里，老对母亲撒谎了，我们得想个办法。"

自从两人发生了肉体关系以后，敬太的口气变得有些硬邦邦的，显然强硬起来了。伦子马上沉默了下来。在两三个月前，敬太瞒着自己的母亲，偷偷住到她这里时就谈好要结婚。伦子是因为和继母合不来，而离开家，在这里过着轻松自在的独身生活。敬太则是一直和母亲住在一起的，他必须再回到母亲身边。虽然这一点不能构成理由，但显而易见伦子在前两三月时间里对和敬太的婚事，已经不那么迫切了。

圣和服饰学院已经竣工了，它比预想的好。伦子当上了学院的主任教师，她开始衣着华丽，并意识到自己很惹人注目，身价高了——是不是因为以上这些原因呢？总之，她现在不急于和敬太结婚了，但也并不是说，她对敬太已经没有感情。

伦子默不作声。敬太急忙改变了话题。

"我们公司决定今年夏天大量销售阿米呢，我是做推销工作的。你能够给我出点主意，帮助推销吗？"

敬太和平常一样态度认真地说。伦子得救似地松了一口气。她头也不抬，装着思索的样子说：

"是吗，不要卖阿米呢了。去年你们卖了些，可就是光泽不好，而且手摸着不舒服，最糟糕的是不容易缝……"

"今年改良了树脂加工程序，克服了去年的缺点。生产出来的料容易洗，笔挺笔挺的，无须熨，这些优点……无论如何，因为使用方便，肯定可以脱手。工厂方面已特地买下了专利，因为进行一年试产，不合算，所以今年在提高质量的前提下，争取降低价格大量生产的方针。我们这样的批发公司，不掌握这个时机、大力推销不行。所以，请你们学校在举办学生作品展览会时大量使用这种布料。"

敬太一反平时讷讷寡言的常态，滔滔不绝地说开了。

"可是，拿给学生们做校内作品展，宣传效果不大，倒不如……"

伦子稍稍一停，接着说。

"那么，先把布料介绍给式子老师，和她商量一下吧。"

"要是这样，太好了。不过很奇怪，式子老师起先好像到过我们公司两三次，我是没有见过她，可后来她不来了，一直是你代表她来。"

"式子老师是大户人家的小姐，交涉校内学生展品会用的布料，是区区小事，耻于亲自躬身！"

"是吗，然而，她说不定知道我们俩的事！"

"这不是开玩笑吗？我是一直将我们俩的事，瞒着式子老师，还有葛美、富枝的。在尽是女人的学校里，对男女间的事，是很敏感的。"

"好嘛。拜托你了。我去学校在这方面一定小心谨慎。"

敬太站了起来，重新结好领带。

"怎么，要走？"

"最近母亲老喋喋不休地问……"

敬太掉开眼睛说。

"现在，已这么晚了，而且我……"

伦子以格外温柔的声音说。随即抱住敬太高大的身躯。敬太柔和的眼睛里闪出一种欲望的光，迅疾倾向伦子。

伦子冒着汗、喘着气。什么时候总是自己主动地挑逗他，可是对结婚犹豫不决的又是自己，究竟自己在期待什么呢——倦怠中，伦子的眼前蓦现出入学式那天，在玻璃饰章的闪光中，向来宾致辞的式子那雍容华贵的身影。

第四章 女服装设计师

上午十时开始的聚会,一直进行到午饭后还没解决一个问题。堂岛S会馆的会议室里,充满着香水的浓香和烟雾。

正面的沙发上,坐着的是关西女服装设计师协会会长大原京子。她稍稍向后靠着,两旁是双叶洋裁学院的安田兼子和创美服装学园的井上民子,她们的坐态显得十分拘谨。这两人都是大原京子的弟子。大原京子每说完一句什么,她们总是附和着鸡啄米似地点头。好像他们三人就是核心,大约三十人左右的女服装设计师们围着她们,V字形地坐着。从椅子上流下来的西服裙子的下襟,构成了一幅美丽的图案。整个会议室洋溢着豪华的气氛,女人们大都摆出一副高傲的姿态。

这是式子初次见识的场面。在鱼崎的小洋裁学校时,自己是个核心,被年轻的教员和学生们围在一起,教他们剪纸样和裁缝,可这样隆重的设计师聚会做梦也没见过。她感到一种满足和快乐。最近以来,她已经觉察出,由于经常外出,没上课,伦子她们总拿非难的目光望着她。然而今天,她并不因此而引以为憾。她感到心轻神捷,如同长了一对翅膀,飘飘欲仙。

大原京子用她男低音般的声音,突然大声说。

"总之,今日,已不是什么人都可以随便举行时装展览会的时代了。我们关西服装设计师协会,这个由洋裁学校联盟第一流服装设计师们所组成的单位,计划举办一个极为出色的时装展览会。刚才,大家协商结果,将这未来的时装会,取名为'美化日常生活时装展览会'。最近,很多时装展览会展出的,大多只能供舞台上穿戴。我们呢,则要抱着美化日常生活,这样一个目的,设计或改革那些只能在舞台上穿戴的服装,使之变为适合于客厅、街道、办公室和家庭生活用的服装。我们要举行这样的时装展览会。我们作为洋裁学校的校长、时装设计师,应该发挥指导作用。"

大原京子始终以命令的口气说着,谁也没有异议,屏息静听。大原接着说。

"因而,我们要马上着手准备。为此请诸位选出一个筹备委员会。大家知道,筹备委员会的任务是:和厂家交涉;决定作品发表顺序,挑选模特儿,分配衣料等。展览会的规模越大,筹委会的权限和责任就越大。所以,为慎重起见,采用二名连记制进行投票,按顺序,得票最多的前四人为当选委员。"

当选票纸开始分发时,瞬间,整个会场被肃穆而紧张的气氛笼罩了。

式子手握铅笔,默默地疑思着。女设计师们都低垂着那美丽而白皙的脖子,象女学生们记笔记似的,十分认真地,握着铅笔在纸上划动。

一个月前才加入学校联盟的式子,不知道选谁好。每人都必须写两个名字,其中一个她打算写上上一次圣和服饰学院开学式时前来致辞的大原泰造氏的妻子,刚才说话的那位大原京子。另一个名字,式子想不出合适的人来。她抬起头,环视着四围。突然,她的目光和坐在中央桌子旁的安田兼子的目光碰在一起了。生怕自己的心思被兼子看透似的,她慌忙躲开她的目光。可是安田兼子的眼睛仍旧执拗地追逐着她。这不是要强迫自己选她吗?式子生气了。于是她故意无动于衷地晃动着铅笔,什么也不写,就把纸折成四方形,作弃权投票。

　　选票集中在一起,当即开票。三个监票人站在中央的桌旁,一个唱票人高声叫着得票人的名字,两名计票者往贴在墙上的大纸上记着票数。选举结果,大原京子的选票占压倒多数。其余有四、五人分别得少量的票。每唱完一张票,室内都会产生一种异样的兴奋情绪。安田兼子把手轻轻地放在沙发扶手上,装作若无其事的样子,当听到唱自己的名字时,她显得更为冷静。

　　开始时,式子看到周围人们那种兴奋样子,有些反感,心里在嘲笑她们。可是后来自己也渐渐地被卷进那种热烈的气氛中去了。

　　选票很快被统计出来。结果,大原京子、井上民子、吉冈惠美子和安田兼子当选。当选的四个人,小声地嘀咕了一阵子,大原京子站起来说。

　　"刚才,诸位对我很信赖,选我为委员。我本来应该担负筹委会主任这个职务的,只是因为我除了有自己学校的一摊子事外,还有学校联盟方面的事,因而,我请双叶洋裁学院的安田兼子先生代替我担任筹委会主任。安田先生很体谅我的难处,欣然接受了,但她是我系统的人,这一点请诸位谅解!"

　　京子说毕,安田兼子站起来:

　　"四位当选的委员协商结果,让我代替京子先生担任筹委主任。现在,首先定出和各位服装设计师搞协作的厂家的名单。如果早已和什么厂家有关系的,可不必举手,未找到厂家的请举手,我们协会方面,给予关照。"

式子脑海里立刻出现三和织物公司。但是自己和该公司关系并不深，只是因为要举办校内学生作品展览会，才要求过她们赞助一些布料而已。于是，她举起了手，然而，令她吃惊的是：场内除了她，竟无一人举手！她的脸唰地红了，但又不能把手收回来。有几个人，故意装着认真的样子，盯着她十分尴尬地举着的左手。

"哟，只有大庭式子女士一个人——别的没有什么人了！"

安田兼子装模作样地大声说着。式子低下头把手收回来。

"对，对，大庭式子女士，是初次参加这个会的。诸位，我向你们介绍一下，现在唯一举手的，就是这次在我的学校附近开办圣和服饰学院的大庭式子女士。她的教学楼正中装有太阳型饰章。她的学校是有标志饰章的……"

兼子故意加强语气，重复"饰章"二字。这时有人发出低低的窃笑声。大原京子用她那闪光的小眼睛瞪着式子，说：

"哎呀，您的饰章是什么意思呀？我丈夫参加贵校的开学式回来，只单纯赞许你，说那是一块十分好看的有色玻璃！"

京子和她丈夫正相反，她很瘦，给人一种冷漠的感觉。

"不，我的饰章不单纯是一块玻璃，它是代表着洋裁学校要搞美好设计的校章，所以——"

式子刚开始说明，安田兼子就强硬地插进嘴道：

"大庭女士，和我们不一样，因为她是船场出身的，所以对家纹呀、饰章呀有特别嗜好。哎呀，你瞧，我说到什么地方去了！大庭女士，你能想出来你们和哪一个纺织厂家联系比较密切吗？"

兼子眼睛一眨不眨地望着式子，又接着道：

"象举办我们这样大型的时装展览会，可得发挥有关服装设计师们的神通，从厂家那里捐到布料和赞助金才行。一般的服装设计师,有的担任某些厂家的顾问,有的被某些厂家委托办理什么事,有的平常和某些厂家有某种协作关系。那么,她们就能从厂家那里获得布料和部分资金。我们这个协会,差不多成员在参加协会时,就和某些纺织厂家有过联系了。今天我算苦口婆心说了这些。象大庭女士这样——"

兼子不逊地说。

"要是您事先通知了我,我也有所准备了呀……"

式子作了回答。她自己也感觉出来自己的声音微微发颤。她想起,前天,她给安田兼子打电话问今天开会的内容,就是这位安田兼子却不负责任地告诉她,没什么要紧的事!

"您现在这样说,我也没办法了,诸位,你们谁和两个厂家有关系的,分赠给大庭式子女士一'口'吧?!"

这是对式子的极端不恭和蔑视。给这个富丽堂皇的场面,蒙上了一层令人难堪的气氛。这时,离式子四五个位子的地方,一个穿红西服的人突然站了起来:

"关于厂家的事,没有必要在这里唠唠叨叨说个没完!反正谁给式子女士联系一个也就行了!"

她背向着式子,看不出是谁,只见那波浪式的长发,披在西服上衣上,十分引人注目。她站着说话,还抽烟。

大家都愣住了,一齐把视线投向她。红礼服不动,像一尊红色塑像。安田兼子好像被她的气势压下去似的,显得有些畏怯。

"哟,我以为是谁呢!原来是伊东歌子女士呀!突然站起来说话,吓人一跳. 您说让给式子女士一个厂家,是哪一个厂家?"

"即使不是什么厂家,一流的商社也可以嘛!回头我和大庭女士商量一下,再告诉您好了。"

"难得您的热心肠呀！我以一个筹备委员的身份，代表大庭女士感谢您呀！"兼子强作笑脸地说。

"没有必要请您感谢罗！"

伊东歌子没好气地回敬她一句，然后叼着烟，傲慢地坐了下来。顿时，全场寂然。空气都凝固了。安田兼子，怒形于色，正要说什么时，坐在左边的井上民子用目光制止了她。井上民子向坐在正中的大原京子唠了唠嘴。大原京子感到自己的威严受到损害，她板着脸。安田兼子一看，吃了一惊，故作笑态，以筹委会主任的口气，继续说。

"好了，会员和厂家提携的问题总算解决了。下面讨论有关各自作品的件数，模特儿的分配和表演形式等。"

式子激烈跳荡的心还未平静。安田兼子突然对自己进行别有用心的侮辱；伊东歌子出乎意料地站出来护卫自己……都一时涌塞在她的心头。安田兼子主持会议的尖厉的声音不断地钻进她的耳朵，但式子不知道她讲什么。后来她总算控制住了自己激动的情绪。她的心从未被人刺痛过，即使在那战争的年月，失去了双亲，她还是靠着父母的一些遗产在久经磨炼的中年女佣人希代的守护下，依然过着海不扬波的安稳生活。她的洋裁学校，也没经受多少遭折就办起来了，是顺应时流的。无灾无难。然而，今天突然在人前遭到侮辱，又突然有人站出来救驾。这对过去一向生活在风平浪静中的她，实在是一次人生的洗礼。她感到一种身上被强行染色似的恶心和难过。

周围的椅子噼啪作响，人们站起来了。刚才站在正面喋喋不休的安田兼子已离开了桌旁。聚会结束了。式子慌忙站了起来，抢在安田兼子的前头，走出会议室。她也不等电梯就沿着楼梯走到了一层。她想在那儿等待伊东歌子，可又不愿意见到从电梯里出来的刚才与会的人们。于是她决定明天去见伊东歌子，就径自从北门出走了。

往大阪车站去的路上，刚下班的人们，争先恐后地走着。式子被挤在人群中。当她走到樱桥附近时，忽然觉得有人轻轻地拍了她一下，原来正是着红西服的伊东歌子。

"谢谢您，刚才……本想明天到贵校拜访，就没等您了。"

"不必客气，那件事——"

说着，她把手放在式子肩上，催她走。

"她们那些人是以大原京子为中心的派阀主义者。一旦出现像咱们这样不搞大原式洋裁的新人，她们必定要摆出一副姑奶奶的架势横加讨伐。尤其她们更憎恨嫉妒像您这样才三千左右，出身名门的没吃过苦头的小姐。她们像刺猬，恨不得扎你满身洞。她们嫉妒你，简直要达到张牙舞爪的地步。你不要胆怯，大胆拿出船场名门的气派来，让你那太阳型饰章增色添辉。出色地干给她们看。因为想和你透透气，我才追上来的。"伊东歌子大声地嚷着，又问："另外，关于刚才提的商社，三和织物公司，你觉得怎么样？"

"三和？"

式子惊讶地重复着。

"怎么，你已经联系过了？"

"不，校内举行学生作品展览会，请他们赞助过，但没有更深的关系。"

"不必这么文质彬彬的！只要有一点认识，就得厚着脸皮，攀上关系。刚才那些人，谁都是这样的，没股韧劲就不要想当一名服装设计师。好了，三和织物方面，你自己去联系好了。我还和男朋友有约会呢！对不起，再见！"

她转身走了。披着长头发的伊东歌子，比刚才想象的老气，美丽的眼角已布满过四十岁的女人所具有的鱼尾纹。

式子停住脚步，望着红色的西服消失在人潮里。然后迈开大步朝大阪车站方向走去。傍晚时分的车站前广场一带，人声、车声沸沸扬扬。式子想不出能有一个可以静静地喝咖啡的吃茶店。她又停住脚步，望着人群。突然她发现走过来的人群中有一个人很像银四郎。她望着那地方，走近一看，果然是银四郎。银四郎也好象看到了式子，排开两边的人肩，快步地朝她这边趋来。

"怎么啦？你好像累坏了！"银四郎直望着她。

"头一回参加服装设计师聚会，真有点累了。"

式子竭力控制委屈情绪，漠然地说。

"是吗！因为很晚，想顺便到S会馆去接您。我有一个中学时代的朋友，在这附近的报社工作。最近我们要举行时装展览会的事，我想给您介绍一下。"

"可是，现在我太疲倦了呀！"

式子沉沉地摇着头。

"那么，我们找个安静的地方吃顿饭，怎么样？"

一丝暖流穿过式子心间，她默默地点了点头，和银四郎走并肩往前走。当到达堂岛中街——这里有许多安静的餐厅和饭馆——时，式子突然说：

"还是先到您朋友的地方吧！"

干吗突然心血来潮要到银四郎朋友那里去呢，式子自己也说不清。

银四郎并不介意，他说："是呀，经过他那里也好。去那小子住处，如何？"说着，他自己前头开路了。式子终于悟到自己那潜藏的心思：在非常怠惰而疲惫时，要避免同银四郎单独相处。银四郎是否已意识到这一点，或是虽已意识到却佯装不知道？她漫不经心地随他来到报社门前。在传达室里待了一会儿，隔扇门打开了，一个高个子青年走了出来，"呀，是银四郎——"他叫了一声。没抹油的头发，紊乱地往上拢着，细长的脸盘显得有点神经质。

"好久不见了，突然想到您，不知近来怎样了，还是来看看好。怎么样？有喝茶的工夫么？"

"嗯，今晚还要商量有关版面安排的事。不过，这之前有一个钟头没事。"

他很快扫了一眼式子。银四郎马上转向式子道。

"这位就是刚才说的曾根英生君。这位是圣和服饰学院的大庭式子女士，也就是我现在工作的学校的院长。"

银四郎介绍毕，曾根英生有点学生式的腼腆，默默地低下头，小声道：

"走几步就有一个美味的咖啡店。"

说着，径自前头引路。

堂岛川的吃茶店，附近人影稀疏，嘈杂的收音机声顿消，显得很宁静。银四郎和式子并肩坐了下来。

"刚才在传达室，我说要找社会部的曾根君，传达员说你已经调到文化部去了，究竟怎么回事？"

"没什么……"

曾根有点欲言又止。

"我不适合在社会部干。为了选出一条重要新闻，像猫一样三天三夜，得在检察官家周围团团转；或许为探听职业棒球员转移住址的消息，得在小学校的校园，尾随一个七岁的孩子……这样的事，在自己短暂的人生中，究竟有多少价值，能起多大的作用，鬼知道！这样一想，我就一天也不愿干下去了。说得严重点，社会部的记者，只要不怕脚疲得像木棒，一心要钻进去，将事件发生的时间、地点和经过报道出来就行了。在这里，没有自己的主观思想和进行批判的余地，自己变成了机械的消息传播者，这样的事我不干。我这个人可能有我行我素的毛病，于是，我就请求部长把我调换到文化部去。"

"是哟，你的性格也许适合在文化部干，可是社会部是报社的人向上爬的阶梯呀？"

"话虽这么说……"

曾根打住话头，银四郎似乎为了改变这个令人窒息的话题，急忙用明快的声调说。

"曾根君到文化部工作，那是对我们有极大的好处哟。实际上，这次大庭院长刚加入关西服装设计师协会，就得参与大型时装展览会这就须要某个报纸给以开开路，造造舆论。所以顺便找你来了。"

"时装展览会……？"

曾根英生笨拙地重复了一句。

看到曾根不感兴趣的样子，银四郎更加劲说了下去。

"你大概会说时装展览会不算什么新闻。可是这次是参加洋裁学校联盟的第一流学校的三十个时装设计师，一起联合举办的。和个人展不一样，这是一个竞技式的联合展，好像还具备有迄今为止所没有的主题。"

银四郎一个劲地说着，想引出式子的话，他望了望式子说：

"展览会的新主题，今天的会，决定下来吧？"

"是的，定下来了。叫'美化日常生活时装展览会'从舞台、服装直至工作服、围裙。"

"围裙？有意思！"

曾根稍稍发笑。

"那么过去为什么不举行围裙展览会呢？"

"过去是僵化呆板，没有梦！人们最多只要求观赏那些脱离日常生活的像豪华的鸡尾礼服、晚礼服之类。一举办展览会，各校都同一种模式——追求豪华的脱离生活的东西。在这种情况下，如果有个学校单独举行工作服呀、围裙呀这样的展览会，那就惹麻烦了，甚至设计师的能力都要受到人家的怀疑，所以只好……"

"您所说的服装设计师的概念，在日本似乎有点模糊不清。大型洋裁学校校长就是服装设计师，这种看法，我认为是奇怪的。所谓服装设计师，依我看来，应该是指，无论在哪一方面，能纯粹地设计出一种崭新的服装造型，或者专门从事服装设计的人。在巴黎，服装设计师的定义是十分清楚的。那些只要能很好地从事服装设计，即使没有大型洋裁学校或许多学生，也同样被承认是出色的服装设计师。日本所说的服装设计师，是不是有点偏见？"

曾根认真而又平静地说。

"是的，我一直也是这样想的。在现在日本的服饰界，即使个人有优秀的才能，但只要不是洋裁学校的校长，或一流洋裁店的经营人，就得不到服装设计家的待遇。这好像是一种奇怪的既定俗成的概念。而服装设计师们自己对此却安然自得，毫不怀疑。"

"那您本人是怎么想的？"

曾根似乎在向她挑衅。

"我……我嘛……"

式子为考虑如何回答，有点语塞。

"式子院长当然是一个纯粹的服装设计师了。洋裁学校不过是她的附属品罢了。"

银四郎为式子解了围，代她回答。

曾根对银四郎的回答显出揶揄之态。银四郎笑着，露出白皙的牙齿，说：

"在你初次见面的女士面前，议论你是否合适？曾根君过去就是一个书生气十足的人，可是想不到我的那些坏朋友现在却干得不坏呀！"

"嗯，前不久咱们班的同学开了个同窗会，与会者个个都是干得很出色的人哕。缺席的只有你、松本和吉田，大家都谈到你。"

"谈到我……？"

银四郎露出不愿再谈的神色，但曾根仍旧很认真地接着说："大家都颇为为你担心。你这个人哪，好不容易进到大同商事这样一流的商社工作，可是干不到两年，就溜了。后来我们想，你可能自谓是八代商店的绅士、西服料批发店的子弟，要协助父兄振兴家业。可谁知道你竟混到洋裁学校……"

曾根停住口；唯恐式子不注意听，特意睃了一眼式子，又继续说：

"听说你在什么洋裁学校当教师，还是经理，大家都感到惊讶，那么，你家里没说什么吧？"

"我家嘛——他们没说什么。只是我突然辞去大同商社的工作，父亲感到很突然，发了一通脾气。然而，一个月以后，他看到我当进口布料的经纪人，一个月竟能赚大同商事工资的五六倍钱，也就不再说什么了。无论如何，我只是我们家的四男。我若待在家里搞买卖，那些个心胸狭窄的哥哥、嫂嫂们，一定会疑神疑鬼的。就这样……后来，我带着进口女用布料出入圣和服饰学院，偶尔也教教法语。这会儿，连在经营方面，也协助她们了。"

"尽管你看不上当职员的那么一点薪金，可是你过去学的是法文，你能安心干进口布料的掮客或者洋裁学校的什么经理吗？

你是我们年级的高才生,当初不是还要你留校当教员吗?所以白。石教授,听了你的事,很觉不是味。"

"白石教授嘛……"

银四郎稍感作难,他说:

"与其说'不是味'不如说生气吧!那是我求他给我介绍工作,刚干上只一年我就不干了。当拿工资的职员……"

说到这里他转向式子道:

"算了,再谈这些,真对你不礼貌!"

好像为了催式子动身似的他自己先站起来说。

"曾根,刚才所说的服装设计展览会的事,就拜托您了,什么时候还要来找你的。"

走出店外,堂岛川两岸的街道已经沐入暗夜中,只有为数不多的窗户还闪着灯光,微弱的光映射到市街上。

式子和银四郎并肩走着,她感到自己疲惫之极。甚至连说话也感到吃力。

"到什么地方吃点饭怎么样?"

银四郎忧虑地问。式子摇摇头。她一点食欲也没有,大概吃了饭反而会呕吐似的。

"刚才一开始,您就很难受的样子,是不是在今天的聚会上遇到不称心的事了?"

式子仍沉默不语,摇着头。

"是啊,今天午后,我因为对洋裁学校联盟的某些问题弄不明白,给大原泰造氏打了电话。据他说,今日女士们的聚会,是一个挺微妙的会。要讨论时装展览会和别的什么比较重要的事,因而,京子先生摆出一副姑奶奶的架子,耍耍威风!他说得漫不经心,还哈哈大笑,可我听了颇不放心,就来接您了。"

"是吗?果然……"

式子几乎要涌出眼泪，但为了不让银四郎发现，她眨了眨眼睛：

"因为要决定和厂家协作的事，我被安田兼子女士奚落了一通。女服装师的社会太复杂了，而我过去的想法过于单纯、美好了。"

她暗自庆幸这晦暗的夜色，眼里的泪花没能让银四郎瞧见。她就这样地谈着刚才聚会的事，只字不提三和织物公司。银四郎听毕，沉默了一阵说：

"嗯，那些尽是女人的社会，更是充满了没完没了的明争暗斗。象大原京子这样，有大原泰造氏这样气魄大，能干的丈夫，尚且那么不通人情，何况象安田兼子这样靠自己不顾一切地奋斗，爬到这种地位的女人。心地不好，那是理所当然的事。总之，今天开始遇到的令人不愉快的事，以后难免不会再遇着。"说罢，他点上一支烟。

"您想想洋裁学校，这是二十四个钟头里都是女人活动的地方。除了偶尔有的学校，有个别男经理之类的人员外，从校长、老师到助手、事务员，全部是女的。其中有的人在女人的虚荣心和嫉妒心的驱使下，不惜任何代价地同别人竞争。最终，或者出了点名，或者设计出新颖的时装……可是等到注意自己的婚事时，已经人老珠黄了，这是何等可悲的事呀！"

银四郎带着揶揄的口气说着，在黑暗中吐出一口白色的烟雾，扔掉了烟蒂。式子一下子感到身体被玩弄似的难受。银四郎显然是在影射她，讥讽她。

"您是说我吗？"

"不不，不是说您。不过，您的财产足够您生活下去，您又是出身名门，年纪还轻，可是为什么至今还不结婚呢？我感到不可理解呀！"

银四郎说得挺认真。式子沉默了一阵。他们来到两旁高楼林立的街道，像是步进幽谷，显得幽深黑暗。这时，式子几乎下意识地开了口。

"我在战争期间失去了双亲。我把久太郎街老家的店铺让给了我的舅父和别的亲戚。他们战后生活混乱，自顾不暇，没有注意自己的婚事。而我自己也爱上了洋裁，教起了洋裁，和双亲生前的女佣人希代无忧无虑地生活到现在。不知不觉中把自己的婚事给忘了。"

说着说着式子又沉默下来。银四郎也不说话了。

他们走到堂岛上街。微弱的街灯把银四郎高大的影子映到一垛墙壁上，两人的影子好像要重叠在一起了。双影无声地在墙壁上闪动着，像一幅奇妙的剪影。

式子忽然想起伊东歌子。红色的西服，长长的很黑很黑的披肩头发，四十岁人所具有的鱼尾纹……，情人——这个字眼，对于她已是多么强烈的不调和啊，这正是伊东歌子给予式子的最大真实感所在。式子突然被歌子给她的这种异样的感触所刺激。产生了一股欲倚靠在银四郎身上的冲动。

"银四郎先生……"

墙上的影子停住了。年纪比式子小五岁的银四郎，端正的脸，朝着式子。

"要一个车……"

"怎么要车……?"银四郎欲言又止。

"我累了，要一部车回鱼崎!"

银四郎的无框眼镜，在暗中闪了一下冷光。他马上往四周看了看，向一辆从南边驶来的出租车招手。

出租车停下后，银四郎打开车门，扶着式子进车。

"不必了，已经很迟了，再说银四郎先生的家在末吉桥，和鱼崎的方向完全相反。"

"没关系,送您到鱼崎后,我再回家!"

车行驶了一个钟点,银四郎把式子送到郊外,要返回市内已很迟很迟了。

"真的行吗?没关系吧?"

"没关系,再见了!"

银四郎突然停住关门的手。

"忘记今天会上的事吧!没什么了不起的!"

银四郎亲切的话语,使式子感到分外温暖。

"银四郎先生!"

"嗯?"

"再见了!"

式子伸出右手。银四郎也伸出右手,紧紧握着。他的手多么柔软!司机看着后望镜。

"再见!"

银四郎关上了车门。

第五章　初　夏

　　伦子上班的时间比平时早了。野本敬太不留宿时,她常常醒得早,心情愉快,但又觉得若有所失。今早,她独自简单地吃点早餐就离开寓所,提前四十分钟来到了学校。
　　一个高中刚毕业的办事员已来到教员室,正在揩拭桌子。一眼瞧见伦子,他那圆圆的脸上漾出一种青春的微笑,招呼说:
　　"您总是来得这么早,工作真勤恳啊。"
　　说着便把刚刚擦洗过的烟灰碟,拿到了伦子的跟前。
　　伦子从大挎包里把教材取出来,放到桌子上,然后点上一支烟,在同事们尚未到来的二、三十分钟里,独自一个人享受着抽烟的乐趣。她从容地深吸一口之后,倏地向空中吐出一个白圈圈,悠然自得,乐滋滋地望着白圈儿,直至它的消失。
　　在一缕白烟的尽头,出现了式子的身影。原来式子正向教员室门口的玻璃门走来,与伦子对角相望。她身子微微前倾,脚步急促,一到门口,旋即推开玻璃门,有些吃惊似地说。
　　"哟,伦子,你来得好早哇,正巧,我有件事要找你,也来早了。请到这边来一下吧。"
　　式子一步也没停留,立刻打开了通经会客室的门,在沙发上坐下来，问道：

"伦子，在三和纺织公司里，你有没有关系特别密切的人？"

这突如其来的发问使伦子愣了一下。她想，和野本的事，式子是不会知道的。于是漫不经心地说，"要说关系特别密切的人，还没有。我这次不是只作为式子老师的代理人，请他们在展出的学生作品的用料上给予协助吗？"

"情况是这样的：昨天开了个时装展览碰头会，决定设计师必须各自去找自己的协助出资人。我们学校现在还没有一家可以称得起是关系密切的公司，这才想求三和纺织公司帮个忙。因为除三和外，我们也不了解别的公司。……"

听罢，伦子小心谨慎地叮问了一句。

"噢，这么说，刚才您问我有没有关系特别密切的人，意思是想找一位协助者，对吧？"

"是的。因为时装展览规模很大，每家要出三件展品的用料和十万元赞助金。"

"三件衣服的料子，十万元……"伦子喃喃自语着，她想起了前些日子野本为了大量出售三和的产品，曾求自己把他介绍给式子院长的事。但此时，在式子面前她却只字不提这件事。

"麻烦你现在就去三和跑一趟吧。"式子以央求的、缺乏信心的目光看了一下伦子。伦子这时故意低下眼睛，装出一副"此事难办"的样子，说：

"为了式子老师，管他外面如何议论，我还是厚着脸皮去跑一趟吧。"伦子的表达方式是迂回的，口气中带着一种要叫人感恩的意味。

桌子上摆着一杯咖啡，但野本敬太没有喝。他在听着伦子的谈话。伦子一讲完，他那粗犷眉毛下的一双柔和的眼睛，立即显出亲切的微笑，说：

"这件事，对我们公司来说也划得来嘛。我们现在正在订计划，准备就在今年夏天大张旗鼓地宣传销售阿米呢，所以赞助三件料子和十万元是不成问题的。你一大早就把我叫到茶馆，我还以为出了什么事，吃了一惊，原来是这么一件好事。好吧，你尽快给院长回话吧。"野本那粗眉下温和的眼神里浮出了和蔼的笑意。

"不行，不能这样干脆答应的。"

"噢？"

野本这一声叫得特别高，幸亏是在早晨，店里还没几个客人。

"不能这么干脆！在这种时候，不叫式子老师产生感恩的心情，实在太傻瓜了。要让她觉得，如果没有你我之间这种关系，这样的事是办不成的。"

"不，这是两码事，我也并非……"野本不解地说，但刚一开口，伦子立即以激烈的口吻打断了他的话，说：

"嘿，你听我说呀！自从那个八代银四郎来后，什么事都给他管起来了，式子老师被他指挥得团团转，连对我也摆起架子来了。所以，在这当口，我要把平时认为棘手的事情办妥，否则，往后就没我的戏唱了。我能让那种讨嫌的人来指挥我吗？"

野本沉默不语了。伦子进一步强求似地说："你也同意吧。还是照我的话办，要让大家知道，同三和公司打交道不是一件轻而易举的事。今天，我可是故意装得很为难，勉勉强强来的呀！明天，我和式子老师一起来选料子，到时候，你我口径可要一致啊，记着！"伦子说着，向野本飞去一个媚眼。

"要是那么办对你有利的话，当然也未尝不可……"野本敦厚地一笑，含糊地支吾过去之后往手表上扫了一眼。

"嗯？有急事吗？"

"刚才，我已上班了，所以我的位子不能是空的。销售宣传部也忙得很哪。"

"那有什么！同我的谈话，不也是做生意吗？"

"是倒也是，不过，事后心里总有些不自在。"

"你这个人哪，瞎认真！我这回呀，心想借这次和你谈事情的机会，互少能在一起吃顿午饭，所以出来的时候心里特别高兴。难道叫我失望吗？"

"男人们工作的公司，可不像你们裁缝学校那样好说话……"

"那么，今天晚上怎么样？"

"我有一个同事要调到东京去工作，今晚得开个欢送会，明天晚上吧。"

"那，我只好一个人看看电影什么的，消磨上两三个钟头再回去了！"伦子的语气里隐含着不满。说罢起身先走了。

过了中午，伦子还没有回来。式子等得有些恼火了。她本想说："怎么搞的，干吗不来个电话说说情况呢！"但当着银四郎的面，她话到嘴边又咽了回去。昨晚，她向银四郎谈了和安田兼子来往的经过，但让自己的学生伦子去三和纺织公司办交涉的事，她却闭口未提．她不愿让经营方面的合作者银四郎把自己看作在同厂家、商社等打交道方面是个弱者。

银四郎在细心地核对着学生的出席薄和交纳学费的单据，不时地向式子望几眼。伦子外出撂下的课，她不去补，让葛美去兼，自己心神不宁地坐在那里。银四郎的眼光带着诧异的神色，但式子故意装作不理他的样子，耐心地等待伦子回来。

下午第二节课上了一半的时候，伦子慌里慌张地推开了教员室的门。式子弹簧似地跳了起来，指着由玻璃门隔开的会客室：

"伦子，到这边来……"

伦子发觉银四郎在旁，便不顾式子的狼狈相，径直地走到了院长的座位旁：

"老师，请原谅，回来得这么晚，让您担心了。"伦子的声音在教员们全去上课因而显得特别清静的教员室里益发响亮。式子明白，伦子这样做是给银四郎看的，但此时此刻，她也无计可施，只好责备说：

"怎么回事呢？太晚了吧！"

这一来，伦子更得意了：

"是的，老师！我想，您一定在生气了，可是，有什么办法呢？谈判进展得很不顺利呀！"

"这么说，还是不成？"式子不由得焦急起来了。

"本来，三和纺织公司方面就感到突然，再加上以往交情不深，坦白地说，他们正在犹豫不决。不过，有位野本先生，就是那位对我们的校内展览总是热心支持的人，您可能不认识他，可他却挺了解您。就是他答应愿给说合一下的。他让我在会客室里先等一等，在我等他的功夫，他替我们进行了交涉。结果，三和公司总算同意了，愿意充当我们的资助人。老师，我高兴得……"

伦子故意象捏着鼻翼似的发出了娇声。

"噢，是这样啊！谢谢，这下子有救了！"式子边说边向银四郎望了一眼。只见银四郎嘴里叼着香烟，似听非听的样子，淡然地望着桌面。

"那么，老师，明天上午去和他见个面，顺便选一下料子吧。"

"好，你也一起去……"式子刚开口，银四郎接了腔。

"我也和你们一块去。"说着，起身向两人身旁靠了靠。

"啊？这类选时装料子之类的事，银四郎先生也去吗？我一人陪同该够了吧！"伦子的口气似乎是不欢迎银四郎同往。

"听你刚才讲的情形，好像有点马到功成的样子，我有些放心不下。"

"是吗？什么地方太顺利了，令您不放心了呢？"

"不不，我只是头发丝儿分八瓣，过细了点。您要是不高兴，还请忍耐一下。"银四郎飘然一语，避开了伦子的锋芒，把脸转向式子。

"总之，让我陪同你们一块去吧。"他的目光是柔顺的，而且让人觉得无懈可击。

卧车里，式子坐在正中间。一边坐的是伦子，昨天，伦子整整一天代替式子和三和纺织公司办交涉，式子不得不照顾她的情绪，另一边坐的是银四郎，他不知道出于何种担心，非要同去不可。式子夹在他们中间，心里很不自在。车子离开学校，在大阪神户间的公路上已经行驶了三十分钟，但谁也没开口。

一种不自然的沉默，使三者之间有了距离。

车子在三和纺织公司门前停下后，伦子不等司机开门就抢先下了车，很熟悉似地径自向大门口的传达室走去，对值班的人说明了来意。一个女收发员，好像事先已被告知，立刻把他们三人领到了二楼的会客室。但是，十分钟过去了，野本敬太还没有露面。伦子故作生气地把高跟鞋的尖头蹬得咯咯直响，说：

"昨天说得好好的，太不懂礼节了！"

"上午大概有会议吧，他们也有难处，耐心点。"式子安慰伦子道。于是大家便耐心地等了一会儿，又过了二十分钟，伦子嚷道：

"怎么还不来！我到传达室再问一下。"说完，不顾式子的劝阻，就出了会客室。这期间，银四郎叼着香烟毫无表情地在听着他俩的对话。须臾，伦子快步回来了，她似乎是弄清了情况，爽朗地说。

"果然不出老师所料，他们正在开会，我们只好等着。昨天，我也是这样被撂在这儿坐冷板凳的！"

可是，又过了半个钟头，仍然没一个人到会客室来。窄小的会客室弥漫着银四郎和伦子吐出的烟雾。

"活见鬼！我们来了一个多小时，连个面也不照。"式子也不耐烦了。伦子一听，如同被螫子咬了一口，二话不说，跳起身来就去开门。恰在此时，门从外面被推开，野本进来了。

"啊呀，野本先生，．你叫我们等得好苦啊，我正想找上门去呢！你怎能让我们式子老师这样久候呢？昨天，我们不是谈妥了吗？"伦子语调尖厉，式子连忙截住她。

"你瞧你，讲话怎么这样不客气！"然后转向野本："我叫大庭式子，以前曾冒昧向您求助，您要是能尽快答应下来……'刚说到这儿，野本把手往桌上一按。

"实在对不起！"

"嗯？"

"实在对不起！昨天，您派津川伦子小姐来，我是答应她，本公司愿愉快地给予协助。无奈到了今天早晨，事情发生变化了：公司方面早已决定同另外一所更有名的洋裁学校进行合作。于是，事情乱了，议论纷纷。这是因为本公司的销售宣传部内互相通气不够的缘故，所以刚才开会，大家正商谈着如何妥善处理。这实在给您带来了麻烦，真不知道该如何表示歉意……"野本说着歉疚地低下了头。

一阵难耐的沉默。

突然，伦子一把抓住从野本低垂的脖颈上耷拉下来的领带，气势汹汹地说：

"道了歉就算完了吗？不行！"

她激动得嘴唇都颤抖起来了。

被抓着领带的野本猛然把头一抬，浓眉下射出了一道含着怒气的光。

"怎么？野本先生不高兴了？该发怒的应该是我！昨天，我是作为式子老师的代理来这儿同你磋商的。是你当面承诺以后，我才回去的。难道你不想想别人？一个三和纺织公司堂堂的成员，难道像野地上的摊贩，出尔反尔，轻率不负责任？……哼，竟说出这种话来！"

伦子扭领带的手颤抖得更厉害了。野本被拉扯得东摆西摇，他把右手提到领带处，猛地推开伦子的手，极力控制着自己，说：

"请你先平静一下。作为我来说，像这样的差错也是我进入公司后的头一回。这事儿到底症结在什么地方，我也丈八金刚摸.不着头脑，诸多原谅……"

他压抑着声音，说罢又低下了头。

"你说什么？你摸不着头脑，我们才摸不着头脑呢！"伦子抢白了野本一句，她看到野本的眼里充满了血丝。此刻，一个是激动不已，一个是表情沉重地低着头，式子站在其间不知所措了，她说：

"伦子，你，你说话太粗野了！不要那样冲动，再冷静些……"

"这，是在做戏吧?！"

银四郎突然把叼在嘴里的香烟往烟灰碟里狠命一扔，冷不了地冲口而出说。

"什么？作戏？"伦子厉声质问。

"是的。我是来听一听你们二位是不是在演双簧！"银四郎满口柔和的大阪话，但音调是冷酷而严峻的，会客室顿时变成了冰窟。

"就是说，我银四郎是想来看看你们俩是如何编排的，现在我看出来了：你们是先要使式子先生感恩不尽，然后才予提供协助。"

"你……我们，不，我，我会干那种事吗？请你不要血口喷人！"

"血口喷人？不要说得那么难听吧，"银四郎的语调是殷切的，他的脸上泛起一丝冷冷的微笑，又接着说道："从昨天起，我就从你的脸上看到了那种意思，不由得产生了这样的念头。"

"太过分了，简直是凭空诬人清白！"伦子说罢，两手捂住了脸，她的声音尖厉得可以从门缝里钻出去。野本把他那健壮的脊背抵住了门口，转身冲向银四郎，声色俱厉道。

"我是销售宣传部的野本，还未同您交谈就遇上了这样一种难堪的局面，我还能说什么呢？您说我和津川小姐是在做戏，这完全是一种误解！"他那浓眉下的目光是灼灼逼人的。

"我也没及时向您作介绍，我叫八代，是管总务的。来，我们，坐下来慢慢地谈谈吧."银四郎郑重其事地建议道。

也许是被银四郎的态度所折服吧，刚才还激动得跳脚的伦子，立时把声音放低了。野本也像是得救似地舒展了一下臂膀，在门前的椅子上坐了下来。

银四郎温和地问道：

"假如不是做戏，那为什么变得这么突然呢？"

"情况是这样的，昨天，津川小姐到我们公司来的时候，恰逢我们计划宣传阿米呢，津川小姐求助心切，我也确实答应了。

可是，在我之前，我的同事中谷也接受了另外一所学校要求协助的委托，并捷足先登取得了部长的同意；我呢，不了解这个情况，所以就贸然答应你们了。"

"在大公司里，这也是常有的事，"银四郎像是对此情可以理解似的，但又接下去说，"如果对方手续还没办妥的话，是否转到我们学校来呢？野本先生，这就要烦劳您操办了。"

野本显得有些怯懦，他瞥了一眼银四郎，说："这件事，委实难以办成。虽说对方手续还没有办，但一经部长同意，剩下的只是走走形式，实际上是大局已定了。另外，如果对方是个普通学校，那还好说，偏偏又是个有名的学校，真叫人棘手得很。您知道，厂家、公司向时装展览提供协助的时候，名牌是第一位的呀，谁都宁可为有名的学校花费、掏腰包，而不愿……"

野本歉疚似地刚一说完，伦子匆倏地仰起头来向野本说了句什么。式子立刻用胳脖肘制止了伦子，问野本道：

"野本先生，那个学校是……？"

"是本町四丁目的创美服装学园。"

这是一所由井上民子经营的大原一派的学校，在S会馆开时装展览商讨会时，井上民子曾坐在大原京子的左边。

"那么，无论如何也没希望了？"式子的声音微微颤动了。她回想起了商讨会上的一些情形，心想，早知有今天这样的拮据，还不如当初求助于伊东歌子呢。可事到如今又有什么办法呢？说不定最终会因拿不出展品而败下阵来。式子抑制着几欲慌乱的心情，低头不语了。

一阵短暂的抑郁的沉默之后，银四郎点上一支烟，说：

"作为公司来说，资助有宣传效果的名门学校是理所当然的。如果要我付一笔同样数额的广告费，我也要选择发行量大、名声大的报纸或者杂志。不过，野本先生，"银四郎的声音突然变得和蔼而柔和，"如果，从宣传效果来说，假如我们大庭院长方面，一旦超过井上民子的话，你们到底要哪一家呢？如果这笔钱现在转给我们有困难能不能再增加一笔。只不过才十万元上下吧，再资助我们呢？"

野本被这突如其来的发问怔了一下，说：

"这个嘛，倒是可以考虑的，但是从我这方面来说，像这种情况，实难立即拍板答复你。"

"好吧，你们明天再研讨研讨，我明天还想再来拜访一次。"说罢，银四郎站起身来，催促式子和伦子告辞。

三人出了三和纺织公司。银四郎立即叫住一辆出租汽车，也不告诉司机开往哪儿，就上了车。汽车穿过堺筋向偏北方向奔驰了一段，当司机问他开往何处时，他说：

"去阪神。阪神的乘车口！"银四郎很不愉快地回答。一路上，他闷坐一旁，也不同式子和伦子说话。车子到了阪神前面时，他操着那惯常流畅的大阪话说：

"今天的事就这样结束吧，以后的事由我来办。"

说罢，把身子凑向伦子，"看样子，你也累了。今天，你不用回学校，直接回家休息去吧。式子先生有事要同我往别处拐一下再回去。"

银四郎说这句话时事先并没征得式子的同意，但从式子方面来说，由于同三和纺织公司交涉的失败，急着回去也没用，反正筹备不成时装展览，因而也就默认了。伦子呢，要是在平时，准得插几句，但因刚才出现的那种事态，她只好缄默不语。于是单独一人下了车。

伦子离去后，银四郎让司机向渡边桥桥头的竹叶亭开去。位于堂岛川岸边的竹叶亭是一家餐馆，虽说已到午饭时间，但

顾客并不太多,还是较为清静闲适的。银四郎选了个面对堂贺川的位置,点了烤鳝鱼片和鳝鱼肝汤后,安慰式子说:

"一大早就遇上这种事,真晦气。要我说,像这种人事,不能漫不经心地派年轻人去干,以至于出了差错,谁脸上也不光彩。今后,不光是经营方面的事,类似这样的大事情,最好也和我通个气。"

式子沉默了。她本来是想不让银四郎瞧不起自己,才悄悄地和伦子商讨了这件事的。可现在,不仅在银四郎面前,看样子还会在三和纺织公司和设计师面前,失掉面子了。

"到底为什么要瞒着我呢?我们学校刚刚建立,在这方面没有门路,这并不奇怪。恐怕,还有别的什么情况吧?"

银四郎的语调十分温和,似乎是想让式子自己诉出苦衷来。

式子一时不知该说什么了。她终于把发生在展览商讨会上,亦即瞒着银四郎的那一部分——在协作厂家问题上只有自己一个人毫无着落,被在座的人奚落了一番——向银四郎和盘托出了。银四郎一边往嘴里送着刚端上来的菜,一边听她讲,未了,他说:

"原来,瞒着我的只是这些啊!这没什么嘛,要是早给我说了,我会采取措施的,可是……"银四郎矜持地说完后,出现了片刻的沉默。接着,猛然把头一抬:

"对那个津川伦子还是多加小心为好。她和野本之间的关系,似乎有些不正常。尽管两人吵得很凶,但那种顶嘴非普通关系所能说出口的。看来,他们的关系很深了。昨天,在你面前装出一副温顺的样子,竟故弄玄虚地说出那一大套欲使你为之感恩戴德的话来。所以我说,她是想要在师徒关系之上再加上一层利害关系。"

"嗯?利害关系?……"式子颇为不解。

"不单单是津川伦子,也许,还包括坪田葛美、大木富枝,你知道她们在谋计着什么吗?要是大意了,说不定会祸起萧墙的"。银四郎紧紧地盯住式子的眼睛,式子不好意思地眨了眨眼,说:

"不过,她们三人自从在鱼崎创办洋裁班起,就同我朝夕相处,不同于其他职员,应该不至于……"

"你是说,唯独他们三人是不会那样做的吗?可是,式子老师前不久还说过,女子清一色的设计界是最可怕的呀!"

"那是指竞争对手而言,而她们是我的弟子……"

"是弟子,但也是未来设计师的胚胎。胚胎总有一天会变成幼雏,会长大,会生出翅膀来,成为你的竞争对手。而且……"银四郎继续说,"当然,那是后事。目前最需要的是,要尽快把那件事情办好。我就出去一下……"

银四郎起身向入口处的台阶走去,借用台阶旁的电话热烈地说了一阵什么,然后放下话筒急匆匆地回到了座位上。

"刚才我给报社打了个电话。碰巧曾根这家伙正在写稿,他说,再过十五分钟就可写完,让我等一下。"银四郎显得很兴奋,式子却十分纳闷。她问。

"和曾根见面干吗?"

"求他帮忙。"

"求他有什么用?又不能让他来关照展览会报道的事。"式子责备银四郎未免有些缺乏常识了。

"咳,你相信我好了。曾根来到之前,请你先忍耐一下。"银四郎望着式子,那目光是强制性的。

式子为了避开银四郎的视线,眼睛微微一转,向堂岛川方向望去。初夏的川面,在强烈的日光照射下腾起一层薄薄的白雾,江面上漂浮着发黑的垃圾和稻秆。每当船只到来,垃圾便被水浪拨向两边,拖出一条污秽的水带。一种无法摆脱的孤独感顿时攫住了式子。她想,难道自己真的会像银四郎所说的那样,不知哪一天,犹如这被稻秆和垃圾所蒙尘的川面,也会被葛美和富枝们所玷污?难道在一个独身女人的生活中,可资依赖的就只有事业和金钱……果真如此,那自己就同前些日子和自己对抗过的安田兼子一样困拙了。

"噢,等了不少时间了吧。"背后传来了曾根的声音。式子回头望了一眼,曾根似感意外地说,"您也在这儿。"便坐到了式子的对面。

"你决定怎么办?还是老一套吗?"银四郎不客气地问曾根。

曾根朝桌子上扫了一眼,点了点头,半开玩笑地说,"你呀,神出鬼没的,冷不了就打电话找我。告诉你,我现在是打游击,一般情况下不在办公室,可不能由你随叫随到噢。"

"今天,有件要紧事,想求你帮个忙……就是前些日子和你谈的那个。"

"那个?什么事呢?"

"就是关于关西设计协会举办的时装展览的事呀。"

"时装展览?不是说一个月之后才举行吗?老实说,我对那玩意儿没兴趣。"曾根略带歉意地看了式子一眼。

"如此说来,我们是话不投机了?我们要你帮忙的,不是发表时装展览的报道。看在朋友的份上,请你先耐心听我把话说完。这可是有关大庭式子这位女性的一生事业问题……"银四郎责怪似地说。

曾根英生不由得吃了一惊。随即看了一下式子的表情。不知何故,蓦然间式子不由自主地淌下泪水来了。银四郎那句"这可是有关大庭式子这位女性的一生事业问题"敲击了式子迄今一直压抑着的心扉。曾根看了看式子那湿润润的眼睛,低下目光，不解地问道：

"时装展览和大庭式子的一生事业有什么关系呢？"

"当然有关。老实说，我也是现在才知道的，时装界是一个通常人所无法想象的阴湿而又残忍的世界。靠工资生活的人们为了取得一个职位而尔虞我诈的情况，以及商人们为争夺市场而互相倾轧的情况，我是知道的。但这些，与时装界女人圈子里那种近乎相互仇视的令人生厌的状况相比，只不过是小巫见大巫。这同江户时代闲居在皇宫内院的侍女们，因对方一件服饰、一点微不足道的虚荣、一种漂亮的发式，而醋意横生、你妒我嫉的情形是一样的。在旁观者看来，这种情形未免残酷而又可笑，但对当事人大庭式子来说，遭遇到这种残酷的不幸，就不能等闲视之了。"

为了试探曾根的态度，银四郎先谨慎而又巧妙地来了这段开场白。接着，便把在关西设计师协会商讨会上，式子因没找到合作厂家，思想上感到屈辱的情形，一五一十地谈了出来。其间，他还不时地望望低着头、戚然而坐的式子，问她情形是否如此。式子也每每抬起头，轻轻地点一点，表示他说得不错。

曾根边吃边听，听完之后，略表沉思，似乎心里在反复揣摩银四郎的每一句话。然后以新闻记者特有的口吻向二人问道。

"原来，女子清一色的设计界也倾轧得如此令人可怕。可是，为什么在三十多位有来头的出席者中，单把大庭式子先生摔出来了呢？我听起来，觉得你的话似乎有言过其实之处，并很有点戏剧性的意味……"

"呀，要问这个嘛，那是因为大庭式子是一位出身于船场名门之家的小姐的缘故。"

"为什么这会成为一种特殊的原因呢？"

"你出生在东京，当然不大理解。大阪的船场，是一条由特殊阶层所组成、既有牌号又有资产的巨商们所聚居的城堡。从丰臣秀吉时代开始，这座城堡环围就挖了卫河，住家的四周都构筑了卯建①用以显示自己的尊严和保护自家的财产。这个阶层，相当于东京战前的华族那种特权阶层的人一旦加入了某个集团，就会带进嗜好、排挤、妒忌之类风气，如果所加入的集团全是女人更是如此、更令人生厌。"

银四郎做了一番解释。

"大阪的船场原来是这么一个地方。战争爆发前，大庭老师一直都在那里过着一种特殊的生活吧？"曾根似乎被一种异样的思绪所触动，好奇而感兴趣地向式子望去。式子羞涩地看了曾根一眼，说：

"哪里是什么特殊的生活……只不过是些旧商业家庭的严厉的家规，像使用筷子的规矩啦、家常饭菜的做法啦，直至和服的穿法等，什么都有船场独特的规矩……"

"大庭老师之所以遇上战祸就离开了船场，主要是因为您本身批判了那种船场的特权意识吧？"

"哪是呢，说不上什么批判……当然，我也觉得这些规矩古板、无聊，呆滞得跟挂钟一样，缺乏一种欢快秀丽的美感……"

式子低声细语地说完后，曾根扑哧一声笑得露出了洁白的牙齿。紧接着问道：

"跟三和纺织公司的交涉怎么样了？这是问题的关键。"

"已经没指望了。"

"嗯？没指望……"曾根甚感意外。

"是的，没指望了。要我说呀，这都是因为同那个年轻的职员——大庭老师的弟子津川伦子商量才把事情弄糟，落得了这

---

① 卯建：住屋周围的高墙。

么个结局。总之,这也是女人圈子那种可诅咒的情况带来的结果。"

银四郎先来了几句引言之后,又把式子拒绝伊东歌子的提议以及由于委托津川伦子所引起的同野本敬太之间那个意料不到的龃龉,还有野本和伦子发生了激烈争吵的场面等,一一作了介绍。

曾根全神贯注地听着,末了,双眼一眯,说:"我在社会部工作的时候,也发现了类似的情况。男人圈子里头也少不了那些事。同事之间,资格老的和资格浅的,相互巧妙地卖好、结成利害关系。不过,男人们在工作里极力不让女人掺进去,而女人们则相反,爱把异性利用到工作上,腥臭得令人恶心。"他说着神经质地眨了眨眼睛。

"是的,正因为这样,她说她已失去了在女人世界里把事业发扬下去的信心,甚至想不干服装设计这一行了。"

"不,不是……。"式子否定了银四郎的话。

"哎呀,算了吧!如果觉得直言不好意思,可以捂住耳朵不听嘛!"银四郎圆滑地敷衍了一句话之后,淡然一笑,又继续说,"作为一个有事业心的女人,就她的人生问题,也希望曾根先生发表意见。"

"发表意见……,你大概不是要我对人生问题作一份答卷吧,再说,我也老虎吃天无从下口哇。"

"我说曾根,有你出场有办法吧?"银四郎探询似的望着曾根。

"什么事啊?"曾根对银四郎的执拗劲有些生气了。但银四郎却若无其事地涎着脸说。

"曾根,我是希望你去三和公司为我们美言几句,如何?"

"我?去三和公司?"曾根惊讶地望望式子,又看看银四郎:

"不行不行，头一件，我从未去三和公司采访过，再者，我在那里也没有熟人。"

"没有熟人也无妨。只要你说一说，大庭式子先生如何能干、有作为，以及她作为一个设计师在宣传上如何有效果就行了。"

"纵然说了这些又有何益？"曾根被弄糊涂了。

"不，有用的。比如纤维商社吧，就是靠宣传向大众推销商品的。在这方面，比如请同大众有着联系的有名设计师做介绍，或有影响的报社做宣传，人们就会像被符咒迷住心窍一样，对商社信以为真的。这种做法无异于新闻报道对大众所具有的影响力。"

"这么说，你还是找一位有名的设计师去介绍吧，我无论如何也不能……"

曾根刚一表示拒绝，银四郎立即截住他的话头，"你先让我把话说完。我刚才说了，大庭式子，不同于关西有势力的洋裁派阀大原系。她在姑娘时代，作为一种技艺，在一所小型的洋裁学校学习了剪裁，并非是有名设计师的徒弟。也就是说，在派阀关系雄厚的关西服饰界，她是孤立无援的，所以才请你这个大报社的记者给斡旋一下，事到如今再求其他商社或厂家，已经来不及了，只好硬着头皮去找三和公司。如果这件事情办不好，在这次关西设计师协会举办的时装展览会上，拿不出展品而败下阵来，作为一个设计师，那是十分不幸而丢脸的事。曾根，你的深情厚谊会使一个有事业心的女性摆脱困境的。当然，如果你和三和公司再谈不拢，我们也就死心了。这一回，一定得劳你的大驾了！"

银四郎这一席话，说得非常执着而热烈，宛如一块出炉的钢锭，全身迸射着光热。曾根两肘支在桌上，上身向前微倾，认真地听着他的话。银四郎讲完后，他微微抬起头郑重地向式子看了看，这是一种神经质的、灼灼逼人的目光。式子不由自主地攥了攥那放在膝盖上的双拳，面对着曾根那逼人的视线，忍耐着。曾根的目光转柔和了，他说：

"大庭式子老师从船场那种古老而特殊的因循旧习中走出来，有心开辟一条与其形成对照的现代式生活和工作的道路，令人深感兴趣。作为对您这一行动的激励，我理当尽一份微薄之力。"

式子得救似地看了曾根一眼。曾根有些尴尬，把干涩的额发往上掠了掠，微微地笑了。

"曾根，太感谢你了。'银四郎大为激动。

"不过，我未必一定能办好。若办得不如意，还请二位原谅．总之，我先跑一趟再说吧。"

"要不要尽快商量一下同三和公司交涉的具体办法？"

银四郎这么一提，曾根立即催促式子说：

"您是否先回去，我们俩再合计合计。"

式子一下子被弄糊涂了。但她直觉感到曾根不愿让自己听到他俩此后的谈话。

"那么，一切拜托您了。"式子向曾根和银四郎告别，离开了席位。当式子下到三四个台阶时，背后传来了银四郎的声音。

"我陪你到楼下去。我跟曾根说了，让他稍等一下。"

"这，不太礼貌吧？"式子犹豫了一下。

"没关系。曾根是个女权崇拜者，他认为应该尊重女性。"

把式子送到楼下门口时，银四郎充满信心地说：

"曾根这个人不太随和而且有些神经质，他不愿让你听到那些低俗的谈话。人虽不起眼，但办事能力是不错的。你放心好了。"

"可是……曾根果真能行……"式子虽对曾根的诚意深信不疑，但考虑到他那清高的气质和严厉的劲头，心里仍然惴惴不安。

"你大概是觉得曾根缺乏一种谈判者所应有的韧性，心里有些不踏实吧？不过，这也得看情况，像我们这种事，还是以他诚实和通情达理的态度更有效果。我想，此后的事你不必担心，一切由我负责好了。你不必在这种事上绞尽脑汁了。"

银四郎的语气充满着男性长者的温厚。他以保护人的目光看着式子，那里荡漾着强烈的自信和男性的贪婪。式子颇有些畏怯地点了点头。当她伸手去开门时，银四郎的手也伸了过来，像前几回一样，他那格外柔软的手掌按到式子的手上，紧紧地攥住了她的手。

"你回去吧，路上多加小心。"

银四郎说着把门推开了，但他那紧握式子的手并没有松开，趁着门的启动，银四郎的胸部贴到了式子的背上。由于发现有人进来，银四郎才赶快移开了身子。

一出门，式子感到一阵轻微的晕眩。从光线暗淡的台阶下突然来到明亮的大街上，柏油马路反射过来的灯光，晃耀得她睁不开眼睛。她站在马路边上稍停了一会儿，然后眯着眼慢慢走动起来。初夏夜晚的路面飘荡着尘埃，灰白而干燥，式子打开手提包想把手帕取出来。她发觉自己的右手已是汗津津的了。

这是刚才被银四郎攥住而沁出的汗渍。银四郎的手掌同女人的一样，滑腻而柔软，且有一种说不出的湿漉漉的感觉。银四郎也正如他的手掌一样，滑腻腻、黏乎乎，带着一种令人生厌的贪婪劲儿。式子似乎逐渐卷到了这种异样的令人厌倦的漩涡中，被裹挟着往前走去。

伦子同银四郎和式子分手后，回到了寓所，连衣服也没脱就俯伏在榻榻米上。

原本打算借助同三和公司办交涉的机会，让式子感恩戴德，以便使自己处于有利于对付银四郎的地位，但结果却事与愿违。不但自己失去了信用，被银四郎钻了空子。而且连同和野本的关系也全然暴露了。一想到这些，她心里就涌起一股愤懑之情。在阪神乘车口，银四郎突然命自己单独下车，他那冰冷的目光，以及式子眼睁睁地不加阻止的淡漠态度，很使俯伏着的伦子郁闷不畅、耿耿于怀。

早就过了中午，但伦子丝毫不觉得饿。她从甩在枕边的手提包里掏出了一棵橡皮糖，嚼了几口，一点也感觉不到它的凉爽味儿，只觉得黏糊糊得令人烦躁。她"卟"的一声吐出橡皮糖，打开烟盒一看。只剩三支了。她抽出一支点上火，趴在床上，手背支着下巴，抽了起来。直到抽完第三支，那激昂的情绪才稍稍平静了下来。当伦子定睛凝视着一缕白烟拖着尾巴从窗口飘出时，传来了叩门的声音。她想，不是收电费的就是收煤气费的，因为心烦，没有搭理。这时，门吱的一声开开了。原来，刚才进屋时忘记给里门上键。她猛然一惊，赶快坐起来，只见一个人影在慢慢移动。

进来的是野本敬太。

"你来干什么？鬼鬼祟祟的……。

野本吃惊地望着伦子，把挎包放在门槛旁，说。"不是已经说好今晚来吗……"

伦子这才想起，昨天同他分手时是自己答应今晚让他来的。尽管今早的双簧戏没有唱成，他还是像平时那样来了。

伦子对他的麻木不仁有些恼火了。

"说是说了。可是幽会应该守约的,而你今天来得这么早!"伦子不满了,有点儿找碴儿的味道。

野本当即有些发愣,说:

"今早的事,我有点不放心。是提早下班赶了来的。你现在的处境有些不妙,这我知道,可这完全是突发性的出乎意外的事。我本来想方设法,打算在你和式子先生到来之前,就把事情办妥。可是问题实在难以解决,这才急忙向你们学校挂电话,不巧你们已经出发了。我只好硬着头皮再试一试,仍然不见效,正当我左右为难时,你们到了……我不知道该如何向你道歉,原谅我吧!"

说罢,诚恳地低下了头。

"一个男子汉,怎么老是抬不起头来!当前,只要赔了礼道了歉,说明了原委,你在公司里的处境未必会怎么坏。事情可以不算麻烦地了结去。可我呢?我在教员中不但失去信誉,就连你我之间的关系也被人怀疑了。这不全完了吗!"

"好了好了,反正我们要结婚了。即使被他们知道,作为一个无声的宣布,说不定还是件好事呢。"

野本劝说道。

"结婚……算了吧!如此狼狈,还谈什么结婚。"伦子把野本顶了回去。

野本甚感意外,不禁惊讶地说:

"今天的事,同我们俩的恋爱和结婚,不是完全没有关系吗?"

"还没有关系?你要知道,她们都是把这些事串在一起考虑的!"伦子象抓住了活靶的射击者,越说越上劲,"一个女人,如果打定主意,一生只同尿布、锅台打交道,就此满足,那当然另当别论。但有事业心的女性,一定会认真地权衡结婚对自己的事业有哪些促进作用和有益之点的。如果因为结婚，工作不能做了或者变少了，这种带来损失的结婚是绝对不行的。你可以理解，一个有了职业的女性是不能没有这方面的算计的。"

"如此说来，在结婚这件事上，你是不是算计得太多了，考虑得太利己了呢？"野本问。

"只有傻瓜才不算计！人，都是或多或少有意无意利用着对方的。朋友之间也是如此，嘴上挂着友谊啊什么的，实质上是因对方有某种利用价值才来往的。人与人不能互相利用，那这种关系等于是在浪费时间，看来相互之间都在设法搞清对方有没有可以利用的价值。"

"不过，结婚并不是一种功利主义的人与人之间的关系。应该是取长补短，增加各自的价值。"

"你说得不错。正因为如此，从一开始就避免与其短相结合，不是更好吗？在人的问题上是这样，但在事业上该怎么办呢？是否要不顾一切地扑到'短'的事业中去？从人生的投机这个意义上说，结婚也是一大投机。所以……"

说到这里，伦子来了个急刹车，转口说：

"嗳，我们有什么必要在结婚观上争论不休呢！你还是说说今早的事，后来是怎么处理的吧。"

"我实在束手无策了。能做的我在公司里都尽力了！"

"那个八代银四郎不是意味深长地说他明天还要来一趟吗？"

"来不来一个样，反正办不成。只不过不太好应付就是了。"野本心情沉重地说。

"这，我就放心了。要是我去了，一事无成；银四郎去了，马到成功，那，我还能挺起腰杆做人吗？你的脸又往哪儿搁呢？"

"我的处境可以不去管它，只是对式子先生不好交代。"野本深感内疚。

"那也只好如此了。回想起来，战后刚开始在鱼崎开办学校时，东撞西碰，用了四年时间把学校办成了现在的规模。另外，八代银四郎以其政治影响力取悦于大原泰造，从而加入了洋裁学校联盟。此次，又提出要在大型时装展览会上展出产品。所以，这一回对大庭式子设计师来说，肯定是一次很好的考验嘛！"

伦子的语调骤然之间变得爽朗起来了，接下去，她问野本："你饿了吧？吃什么好呢？"

"是不是去我们常去的那个食堂？"野本无可奈何地问。

伦子撒娇地说：

"有啥法子呀？今天一大早就碰了这么个大钉子，真累死我了……"

到甲子园站时，还不到九点十五分。伦子跑步穿过地下道，往球场走去。

每当野本敬太留宿时，伦子翌晨上班往往要迟到。如果一周内定期迟到几回，准会引起大家的怀疑。为了避免迟到，伦子倍加小心：虽然坐车去学校还用不上五分钟，但她还是雇一辆停在站前的出租车，开到离校十米之地停下来，跑步到校门，然后再以通常的速度步行至教员室。

现在，离上课时间还有八分钟。

一进教员室，式子已坐在院长的位置上了。不知是没有注意到伦子进来呢，还是故意装作没有看见的样子。她神态木然，一动不动，眼睛呆呆地盯着桌面。伦子看了看墙上的时间表，院长上午没课。大概是昨天同三和公司交涉失利，她在家里待不住了。五名助手和两位职员已经到齐了。平常总是临上课前

才匆匆赶到的坪田葛美,今天也已在大木富枝的邻旁落了座,正忙着准备去上课。伦子没有马上就座,而是径直地面对面朝院长走去:

"院长,您好!昨天实在对不起,我该怎样向您道歉呢……,我完全估计错了!"伦子道歉的声音低得葛美她们都难以听见。

式子冷冷地从桌面上收起目光转向伦子:

"事到如今,你道歉也没用了。我万万没有想到你承诺得这么草率。为这件事的善后工作,银四郎先生一大早就忙个不停。"

式子声音很大,全室人都听见了。说罢,她把转椅一旋,拿脊背对着伦子。

顿时,教职员们的目光一下子都汇集到了伦子的身上。一种令人窒息的气氛扩展了开来。式子的态度是高压式的、粗暴的,这和她昨天求伦子往三和公司做说客时的情形,判若两人。伦子不由得愣了一下,但她意识到教职员们都在瞧着她,便以十分谦和的姿态向大家施了一礼。旋即回到了自己的座位上。上课铃响了,教员们逃脱什么似的从自己的座位上弹了起来。连那个平时铃响之后还要慢条斯理地喝几口茶的富枝,今天也一反常态立时离开了座位。

伦子刚走到走廊拐弯处,背后传来了葛美向其他教员说话的声音:

"好厉害!你看那凶劲儿!无怪乎是三十出头的姑娘!"

显然是要对伦子表示同情,葛美故意说得让伦子也能听得见,可语调却异样地轻松。葛美这个人是心根很长的,她嘴上虽这么说,也许心里还为伦子的失败而幸灾乐祸呢。

上午一连上完三节课后,式子回到了教员室,仍以早晨的姿态在院长席上落了坐。教员们开始吃饭了。她平时是和教员们一起吃午饭的。但今天却把转椅旋到面对窗台的方向，不去用餐。不知是刚才吃过了，还是不打算吃，两眼直勾勾地望着窗外的大街。银四郎那里好像还没有消息，一种无可名状的焦躁和不安萦绕在式子的心头，式子的这种情绪也传给了近在咫尺的伦子。伦子禁不住想劝慰她几句，事已至此，那么死心眼地苦思冥想又有什么用呢？但话到嘴边却咽住了，只是冷冷地望着式子的后背。

突然，院长桌上的电话响了。式子顾不得旋动转椅，就把身子一扭抓起了听筒。她的脸色刷地变了：

"是的，我就是大庭式子，上回让您操心了……"式子的声调里含着张皇和恭敬。显然不是银四郎打来的电话。伦子一边掰着夹肉面包一边竖起耳朵听着。

"啊，是嘛，"没及时给您回音实在对不起。是，您说得很对，那件事，是这样的……"也许是式子话刚出口就被对方堵住了，只好拿着话筒频频点头。

"那是因为我们提的要求太多了，难于很快地定下来。说起来，我们这次是第一回，所以我特别慎重……嗯，您说什么？……"式子的声音微微颤抖了，"从我这方面来说，为更慎重起见，请允许我明天给您回话。对，是那样的！嗯，您是说无论如何得马上答复吗……？"式子突然说不下去了。她急忙用左手把话机捂住，心里怦怦直跳。一阵强抑的沉默过去之后，她又大声地继续了下去：

"哎呀，您可真是急性子呀，离开幕还有一个多月吧，您就……对，当然要提出的，我们这一方的合作单位是三和纺织公司。安田先生，请原谅！"她咔嚓一声挂上了电话。这激烈的一响使伦子不由得把头一抬，正好同式子的目光碰到一起。这是一束麦芒般刺人的青光，伦子不觉微微一颤，但很快装出若无其事的样子，飘然地避开了式子的视线。式子嚯地从位子上站起，大步走到伦子的跟前：

"不要竖着耳朵听人打电话！"说完蹭地一下转过了身子。虽然这是发生在瞬间的事，由于声高气粗，其他教员的目光也都吃惊地投向了伦子。伦子不慌不忙旁若无人地继续吃她的夹肉面包。式子回到院长位置上，刚一落座又倏地弹了起来，直挺挺地待了一会儿，像是在思索什么，然后抄起桌上的手提包，对教员们看也不看一眼，气呼呼地离开了院长席。刚要出教员室的门时，门从外边突然被推开了。

"你到哪儿去呀？"银四郎问。

"哟，刚才……我还在等你来着！"式子有些狼狈的样子。

"还抱着个手提包干什么？你先回到座位上，我把情况好好跟你谈一谈。"银四郎说着，把式子往回推，眼珠滴溜一转扫了伦子一眼。

银四郎在院长席位旁边的椅子上坐下后，往挂钟瞅了瞅又看看自己的手表，叼上了一支烟，看样子是等着下午开始上课的铃声。银四郎刚才进教员室后对伦子的那一瞥，很使伦子如芒在脊，她觉得对银四郎的一举一动再也不能同其他教员一样掉以轻心了。

银四郎在椅子上坐下后，并没有马上开始谈情况。对银四郎的这个态度，式子似乎深感不安，她那低头俯视桌面的脸庞微微有些苍白了。

上课的铃声响了，教员们都站了起来。伦子不愿意被人看作是溜号，故意慢吞吞地站起了身，当她最后刚要走出教员室时，银四郎以一种不容抗拒的语气说。

"伦子小姐，你留一下，我有话说，上课的事交给助手吧。"

伦子难堪极了,不得不强装镇静留了下来。

"要谈的是关于三和公司的事。"银四郎开门见山地开了口,伦子下意识地眨巴了一下眼睛。

"不要那么拘束,到这边坐吧,一时半会讲不完,"银四郎指了指式子对面的座位。伦子突然看到式子满脸阴气,但还是把椅子拉过来坐下了。

"今天,我到三和公司去了一趟,从早上九点起足足谈了三个小时。正如野本先生所说的那样,象三和这样的大公司,一旦部长同意批准后就很难变动了。"

"那么说,到底是没指望了……? 刚才我还对安田兼子说了没问题……"式子的脸变了。

"恩? 你向安田女士……"银四郎吃惊地问。

于是式子告诉了他电话的内容:安田兼子来电话问协作公司的名字,她一气之下回答说是三和公司。

"是吗,这么回答也好,"银四郎反而显出泰然自若的样子,可式子急得提高了嗓门:

"这可不是别人的事,至关紧要的!……话已出口,还怎么收回来。"

"别着急,你听我说……"银四郎嗔怪似地接下去说,"这次是特意和新闻记者曾根一起去的,所以中途不好退场。曾根这个人有些神经质又有些书呆子气,不会吹嘘和渲染。他把社会部负责采访纤维方面消息的记者介绍信,交给了三和公司销售宣传部部长。说明了来意后,部长劈头就说,'这件事已经同另外的学校定好了。'我们呢,也就开门见山地讲了有一个新设计师特别希望采用三和公司今年的新产品阿米呢来设计服装。通常大多数设计师是先选定厂家和公司再进行合作。而希望同那个公司的某种特定商品进行合作的实干家是为数极少的。对方感到有些吃惊,我们立即提议说,假如贵方不同大原京子一派的那些守旧派人物进行合作,而是让横扫服饰界千篇一律颓风的新人设计师登场,这不也是一种新的尝试吗?对方恳切地回答说,您的话是有道理的,但我们不是研究团体,不敢冒险,还是那些有过定评、受人欢迎的设计师更为稳当些?"银四郎苦笑着略停,只见式子的眼角湿润了。

"你先别动感情,慢慢听我讲下去。"银四郎抚慰了一下式子继续道:"作为厂家、公司来说,谁都想同有定评的安全可靠的设计师进行合作,进而万无一失地提高宣传方面的效果,据此,我和曾根说,你们因为要付一笔高额的资助金,所以要作如上的考虑。我们呢,既然接受你们高额的资助金,那就要确保在宣传上取得可靠的效果了,这是义不容辞的。对方说,我们讲得合情合理,他们也不好再推辞了。只是对大庭式子女士还不太了解。于是我们作了如下的介绍:大庭式子出身于船场的名门,现在在服装剪裁教学任教,今年四月于甲子园办了一所学校,亮出了牌子。说起来,一位出身于有名望的船场的小姐,这本身也就成了一种宣传。该学院的学生大多都是由于战争的破坏而迁到郊外船场的女孩子,学院成了收拢这些出嫁前的良家子女的地方。因为她们的家长对这位出身于名门的院长很放心。听了我们的介绍,对方立刻把身子凑过来了。还是那位销售宣传部长有经验,他提出一个问题:设计的倾向是什么?我们的回答是:在船场大阪的古老传统美和服装式样的基础上竭力创造出一种现代式的独特的大阪格调。这样,他们立刻答应合作了。并让我们尽快去选料子。"

"噢?答应了?千真万确的?"式子又叮问了一句。银四郎深深地点了一下头,说:"刚才的那些话不是我讲的,是站在客观立场上的新闻记者曾根讲的。他说话的态度很诚恳,直来直去，不做作，对方被他的人品和说话的实在所触动。再加上这些话是出自一个大家信得过的大阪报社的记者之口，对方也就不能不认真考虑了。当然，事前我和曾根对讲话的内容和方法是作了详细的研究的。先由曾根说出来，当讲到关键部分时我则紧敲边鼓，予以强调。"银四郎看了一下手表又接下去说：
"现在，你的心绪可能还没平静下来，选料子的事明天得尽早去办，到时候伦子也一起去……"说着银四郎把身子转向了伦子："我们这次是直接和销售宣传部长见的面，没找野本先生。你把今天谈判的结果转告给他吧，上回实在也弄得他不得安宁。"一种虽然是礼貌的但却令伦子感到冷酷的语调。

这时，式子向伦子投去一束并非善意的目光，问道：
"你，明天是一起去呢，还是让葛美或富枝代你去？"
"我有些累了，让葛美他们去吧。"伦子婉转地回答。
"谁去谁不去由她们俩人去决定吧。重要的是今后有关学校的事不好由女人们随意决定了。"银四郎断然地说。式子听后不觉一愣，她注视着银四郎的表情，许久才微微地点了点头。伦子的心咯噔了一下，她感到震惊而不安。本来策划的是想让式子领情，制住银四郎。不期事与愿违，反被式子轻慢，让银四郎占了上风。

第六章 舞 台

式子左手夹着针插，右手往模特儿穿着的料子上扣着别针。

用人体模特儿试样，其感觉与人造塑形完全不同。模特儿有着女性的体线和隆起，可以直接地把握住，把这种体型再现到料子上，能使人产生一种紧张而愉快之感。无论用多少纸型，如果人体试样不够完善的话，也不能产生出美好的服饰造型来。因此，每到人体试样时，式子就专心致志一丝不苟，以至于有过让模特儿站立三个小时而晕倒在地的情形。

今天的模特儿是大阪时装模特儿公司的新手。人虽不太漂亮，但颈部至胸部的皮肤却平展而洁白。式子把一幅纯白的阿米呢披在这位具有挺拔丰姿的模特儿身上，又把一条犹如作弥撒用的庄严而纯净的大围巾围到她的脖子上。半个月前式子去三和公司选料子时，就已考虑要设计三种式样作为展品推出去：一种是清纯白净的少年服，另一种是富有智慧感的兰格工作服，再一种是漂亮的白底小碎花的女服。

选料那天，伦子没去，代之与式子同行的是葛美。式子在诸多商品中，唯独只选中了阿米呢，葛美对此显得有些不快。她觉得不可思议的是，式子对织法多变的棉织品、丝织薄绉纱、鲨皮丝、尼龙等这些可给设计增光的堆积成山的料子不加理睬，而径直站到了阿米呢的货架前。其实式子本人，她内心并不喜欢像阿米呢这种本身已有了过多图案的装饰性化学纤维，而对那种没有花纹的、柔软的、有边饰的丝织薄绉纱是更感兴趣的。她之所以能够得到三和公司例外的赞助，恰恰是由于她选定了阿米呢这个特定的商品。当然，这是银四郎想出的招数，它正好触及了三和公司的微妙之处．因为阿米呢这种不太受人欢迎的商品，现在正是三和公司所要大力推销的货物，所以式子就不好提出丝织薄绉纱了。

销售宣传部长怀着感激的心情迎接了式子。他提出，不但这次展览，今后还愿多次给予赞助，并派野本敬太负责圣和服饰学院方面的工作，请学院方面随时与他接洽。

"老师，您稍休息一下吧！"葛美催促道。式子被这一催才若有所悟地停止了扣别针，抬头看了看模特儿。模特儿脸色苍白，眼里布满了血丝。一看手表，已经站了将近两个小时了。

"呀，一试起来，我又什么都忘了，对不起。"式子把模特儿站立的时间以及葛美、伦子、富枝她们在自己背后学扣别针的事，全部抛到九霄云外了。

模特儿在椅子上坐下后，上半身已直不起来了，她在慢慢地喝着办事员送来的咖啡。式子以抚慰的口吻说：

"从早晨起连着试了两身，吃不消了吧？下边再稍微试一下就完了。"

"不，不，没什么，我撑得住。"模特儿是个新手，显得格外认真。

伦子、葛美和富枝一大早就来见习试样，一连试了两身，也许是累了，三人谁也不说话，只是默默地喝着咖啡。只有式子一人似乎在试样中忘记了疲倦。她走到伦子她们的桌旁坐下

后,说:

"看来,扣别针时,看的人比扣的人还辛苦。不过,试样扣别针,缝纫的人不在场不行。试样时不在场,只按照已别上的别针去缝纫,那就仅仅是个普通的缝纫匠。对每个别针扣下的过程和它的意义在理解的基础上进行缝制,这才是使设计得以完成的缝纫师的技术。你们三人每人要缝制一件。由于造型不同,我的别针的扣法也不一样,所以,这一点还需你们好好地观察一下。"

听着式子这番教诲,葛美和富枝都望着她点了点头。伦子的视线一直固执地盯在桌子上的那个盛着咖啡的杯子上。自从葛美同式子一起去三和公司选料的那天起,伦子对式子的态度变得疏远起来了,对这次时装展的筹备工作也不像葛美和富枝那样热心,总是一副漫不经心的神态。不过,自从决定了式子设计的三件展品分别由伦子、葛美、富枝各负责缝制一件时,她又一下子热乎起来了,但表面上还装着无所用心的样子。看来她是想在最后的结果上超过葛美和富枝。式子大概看透了伦子的心思,故意快活地说。

"出三件展品本是一次偶然的事。碰巧你们三人各负责一件,到时就看你们各自的本领了。另外,不光我会做出评判,时装展这个第三者也将做出评判来。"

三人听后都腼腆地沉默了起来。

教员室的门被推开了,进来的是银四郎。他两小时前到关西设计师协会走了一趟,进门后,把双手提的那个大纸包往桌上一放。

"程序表和入场券都已拿到,就等两周后开幕了。"说罢,就去解纸包。当他发现一个穿着试样服的模特儿正在休息时,问:

"课是怎么上的呀?"

"一切都安排给助手了。"式子回答。银四郎似乎放心了,点了点头,一边解纸包一边说:

"刚才,我带着程序安排和入场券到曾根那里去了一趟。四五天前,他的报社新上任了一位与众不同的文化部长,这位部长不使用女记者,于是没有固定位子的曾根临时负责了采访时装展览。大报社常常有这种明治格调的大男子气概的部长。"

说着银四郎爽朗地笑了。式子没有笑。她考虑到曾根并不是个奇特的人物,这个有些神经质的人也有他自己的难处。半月前当式子因同三和公司交涉的事去向他道谢时,他不愿意谈三和公司的成就,以至于式子都有些惶惑了。

突然,走廊里响起了一阵急促的脚步声,教员室的门被推开了。

"老师,糟了!快来一下吧!"一个圆脸学生叫道,脸色都有些变了。

式子顿时发了愣,她不认得这是哪个班的学生。伦子、富枝、葛美她们因开学两个多月来在许多班级兼过课,也难于马上肯定是哪个班的。刹那间一种紧张的气氛包围了她们。

"大木老师,搞糟了,代课的老师不行!"大木富枝听到在叫自己,便向站在门口有些慌张的学生看了一眼,然后和平时一那慢条斯理地站起身走到门口,懒洋洋地用大阪话问道:

"慌慌张张的,到底出了什么事?"

圆脸学生提高了嗓门:"老师,这事可慢不得,您立刻就来吧。"说着便拉住了富枝的胳膊。富枝困惑地看着式子:"院长,那这试样……怎么办呢?"

"顾不上了,快去吧!"式子本想大声训斥富枝,但看到银四郎在使眼色便压低了声音。

课堂上的"搞糟了"大凡都是把进口的料子熨煳了或者把料子裁坏了这一类的事。学生气喘吁吁地跑来了,而富枝却操着懒洋洋的大阪话,动作不慌不忙,慢慢吞吞,式子对此很恼火。银四郎静默旁观了刚才的情景,此时微笑着打趣地说:

"还是老样子,碰上大木富枝这样的御用棚车,式子老师也没办法哟。"

"御用棚车?什么意思?"式子反问了一句。

"就是那种动作迟钝、不计时间,使乘客对之无可奈何的牛车呀!"银四郎诙谐地笑了笑。

牛车一语使式子为之一震。伦子她们三人中,显得最为温顺的要算富枝了,也许她有着一种牛车式的坚韧而顽强的活力。伦子不知在窥视什么,令式子对她不能掉以轻心。富枝像牛拉车一样有耐性但大大咧咧。葛美缺乏感情,伦子失败后她可以不动声色地去取代伦子……。式子想到这里,脑子里便清楚地浮现出银四郎前些时候说过的话:"何止是津川伦子,连坪田葛美、大木富枝在想些什么你也不是心中有数的。如果毫不在意,说不定会被家狗咬伤的!",她不由得向伦子和葛美望了一眼,这两个人好像全然未把刚才发生的事放在心上,又继续开始试样了。

她们俩的冷静反而使式子有些不安。刚才学生的那种慌张情形又在式子的脑子里翻腾了起来:学生抓住富枝的胳膊,催着说这事可慢不得;代课的老师不行。此情此景似乎与平时的那种事端有些不一样。式子顿感心跳,倏地从位子上站了起来。就在这一瞬间,银四郎像是看透了式子的心思,问道:

"到楼上看看去?"

式子找不出合适的答词,淡淡地说了声"嗯,看一下!"便转向模特儿和伦子,"我去一下就来,你们继续试吧。"说罢,故作镇静地上楼去了。

来到二楼尽头的一个教室门前,听见从教室里传来一阵放肆的吵嚷声。一般说来,下午的实习时间内免不了要闹哄哄的,但今天的吵闹声也实在不像话,很像是发生了不寻常的事件。

式子哗地推开了教室的门。学生们一下子都把视线集中到她身上了。当他们认出是院长时,教室里立刻静寂了下来。这堂课是实习课,大家并不是整整齐齐地坐在桌子旁.有的蹬缝纫机,有的熨衣服,有的缀风纪扣,东一堆,西一簇,各在其所。富枝和年轻的代课老师站在靠窗户的桌子旁,她俩的周围围着一多半学生,式子走近时,又出现了一阵小小的骚动。围拢的学生散开后,便看见有个学生俯在桌子上,桌前站着刚才那个到教员室报讯的圆脸学生和富枝。

"怎么回事呀?"式子为了不刺激学生,问得很柔和。富枝向俯在桌子上的学生望了一眼,用不紧不慢的大阪话答道:

"昨天藤井为庆贺生日让妈妈给买了一个蓝宝石的别针。刚才藤井把它从脖子上摘下来,放在桌子上,熨衣服的时候忽然不见了,这就⋯⋯"

那个圆脸学生马上接了下去:"可是,藤井就拐弯抹角地问起我这个邻座来了,真气死人。我冲她说你有证据吗?不要这么平空诬人!我一气就把自己携带的东西全摊在了桌子上,甚至连刚开始缝纫的裙子边也一条一条摆开来给她看。哪里有什么别针!可她不向我道歉,倒在那儿抹鼻子,哼,想不了了之!看她这个样子,我说是不是夹在你缝的那条裙子里了,接着便抖开了她缝的裙子,这一来,她哭得更凶了。那位代课老师呢,被藤井的哭声吓住了,一开始就站在她那边说话,真不公平。"说罢,气鼓鼓地望了望站在富枝身后的代课老师。这位年轻的老师顿时涨红了脸;"哎呀,冈本,不是的,是你太凶了,我觉得藤井有点可怜！"

"该可怜的是我！"名字叫冈本的圆脸学生反顶了一句。

"好了好了，别那么激动……，就因为这事你才去叫大木老师，对吧？"式子问道。

"是的，大木老师来到教室听了情况介绍后，吩咐大家好好找一找，我们把桌子、椅子、字纸篓都找遍了，还是没见她那个别针。"

"那么，藤井确实把别针放在桌子上了吗？"

"是的，我看见了。"冈本这个性子有些暴躁的学生回答得很干脆。

如此看来，很像是在教室里被人偷去了。教室里发生偷窃事件，这是学校领导方面最吧心的事。

"真糟……"式子向旁观者似的大木富枝说道。富枝似乎在考虑什么，她看了看那个俯在桌子上的学生，非常唐突地问了一句：

"藤井，那个蓝宝石的别针是真品吗？"

藤井摆动着长发摇了摇头。

"如果不是真品的话，可说是幸运了。"

"噢？"式子怀疑起自己是否听错了。

"不是真品，难道是仿造品？"富枝又说了一遍，意思是说如果被偷去的不是昂贵的真品而是假货的话就没有必要大惊小怪了。式子不由得看了一眼富枝，那是一张胖胖的有富士额的白皙脸庞，表情懈怠，看不出有处理偷窃事件的严厉劲头。不知是生性温和还是对偷盗之类的事神经麻木，她对自己刚才的言辞似乎一点也不介意。式子终于克制住要脱口而出的激烈的话语，转而改口道：

"看来，藤井很了解外国人佩戴宝石的习惯，这很好。我们这些人即使在平时也想用真品的金刚石和绿宝石来装饰自己。但在国外，只有在像样的招待会等场合才戴真的。平时则把真的保管在家里或银行里而戴仿造品。"

式子这番话巧妙地改变了富枝刚才那句话的意思，但学生们并未觉察到式子的良苦用心，听得很认真。

"不管怎么说，在教室内发生偷窃事件，这是不能原谅的耻辱！"式子的语调提高了，她扫视了一眼学生的表情，又把话接了下去："在女人的盗窃行为中，最可鄙的莫过于偷窃点缀女性自身的服饰和装饰品了。要是偷钱，扒手也好，小偷也好，仅仅是想把别人的金钱据为己有，这固然是一种赤裸裸的既愚蠢又卑劣的行为，但于女人，偷别人的装饰品来增添自身的光彩，那完全是受到了虚荣心的驱使。说明她的内心是何等难以形容的空虚、污秽和狡猾……"

教室里鸦雀无声。学生们都在静静地听着。平时上课的是大木富枝和助手，院长很少来，今天不但突然来了，还讲了一通话，对学生们无疑是个震动。俯在桌上哭泣的那个学生以及因被怀疑而气恼的圆脸学生都在目不转睛地盯视着自己的院长。

"为虚荣而偷窃……这也许是一种潜藏于女人体内的最为丑恶的东西……"说到这里，式子稍加停顿，然后思索了一下，继续道：

"今天，为祝贺藤井的生日，我决定重新赠送她一个别针。同时，我和藤井对受了委屈的冈本表示道歉。从现在开始，要对你们进行彻底的检查，查出来，当场给予开除的处分。"

式子说得很严厉，同时又向学生们扫视了一眼，当知道学生们都在认真地听着时，声音变得柔和了：

"好端端的一次实习课，无端地被耽误了不少时间，下边马上接下去实习吧，我和大木老师有事到教员室去，由代课老师教你们。"

式子说完，出了教室，刚下楼梯，身后响起了富枝碎而不齐的脚步声，完全不像是刚从发生过偷窃事件的教室里出来的样子。

"式子老师……"富枝招呼了一声。但式子显然是生气了，不理她，把高跟鞋蹬得嘎吱嘎吱响，径直下了楼。

回到教员室后，式子喘着气向模特儿招呼道：

"让您久等了，对不起，试样立刻就会告一段落的。"说罢，转向正在代替式子扣针的伦子和葛美："你们扣得蛮好的嘛，照这样，不更动就行了。要是都能扣成这样，该多好哇。后背扣好了吗？"式子看了前影之后，让模特儿转过身去。"把脊梁附近稍稍松一点儿，怎么样？虽说是西服，但夏天穿，后背如果同和服一样露颈，能给人凉爽的感觉，这也许是需要的。"

式子从伦子手里接过针托，在更动后背腰部扣针的同时，感受到了来自银四郎的目光。教员室的门一打开，银四郎就急不可耐地望着式子。因时装模特儿在场，式子不愿意让他问起刚才楼上发生的事，故意在试样上忙个不停。为了不让他有插嘴的机会。式子此刻试样速度之快是平时所没有的，伦子和葛美开始时有些不知所措，但很快就适应了。式子更动左侧的别针，她们就配合改动右侧的别针，式子动一动右肩，她们则随之配合划出左肩的线条。

"好了，就这样吧。大家辛苦了，衬面的试样在下星期三进行。"

年轻的模特儿这才舒了一口气，松开身架，开始脱衣服，但因不太习惯试样衣服的脱法，怎么也脱不下来。伦子和葛美虽已看在眼里，但可能嫌麻烦，故意装作视而不见。

"把扣针取下来，记上记号，帮人家脱一下！"在式子的催促下两人这才把颈部和两侧的别针取了下来。衣服容易脱了，模特儿迅速换上自己的服装，涨红着脸："麻烦你们了，我还不太习惯……。下次再来时还请关照。"说完，低头施了一礼，提起箱子立刻回去了。

模特儿前脚刚出教员室，富枝后脚就悄悄进来了。进门后也不管试样后收拾和整理的事，往自己的座位上一坐，同往常一样，喝起课后的茶来。

"富枝，你倒挺自在的，刚才干什么来着？"式子不耐烦地责备她。

"刚才，到厕所去了一下。"富枝尴尬地笑着回答。

"什么厕所呀，喝茶呀，别光那么支支吾吾的，想不到你……"说到这里，式子不好往下再说了，她不愿点破："想不到你对偷窃这么麻木不仁！"，正当她欲言又止时，银四郎插了进来。

"怎么了？"

"有人偷东西了，富枝的班里丢了蓝宝石别针。"

"是在上正规课的时候吗？"

"嗯，在实习课上。助手当时还在场领着学生实习呢……"

式子把刚才的盗窃事件讲了一遍。伦子和葛美顾不上收拾试样后留下的活儿，也在注意地听着，银四郎静听后说道：

"是这么回事呀，我以前就感觉到对学生的管理不严格，这不光限于富枝的班。我们学校的学生出入教室时松松垮垮，像是在私人开设的裁缝学校一样，照这样下去，严格的纪律如何树得起来！既然是一所洋裁学校，就当……"银四郎还要往下说，葛美突然顶了他一句。

"洋裁学校只管教授剪裁方法，管不了道德教育方面的事啊！"葛美的语气相当激烈。

银四郎甚感意外，但嘴角很快堆起了微笑，格外殷勤地说："那是啊，您这是自我开脱吧？"

"什么？自我开脱……？我干吗要自我开脱！"

"就算不是吧。不过，作为一个堂堂的教剪裁的老师，你可总是迟到的呀。老师都迟到了，还怎么能向学生说，你们不准迟到哇不准中途离开教室呀之类的话呢？这样的老师怎么能管好学生呢？当然，我这里所说的并非是道德教育方面那种严肃的事，我只是希望你明天能早点儿来。"

"光是不迟到能准时上班又算得了什么？即使稍有迟到但只要工作有成绩的话，你有什么好说的？"葛美的红边眼镜下闪烁着犀利的光。

"工作有成绩……，指的是什么呢？"银四郎郑重共事地问道。

"那当然指的是作为设计师的优秀成绩呗。"

"啊，设计师嘛！"银四郎的声音有些激动了："设计师，有式子院长一个人就行了，裁缝学校是一所如同出售商品一样出售讲课时间和讲课内容的学校。别的学校一个课时教一张纸型，我们学校一个课时就要多教一点儿，比如一张半，一年内就要教会整套西装的缝纫技术。也就是说，这里需要的是能够充分有效地出售时间的裁缝教师，至于那种想同设计师一样在艺术方面恣意摆谱的人，我看，实难被学生和经营方面所接受。"

"你是说，我们没资格当设计师？"

"其实，还不是为了面子上好看？以后你可以和那些喜欢刨根问底的有闲女士们讨论讨论。"

"无稽之谈！太瞧不起人了。是吧？伦子！"葛美想把伦子拉到自己的战线上来。

伦子刚才听他们俩对话时脸上没有显出任何表情。给葛美

一叫,她把目光倏地转向了葛美,不动声色地说:

"是不是设计师,等看了这次展览的展品后再论也不迟。"

"看来,你对这次展览还真是下了一番功夫呢!我还以为轻轻松松地就可以过去了。"葛美有些激动,但语调平和得出奇。

"当然,也可以轻轻松松地过去的。这种事并不是一使劲就能奏效的。"伦子不甘示弱。

气氛立时紧张起来了,对话停止了,出现了僵局。式子简直一筹莫展了。葛美和伦子之间出现了未曾料及的对立,富枝想从二人的对立中求得安逸,银四郎饶有兴味地注视着这三个女人心情上微妙的变化。当式子觉察到这点时,她心里凉透了。由学生的盗窃事件而引起的这次谈话,不知是偶然的还是早有潜机,总之,使三个女人卷到了一场阴湿的竞争中去了。这种巧遇使式子心中闪现出一种不安之感。说不定什么时候自己也会陷入这种泥潭中。

S会馆的四楼大厅里挤满了年轻的女观众。其中大部分是来自设计学校的学生,也有一部分是因这次展出而停课的学生。式子的学校即圣和服饰学院的学生,分三批参观这次展出:中午十二点、下午三点和六点。

报纸、杂志、纤维厂家、商社的客人也被邀请来了,他们坐在前五、六排一带的位子上,引人注目。其中有三和公司的销售宣传部长和野本敬太。曾根英生今天未露面。

式子让伦子她们三人负责模特儿的穿戴和表演,等展出开始后自己推开面向走廊的第二个门,从那里注视着舞台的进展情况。向展览会提供展品的设计师们都集中在后台,任务是协助第一次展品的展出,但式子此时此刻实在没有心情闷在后台的房间里。

随着轻快的钢琴伴奏声，日常生活中各种服装设计式样，诸如夏日外出时的服装、家庭便服、运动服、工作服、散步服等相继出现在明亮的舞台上，由解说员柔声细语地一一介绍给观众。观众席上也每每出现一种现实的紧张感和亲近感。

现在的气氛不同于从前观赏毫无穿着机会的女晚会服和晚礼服时的那种气氛了。这里有着一种细心而周密的鉴赏，想从出现在舞台上的每一种服装上寻找出适合于自身的设计来。因而，观众席上的反应尤其敏感，当平庸的设计展品出场时，观众立刻不是同邻座闲扯就是翻看节目单，显出无聊的神色；当报幕员报出名设计师的作品时，观众便立即紧张地把视线投向舞台；而当作品不值得一看时，观众席上又刹时间罩上了一层失望的气氛。

式子对观众席上的这种立竿见影、毫不含糊的反应惊叹不止，因而也就更加关心观众对自己作品的评价。式子想了很多：这是第一次同有名的设计师一起在众多的观众面前发表自己的作品；协商会时被别人捉弄的屈辱；同三和公司交涉的那种困难的经过；曾根英生向自己伸出了援助之手。想到这里，式子感到这次展出无论如何只许成功不许失败。

突然，观众席上传来了一阵哧哧的笑声。原来舞台上正展出一件作品，漆黑的棉布衬底上缀着红黄两色的布条和布块，构成一个象征着仲夏的太阳光和海滨的图案。这是一种激进的大胆的设计，但色调不协调，设计上也有误差，节目单上写着这是伊东歌子的作品。式子因之想起了刚才在后台遇到伊东歌子时她穿的那件同她的气色相似的红彤彤的上衣，并为她那畸形的才能以及与之相匹配的异样的刚愎自用感到痛心。此时，不是为他人的失败而感伤的时候，因为紧接下去就轮到自己出场了。

报幕员清脆的声音回荡在式子的耳边：

"下面介绍圣和服饰学院大庭式子女士的作品。这种服装是为二十岁左右的年轻女职员设计的，外形轻快，作为工作服来说具有多方面的功用。"

伴随着速度略方加快的钢琴的旋律，模特儿身着一套白蓝横条相间的服装在舞台上出现了。刹那间，一种明快的色感和线条的动感流荡了开来。观众一下子被这明快的色调所吸引，但却没有做出更多的反应。

"下面介绍大原女服制作学院的大原京子女士特为十几岁的孩子设计的作品。这是一种户外穿的衣服，它的中心点是十几岁的少年所具有的洁净、天真和适体。用料为淡红色薄毛斯绫，沿柔软的细襞和褶边缝制而成……"

观众席上出现了一阵轻轻地骚动，这是观众欢迎大原京子作品的情绪的表现。舞台上的灯光变成了蓝色，淡黄色的连衣裙出现了，犹如一只柠檬浮现在蔚蓝的天空。这个设计不愧出自行家之手，让人百看不厌；但同时也存在着学校剪裁所带来的那种典型的松弛和呆板。这里表现出的不是设计师的特点，而是一个优秀剪裁教育家的性格。

式子轻轻地推开门向走廊走去。因展出正在进行，走廊里空无一人，挨墙放着沙发，显得空旷寂寞。离式子下一件展品的登场还有三十多分钟，这期间，安田兼子的作品要出场。这件作品式子在预展时已仔细看了，是一套西式裙，肩线非常好，采用暗绿色，一看就知道是属于大原系的缝纫。二十多年前，安田兼子就离开了大原京子，单独开办了一所学校，但直至今日仍摆脱不掉大原剪裁方式的支配。这种缝纫派系的影响是如此的根深蒂固，以至于在公开的时装展览上都不可抗拒地表现了出来。可以说这是对设计的一种暴力行为。式子不愿意看，但又不得不看,心中感到了不快。她从沙发上站了起来,慢悠悠地从走廊的一头踱到另一头。由门口沿着墙边有一条甬道,当式子把身子贴向甬道时,舞台上的展出已接近了尾声,下一个又轮到自己的作品上场了。

舞台的厢房里挂出一件郊游时穿的运动服,紧接着,洁白的大领子在灯光下呈现了出来,这是式子为十几岁的少女设计的旅游服装。是一件连衣裙,蓝格和红格相间,正胸部分一片洁白,象征着少女的纯洁。但在明亮的舞台上,白色的分量似乎太重了,看起来有些白惨惨的。

"哟,那不是做弥撒时穿的修道服吗?"

"倒是挺干净利索的,不过有些过分了,你说呢?"

坐在式子紧前面的两个年轻女伴毫无顾忌地低声私语着。

作为服装设计师来说,最不愉快的是别人道破了自己的意图,把自己的作品说成是像什么什么一样。作品如无主题,其结果也就是任人说什么就是什么了。在三件展品中,有两件已被观众置于脑后了。式子感到内心的气馁在膨胀,她暗暗思忖着:还有最后一件呢。

式子再次悄悄地来到了走廊,但她不是坐到墙边的沙发上,而是推开了位于走廊尽头的乐池的门。

沿着细小的台阶下到乐池后,她看到这里一片嘈杂,同观众席上的那种肃静形成了对照。在乐池里,设计师们心急如焚地高声指点着模特儿,但模特儿却不加理睬,喋喋不休地谈说着。三十名设计师制作的九十件服装,二十个模特儿要变换着一一穿到舞台上。如有一件出现挫折,舞台上就会出现冷场的局面。再加上大原系和其他各派的设计师们都是临时凑到一起的,模特儿们的相互协调也很困难。尽管已经制定了严格的程序表,但临场时假如设计师要求模特儿梳起特殊的发式和佩带特殊的装饰品,那么其后的模特儿将没有充分的穿戴时间,而处于不利地位。即使把穿戴时间一律定死,也还有因服装形式不同而需要更动的情况。首先,模特儿并不是一律每隔四、五人上一次场,有名气者隔三人则轮到一次,无名气者常常要等待。因此,每次登场几乎都要进行随机应变的处理。

安田兼于是执行委员会的委员长。她凝视着贴在墙上的那张程序表和放在桌子上的出场顺序单,同两位执行委员负责展出事宜。从十二点半开始她负责展出的进行,到现在已经过了将近两个小时,中间一次也没休息过。她面容疲惫,但声音和动作很麻利,并无倦怠的样子。她指挥着整个乐池,连连喊道:

"七十号!请模特儿出场,七十号,快!"

"什么七十号七十号的,不要叫番号吧,我是日法洋裁的叶山捻子。"

"这种时候,哪还能慢吞吞地叫某某洋裁的某某先生呀!不抓紧时间会冷场的!"

"前头的人磨磨蹭蹭,我有什么办法呢?"

安田兼子立刻扫了一眼出场顺序表,叫道:

"六十六号,衣服脱得太慢了,请立即脱下衣服,把模特儿交给七十号。七十号耽误的时间七十一号补上!"

穿着六十六号服装的模特儿边走边脱衣服,换上鞋,穿上了七十号的服装。其间,六十六号和七十号的设计师互相顶撞了几句。在这种喧闹中,出场完毕的和等着末次出场的设计师们都事不关己地信口交谈着,荡漾着一种习惯了此种场合的人所酿成的气氛。

式子对自己那件预定最后出场的作品放心不下,可离出场还有相当一段时间,好在轮给自己的模特儿现在有空,于是便让伦子帮着她提前把展品穿上了。这是一件连衣裙,布料,白底上缀有小碎花,腰间圈着一条和服带似的围边,深露脖颈,背线柔和流畅。

"八十四号,请准备!"轮到式子的作品登场了。

"要以脚蹬高跟鞋、身披浴巾时那种潇洒而时髦的姿态在舞台上走动,记住……"式子边嘱咐边把模特儿送上了舞台。

白底碎花的外出服在耀眼的灯光下给人以凉爽而洒脱的好感。原来曾为之担心的阿米呢这种料子的光泽,现在由于设计得单纯而被弥补了过来,反而显得落落大方了。虽然从舞台厢房难以捕捉到观众的印象,但式子本人看后心里是满意的。她带着这种满足感回到乐池H时,一个白皙脸盘的男子微笑着向她走了过来。原来是曾根英生,他还带着一位摄影师。

"曾根先生,您……"因仓促相遇,式子不知该说什么了。

曾根英生掠了一下干涩的额发说:"刚才我看到了,设计得很好,表现出了您的特点。"然后,转向旁边的摄影师:"请把刚才大庭式子女士的作品拍下来,但不是作为展出的照片,而是作为设计式样的照片。"

"拍照……,把我的作品拍下来……"式子羞涩地看了看曾根。

"银四郎曾好几次要我去采访,但我没去,现在一看,确实不错,所以想在我们的报纸上介绍一下。"

(劳驾您来观看……)一股激动而喜悦的暖流漫过她的心间,式子说话的尾音都有些颤动了。

"我们到茶馆去谈谈吧。"曾根想避开人们进出频繁的乐池口把式子约到茶馆去。

因展览正在进行,茶馆里几乎没有客人,淡雅而清静。曾根在靠墙的一张桌子旁坐下,叫了茶,对式子说:

"时装展,我迟了一步,您的作品我是从第二件即那件好像做弥撒时穿的袈裟一样的展品开始看的。刚才看到的那一件，刚一登台就叫人赏心悦目。在熙熙攘攘的众多设计师中间，您那件白底碎花和服式的作品使大家耳目为之一新，心悦神爽。这种设计正像您所说的是在大阪古老传统和服装习惯的基础上创造出来的具有当代风格的大阪精神。您所要表现的精神风格我是理解的……。"

曾根似乎被一种愉快的发现所感动，明亮的眼睛不时地闪烁着。式子不知该说什么好了。曾根所说的，正是自己很久以前就期望过的，只是把自己的思想变戏法似的表达出来的是八代银四郎。

当银四郎和曾根一起就这次时装展去向三和公司求援时，对方曾问起大庭式子设计的特点。银四郎当场讲了一些夸张的话，为的是突出式子，争取援助。曾根看到式子突然不语，以为是谦逊不好启口，忙说：

"新手必须有自己的创造，才会被重视。这一点，大庭女士当之无愧，所以，不但有采访价值，同时也不枉与三和公司的那场交涉。"

"您过奖了……，我想，如果这次搞不成功的话，真没脸见曾根先生。"

"哪里哪里，相比之下，银四郎先生倒是更卖力气哩。在我们这些学法文的人中他是个优等生，大家都希望他继续学下去，可他对洋裁学校这种与其本行风马牛不相及的事业却特别倾心，可以说是到了着迷的地步了。我们对此一窍不通，可他却有自己的看法。总之，这家伙是个精明能干的人物……"

曾根几乎是在自言自语地说着，突然，他向式子投去了灼人的一瞥。式子蓦地感到自己的面颊微微发烫了。从曾根的嘴里突然讲起银四郎的事，而且自己也受到曾根那种毫无做作之态的夸奖，她感到手足无措，很是难为情。一阵尴尬的沉默之后茶馆的入口处传来一阵嘈杂声，有人喊道：

"哎呀，你在这儿呀，我在到处找你！"银四郎急匆匆地嚷道。他一进茶馆门，发现曾根英生坐在式子面前，于是冲着曾根的脊背，说：

"噢，曾根，你是什么时候来的？也不给我打个招呼，你钻到哪儿去了？"

曾根一听，挖苦似地说：

"你老兄真是神出鬼没，嘴上说让人家来呀、来呀，可你自己却无影无踪了！"

"抱歉，抱歉，我被调去接待给了我们援助的公司的来宾去了。因为对出钱的资助者是无论如何不能怠慢的呀。这之后，报社也来了人。你来得正是时候，我们曾求过你几次，没得到你的确切回答，真叫人心悬。今天，看在朋友的份上到底来了，非常感谢。"银四郎满口大阪话，越说越精神。

"不、不，这是一次关西有名设计师济济一堂的盛会，作为新闻记者，我怎能袖手旁观呢？"曾根刚说到这里，银四郎截断了他的话："于是就把大庭式子的作品写了报道？"

"当然，有了那样的好作品，即使不请，我也会自己找上门来的。"

"是吗，那太感谢了！怎么样，要是采访完了的话，请马上换个人吧？"

"嗯？换个人？"

"是的，现在展览会已经结束了，其他报社的记者也要采访大庭式子，他们现在正在走廊里等着呢。"

"瞧你，对曾根先生怎么这么无礼……"式子从旁责怪银四郎不讲礼节。但曾根却说：

"可以的，我的采访似乎全部完成了。照片的事已交代给摄影记者，设计的主题刚才也已经问到了，剩下的就是再问几句具体的事就行了。"说着打开了一个小小的笔记本。式子对设计的构思、色调、花纹、用材等情况向曾根做了说明。这时，她对银四郎的态度有些放心不下。

当曾根听式子说明时，银四郎立即向茶馆门口走去，功夫不大，领来了两名女记者和一位摄影记者。然后找了一个与曾根和式子的桌子保持着一定距离的位子坐下来，将茶馆的招待叫到跟前，不停地点叫什么并机敏地同招待谈个没完。这种情况从式子的座位上是可以看到的。

曾根把式子的讲解要点记完之后向银四郎瞥了一眼，说："看来，各家报纸都盯住大庭老师的设计了，今后的日子可不轻松啊！因为不管在哪个领域，新手总是要卷进毁誉与褒贬的漩涡中去的。而且，银四郎这个人脑子来得快，又善于钻营，他一上场，这个漩涡就会翻滚得不亦乐乎了。此刻，最需要的是冷静，同他一起旋转，有时会把自身也丧失掉的。"

曾根向式子投去一束深沉的慰藉似的目光，然后从容不迫地站起，再一次说道：

"在人的一生中，失掉自身将是最大的不幸！"说罢，转身离去。

银四郎在茶馆的门口和曾根简单地说了几句什么，好像在惦记着等着采访的女记者和摄影记者的事，立刻又回到了自己的座位上，把其中较年长的一位领到式子桌旁，介绍道：

"让记者久等了。这位是圣和服饰学院的大庭式子，第一次在关西设计师协会举办的时装展览会上展出作品，是位新手，请多关照。"银四郎介绍式子时的声调同与曾根说话时不大一样，显得一本正经，但使人感到有点造作。

"您太客气了。我是C报社的记者,叫新村昌子,负责采访时装展览。对不起,现在就开始听您的介绍吧。"

式子开始介绍后,银四郎对他俩说了声:"你们谈,我到那边照看一下等候着的别的报社的先生们。"便潇洒地离位而去。

此时,留下的只是两个女性了:新村昌子和式子。因为都是女的,式子对这位女记者产生了一种亲近感。但同时,由于初次见面,又不免觉得有些隔膜。新村昌子却显得无拘无束,问道:"听说大庭式子老师是船场名门的后代,对吧?"

"嗯……"式子的表情有些诧异,作为对时装展采访来说,她觉得这个提问有些唐突。

"据说是南船场,对吧?"

"是的,在久太郎町。"

"听说,您是相传五代的老牌大庭呢绒批发商的女儿,您不拘泥于船场的陈规陋习,也不喜欢特权,一心想在与之完全不同的现代世界生活下去……这太好了。不过,还是有种种适应不了的感觉吧?"新村昌子好奇地望着式子。看来,在曾根和式子谈话的时候,银四郎把式子的奇特生平和环境向昌子作了巧妙的渲染。对此,式子多少有些反感。

"不,没什么不适应的……对我来说,不拘泥于那些烦琐的礼节,用自己喜爱的料子学习设计服装,这是我最舒心的生活方式。"

"不过,在您的设计里,以船场这种特殊的场面为背景的某种因素还是有的吧?"

"不,没有的。以自己选择的色调、花纹作为素材在最美的料子上进行雕刻,只有这种愿望才是设计的一大要素。"

"可是,刚才看到的那件白底兰碎花犹如和服的作品,只有在大阪古老服装的传统中熏陶过,并有这方面才能的人才有可能设计的呀。换句话说，这种格调不同于江户式的风流和潇洒，它具有京都、大阪一带的那种朴素的华美，这也反映了大庭老师生长的那个特殊环境和为人。"新村昌子极为热心地探询道。

"真的吗？如此说来，您比我更了解我自己了。"式子不知不觉地卷进新村昌子酿成的令人心悦的会话气氛中去了。式子感到自己有些陶醉了。

其后，式子同另外的两名女记者进行了大体相同的谈话。谈完后她显得有些疲倦。当她把带有倦意的眼睛抬起向窗边望去时，发现三和公司的销售宣传部长和野本敬太在那里坐着。式子刚要起身招呼，对方已靠拢了过来：

"您这下子可就忙碌了，我们等了好一阵子了。大家的反映相当好，从我们方面来说，这也是一次很有意义的宣传。"宣传部长先开了口，他似乎把展览会之初不愿向式子提供援助忘记了。可野本好像还记着，他道歉似地说：

"这次的成功使我们今年对销售阿米呢有信心了，多亏大庭院长啊！"

"不，不，如果没有你们的援助，也不会出现这样的机会，还是应该感谢你们的。"式子说着把红茶放到了两人面前。这时，银四郎回来了，他发现这里坐的是宣传部长和野本，便说：

"哎呀，失礼了，刚才只是在传达室的门口简单地打了个招呼，没有来得及奉陪，实在对不起。我本来想等展览结束后立即去登门拜访，可这阵子报社、杂志社的人来往频繁，忙得团团转。这不，刚才还领着一位摄影记者去乐池关照摄影的事来呢。"银四郎虽说是在道歉，但话语间却含着表白自己忙得不可开交的意思。

"哪里，哪里，与其陪着我们，还不如把由三和公司提供的、根据大庭式子女士的设计而制作的阿米呢服装广泛地介绍给消费者更有意义。"宣传部长彬彬有礼地接过了话头。

"我也这样想过，可这么一来，对你们出资者就未免显得过于怠慢了。您知道，报刊采访后写出报道是不收费的。而且，比起广告来，读者更为相信，谁不愿意最大限度地利用呢？一条小小的三行字的广告费就得花一千二百元噢！"银四郎讲得很露骨，式子不觉怔了一下，小心地窥视了一下四周。

第一场展出已经结束。到第二场开始，中间有一个小时的休息时间。因此，看完第一场的人和等着看第二场的人都涌到了茶馆，嘈杂的谈话声充满了整个房间。

"银四郎先生真是既年轻又精明，不管什么情况都忘不了精打细算，我们公司的人同八代先生相比真是相形见绌啊！野本，好好学一学！"

宣传部长向野本瞧了一眼。野本窘迫地不知该把目光投向哪里，只是微微地转动了一下他那浓眉之下的柔和的眼珠。

突然，从式子的背后传来一声急促的喊叫：

"大庭老师，这样做不行啊……"

来者是安田兼子。

"第一场展出结束后，就应准备下一场的服装，可在这种时候，你就急于只顾去宣传自己。作为执行委员长来说，我不得不说几句你不爱听的话了。再说，就是报纸杂志做了采访，也未必一定会和读者见面的呀。"

安田兼子说毕把身子一扭就离去了。银四郎就此向式子说了几句什么。但安田兼子的声音沉重地敲击着式子的耳膜。她有些惶恐了。正像安田所说，自己的作品是否受到好评，在未看到明天的报纸之前还是个未知数。

次日清晨，式子一睁开眼便吩咐女仆希代把报纸拿来。她首先翻看的是 B 报的妇女文化栏。一张网眼状的大幅设计照片映入了眼帘。照片的标题是：

崭新的大阪风格
——大庭式子女士的作品

文章的作者是曾根英生。这篇报道介绍了白底碎花和服式的这种新颖式样的设计技术和创见，强调指出这种设计既有大阪古老服装的传统，又有现代的特征，同时还描述了大庭式子具有一种服装设计新秀所具备的创造性灵感。文章措辞缜密，贴切，其风格如曾根其人。式子读完后又翻开了 K 报。

K 报只提了提在大阪的 S 会馆举办了由关西设计师协会主持的大规模时装展览，女观客蜂拥而至，洋溢着令人爽快的初夏气氛。式子读后大为扫兴。K 报的女记者是在 C 报的记者新村昌子之后对式子的设计进行采访的，谈了大约四十分钟，回报社后没在报纸上作专题报道。如此看来，曾根的报道是出于对式子的好意和对她表示慰藉而给于好评的。

式子从床边上慢慢地站起身来向楼下的厨房走去。女仆希代看到铃也不按就径直进入厨房的式子，有些纳闷。

"你去车站那边买一份别的报纸吧。"式子心不在焉地说完后走出厨房，进了位于走廊尽头的盥洗室。镜子里式子的面容显得比平时粗糙了，干涩而微黑。显然，一个多月的展出事务使她精神疲惫，睡眠不足，一双睁得过大的眼睛虽然有神，但却布上了几缕红丝。由于埋头工作的疲劳，可以看出她那美貌的脸盘消瘦了，憔悴了。

大门口响起了一阵脚步声。她想，大概是希代买报回来了，可立刻又听到了电铃声，稍息之后又响了一阵。希代出去时似乎没把正门关好，铃声是直接从门口传来的。式子立即向脸上施了一层乳液，掩了掩长衫的前襟，由门口旁会客室的窗口往外看去。

院子是，从森种的黄杨丛中出现了一个身影，以其服装可认出是八代银四郎。一大早，他来得这么突然，使此时身着长衫的式子左右为难了。但频频的铃声还在响个不停，式子一狠心向大门口走去，打开了门扉上的眺望口：

"啊，你早！"银四郎认出向外张望的不是希代而是式子时，不觉愣了一下，但马上又若无其事地说：

"原来你在这儿，快开门吧。"

"可我只穿长衫还没换衣服呢！"式子的声音很低，犹犹豫豫。

"那有什么关系，我又不是生客。一大早，总不该叫我吃闭门羹吧？"

银四郎这么一催，式子不好再说别的了，只好把长衫的前方掩了一下，打开了门。银四郎推门而入，先看了看式子穿的那件玫瑰色长衫，然后调转视线窥视了一下里院，问道：

"希代呢？"

"到车站那边……"式子还没说完，银四郎就接了下去。"买报纸去了吧？"

说罢，便从鼓鼓囊囊的两个口袋里把报纸取了出来："我把六家报纸都买下来了。"

接着，又从这些报纸里挑出整整四个版面的妇女文化栏，递到式子跟前。"都齐了，你看看吧！"说完，把剩下的报纸像处理烂纸似地希里华拉扔到了地板上。

式子已经看过了 B 报和 K 报，于是只带着其余的四家报纸进了大门旁的会客室。她首先翻开了新村昌子的 C 报，C 报妇女栏有一条醒目的标题：

闺秀设计师登场
——新颖的大阪格调

还刊载了设计照片和式子的头像。式子急不可耐地读了起来。报道的方式有些夸张,其内容大体是:式子是一位出身于五代相传的船场名门的闺秀,但对船场那种陈规旧习及其传统持反抗态度,选择了与之相对立的生活道路。这种生活方式对许多大阪女性有着强烈的吸引力。

余下的三家报纸,式子翻阅得很迅速。其报道的内容全部集中在"闺秀设计师"这点上以引起读者的兴趣。整个版面都围绕着式子作为设计师的生活历程及其所处的环境这样一个中心。读完这些报道,式子感到有些失望,她把报纸往沙发上一扔,乏味地向庭院望去。

"怎么了,六家报纸采访,五家作了报道,成绩不是很可观嘛!"银四郎从窗边椅子的背后探起身来,神采飞扬地向她说。

"可是,这些报道,与其说是对我的设计给予了好评,不如说她们采访的兴趣在于我是一个船场的姑娘。"式子没好气地回答。

"这样的报道我看也不错。试想,几百万个读者的兴趣并不在于希望看那些记述颈部的线条如何、悬垂的皱褶怎样,而一个名门闺秀的生活状况倒会使他们读起来觉得有意思,有味道。另外,一份报纸售价五元,五家报纸的报道总共 745 行,以三行字的广告费计算,不就等于免费三十万元替我们登了广告吗?"银四郎沾沾自喜,好不得意。

"算了,算了,我现在正在考虑,作为一个真正的设计师应该如何有意义地生活下去。"式子狠狠地把银四郎的话顶了回去。

式子的口气是如此的严厉,以致使银四郎眼镜底下射出的光变得苍白了。但他的嘴角仍挂着微笑：

"我说的也是实话呀。什么真正的呀，有意义的呀，不艰苦地踏踏实实地去干，就不会有好结果。我想说的是，在一件事情上要狠下功夫，不要贪多，不要沾沾自喜，也不要感伤。这次展出，重要的是我们同勉强给予援助的三和公司的关系改善了；初次向一流时装展览提供作品的大庭式子得到了好评。五家报纸的报道本身就是一种好评，是一次成功，至于报道的内容如何是无关紧要的。五家报纸的报道就像放气球一样，与其质好不如量多，要的是那种热闹的场面。但因此而自鸣得意，气球就会断线撒气！当气球还在上升时，要随着那股气流考虑下一步。下一步嘛……"银四郎热切地望了望式子。

"你的意思是……"

"把学校再扩建一下，因为学校是最根本的东西，尽管通过报刊和杂志可把个人的作用突出出来、名噪一时，但现时的服装界不可没有一所大型的学校。"

"我可没那么多钱……"式子显得不那么振作。

"先有钱，后干大事，这是无为者的哲学。从无到有，从小到大，不正是我们要努力的工作吗？"

"你说得倒轻巧！要是勉勉强强东拼西凑……"式子刚说到这里，银四郎又接了下去：

"你的意思大概是，要是力不从心，就不可能扩大多少，是吧？这样吧，我来负责筹备工作，你呢，就在我筹备的基础上，大大方方地以名设计师坐镇就行了。"

"我可没那种能耐和气魄！"式子拒绝道。

银四郎倏地从窗边的椅子上站起身来，走到式子的沙发旁：

"能耐和气魄这种东西，等学校规模大了，钱也多了，人们就会说大庭式子是具备的。安田兼子也好，大原京子也好，就她们所走过的道路来说,只要开了个好头,干起来也并不太难。'十年苦干'的说法已成了过去,象洋裁这种战后兴起的企业,要在五六年内,少说也要在四五年内就得分出个高低。正如食物有季节性一样,人们的事业也有个季节性。错过这个节候就驷马难追了。"

银四郎这口流利的大阪话如同一股湍急的激流把式子卷了进去。他眼镜下那双细长的眼睛射出了一股深不可测的光,凝滞而冰冷。

"总之,一切都交给我办吧。"

就在式子的身旁,从银四郎的眼镜下又闪出了一股亮光。在这种几近冷酷而执拗的催迫下,式子有气无力地向银四郎点了点头。

第七章 仲 夏

　　津川伦子从汗津津的手心里放下电话机，扭头扫了一眼传达室里那位年轻办事员。办事员川上君子是位高中刚毕业的圆脸姑娘，此刻，她脸上涌出大粒大粒的汗珠，正在专心致志地整理学生的交费减额证。看到川上君子并没听取自己同野本敬太的通话，伦子便对她说。

　　"这么热的天，你还这么实力。去拿两根冰棍来吧，我一支，你一支。"说罢，回到自己的座位上。今天是本学期授课的最后一天，坪田葛美、大木富枝以及年轻的助手们都上课去了。银四郎的位子也是空的，中午的阳光直射在上面。式子院长为了避暑，五天前上了六甲山的远东饭店，因而，伦子必须代替院长制定出夏期讲课的课程表来。学生当中有些人很用功，即使过暑假也有人来补讲。夏期讲课就是为他们办的，所以必须把实际上只有十天的课程表安排出来。伦子把四方格的课程表放到面前，拿出铅笔，刚填了几个余下的空白，又立刻把笔放下了。

　　刚才与野本敬太的通话，使她觉得如同汗湿的手一般，黏乎乎得叫人憋闷。野本在电话中对伦子说，一个月前就约院长选定秋季服装用料花样，如不尽快定好，印制花纹就来不及了，必要请伦子再催一下。紧接着，野本把声音放得很低很低，问伦子今天有没空，伦子回答说现在要准备夏期讲课，另外还要同六甲山的院长取得联系，忙得很。对方像看透了她的心事似地说，你最近可真是个大忙人啊。伦子刚一解释自己最近的忙碌情况，对方又说，那么你到六甲山之前能否先到茶店来一下？没办法，伦子只好答应五点在六甲车站前的茶店会面。这时，离会面还有，三个多小时，伦子一想到要在预定的时间见到野本，心里就沉甸甸的。打从时装展览以来，伦子尽量避免与野本在寓所相会，即使野本到寓所来，伦子也不像从前那样热情而执着地劝他留下；饭后，野本要回去时，伦子也会款款地出门相送。也许是这一点冷淡反而打动了野本的心。本来他并不像伦子那么情切，可当他来到房间门口时却猛然掉转身来拥抱住了伦子，伦子越反抗，他抱得就越紧，同时以自己宽厚的胸膛热烈地偎住她。

传达室的川上君子端来了两盒冰激凌：

"津川小姐，来得迟了些，我也不客气地来一盒。"说着将一盒放到伦子的跟前，自己高高兴兴地拿着一盒出去了。把冰激凌含到嘴里后，有了一股化学甜料的味道，正在出汗的身体受到舌床上那凉爽的刺激，确也起了消汗的作用。

伦子稍稍休息之后便又开始安排起夏期授课的时间表来。她觉得，与其反复地回味与野本之间的韵事，不如尽快把时间安排好。自从时装试样以来，坪田葛美突然对伦子表现出了竞争的势头，要是葛美下了课回到教员室看到时间表还未弄好，肯定会发牢骚说"哎呀，还没好哇，这可怎么安排日程啊！"伦子一看墙上的挂钟，指针已过了三点，便急忙动手筹划了起来。

课程表排好后，她松了口气。这时，上课铃响了，楼上楼下顿时热闹了起来。椅子摩擦地板的声音和学生从教室涌出的脚步声混杂成一团。伦子急忙与那张放着课程表的桌子拉开一段距离,站在窗前,点上一支烟,装出一副早已完事的样子。

教员室的门被急匆匆地推开了,葛美一进来就喊:

"哎呀,热死了,冰水!冰水!"

接着进来的其他助手们也"冰水!冰水!"地催叫着传达室的川上君子。式子院长和银四郎理事不在,教员室一下子就无所顾忌地闹腾开了。

一口冰水进口之后,葛美盯着放在伦子桌上的课程表,默视一阵,抬起头说:

"怎么几乎没有给式子老师排课呢,不对吧?"

伦子一听,噗地吐出她刚刚放到嘴里的烟卷,说:

"式子老师自展出以来一直在操劳,够累了。夏期讲课开始后,顶多是在开幕式上讲讲话,然后准备让她去六甲山休养。"

"噢,我原以为六甲山离学校近,一个小时就可回校,来得及上课,式子老师因而特意选定了它。却原来不是这么回事!"

"式子老师是怎么考虑的我不清楚。我想,十来天的讲课,我们三人和助手就够了。再说,上课只在上午,讲课内容、教材、时间分配等我都大体上安排好了。给你们几个安排得很轻松。"

"别唱高调了!为展出而奔忙的不光是式子老师和你本人,我和富枝也出了力,你缝制的那件白底碎花的设计式样得到好评,纯属偶然。不要造成让人以为只是你一人奔忙的印象!"葛美很有些出言不逊。她那态度,伦子倒觉得像孩子一样单纯而好胜。

"我们现在讲的不就是时间分配的事嘛。"伦子轻轻地接过了话头。

"没错,是在谈时间分配的事。因你的态度有些咄咄逼人,我们才说出我们的看法供你参考。展出后,妇女杂志登载了那件设计式样的照片,要求定做的顾客因而络绎不绝起来,但授课决不能因此而马虎的,现在又要承担夏期讲课,压得人实在有些喘不过气来。你说呢,富枝?"

葛美说着把身子转向了富枝。富枝呢,虽说现在是热天,却仍在饮着她那课后的一杯茶。葛美那激烈的谈吐确使她愣了一下,但她只是暧昧地笑了笑。

"你怎么光笑不说话呀?难道不是由于你才出现了上课时间和必须对学生严加管教的问题吗?"葛美责备道。

"什么?怎么是由于我呢?"富枝用大阪话慢吞吞地反问。

"因为在你的班里发生了一起偷盗事件,你难道忘了吗?所以说……"富枝还想说下去,但伦子性急地打断了她的话。

"好了!好了,如今还谈这些……再说,我还得到六甲山去。"

"噢,您出门倒挺注意时间呢!"葛美揶揄她。

一股凉风从玻璃窗吹进电车里,由于是顶着火辣辣的阳光赶到甲子园车站,伦子浑身都湿透了。幸好车内稀稀拉拉地没几个乘客,她便解开了衬衫的领口,迎着吹来的凉风想起刚才的心绪。

当伦子拎起提包刚要出门时,葛美那句拐弯抹角的话"噢——倒挺注意时间呢!"使她不由得哆嗦了一下。同野本通电话的事葛美是不会知道的,因而也就壮着胆答了句"嗯,今天的事得快点儿办。"便出门了。其实今天要同院长联系的这件事并不那么急,应该再和葛美多谈几句才心安。

不管怎么说自从 S 会馆时装展以来,葛美似乎产生了一种捉摸不定的要同伦子比个高低的念头。这是她伦子负责缝制的那件设计式样被报刊所采用,并博得好评的缘故。虽说她们缝制的三件展品都是院长设计的,但受到好评的展品的缝制者是会分外受宠的。缝制技术再好,但设计不佳也很难得到人们的承认。但当承担优秀设计的缝纫时,哪怕是在一件小小的领口上使她缝制技术得以发挥,无疑会因之而扬名。想不到在性格上爽快豁达的葛美对这件事的成功却长时间地耿耿于怀。

迄今,伦子还一直认为葛美的性格是开朗的,在某种程度上带有孩童般的稚气。难道是自己的看法错了?抑或是由于学校人数增多,葛美产生了在教员室称雄的思想?果真如此的话,伦子在教员室的地位就不能那么泰然了。从而,她伦子不仅在工作上要加倍注意,还须使葛美发觉不到自己同野本的关系。可偏偏在这节骨眼上又要在去见院长的途中同野本见面。想到这里,伦子的心情顿时沉重起来了。

在西宫北口车站上,伦子换乘了阪急神户线上的车。车内已上了很多人。她腋下夹着旱伞,右手提着一只大提包,装着夏期讲课的时间表、讲义、教材等材料。提包很重,右手倒腾了好几次,想换左手提一会儿,但左腋下那把伞的长柄插在乘客中间怎么也抽不出。轻轻地摇了摇还是抽不出来,伦子无奈,便狠劲地一拔,只听撕拉一声,伞骨头部断了线,一块布片耷拉了下来。

这把伞是半月前野本来伦子的寓所时带来的。自从伦子采取回避态度后,野本的做法也突然有了改变,买起那些诸如旱伞、围巾之类的花钱不多的东西了。伦子的脸色一沉郁起来,野本就许诺"过几天给你买一件礼物来,起码是西装。"现在,野本刚答应下来还没几天,这把值钱不多的旱伞已坏成了这个样子,未免使人觉得太过怠慢了。

在六甲站下车后，比约定的会面时间晚了二十分钟。伦子把那个布片耷拉着的大失雅观的伞掩藏在左腋下，进了站前的咖啡馆。

野本敬太看样子已经到了一个时辰了，放在他面前的那杯冰镇牛奶咖啡已经融化变浊了。伦子把那个破损了的伞不动声色地掩藏在桌子背角处，说：

"迟到了，对不起，我是趁出门的机会顺便——"刚说到这里，野本便接下去："又是顺便，你可真是个大忙人！"语调是不大客气的，这同野本平时的谈吐迥然不同。他那浓眉下柔和的眼睛显露出一股激情，宽厚的臂膀在微微发白的开襟衬衫下憋闷地抖动着。半个多月未同女人见过面的那种男人的焦躁和急不可耐，紧逼着伦子。

"你呀，真是，半个月没见了，一见面还气呼呼的……"伦子撒娇似地想把话题岔开。

"当然有气的，半个多月了，所以……"野本眼睛里闪出一束难于抑止的欲火。

伦子觉得自己刚才的那些话反而成了一种试探，因而想收回，但野本还没等伦子开口就把他宽厚的肩膀越过桌子低低地向伦子移去。

"你说说，到底是怎么回事。自从展出以来你也太冷淡了：虽然这期间有些不顺心的事，可后来双方的事不是都成功了么？完全没必要突然变得这么冷淡嘛。或许是你……"

伦子马上截断他的话，说：

"今天我们在这里见面，并非为了要谈一些卿卿我我的事。你曾要求式子尽快给秋季服装选定图案，说是事不宜迟，让我赶紧催一催，难道不是为这件事吗？"

经伦子一提，野本立刻显出为难的样子：

"当然，是有重要工作方面的事要谈，不过，就拿这件事来说，先前你不也是积极主动同我联系吗？可这阵子，一件小小的选定图案的事，不经我三番五次的催办就进展不下去，真是怪事！"野本的语调里含有一股怨气。

"哎呀！式子多忙啊，时装展览后她的工作可多了。不光是你们公司，其他公司也提出了同样的要求。"

"其他公司？都是哪些？"野本刺探地问。

"有钟纺公司，东洋人造丝公司；商社方面有丸红、利纳温……"伦子故意不把最后一个公司说出来。野本的眼睛微微一动，说：

"能从多方面接受业务当然很好，但时装展览后第一个提出希望来选料设计的是我们公司噢，所以希望能够明确地答应下来。同流行式样打交道的公司一旦在季节性的图案上错过了时机，其后不管拿出什么样的花色品种来，也将是马后炮了。推开说，所谓时髦只能是在季节之始就迅速地赶上去争取第一名。如果拉成第二名还怎么谈得上流行？胜负的关键在于我们要捷足先登，把花样图案拿出来，并进行宣传，因此希望你在这件事上能多多协助。"

伦子用讥讽的目光瞧了瞧野本。她想，原来自己这一方是屈身向对方求援的，可不知不觉中对方却反而向自己求助了。

伦子默默地注视着野本的表情，野本似乎由此感到了不安，他从折叠提包中取出了一册花色品种繁多的样本，迅速地翻到夹着纸片的那一页：

"淡酱紫色和粉红色将成为巴黎今年的流行花色。我们公司将把这两种颜色作为今年秋天的基本色调，请式子院长过后来随意挑选。这件事得劳驾您多帮忙了。"野本指着桌上的彩色样本集叮嘱她。

"嗯,我可以详细地转告式子老师……"伦子懒洋洋地把视线转向压在野本那根粗手指下的彩色料子集上。

"你怎么这么含含糊糊呀?秋冬穿的毛料图案要是夏季不定下来就来不及了。我们今天的谈话至少同我的工作有关系,你可得认真听听啊。"野本的气色都有些异样了。

"我什么时候不当一回事了?我这不是很认真嘛,正因为认真才不能草率地随便答应的。我正在考虑如何使式子老师尽快地接受你们公司的供料问题呢。"伦子正色地说。这时,野本终于扭转了不悦的神情平静了下来。

"那好,以后就看你的了。"说罢,喝了一口已经变得微温的冰水,抬头向伸延到车站附近的六甲山麓望去。

"你知道这座山的高度吗?我还没上去过呢。"野本悠闲地说。

"大概几百米左右吧。虽说叫六甲山,但坐公共汽车到电缆升降口后再坐电缆车就可以上去的。山上很平坦,跟高原一样,同轻井泽差不多。"

"气候如何?"

"据式子老师说,即使在暑天,平均也只有二十四五度左右,一早一晚还得穿毛衣呢。"伦子说着,向窗外的那片山野望去,好像已置身于六甲山的习习凉风中。

"要是现在去登山,什么时候能回到寓所呢?"野本的声音里含着无限的柔情蜜意,巴望着在寓所里等待着伦子的返回。伦子随即回答说:

"今天夜里因公事需要在山上留宿。"

"喔,洋裁学校的教师夜里也得工作吗?"野本骤然沮丧地问了这么一句。

"哟,都六点了,我得马上去见式子老师,否则要晚的。"

说罢，故意慌慌张张地从椅子上站起来。因起身猛了些，藏在桌子背角处的伞被碰倒了，她想赶快地捡起来，但野本已先于她把手伸了过去。当野本认出这柄伞骨断线、布片耷拉着的旱伞正是自己半月前送给她的礼物时，神色黯然地说：

"你不能像刚买来时那样小心使用吗？"

说毕，把伞交给了伦子，然后连同伦子的饭钱一起付给了服务员，郁郁地走出了茶馆。

伦子来到开往电缆车口去的公共汽车站时，先到的野本已排在等候汽车的行列里了。

"这样不好吧，你这是怎么了——"伦子娇嗔地说。

"好了，好了。从这里到山上坐电缆车大约三十分钟就够了，先送你上山，然后我立刻就返回。"

"那——天这么晚了，两个人一起乘缆车上去，被人看见，多不好啊！今天是星期六，人也多，说不定会遇上谁的。"伦子的声音压得很低，生怕被前后排队的人听到。

"我只送你到半路，不必介意。"野本的声音高得谁都听得见。

前后的人们都把视线转向他们俩。伦子不由得臊红了脸，但又不好在乘客中争辩，只好默不作声了。

开往电缆车口去的公共汽车十分拥挤，每到拐弯处便摇晃得厉害，满车的乘客和行李简直要从窗口溢出去。伦子抱着那个大提包和旱伞，面向行进方向，站在汽车的中间。每当汽车摇晃时她的身子也就随着左右摇摆了起来，野本便趁机从背后把她紧紧地搂住。伦子把身子一扭，意欲闪开，可野本的双手却铁钳似地把她搂得更紧了。一股汗腥味儿吹向伦子的颈部。伦子在浑身汗湿中感到一阵难于忍受的羞辱。在乘客超员的公共汽车里偷偷地以女人的身躯来取乐的这种男性的欲望，可以说是低俗而可厌的。健壮男性的这种单纯的、粗野的、激情倾注的举动，是令人难以忍受的。

下车后在等电缆车的时间里伦子坐在站内的长椅上绷着脸，一声不吭。野本似乎已经感觉到伦子之所以不悦是由于刚才汽车里发生的那些事，自己也甚觉无味，便闷闷地抽起烟来。

一股凉风从山上吹了下来，伦子顿觉周身凉爽，汗水似乎都被吹干了；但一想到野本那副强壮的身躯就坐在自己的身旁，心情上的沉闷仍然无法排解。缆车向山下的滑动开始了，站内立刻失去了平静，人们开始排起了队。野本也扔掉烟头站起了身。突然，伦子不愉快地说：

"我们就在这儿分手吧。"

野本愕住了，但他充耳不闻，仍向剪票口走去。

"停住！你要去，我就不去了。即使式子老师生气我也要立即返回！"伦子再次想起在乘客拥挤的汽车里被野本拥抱的事，心里泛起一股抑制不住的懊恼。

大概是由于伦子那相当激昂的语调慑住了野本，他停住脚步，回过头来，声音突然温和了起来：

"那么，就送你到这儿，我回去了。"

伦子登上缆车的最后一节车厢，在两边乘客的拥挤中站到了车厢后部的窗前，朝野本望去。野本手提着折叠提包，倚着剪票口的栅栏，正向满员的缆车张望。开车的铃声响了，盘卷在齿轮车上的钢绳吱吱地响着，车身徐徐向上移去。随着车身的上升，视野也明亮而开阔了起来。山上的冷气在流动，野本的身影消失在远方。在遥远的视野里犹如一颗豆粒，逐渐暗淡下去的野本仿佛正是伦子对他日渐疏远的写照。

大庭式子望着几座蜿蜒起伏着的淡淡的呈菱形的小山。刚才还郁郁葱葱的六甲山此刻在夕阳的余晖下，被一层薄薄的阴影笼罩了。山影连绵不绝,一直伸展到山脚下那衣带般细长的市镇。那儿尚未受到黄昏阴影的覆盖,闪闪烁烁,宛如一条起脱的金黄色的飘带。市镇对面的大海反射着明镜般的白色的光。

式子舒身在旅馆草坪的椅子上,欣赏着黄昏时刻的景色,等待着浑川伦子的到来。前天电话联系时,伦子以激动的语调答应说:"后天傍晚,我把夏期讲课的时间表以及教材样本等带去请您过目。"式子放下话机后,伦子那有力、娇媚、令人愉快的声音依然甜滋滋地回旋在她的耳边。最近,伦子在工作上细致而周到,连式子都感到有些不好意思了。时装展览结束以来,无论是在教员室搞时间分配,或者是在对自己下周开始的夏期讲课所做的周密安排,伦子都摆脱了那种惯常的姿态。可以看出,她是有心想使骤然忙碌起来的式子院长得以赢得暂息的时间。

在这方面,葛美和富枝往往是不太主动的。展览会以来,葛美在工作上显得任性而怠慢,缝制刊登在妇女杂志画页上的式子的设计式样时,虽说也曾精心地下了一番功夫,可到拿出成品时却又漫不经心地留下了许多绗线。富枝呢,照样还是像牛车那样慢慢悠悠,尽管对交给的任务能够认真地去完成,但在工作上缺乏独立判断的能力。于是,积极主动承担工作的,就只剩下伦子了。伦子之所以孜孜不倦毫无怨色,大概是想借以在同三和公司交涉给式子添了麻烦这件事上悄悄地表示歉意,并把同式子的关系缓和下来。伦子这样温顺而诚恳,式子也被软化了。但银四郎对式子投去的却是阻止她做出如此判断的冷冷的目光。式子感觉到了这一点,她的表情是小心翼翼的,平静的。

横亘在视野下的那模糊不清的山脉,不知不觉已溶进了黄昏的暮霭中。山脚下细长的街镇和宽阔的海面也已涂上一层墨色。稀疏的夜灯从山麓下的大街上闪出了亮光。一股夜晚的寒气给肌肤带来了凉意,当式子伸手要把挂在椅背上的毛衣取下时,背后已有人把它拿在了手中。

"老师,我来迟了,请原谅。"是伦子的声音。她把毛衣给式子披在肩上,转到式子的前方,再次为迟到道了歉,并把那个提包和旱伞放到了桌子的一旁。伦子似乎是在大厅内知道式子在草坪时立刻赶来的。式子慰劳似地说:

"没什么,我们事先又没有约定。再说,我不在时你外出办事也还会遇上这样或那样预料不到的事……"

"倒也没什么特别的事,只不过赶上了星期六,神户线上乘客拥挤,我的伞夹在人堆中差点儿被拖走。再加上去六甲山电缆车口的汽车也挤得够呛,一时还上不了车,等了几趟后才从甲子园口花了将近一个半钟头才赶到这里,这就迟到了。您瞧这把伞都成这个样子了……"

伦子说着把伞高高地举过肩膀让式子看了看,自己也有趣地咯咯大笑。式子笑不出来,她似乎在思考着什么,不知怎的,她对伦子这通快速的辩解似的话感到了不快。

星期六的餐厅淹没在喧哗和绚丽的气氛中。客人们几乎都是四、五人同行的家庭成员或双双对对的青年男女。式子她们这种两个女人一桌、静静地用餐的情形,倒显得异乎寻常了。

自去年年末以来,式子还未曾同伦子一起吃过饭。以前,两人常常在星期六晚上外出找个饭馆美餐一顿,或者在鱼崎的家里一起享用希代那拿手的烹调。但今年以来。式子一方面忙于建校舍,另方面就新校的经营问题同银四郎的交谈也频繁了起来,因而同伦子面对面地一起用餐就十分难得了。式子品尝着法国式清汤,说:

"好久没在一起吃饭了。"

伦子好像也在想同一件事，"可不，正好八个月了。"

"不过，我们依然还是两个女人在相伴。"式子微微地笑了笑。

"设计师、女演员、女作家等职业，往往是这种情况。"伦子拐弯抹角地接了一句，然后又一本正经地说：

"老师，我，我有一件十分为难的事。"

"什么事？这么郑重其事？"

"是三和公司的事……"伦子突然说出了三和公司的名字。接着，似乎难于启齿似地略显口吃地说：

"就是……，请您给秋冬穿的衣料选定花样的事，说是无论如何要在八月底前搞完。考虑到老师的繁忙和劳累，我说那太困难了，可他们死乞百赖地……"

"嗯，是太困难了，不过，三和公司先前曾帮过我们的忙，所以……"式子在盘算着解决的办法。

"说的就是这一点。您知道，他们就是冲着这一点来的。他们说还在您通过这次服装展览成功为服饰界的佼佼者之前，就对我们在校内举办的学生作品展提供了料子，对方一提起当时他们的好意，我就再也不好推诿了。"伦子终于点出了式子现在左右为难的心思。

"是啊，也不好拒绝啊！看来唯一的办法是不向妇女杂志的画页提供设计样品，先留一段时间再说。"

"那么，八月底以前您要办妥的。"伦子怪殷勤地叮嘱了一句。式子深深地点了点头。

"有什么办法呢，人家从前关照过我们。"说到这里，式子突然住了嘴，紧紧地盯住伦子那双大大的眼睛，以其迅雷不及掩耳之势严厉地问道：

"我想知道，这是不是野本先生个人的要求？"

127

伦子微微眨了眨眼，毫不犹豫地回答：

"哟，您说到哪里去了！野本是三和公司销售宣传部的工作人员，他作为部长的代理只是曾经写信和打电话催过这件事。"伦子反而责怪起式子的胡乱猜想了。

当两人心情拘窘地吃大虾时，餐厅服务员穿过餐桌来到了式子的跟前，报告说：

"来了一位名叫八代银四郎的先生，说是要见您，可您正在用餐，可以吗？"说罢，很有礼貌地等着式子的回答。

"噢，怎么这会儿突然来了……我又没和他约定……"式子表情犹豫。

"也许是学校里有了急事，那我就失陪了，关于事务联系的事，明天我再来一趟吧。"伦子灵机一动，站起身来就要离开席位。

"明天就开始放暑假了，不会有什么急事的。银四郎又不是旁人，你一块听听也好啊。"式子制止了伦子，然后对服务员说："请把客人领到这儿来吧。"

银四郎看到伦子在场，有些意外。

"噢，晚上好。山下现在三十八度，是今年以来最高的温度，热得脑袋发胀。我开着车兜了一圈，顺便上来乘乘凉，碰巧伦子也在这儿，回去的时候我这就有了伴儿了。"银四郎朗朗地说着入了坐。一杯冰镇啤酒下肚，他郑重其事地望了一下式子，说：

"您又不倦地工作起来了，好不容易请您在凉爽的地方休养一个时期，可工作总是不让您有一刻安闲。"

"嗯，工作多，只好一件一件地来做。只是三和公司的那件事，需要从中尽快处理完，是吧？伦子？！"

这一问，伦子不由得一怔，话刚开口，银四郎就诧异地问式子:"怎么?三和公司……哪方面的工作呀?"

"他们前些日子曾希望我们给他们的毛料定出花色来,要求最迟不晚于这个月。这种设计和服装设计不同。在料子上设计图案很不容易啊,他们还打算用这种图案织出五万码的料子来。"

"这种费事的工作为什么要限期接受呢?最初谈的时候不是没这么急吗?"

"可对方突然通过伦子联系说无论如何请给予协助。"

"噢?他们向伦子联系了……是吗?"银四郎思索着,那擦得锃亮的眼镜闪出了一道亮光。伦子回头,不自在地望了他一眼,严肃地说:

"是的,野本先生以三和公司销售宣传部长的名义突然向我联系了这件事。不过要是办不成的话,我就干脆拒绝他。"

"那样做不好吧,人们彼此之间都是有所求的,再说,院长对你近来的工作情况也有所期待。"不知出于什么考虑,银四郎一改刚才的冷漠,语调温和了起来。他看了看窗外,先时那清澈的夜色此刻开始泛白了,薄暮中忽隐忽现的街灯也被白色所吞没。空中静静地笼罩起一层白雾。于是,他提议说:

"真美呀,我们三人到外边散散步吧。"

"这里的雾一经升起就浓得厉害,这时外出有危险。"式子说。

"到这里来一次不容易,还是去外边溜达一会儿吧,小心点儿,没事。"银四郎固执地坚持。在这种事故多发的浓雾之夜式子本不愿到外边去散步,可也不好给银四郎泼冷水。

三人走出门后,白茫茫的大雾从林间飘涌而出。他们穿过旅馆旁的小路来到一条被杂木林环绕着的大道上。这条路弯度很大,前方同散步道相接可行至天狗岩,因被浓雾所遮,三米开外便什么也看不清了。

式子熟悉地形，走在银四郎和伦子的前头。雾在不停地漂流着，渐渐地把整个空间消融在厚厚的乳白色之中。

"老师，行吗？"从雾中传来了伦子的声音，听起来有些遥远。回头一看，走在银四郎后边的伦子只是一个模糊不清的影子。

"离天狗岩不太远了。不过，我们还是回去吧，看样子雾越来越浓了——"式子停住了脚步。

"我们很少在雾中散步，还是再走一段才返回吧。"银四郎说罢又迈开了步子。雾变得更浓了，两步外的银四郎也隐没在浓雾中。一阵风声过处，忽见浓雾渐渐稀薄了起来，但马上一层更大的雾又漫卷而来，尽管脚步在不停地迈进，可总感到像是在原地踏步似的，令人窒息而焦躁。

"还是停步吧，迷了路可就不好了——"银四郎在雾中说。然后，伦子打头，三人顺着来时的道儿返了回去。毛毛细雨不知什么时候已掺杂在白茫茫的雾气中。杂木林中的别墅闪烁着一圈圈暗淡的灯光。

"伦子，怎么样？看准脚底下一直走就行了。"

"知道了，您放心。"伦子大声地回答。

式子隔着毛衣感到绸上衣的肩部有些湿气，当她交叉起双臂把手放在肩上用以遮掩时，一堵热乎乎的"墙"从背后压了过来，原来是银四郎的身体。式子急剧地扭动着身躯，想叫出声来，可想到伦子就在前边不远的雾中，便又把声音咽住了。为要闪开银四郎的身体，式子喘着气把身子弓了一下，但银四郎那被雾水浴湿了的双手反而更执拗地缠在了她的上身。

"住手……，不能这样……"式子低声拒绝道。

银四郎并不服从，他那缠绕在式子身上的手越发抱得更紧了。突然，一个微微发热的润滑的嘴唇堵在了式子的嘴唇上……

"过一会儿，在凉台上……"银四郎喃喃道。

前边儿，传来了伦子招呼式子的铜铃般清脆的声音：

"老师！雾开始散了，可以走快些了！"转眼之间，雾被吹走，周围渐渐有了亮光。式子挣脱开银四郎的手在愈来愈淡薄的雾气中快步向伦子赶去。

"哟，我真担心呢，心想您就在我的身后，哪知您落后这么远……"伦子欣然地回头看了看，又说："这么大的雾没出事，还真算不错。连汽车也是格外地小心啊。"说着，指了指那辆亮着明晃晃的头灯在十多米处的柏油路上徐徐行驶过来的汽车。伦子讲的"没出事"这句话像一把锋利的刀刺进了式子的胸膛。没出事……式子想，对于我，难道可以这样说吗？不由得想回头看一下走在身后的银四郎，但立刻又收回了这种念头。银四郎依然同她保持着来时的间隔，若无其事地走着，当式子匆忙追赶伦子时，他的步子也没有加快。式子害怕被伦子发觉，但银四郎却显得无所畏惧和从容镇静。

式子没有用澡盆只用淋浴冲了一下就上了床。虽然肌肤上有一种被雾水沾湿的感觉，但此刻却没有泡在澡盆里擦上香皂从容地洗一洗的心情。散步回来后茶也没喝就进了自己的房间，匆匆地洗过澡，关了灯，上了床。

式子的心情不佳，使伦子很费了一番心思。伦子蹑手蹑脚地来到式子的房间，说：

"我还是回去吧，不在这儿留宿了。银四郎同我不一路，我坐坂神线上的车，如能用小车送我到六甲山口，我从那里乘电车回家就可以了。"

"为什么？房间不是订好了吗，再说已经十点了，银四郎已经决定住一宿，你也住下吧。"

刚才旅馆前厅给式子打来了一个电话：按照您那客人的要求我们已准备了两个房间，因为是星期六，一个房间有浴室，另一个就在您的隔壁没有浴室。接着告诉了两个房间的号码。

银四郎回到旅馆后先到前厅去了一趟，为的就是这件事。先前在吃饭的时候他只是说趁开车兜风的机会到山上来乘乘凉。这仅仅是一个借口呢？还是因被意外的大雾所吸引？亦或在散步时被雾夜里那朦胧的美所诱惑，感情冲动拥抱了自己呢？

浓雾，又开始漂流了起来，窗外响起了下雨似的雾水滴嗒声。式子强迫自己闭上眼，为的是躲开刚才那种烦人的心事。隔壁伦子的房间里已听不到盥洗声，似乎伦子已上床入睡了。片刻之前还开着收音机的附近的房间也都无声无息。周围静寂了下来。

叮咚，叮咚，响起了推晃阳台门的声音。式子吃了一惊，竖起耳朵一听，还是阳台玻璃门在轻轻地响动。她想，也许是刮风造成的声响吧，可过了一会儿又响了起来。

"过一会儿，在凉台上……"式子突然想起银四郎在她耳边喃喃地说的这句话，突然，一阵现实性的不安向她袭来。

凉台上的玻璃门再次发出了微微的响声，间隔一定时间之后响得更为小心谨慎了。

式子屏住气息仔细地谛听，一种微弱的人的动静夹杂在响声里，她心里蹦蹦直跳，生怕被隔壁的伦子觉察到。她踮着脚尖来到凉台的窗前，打开门缝往外一瞧，暗淡的树影里站着一个人——银四郎。

银四郎此刻尚未换上睡衣，身着西装，还系着领带。可时间已过十二点还到独身女人的房间来也太违背常情了。式子表情严肃地向他投去责备的目光。但银四郎的手已伸到玻璃门上，由外侧硬把门推开了。式子不由得慌忙向后退了一步，银四郎就势轻飘飘地溜进了门内。这只是一瞬间的事。

"伦子……在隔壁，不行啊！"式子压低了声音。

银四郎眼镜下那双细长的眼睛贪婪地闪了一下，就把式子紧紧地抱住了……。

在昏沉沉的倦怠中式子闭上了眼睛。一想起刚才发生的那件事，一种无以名状的屈辱感便涌上了心头。此刻，式子的脑海里强烈地浮现出船场姑娘出嫁时那种自然形成的规矩：印有纹饰的帷幔披挂在长方柜、五屉橱及梳妆台上；随后是一长排装满嫁妆的行李，场面异常富丽。然而，今天，在旅馆的一个房间里，既没有人来捆包行装，也没有人来祝福，神不知鬼不觉地落到了这么个结局，式子悔恨极了。

一阵呜咽骤然涌到了咽喉，式子不由得咳嗽了一下。银四郎闻声急忙起身抱住了式子。式子挣脱开他的手滑到了床下。

式子光着脚向凉台走去，那里的地板冰凉而坚硬，她掩了一下长衫的前方伫立在凉台的窗前。窗外是一片昏暗的树影，亮度减弱了的街灯在远处山脚下忽明忽暗地眨动着。更远的远方是一望无际的黑暗，有一个火把似的亮点流动在其间，似乎这是从停泊在神户港的一条外国船上射出的绚丽的光。

一种令人窒息的悲哀和恐惧，犹如从远方滚滚而来的波涛涌上式子的心房。

"你静静地休息一下吧。"一个男人柔和的声音回绕在式子的耳边。从玻璃门里的影子上可以认出他是银四郎。他不知什么时候已来到了式子的背后，嘴里叼着一支尚未点燃的烟，嘴角泛起一丝温存的笑，表情冷漠而做作，好像刚才的恩爱根本就不存在似的。

门外传来了伦子的声音：

"老师，醒了吗？我们吃饭去吧。"因为昨天晚上伦子曾被嘱咐早晨九点占好草坪上的桌位。

"嗯……"式子刚开口又住了嘴，接着改成了"你先去吧，我随后就来。"

式子看到伦子确实走出大门之后便对着镜子照了起来。

一抹倦怠之情滞留在式子的身上，使她面部的肌纹变得粗糙了，虽多次施用了乳液并又扑上了白粉，但仍同平时的肌肤不一样，留有一块块的厚斑，明显地反映出女人的敏感的生理。式子沮丧地止住施粉的手，向栽种在凉台外面的花丛望去。

一簇开着白紫花的八仙花在早晨清新的空气中显得清幽而冷漠。昨天夜里，银四郎正是穿过这个花丛回去的。当他打开凉台的玻璃门来到院里时，又一次回转身来透过由房间泄出的淡淡的光微笑着向她望了望，然后将身子猛地一转消失了。在这一瞬间，一簇白色的东西闪动了一下。原来就是这簇八仙花。

银四郎离去后，暗中闪了一下的那个异样的白色，久久地留在式子的视野里。在暗夜里闪动，又白又冷，或许这正是银四郎身上所具有的那种不可掉以轻心的阴霾。尽管银四郎的那种如漆似胶的爱抚，确实执拗而热烈，但激情过后，他身上则表现出使人突然清醒的做作之态，因而留下的情爱只是微乎其微了。

一位房客服务员敲了敲门进来报告说：

"您的客人和另外一位，两人已在草坪的餐桌上等您呢。"

式子麻利地换好衣服登上了木屐。

出了凉台，穿过庭院，来到草坪，明亮的阳光照得她有些晕眩。昨夜的大雾已经消散，六甲山连绵的山岭呈现出鲜明葱翠的菱线形。被稀疏的林木遮掩着的附近的屋顶描出了一条缓缓的坡线。式子在强烈的阳光下微微地眯着眼睛来到银四郎和伦子相向而坐的桌旁。伦子似乎说了句什么,银四郎突然掉过头来面向了式子。式子不由得把脸低了下去。银四郎当即起身把式子的椅子拉出,神情爽快地说:

"您早,心情好吗?"

式子有些畏缩和踌躇,可银四郎的表情却是如此明朗潇洒,以至于从他的脸上根本找不出昨天夜里那一切的痕迹。

服务员拿来了一瓶番茄汁。银四郎打开后擦了擦嘴角,以同平时完全一样的、客观十足的语调问道。

"夜里睡得好吧?"

"嗯……还好……"式子把视线稍加偏移后答道。

"是吗,那就放心了。昨夜雾那么大,我坚持要出去,后来直担心,怕您万一感冒了。"银四郎厚着脸皮说。式子感到一阵剧烈的心跳,她不能容忍银四郎那种三更半夜穿过庭院偷开女人房间的门,而现在又装腔作势大言不惭的情态。

"哟,老师,您的脸色有些……"伦子直愣愣地看着式子的脸,眼里闪着敏锐的光。

"昨天夜里被雾水淋湿了,看来还得怪罪那场雾……"式子的话里含着对银四郎的影射。

银四郎扫了一眼式子的脸色,急忙转向伦子,把话岔开,说:

"刚才那件事,亦即夏期讲课时间分配的事,我们商量一下好吗?"

"嗯,不过,现在正吃着饭……"伦子有些犹豫不决的样子。

"伦子,可以吧,早饭比较简单……"式子催促道。于是,伦子从椅子上微微欠起身把刚才让银四郎看过的时间表和讲义展在了桌上的空间。

"我编制的这个夏期讲座时间表,一方面考虑到夏期授课;另方面也考虑到有一部分热心的学生还要来补习,因而在时间分配方面实质上也等于一次补习。但银四郎先生主张对补习问题不予考虑,要在十天内讲一个完整独立的单元;认为在教学内容方面,与其掺杂进去诸如制图、缝纫法等工艺性的教材不如搞成一个一体化的独立教程……"

伦子的这番话似乎是要式子就这两种想法做出裁决。式子一边喝着麦片粥,一边在急切地思索着一个适当的回答。然而她脑海里是一片混沌,只觉得心烦和焦躁。

"这件事,各人有各人的想法,至于我……"式子说到这里,卡住了。银四郎接下去说:

"我的意思是先不去考虑那些热心的学生,不让他们来听夏期讲座,也就是说不考虑补习的事。这次讲课应搞成一种完全可以独立的西装裁缝讲座即'洋裁法十日速成讲座'。此外,在讲课内容方面,可分为前后贯通的实习课、设计课、手工艺课。经过十天学习,大体上让其掌握该单元的内容,这种搞法大概是一种有效的办法。现在无论那家洋裁学校都在搞夏期讲座,如果我们的讲课不具体不紧凑,是会失败的……"

银四郎瞧着伦子展开的那张时间表像着了魔似的,热情洋溢地讲了一通。这时,从他身上已压根儿看不到昨天夜里的渔色之情及其余韵了。在这个擅长经商的美男子身上充满着一种狂妄的自信。

"瞧!葛美她们来了!"伦子无意间向草坪的入口处一望,叫了一声。三人的谈话因之中断了。扭头一看,坪田葛美和大木富枝正向他们三人的桌子走来。

"没想到，这么突然……"式子说。

"今天还是这么热，据说是十几年来少有的，热得受不了，我这才约富枝一起到这儿来。打搅您了！电缆车里人满满的，挤得够呛！"葛美擦了擦脖颈上的汗水，把脸转向伦子，没好气地问："你是顺便留宿的吧？"接着又向银四郎瞅了一眼。伦子犹豫了一下答道：

"是的，因昨天到达这里时已是黄昏了，再加上有雾……"刚说到这里银四郎接了腔，说：

"我趁开车兜风的功夫来到山上想乘乘凉，正好伦子也到了，于是我们三人边吃晚饭边商议起夏期讲座的事。这时下起了雾，雾中开车回家有危险，我们两人就都住下了。六甲虽不高但雾还蛮有劲头呢。你瞧，你们俩干吗站在那里，快到这儿坐下呀。"银四郎和蔼地指着伦子旁边的空椅子示意二人就位。

入座之后，葛美望着展在桌上的时间表，一本正经地说：

"好像有些变动，是不是伦子又有了高招儿？"问语里带有轻微的妒忌。她那种认真劲儿反而使人觉得单纯而幼稚。

"对，不过你的授课时数一点儿也没减少，只是讲课的内容有变动。"

当着式子的面谈起自己的授课时数，这使葛美不由得愣了一下，因而嘲讽地说：

"那又有什么关系呢。可马上就要开课，还变动讲课内容，点子倒真不少哇！"

"这不是我的意见，是银四郎先生……"伦子向银四郎看了看。

"今天是星期天，咱们暂且不谈工作上的事吧。我们全都到山上来了，这还是第一次……"当银四郎说到这里时，一开始就对眼前一片葱绿的山景定睛凝视的富枝说道：

"啊，真美呀，我真想一伸手就把对面山上的野果子摘下来吃呢。"接着，旁若无人地唠了唠略显肥大而白皙的下颚，深深地吸了一口气。富枝的这个打趣而活泼的动作使场上那种尴尬的气氛缓和下来了。银四郎趁机建议说：

"现在我们去山顶逛一趟怎么样？"

"啊，太好了。到底没白来，老师，我们快去吧。"富枝首先表示了赞同。

式子这时心里并不怎么高兴。她想，银四郎这个人刚才还热心地谈论学校经营方面的问题，可转眼之间又兴致勃勃地要在年轻女人的包围中去逛山顶。不知道他心里到底打的是什么主意，但看到其他三人都愿意去，只好点头应允了。

星期天的登山公路上尘烟飞扬，一辆辆小汽车都沾满了尘埃，肩背行包的避暑的人们熙熙攘攘地在公路的两侧缓缓地移动着。

银四郎坐在小汽车后排座位的正中间，他的两侧，一边是式子，一边是伦子，富枝和葛美坐在司机的旁边。从车窗往外望，高尔夫球场的草坪修剪得整整齐齐，一片翠绿。草坪的两侧有条缓缓的坡线，一些红的和绿的屋脊星星点点掩映在斜坡上。富枝对这幅美丽的画面不时发出高亢的赞叹声。可葛美和伦子却正襟危坐，凝视着窗外。

汽车从一所田园式的住宅前驶过，来到了极乐茶馆的附近。这里是游览用公共汽车的终点站。到六甲山来避暑的人是络绎不绝的，但到此处，游客便稀疏了起来。司机说再往前去就没有像样的茶馆了，因此决定把车停在极乐茶馆的前面喝杯橘子汁润润喉。两口冰镇橘子汁进肚以后脊背上感到一股凉意，但这并非橘子汁所致，而是因为来自极乐溪的一阵凉风，穿过茶馆的一侧朝通向有马的红叶谷吹去的缘故。

从极乐茶馆再往前去便是弯弯曲曲的尾根道，道的两旁生长着枝叶茂密的红松、枫树、椴和杜鹃。时而还间有一种树干上带有白斑的树木，好像是山毛榉。茂密的林木突然在行进的前方消失了，视野豁然开朗，车已到了尾根的高点上。

停下车，站在尾根的一端望去，右侧是纪淡海峡，水面平静如镜，一片碧蓝，遥遥同地平线相连。右侧是丹波高原，高原里有几个小小的盆地，一条深深的河谷嵌在其中。高原的尽头连着蜿蜒起伏的中国山脉式的群山。对面，伯耆大山般的巍巍群峰排成一字长蛇阵高高耸立着。

"一条多美的线啊！"式子脱口而出。虽说在六甲下榻，可看到的总是旅馆周围的那种平坦的别致的景色。现在，展现在式子眼前的景象充满着日本画里所描绘的那种原野的情趣。伦子她们深深地被这种景象所吸引，站在脚下就是深渊的尾根的边缘望得出了神。山崖下的峡谷里不时地刮上一股凉风，翻卷起葛美和富枝那多折裙的底边。

"我们该回去了吧！"银四郎突然招呼了一声。刚才他和同伙一起下的车，谁也没发觉他已回到了车里，现正坐在原来的席位上抽着烟。

"哟，这就要回去了？"葛美游兴正浓根本没有考虑。

"再看下去不过如此嘛，快点儿回旅馆吃饭去吧。"银四郎显得对景色不感兴趣。

"我还想再多待一会儿呢！"式子闷闷不乐地说。

"是吗，那就再待一会儿吧。"银四郎随即圆滑地接过话头，叼着烟又从汽车里出来了。然后坐在灌木丛中向丹波高原望去，明显地表现出枯燥无聊的样子。式子突然感到一种难以言状的憋闷，说：

"回去吧。"

由于这是式子说的,伦子她们诧异了起来,可银四郎催促道:

"喂,怎么样,光在这里看景致也不行啊,走吧。"说完,带头上了车。汽车在前方不远的分成两股道的草原上掉转了头,顺着来时的路返回了。穿过偏僻的尾根道,到达山水庄一带后,骤然间鲜艳的绿的和红的屋脊进入了视野。伦子指着那所微微隆起在绿野之上的田园式住宅的屋顶说:

"就在这儿吃饭好吗?"

"好,就在这儿吧。"银四郎答道。然后,也不征求一下式子的意见就让司机向那所住宅开去了。

车到后,银四郎在可以俯视草坪的地方找了个座位点了五份快餐。三点过后的这所住宅的西式小餐厅内虽说是空空荡荡的,但草坛下的那个平缓的草坪上有人在休息,小型高尔夫球场上有人在打球。

式子吃了几口凉拌菜,刚才的那种凉森森的感觉已经过去,一种将要下雨似的潮湿而闷热的气息笼罩了她的心。伦子她们懒洋洋慢悠悠地动着叉子,把疲惫的视线投向了草坪。只有银四郎没有倦意,他三下五除二吃完了饭,挪了挪椅子,悠然地两脚一盘抽起了烟。不知什么事使他感到好笑,他望着小型高尔夫球场不时地显出一种莫名其妙的笑意。

吃完饭,送来了咖啡,银四郎把盘着的腿伸开,恢复了原来的姿势,用流利的大阪话说:

"刚才在旅馆里谈到的关于夏期讲课的内容,今年来不及印刷了。讲课的时候,各自要把实习课,设计课和手艺课这些具有特色的内容分别揉到自己的课时里加以讲授,使听讲者不但今年来,明年还想来,这一点很重要。在学校经营方面,重要的是在组织上要有一种连续性。再下一周就开始讲课了,这一点请大家予以特别的注意。"

这番话如同一瓢冷水兜头浇了下来,在座的人扫兴极了。伦子她们的心情刚有些松畅,这下子又表情冷冷地盯住了银四郎。银四郎眼也不眨,接着说:

"今天,是游玩的日子,兼之也是一个意外的进行商议的好机会。"说罢,向式子看了看,想征得式子的同意。式子觉得应该说几句,但银四郎是如此的泰然和自信,三个弟子的表情又是这样的冰冷,夹在两者之间真不好说啊!她避嫌似地沉默了起来,同时把目光移向了窗外。

突然,草坪上出现了一个走动的人影。

"哦!下雨了!"式子像是从窒息的沉默中得救一样,叫了一声。雨嘀嘀嗒嗒地下了起来。有个像是在树荫下歇脚的人影如同破巢而出的小蜘蛛穿过草坪向这所田园式住宅的停车场跑来。

"要下雨了,大家都要抢着用车,我们快走吧。"银四郎说着就离开了座位。

刚才还是嘀嘀嗒嗒的小雨现在已变成了骤雨。当车从高山植物园前面通过时,已是雨帘如注了。柏油路面上溅起的水滴汇到一起,转眼之间汇起一片白茫茫的烟雾,笼罩了一切。先时可看到的波浪形的山脉和浓郁的树影此时已被乳白色的雨帘所遮断,车内都能听到外头唰唰的雨声。

车内被一种异样的寂静所笼罩。本来银四郎是约他们去游玩的,可又不动声色地谈起了工作上的事。对他这种圆滑的行动,伦子他们报以严肃而冰冷的表情。自上车以来,大家都一声不吭。面对着摇曳的树枝而泻下的骤雨,银四郎发出了一种既非感叹亦非呻吟的声音,两眼瞧着窗外,一副并不寂寞的面容。雨下得越来越大,每当会车时便相互溅起水柱来。

"噢，东方旅馆就要到了！"富枝还想让汽车在雨中再跑一阵子，但旅馆的红色屋顶已依稀可辨了。

车在旅馆的大门前停下后，服务员走上来刚要开门。银四郎说：

"我们不要下车了，就用这个车回家吧，这样的雨天，把车退掉，再找可就不容易了。我把式子老师送到房间去马上就回来……"说着，便随着式子下了车。当伦子她们刚要下车同式子遭别时，他说："你们不要下车，否则，会搞不到车的！"边说边催促式子赶快离开。

式子笑容满面地向在车内与她道别的伦子三人致意后，转身，表情严肃地快步向自己的房间走去。她虽几次想拒绝从身后跟来的银四郎送她，但考虑到两人在走廊里站着纠缠的那种不大体面的场面，只好默默地让他送到自己房间的门前。到了门口，式子把钥匙插到锁孔后回过头来：

"好了，改日再见，请送她们去吧。"式子轻轻招呼过之后伸手去推门，就在这一瞬间，银四郎的手也握住了门的把手，门一被推开，他就闪到了门的里侧，同时用后手把弹簧锁锁上了。

"啊——"在式子刚要开口的一刹那，银四郎那冷漠而溜滑的视线就向式子逼去，微湿而温润的嘴唇贴向了她。少顷，他从胸前的口袋里掏出一条雪白的手绢，放在镜子前擦去了咀上的口红，说：

"如果可能的话，我还要……你好好地休养一阵子吧。"说毕，把手绢装进口袋，大大度度地出去了。

银四郎离去后，一阵晕眩和空虚突然向式子袭来。她急步走到了凉台的玻璃门前。这时，汽车已绕过旅馆的大门徐徐地顺着公路驶去。在白花花的大雨中一个黑色的大型车身载着银四郎和伦子她们，闪着湿润的亮光消失了。

刚才的一切消失了，身边的人们也已离去，只有自己一个人留在了大雨倾盆的山间旅舍里，一种被幽闭的孤独感紧紧地攫住了式子。

为了避暑，式子一直下榻在六甲山上，其间只下来过两次。一次是兼作夏期讲座开幕式的讲话。自骤雨之后已经过了二十天了，银四郎一次也没来。伦子、葛美、富枝三人，可能是忙于讲习会，也没有到山上来。式子因给讲习会讲话从山上下来的那天，银四郎正坐镇校内精心地观察着教员的上课情况和听讲者的反应。但傍晚时他说要商议洋裁学校协会的事务问题，便先于式子离开了学校。当式子第二次下山时，他和式子在教员室碰了个面，只商讨了一些有关事宜就出门了，没来得及从容地谈一谈。这种情况对式子来说倒是求之不得的。式子一直注意不让伦子她们察觉到自己同银四郎的关系。要是态度亲昵或者被别人看出些蛛丝马迹来反而不美。但同时式子又感到了一种唐突的疼痛。然而，她表现得依然如故，咽下寂寞和痛苦，犒劳伦子她们吃过晚饭便上山来了。

八月中旬以后，六甲山的旅馆开始清静起来了。特别是当旅客离开之后的中午，空无人迹静得出奇。式子坐在凉台上的藤椅里，有些思虑过度而疲惫的样子，抬眼向明亮的庭院望去。院子里洒满了午后的阳光，干燥发白的院间土地上栽种着一簇簇八仙花，每当微风吹过时，那些薄薄的淡紫色花瓣便沉甸甸地摇曳起来。望着花的摇动，一股沁人的凉意袭上心头。

式子被八仙花所吸引，目不转睛地凝视着。她发现在湿漉漉的淡紫色花簇的背阳处有个特殊的东西——一个蜘蛛网似的花冠。这个花冠虽已凋谢成褐色，变成了残骸，但仍隐约地保存着八仙花的花形。它是今年早花的凋谢呢还是去年晚花的遗痕呢？既无色也无香，丑怪得像蜘蛛网一样。式子觉得看到了不该看的东西，猛地把眼背了过去。为了驱除这个不愉快的印象，式子从藤椅上站起身，又开始了刚才中断下来的工作。

房间里的办公桌上堆放着妇女杂志画页用的设计画、纤维商社复印后的设计原画以及彩色图案集等。随着截稿日期的到来，桌上就更乱了。式子为后天就到截稿日期的 K 杂志设计的运动服只绘了一半就放下了。女子的式样很快就设计好了，但男子的式样因是一整套，总感到自己设计得不理想。每当这时，式子便想要回忆一下银四郎穿的那身运动服，可奇怪的是老是形不成个印象。仔细一想，原来银四郎总是穿一身整齐的西装，在腰身稍高的衬衫的领子处系一条深色的领带。这种穿戴同他那擦得锃亮的无边眼镜倒显得出奇地协调。

式子再次停下了刚刚拿起的画笔。领予的式样，不知怎么搞的，总有些女人般的娇艳缺乏一种男子的气派。她想把它甩到一边去，但还是耐着性子修改了起来，当她在上领和下领上求其均衡时，桌上的电话突然响了。

"我是前厅，有一位叫曾根的先生来了……"

"哦，曾根先生？……"

"是的，他说如您方便的话想见一下。"

"好的，我就下去，请把他领到大厅里去吧，我随后就来。"式子重复着说。

曾根英生同式子见面后显得有些拘谨窘惑的样子。他觉得自己主动来探望一个住宿在旅馆的独身女人有些不大合适。式子自时装展览后还没同曾根先生联系过，为此她道歉似地说：

"好久没见面了，前一阵子您帮了我们很大的忙，以后也没拜访您。"

"没什么，我到前边高山植物园采访来了，听银四郎说您在这儿，便顺道冒失地拐到了这里，您还是为工作忙忙碌碌的哟。"曾根好不容易才恢复了他那新闻记者的惯常的态度。

"也不怎么忙……噢，对了，现在该喝茶了，我们一块到草坛那边去吧。"

"我在这里只可停留十分钟。"曾根原以为去大厅，现在听到是去草坛，他觉得在那里同式子面对面地坐下来，有些难为情。

"我知道您很忙，草坛就在餐厅的前面，到了喝茶的时间，客人们可以自由出入，而且视野也开阔。"式子说完先站起身来，穿过大厅向餐厅前面的草坛走去。

在树荫下的椅子上坐下后，曾根似乎把刚才的那种矜持完全忘掉了，舒展地伸了伸腰，心旷神怡地向远方蔚蓝的天空望去。东边蜿蜒起伏的山脉的上方有几块浮云在飘动。

服务员拿来了啤酒，曾根这才如梦初醒似地赶紧坐正了姿势，端起被斟满的酒杯喝了起来。

"真静啊，够惬意的！"曾根像在说给自己听，沉默了片刻之后突然想起了什么，目光深沉地注视着式子说：

"四五天前在一个啤酒店和银四郎碰上了，他说同他一起来的还有洋裁学校协会的人。银四郎这个人精神依然很饱满，见我一个人在喝酒便来到我的桌前说我现在与之打交道的是些微不足道的人物，不久我将只和那些不同凡响的人来往了，届时，还要你多帮忙！这家伙的劲头还蛮足的。我想他这是在开玩笑，便一笑置之。可他却一本正经地说，现在趁着这个有利的势头正计划着下一步的大发展呢。这个人总是瞄准一个不大容易实现的目标，然后以其异常饱满的劲头去争取实现它，可以说是一位优秀的经营者。不过，您可不能因此被牵得团团转，以至于连自己也失掉啊！今天，我担心你又在为工作而奔忙，现在看到你在休养，我心里感到踏实了。"

式子不便再说出刚才自己还因妇女杂志和纤维商社的事而忙碌的情形，只是暧昧地一笑，答道：

"银四郎先生只把洋裁学校看作一个企业，而我觉得学校是讲解教授设计的场所，金钱只是附带的东西。我们俩老是不合拍……"

"这也无所谓，您这一说，我心里就踏实了。人嘛，有时老为不关己的事而担心。"曾根微微苦笑了一下，他那目光使人感到决非是在只观察与己无关的事情。

曾根深深地吸了一口气，把视线移向了蔚蓝的天空。他仰着静脉浮现的白晰脖颈在耀眼的阳光下紧蹙着眉头，向一条细长的浮云出神地望了片刻。突然他把脸转向式子问道：

"怎么样，银四郎常常来吗？"

"不，嗯……，有一次他和学校的教员一起来了。大家在山顶上逛了一回……"式子有意避开曾根那锐利的目光。

"同大家一起，去游逛……"曾根不解地说，"是吗，他这个人呀，来到这样幽静的山上不热闹一阵子是不甘心的。他不是跟洋裁学校协会的人在一起，就是跟负责私立学校的官方人员在一起，要不就是同学校的教员在一起，他很少一个人单独散步的。"

"什么？同我们学校的教员在一起？"式子不由得反问了一句。

"有一回，我一晃看见他和一个人正在阪急车站前的人群中散步，这个人上次时装展览时曾在乐池里帮忙……"

曾根似乎对这件事兴趣不大，但式子却产生了隐约的不安。她想，展出时在乐池中当帮手的是伦子、葛美和富枝她们三人。

那么是其中的哪一个呢？本想再问一下这个人的长相，但看到曾根没兴趣，也就不好再多问了。总之，不管是三人中的哪一个，只要一想到当自己在山上孜孜不倦地埋头工作时，银四郎却在大阪的大街上饮酒作乐并约同年轻的女教师兴致勃勃地东游西逛，心里就有一种难言的不快。

式子突然中断了谈话，曾根以为她说话说累了，抱歉似地说：

"真是对不起，我来得冒失，打搅了您这么长时间，您累了吧？"说完，急匆匆地站起了身。式子马上制止住他，说：

"不，不。请您再稍坐一会儿。"

"不坐了，我这就到高山植物园去采访，失陪了。"接着让服务员叫了辆出租车。

车到后，曾根礼仪端庄，十分关切地望着式子说：

"祝您健康……，请多保重……"然后，在大门口制止住了式子的送别，疾步穿过草坪离去了。

曾根走后，式子一个人被抛在空荡荡的草坪上。片刻之前，午后阳光照耀下的山谷已蒙上了夕阳的余晖，淡淡的阴影开始降落在各处的山壁上，黄昏即将到来。

一阵急剧的不安骤然涌上了式子的心头。她后悔那天夜里所发生的事，决意不让银四郎再接近自己，但听到了曾根这些话后又回忆起了银四郎的一举一动，内心里产生了动摇。曾根的这次来访简直是在完成一件使式子的心绪转向银四郎的使命。尽管身边还有许多工作要做，但式子却抑制不住明天就下山的冲动。

第八章 初 秋

　　教员们都上课去了，教员室里空荡荡的，只有式子一人两手托腮对着桌子发呆。也许是因为在凉爽的六甲山度过了仲夏，现在虽已到了九月上旬，但式子还觉得气温高，浑身懒洋洋的。

　　新学期开始以后，教员室里的气氛突然有了变化，式子的情绪沉重起来了。她原以为这也许是由于自己长时间住在山上离开学校的缘故，可仔细地观察，确有不同于以往的地方。

　　首先，银四郎对教员们显得很随便，说起话来带着三分傲气。就连时间分配表，银四郎的意见也占着主导地位。式子对此不太满意，银四郎则不容分辩地说：

　　"这是你不在时，教员们和助手经过商议，意见一致后才制定的。"

　　这样一来，式子便不好多说了。以前对银四郎时时存有戒心，遇事爱插进去发表意见的伦子、葛美、富枝她们三人，也都默不作声。其他的助手和办事员全是按照银四郎的指示在行动。给人的印象是银四郎俨然成了一个有专权的资本经营者。

　　式子把转椅咕噜一转又一次盯住了贴在墙上的时间表。以前，式子每周有七节课，现在减到了三节，以至于出现了像今天这样完全没课的日子。根据这种安排，式子名义上主持特别讲座，但如果因时装展览或报纸杂志的事而忙碌时还可以自由地停止授课。这赤裸裸地表现出了银四郎那种强行而急于求成的两面政策——学校由教员来组织和经营；式子变成了一块招牌，只被用于使学校享有名气。与其让式子去教课，不如让她作为有名的设计师去活动。

式子想起了曾根英生到山上探望自己时所说的话。

"银四郎这个人经常瞄准一个不太容易实现的目标，然后以其异常饱满的劲头去实现它。可你不要因此而被他牵得团团转，以至于连自己也丧失掉啊！"

曾根说这番话时其目光是深邃的，关切的。也许从那时开始，式子就已在一步步地朝着失掉自己的路往下滑了。她从曾根那里听到银四郎的情况后立刻就提前下了山。在夏期讲座结业的那一天突然来到了学校。银四郎见到式子，一开口就问起了工作的情况：

"您的工作进展得怎么样了？"

他目不转睛地盯着式子，眼里放出一股冰冷的光，外表上让式子看不到在山上发生过那种关系的痕迹。受到这种"礼遇"后，式子倒感到须急转直下把自己的心绪倾倒在银四郎方面了。银四郎似乎已明白式子的这种心情，自六甲山时期后他断然停止了同式子的交往。式子一方面感到被一个比自己小五岁的男人所左右是不光彩的，但同时脑子里又浮现出银四郎那年轻有力的令人窒息的抚爱。

为了抓住同银四郎单独谈话的机会，式子有时在没有授课的日子也要到学校去，在院长的席位上伏案。新学期开始后，一个星期过去了，可同银四郎能够无所顾忌地见面的机会还是没有抓着。银四郎出席了洋裁学校召开的联席会议，今天他要向式子汇报情况。

初秋傍晚颇含凉意的阳光不知什么时候已爬上了朝西开的窗户。再过一会儿，下午的课时即将结束，银四郎开完会的时刻就要到来。

下课的铃声响过后第一个进到教员室的是坪田葛美，当她发觉院长席上坐着式子时，不由得对自己开门时的不检点感到慌乱，红边眼镜下的那双大眼睛不好意思地眨动了几下，悄悄地坐到了自己的座位上。

接着，两个助手和伦子抱着一大摞教材，身子微仰着进来了。见到式子也在场，伦子稍感吃惊，走上前去：

"哟，老师，您也来了，今天不是没您的课吗？"

"是的。不过，洋裁学校联盟开了个联席会议，银四郎出席了。今天，我得听他的汇报，所以……"式子支支吾吾地回答。

"您自下山回来后，还从没和他好好谈谈呢。"

伦子的多嘴触及了式子不愿被提到的隐秘，她有些恼怒了。

"能好好地谈谈吗！三和公司的那件事有期限，你也在催着办，我一直为此忙得不可开交。"式子没好气地说。伦子却温和地回话：

"老师，难为您了。三和公司的人说没误他们的事，而且您设计得很好，非常感谢您。"

"是野本先生说的吗？"式子故意挑逗她。

"嗯，是前天野本来送设计费时说的，他挺高兴的。"

野本来时，式子正好不在，她和一位由东京来的妇女杂志的记者外出了。伦子眨动着那美丽的眼睛又接下去说：

"这点儿设计费实在没意思。好不容易搞出一个好图案，要是在国外，幅宽一码就该收取百分之五的设计费，可在日本，设计费只按图案的品种来计算。"

这番话不知是恭维，还是出自本心。这时，式子觉得对伦子不能掉以轻心了。自从发生了因同三和公司交涉使伦子处于难堪境地的那次事件后，伦子完全变了，工作上很卖力气，看得出来，她是在暗暗地弥补自己的过失。但这判若两人的变化使式子总有些不安。新学期开始后，伦子在工作上是更为认真细致了，但常常用一种窥视的、不是开诚布公的目光偷偷地瞧顾她。

对话停下后，伦子瞅了一眼墙上的挂钟说：

"还得等一会儿吧。"

意思是指银四郎的归来。式子转动了一下转椅，装作没听见的样子。就在这时，教员室的门开了，进来的是银四郎，他诧异地望着站在式子跟前的伦子，彬彬有礼地问道：

"你们二位在谈工作吧？"

"不……，我们随便聊聊，对吧，伦子？"式子说。于是，伦子把那一摞教材又重新抱了一下，身子向前微微一躬，点了点头。就在这一刹那，教材从伦子手里哗啦一下掉在地面上，一块熨烫过的雪白的手绢从一本彩色图案里滑了出来。伦子往地上一蹲先拾起那块手绢掖进教材里。虽然只是瞬间的事，但没有逃脱式子的眼睛，她好像见过这块像是男人的手绢。

式子向银四郎胸前的口袋望了一眼，里面端端正正地装着一块叠成四折的雪白的手绢，手绢的外缘微微露在外边，大小也和平时的那个一模一样。

那是块软纱手绢，比通常的大一号，一角上有银四郎的姓名，这个名字是取罗马字母并成的，用蓝丝线缀上，只有式子知道这个秘密。可刚才伦子慌忙掖藏起的那块手绢也是一块软纱大手绢，一角上好像也有蓝线。

"伦子！"

伦子右手抱着那摞教材刚离开院长四五步就被式子厉声叫住了,她回过身来,平静地望了一下式子:

"您,有什么事吗?"

"伦子,你……,那个……"式子吞吞吐吐地说。

"您和伦子的事急吗?要是不急的话,我先汇报一下今天洋裁学校联席会议的情况,可以吗?"银四郎的措辞是恭敬的,但态度是高压式的。

"倒也不是什么急事,不过,我想问一下伦子……"式子犹犹豫豫地向银四郎看了一眼。

"如果可以的话,我现在就开始。"银四郎看也不看离开教员室的伦子,把椅子往院长席位处挪了挪,说了起来:

"今天,洋裁学校联席会议商议的中心内容是关于教材以及学校用具的共同购买或配给方面的问题。像这种具体性的商议还是第一次,它不同于在学校经营上要相互支援呀,要亲善呀之类的冠冕堂皇的话,我非常感兴趣。别的不说,搞好了,就能成为学校的一大笔财产呀。"

银四郎一口气说了这么一大通。他那无边眼镜下闪出一股机关算尽、热情洋溢的目光。那锐利、明澈、热衷于事业的视线,使人感到既没有内疚,也同伦子刚才丢下的男用手绢毫无瓜葛。

式子顿感郁闷的心绪缓和了些。缀有姓名的软纱手绢并非银四郎所独有。也有可能是野本敬太的,说不定前天野本敬太来校交设计费时忘下后,伦子收拾起来熨了熨带在了身边。

"您怎么了?好像没听我的汇报吧?"银四郎对一开始就默不作声的式子深为不满。

"我听着呢,一字不漏地听着呢"。式子反复地强调道。她觉得自己的脸上浮现出甜蜜的笑容。银四郎提议说:

"关于具体细节,我们是否可以到外边餐馆边吃边谈呢?现在都五点多了。"

式子一下子放下了心。她一直在等待着能同银四郎轻松地自自然然地谈一谈的机会。

来到甲子园车站后,银四郎突然止住了脚步:

"到哪儿去吃饭好呢,去大阪呢还是去神户呢?现在我们正好在两个城市的中间。"银四郎像是一时拿不定主意的样子。式子住在鱼崎,如去神户,式子回家就近了,可住大阪市内的银四郎就远了。

"去鱼崎您家……,怎么样?"银四郎突然问。

"什么?我家……"

"参加了今天的洋裁学校联席会议,我有些累了,如现在去神户然后再追到大阪去,真有些吃不消,要不,干脆到你家去如何?"

式子想起了女佣人希代。希代没有亲人,现在五十岁了,式子父母还在世时就跟着式子,她异常的沉默寡言,不管什么事情都不讲自己的看法,因此式子有时也感到不太舒心,就拿银四郎来说,对他的人品以及在学校中的地位等,希代也从未问及。银四郎来访时,一方面礼遇周到,但同时又适可而止,对银四郎存着一种警觉和戒心。想到希代的这种情况,要把银四郎邀到家里来,式子感到心里有些沉重。

"从这儿到鱼崎您家二十分钟就够了吧?"银四郎又问了一次。

"是啊,不过,去的这么突然,怕希代招待不好,很为难。"

"没关系呀,重要的是路近,再说环境幽静也好谈谈刚才的那件事。"

经这么一说,式子不好再拒绝了,说。

"那么，我给希代打个电话去。"

式子用车站前的公共电话和希代通了话，希代答应马上准备客人的晚餐，答话的语气和平时一样，是谦恭有礼的，但听起来总觉得有些不随和。

上了电车后，刚才自称有些疲劳的银四郎突然兴致勃勃地谈了起来，其内容都是关于服饰界的有名人士大原泰造的传闻。大原和银四郎一起出席了洋裁学校的联席会议。可是式子不大愿意让他说下去，因为下午上完课，晚归的学生也乘在同一个电车里。

学生们一个一个都亲切地微笑着打招呼，与其说向着式子，倒不如说向着银四郎。每当这时，银四郎总是闪动着他那无边眼镜下眼角细长的眼睛，启开线条端正的嘴唇，露出一排洁白的牙齿，报之以微笑。这么一来，学生们笑得更为无拘无束了。这种笑声与其说是对式子的礼节性的致意，倒不如说是表现了年轻姑娘那种好意和天真。银四郎也自然而然地融在其中了。对于这里所散发出的这种青春的活力和稚气，式子甚感羡慕。

式子把视线向窗外移去。初秋的凉风带着淡白色的阳光向她的面庞扑来。再有三站就到鱼崎了。

希代，以同平素完全一样的态度迎接了式子的归来，对银四郎的寒暄也是恭敬有礼的。但她那总是柔和地睁得大大的眼睛却眯成了一条线。

电话里讲的晚餐已经备下了，餐桌在会客室，上面放好了餐具，桌的中央有一瓶宫人草花。本来里院还有一间会客室，可选用大门附近的会客室意味着不愿把银四郎迎到只有女人居住的宅邸的深处。这似乎是希代的考虑。这种深藏的戒心会不会被银四郎所察觉呢？式子有些放心不下，但银四郎却毫无介意地进了会客室，在已准备就绪的桌前入了座，希代端上汤后，银四郎和蔼地说：

"突然给您添了很多麻烦。"

"不，不，这是小姐吩咐的……"希代按照船场的规矩答遭。

"小姐……对，对，你是小姐嘛!"银四郎朝式子望了一眼意味深长地笑了。

式子突然觉得一阵心酸，三十三岁的有过情爱体验的小姐……式子的脸开始绯红了。为了不让希代看出破绽，故意装作若无其事的样子。银四郎好像没有觉察到式子的这种不安，当希代添完汤后，他说：

"我们不妨边吃边谈刚才的那件事吧。"

于是又继续汇报起洋裁学校联席会议的情况来：

"正像我在学校时简单谈到的那样，在今天的洋裁学校联席会议上，大原泰造理事长和我，提出了一项关于教材以及学校用具共同购买或配给的建议。其内容是，一般大学、高中、初中教学所用的器材如照相机、钢琴等都可免交物品税。而洋裁学校所用的缝纫机、人体模特儿以及剪裁工具等却要原原本本地纳税款。为此，大家商议洋裁学校联合会的成员共同购买学校教学用器材以求让其免税。如能办成，可在校内设立一个购置部。把廉价购进的洋裁器具只收些手续费后再卖出去。其间，还可以教材所需的名义，直接从厂家低价进货衣服料子，然后再卖出去。这样一来，学校就可有一大笔财产了。"

银四郎一口气说完后美滋滋地喝起了法式浓汤。

"那简直成了洋裁器具批发商了。过去，我就特别讨厌馒头铺卖酥糖，绸缎庄卖浑杂货。所以，洋裁学校除了收取洋裁教学费以外，不该再搞赚钱之类的事。"式子摇了摇头表示不赞成。

"您和船场的那些老字号一样净说些过时话，当然，经办学校是本职，不用除此以外的办法去赚钱，这种心情是无可非议的。可是眼下，洋裁学校的学生们都没有准性子，一听说某处校舍是个圆形的，就一窝蜂地往那儿钻；听说周刊杂志的头条文章写了某某老师的事，又呼啦一下涌向那边。所以除办学以外，对外，设置一个购置部，用低于市场的价格销售教材和洋裁器材，方便教学同时也饱饱学校的私囊，不搞这种一举两得的事是不会成功的……"银四郎硬性坚持。

希代借着往上送菜的机会注意听取了两人的谈话，从一开始她就同意式子的意见。式子本不愿让希代知道他们在饭桌上不去品尝饭菜而是商谈赚钱的事，但银四郎却无所顾忌地又扯开了：

"洋裁学校，要是像独脚稻草人那样，在经营方面只收独一的教学费，那就发展不起来。必须把局面打开，不仅出售教材、洋裁器材，也要销售衣料，在与洋裁有关的行业中实行多种经营，否则就不会有独特性。"

"可是，要像那样过分扩大的话，往往会出现棘手的金钱问题，也会在校内埋下不和的种子啊。"

在全是女教员的学校里，式子希望尽可能避免那种导致争端的阴暗因素。

"这件事，交给我办吧。幸好，学校的事务处理已大体告一段落，上了轨道；剩下的事办事员就可处理了。我可以把新设的校内购置部的事承担起来。"

"不这样搞也行吧，学校的经营现在不是很好吗？再说，我和希代两人的生活也富足有余，几乎近于豪华了，再有侈望的话，似乎将有意外的不幸在前头等着我们，会失去安全感。所以……"

式子敲起了退堂鼓。

饭后，希代端上了咖啡，银四郎交互地瞧着希代和式子的脸，说：

"就凭您说的这些话，不管到什么时候，希代还是要称您为小姐的呵，您应该成为大人呀。"

银四郎说得很自然，式子的心情轻快起来了，但希代却绷着脸低头望着自己那结得整整齐齐的和服衣带，严肃地施过一礼，径自离开了房间。

房里只剩下式子和银四郎两人了。银四郎突然变得亲昵了起来，他把餐巾团了团往桌上一扔，胳膊柱在桌子上，点起了一支烟。架在那张周正而清秀的脸庞上的无边眼镜，在天花板吊灯的映照下，好似雕花玻璃似的闪动着五颜六色的光。一缕温情脉脉的视线不时从他眼镜下投向式子。刚才在电车里的那种青春活泼的稚气在银四郎身上看不到了，取而代之的是温柔体贴的、攫女人为己有的自傲而厚颜的表情。

式子立刻避开了银四郎的目光，但银四郎却追着式子的眼睛柔声地说：

"可以吧，这件事您交给我好了。"

语调带着一种强求的意味。式子想点头应允，但又立刻昂起了头。她觉得自己对银四郎总是言听计从不大光彩。她恨自己的软弱。新学期开始后教员室的气氛突然有了变化，刚才伦子掉下了男人用的手绢，这些都还是疑问，还没有搞清楚。

"还是不这样搞吧，不知为什么我没这份心思。"

式子回答得很明确。银四郎一时有些吃惊。想不到式子会把他顶了回来。他默默地喝完咖啡，冷不防从椅子上站起身来从容地向式子身边走去。

来到式子的椅子旁后，他直勾勾地俯视着式子的上身。式子的姿势依然照旧，面向前方，正襟危坐，但她感到银四郎那低俯的视线似乎穿过她那连衣裙的宽深的领口，执拗地向她的前胸滑了下来。银四郎突然把身子向前一躬，说：

"今天，您可真够倔强的，是不是生我的气了？"说罢，紧盯住式子的脸，眼镜下那双细长的眼睛几乎要粘到式子的脸上了，式子对准他的目光刺探似地凝视了一会儿，突然问道：

"伦子为什么拿着你的手绢？"

"什么？我的手绢……"银四郎显出"不知此话从何说起"的样子，表情平静、自然，以至于式子都感到茫然。

"是伦子说什么了吧？"银四郎反而成了追问者。

"刚才在学校，伦子把教材脱落在地阪上，里头滑出了一块男用手绢，同你的那块软纱手绢一模一样，比通常的大一号，一角上还用蓝线缀有名字……"

说到这里，式子有些支吾了，她本想说但没有说出的是：下暴雨那天，你不是让伦子她们等在车上，您送我到房间时，……也用过那块软纱手绢擦口红吗？我的印象是，你当时用的那块手绢同今天伦子那块完全一样！

"软纱大号缀有名字的男用手绢谁都会有的呀，再说，要是伦子拿着的话，恐怕就是野本的吧？说不定伦子和野本在什么地方见面时野本忘下后，伦子带在了身边。我以前就说过，野本和伦子的关系不是一般的噢！"

经银四郎这么一说，式子想起了在三和公司的接待室里，伦子同野本吵闹的那种泼劲以及每当三和公司有求于学校时，伦子必定要插嘴的情形。式子紧追着问：

"那么，我在山上时，你和伦子在阪急车站前漫步，这又是怎么回事呢？"

"噢，这个呀，是这么回事！三和公司联系说他们那里到了一种外国的新图案，可给看一看。您那时正在山上，我便和伦子一起去了，也不是什么了不起的图案。"银四郎从容不迫地回答。

式子既感意外又觉得心里踏实了。她把伦子的名字点出来实际上是自己的揣测。她从曾根那里听到的只是说银四郎和一位曾在乐池当过帮手的人在一起漫步，而展出时在乐池帮忙的除伦子外还有葛美和富枝。式子根据推测说出了伦子的名字。银四郎并不遮掩，承认是伦子并讲了缘由。他是那样的爽快、明朗和平静，还有什么可疑的呢？

躬身下就的银四郎此时猛地把腰一伸离开了式子，坐到了窗边有扶手的椅子上。式子也离开了餐桌在同银四郎斜对面的沙发上落了座。两人的对话停止了，默默地对坐着。

初秋夜间带有凉意的空气，从敞开着的窗户吹了进来，式子裸露的双臂感到了凉意。

"您还是不放心吗？"银四郎先开了口，并继续说："学校里全是女教员，如果您一起疑心，那可就没完没了了。我担负着学校的经营管理工作，怎么能不同教员打交道呢？而且为了对教员量才而用，使她们工作得有成绩，就不得不经常和她们来往。您作为院长只负责提高她们的技术，就行了。对于我来说，重要的是要对她们的出勤情况、授课情况、在教员室内处理事务的态度等等，一一予以考察。时而提出批评，时而犒劳她们，不这样办，一个全是女人的工作场所就会变成个嬉笑逗闹没有规矩的地方。"

听了这番解释，式子明白了新学期以来教员室的气氛突然有了变化以及教员们都按着银四郎的指挥棒转的原因。但是，当院长不在时银四郎这种充满了自信的办事态度，似乎有点盛气凌人，式子仍然感到不快。

她不作回答默默地向窗外望去。院内栽种的黄杨木在门灯的微光中生意盎然。突然，银四郎像影子一样摇晃了一下，从窗边的椅子上站了起来。

"要不，您是因六甲山上的事还在生我的气吧？"银四郎边说边向式子落座的沙发走来。她不由得把身子扭动了一下。目光里燃烧着火的银四郎吮吸似地凝视了一下式子，出其不意把式子搂住了。式子急嚷：

"要是希代……，离开我，希代……"

但银四郎还是紧紧地搂抱住了她，并小心翼翼地竖起了耳朵。当他确认了既无动静也无人的走动声后，便伸手关上了立地台灯。

银四郎欠起了身子。式子悄悄整了整被弄乱的衣服。两人在黑暗中面对面停了一会儿。突然，银四郎站了起来打开了立地台灯。在明晃晃的光线下，他从胸前口袋里掏出了一块雪白的手绢，擦去了沾在嘴唇上的口红，又把它叠好装进了口袋。然后转向式子，说：

"刚才谈到的在校内设立购置部的事，一切交由我来办吧。"

声音里充满着坚韧而缠入的余韵。式子尽管心里不愿答应，但头却深深地点了点。

星期天，公寓里一下子喧闹了起来。睡足之后的人们摆脱了平时的那种千篇一律的生活，开始了放任而又饶舌的活动。

津川伦子也睡足了。她轻松地吃过早饭后抱起四五天前存下的衣服下到了一层的洗涤间。平时洗涤间是要排队等候的，今天幸好没人，她先洗了内衣和衬裙，接着用剩下的肥皂水洗涮了裤衩。这之后就只剩下手绢了，伦子换了一盆净水把手绢泡进去，为了不弄破手绢的花边，轻轻地揉搓后拧掉了水分，最后连同衬裙等一起放进了洗衣筐上,来到楼上的晒衣场。

星期天的晒衣场处处都架满了竹竿和绳子,上面晒满了各种花色的衣服。伦子在晒衣场的一角找了一片小小的空地拉起了绳子,她先搭上内上衣和衬裙,裤衩凉在其他衣服的背阴处以使马路上的过往行人瞧不见。绳子的一端吊上了一个小型的圆衣架、上面晒上了手绢,在初秋明澈的阳光下,这块洁白的手绢犹如一面耀眼的小圆旗,摇动着。

伦子每洗这块手绢,就回想起了一月之前新学期开始的那天的事。下午上完课,抱着一摞教材刚一进教室的门就发现院长席位上坐着的是那天本没有课的式子。伦子怔了一下,但立刻装作若无其事的样子走到院长位子前,同式子搭上了话。正在这时,银四郎进来了。

银四郎看到正和式子谈话的伦子,一时似乎有些惶惑,但立刻又沉着冷静地开始汇报起当天洋裁学校联席会议的事。伦子趁机从院长位子前溜开了,就在这一瞬间,教材从伦子手里脱落了下来,一块熨过的雪白的男用手绢从一本彩色图案集里滑了出来。她急忙捡起又掖进了彩色图案集里,式子似乎在这一瞬间认出了是银四郎的手绢,便厉声叫住了她。伦子觉得一股彻骨的凉意渗到了心底,当她回头看时,银四郎已滔滔不绝地汇报起来了。他冷静、机敏,若无其事,也许是因此式子被牵住了,从而放走了伦子。

当伦子回想起当时的情景时心里就感到冰凉沉闷。银四郎明明知道是自己的手绢,但却一点儿也不慌忙,一想起他当时那沉着而不轨的目光,总觉得有一种特殊的魅力和新鲜感。

晒在园架上的手绢被风吹得翻了起来,伦子重新把它整了整,抬起头舒了一口气。竹竿上晒着的大小衣物迎风摆动着,洁白的手绢使伦子深觉迷惘。她弯下身,提起洗衣筐,快步穿过晒衣的竹竿群，顺着楼梯回到了自己的房间。

面向西开的微暗的房间里还多少飘溢着银四郎前天夜里来时留下的气味。银四郎去伦子的房间，那已是第二回了。第一次是在他去六甲山见式子归来的途中遇上暴雨的那一天。

当日，银四郎同伦子、葛美、富枝她们三人坐车驶至六甲山口时，他突然提出到神户去尝一尝一种美味点心。因平时她们三人和银四郎不大亲密，当下谁也不知如何回答。此时，山上是瓢泼大雨，山下也淅淅沥沥地下个不停，空气沉闷。大家都向往着港湾城市神户的明媚，因而不约而同地表示赞成。于是车便向神户开去了。

神户的大街笼罩在一片铅灰色的雨雾中，但三官街的中心繁华区却荡漾着轻快的乐曲声。绚丽的雨具彼此交错着，这是从正在神户停泊的那些船只上下来散步的外国人，打着刚买到的蛇眼状纹饰的新伞，好奇地在大街上漫步。

银四郎在生田筋大街中心区的一角下车后进了相距五十多米远的茶馆"G线"。深长的茶馆里已坐满了年轻的男男女女，他们懒洋洋地依在椅背上，面前放着微温的咖啡，似乎是在消磨星期天被雨阻隔而令人郁闷的时间。

银四郎在一面镶有青铜浮雕的墙壁前找定了座位，摊开食谱，熟练地点叫了梅子蛋糕和乳酪咖啡。端上来的梅子蛋糕一进嘴，能给人一种甜酒和发酵水果的味道，这是伦子她们未曾尝过的。银四郎却习以为常，边吃边欣赏着由店的深处传来的法国小调，一种缓慢忧伤的旋律，犹如"枯叶"在喃喃细语，回荡在雨天的店厅。伦子她们三人心中漾起了一股淡淡的忧伤。

雨小后，银四郎首先起身催促伦子她们乘出租车向阪神线上的三官站驶去。只有富枝回大阪，她上了特快；要往甲子园学校拐一趟的银四郎和在鸣尾下车的葛美，以及在出屋敷下车的伦子都乘了普通客车。但车到甲子园站后，银四郎却改变了拐向学校的主意。葛美在鸣尾站下了车，伦子还没有到站。这时银四郎突然亲热地和伦子攀谈了起来。车到了出屋敷，伦子要下车时，银四郎也倏地站起了身，伦子诧异地向他看了一眼。银四郎说：

"让我送你一趟吧，我也得知道你的住处呀，否则，要是有个急事什么的就不好办了。再说，雨也停了，我送你就当散步吧。"

接着，不顾伦子的劝阻就跟着下了车。伦子想到自己和野本敬太的关系，心里咚咚直跳，脸都变色了，但却强装镇静，答应说：

"那么，就承蒙您的好意了。"

来到寓所跟前，银四郎抬头望着有些古旧的两层木房，脸上微微带些寒酸之意说：

"我想进去喝杯茶，可以吗？"说罢，却先于伦子推开了门。

"哎呀，一个独身女人的寓所，男人进去不方便呀！"伦子拒绝遭。

"没关系吧，我们都是一个学校的，进去喝杯茶，这种起码的事……"

银四郎说得很轻松。如果再固执不允反而会引起怀疑，伦子只好心平气和地打开了寓所的门。进入屋内后，银四郎毫无顾忌地扫视了一下狭窄的室内：

"伦子，想不到你还很俭朴啊。"

这句话既不能理解为佩服，也不能理解为蔑视，是伦子最不喜欢的说法。尽管伦子希望住得更排场一些，但凭她那一万一千日元的工资和野本敬太的微薄的支援，也只好过这种"朴实"的生活——木质结构二层楼里的一间六塌塌米的卧室，外

163

带一间一个半塌塌米的厨房。伦子沉默了。银四郎安慰道:

"当然,一个独身女性的生活大体上也就是这个样子。像院长那样办个洋裁学校而且有幸搞成功,那就……"银四郎边说边把眼睛睁得圆圆的,又将房间的犄角旯旮扫视了一番,看样子是要搜寻出有无野本敬太的男用物品。然而,这是徒劳的,因为野本一走,伦子就把他的浴衣、内衣收拾到衣框的最底层还加上了锁,这种做法并非只限于今天。

银四郎喝完了伦子端上的红茶,接着又抽出一支烟吸了起来,当吸第二支时烟盒空了。不巧的是伦子的烟盒也是空的。伦子想,也许他将借这个机会起身告辞吧,可银四郎却恳求道:

"伦子,还有烟吗?如没有,能否劳驾去买一次,附近百多米远的地方就有个烟铺。"

这是强加于人的令人生厌的恳求,伦子心里很不是味道,但又拿他没办法,只好顺从他的意愿买烟去了。

买烟回来后发现原来开着灯的房间现在却漆黑一片。是不是银四郎突然改变了主意不打招呼就走了?伦子放心地舒了一口气,茫然若失地打开了房间的门。当她向前走了两三步准备拉电门时,蓦地,一双温暖的臂膀抱住了她。"啊"的一声,她刚叫出口——

"不要怕,是我。"银四郎答了话,同时把伦子抱得更紧了。两人身躯离开后,伦子喘着气说:

"要是被式子老师发觉了……"

"不会的,她还不知道男性是什么,不过,还是当心点为好,倒是对野本更要小心些。"银四郎在漆黑的房间中仰卧着说道。

在一片昏暗中伦子不由得抖动了一下。

"不避讳可以吗?"银四郎把声音压得低低的,说完话整了整衣服就回去了。

　　这之后，中间隔了一个多月，前天银四郎再次来到了伦子的寓所。

　　前天，星期五的早晨，伦子正在教员室检查学生的出席册，银四郎走上前来问道：

　　"A组的出席情况好吗？到了下学期，长期缺席的学生恐怕就有陆续退学的了。"

　　说罢，拿起伦子面前的出席册，装作仔细翻阅的样子，用铅笔在出席册的边上写了"今晚有空？"四个字给了伦子。银四郎的大胆，使伦子不寒而栗。斜对面的院长位子上式子在研究新教材，同式子并排的教员席位上葛美和富枝也在检查和整理出席册和教材。伦子顿时显出极度的慌乱，但马上恢复了平静，假装在记录缺席的日数，同样用铅笔在出席册的边上淡淡地草写了四个字："可以，请来。"等看准银四郎已过目，便用橡皮擦掉了。这天，伦子整日心里异常地不平静，一种热切的期待在浮动着。自从银四郎在寓所首次向自己突然袭击的那天起，即使在走廊上碰了面，银四郎也装出素不相识的样子，看不出有丝毫那个的痕迹。伦子因而为被银四郎玩弄而悲愤，并为自己的不慎而悔恨。正在这节骨眼上，银四郎主动提出了幽会。伦子猜不透他的内心，担心自己再次落个悲惨的结局。但一想起银四郎那充满活力的爱抚却又无法拒绝他。下午上完课，伦子急忙离开了学校，一回到寓所便去商场把东西买了回来，然后摆好餐桌等着银四郎的到来。

　　将近七点，周围一片漆黑时银四郎来了，他踮着脚尖嗖地一下溜进了房间，开口便探寻似地问：

　　"今晚上，野本怎么样？"

　　"他出差到东京去了，自从你来过以后，我就没和他见过面,真讨厌……"伦子声音颤抖着回答。

"看你,怎么生气了……,刚才我只不过是有些醋意,开个小玩笑。"

银四郎巧妙地转变了说法,然后抚慰似地拥住了伦子的肩膀。伦子撒娇似地扭了一下身子,银四郎的双手就势柔软地缠在了她的肩上。伦子陷入了极度的陶醉之中。

银四郎望着伦子准备好的饭菜,说:

"你特意备了饭,可我来时已经吃过了。"说着,瞧了一眼手表又接下去说:

"我突然想起一件事,现在得回去,后天,星期天晚上,我还来。"

说罢,就匆匆地作起准备来。伦子对只为此事而来的银四郎涌起一股无法形容的气恼,但又怕他不再来,终于没能发泄出来。

伦子横坐在座位上,直挺挺地伸着脚,从梳妆台下取下了刚才洗涤时摘放在那里的手表。这是块流行的圆形坤表,镀金已脱落了大部分,昨天夜里,银四郎把他那白皙的女人般的手臂往伦子胳膊上缠附时,向这块表投去了轻视的目光。表里的零件似乎紊乱了,表针常常停走,即使正常走动也要慢十五分钟左右。此刻,附近工场响起了中午十二点的汽笛声,但表针却指在十一时四十三分上。

离银四郎的到来还有六个小时。银四郎这个人也许是守约的。自首次交往以来已有一个多月了,这期间银四郎表面上若无其事,断绝了同伦子的亲近,但当他有欲望时前天夜里又来了,还说过两天也就是今天夜里还要来。他这个人只顾个人的方便!今天他是否来,不到时候难于说准。

比起银四郎来，野本敬太倒是一丝不苟，准确得像图章的按印一样。要是头一天在电话里约好来的话，到时间连五分钟都不差，甚至伦子还得让他等一会儿。但是自从与银四郎交往以来，借口新学期开始后忙碌，同野本还没见过一次面。

野本似乎觉察到伦子开始对他疏远了，因而打给伦子的电话更加频繁了起来。开始时，伦子还怕葛美和富枝听见，但想到同银四郎的关系，反而觉得被她们知道同野本的通话更有助于掩人耳目，于是就不再硬性遮掩了。特别是式子在时，故意把野本的名字说出来，给人一种野本在执拗地追求她的印象。

野本把完全可以用邮汇方式寄给式子的设计费亲自带在身上出现在学校时，伦子则大大方方地在教员室就同野本站到了一块儿。当野本知道式子不在时就把装着设计费的信封交托给伦子并悄悄地要求晚上在寓所同伦子幽会。

"晚上有课，没时间。"伦子巧妙地撒了谎。

"明天我去东京出差，要待一个星期，今晚上，请谁替你上一次课，腾出时间来嘛，近来不知怎么你变得这么冷淡……"

正当野本以凌厉的语气说着时，刚才并未露面的银四郎不知什么时候从外面回来了，他走到野本跟前，装得彬彬有礼，说：

"野本先生，您要是有什么不好交涉的事，请直接向我这个经营方面的负责人谈吧，大可不必说给教员听。"

野本一听立时显得狼狈不堪，虚假地寒暄了几句之后，立刻从椅子上站起来二话没说扫兴而归了。伦子意识到野本晚上要到寓所来，就及早赶回了房间，关了灯，从里面平平实实地上了锁。

不出伦子所料，野本还是来了，他把门敲了一遍又一遍，但没有人应，他把锁孔捅得嘎嘎直响，并剧烈地摇动着门扉，可里头还是一片寂静。他想伦子可能没回来便死了心，出差到东京去了。

伦子同野本的这种关系银四郎是知道的，但他今天晚上还是要无所介意地到伦子的寓所来。银四郎求之于伦子的也许只是一种野性的追求。一想到这点，伦子恨不得把脸捂起来，但她知道自己迷恋着银四郎，只好有气无力地起身去为须臾即至的银四郎准备晚餐。

银四郎比约定的时间晚到了将近一个来小时，他连招呼也没打就嗖地溜了进来并扑地坐在屋子的正中央。

一直等着他的伦子尽管心里不高兴，但首先的感觉是放心了。她急忙起身给银四郎脱掉上衣。银四郎大模大样，一动不动地任伦子服侍，这是他多年以来的习惯。伦子揭去了准备就绪的餐桌上的盖布，但银四郎对晚餐似乎并不太关心，只是机械地动着筷子。

"这个酥烧比目鱼，怎么样？我是看着菜谱做的。"伦子语含娇媚。

"不凑巧，我不喜欢对菜肴妄加评论。把一种并不稀罕的菜，放在顶多不过二寸长的海参般的舌头上，就风味如何呀，刀的切法如何呀等等，说得神乎其神。这种人的心情我无法理解。只有闲人和无能之辈才这样做。要是有功夫的话，与其对菜肴说三道四不如去思考一些更有意义的事。"银四郎说得唾沫四溅。伦子戏谑地问道：

"所谓更有意义的事，您指的是什么？"

"这个嘛……要是我的话，与其坐在每人三千日元的会餐桌上，品尝那点菜的舌上味道，倒不如对菜肴的制作成本、餐具的费用、座席的多少，以及如何标价等情况研究一番。"

"原来如此……"伦子失望地瞅了瞅银四郎的脸。

"不可以吗？我只对赚钱感兴趣，即使自己没有钱也要动用他人的钱去牟利，这才有意思。我所认认真真地考虑的问题是，靠自己的力量可以搞到多少钱，也就是说在钱数同自身的力量之间作一番比较。除此之外就没有我所要动脑筋的了。"

银四郎端起杯子将啤酒一饮而尽，突然语调一变又继续说了下去：

"我想谈一谈这次校内新设的购置部的事。在大批购买教具时，希望你去挑选一下。当然，订货，销售方面的事一切由我来负责，可我不懂什么样的两脚规、分度仪、制图册为大家所欢迎。"

伦子摸不透银四郎的心思，小心翼翼地说：

"这些事由式子院长来做不就行了吗？您到学校来之前，式子老师一个人都包下来的。"

"院长嘛……她到底是船场老牌号的小姐。遭到战争破坏之后，并没有变卖财产谋生，而是用自己手头的钱开办了洋裁学校，制作当时女人们最为渴望的漂亮的服装。不愧为大阪商人家庭出身的闺秀，她的着眼点是对的，但因为她是在闺阁中长大的，因而缺乏实实在在的金钱观念。所谓大老板式的商人就是这种情况。虽然经商的大处能看准，但其后的结算往往是收支平衡而赢利不足。我的意见是，尽管学校的购置部不大，但也必须有赚头，否则作为学校的一桩生意便会经营不下去，希望你考虑到这一点，把购置部办好。"

银四郎锐利而执拗地望着伦子，像是在探询她的意问。伦子眨动着大眼睛，嘴角上强打起一丝微笑，说：

"看来您从一开始就把这个主意打在了我身上。"

"这个主意……"霎时，银四郎像是要嘲弄伦子但马上又说了下去：

"也许可以这么说。大凡人和人之间的关系不管在什么情况下都离不开某种程度的利害和打算。当男女结合在一起时,口头上什么感情呀、真诚呀等等说得天花乱坠,但总有某种打算在里边。当然,这又有什么可非议的呢?男女的交往也是如此。如果可以利用在相互的工作和荣升上,这种利用对双方不也是一种快乐的事吗?就拿你来说,当你投进我的怀抱时,你大概也是把我和野本放在天平上实实在在地衡量过了吧?"

银四郎尖刻的目光直盯着伦子。他的这番话像是揭开了伦子的内心秘密,她不由得把脸别了过去。说起来,还是在老早以前伦子的内心也许早把野本和银四郎放在天平上称过了。当伦子必须躬身求助于野本时,她比野本表现得更主动;反之,当情况逆转,野本须向伦子低头时,伦子立刻就觉得野本愚钝而讨厌。与此同时,对在短期内使学校处于优势的银四郎的力量感到可依靠并异常佩服。每每拿他同野本比较,都使伦子看到了野本那种近于粗俗的直憨和缺乏经商的才能,更增长了对野本的厌倦。但伦子之所以没接近银四郎是因为她觉得同野本的关系既已被发现,银四郎就对她构成了威胁。

在下暴雨那天的归途中,当银四郎把她送到寓所时,伦子也还是觉得自己同野本的关系将受到侵害。伦子把银四郎招到屋内来正是为了使他不至于怀疑得更深。可是,银四郎突然拥抱了她,在这短短的一瞬间,一个念头闪过了她的心:应把野本同银四郎作个比较。虽然伦子觉得由于有了野本,自己处于不利地位,从而不好拒绝银四郎,但这只不过是伦子自我解嘲的错觉。事实上她已敏捷地盘算了同银四郎交往能给她带来利益。

"您在想什么呢?"

银四郎朗朗的问话声唤醒了愤倦状态的伦子,然后就购置

部订教材要她负责挑选的事,银四郎叮嘱伦子道:

"刚才谈的那件事,可以吧?"

伦子用眼神表示同意,银四郎随即起身准备告辞。看样子他因前天晚上刚来过,今日打算吃完饭就走了,伦子感到离别的失望和不满足。

"您原来光是为了决定购置部的事才来的呀?"

伦子赌气地把身子扭了过去。

银四郎边往上衣的袖子里伸着胳膊边把脸往前一凑:

"这个寓所不平静,过几天我们换个更惬意的地方吧。"

"什么?换公寓?"伦子意外地反问了一句。

代替银四郎回答的是他的那双臂有力的臂膀——这臂膀已把她搂紧了。

这时,她已不再有平日的那种羞臊了。她觉得自己渐渐地变成了一具唯银四郎是求的木偶了。

第九章 涛 声

伴着秋末凉意的十一月阳光,从朝南的窗户洒进整个教室,一排排课桌沐浴在令人晃眼的光艳中。

学生们在静静地听着院长讲课,个个脸上露出紧张的神情。

式子今天讲的题目是《对今年秋冬两季新式造型的分析》。她用纸型具体地讲解了肩线、胸围、腰线和裙子的下摆等。学生们对出示这种新纸型事先没有料及,眼睛都闪烁着青春好奇的光彩,兴致勃勃地观察着,并细心地做着笔记。可是式子觉得,一个多月来的疲劳,犹如一团沉重的铅块紧紧地压着她。

十月上旬至十一月底,正是洋裁学校为各纤维商社、妇女杂志提供冬季服装设计式样的繁忙时候。这些冬季服装用料的印模设计在夏季已经完工了,下一步是搞服装本身的设计。为了赶上圣诞节和正月的需要,这段时间,式子夜以继日,一天只睡四五个小时,一口气完成了两百套设计。当然,是式子先描出图样,然后由伦子、葛美、富枝三人分别一一加以缝制。可是,在一个季度里要构思出两百套式样来,这几乎是一种近乎冒险的繁重的劳动。

式子原打算减少一些工作量,但首次时装展览成功后,银四郎坚持要接二连三地发表新式样并自作主张地接受了大量订货。式子为此责备了他，银四郎最初还温顺地说些解释和抚慰她的话，但当她依然不悦时，他便冷冷地说："那么，什么事都由您一个人随意决定好了。"这么一来，一种突然被抛开的不安涌上了式子的心头。结果是式子必须自己主动积极地去接活了。不知从什么时候起，式子开始揣度银四郎的心绪，她虽然觉得银四郎对自己这个左右着学院事务的人物暗地里有几分惧怕，可同时又感到自己要在听凭他摆布的这个陷阱中越陷越深。

忽然，课堂上掀起了一阵嘈杂声。式子猛然一怔，向学生们望去。原来学生们按照式子的讲解已把腰线的图案描完，正等着她讲下一个内容。

"哎呀，对不起，我昨晚熬了一个通宵，走神了。"式子苦笑着说。接着便开始了讲解腰线至胸围的部分。学生们也分别用两脚规和分度仪准确地描绘起来。

因为院长的讲课一周内只有一个小时，学生们都觉得新鲜，听得很认真。可式子往往因疲惫不堪甚至不想把课讲下去。当学生们在制图纸上画线的时候，式子又双肘撑着桌沿茫然地呆望起来。

无意间式子发觉坐在前排的学生用来画图的两脚规似乎很不灵便。再仔细一瞧，这些两脚规都是一种型号，而且是新的。于是她从椅子上站起身，走到第一排课桌前，把两脚规拿起来。两脚规上面有学校购置部的标记，双脚的调节部位看起来很精巧，但旋钮的转动不灵活，结构很复杂。

式子的心情立刻郁闷起来。前些日子购置部销售的教材也有同样问题。她拿起两脚规，再次端详了一番，试了试调节部分和顶部的旋钮。旋钮看起来很精巧，但小了些，而且不稳定。

式子把两脚规还给学生，回到讲台上，说："现在你们手里的两脚规使用时如有不灵便的地方，请告诉我。最新产品不经过充分的使用试验就投产的情况也不少，大家可以不必客气地提出来。"

式子诚恳地说完之后，靠窗边那排有一个学生举起了白皙的手：

"老师，调节部分的旋钮不好使。不过这种两脚规双脚的伸缩度大，也算是一个优点。前几天我在购置部买了一个锯齿剪①也不好使。怎么也剪不成，真烦人。"

式子仔细看了看说话者，认出是以前教室发生盗窃事件时，到教员室来报告的那个圆脸学生。

"你是否考虑了料子的织造工艺结构之后，顺着纹路剪的？"式子就剪裁的要领反问道。

"是的，我是按照助手老师讲的要领，一丝不苟地开剪的。"圆脸学生眨动着明澈的眼睛，回答得很干脆。

"那么，我回去检查一下，如有不灵便的地方，让他们改进。"

式子说完，又继续讲课。她在讲解身躯曲线的同时，感到有一种难以抑制的不快涌上心头。从前些日子开始式子就把这些事放在心上了。

一个月以前，设立了购置部。银四郎就擅自决定让伦子负责挑选新的洋裁用具，并买进一大批货。为了在购买洋裁用具上不让式子过问，他很用了一番心思，式子觉得自己被疏远了，心里产生了怨忧。银四郎和伦子几乎每天都泡在教员室，把洋裁用具摆在桌上又是挑选，又是记账，弄到很晚才回去。看到这种情况，式子不由得产生了难以言状的疑惑和嫉妒之情。

---

① 锯齿剪：把料子的边缘剪成锯齿状的剪刀。

十天前,式子提出,至少在购置洋裁用具的最终阶段,得把样品先拿出来看一看。可银四郎反而责怪院长连卷尺、剪子之类的东西也要插一手,未免失其本分。

课堂上又出现了学生们交头接耳的声音。似乎是因为式子在讲课的中途再度陷入了沉思,使学生们手握卷尺和两脚规无所事事了。

"啊,对不起,今天不知怎么的睡眠不足,还是不行啊。"式子尴尬地苦笑了一下。接着对肩线和脚线的掏挖度数进行了讲解;与此同时,她看了看手表,离下课还差五分钟。她想,今天无论如何得把购置部的事找银四郎和伦子问清楚。

下课铃一响,式子立刻终止了授课,匆匆地回到了教员室。

刚才式子去上课时还待在教员室的银四郎这时已不知去向,只有葛美一人孤零零地呆坐着。式子问她:

"噢?你怎么没去上课?"

"我有些贫血,提前半小时回来了,现在由助手替我上着呢。"葛美红边眼镜下的双颊显得有些苍白。

"银四郎出去了?"式子不动声色地问了一句。

"刚出去,临走时他把伦子从教室里叫出来谈了购置部的事,伦子该知道他到哪里去的。"葛美苍白的脸上露出不怀好意的表情。

"购置部的事……"式子故意说得慢悠悠的,"我正想就这件事问你一下大家对购置的那些新洋裁器具的反映。你听到过吗?"

被式子这么一问,葛美苍白的脸颊顿时有了血色。

"噢,您也是这么想的呀。我和富枝总觉得购置部的那些全新用品,外观倒是挺好看的,可使用起来不灵便。我俩为此心里不痛快,窝着一肚子火呢。这事,我向伦子提过,可她说校内购置部是学校的财源之一，不能只凭良心办事。她简直是银四郎的代言人，说出口来脸也不红，所以，以后我们就不再插嘴了。"

"这些情况为什么不早告诉我呢？一直拖到现在……"式子遗憾地说。

"可这阵子您不怎么在学校呀，您为妇女杂志和纤维商社的设计一天忙到晚，一个礼拜只来上课三次，学校的事都归银四郎处理，伦子帮着他办。我，还有富枝有时也提出意见，有什么用呢？谁卖你的账？"

葛美说得很直率，式子不由得打了个寒战。一种深深的不安攫住了她的心：自己虽然成了名设计师，可是随着学校的扩大，却渐渐地脱离了对学校的经营。

"你说了实话，我觉得很好。今天我就是为同银四郎和伦子谈谈这方面的情况而来的。"

式子向墙上的挂钟看了看，下课铃响后已过了十分钟，可伦子还没有回来，式子像是要排遣焦躁心情似地问了一句：

"她总是这么晚才回来吗？"

"说不定她正在检查学生的式样作业呢。对良家子女①的试样作业，伦子可耐心了，又恳切、又慎重。"

葛美说这话时，伦子和富枝相跟着推开教员室的门进来了。富枝一如既往向墙角的开水炉走去，准备自己的茶水。伦子发现式子同葛美在谈话，诡秘地扫了她们一眼，佯装无事，悄悄地入了座。

"伦子，来一下！"式子本想心平气和地叫她一声，但口气不由自主地变得尖锐起来了。

---

① 良家子女：这里指有钱人的子女。

伦子吃惊地抬起头，强装镇定站起身，向院长的位子走去。

"这里不便，我们到会客室去吧。"

说罢，式子站起身握住了会客室门扉的把手。会客室和教员室紧连着，中间隔着一扇玻璃门。玻璃门里映出了正在偷看式子和伦子行状的葛美的面影。式子顿觉懊恼，自己作为院长被夹在两个教员之间去谈话，实在是有失尊严，但还是毅然地打开了门。

进到会客室，伦子先开了口，语调和平时一样：

"您突然找我要谈什么呀？"

"校内购置部的事。"式子立刻点出了要害，又接着说："前几天我就想同你谈一次，你负责挑选那些洋裁器具，大概没尽到责任。今天，我上课时看到学生的两脚规不好使，问过以后才知道调节用的旋钮和头顶部的转把不灵活。还有，锯齿剪不适用于某些料子，这种让学生提出意见的马马虎虎的选择态度，可要不得。"式子责备伦子的语调非常严厉。

"是吗？是学生这样说的？这就怪了。洋裁器具这种东西，机械性能越高，操作往往越复杂。所以我想，是不是这个学生不善于操作，要不，就是她不喜欢这种性能高于普通产品的两脚规。我想知道是哪个学生提出的。"伦子毫不示弱，想把具体事实搞清楚。

"是C组的学生，就是那个前不久教员室发生偷窃事件时，第一个到教员室来报告的那个高个子、圆脸庞、目光敏锐的学生。"式子说出了确凿的证据。

"噢，是她呀，这个学生不管什么事都爱吹毛求疵！能把芝麻说成西瓜，有言过其实的毛病。她不是良家女子，始终一肚子牢骚……"伦子狠狠地报复。

式子很觉不满，她说：

"这个学生的意见只是一个例子。我自己刚才上课时就亲自试过一下两脚规,也觉得不好使。说得极端一点儿,这只能让人认为是为了卖高价才把这种用具搞得金玉其外败絮其中的。不光我有这种看法,还有……"

说到这里她停住了:本来想说出葛美也有同样的意见,可又觉得自己作为院长同一个教员老是纠缠这件事也不好。于是捡其要害指出道:

"我想说的是,校内购置部销售的洋裁用具,总给人一种强烈的只为钻营的印象。"

"关于这一点,我是按学校经营方面的负责人银四郎先生的指示办事的。"伦子虽说得很有礼貌,但话语里却有着有恃无恐的意味。

式子不由得看了看她的面容:一双大而明亮的眼睛在轮廓鲜明的脸庞上炯炯有神地闪动着。薄薄的弓形嘴唇洋溢着刻薄的美。下颚至脖颈玲珑而丰润。模样是那样的娇嫩而水灵,仿佛一指头能弹出血来。

伦子比式子小七岁,这从皮肤的丰润上也反映了出来,并把二十几岁的女人和三十几岁的女人截然相别了。式子心中油然涌上妒意,她感到自己被对方压倒了,她把靠在沙发上的脊背微微向前一躬,说:

"对你和银四郎的事,有这样那样的风言风语,你俩工作老是在一起,今后望你注意,不要引起别人的误解。"

"哎呀,我正想对您说说呢,银四郎对学校的事总爱插一手,管得太多了,周围都在揣测您和银四郎的关系呢。"

伦子突然杀了个回马枪,向式子投去试探的目光。式子顿觉难以招架,但立刻转守为攻,责难似地说:

"怎么说得这么离奇呢?"

伦子把大眼睛一闪,说:"银四郎还说要在大阪的中心区建一座新学校,现在一天到晚正为这事奔忙呢。"

"噢!"式子觉得自己的脸色变了,"这……,我都不知道,你怎么知道的?"

伦子顿时有些惶惑,语调变得支吾了起来:

"有一回,他向外单位打电话时,我偶尔听见的。我想,还是早些告诉您好,没想到是这样的。"

式子真想立刻抓住银四郎把事实搞清楚。往大阪中心区建学校这样重要的事,竟不同自己商量就开始张罗,实在是不能容忍的。三个月来,银四郎曾好几次激动地拥抱了自己,难道那时他内心已暗暗筹划好了这件事吗?一种沉闷的难以言状的不安向式子袭来。她抑制住激越的心情问伦子道:

"银四郎临出门跟你说了吧,他到哪儿去了?"

"他说因洋裁学校协会要商议一下洋裁用具的统一购买问题,出去了。还说会后要和其他与会者一起吃晚饭什么的。"

伦子边瞧着挂钟边公务性地回答。这时,时针已过了四点半。

"哦,时间快到了,五点钟我还得出席关西设计师协会召开的会议。"式子边说边急匆匆地收拾起来,同时,又嘱咐伦子说:

"好吧,你给银四郎打个电话联系一下。告诉他,要是八点以前他回来,就请他给堂岛的K会馆设计师协会打个电话找我;如在九点以后回来,那就请他给鱼崎我家里挂电话。"

说罢,立刻离开了座位。

式子乘车离开了甲子园到达堂岛川岸边的K会馆时,比预定时间迟到了四十分钟。

推开会场门，门口附近的几个人，都向她投去责备的目光。其他的设计师都正在做笔记。同往常一样，关西设计师协会会长大原京子坐在讲桌的正面，右侧面正襟危坐着双叶洋裁学院院长安田兼子和创美服饰学园的井上民子。与往常稍有不同的是，在大原京子的上座坐着O大学的松山教授。他正在演讲，题目是《流行之心理》。这种讲演，设计师研究会每年举行四次，今天是秋季研究恳谈会的日子。

松山教授看样子并没注意到式子来迟了，他悠然地背靠沙发不动声色地演说：

"下面，谈一谈，人，为什么穿衣裳亦即穿衣的目的问题。关于这个问题，众说纷纭，诸如保护、运动、得利、保温、威吓、媚态、社会生活记号、装饰、宗教、风俗、道德、法规等等。现在，保温、保护这种原始性的说法已经不被大家所承认，装饰说占了压倒的优势，特别是诸位设计师对装饰说，我想是有着兴趣的。衣服这种东西非常直接地左右着人的心情。例如，当身着外出用服装时，则欲注意来自他人的评论，希望得到好评；当穿上豪华的服装时，则变得神情抖擞，有一种自我欣赏的倾向。反之，如穿普通衣服，则行动、运动都不感到拘束，也不想装模作样，如穿得寒酸，则想避人目光、缺乏自信、不爱社交，同时有一种强烈的妒忌他人的心理。所以，衣服在覆盖一个人肉体的同时，还要把这个人推出来，是很有社会性的。其最为强烈的表现要算流行了。流行的心理表现为，不但使自己而且也要让他人承认自己是归属于社会上层的。因而也可以说对本来是属于自己伙伴的那个微乎其微的'低层'表示示威……"

松山教授讲到此处时，"哎呀，示威，那么我们始终在向群众示威了？"突然传出了一句高声而克制的叫喊。回头望去，原

来是伊东歌子。她身着红彤彤的西装,乌黑的头发下垂披肩。松山教授面带温厚的微笑,望着她说:

"不错,是这样的。各位所从事的工作,从衣服心理方面来看,是一种地地道道的示威,再加上同商业主义结合在一起便急速地支配了普通大众的嗜好,也支配着生活感情。"

松山教授说到这里,突然把话打住,向伊东歌子的服装投去审视的目光。

"您喜欢红的颜色吧?"

"是的,我最喜欢红色。"伊东歌子充满着自信。

"从色彩心理来说,红色带有威吓性,使人联想到活力、威力、勇气和热情。浑浊的红色还可使人连想起淫靡、贪欲、猥亵。"

"那么,蓝色呢?"

"蓝色是寒冷色,这种色彩使人联想到深远、高洁、贞节和诚实……"

式子下意识地低头看了看自己的蓝色衣衫。松山教授所说的深远、高洁、贞节和诚实在式子听来具有讽刺意味和冷酷感。

讲演结束后就是晚餐会,但主讲人松山教授因校内还有会议便起身告辞。大原京子作为恳谈会的代表深表遗憾。把松山教授送出了门。主讲人走后,大原显然妄自尊大起来了。

晚餐会的费用来源于各自的会费,但大原京子、安田兼子、井上民子等大原系的人物却占据了主桌的席位。为了不同大原系的几个人碰在一起,式子故意在入口处附近的窗边找了个位子坐下。这时,安田兼子急忙走近她,讪讪地说道:

"呀,近来,工作显赫的大庭式子女士怎么能坐在这样的边边角角呢?您要是不在主桌上就位,我们可就无地自容了!"

不知安田出于什么居心,她的声音洪亮得满堂皆知,于是周围的人停止了对话一齐向式子投去了好奇的目光。

"不必了，我坐在这儿蛮好的，过一会儿我还要接一个电话……"式子指的是银四郎要往这儿来电话。

"是的，是的，我们都知道您是个大忙人，这个时期，您的活跃程度仅次于大原女士。所以今天晚上希望您紧挨着大原女士坐吧。忙是忙，但晚餐会还是要从从容容地度过的呀。"安田拐弯抹角地说。

"我的意思不是指的忙，而是这边的位子有个熟人。"式子说着用眼睛示意，这个熟人指的是坐在自己邻座、正面对窗户抽烟的伊东歌子。

"看您说的，我们同您不也是很熟悉吗？请不必介意，到这边入座吧，这是大原女士邀请您的呀。"

安田兼子揶揄地望着式子，语气里含有威压的意味。她那纤细而明亮的眼睛发出一股执拗的光。下颚扁平犹如鱼鳃，脖梗粗圆而肥壮，这赤裸裸地显出了一个五十岁女人身上的那种污秽的气质——阴暗的嫉妒和谋算。式子感到一种难以言状的不快和厌恶。

"大原女士邀我……"式子故意慢悠悠地说，她意识到周围的人都在好奇而饶有兴味地望着自己，又接下去道：

"我又不是大原女士的弟子，如果像您那样景仰在她的身旁，反而让人觉得是想攀龙附凤了！"

"咳，这么不礼貌……"

安田兼子狠狠地向主桌望了望。大原京子正在自己弟子们的簇拥下趾高气扬地频频点头，并没理会这边的情况。

"她们不是已经把邀我的事忘了吗？所以，我不去了。"式子说完像下逐客令似的把脸扭了过去。

"人一出名，气势也就不同了……"安田兼子嘲弄了一句之后离开了式子的位子。式子顿时感到了一种迄今未曾体验过的快乐和胜利的滋味。也许是式子对女人圈子的那种令人厌恶的状况不知不觉地习以为常了，要不就是一种无形的自信占有了她。总之，她以自己都感到意外的坚韧的气势，拒绝了安田兼子的邀请。

菜肴端上后，三十个会员各在自己的桌上边谈边吃。但气氛是淡漠和不自然的。

该季节的流行服装照样是餐桌上的话题。大家在谈论着一般性流行的同时，又相互刺探着对方的趋势：如对方接受了来自妇女杂志的多少约稿呀，或是厂家、商社向对方约定了多少设计呀等等。一边微笑着举止优雅地品尝着菜肴，一边从容而细心地探询着对方的虚实。女人圈子里这种阴混的令人生厌的情景也出现在今天的饭桌上。只有伊东歌子一人似乎对这种情形不关心，也许是压根儿感觉迟钝，她没有加入到谈话当中去，大口大口地往嘴里送着菜。

"刚才，我对您重新作了评价……"

伊东歌子突然冒出了这么一句，然后她把刀叉放下，点上了烟，身子往式子跟前一凑：

"您讲得好哇，没想到您面对安田兼子能这样说给她听！"

"有什么办法呢，我也只好这么说呀。"

"可要在从前，你这个未出嫁的小姐是说不出来的啊。还是由于学校大了，工作上有了自信的缘故吧。抑或是……"伊东稍停了一下，深吸了一口烟，噗地吐出之后，直言不讳地问道。

"你有男朋友了吧？"

说完，看了看式子的表情。式子抑制住即将发生变化的脸色，嗔怪道：

"哎呀，你别胡说了。"

"你先别见怪,女人嘛,一经同男人交往,主心骨就有了,而且会变得坚强起来。所以,我想你是否也有这一着。如果是,也没关系嘛。不是都在议论那个戴着无边眼镜的经营者不但是个美男子而且经营手腕也很厉害的吗?你那个地方,漂亮的教员多,弄不好会被那些脸蛋俊俏的小老鼠叼走的。"

伊东歌子故意使用了这种轻佻的语言。当式子显出不悦的样子时,伊东又说了下去:

"你呀,有着老字号厂家的小姐那种沉着大方的风度,一直在幸运星辰的照耀下,过着舒适的生活。这当然是好的,但那一本正经的样子却不叫人喜欢。你能不能更疼爱一下自己呢?所谓疼爱自己,不是意味着唯我独尊,道貌岸然,而是指可以随我所欲地过一种娇惯的生活。说起来,我就不喜欢你这身蓝色的服装,说什么深远呀、高洁呀、贞节呀,听起来都有点儿瘆人。你看我,非得穿这种威吓性的、色彩强烈的服装不可……"

式子在听着伊东歌子慷慨陈词的时候,注意到安田兼子一会儿向伊东歌子和自己的方向偷偷地瞧几眼,一会儿又对着大原京子的耳朵嘀咕些什么。

伊东的话停下后,式子边吃边瞧了瞧手表,时针已过了七点。银四郎还没来电话。她想,让银四郎打电话联系的事已经明确地叮嘱了伦子,他不可能不来电话的。但心里还是不踏实,焦躁不安。无论如何今天晚上得和银四郎见一面,把购置部的事以及建造新校舍的事弄清楚。

当会餐的最后一道食品,餐后点心和水果开始往上端的时候,大原京子突然宣布。

"大家正在吃饭,我有一件事想对各位说说。"

接着,她从座位上站起,一本正经地讲道:

"是这样的，从上月开始，洋裁学校联合会的会员学校，决定统一购买洋裁用具。免税购进的那部分物品可在校内购置部销售。但是，据说，个别学校把洋裁学校看作是一种纯粹的企业，利用物品免税的机会把校内购置部搞成了营利的部门。毋庸赘言，洋裁学校是隶属于私立学校联合会的教育机关。所以，在学校经营方面，说到底其经费主要来自于每月由学生那里收到的酬谢金。这才是正当的经营方法，关于这点，希望新近被承认设立的购置部，在经营方面要正直和公道。"

一通堂皇的话语之后，她眼珠一转似乎向式子坐的方向瞟了一下。

餐室一下子沉寂下来了，出现了令人难堪的气氛。式子感到心跳加剧，窒息得喘不过气来。刚才，安田兼子不断地向自己这边瞟视，还对着大原京子的耳朵嘀咕，也许就是这件事。式子学校的情况大原京子是不会知道的。说不定是安田兼子在某种场合打听到了圣和服饰学院购置部的事，因她的学校也在甲子园。安田兼子惯于搞这种小动作。从她的性格来说，被式子顶回去之后不会善罢甘休的，但也不至于报复得如此性急呀？如果是别的事犹则可，偏偏这校内购置部的事，正好是自己的心病，本想今晚向银四郎问个究竟的。如果问题是针对着圣和服饰学院，能自圆其说的理由是找不到的。在一片灰冷气氛的包围中式子感到指尖都发凉了。

突然，有谁动了一下。原来是式子对面的餐桌旁一个身着黑色西装的人站了起来，对大原京子小心而献媚地说道：

"刚才，大原女士谈的那件事发生在哪个学校呀？如果确知是某个学校所为，过后可以直接向它提一提；要是泛泛而谈的话，连秉公正直的人也要疑心生暗鬼，如鲠在喉，心情是不会舒畅的……"

"我也是这么想的,学校的名字不是不知道,不过……"

大原京子把她造成的灰冷气氛视为一种乐趣,先采取了扑朔迷离的说法。然后,又毫不避讳地向式子的方向望去。式子的脸色刷地变了,这个变化式子自己也感觉到了。

大原京子直勾勾地盯住式子,似乎是要看透她的内心。与此同时,式子陷入了四周惊讶目光的包围中。她觉得必须说几句什么,但又找不出适当的话来。越是焦急,舌头就越硬,心跳得就越厉害。然而,要是无动于衷一语不发对她是最为不利的。当她一狠心想要起身讲话的时候,伊东歌子突然站了起来:

"到底是哪家学校呢?希望把学校的名字讲出来!在校内购置部赚取起码的利润这点上大家都是彼此彼此。这次洋裁学校联合会承认的购置部还未出现的时候,各个学校更是随意以教材的名义销售两脚规以及人体模特儿之类的用具,使之成为学校的一笔相当大的收入。说句不客气的话,即使现在拥有一所大型学校的人,他在飞黄腾达的过程中,也不会像诸侯出巡那样净干漂亮事。洋裁学校在其激烈的竞争中要想比别人高出一截子,只靠采用与别人相同的手法是远远不够的,应该有那么一个巧妙的手段。所以,我请大家相互之间不要扯那些无聊的事。"

伊东歌子沉着而镇静,话中带刺。但大原京子的脸色没有丝毫变化,她扭过脸去表示不予理睬。可是安田兼子却表现出强烈的不安。她说:

"哎哟,多不礼貌的话呀,照你这么说难道现在的大型学校都是这么不光彩地起家的吗?这,这太不……"

由于激动,话接不下去了。于是伊东又开了口:

"到底是谁不恭呢?从根本上说,这个关西设计师协会是我们大家的协会,会长是大原京子女士,但只是让其负责经办事宜，并不是让其充当我们的领袖。可是，她往往像领袖那样对别人颐指气使，唯我独尊。这种情况嘛，可以说好像在洋裁界只要拥有一所大型学校，有强有力的组织系统和雄厚的财力，就可以为所欲为当太上皇了！没有比洋裁界如此以势压人、如此独裁的事了。在我们这个具有相互研究和切磋意义的协会里它是要不得的。协会的三十名成员中，大原系以外的人尽管嘴上不说心里也是憋着一肚子火而强忍自己的。我这个人肚子里藏不住东西，还是说出来了。"

伊东说完，突然像想起了什么，看了看手表。

"呀，都八点了，该散会了。"

随即以胜利者的傲慢姿态急匆匆地准备退场，暗里肩膀往式子身边一挨，娇滴滴地小声道：

"他在等着你呢！"

说罢，充耳不闻大原京子的闭会词，扑扇着红西装离开了座位。

从K会馆出来后式子立刻叫了辆出租车，她把后背深深地埋在靠垫里，放松了身体，盘起了双脚，以至衬裙下摆的花边都露了出来。她感到好不容易从那个恳谈会中解脱了出来，摆脱了一场危机。

伊东歌子并不了解式子当时那种进退维谷的心境，犟劲一发，把自己的意思毫不留情地倒出来了。这对式子是个意外的援助。在那种场合下，如果圣和服饰学院的事被抖出来，式子将难以收拾，会处于十分狼狈的境地。

式子长长地舒了一口气，但同时对没向K会馆打电话联系的银四郎，产生了愤懑之情。假如要追究原因，她式子这种难堪的境地无非是你银四郎那自作主张的做法引起的。然而，肇事者银四郎今天还沉溺于洋裁用具的经营。想到这里，式子好不气恼。特别是伦子，到底又是怎么回事呢？明明已经嘱咐过了她，一定得同银四郎取得联系，可是……刚才伊东歌子所警诫她的那句话又堵上她的喉头——"弄不好，会被那些脸蛋俊俏的小老鼠叼走的，你那个地方，漂亮的教员不少啊！"——她忧虑重重地摇了摇头，似乎为了把不愉快的心情驱赶出去，她欠身把车窗开了条缝。

不知不觉中车已过了尼崎，快速行驶在车辆渐稀的阪神公路上。一辆辆来往的小轿车扑闪而过，车的头灯在漆黑的公路上描出了一条平行的线。十一月中旬之夜，气流是凉森森的。式子又把刚才开了缝的车窗关紧了。然后，把目的地详细告诉司机之后身子往靠垫上深深地一埋，闭上了眼睛。

隐约中觉得车速放慢时她睁开了眼睛，车已下了公路，来到了通往吉川沿线的一条窄道上。过了反高桥，离式子的家不到一百米了。她欠身理了理已经七折八皱的裙子。

下车后还没按铃，早已等在那里的女佣希代开门迎了出来，表情平淡地说：

"你回来了，银四郎先生在等着呢。"

"啊，这么晚才来的？"式子意外地问。

"可你经常在这种时间和他相见的……"

希代的答话虽简单，里面却含有对式子不放心的意味。自三个月前开始，银四郎就每周一次在式子家同她共进晚餐，十点过后才回去。虽说地点不在深宅而选在会客室，但两个独身男女一待就到深夜。希代对此似乎是不满的。

然而，式子此刻已顾不上这些了，她理也不理希代，就快步踏上了通往大门的石阶，穿过花草丛，来到大门前。打开门一看，银四郎正在那儿站着，背靠会客室的门扉，嘴里叼着香烟。

"回来得真晚呀,我从八点就等在这儿了。"

"那你为什么不向 K 会馆给我打个电话呢?"式子板着脸,厉声反问。说完立刻换上拖鞋进了会客室,避免让女佣希代看到自己和银四郎怄气。银四郎看样子并不大介意,叼着烟跟了进去,与式子对坐了下来。

希代来送茶时,式子装作若无其事的样子,等希代远离会客室之后,她就没能及时取得联系一事,责备他说:

"我再三叮嘱伦子告诉你,八点以前给我来个电话。会议进行过程中,我老看手表,心安不下来。与其八点就开始在这里等,干吗不早给我打个电话呢?"

"伦子给我打电话说,院长有件复杂的事要求找我谈,电话里的声音慌里慌张的,我正好在神户参加洋裁学校联合会的会议,就顺便拐到这儿来了。"

"哎呀,伦子这个人真是!只作为一般的事务联系打电话就行了。什么复杂不复杂的,自作聪明!近来,她对你也似乎太随便了,对这么一个恃才好胜的美人,你怎能这么粗心大意呢?"

式子向银四郎投去了试探的目光。

"这一点,以前我不是说过吗?她这个人,想利用同三和公司野本之间的关系企图同你在师徒关系之上,再加一层利害关系。可你自上次展出以后,说伦子突然变得勤恳起来了呀,工作上毫不怜惜自己呀,直给她抹金!"

银四郎反而对式子的宽容提出了抗议,但马上把话锋一转,问道:

"所谓复杂的事情指的是什么呢?"

"就是校内购置部的事。"

式子把今天下午上课时发现的新两脚规头顶部旋把和脚调节部旋钮不灵的情况，以及学生对此提出的意见，说给了银四郎。

不知银四郎是否认真在听，他脸上没有丝毫表情，嘴里叼着烟，两眼望着被一片灰暗的树丛掩映的窗外。

"不单单是这些，在今天设计师的恳谈会上我们被人'忠告'，'忠告'呀……"。

式子不由自主地激动了起来，她讲了刚才开会时大原京子指出的不要把校内购置部搞成营利部门的事。银四郎叼着烟，胡乱倚在椅子上，等式子说完后猛地直了直身子，露出一丝微笑，启开了那女人般美丽而又冰冷的嘴唇，唇角上流露出冷酷和自负的神态。

"您要讲的就是这些吧？"银四郎的语气意外地一殷勤了起来。

"这还不够吗？我不想再多说了，要是有人对我们的教学或设计说些什么，可以不去管它，但现在是购置部出售用具的事，多么不光彩呀。"式子轻蔑地说。

"完全没什么不光彩的。我不否认购置部出售的新两脚规头顶部的旋把和脚的调节部分，可能不好使。但这种两脚规脚的伸缩度比普通的两脚规要大。一种具有新性能的工具，当它有了某种便利之处时往往在操作上会复杂起来。当然，最好是既有高度的性能，又兼有简便的操作方法。遗憾的是现在还没发现这样理想的两脚规。作为购置部来说，是打算向外界表明圣和服饰学院使用的全是最新式的洋裁用具，集中了那些虽有轻微的不灵便但却是最新流行的器具。至于所谓只图外观漂亮实际不好使之类的说法，恐怕是您的臆测。还有，关于价格高于普通器具这一点须要说明一下。好比市场卖蔬菜，初次上市的新鲜菜难道不会比普通的老菜贵吗？更何况，对于什么都想走在流行前列的洋裁界，新颖，本身不就很有价值吗？那么多的学生里，不喜欢这种新器具宁愿要过了时的便宜货的人，有是有的。但下一步是要做生意，顾客是女孩子，为什么不可以巧妙地利用她们的虚荣心，出售赚头高的商品呢？再说，我们学校购置部的商品都印上了学校的标志，这样一来，通常三百五十元的两脚规就得卖四百元。也许有人说贵了，可这同有名的书法家在笔筐上刻个"某某先生使用之笔"的标记，借以抬高笔的身价，高价出售，道理不是一样的吗？这不仅是一种担保费，用现在的话来说，就是商标费。现在，已到了不论什么东西都要用金钱来换算的时代，自己的名字也好，学校的名字也好，如果使用，就可以收取使用费。"

一缕淡淡的微笑从银四郎的无边眼镜下流荡了出来，他讥讽地看了看式子。当式子向他示以不能苟同的目光，启口欲言时，银四郎制止了她：

"您先等一等，听我把话说完。"

接着他又点上一支烟，继续说了下去：

"大原女士刚才在关西设计师协会的会议上提出的那个忠告，无疑是在安田兼子女士的挑唆下讲出来的。这里头也许还有大原女士的丈夫大原泰造的主意。大原女士作为洋裁学校联盟的理事长，平时总是笑得豪放而洒脱。我校开学典礼时，她作为来宾，没讲那些千篇一律的话，而是向学生说：既然你们已经付出了每日的学费，那就一天课也不要缺席了，否则是不上算的。这是一席用金钱标尺计算的讲话。想不到她的器量竟这么小，看来，竟对我们学校在短期内发展得这么快，有些眼红。近来，在会议上见面她总是对我们的态度格外留意，一举一动也让人觉得带有某种意见。假如连别人学校购置部的事也耿耿于怀，她葫芦里装的药也就不言而喻了。"

银四郎自负地侃侃而谈，不断地把白色的烟灰撢到烟灰碟里。式子定睛注视了一会儿翘着身子踌躇满志的银四郎，突然开口道：

"还有一件事须好好地问问你！"语调里带着怒气。

"您这么郑重其事，是什么事呀？"银四郎就势把话接了过来。于是式子连珠炮似的发问：

"学校的事！有人说你正为在大阪的中心区建一所校舍而奔忙，这是真的吗？"

"是真的。"

"那——"式子厉声叫了一句。

"这件事，是真的。"银四郎再次作了肯定。他说得很轻松，就像上回向式子汇报购置部的事一样。

"资金在哪儿？"

"筹集这笔资金，不就是我的职责吗？"银四郎油腔滑调，一点也不着急。

"这么重要的事，为什么不和我商量？"

式子的嘴唇微微抖动了一下，说不下去了。

"商量……很早以前不是已经商量过了吗？首次展出成功后的第二天早晨，我来到了这儿，我说，我们要趁着成功的气球高旋上升的时机，计划好走下一步棋。开始时，你怎么说也不同意，但后最后，不是答应一切让我来承担吗？"

经这么一提，式子想起来了。那天早晨，银四郎抱着一撂对式子的设计作了报道的各家报纸进来后，一边展阅一边说："应把学校再扩建一下，因为学校是最根本的东西，尽管通过报刊和杂志可把个人的作用突出发挥出来而变得有名气。但现时的服装界不可没有一所大型的学校。"式子觉得难以实现，表示不赞成。"这样吧,我来负责筹备工作,你呢,就在我筹备的基础上大大方方地以名设计师坐镇就行了。"银四郎异常执拗地催促着式子,式子被迫点了头。

"就算是这样吧,那么事前关于具体的细节怎么也不同我商量一下呢?"式子目光里的疑虑更为强烈了。

"女人往往优柔寡断。比如说校址等事吧,有了合适的就得果断地定下来,不能犹豫。可是,女人们常常挑三拣四的,什么方位呀、风水呀、贵贱呀,排来挑去往往把好不容易遇上的地皮放跑了。我们的本校还原封不动设在甲子园,同时要在大阪市内建一所新校,这样做,虽然成本高一些,但往繁华的场所建一所学校是绝对必要的。在那里给学生进行洋裁教学,收取学费,其本身就是圣和服饰学院的一个广告塔。如果把广告费也算进去,这个占地面积可以说是难以估量的便宜。"

"怎么,你已经……?"式子噎住了。

"已经定在心斋桥。沿着十河百货店的北侧往西一百多米远,隔一条河,有个叫船场的上等好地方。面积为一百二十坪三合二勺。学校法中基准规定:校地的面积不能低于一百坪,这块地的大小正合适。所以,赶快交保证金吧,届时全部把款付清,到明年新学期开始前把学校建在那里。"

银四郎的口气几乎是命令式的。

式子扭过了脸,仿佛想甩开银四郎这种强加于人的做法,决然拒绝道:

"对于这种冒险,我实在没有信心。有现在这么一所学校,我已心满意足了。一所装有落地式玻璃的美丽的校舍;四百名学生;教员都经过训练而且工作得很好……除此之外我没有更高的企求。"

"你也实在太小气了。所谓信心也好,力量也好,不切实干起来是不会产生的。学校变大,钱弄到手,这就是一个实力。我来负责学校的经营。你呢,君临于我所筹组的这个机构之上,作为一名洋裁教育家,同时也作为一位服装设计师,在报纸杂志上以及设计竞赛的审查上展开强有力的工作。只要干起来将会明白安田兼子并不在话下,即使像大原京子那样的目标也不难达到。干洋裁需要奋斗十年的说法,已经过时了。往后的洋裁界势必要企业化。在五六年里,至少在四五年里,就得决出个雌雄。正像食物有其季节性一样,人的事业也有个季节性。机不可失,时不再来啊!"

银四郎又坚韧而执拗地催逼着式子。

"不过,不是有很多地方,学校一扩大经营反而恶化了吗?我不要冒险突进,想一步一个脚印地走。"

式子对银四郎的做法表示反对,但同时又想起了刚才恳谈会上的情况:在学校方面拥有庞大组织系统的大原京子态度上充满了自信和狂妄;以安田兼子为首的大原洋裁派系的人们侍候在两侧,显得神气而高傲;其他的设计师们望着这种场面既羡慕又卑躬屈膝,惧怕三分……一阵激烈的反感情绪冲击着式子的内心。

大原京子的权威并非起因于她的洋裁理论和设计能力。以大原京子为模式的学校方面的庞大组织系统及其财力才是其权威的支柱。这种组织系统及其财力使大原京子比她本来的形象高大得多了。同时也构成了她的自信和力量。正如银四郎所说的那样,人的自信和力量正是在这种形态下形成和发展的。一种强烈的欲望在式子的内心萌动起来了。

"搞搞看吧,我不至于没这个能力的。"式子低声但却含蓄地说了一句,眼睛热烈地盯住了银四郎。

突然,银四郎的身子摇动了一下,两手游泳似的向前一伸,欲要搂抱她。

"别,这个和那个是两码事哟!"

尽管式子嘴上这么说,但心里想的却是:必须建立一所新学校,以便把银四郎捆到自己的战车上,使他不被那些脸蛋俊俏的小老鼠叼走。

同一个自负而又有着特殊魅力的男人共同开创一项新事业的那种异常激动的心情,像涨潮的海水奔腾汹涌了起来、激荡着她的心!

第十章 三面镜

伦子对野本敬太理也不理,出神地眺望着哗哗作响的灰暗的河面。道顿堀川就在河岸旁餐厅的窗户下缓缓地流动着,河两岸的霓虹灯交织出一幅五彩缤纷的画面,荡漾在水中。

"你怎么这么倔呀,送你一趟又怎么了?"野本边往餐后的咖啡里放着糖,有些生气地说。于是伦子把视线从河面转向野本,解劝道:

"不行啊,我们好不容易冷静了一段时间,我也想重新考虑考虑,才换了公寓,要是你又大大咧咧地夜里送我回家的话……"

"有什么可重新考虑的呢,我从一开始就准备同你结婚呀,难道你……"野本开始回味起伦子的话了。

"哎呀,去年春天那阵子,你不是已经打消结婚的念头了吗?不过,这倒也没什么,问题是今后我们俩的关系。你对我的要求是让我作个平凡的家庭主妇,可我对养育孩子呀,为能买个电冰箱而兴高采烈呀,如此之类的生活是无法忍受的。我想成为一个可以独立自主的设计师。设计师这种工作,对总想打扮得漂漂亮亮的女人的本能,是一道兴奋剂;同时自身因为职业关系也身着漂亮的服装。这真可谓是一个绝妙的理想职业。"

伦子说这番话时，觉得自身也飘飘然起来了，可野本却愠怒而冰冷地笑着说：

"这大概也是八代银四郎用以操纵职员的一种巧妙的钓饵吧？"

"你可不能这么说。这是由于近来，我对当个设计师有信心的缘故。要成为一个像样的设计师，其首要条件之一当然是要有一定程度的设计灵感。但光是这点还不行，还需要有善于驾驭自己学校和服饰界的政治能力以及漂亮的体型和容貌。需要政治能力这是因为设计师的工作不是一个人可以单独进行的。印刷用设计，需有染色、织布等技术方面的配合；服装设计，需要有将自己的设计搞成衣形的剪裁师以及将其缝制在一起的缝纫师的协同工作。因而要有善于牵制他人的政治能力。还有，当自己精心搞出一件设计时，要有发表的机会，没有善于捕捉这种机会的政治能力也不行。需要貌美是因为服装给人印象好坏，八九成取于穿衣者，所以有着漂亮体型和容貌的设计师所穿的服装，尽管设计上有不足之处，还是可以弥补掩盖过去的，这是出自于对美的一种错觉。所以貌美对设计师是绝对有利的。另外，如有一定的经济基础那当然更好了。没有也无妨，如能善于利用学校这个组织系统的话，是可以借坛设香的。"伦子的表情充满了自信。

"在我们没见面的这段时间里，原来你考虑的就是这些呀。"野本的声音干涩了。

"这也是被这个社会磨炼的结果，女一色的设计师行业比起一般的工资生活者社会来，就更带有血腥味。"伦子边说边以不屑的目光看野本。

野本目不转睛地凝视了一会儿嘴里叼着烟卷的伦子，突然脸色一变，说。

"那么，结婚以后，你不也可以继续干设计师这一行吗？"

野本把微温的咖啡一饮而尽，又接下去说：

"在这样的餐厅说话不方便，还是到你的房间好好谈谈吧，再说我们离开都两个半月了……"

野本明显地露出了近来没能见上女人的焦躁，浑厚的身躯憋闷地蠕动着。伦子对野本的提议无言以对了。两个半月以前，在野本出差到东京后的一周时间内，伦子搬了家。搬离时也没有向原公寓的管理人说一声新住所的地址。野本从东京回来后为把伦子约出来几乎每天都要向学校打电话，可伦子时而借口要值班，时而支支吾吾地搪塞，不去和野本见面。如此经过几次之后，野本提出要直接到学校去或者等在校门的附近。但伦子心中有数：三和公司同圣和服饰学院有设计方面的协约，身为三和公司职员的野本是不会如此轻率行动的，所以并不慌。然而，昨天伦子代替院长为冬季学生作品展出的事去三和公司要求赞助时，又得同这方面的接待人员野本打交道了。伦子说了来意后，野本即刻就答应了下来，然后强求伦子今天晚上一起吃晚饭。开始时野本坚持要在伦子新搬进的寓所进晚餐，伦子说什么也不答应。于是野本退了一步，决定在道顿堀川岸边的餐馆见面。

看到伦子沉默不语后，野本立时活跃了起来：

"就我们俩的关系来说，我连你这次新寓所的地址都不知道，也有点儿不正常了吧，首先，万一有个什么事不就抓瞎了吗？"

"哎呀，我这次搬家不就是为了相互可以不必担这份心吗，真难办！"伦子把话头岔到了一边儿。

"难办？难道我到你房间去，使你感到为难吗？"

野本的声音激动了，柔和的眼睛也涨红了，周围餐桌旁的饭客向他们投去了诧异的目光。伦子故作镇静，把烟头一扔，说：

"那么，也只好到我房间去了。"

说罢，先一步离开了席位。

走出餐馆后，骤然凉起来的十一月之夜的空气，灌到了伦子的脖颈，她感到冷飕飕的。星期日之夜的道顿堀川大街上，人来人往一片嘈杂声。无所顾忌的双双对对快活的情侣出现在伦子的视野里。一股说不出的寒意袭向她的心头。她觉得难以解释的是，为什么自己当初选择了一个野本敬太这样既没骨气，又其貌不扬的人，他的长处仅仅是认真和健壮。如今，就连这一味的认真也令人觉得心烦和讨厌。野本和伦子并排走着，几乎欲把宽厚的肩膀贴在伦子的身上，伦子斜眼瞧了一下野本，戛然止住了脚步：

"你还有烟吗？"

野本往两只口袋摸索了一阵，摇了摇头。

"那么，你买一趟去吧。"

看准野本向五米开外的烟铺走去之后，伦子嗖地掉转身子飞快地乘上了停在御堂大街的出租车。野本尾随其后发出了呻吟般的呼叫声，两手张开像老鹰一样向车门扑去，但伦子立催司机把车发动起来。一声急剧的脚踩加速器的声音响过之后，伦子的车驶进了轿车的洪流里去了。伦子选了条信号不多的路线，故意让司机迂回着行驶，还不时地向车的尾部张望。当看到有小车急速跟上来时，她就担心是野本在尾随，于是让司机绕的圈子更大了。出租车上了阪神公路向通过尼崎的方向开去时伦子才放下了心。野本在车外吼叫并飞快向车门扑来的情景浮现在她的眼前。与其说自已作了一件不地道的事，不如说野本那种失态、不顾大街上的来往行人紧追其后的愚蠢和痴心，令人觉得可悲。

伦子在公寓前下了车，急匆匆地上了台阶，打开自己房间的门，进了厨房拧开了水龙头。一边放水一边咕咚咕咚地咽下了两三口。在甩掉野本的瞬间，她太紧张了，以至于嘴唇、舌头和咽喉都干渴到了极点。润过喉咙，洗罢脸，这才长长地舒了一口气。看看表，还不到十点钟。这时，武库川岸边的钢筋公寓已沉浸在一片寂静中。

伦子是在两个月前，在银四郎的推荐下搬进了这所新公寓的。从那时起，银四郎不来时，到了十点她就上床睡觉了。先前的那所公寓周围挤满了住家，新公寓则不然。武库川堤岸清晰地展现在视野里。清晨早起眺望川面也是一种享受。尽管有时对来往于学校和公寓之间的单调的生活感到无聊，对同银四郎秘密地幽会感到厌倦，但这种念头很快就被现实的心满意足的生活驱除了。

伦子的这套房间，包括一间六个榻榻米的卧室，一间四个半榻榻米的活动间，一间三个榻榻米的厨房，还外带洗脸间和浴室。房子的底金十八万元，房租九千五百元，这两笔费用都由银四郎支付。床和衣柜是新的。伦子本有做新衣服的钱，但为了不引起院长的注意，在穿戴打扮上，得一步一步来，持小心谨慎的态度。今天穿出去的衣服就是一个月前就做好了的，可当时没马上穿而收藏到衣柜里。

伦子打了个哈欠，走出厨房，进了卧室，使灯光转暗后脱下了西装。当她换穿尼龙睡衣时，外面响起了叩门声。"嗒、嗒……"响声从容地敲击着。伦子眼前浮现出了野本敬太死乞百赖的粗俗的脸相，屏住了呼吸。

敲击声稍停之后又一下一下地响起来。敲击者似乎对周围有所顾忌，停了一会儿，可又低沉而执拗地敲了起来。

在暗淡的灯光下，伦子往睡衣上加了一件长衫，压低了呼吸，细听外边的动静，似乎不像野本敬太找上了门。但考虑到中断了来往这两个月之久的男人的生理本能和狂热，又把不准不是他找上门来。她的心咚咚地跳个不停。野本那宽厚而结实的身躯和充满热欲的目光，又出现在她的眼前。她的脊背沁出了冷汗。

叩击声突然变大了，以至周围的房间都可听得到。伦子犹豫了片刻，终于下了床走到三面镜前取了钥匙插到了锁孔里。还没等打开门，一股强大的力量就从外面把门推开了。

"快点儿，你怎么不开呀？"原来是身着短外套的银四郎。

伦子一看，那股绷紧了的劲头一下子松弛了，眼前一阵轻微的眩晕，然后离开门侧，蹲坐在窗下的椅子上。

"怎么了？你的脸色很不好，感冒了？"银四郎问，他一进屋就盯住了伦子的面孔。

伦子脱了外套，坐在椅子上，擦了擦额角的汗珠，说：

"不是的，我以为是野本来了，一直躲藏着没吱声。"声音还在微微地颤抖。

"他，知道这个地方了？"银四郎感到意外。

"他知道就坏了，我是逃回来的。"

伦子随即略为激动地讲述了为甩掉野本死乞百赖的追求，采取了欺骗手法逃脱的经过。银四郎仰坐在椅子上，听完伦子的叙说后，反问道：

"让人去买烟，趁机溜掉，这不是高明的做法。逃脱了，当然事也就过去了，但万一逃不脱呢？那时你打算怎么办？"

被银四郎这么一问，伦子噎住了。因为她采取上述作法只是出于一时的冲动，至于以后会发生什么事，并没有去考虑。

"以后在新校建设上还需野本那个三和公司给予大力的协助，所以不可把事情弄僵，要采取适当的对策。"银四郎事不关己似的说，口气显得很淡漠，以至伦子有些生气了。

"这么说来，你并不在乎我对野本的心情，你所看重的倒是学校和三和公司的关系了？"

"女人家，动不动就激动，这可不行啊。我要说的是，像对野本这样认真得有点愚蠢的人，搞得不好会把他激得狗急跳墙，产生意想不到的后果，所以需要花时间，巧妙地让他一步一步死了心。如果行事过急，让野本嗅到了我俩之间的关系，进而被式子院长抓住把柄，我这个精心制定的计划也好，你接式子老师班的计划也好，全都要泡汤的。"

银四郎边说边点上一支烟，火光在穿衣镜里闪了一下。他的视线紧随着从嘴里吐出的冉冉上升的烟雾，目光里充满了从容地重温自己胸中计划的自负。瞬间，伦子感到自己被那一团光艳吸引住了。她说：

"像你银四郎先生这样不怕羞的男子汉，实在少得很啊！你瞧，自从你悄悄地进入学校之后，形式上是教法语，实际上呢，却不知不觉坐上了理事的宝座。如今，人们都分不清你和式子老师到底谁是主人了。从给教员定工资到经营管理、金钱出纳以至学校的图章，不都掌握在你的手里吗？像你这样一个仪表堂堂，表面和善而又讲一口地道大阪话的人，谁也不会把你看作是个狡猾的角色。这一点大概正是你所要利用的。不管是谁，要是不经心，都要上你的当的。"

伦子边说边审视着银四郎的反应。

"这么说，你也要受我的骗吗？"

银四郎这句话既不像出于真心也不像开玩笑。

"我要是受骗，就要以骗报骗。"

当讲这句话时，伦子眼前浮现出了式子最近突然变得服装华美、口红鲜艳的身姿。

"式子老师这阵子穿起华丽的西服了，而且到美容院的次数也比以前多了。人突然像着了魔似的喜欢起妖艳来，是不是有什么秘密……"

伦子一边轻描淡写地喃喃着，一边审慎地向银四郎望去。

"那大概是因为，一来她已被公认为一流的设计师，二来学校也扩大了，所以一下子信心倍增，变得活跃了。当初，就是她把那太阳形饰章嵌入校舍正面的立地式玻璃上的，无疑，她是个骄傲自尊、个性很强的人。"

"那么说，你看准的就是这点了？"

银四郎不作回答，只是淡淡地一笑：

"看上谁带有饰章的学校又何妨呢？但如果把目标定在她的身躯就错了，我不会白白地放过另一个更大的追求目的的。"

伦子的目光突然锐利地射向银四郎。他有些忸怩作态，说：

"我才不会在猎取某个大目标时，去干那种无关紧要的偏离准星的傻事！"

一丝狞笑从银四郎细长眼角下流露了出来。伦子没有觉察，却因之心情爽快起来，像是去掉一块心病似地感到了快慰。她娇媚地问：

"今天晚上怎么过呀？"

银四郎一听，身子轻轻地摇动起来，飘然地向伦子靠去，双手倏地伸到她的睡衣里。轻如羽毛的睡衣随即从伦子的肩上滑落了下来。

伦子一溜小跑向武库川车站赶去，其间看了好几次手表。上课前十五分钟，是规定的教员碰头会的时间。碰头会肯定是赶不上了，但她想赶上自九点开始的讲课。在和野本敬太相处的日子里，野本留宿的次日早晨，伦子从未迟到过，但自从银四郎留宿后，几乎每次都迟到。自己也觉得这样做未免太散漫，可还是一回接一回地增加了迟到的次数。今天早晨本来早早就醒来了，但银四郎还睡在旁边，挨着他那女人般光滑的肌肤，瞧着他那摘下眼镜后突然感到迫近了的美丽的睡颜，不知不觉又起晚了。银四郎和往常一样总是小心翼翼地不直接去学校上班，他先去公寓前乘车，然后拐到他处去办事，办完事再到学校去。

　　伦子赶到武库川车站时电车正在进站，等车的人在台阶前的停止线上排成了队，伦子站到了队尾。进站的电车一停稳，队列立即乱了，人们纷纷向入口处涌去。伦子被挤上人群的外围好不容易才蹭到了车门的旁边。上班高峰时间的电车里，一些身着朴素西装的男性手把着吊环，表情呆板、僵直，他们都和野本敬太一样平凡、朴实、不厌其烦地重复千篇一律的生活。伦子想起昨天夜里用欺骗手法甩掉野本的事，心里不安了起来。野本这个人粗俗厚道，不至于发疯似的胡来，但这也正体现了他的有着不肯轻易罢休的韧性，说不定还要继续做出把她伦子拉回去的努力。想到这里，伦子的心蒙上了一层沉闷、厌倦的阴影。

　　电车到甲子园站，伦子下了车，穿过地道，来到车站广场，飞快地乘上一辆停在那里的出租车。驶至离学校一百多米远的地方，伦子下车了。她担心要是自己乘出租车上班的情景被别人看见，会引起人们的胡乱猜疑。

　　学校传达室挂钟的指针还不到九点，教员碰头会已经赶不上了，但赶上了自九点开始的讲课。伦子向传达室办事员轻轻地打了个招呼，推开了教员室的门。就在这当儿，围着院长而坐的人们一下子都把目光转向了她。此刻在座的除院长式子之外，还有坪田葛美、大木富枝二人，也许是其他职员被要求早点儿离开教员室的缘故，职员席上一个人也没有。伦子看到情景不同于往常，顿觉诧异，但表面上还是装作平淡淡的样子，说：

"请原谅，我来晚了。不过，我还是争取不误上课的。"

伦子辩解似地说完后，坐到了自己的座位上。

"伦子，今天有件重要的事情，请马上到这边来。"式子院长郑重地向她招呼。

伦子预感到也许要向教员宣布新学校的事，但故意佯装不知，惊讶地问道：

"噢？什么事呀？这么突然？"说罢，向院长席走去。

伦子到了院子跟前时，葛美和富枝想指出伦子的迟到；但式子院子对此并不介意，宽容地说：

"我讲的那件重要的事指的是已经决定要在大阪的中心区建一所新学校。"说到这里，式子停了一下，似乎是要抑制住自己激动的心情。然后接了下去：

"校舍建在沿着心斋桥十合百货店北侧，往西一百多米大约一百二十多坪的地面上。作为我来说，这是一次大冒险，所以老是定不下来。但由于担负学校经营的八代银四郎先生大力推动，并负责办理经营方面的一切事项，这才下了决心。现在的情况是：洋裁学校与日俱增。大型学校发展得很快，新的小型学校却有很多在倒闭。你们三人在教职员中是骨干力量，所以希望你们做好充分的思想准备。这项新工作开始后，认真配合好是非常重要的。从前，我们创办了鱼崎小型学校，以此起步，又开办了今天的甲子园学校，希望你们三人还像往日那样大力支持我。"

式子郑重其事地说完后沉着而冷静地看了看伦子，等待三人的表态。此刻，式子身着乳酪色西装，精心化妆后的面容神彩奕奕，丰满的胸膛里充满着自信。这种坚韧不拔的进取精神以前在式子身上是看不到的。一个三十三岁的既有名声又有财产的名门之女……，伦子心中不由得升起了一股憎恶和妒忌之情。由于相形见绌，她甚至想发出大声的感叹。但她强抑着即将变化的脸色，勉强装出一副平静的笑脸。

"我们是要尽力的，您开办这项事业也算绞尽脑汁了。还是仍像鱼崎时代那样，让我们三人助您一臂之力吧。"

伦子使用了感情充沛的言辞，式子的眼睛闪出了亮光，她把身子凑到了伦子的跟前：

"你是三人中的长者，能有这样的心意，我就放心了。"说罢，把脸转向沉默不语的葛美和富枝：

"刚才我已谈到，今后我因新校的事以及设计师协会的会议等，外出的机会将多起来。因此，有关学校的事务和经营方面的事，请找银四郎商计；关于讲课内容和教材等方面的事请和伦子商量着办，还有——"

当式子不紧不慢地还要往下说时，葛美旁边的电话铃响了。葛美不耐烦地把手伸过去抄起话筒，接过话后立刻提高了声音：

"是的，野本先生，三和公司的……，请您稍等一下，我，找找看……"说完，把话筒放到一边，有些不怀好意地说：

"野本先生来的电话，怎么办？"

伦子立时没能作出回答，她看到式子正以诧异的目光看着自己，不敢马上去接电话。但她想，如果不接，野本可能还要执意地打，于是说：

"啊,是野本打来的呀,那么,我来接吧。"

伦子心里像揣着一只兔子,强装镇静拿起了话筒,声音冷冷地说:

"我是津川,让你久等了。"

"今天,你怎么不佯称不在,还来接电话?"野本声音低而温沌。

"嗯,刚才,我在院长跟前和院长谈事来着……"

对方又出乎意料地说:

"怪不得你出面了,敢情是想说不在也说不成了。不过,这些,都算不了什么,只要你像现在这样接电话……"野本说到这里,话题一转:

"你说说,昨天夜里你搞的那个把戏,是戏弄人的玩笑呢,还是出于真心?"

"是后者。"伦子为了不使别人听出电话的内容采取了代词法,野本又叮了一句:

"真是出于真心?"

"嗯,是的。"

对方出现了一阵可怕的沉默,远方响起了汽车警笛的鸣叫声。

"这么说,你是真心躲逃我了。这样的话,我就不再追你了。在星期日之夜的繁华大街上,手握香烟,追赶一个对自己弃而不顾的女人。这种耻辱,现在的你也许不能理解。我虽说是个粗俗的乡下人,但还是知道什么叫羞耻!知道羞耻的——"

野本的吼叫停了片刻又响了起来:

"可是,我还在静静地等待着你像从前那样回到我的身边。另外,工作方面还一如既往,只要我可以帮忙,你尽管提出来。"

野本字斟句酌地说完后，不等伦子回话，就把电话挂上了。伦子如释重负地舒了一口气。曾一度担心野本可能火气发作来个死纠缠。现在知道还是那个野本，他性格朴实，表现得还相当慎重。伦子把话音中止了的听筒，轻轻地放回到电话机上，回到院子的身旁。

"……大阪的中心区同我们现在的郊外不同，到了那里，既要提高讲课的水平，又要重视经营事宜。否则，在激烈的竞争中会被淘汰的。"

看样子式子是在继续着刚才的讲话，她刚一停，葛美抬头问道：

"老师，资金方面的事怎么样了？"

"噢……"式子吃惊地回了一声。

"我讲几句冒失的话，我父亲在银行工作，常听父亲说，如果在资金方面进行力不从心的借款，即使企业扩大了，结果还是背了一身债，一辈子还不清。所以，我想——"葛美有些担心。

"这件事，由银四郎包了。"

"不过，一经债务在身，到头来还得老师负责偿还呀。"葛美又叮了一句。式子沉思着说：

"这方面的事，可以不必多虑，关于这一点，不是有银四郎这样的人吗，他可以负责到底的。"

说完，看了看挂钟：

"好吧，都上课去吧，不能一味地把课都交给助手……"紧接着她愉快地站起了身。

伦子等向教室走去后，式子立时对坪田葛美刚才提醒的问题转动了脑子。

在金融方面，以新校为担保借了四百万元，除此以外的资金，银四郎说由他想办法。其后，这方面的详细情形式子没有过问。正如葛美所说，就算把学校扩大了，但在金融方面太勉强，说不定会背上一身债，一辈子也还不清的。这种大事不明不白，式子对自身的这个疏忽甚为惊愕。同时也对银四郎总是不同自己商量的独断独行行为深为不满，觉得他未免有些冷酷。

式子背着手在空无人影的寂静的教员室里徘徊。银四郎不知又到哪儿张罗去了，时间已将近十点，还不见他的影子。瞧了一下银四郎的办公桌，上面也没有留着到何处去的条子。式子暂时无事可干，于是离开办公桌，推开了会客室的门。在沙发上落座后打开烟盒点上了一支烟。抽烟是最近才开始的，嘴里感到有些苦涩，嗓眼里也呛得慌。但因同厂家、商社以及杂志社方面的人接触多了，不抽烟总觉得没个派头，拘窘得很，不得已学起抽烟来。

突然，好像有人在走动，转身向门的方向一看，银四郎正向这里张望。

"啊，你什么时候回来的？"式子愕然地问，同时为了不使他看出自己蹩脚的抽烟动作，赶紧把烟掐灭了。

"刚刚回来。您一个人在这儿干什么啊？"银四郎边说边滑了进来，坐在式子的对面。

"为这次建校的资金问题。"

"资金，我说了，包在我身上。"银四郎轻松地说。

"可还需要两千多万元噢。你打算怎么个借法啊？要是需要高利息，可吃不消哇，再说偿还办法、期限等等，也必须慎重考虑才是。"

式子感到一种不可名状的不安。银四郎看出式子的这副心情，淡淡地一笑：

"女人们，一碰到钱的问题，就疑虑重重了。您放心好了。

两千万元，可以学校债券来筹措。"

"学校债券？"

这是她第一次听到的词。

"是的，学校债券。如果要人给学校捐赠，学生也好、家长也好，会有怨言，也搞不到那么多钱。所以，可以考虑发行学校债券，如同定期存款一样，个人一股一千元，团体一股一万元，年息六厘。当然，这不同于捐赠，是学校'法人'的借款，所以得有个偿还的日期才能发行。从明年春天开始，我们学校的学生，将达到一千人，一个学生一个月的学费按一千元计算，一年就是一万二千元。其中的百分之三十也就是三千六百元，加上在扩充设备的名义下征收的两千四百元，一人一年就是六千元，用四年的时间把它积累起来就够还债了。这种经营难道不是很稳妥吗？况且，发行学校债券并不需要向文部省和大藏省办手续，也不需要他们的批准。实际上，这仅仅是学校'法人'的一种借款，可与个人间的借贷关系作同样的处理。私立学校的经营完全可以用这种方法。"

银四郎不管式子同意与否一口气说完自己的理论。此刻，他好似一个猎手获得了一个万无一失的捕捉对象，显得刚毅而强悍。式子被他的这种威势征服了，但还是不大放心地问道：

"可我们这个洋裁学校不同于大型学校，只不过两三年的历史，发行学校债券，会有很多人认购吗？"

"问题就在这里。所以要预先向阪和纺织公司、三和公司等厂家和商社提出，请他们接受大宗的债券。"

"这样一来，不就完全成了变相的强行推销吗？"式子明显地表现出不安。

"不是强行推销。"

银四郎说得干脆，接着把身体向前一凑：

"要求登在妇人杂志画页上的广告费,一页就要三十万元,而登载在正文的设计照片,却不然,不仅不需要广告费,反而要付给设计师稿酬。设计照片上都附有'某某先生作'的署名。如果在照片旁边再突出地注上'某某公司提供用料'几字,这就为该公司作了宣传,而该公司只提供料子却可以不用付广告费了。虽然这种看法使人觉得目中无人,但作为厂家,商社,是再好不过的了,而且他们能和在报纸上挂了号的有名设计师挂了钩,就可以在'某某先生作'这个堂堂正正的名义下,巧妙地占便宜。这种情形我们要充分地加于利用,也就是说,在妇女杂志的设计报道文章里,有意识地宣传大宗认购我校债券的公司的料子。这样一来,我们只管支付六厘的年息不作担保地得到二千万元现金,而对方不仅得到利息还可得到免费的宣传。因而那些认为有必要进行宣传的公司,将会大宗认购的。"

银四郎说罢,嘴角上浮上了一丝强制性的笑意,似乎是在嘲弄式子的担心。式子感到了一种被甩开的冷落,但同时又被那种强制性的笑意吸引住了。她突然觉得有一种粗犷的野心在自己的胸膛升了起来。

式子的内心洋溢着一种甜蜜——立足于银四郎所奠定的基础,拥有一所大型学校,以强大的组织系统和雄厚的财力随心所欲地左右着服饰界。这个美好的前景并不遥远,只要同银四郎携起手来,必然胜利在望。

式子抬起头把视线投向坐在对面的银四郎,说:
"你想怎么干就怎么干吧。"

银四郎眼珠一亮,倏地站起身来把手搭到了式子的身上。
"哟,又是这一手,不行!"

式子迅速地躲闪着,同时又向银四郎投去连自己都感到意外的娇媚而艳丽的笑。

第十一章 彩　虹

　　式子的目光紧紧地盯着沐浴在冬季寒冷的阳光中被灌进地层的混凝土柱上。混凝土搅拌机发出震耳欲聋的声音。铅灰色混凝土被满满地灌到了由钢筋作柱的框架中。为了赶上四月十日的开学典礼，一栋三层的钢筋混凝土楼房和占地面积二百五十坪的校舍正在突击建设中。

　　工地上充满噪音和尘埃，四周用木板围着。施工人员头戴安全帽，脚穿施工袜，灵活而敏捷地来往于脚手架上。式子用围巾掩着嘴站在木板围墙的一角；银四郎身着大衣，双肩落满了白刷刷的尘沙，和作业人员一样在脚手架上移动。他一手紧握脚手架的支柱，一手摊开设计说明书核对着用于基础的钢筋条数、直径大小。然后，又巡回检查每坪的混凝土使用量，以及水泥和砂子混合量。与此同时，还不时地把身体转向设计监督人员，好像是在大声地提着要求。但因噪音太人，式了听不清楚。

　　她感到脚下有些凉意，但望着敏捷地巡视在工地的银四郎的身影，心里还是热乎乎。他，是可以信赖的啊，动工兴建新校舍这步棋算是走对了。如果只凭一个单身女人的力量，是无论如何也下不了决心的。首先，发行两千万元学校债券，征集现金的办法，她做梦都不会想到。况且，这两千万元中的一千七百万元，由于银四郎向厂家、商社等方面积极运动，也得以顺利地让他们认购了。因此，用不着向在校学生的家长分摊较大的负担，问题就迎刃而解了。

式子爽快地舒了一口气，望了望流经工地里侧的长堀川。川水缓缓地流动着，冬季傍晚的阳光在五间宽的川面上投下了一层薄薄的阴影。川的紧对过是商店林立的船场，虽然已经看不到昔日那种繁华景象，以及往日挂在商店门口的印有商号的五光十色的布帘，但买卖依然相当地兴隆，不愧为大阪的商业中心区。八年前，式子正是生活在这种浓厚的气氛中，一直到遭到战争破坏为止。当时，在这条街上，商人们残酷而强悍，金钱是判断、衡量和推动一切事物的中轴。式子原本对此有反感，才摆脱出这种环境的。但在她的体内似乎还奔流着商家姑娘的血液。虽说外表上是被银四郎牵扯着，可实际在她身上还蕴藏着想要成就一番事业，积蓄一笔财产的素质。由于银四郎的出现，这种素质被招了出来，并迅速膨胀了。

突然，有谁在呼唤她，不知什么时候银四郎已下了脚手架，手握设计说明书，站在式子的背后。

"怎么样？四个月的突击工程搞起来也没什么了不起的，离四月上旬的开校典礼还有两个月，误不了。讲坛是装饰性的东西，为了尽量多容纳学生，把它弄成站台一样大就行了，我已向他们交代了这件事。考虑到一坪的费用合十万元，必须增加每坪面积的学生数，否则划不来。"

银四郎说毕，把设计书往口袋一掖，催促道：

"饿了吧，我们吃饭去吧。"

一点半已过的餐馆里，顾客寥寥无几，显得很清静。银四郎也许是饿极了,话也不说就喝上了汤。吃完肉蛋菜卷后又啃起了厚厚的牛排。式子边吃法式炸虾,边向狼吞虎咽的银四郎张望。

银四郎吃完牛排后点上了烟,姿势松畅了。

"你饿得够呛吧?"式子说。

"今天,我没吃早饭就跑出来了,先是联系教室桌椅的购买问题,定下后,马上到卖方厂里看实物,并压了价。这之后顺脚到大宗认购我校债券的厂家,商社转了一圈。最后,办理了注有公司名字的捐赠镜匾一事,又马上赶到了工地。"

银四郎边说边匆忙地从口袋里掏出记事本,记上了一件什么事,一望式子:

"对了,有件急事想马上同您商量一下,"语调突然郑重起来,"关于这次学校的理事问题,按规定,学校法人必须由五人以上的理事来组成。而五个理事当中,三等亲以内的人不得多于二人。所以,首先是你我二人和继承你大阪家业的舅父。剩下的两人,我考虑,一个作为学校的职工代表可让津川伦子担当;另一个可让我大学的恩师白石教授充任。关于白石教授的情况,前些日子和曾根见面时,听说他从四月份的新学期开始每月到京都的大学去讲一次课。趁这个机会如能请他充任理事,对我们学校来说可谓镀上了一层金。光看一看学校的章程,就能给人一种父兄的印象。"

此刻,式子猛地想起了在关西设计师协会举办的设计研讨会上,作讲演的大学松山教授的形象。温厚而恬静的松山教授,不仅作了具有科学内容的讲话,而他那大学教授的风度也给式子她们留下了难忘的印象。白石教授不但是东京国立大学的教授,又是银四郎的恩师,只要他答应,式子当然是不会有异议的。

"那么，白石教授赞成吗？"

"这，是我和白石教授关系的事，我想办法让他承担下来。"

银四郎信心十足，接着又问道：

"伦子呢，可以吧？"

式子这时一心想的是白石教授，对伦子的情况没怎么考虑：

"为什么要把伦子推为理事呢？"

"当学校急速扩大的时候，是会给职员们加重负担的，推出一个职员代表加入到理事中来，事情将会办得顺利些。"

这种说法不失为银四郎的圆滑。自从购置部事件以来，式子就对伦子起了戒心，特别是对她最近频繁的迟到，深为不满。不过，同白石教授的事，新校舍的建成，开校典礼等大事相比，把伦子推为理事终究是件小事。于是式子故意不爽快地答应道：

"那么，也就这么办吧。"

二人走出餐馆，银四郎看了看手表，有些急匆匆的样子。

"要急着办什么事吗？"式子有些不悦了。

"从现在开始，我得奔忙缝纫机、黑板、教材等方面的事，什么都得突击着办，哪还有在茶馆悠闲自在喝茶的工夫啊。"

银四郎采取了先发制人的手法：

"我要到味原町去一趟，你呢？"

式子此刻并没想定到何处去，回学校呢，下午又没课，于是说：

"我到设计师协会去一下，有点事。"说罢，便叫住一辆过往的出租车。

"那么，我送你到设计师协会再往味原町去吧。"银四郎讨好地建议。

"你不是有急事吗？还是直接去好。"式子冷淡地拒绝了。

"那么，就此……"银四郎淡淡地说了一声，便另外叫了辆车。

式子的车顺着御堂筋大街向北驶去。在车里,她拿不定下一步该往何处去,因为一开始就并非有事要到设计师协会,所以也只好到阪神或者阪急百货店的女西服部瞧瞧了。

当车驶至淀屋桥时,式子突然想起银四郎刚才谈话中提到的曾根英生,于是决定拐到他那儿看看。

在堂岛的Ｂ报社前下车,进了传达室,告知了曾根的名字。回话说要等十分钟左右。式子依在等候室的椅子上,隔着窗户眺望着外面穿梭似的车流。开工已经两个多月了,回想起这期间的忙碌,式子骤然感到了疲惫。虽说几乎所有的事都是银四郎经办,但校舍的教室数、教员室、实习室的分配等项,还必须由实际上负教学责任的她式子院长来决定。银四郎计算的只是每坪的学生数,主张最大限度地收容学生。这种作法、不考虑上课的实际情况,只体现了经营管理人员对经营的极端吝惜、也许学校的扩大主要是这种力量在起作用。但式子无法做得这么彻底的吝惜,双方在缩小讲坛面积和使通道变窄问题上互相作了让步。

"哎,您等了一阵子了吧?"

忽然,传来了曾根洪亮的声音,回头一看,身着灰法兰绒色呢裤、苏格兰呢上衣的曾根一手向上拢着没施油的额发,站在那里。式子道歉似地说:

"来得这么突然,影响了您的工作了吧。"

"不、不。让您久等了,我正好写完一个稿件。我们到附近的茶馆喝杯茶吧。"

曾根说毕为式子打开了门。

今天不是星期天,已是下午三点多了,但堂岛川岸边的茶馆却依然顾客满堂。暖气和人的热气弥漫着整个房间,低柔的音乐声正在室内回荡。

曾根在窗边找了位子，与式子面对面坐了下来，说：

"去年夏天，我们在六甲山见面后到今天，有半年之久了……当然，在杂志上还是经常看到您设计的大作的！"说罢，明澈的眼睛向式子望去。

"多亏您的帮忙，幸运的事一个接一个。现在，大阪的新校已破土开工了。"

"我听说了。前几天在曾根崎的饮食店偶然遇见银四郎，他提到了这件事。"

"这么来，我想请您和银四郎的恩师白石教授，作为我们学校的理事。"式子想同曾根找出个共同的话题。

"噢，白石教授？"曾根感到有些意外，他把刚刚端起的咖啡碟又放在桌上。

"是的，这是银四郎的提议。如能承蒙白石教授充任理事，大家会对学校更加信赖。同时也可在整个学校形成一种学习进取的风气。"式子考虑到自己的身份，说得不像银四郎那么露骨。

"这种想法好是好……"曾根刚说到这里就咽住了，片刻之后，又相当肯定地说："可我觉得白石教授会拒绝的。"

"但银四郎说过，只要他出面请求，就……"

"银四郎觉得有信心说服白石教授不足为奇，因为白石教授器重他曾希望他留下来教法文。不过，在白石教授心目中占据重要位置的是但丁[①]，是有关法国文学的事！除此之外他绝对不会把自己的名字抬出去招摇。我说句非常不客气的话：社会上对洋裁学校还有相当程度的偏见。就说我个人吧，最初，也和

---

① 但丁：法国文学家。

社会上的看法是一样的。后来在一个偶然的机会里认识了您，通过您采访了服饰设计，这之后才抛弃了偏见。所以，作为大学的法文教授白石先生来说，恐怕是难于理解你们的。"

曾根以抚慰的目光盯视着式子，明确地陈述了自己的看法。

"不过，关于这一点，银四郎会有办法的。"式子毫不气馁。

"您，好像有些变了。要是从前，我一旦把话说得这么明白无误，您会退缩的，可现在……"

曾根责备似地向式子投去严厉的目光。式子不好再往下说，转眼朝窗外望去，透过蒙上一层雾气的玻璃窗，可以看见寒空中光彩熠熠的夕阳，正闪射着清亮的光辉。曾根那严厉的面容和声音已不能如以往那样打动式子的心了。这声音听起来似乎相当遥远而无力。式子强烈地为之倾迷的不是曾根那充满抚慰的严厉，而是另外的一种东西。

三月中旬之后，教员室来来往往的人骤然增多了。

平时那些懒懒散散经常缺课的学生，这时都把他们草率完成的蹩脚的作品拿了来，想争得一纸毕业文凭。对那些认为只要缴学费就可毕业的劣等生，评判方面实感棘手。与此同时，询问入学手续的电话也纷至沓来。

毕业证书由教员那里转给式子院长，式子亲自把自己的名字签在证书上。毕业证书将近四百份，一一在上面签名是件平凡而需有耐性的工作。当一笔一画地写上平时已写惯了的"大庭式子"这四个字时，"一年的责任尽到了！"这么一种奇妙的念头涌上了她的心。签名完毕后，下一步就要制定出四月十日开学的大阪新校的指导纲领来。坪田葛美已定下来跟随式子到大阪的新校去，她的面前一大早便堆起了一摞时间分配表和教材之类的东西，现在正做着初步的准备。

式子最初曾决定把伦子带到大阪的新校去。因伦子在教员室里属于长者，洋裁的经验和能力是最好的。但银四郎主张把伦子留下来让其负起甲子园学校的责任。理由是，因式子今后要常驻大阪新校，把葛美带去作为助手就行了。式子无言可对了。既然把大阪新校作为本校，自己作为院长，就应常驻那里，而甲子园，一个月也就是照一两次面的事。所以像伦子这样既有丰富洋裁经验又在教职员中有统率能力的人，留下来当然更合适。但是，考虑到伦子有着令人难以驾驭的性格，不把她放在自己眼皮子底下，总觉得有些不放心。不过，此刻不是计较这种事的时候。自从按照银四郎的推荐宣布把伦子定为教职员代表的理事后，当向她讲起要她积极认真地工作并留在甲子园分校时，伦子一下子却表现得有些气馁，但马上又眨动美丽的大眼睛，神采奕奕地表态说：

"那么，我一定好好守住这个点，不使学生减员。"

式子本来担心象伦子这种喜欢出风头搞交际的人，不会同意留在郊外，一定希望到市中心的学校去的。但此刻却愉快地接受了留校的任务，这大概是因为圣和服饰学院甲子园分校校长这个职称，对她有吸引力的缘故吧。

式子签名的笔都汗津津的了，她放下笔喘了一口气。伦子又把剩下的名册拿了过来：

"老师，要签名的名册就只这些了。对那些不能向他们颁发证书的学生，在毕业式上暂且发他们一个空白的文凭纸筒。让他们在四月十日前拿出符合规格的作品，然后再发给填有内容的毕业证书。这样做，将会保住学校的标准。重要的是，毕业证书是个来之不易的文凭。"

虽然是伦子的措辞，但是式子从这段话里体味到了银四郎的气质，因而试探似地说：

"哎呀，您简直和银四郎一模一样。"

"这都是因为一天到晚按照银四郎的经营方针来行动，不知不觉地被他熏陶了。"

伦子说罢，悻悻地离开了院长席，式子知道自己这句话说得无聊了。一种被人识破内心的懊恼包围了她，便像火烧屁股似的从椅子上弹跳起来。正在这时，桌上的电话响了：

"大庭女士吧，我是歌子，伊东歌子！"伊东歌子在话筒里发出面对异性般的含情脉脉的声音。

"原来是你呀。"式子意外地说。

"你以为是谁呀？我给你打电话这是第一回。现在，我在甲子园球场看棒球，最近，男朋友要和我吹了，一个人看球赛怪没意思的，球场就在你学校的旁边，你也来吧。"

伊东歌子就是这么一种人，说话办事也不看对方方便不方便。式子考虑到眼下有毕业仪式，还要举行入学、开学典礼，实在没有看棒球的闲暇。但一想到球场的看台上伊东歌子一个人孤单单地待在那里，就急于马上去陪陪她。

"座位在一垒旁边的内野席上，一定来啊！"伊东歌子又低声叮嘱了一句。

"好吧，我这就去。"她放下话筒，匆匆地离开了教员室。伦子、葛美她们有些吃惊，但式子连头也不回。

从学校到甲子园球场步行十五分钟就够了。自从在甲子园开设学校后，到今年春天已是第二年了，式子却一次也没到过球场。平日里一心扑在学校的经管上，在银四郎的推动下短期内把学校扩大了，自己的这股劲头式子自身也觉得有些不可思议。

"阪神"和"每日"定期举行球赛，看台上的观众情绪异常激动。场地上，投手做了一个大幅度的投球动作后，喧嚣声静下来了。紧张的气氛充满了空间，瞬间又倏然消失，接着看台上的喧哗又高涨了起来。

式子站在通路上向一垒旁边的内野席环视了一眼，立刻发现了伊东歌子。她和平时一样穿一身红彤彤的西装，戴一顶宽檐帽子，嘴里叼着烟。式子轻轻地走近前去，从背后微微捅了一下她的肩膀。伊东歌子嘴里含着烟转过身来：

"你真的来了。现在是第五轮，'阪神'进攻，3∶4，'每日'领先。"

伊东歌子虽然做着介绍，但看样子她又不像在认真看球赛，目光总是茫然地落在尘埃飞扬的场地上。

"你怎么了？突然来看球赛……"式子不解地问。

伊东歌子没正面回答，她说：

"你真了不起。听说你在大阪市中心正在建一所新校……在我的心目中，你变样了。原来以为你仅仅是个挂着名门纹饰的船场小姐，哪知道你还真够雄心勃勃的。发行学校债券，进而建一所三层楼的近代化学校，这样一来，大原京子女士及其属下的大阪市中心的有名学校，都要对你刮目相看了。洋裁学校不同于其他学校，它为普通的人望所左右，现在，你本身作为设计师已有了名气，在这样一个时机肯定会成功的。不过，不要被财富和名望捆住了手脚。一旦出了名或有了钱，人就往往相应地变了，其实这是最蠢的事。如果说，虚荣招至虚荣，进而生活和内心都被淹没的话，一个人也就没幸福可言了。当然，像我这样生活得过于直率，一切也会被毁灭的……"说着说着，她格格地笑了。

看台上响起了波涛般的喧嚣声。一看场地，"每日"的投球手挺胸纵肩作了一个大幅度的投球动作，球，如同一枚子弹以不可抗拒的力量和速度向前飞去，低低地掠过外围线上空。击球手毫无招架之功，三次之后便退下了场。

第四名击球手进入了击球区。投手两脚蹲叉在投板上，使尽全身力气把球投了出去。面对着猛烈反击，试图追回被领先一分的击球手，在本队队员的防护下，为胜利和荣誉，接二连三地投出了扣人心弦的好球。投手的这种特殊的漂亮动作，以其纯真的感染力打动了式子的心。'连刚才还喋喋不休的伊东歌子，这时也屏住了气息两眼紧盯在投手身上。

当投到第六球时，投手过于紧张，上半身微微倾斜了一下，球被击中，"啪"的一声越过三垒的上空落到了外野席上。观众席上响起了"阪神"啦啦队的鼓掌声和欢呼声。投手所到之处激起了一种美的冲击波，转瞬之间又变成了迎接击球手的动力。

"开校典礼在哪天呢？"伊东歌子突然问。

"四月十日。届时也要给您发请柬的，要光临啊！"式子眼不离场地回答她。

"能去的话，一定去，我这个人，不到临头定不下来。"

说时她忽然晃晃悠悠地站起来，身子摇摇欲倒似的。

"你怎么了？"式子急问。

"嗯……没什么！要在充满了虚荣、嫉妒，计谋的女人圈子里生活下去，可真不容易啊！你过去是站在这个圈子之外的，而今却跳进了这个漩涡的正中央。这是一个时刻谋算着如何陷害他人、夸耀自己、无情地向上爬的女人的圈子！"

伊东歌子主动把式子约出来看球赛，可是，当她说完了这段话之后，就毅然离开了，显得无可奈何，精疲力竭。一阵无可名状的忧思顿时向式子袭来。

伊东歌子想的到底是什么呢？是刚才在电话里对自己讲的那样，偶然地同情人见不上面，只好一个人来看球赛呢？还是由于想把上述的意思表达出来，因而借口看球赛把自己邀出来呢？式子感到自己看到了一个境遇不佳的设计师的身影：像伊东歌子这样一个既有特殊魅力、又有才华的设计师，也以无所作为而告终。啊，就连伊东歌子都不能立足的这残酷竞争的女人世界，自己却不知不觉中深深地陷进去了。

圣和服饰学院大阪本校竣工庆贺酒会，是从下午两点开始的。三点过后，盛装的设计师，洋裁学校联盟的有关人员，纤维商社、厂家的宣传部长等都到齐了。招待会上烟雾缭绕，香风四溢。

刚刚竣工的钢筋混凝土三层楼房的室内，还微微散发着油漆味。会场是卸掉教室的隔扇门拼成的，面积为六十坪，沿着墙壁摆满了红的和白的石竹花，餐桌上放着豪华的冷盘。

式子身着双肩裸露的酒会服，胸前佩戴着兰花。她周旋在餐桌之间，频频地同到会的客人打着招呼，彬彬有礼地向各桌点头致意。银四郎穿一身黑色西装，系着蝴蝶结领带，站在门口迎接来宾。当有关的政府官员以及有影响的纤维商社、厂家的董事到达时，他便让伦子、葛美、富枝三人领到主桌上。因为有伦子等三人对特别重要的来宾得体的迎接，又有式子亲自周旋在另外的桌间，所以酒会上常有的主人一方的失礼情况，得以避免了。不举行俗套的开校典礼，改变成举行鸡尾酒会，这是银四郎的主意。式子呢，一切的一切都由银四郎安排，她就像一只孔雀，只要在布置好的场地上展开美丽的羽毛就好了。一种舒适的甜密的幸福感，使她的心情平静不下来。她的目光在搜索着伊东歌子的身影。酒会已经过了一半，可伊东歌子还没出现。特意把自己约到甲子园球场，又说了一番恰似她本人似的、感慨万千的话语的她，今天该不会缺席的吧？然而，她猛然想起，伊东歌子当时那疲惫的神色，说话时的沮丧情绪，

223

不由得十分挂念起她来。

突然，主桌附近响起了一阵热闹的喧哗声。定睛一看，主角并非伊东歌子，而是大原京子。她身穿黑色西式服装，黑帽子的网边深深下垂，手持酒杯正被洋裁学校联合会有关人员簇拥到麦克风前去讲话。看到这种情形，式子立刻走上前去：

"啊，大原京子女士，请您给致个词吧，这对我们将是无上的光荣，请……"

式子边说边把大原领到了话筒前。大原京子把酒杯放到了桌上，矫揉造作地将话筒的方向转了过来：

"在鸡尾酒会上一本正经地发表演说，是最讨人嫌的。硬要催我讲，我就说几句吧。首先，我衷心祝贺圣和服饰学校大阪本校的竣工和开校！同时，对该校经营方面的干才们表示敬意和叹服！记得我在三十年前刚刚开始建立学校的时候，用了一年时间。反复思考之后，才下了决心的。以后又用了一年时间做了开校的筹备工作，到第三年才正式举行了开校典礼。可圣和服饰学校大阪本校，听说仅仅半年以前才开始筹备，只突击施工了四个月就竣工开校了，这大概可以说是时代不同的缘故吧。我对其经营才干的卓越除了叹服再也说不出什么了。由此，大阪市中心就出现了一所在建立、经历以及其他方面与历来的学校迥然有别的新学校了。所以，我觉得无论从哪一种意义上都可以说，这是一个可进行比较的对象，也是一个恰当的令人感兴趣的具有实验性质的产物。它有助于我们在洋裁教育的实施方面进行更深入的探讨。"

大原这通冗长而带刺的讲话，与其说是贺词，不如说是近乎对大庭式子的公开挑战。顿时，席间出现了一种异样的气氛。就在此时，不知从哪个桌子上出现了热烈的鼓掌声和叫喊声。

"致答词！致答词！"

式子被这种声音逼到了话筒前。由于事情来得突然，一时说不出话来。她无意中抬头一望镶嵌在正面高窗上的彩色玻璃饰章正沐浴着夕阳的余晖，静静地放射着红彤彤的光彩。于是她恢复了平静和从容：

"刚才，承蒙大原京子女士过誉的祝词！自从在鱼崎开办小型洋裁教室至今，我只有六年的办学历史，今天能同办校达三十年之久的大原先生的学校'比较'而论及，实在是不胜荣幸之至！再者，短期内得到建立并开校的大阪本校，在经营手腕方面似乎也受到了赞誉。但不言而喻的是，洋裁学校根本的目的在于施行洋裁教育，进行设计指导。所以，我希望不要只注重学校的经营方面，还请对大阪本校的授课内容，设计指导的状况也给予注意……"

式子字斟句酌地致答词的同时抬头望了望立地式玻璃。这个标志，刚才给式子带来了意料不到的从容。它与建造甲子园学校时相同，也被嵌在了校舍的正面，造形上取征于太阳，犹如一件华丽的饰章。银四郎曾嗤笑说为什么要镶嵌这种玩意儿。但式子希望的是，试图在这种华丽而豪迈的图案中描绘出自身的轮廓来。对于大原京子过于充满敌意的冷潮热讽，式子觉得不屑一顾，继续把话说了下去：

"另外，大原京子女士说无论在经营上还是在教育内容上，大阪本校与历来的学校相比都是一个恰当的令人感兴趣的实验性产物！我觉得，设计教育，是一种不停地走在时代前列、唯其新才有意义的工作。对于从事这项工作的人来说，'实验性'等等之类的表达方法，可谓过奖了。对于诸如此类被反复强调的祝词，我想在不久的将来用具体的新的工作成果来回报。"

式子向大原京子瞥了一眼，投去了挑战的目光，恭恭敬敬地施过一礼，离开了话筒。此刻，银四郎不知什么时候已出现

在话筒前,不失时机地使酒会继续了下去,他说:

"女士讲完后轮到绅士了,下面,作为绅士的代表请教育课长致辞!"

微胖、矮个的教育课长来到了话筒前,用演说般的语调开了腔。式子趁机从席间人群的缝隙中悄悄地溜了出来。她来到窗前,喘了口气,紧张的心情开始缓和,汗珠流到了脖颈。她掏出了白花边手帕一擦,手帕上面留下了油腻的汗渍。正在这时,一只酒杯从旁边递了过来,并听见一个不太熟悉的声音。"干一杯!"式子吃惊地抬头一看,对方自我介绍说。

"我是白石。"

"噢,白石先生!……"

原来,白石教授曾回话给式子说他不能应邀赴酒会,只能出席理事的晚餐会。式子惶惑地道歉说:

"烦劳您了……"

"咳,这事过后再提也不晚。"白石教授摆摆手说。然后她悄悄地离开窗边,加入了谈笑风生的人群中去了。

式子脱下午间的酒会服,换上了晚礼服,掐算着时间赶到心斋桥,进入了花马车餐厅。白石教授已等在预约的房间里。先一步出校的银四郎和伦子也到了。此外,曾根也在场。曾根见式子一到,马上站起身来:

"我实在不能出席午间的酒会,真对不起!听说办得很隆重,恭喜了……"说罢,显出为难的表情,又说:

"我突然接到白石老师的电话急忙赶来,原来,是学校理事会的晚餐会……"

看到曾根有些不好意思的样子,银四郎劝阻道:

"曾根,没关系呀,虽说是理事会,可也没大了不起的议题。另外，还有一名理事即式子老师的舅父今天该来而没来。我们大家都是熟人，不必客气嘛。"

"不过，这得征求院长大庭女士的同意才——"曾根以其彬彬有礼的态度说。

"院长，——对了，这是圣和服饰学院的理事会，没院长的同意是不好的。我呢，只不过是个你所说的握着钱柜钥匙的普通管理人员而已。在这点上，正如同你是个普通的工资生活者一样！"银四郎眼镜框下忽闪出一股亮光，故意卑屈地笑了笑。

"不，不，我不是这个意思，我是说……"曾根有些惶惑，于是式子应道：

"行呀，曾根先生，请一起就席吧。这样，白石先生更自在些。"说毕，谨慎地看了看白石教授。

白石教授对曾根和银四郎似乎并不介意，嘴里喷着烟，两眼望着窗外。

菜肴端来后，银四郎谈了这次为建新校发行了两千万元学校债券的事，以及新校将依照学校"法人"法经营，而学校"法人"法规定一年内需授课六百八十小时以上，并不得进行两次招生等情况。

白石教授表情冷淡，似乎不在听取银四郎的介绍，只是默默地用着餐，间或问一问学校债务的偿还办法以及学校"法人"法的经营规定等情况。每当提问时，曾根则为之注目，担心地望着他。银四郎对曾根的担心并不放在心上，滔滔不绝地大谈圣和服饰学院大阪本校今后经营上的抱负和扩充计划。

银四郎说完后，白石教授开了口：

"我当洋裁学校理事一事单单被人闻知，就觉得不光彩。但银四郎多次来京再三催促。我呢，每月一次出差到京都给那里的大学讲课，倒是一件心情舒畅的事。兼之我在大阪没有至友，只好应承了下来。"

他语气沉闷无力，表情冷漠呆滞。这付表情不像是四十八岁的大学教授，倒像是倦怠缠身、心中的火焰已消失殆尽的男人。

席间一时中止了对话，出现了不自然的沉默。于是银四郎把他那张白皙的脸转向了白石教授：

"你勉强也好，不勉强也好，只要能够把老师的名字借用在理事的第一位上，有关官厅对学校的信赖就大不一样。不言而喻，您只是个名义，授课和学校其他事务一概不麻烦您的。当然，如果您有什么要求的话，只要我们能够办到，一定效劳。"

银四郎说完看了看白石教授的反应。

"你这种说法对老师难道不是失礼的吗？老师从来就没有这个心思，硬把老师抬出来，从这点上说，已经够不礼貌了，而且……"曾根气冲冲地说。

"曾根君还是老样子，一副干瘪的学生腔。"银四郎说。

白石教授停止了进菜，眼睛朝远方一望，笑了笑，然后把目光转向银四郎：

"遗憾的是，我没有什么'要求'于你们。我曾对你有过希望，想让你留下来教法语。可你呢？一点也不象高才生那样喜欢留在大学任教，而是去收入高的贸易商社当了职员，任职两年又辞职。干上了类似黑市交易的经纪商，不知什么时候又成了洋裁学校的理事长。这个理事长听起来蛮不错的，但实际上只是个经营管理人员。总之，一个在大学攻了四年法语的人，不知出于何种考虑，一会儿干黑市经纪商，一会儿做洋裁学校的管理人员，这一点很耐人寻味。关于这次做理事的事，曾根君很是替我担心，但出于对你的好奇心我还是接受了，如此而已。现在我对你的心情仅仅出自于兴趣。"

白石教授说完后，把视线转向了坐在正对面的式子和坐在桌子一角的伦子：

"当着你们二位女性的面，我们男人们信口开河，失礼了！"

接着，动作灵巧地边削苹果皮，边以平平淡淡的语调又讲了下去：

"在刚才的酒会上，突然冒出了称不上祝词的祝词，和不佩为讲话的讲话。这对我来说也是件很感兴趣的事。"

式子觉得自己的内心被看穿了，于是说：

"我到头来还是踏入了对方的圈圈，自己也变得任性起来了。过后一想，真后悔！"说罢把头低了下来。

"那倒也不必，在那种场合，用一种挑战式的凌厉劲头去对付他人，并能慷慨陈词也不错嘛。要是，不论什么事都只像旁观者那样逆来顺受，所剩下的就只是具有讽刺意味的兴致了！"

白石教授脸上浮起了意味深远的笑，两眼呆呆地发出暗淡的光。

第十二章　干　花

　　式子站在大门旁的穿衣镜前，望着自己光艳的肌肤，琢磨着三十多岁的女人在年龄上的可笑之处。

　　女人在三十多岁以前，各人的外表基本上和其年龄相符。但过了三十岁，她的外表就被她的资质和境遇所支配了。那些家庭主妇整日为家务事操劳、为家庭收入而盘算，折磨着自身。因而容貌显得衰老。靠丈夫收入，生活得心满意足的女人，则常常不经心地忘记对年岁的修饰，往往赤裸裸地显示出自己那睡眼惺忪、衣带邋遢的中年相。自身有职业，立志在三十多岁的时光干一番事业的女人，反而会显出更多的艳丽和丰满来。这就是说，女人过了三十岁，以其资质和境遇如何，可以把可观的年龄作这样或那样的改变。

　　式子再次端详着穿衣镜里的自己。淡玫瑰色毛绉纺连衣裙，轻柔地描绘出身躯的曲线美。柔和的褶皱把她的胸部装饰得华丽而迷人。她看自己要比实际年龄年轻四、五岁，从而垂下帽檐，校正了项链的位置。这功夫，她觉察到女佣希代正吊着眼睛睥睨着自己这身华丽的服装。当初式子对希代的视线还有些难为情，现在已全不放在心里了。她接过希代默默递过来的手提包，蹬上了制作精巧、脚心紧贴的意大利产高跟鞋。

　　大门外，一辆奔驰牌中型轿车在等待着她。五十岁开外的瘦个子司机，打开了车门。这辆私人轿车和司机都是一家纤维公司紧缩后抛出来的，碰巧被银四郎发现了。

　　司机表情呆板，态度冷峻，在驾驶席上落座后便一声不吭地驱车奔驰起来了。司机的脖颈上刻满了包装纸似的粗陋的皱纹。他要养活妻子和三个孩子，工资低微，月薪还抵不上式子此刻穿的这件毛绉纱连衣裙，因而显出一副寒酸相。式子想，他将以何种心情忖度我这个独身女人的豪华生活呢？她觉得自己的肌肤仿佛被他触着一样，很是恶心。但回头一想，反正早晚得把车和司机都换个新的，心情立刻又轻松了起来。式子深深地吸了一口从窗外吹来的初夏清爽的晨风，高声道：

　　"今天到甲子园分校去。"

　　自从把甲子园分校交给津川伦子后，式子本应该每月到分校去两次，每次讲一个半小时的课。然而，每一回不是被拉去作设计比赛会的审判员，就是得参加报纸杂志的座谈会，总是去不成。

　　车在大门口停下后，式子急步进了教员室。对式子的突然来临，伦子甚感意外，站起来惶惑地看着她，说：

　　"噢，老师，有急事吗……，您讲课的日子是后天……"

　　"不是讲课。近来，我很少到甲子园分校来，今天抽空来看看。"式子的目光像是在捕捉什么，仔细地巡视着教员室的情况。

　　离上课还有二十分钟。职员们都已到齐，正在整理出席簿和准备教材。老职们见式子进来，向她点了点头，继续干自己的活；新来的职员则从椅子上站起来，拘束地低头鞠躬。

　　式子一一向职员们点头致意，从容地巡视着教员室。墙上贴着一目了然的课程表，表上详细记载着上课的情况，玻璃柜里的教材放得井井有条。伦子的组织能力和领导才干，由此可见一斑！这种无懈可击的情形，使式子没有挑剔的余地，她感到心里很不自在，只大模大样地慰劳了句"搞得相当不错啊……"便在经常空着的院长席上坐了下来。

"由于您的威望，学生数从没下过四百人。这是分校最大的容纳量。夜间部的学生近来还在增加着呢。"

伦子信心十足地说完后，把学生情况登记表展到了式子的眼前。尽管式子经常不在分校，但表上标志着学生数和出席日数的线条，确实显示着上升的趋势。凝视着这条弧形上升的红线，式子看到了伦子不甘示弱的好胜心，但一想这条红线和自己的成功是一脉相连的，便又感到了一种不可言状的快慰。

"还是伦子有能耐呀。不仅在授课内容方面，且在经营手腕方面都很有才干。我可以高枕无忧，把分校交给你了。"

式子说这句话时声音高得满堂都可听见，同时还有意识地扮了个满意的笑脸。伦子用她那美丽的眼睛微微一笑，就大阪本校的情况询问道：

"本校方面怎么样？还是像以前一样忙吗？"

"本校那一带是洋裁学校的集中区，竞争的激烈程度令人难以想象。所以授课的内容是十分重要的，但经营不当也不行。好在银四郎挑起了所有经营方面的担子；葛美也完全变了样，工作很有起色；再加上新聘请的职员和助手都已到齐，作为刚刚运转起来的学校来说，还算是满健全的了。"

"难怪！银四郎先生这阵子连影子都见不到了，把这个分校给忘了吧？"

式子无言以对。随着学校的扩大，自己同银四郎的情爱日益加深了，其结果也许导致了他无心顾及甲子园了。想到这里，式子脸上微微泛起了红晕，但马上又恢复常态，说：

"是吗？这就怪了。他临出门时还说傍晚要到甲子园来呢……不过，来不来也就随他的便吧，反正本校那边有他的周旋，才会快速地发展壮大起来……"

说罢，装作再次查阅刚才放在桌子上的那张登记表的模样，敷衍了一句：

"哎呀，我该回本校了。"

言毕，气派矜持地离开了座位。

钢筋混凝土三层楼的校舍，线条明晰而单纯，四周是大玻璃窗户，光线很充足。式子像滑行似的轻飘飘地穿过地板晶亮的走廊，进了教员室。

此刻教员室里没有教员，只有两个办事员。登记在册的学生是一千五百人，担负上课的是二十个教员和助手。白天上课的一千名学生安排在星期一、三、五，夜间上课的五百名学生安排在星期二、四、六。上日班的学生又分为上午班和下午班，共六班轮流上。这样经营方针是银四郎决定的，这是通过增多学生轮班上课的次数，进而增加人数，提高学校每坪面积的使用率。与此同时，为了达到学校"法人"法规定的上课时数，在二楼准备了徒具形式的自习室。名义上每周四小时的自习课，把教材和习题交给学生让其自便，可实际上几乎所有的学生都不使用狭窄的自习室，而在自己家里做作业。因而，学校的教室只有在自习时间才空出来，教职员也因此少一层忙碌。不过，教职员既要昼夜连着上课，又要编写各自的教材、习题等，整日忙得没一刻空闲休息的功夫，有时一到晚间脚板肿得都穿不上高跟鞋了。

开始时，式子曾多次要求银四郎增加教职员的名额，但每回银四郎都以节约费用开支为由搪塞了过去。久而久之,式子也不知不觉地默认了他的主张,认为要使学校在短期内发展壮大,这种状况也是难免的了。

式子在面向河边的院长席上坐下,点上了一支烟——最近她终于娴熟起来了。她一边吸烟一边思考着今天院长讲课的内容。甲子园学校时期,每逢讲课的前一天,她总要翻阅新到的外国时装杂志,把那里新创造同服装造型的基本原理结合起来,编写出适时的授课内容。近来,这种预先备好课的工作渐渐地懒得去进行了。要充当设计竞赛会的裁判、出席报刊的座谈会等,时间实在太紧了。但更为主要的是,一旦作为名服装设计师,在服饰界扬眉吐气以后,一切事情往往无须亲手动手,只凭"大庭式子"这个名字,就很容易被接受、而顺利进行。这样一来,什么凭良心工作呀、学习呀她倒觉得是可笑的事了。

突然,有人在敲教员室的门,略为间歇之后又很有礼貌地敲了起来。式子一听,赶紧应了一声,门从外面被慢慢地推开了。

"啊!白石先生……"式子不知该说什么好了。白石教授的不期来访使她感到突然。本来已经商定,白石教授作为学校的理事,只是挂个名字,实际方面的事不要他管的。

"您什么时候到大阪的?事先没取得联系,真不知道您会来……八代先生现在到公署办事去了。"式子边说边打开了会客室的隔扇门。

白石教授双手插在灰西服上衣的口袋里,在沙发上落座后,慢吞吞地说:

"来得突然,失礼了!影响你的工作吗?"

式子的心思本来还胶着在下午讲课的事情上,但看到白石教授无精打采地望着窗外,疲惫地仰靠在沙发上的样子,不能就此站起来，于是显得拘束地问道：

"正好今天课不多，我现在倒是有时间的……您找八代是不是有什么急事……？"

"也没啥大事。我作为理事仅仅是名义而已，可银四郎每月给我送那么多酬金。无功不受禄啊，所以就来了。"白石懒洋洋地靠在沙发上，话声平静而低沉，既不像开玩笑，也不像说正经事。

式子没参与理财方面的事，不知道银四郎每月给白石教授送去多少酬金，但从最初事情的商榷来看，数额肯定是不低的。式子一时找不出其他的话题了。

一阵短暂的沉默之后，白石教授从沙发上欠起身来，俯视着流经窗外的长崛川，说：

"大阪市内有河流流过，多好哇！这条河不像东京的河流那样污秽贫瘠……大阪的河水似乎内容很丰富。"

长崛川盈盈荡荡，似流非流，缓缓地向前移动着。白石教授像是想躬身捧起一捧河水似地，凝神默望。他的面部刻上了许多线条明晰的皱纹，缀上了一些老人斑。平时从这张面孔上发出的当是暗淡无神的光，此刻在河水的辉映下却显得分外开朗清澈。

楼上突然传来学生们的喧闹声，十二点的铃声响了。式子谦恭地说：

"您的午餐，我们一起吃可以吧？"

白石教授好似从沉思中惊醒，目光离开了河面，说：

"谢谢，不必了。今天我早饭吃得很晚，我倒想好好欣赏一下大阪的风光。这地方倒蛮有趣的哩。"

"那么，您想着什么地方呢？我可以领您去走走。"

"嗯……"白石教授沉吟了一阵后，说，"领我到大阪古城看一趟,可以吗?"

式子怀疑自己的耳朵是否听错了。因为大阪是丰臣秀吉在几百年前建造的,其后经过几次战火和天灾,昔日的面貌已经破坏殆尽了,就连建筑形式也失去了原先的价值。如今是只有观光的游客才去的地方。式子不理解白石教授为什么对它有兴趣。他提出的这个要求,同他平时养成的考究的近代风度,似乎背道而驰。

"大阪城……?"式子反问了一句。

"对,大阪城。我每月四、五日到京都的大学讲一次课,顺便也到大阪逛逛,可直到现在,大阪古城还一次也没去过。这回无论如何得一饱眼福了。"

白石教授反复阐明了来意。

汽车穿过大手门,经过多闻矢仓后,五层屋顶的大阪古城就在眼前了。

式子让司机把车开得慢一些。穿过楼门,过了本丸迹,在天守阁前停了车。其间,白石教授像着魔似的,双眼紧跟着被巨大的石垣和坚厚的白壁所围起的城墙。下车后,他们登上了一通往天守阁的石阶,白石教授力撑着沉重的上半身,一步一步缓慢地向上登。

壮丽的天守阁内,死一般地沉寂而晦暗。式子仿佛觉得自己置身于与世隔绝的深渊中。忽然,一阵脚步声响,五六位游客静静地从式子和白石教授身旁穿过,消失在为登上天守阁的望楼而附设的升降电梯里。望着他们的背影,白石教授微微苦笑了一下。他大概是在笑他们乘电梯上天守阁这种大煞风景的行动。可是里外五层、高八层的天守阁,步行又如何攀得上去呢?

下了电梯,再登一段狭窄的台阶,眼界豁然开朗了,这里已是天守阁的望楼。极目陈望,杂乱无章的街道展现在眼前。流经大阪市街的河川,像一条银灰色的光带,式子被这条美丽的光带所吸引,久久地伫立着。当她无意中向白石教授望去时,只见他正低着头俯视着天守阁的正下方。

天守阁的外围有一条内护城河和一条外护城河。内河景象荒芜,淹没在一片乱蓬蓬的草木中,外河水色幽深,浸泡着天守阁的石恒。重叠数十层的石垣上爬满了常青藤。从河面上吹来的微风漫抚着常青藤的枝蔓,摇摇曳曳。白石教授可能已觉察到式子的目光,抬起头,掠了掠被风吹乱的额发,说:

"只有这个天守阁没有皇城、外城、护城之分。它昔日的那种辉煌壮丽,曾使马可·波罗叹为'东方的金国之城'。可如今却感觉不到它的遗风了!"

"自从大阪在夏季的战火中①被攻陷、焚毁后,德川幕府曾多次修建过天守阁。但以后又屡经战火和雷击的摧残,完全失去当年的面貌了,以至于没有留下您所要特别光顾的文物。"式子说。

"尽管如此,来一趟还是值得的。城堡这种东西,无论什么时候只要一看到就会强烈地引起人们的遐思:筑城者以城的坚不可摧为荣誉进行了一系不苟的努力,自己的宏伟抱负仿佛寄托在这座城堡之上。在这里,时而有杀戮生灵的胜战;时而有举行赏月品花的晚宴,有人在这里凄惨地了却了一生。这些人的耍阴谋、争权势、荣辱兴衰的闹剧,都以天守阁为中心演出的。今天,这种争斗、杀戮、傲持、泯灭好像都不存在了。以现代人的眼光看,这也许是一长篇无与伦比的浪漫故事……"

---

① 指 1615 年夏德川家康和丰巨秀吉之战。

白石教授一边喃喃地说着,一边又着迷似地望着那个枪炮眼——一种掏通了城墙,冲着外界的空空园洞。白石教授的双眼荡漾着一种欲要迸发的激情,这也许正是他本人内心深处那永不泯灭的精神内涵。式子觉得自己看到了不应看的东西,赶紧转移了视线,悄悄地从白石教授身边走开了。

"你在看什么呢?叫白石教授在式子的背后问。

"天守阁所体现出来的纯白色和金黄色对比的绝妙之处以及构图,使我很感兴趣。"

式子把身子陡地一转,背靠望楼的栏杆,有意识地做出一种愉快的表情,接着说:

"冲天而上的天守阁的线条和入地而下的护城河的线条,犹如视线被隔断一样,很有立体感。城堡的白墙和天守阁屋脊上那金光灿烂的鱼形装饰,又是一种巧夺天工的对照。纯白色的城墙,意味着洁净;金黄色的屋脊象征着尊严,两者互相衬托浑然一体,美极了。同您的观察相反,我所注目的全是城堡中这种华丽之处。"

式子说着又一次发出爽朗的笑声。

"这里表现出你我对人生的态度迥然有别。我在巴黎留学的时候,尽找古城堡看. 很少到歌剧院和剧场去;你呢,恐怕免不了要去巴黎学时装设计的,那时,希望你抽空去看看枫丹白露的城堡。漫步在枫丹白露的浩瀚森林里,步入那个城堡中,回想一下长达几个世纪的法兰西历史,这也意味着像你所说的对那种华丽东西的观察。"

说罢,白石教授催促式子道:

"起风了,我们下去吧。"

从望楼下来后,感觉不到楼上那种风势了。初夏明媚的阳光,在皇宫旧址的树丛中留下了斑驳陆离的光圈。一辆轿车已待命停在那里。两人上了车，沿着护城河，出京桥门，来到城外。白石教授猛然想起了什么似的，说：

"我想顺便到别处一趟，你在学校下车后，把车借我用一下，行吗？"

"可以的。只要您需要，什么时候都行。让我先送您到您要去的那个地方吧。"式子机敏地说。

"不必了。我去的地方在学校的南面，顺路。我先陪你到学校，然后再去。"

车在学校的大门口停妥后，司机打开车门时，校门口里侧似乎有人在走动，原来是坪田葛美急匆匆地走出来了。她一见轿车，吃惊地停下了脚步：

"哟，老师，您回来了……"

说罢兴冲冲地往车内探了探脑袋。白石教授突然"呀！"地叫了一声。霎时，葛美僵住了，但立即又强装镇静说：

"失礼了！我还以为只是老师一个人。"慌忙施礼，离开了轿车。

"她是学校的教员，叫坪田葛美，您认识她吗？"

"不！我认错人了。京都大学听我讲课的学生里有一个人和她长得一模一样，头发也剪得短短的，戴着红边眼镜！"

白石教授边说边向手表看了一眼。

"那么，我就用这辆车了。"

说罢，把脸转向了正前方。

第十三章 秘 密

坪田葛美推开茶馆的玻璃门，红边眼镜下那双眼睛滴溜溜地转个不停。

三点过后的茶馆，顾客拥挤，人声喧闹，烟雾腾腾，很难分辨出张三和李四。此时寻找男性要比寻找女性难，日本的男人们为什么单单喜欢穿鼠灰色、茶褐色之类显得灰暗而老气横秋的衣服呢……？葛美一边对那些穿着千篇一律的服装，弯身而坐的男人们发着牢骚，一边像过筛子一样辨认茶桌周围的人们。当她的目光触到最里层的壁炉附近的位子时，便径直地向那里奔去了。那边坐着一个男人，正专注地阅读着摊在桌上的报纸。葛美从其背后细心地瞧了瞧，恶作剧地朝他脊背猛击了一下。

"怎么来得这么晚啊？"

银四郎转过身来，表情寂寞地向她说。

"真抱歉。刚要出门，碰上了自石先生，这就——"

"哦？白石先生？……那么说，前些日子在京都相遇，他记住你的面貌了？"

银四郎急欲问出个究竟。

"事情只发生在一瞬间,像是有所发觉又像全然陌生。"葛美的回答使银四郎莫衷一是。

"怎么这么糊涂……从白石教授的语气和态度上难道不能判断出来吗?"

"当时式子老师在场,没能说上话呀。"

"啊?式子也在场?"银四郎睁大了眼睛。

"是的。白石先生和式子老师像是一块乘车外出归来的样子,车正停在正门门口。我在一旁只看到式子老师的侧面,当我往车内一瞧,说声'您回来了'时,不料恰同白石先生打了个照面。当时他好像愣了一下,我自己也像弹簧猛地弹回来了,不自然的表情比他来得更快。说实在的,我无法确定他到底是明知而佯装不知,抑或真以为认错了人。"

银四郎虎着脸听完葛美的回忆,目光渐渐松弛了下来,说:

"看样子,难以断定到底是前者还是后者。不过,前些日子同白石先生的相遇是在四条河原町的人堆里,趁我和他谈话之机,你还是机灵地溜开了,在很远的地方等着我,也许并没给他留下什么印象。总之,我们在京都游逛的事没让式子她发觉,算是个幸运。"

"真奇怪,像银四郎先生这么老练的人怎么那么怕式子老师呢?是不是你和年轻教员游逛的事被她知道了,会有无法解释的事呢?"

葛美诡秘地一笑,观察着银四郎的反应。

"是说不清啊!"银四郎说了结论。然后点上一支烟,又故作镇静地补充道:

"一个负责学校经营事务的理事长,同年轻教员大摇大摆东逛西游,要是被她发现了,不仅是我,任何人都会感到棘手的。光是校风不正、经费的挥霍等方面,我就会被无端地怀疑的。"

说完之后喝起了新端上来的咖啡,紧接着葛美故意戏谑道:

"难道只是这些吗?可能您感到的是另外一种意义的棘手吧?比如说,您和式子老师某种私人关系方面——"

"想不到你这人如此古怪!式子老师的情况你不是早就比我更清楚吗?她虽然面容温厚,举止安详,但毕竟是出身名门的高贵小姐,内傲外谦。每当建一所新校宿时,她总要把那豪华的彩色玻璃镶嵌在学校的正面,象装上饰徽一样,以示尊贵。对这样一位清高的贵小姐来说,不管我这样的理事长有多大能耐,在她眼里也仅仅是个管理人员而已。再说,她也不会看中一个比自己小五岁的男人的。否则,她会觉得是一种屈辱。"

"哎呀,您说到哪儿去了!"

葛美赶紧插了一句,她对自己引出银四郎这番辩白,有些慌神了。

"我是说,像银四郎先生这样,能在短期内把一所新校建设成功,把一位有名的设计师推上院长的舞台,如此能干的男人,女人们哪一个不羡慕呀!所以我想,式子老师是不是也对您有了兴趣。当然,正像您所说的,式子老师是显得清高孤傲,加之出身在船场那种男女礼节非常森严的商家封建家庭,历来对异性之间的关系是谨小慎微,甚至都有些神经质了。"

"正因为这一点,从男性方面来看,她就失去了作为女性的魅力了。出身名门,而又聪明、俊俏、富有的女人,男人们是会望而却步的。我看也没什么可爱之处。"

银四郎表情冷淡,把式子贬了一通。

"那么,伦子该有可爱之处了!"

葛美出其不意又向银四郎投去一枪。但他却显出分外的自若,淡谈地说:

"也可以这么说吧,像伦子这样的女性,聪明、美丽,又是洋裁学校的一个普通教员，人们自然会既感兴趣又无拘束，所以男性中十有八九会希望接近她。遗憾的是，她的身边早已有了像野本这样定局已成的男人！"

"不过，作为伦子来说，如果有像银四郎先生这样的人去追求她，她一定会毫不犹豫地把野本甩掉的呀。"

葛美一边直率而爽朗地进了自己的想法，一边却又在想：干吗非要找这么一个话题喋喋不休地同他扯皮呢？

自从来到大阪本校以后，式子院长因常常出席报纸杂志的座谈会，葛美便代替她同银四郎一起到洋裁学校联合会以及官厅方面联系有关事务了，渐渐地便在星期日应银四郎之邀，一起上京都和奈良玩去了。情况无非就是这些，可不知为什么在式子院长和同事伦子的面前，总显得别别扭扭，太小气了！葛美对自己不满了起来。

当葛美郁郁寡言之时，银四郎双手交叉在胸前，像是要显示他那块欧米加新型金表，说。

"今天的课都上完了吗？"

"嗯。昨天一个白天都在上，今天下午只上一个小时。不过，新教材还没有编写完。"

由于突然提起了新教材，银四郎嘟嘴道：

"你不要把什么都揽过来，应该分一部分给其他教员，自己做些时间上可以灵活一些的工作。"

银四郎说罢再次把表显了一下。戴在银四郎那作为男性来说过于白皙而柔滑的手腕上的这块金链手表，同他脸上那无边眼镜下透出的目光相辉映，闪闪烁烁，令人炫目。银四郎身着新做就的服装，脚蹬黑色哥德华皮鞋，作为二十九岁的青年，他的穿着未免太考究了。葛美不由得想起在银行当职员的父亲，都快退休了，还一辈子没穿过英国西装和特别定做的哥德华皮鞋呢。

"可是，式子老师经常外出，我不得不负起分配时间、编制教材，以及有关授课方面的细致工作的责任。新来的教员大多数又不熟练……我们这些人，虽然平时并不抛头露面，但一年到头却忙个不停；哪像你银四郎先生，只是在举行入学仪式和开校典礼时才忙的。"

葛美对银四郎轻视授课诸方面的工作表示了不满。

"人不可貌相哪！一看你的外表，戴红边眼镜，留着短发，走起路来连蹦带跳，像个女学生。谁知你当起教员来却是个如此认真，一丝不苟的人。"

银四郎到底是恭维还是感叹，猜不透。

"什么？像个学生？我不要你这种夸奖！我之所以当洋裁学校的教员，是觉得将来有希望成为一个设计师。可你说我像个学生，多令人扫兴！"

葛美老大不乐。

"唤？你也希望当个设计师？"

"伦子也有这个志愿。"葛美立刻又补充了一句。

"是啊，伦子好像很早以前就有这个念头了。"银四郎对此事显出不感兴趣的样子，"这里是茶馆，干吗还像在学校一样谈这些烦人的事呢，我们去琵琶湖玩一趟吧。"

银四郎起身离开了座位。

"可现在已经四点了！晚了吧？"

"开车去，一个半小时就到。晚饭在琵琶湖餐厅吃，然后乘游艇在湖上兜一圈就快速返回，这也是一次愉快的兜风呀？"

"这件事也得向式子老师保密吧？"葛美调皮地使了个眼色。

"我的周围都是女教员，其中只有葛美一人有着'豪华'的秘密，这不是满有意思的嘛！"

被银四郎这么一说，葛美的脑海里浮现出了同事们的面容。她们都和自己一样在教员室里并排办公，工资相差无几，工作一样平凡。其中，伦子意识到自己容貌出众，有才能，显得格外突出。这件不能公开的"豪华"的秘密，也是为了把伦子压下去。葛美想到这里，心里美滋滋的。

从茶馆出来后，银四郎没有叫出租车，他沿着人行道走了十多米，停在一辆蓝色的轿车前。当他从口袋里掏出钥匙时，看到葛美吃惊地望着他。于是微微一笑，说：

"今天是这辆新车的首次使用，你是第一个乘客，好好领略领略，看看舒服不舒服。"

说罢，银四郎熟练地把身子滑到驾驶座上，同时打开对侧车门让葛美进来。

奥斯汀牌的新轿车轻轻地驰动了起来，银四郎以娴熟的驾驶技术穿过了拥挤嘈杂的大阪车站，提高了车速。当穿过守口、上了京阪公路后，车流陡然稀疏起来了。公路左侧的淀川川面上，初夏傍晚的凉风拂动水面，吹起层层涟漪。

"怎么样？我的驾驶技术——"

银四郎左手放在方向盘上，右胳膊支着车窗，得意地问葛美。

"您是什么时候学的呀？"

"学生时代抽空学的。这种事只能在学生时代练好，等到有了职业，时间就是金钱了。这时再来练开车，那只有傻瓜才干了。我就不明白，那些学打橄榄球和游泳的学生是怎么想的，因为它们不同于棒球，不能换成金钱。"

银四郎说完，扭开了收音机的旋钮，车内立刻回旋起快步伦巴的旋律，洋溢着一种舒适的气氛。车座是淡黄色的，刚刚揭去尼龙包面，显得崭新而柔软。风挡玻璃明光锃亮，它的前面是发着蓝光的前车体。无论车的哪个部分，都擦拭得光洁闪亮，给人一种可望不可即的豪华气派。这辆新车也吸引了过往车辆中的人们的视线。此刻，葛美感到一种迄今从未体验过的暖烘烘令人神往的快感流遍了全身。

车过男山八幡后，突然看到一片茂密的森林，青葱的绿色竹丛不对扑到眼帘。隔着密林，一条电车轨道延伸到公路右侧，京阪电车时时以难以预料的快速疾驰而过。

"你看，那里是宇治川。过了这条川，马上就是京都，说话间就要到琵琶湖了，快吧？"

银四郎没有吸烟，嘴里含了一块橡皮糖。夕阳透过风挡玻璃映照在他的脸上，他双眼微眯，操着方向盘。平时，他那无边眼镜总是擦得亮晶晶的，给人一种凉森森的感觉。今天，这种冷漠在夕阳的余晖中消失了，他面颊上那嘲讽似的微笑也不见了，浑身洋溢着二十九岁的青年驱车兜风时所具有的那种快活和朝气。

穿过京都的大街，转入去大津的京津公路后，一片葱郁的绿色呈现在了眼前。抬眼望去，京都的群山描出了一条缓缓的曲线，空中映衬着一条青色的剪影。当车经过山科时，可以看到山脚下一排排陈旧的屋舍和一层层农田。静静的夜幕开始降临了。

车驶出大阪还不到一个半小时，葛美觉得离开被噪音和尘埃包围的市中心已经好远好远了。她顿觉心旷神怡、如醉如痴。

转眼之间，视野开阔了。原来车已到了湖边。车的右面是碧绿的湖面，座落在湖四周的民房，像是浮在湖水的碧波上。

琵琶湖旅馆就建在湖畔而行的道路前方，如同水上仙宫。桃山时期的那种长长的屋檐，在旅馆的白墙上绘出一条美丽的曲线，两翼临空翘起，跃跃欲飞。

葛美小声道："到琵琶湖旅馆，这还是第一回……"

"你瞧，像座水上仙宫，美吧？在旅馆里头，你会觉得房间内的天花板特别高，有些暗；但现在这样从远处看，那元宝屋脊倒是挺有诗意的。"

银四郎隔着挡风玻璃边指点边说，加快了车速。

经过旅馆门前，车轮溅起了路上的砂粒，"嗞"的一声在停车场上停住了。银四郎穿上中途脱下的上衣，整了整领带，进了旅馆的大门。因不是星期天，楼下大厅内客人不多，气氛静穆。但步入餐厅一看，大半的餐桌旁坐满了外国的游客。

银四郎要服务员找两个面向湖面的席位。正当服务员为此感到为难时，一对外国夫妇餐毕离开了。服务员立刻把席位收拾整理了出来。葛美一入座，马上便被平静而清幽的湖光水色吸引住了。沐浴在夕阳中的湖面升起了一丝凉意，环湖而立的山峰开始被晚霞淹没了。正对面的比良连峰之巅很快隐入了暮色中。

菜肴端上后，银四郎对葛美说：

"别光顾欣赏湖光水色，还得吃饭呀？"

葛美把视线从湖面收了回来，拿起了餐巾。继前菜和汤之后，上来的是炸虹鳟鱼，用叉子叉了一块放到嘴里一嚼，外壳香喷喷，鱼身软酥酥，舌面上浸润着一层浓郁的香甜味。

"这是琵琶湖产的鱼，我每次来都非吃不可。拼命工作赚到了钱，有时到这种舒适地方美餐一顿，游逛一番，也是一种享受啊！"

银四郎边说边老练地剔去虹鳟鱼的骨刺，用啤酒干着杯。一种心满意足的充裕和自信包围了银四郎。这里的气氛是豪华的，在教员室里是看不到的。

"应您的邀请这次来对了。原来我以为由大阪出发一个半小

247

时是不会到的,现在看来还可以从容不迫地边吃饭边欣赏湖光水色呢。"葛美的语调里带有感激之意。

"如您愿意的话,我们吃过晚饭乘汽艇在湖面上兜一圈以后再回去。"

"可天已暗下来了……行吗?"

"不碍事。可以只沿着湖畔划行。"银四郎自信地说。

葛美对渐渐隐没在暮色中的湖面微微有些不安,却又舍不得放弃在美丽而幽静的暮色笼罩下乘汽艇在湖面上兜兜风的机会。

从旅馆租到汽艇后,银四郎提出不用旅馆的舵手,希望亲自来驾驶。

旅馆的驾驶人员开始时不同意,说是不符合旅馆的规定。但后来听到银四郎就发动机和变速箱等方面询问得很在行,也就放心了。在保证不让他人知晓的条件下,同意了银四郎的请求。

银四郎敏捷地登上了汽艇。葛美因穿着高跟鞋走起来不便,是被银四郎搂着胳膊扶上船的。按下自动起航的按钮,挂上引擎,发动机发出了高亢的响声,打破了暮色溶溶中梦一般的湖面的平静。汽艇飞溅着白沫向湖心驶去了。汽艇左右颠簸着,虽然速度适中,令人感到舒适,但又令人觉得惊险,葛美不由得大声叫了起来。

扬着白帆的快艇和两人划桨的小船,刚才还在湖面上游弋,此刻已杳无踪影了。汽艇的远方不时地可以看到渔夫在从容地摇着橹。初夏的凉风习习而来,银四郎散乱着头发,打开了汽艇的头灯,向船只稀疏的湖面深处射去一道耀眼的光。他操着舵,使汽艇成之字形行驶,左扭右拐,破浪前进。船舷常常倾斜得贴近水面,水沫飞溅,扑到了他们的脸上。

不知不觉中，灯光辉映在水面上的琵琶湖旅馆越离越远了。遥远的湖面上闪动着渔船的灯火，如豆如星。

葛美第一次乘汽艇，心情特别激动，但此时似乎从陶醉中醒来，她说：

"您不是说只沿湖畔兜一圈吗？可现在到了这么远的地方……"

"你放心好了，湖和海不同，没有大的波浪。发动机的情况也良好……不然，我们先休息一下吧。"

汽艇停机，银四郎停止操作，点上了一支烟。

机器声乍息，四周顿时显得分外寂静。"哗哗"地拍击船舷的水声，静静地激荡着玩味了急速航驶愉快之后的心。对岸的街灯形成一条光带，忽明忽暗，时隐时现。葛美悄悄地伸出手臂，探进了幽暗的水中，五指之间顿时浸满了比预想的还要冰森的凉水。一种难以言状的冷寂渐渐地爬上了她的心头。

突然，银四郎的双手伸向了她，搂住了她。她用湿漉漉的手掌抵挡了一下，想把身子闪过去。这时船身倾斜了一下，她打了个趔趄，向后一仰，银四郎趁机把她抱得更紧了。

一阵凉风过后，葛美裸露的肌肤感到了凉意，她悄悄地欠起身向银四郎方向看了看。他正点着一支烟含在嘴上，没有吸，疲惫地靠在船舷上。每当阵风吹过，汽艇便有些摇晃，烟头的火星欲灭又明。她觉得那火星好像灭在银四郎的脸颊上，此刻，这副面容是如此的矫揉与冷漠，以至于看不出就在片刻之前发生过那样的事情！而这点，在葛美心中留下了多么难忘的陶醉之感啊。

在归途的汽车里，银四郎有些疲倦的样子，手握方向盘，一言不发。葛美则因为刚刚发生过那样的事，余韵犹存，拘束而不自然。两人都没有话，只是默默地望着车的前方。

宽阔的京阪公路,夜里九点以后一片漆黑来往车辆的头灯飞箭般地掠过路面,每当会车时那光束尤其刺眼。这刺人的光束无论在速度和强度上,都无异于刚才在湖面上疾驰的汽艇的头灯。望着这闪闪光流,葛美忆起了近来她和银四郎之间所发生的事。

应邀同银四郎一起外出游玩,是从两个月前开始的。银四郎说这是对她葛美的犒劳,因为在院长外出期间,葛美代理院长把教员室的事务料理得井井有条。头两回,葛美说是星期天家里有事,婉言谢绝了。但从第三、四回开始,她觉得与其星期日整天闷在家里与即将退休而唠叨的父亲大眼瞪小眼,不如同银四郎外出散散心。银四郎无论何时与她相见,总是快活地谈论学校内外的事情,并招待以丰盛的美餐;而牵涉到个人关系方面的事从来不提。

上周的星期天就是这样。上京都玩了一趟,在鸭川岸边的日本餐馆吃的饭。银四郎漫无边际地扯了一大通新闻轶事,吃了一顿京都风味的饭菜便返回散了伙。

这样的情况经历过几次之后,葛美觉得,能使容貌端庄仪表堂堂的银四郎舍得为自己破费又不向自己索取任何代价,能和银四郎轻松愉快地东游西逛,这是因为自身存在着某种价值,从而产生了一种沾沾自喜的优越感。当然,她也有所疑惑,为什么他总希望对式子院长保密呢?但随着愉快的旅游,这种疑惑便自然地烟消雾散了。

今天也是如此。银四郎突然提出要一起到琵琶湖兜一圈,自己呢,如同往常一样,无所顾忌地同他出了门。但是,银四郎突然拥抱了自己!是他一开始就有这种打算呢,还是由于夜晚漫长,湖面寂寞偶然激起了他的这种念头呢?

葛美向银四郎的脸孔望了一眼,他那白皙额头下的无边眼镜闪动着一股冷森森的光,眼镜深处,一双细长的眼睛含情脉脉地凝视着对方。银四郎可能觉察到了葛美的视线,随即打破了车内的沉默,说:

"刚才的事,你相信我好了。如果现在马上把我们俩的关系明朗化,反而会引起式子院长和其他教员们的反感,须要选择时机。再说,如果你的目标是作为设计师而自立的话,把圣和服饰学院当作自己的对手,那是很不利的。相反,这样一所大型学校,如果利用得当是大有补益的。"

银四郎这番话,对于葛美实在娓娓动听,含蓄而有力。它可以看作是一个男性的胸有成竹的谈吐。这个男人具备使女人感到幸运的许多条件——美貌、年轻、有经济力量。按照银四郎话间的意思,平时得装得若无其事,瞅准时机决然结合,这才是出人头地的妙方。

"咯、咯、咯……"葛美从喉咙里发出笑声。笑得如此爽朗,连她自己也感到意外,进而她对于刚才平生第一次发生的事,也并不感到不可思议、后悔和惆怅了。

第十四章 诱　惑

　　式子再次迅速地展阅电影脚本的第一页：
　　名称：《设计师的故事》
　　故事梗概：京都西阵的一家绸缎庄的独生女儿国子，父亲去世后同母亲一起准备重整家业。但适应不了新潮流，每况愈下，忧虑重重。后来拿定主意，决心把绸缎庄改为洋裁店，在险恶的洋裁界开始了作为设计师的生涯。本剧描绘一个女子，从昔日的传统和因循中挣脱出来，向新的时代和事业奋然迈进的切身经历。堪称是一部雄心勃勃的作品。
　　式子看到这里停了停，抬起了头。制片负责人正木问道。
　　"怎么样？您同意吗？"
　　接着，把他那肉墩墩的胖脸往前一凑，又继续说：
　　"主角国子由明星水原绿扮演，母亲由配角老手浪野芳子担任，导演是刚从意大利深造回国的新秀浜田淳次。作为演出班子来说，是再也无可挑剔的了。为了使这部大家都很关心的影片更加受到观众的欢迎，我们希望大庭女士给影片的女主角设计服装。正好您生长的环境同女主角很相似，你们有着酷似的经历。如果您同意，那么上映时，有些观众爱看影星水原绿的表演，有些观众则欣赏有名设计师大庭式子女士的杰作，各取所需，影片是会长期叫座的。眼下，从宣传效果说，没有比这更吸引人的了。"

正木毫不掩饰策划家一样的贪婪，侃侃而谈。

"不过，电影服装设计，同日常生活中诸如上街、在家、坐办公室等的服装设计，完全是两码事。法国也好，美国也好，创造流行式样的设计师和电影服饰设计师，各自单独成一行业。如果是彩色影片的话，不光要处理好线和面的关系，还有一个对彩色底片感光的色彩效果问题。这方面我还不熟悉，所以……"

当式子含糊其词犹豫不决之时，正木立即对症下药，说：

"没关系，这方面的问题，让我们那里的服装部人员来协助您。总之，需要的是您的大名，您的设计，还有您同主角酷似的作为设计师的经历——只要这些可以借给我们的话，那对我们真是帆张风顺呀！当然，对您的圣和服饰学院的名声，无疑也是一种巨大的宣扬。所以，还是希望您能够愉快的承担下来。"

"哎哟，您不瞧瞧，我们学校自秋季新学期开始，学生就满额了，要是再来人，岂不要撑破教室？！"

式子脸上露出郑重而含蓄的笑，但没有笑出声。她想：为了使设计师大庭式子这个名字，不光在服饰界尽人皆知，还要在更加广阔的范围里传扬开来，光利用时装展览和设计竞赛会这些阵地是不够的。必须借助电影产业这个广阔的天地和强大的宣传力量。

至此，式子沉着地说：

"关于这件事，今天我已经对您的想法有所了解了，过后，我还得同理事长再商量一下……"

"理事长方面，我事先已跟他谈过，并取得了他的理解了。"

"噢？事先已谈过？"式子很为惊讶。

"要不，改日我再来一趟，听候您的回音。"

正木说罢匆忙离开了座位。

正木走出会客室后，式子隔着玻璃门向紧隔壁的教员室看了看。其时正是午休时间，二十多个教员正在叽叽喳喳地闲谈、吃饭。银四郎不在。自从大阪本校建成后，他同洋裁学校联盟和官厅方面接触频繁了，在外面奔忙的时间也多了。尤其是秋季新学期开始以后，动不动拔脚就走，今天一大早就没见他的影子。银四郎办公桌的对过坐着坪田葛美，她已吃完饭，正在无精打采地出神，怏怏地望着窗外。

"葛美！"

式子叫了一声。葛美吃了一惊，转身一看，式子正笑眯眯地用眼神示意她过来。葛美立即眨动着她那红边眼镜下的大眼睛，移步进了会客室。

式子戏谑道："你怎么了，有什么心事吗？"

"烦死了，我也同样有不愉快的事，这，过后再谈吧。老师您有什么事吗？"

"就是这个电影脚本的事情。"式子说着，用眼睛示意刚才扔在桌子上的那个电影剧本。葛美从桌上把剧本拿起来，噼噼啪啪地翻了四、五页，说：

"《设计师的故事》，这个片名也蛮不错呀，甜美、华丽，还有些浪漫蒂克……，这可以说是当今年轻女性的理想。听说他们请老师您给这部电影设计服装，您答应了吗？"

"我没有立刻答应，这事还须同银四郎商量商量……"

"那为什么呢？这本是您个人的工作，连这样的事也得同银四郎商量吗？"葛美向式子直愣愣地投去了诧异的目光。

"并不是非商量不可……但我总觉得这件事同学校也有关联,还是商量一下为好。"

"那么,我希望您马上把这件事承担下来。您如设计水原绿主演的《设计师的故事》这部电影的服装……我立刻就会尽力协助您的。从现在开始,我代替老师到各厂家、商社打交道。我是您的弟子,为了能够让他们把我看作是未来的设计师,而不是当成洋裁学校的教员,我希望能让我加入到这次电影服装设计的班子里去,这样就更会加强他们上述的印象了。"葛美显然有些激动了。

"噢,我倒是希望你们成为一名优秀的教员啊。设计方面,我一个人就足够了。如果你们谁都想成为设计师,学校不就办不成了吗?连你这样有些学生气的人都考虑起这样的事,这可就不好办了。"式子冷冷地断然否定了葛美的主意,又叮嘱道:

"你找一下银四郎,让他同我联系一次。现在我要去K报社审查青少年的设计,审查结束后七点钟回家去。"

说完,也不回头向葛美看一眼就径直走出了会客室。

式子在K报社审查完设计便匆忙向鱼崎的家赶去,到家时,已过了七点。女佣希代在门口接她,一问希代,知道银四郎还没来电话。

式子上到二楼,脱了行装,换上了长衫,又下到楼下进了浴室。记不清事先是否给希代打了电话,总之澡盆的水已放满,热气蒸腾,熏得式子浑身麻酥酥的很是舒畅。她不是立刻把身子泡到浴盆内,而是先在热气中进行蒸气浴使肌肉放松,毛孔张开,进而从中冲去皮肤的污垢,然后往身上抹上香皂,使全身沾满泡沫。接着用淋浴抹去它们,最后才泡到浴盆里。这样一来,全身感到轻松而舒适,皮肤的光泽也随之生了辉。自从因工作繁忙不能像从前那样频频出入美容院之后,这是式子每天所坚持的唯一的美容法。

突然,楼下的电话铃响了。听声音是女佣希代拿起了电话机:"是的,七点过后回来的,刚才她还在等您的电话,现在,不凑巧……"

式子听到希代低浊的声音后立即往湿漉漉的身上围上一条浴巾,推开浴室的门,从急忙回转身来的希代手中胡乱地接过电话,说:

"哎,是我,你现在在哪儿?嗯?正和官厅里负责洋裁学校的人一起喝酒?我这里可是有急事啊,所以才让葛美找你给我联系的。今天晚上一定得商量清楚,无论如何你得来一趟哟。"

式子一手按着围在腰间的浴巾不让它滑下去,一手拿着话机继续说着话。尽管知道希代在厨房正竖着耳朵听自己的电话,但为了把在对方说话的银四郎拉过来,还是提高了嗓门。银四郎的声音却与平时不同,十分低微,回答得含糊不清。式子又接下去说:

"你听到了吧?东泽电影公司突然提出要我给他们设计电影服装,我想就这件事同你详细谈一谈。什么?那么说这件事还是你先知道的,那为什么不事先告诉我呢?你说什么?要是事先告诉我,就不能演一出使他们焦躁不安的戏了?原来是这样!不过关于这一点,你放心好了,现在,在做交易方面,我这个人也学乖了。我没有立刻答应他们,让他们心烦意乱一阵子吧。你刚才说什么来着?电话里说不清楚,你还是亲自来一趟吧。噢?来不了……为什么?现在不是刚过八点吗!"

刚才还话语爽快的式子现在变得焦躁起来了:"少说别的,你马上来吧。我这是刚从浴室跑出来,现在身上只围一条浴巾,话说长了,我要感冒的。啊,我这里从脖子到胸部已凉森森的了,刚才身上还是粉红色,可……"

像把自己的上半身裸露在银四郎眼前一样,式子娇滴滴地小声喃喃着,她感到了一种热切的冲动。女人是越精力充沛地工作,爱情的渴求就越迫切,难道男人与此相反,工作越忙欲望就越弱吗……

"为什么来不了啊?我这样地需要你……"式子忘记了羞耻,动不动就找个借口增加同银四郎幽会的机会,她感到自己身上有一种忘乎所以的腥味。

第二天,式子到本校的时间比平时早了些。但银四郎在她之前已来到,看到式子,他像是把昨天夜里的无情忘得一干二净似的,大模大样走到式子跟前,问道:

"昨天晚上,电话上我失礼了,你没感冒吧?"

为了不让其他教员听见,式子从院长位子上站起来迅速进了会客室。银四郎紧跟其后,温柔地抚慰她遭:

"今天早晨您的脸色很不好。昨天晚上我和官厅的人一起喝酒了,中途实在不能退场。因为是我请人家来的,怎么好自己半途退席呢。您知道,我并不愿意同那些可厌的人一起干杯的,鱼崎您的住宅才是我的乐园!"

"开口就是官厅官厅的,难道必须时时刻刻讨那些官厅人的喜欢吗?……"式子不满地挖苦道。

"近来,随着洋裁学校的增多以及竞争程度的激烈,承认洋裁学校的标准也苛刻了,所以,平时不得不在这方面多下些功夫。"

银四郎说着轻轻地往沙发上一靠,从口袋里掏出一支烟,用打火机点上火,噗地吐出一大口烟后,问道:

"那么,东洋电影公司的那件事怎么样?"

"当然我要接受的,因为这不同于时装展览和设计竞赛会,也不同于其他设计师大显身手的舞台。这是为电影设计服装,而影片的主角也是设计师,好比是在东洋电影公司这个广阔的舞台上举行大庭式子的设计展览!"式子踌躇满志了。

银四郎不觉微微一怔,他看了看式子的脸,既非出于本心,亦非开玩笑地说:

"您也越来越像个显赫的设计师了。"

"不这样,就要永远依赖于你,受到你的轻视和摆布,我必须学得老练些呀。"

"这个想法很好,这样一来,我就可以不必像从前那样频频到鱼崎去商量学校的事了。"银四郎露出了冷冷的笑意。

式子猛然觉得要被银四郎抛弃似地,赶紧说:"哎呀,我讲的不是那个意思。"

"那你是什么意思呢?"银四郎冷冷地回问。

"我说的仅仅是设计师大庭式子个人的事。关于学校的事,还有……你和我之间,还要一如既往……"

式子此刻想起了银四郎如胶似漆的爱抚,真想倾过身子依偎到银四郎的怀抱中。

"您也是不可貌相啊……"银四郎说毕,站起身来两手轻轻地搂住了她。式子哆嗦了一下,因是在学校的会客室,她才勉强支撑住了自己。旋即银四郎离开了她,事务性地说:

"如您同意的话,由我给正木制片人联系吧。"

《设计师的故事》开拍后,式子骤然繁忙起来了。

主角水原绿的内衣、外衣,甚至其他附属服饰品都必须设计出来。此外,为了东洋电影公司制片宣传上的需要,还必须答应去拍照片。拍此类照片,常常是同主角并排站在一起的,要不就是导演浜田淳次掺在其中检查服装的场面，所以每次都必须到京都的摄影厂才行。

轿车在京阪公路上疾驶。今天，式子在车里又嘲笑了水原绿酷爱打扮以至于飘飘然忘乎所以的不良嗜好。同时又在考虑为水原绿设计四十件服装的事。故事之初亦即水原绿还是绸缎庄的姑娘时穿的九件服装已设计完毕。但故事的后半部里，女主角对一个有了职业的女性所走的生活道路渐渐地有了认识，因而这时她的服装设计就不大容易了。就电影服装的设计而言，不管服装设计得多么得体，但如果不能表现出导演所描绘的主题和人物，也是派不上用场的。正是在这里存在着与时装设计的不同之处，时装则要求服装永远是主体，模特儿要服从服装的需要。

关于这一点，式子已向津川伦子、坪田葛美、大木富枝作了强调，让她们协助画出设计的草图。但三人往往沉湎于自身的设计式样，常常绘出与女主角的性格不协调的设计图来，而且还强烈地表现了她们三人的个性。伦子的草图明显地显示出企图通过影星水原绿来炫示自己的多才；葛美的设计图给人的感觉是，她只考虑到轻快的线和面的构成，如果女主角穿上，则有过于轻浮之感，富枝的草图几乎称不上是什么设计，平凡得犹如富枝本人，只求以优秀的缝制达到经久耐穿的目的。式子决定在这些表现了三人个性的草图的基础上，争取在尽可能短的时间内件一件地改正落实下来。从设计制作方面来看，这样做有些过于简便了，但考虑到在仅仅一个半月的时间里要设计出四十件衣服，其间还要接受报纸杂志对时装的采访报道，不这样是应付不过来的。

不知不觉中车已过了久世桥，进入了京都市内。大街上的屋脊呈现出庄重的墨黑色，深长的屋檐以缓慢的线形向下低垂着。式子每到京都都把欣赏这种美丽的瓦屋脊当作一种享受。每当她贪婪地凝视这宁静而冷澈的瓦面时，脑海里便浮现出白石教授的身影。

自陪同白石教授登上大阪城之日起，已经过去四个月了。从那以后，白石教授还未到过学校一次。学校急速地扩大了，随之而来的是新闻报道方面的工作也应接不暇起来。式子时时回想起在同白石教授一起时那种淡泊宁静的情景。

她曾试着恢复一下内心的从容，但这只是一闪即过的念头，转身又卷入瞬息万变的漩涡中去了。

车由西大路转到去太秦的方向后，突然变成了尘土飞扬的乡间道路。整齐的松树和罗汉松的枝叶，由一培板墙的内侧伸出到了路边。离摄影场越来越近了，式子的眼前映出了女演员水原绿特有的姿态：明明已不是处女，却要装出处女般的羞涩；说话时，用对男性富有吸引力的嘴唇发出娇滴滴的声音。

车到东洋电影公司京都制片厂时，正木已等在大门口。车刚一停，他便从外面给式子打开门，说：

"我正在等您。今天不打算试装了，浜田导演也在座，想让大庭女士和水原绿你们三人搞一次同电影记者的会见。也不是什么大了不起的活动，只不过是希望您同京都的电影界的记者们，边吃三明治边无所拘束地聊聊。"

正木照样还是用那种策谋师的语调侃侃而谈，之后，也不向式子是否愿意，就把她领到了二楼的会议室。

会议室的门一开，没想到会见竟是这样的隆重。一张方形大桌周围坐着二三十名电影记者和摄影记者。桌的正面坐着头戴法国式呢帽的浜田淳次导演和影星水原绿，他们俩正在谈什么。正木把式子领到导演左边的位子上，向电影记者们介绍说：

"对不起，让诸位等候了。现在，《设计师的故事》服装设计承担者大庭式子女士光临了，请各位随便谈谈吧。"

式子当即微微把身子一躬向大家施了个礼。一个年轻记者立即兴冲冲地问道：

"我就开门见山地说吧，大家都在谈论说，这个电影故事的模特儿就是出身于名门的一位未经世面的小姐，也就是在竞争激烈的服饰界奋斗生存了下来，后来当了圣和服饰学院院长，现在是名设计师的大庭式子女士。这样一个实实在在的模特儿引起了大家的兴趣，成了话题的中心。我想问一下，您对被当作模特儿有何高见呢？"

"哎呀，正好相反，《设计师的故事》电影剧本是出现在前的；我这个承担其服装设计的人是知之在后的，我只不过是同女主角有着相似的境遇而已。"

"要是这样的话，就没什么引人入胜的地方了。反正只要有相似之处，不管谁在前谁在后都无关紧要，哈、哈、啥……"

正木也掺进去大声谈笑并巧妙地把话题向浜田导演一引，说：

"下面，请浜田导演谈谈制作这部影片的抱负，好吗？"

二十来岁的浜田把烟蒂往烟灰碟里一扔，嘴角上浮起富有朝气的笑意，说道：

"我这次从意大利回国，首先想拍摄的就是这个《设计师的故事》。名字似乎太平淡了，但其内容是一位在旧传统习惯中生活过来的女性，这个女主角于某时某刻开始对新的时代和职业有了觉醒。她的职业是设计师，但并非是迄今的那种只是身着漂亮西装到处招摇过市的人物。我想把她放在洋裁企业这样一个现代企业中去塑造。老实说，迄今的日本电影，对于女人，只通过家庭来描写她们的恋爱呀、悲剧呀等等，通过职业或者企业描写女人的电影实在太少了。因此，为了证实设计师这种职业的现实性,这部影片女主角的服装设计,我请了现实生活中的设计师大庭式子女士来承担,我想通过服装来表现女主角的心理过程、性格和环境。"

浜田讲完这番充满朝气的雄心勃勃的话后,把脸转向式子,问道:

"通过服装上的颜色和造型可以在一定程度上对该人物的心理和性格做出解释吧?"

"嗯,可以的。本来,衣服这种东西同人们的心理、精神状态有着非常直接的联系。一看民族服装,便可了解该国的历史发展及其国民的情况。就我们身边的例子来说,越是消极和不爱交际的人越不喜欢惹人注目的服装;而自我表现的欲望越强,则越喜欢穿戴华丽的服饰。色彩感觉也是如此,一提起金黄色和紫色,往往就会连想起庄严和华丽。这种联想始于其经济基础,渐渐地成了人们习惯的色彩观念了。从这些例子来看,衣服同人们的心理的联系是非常密切的。浜田导演的着眼点确实是很有见地的……"

式子把松山教授在设计师协会研究会上讲的服装和色彩与心理的关系,巧妙地变成了自卫的语言。记者们唰唰地做着记录,摄影机的灯光一下子都对准了式子。由于晃眼,她偶尔皱一下眉,但此刻她感受到的是迄今未曾领略过的带贪婪性的舒畅。以前,她在制作时装展览展品以及设计展品时,都是单独一个人关在屋子里,在料子上描绘线和面,是一种具有极为严格要求的奋斗。而同电影挂上钩的服装设计,则没有这样的考验和过程,从一开始就沐浴在辉煌的灯光下了。式子强抑住颇露得意的语调,说:

"不过,电影的服装设计,不允许设计师出于个人的爱好而决定颜色和式样,应当始终与制作电影这个共同体相协调和统一。在导演所描写的主题及其主角的性格方面，起着强化的作用。当然，这方面还必须全力借助穿戴这些服装的主角水原绿女士的演技，才能……"

式子把话头转向了水原绿。

"哎呀，难哪，您把事情说得这么深奥……我本来以为一旦穿上您设计的西服，就将摇身一变成为设计师了……您别难为我了。"

水原绿用一种带鼻音的娇滴滴的声调说话。她睁着一双令男性迷惘的大眼，微倾着纤细的脖颈。这是她惯常的姿态，好像她只会做出这种姿态似的。当她启开那红蔷薇般的红润嘴唇时，电影记者们都着迷似地向她张望，她要是一笑，记者们也就立刻跟着笑起来。

一位中年电影记者向水原绿说了句既不算恭维也不像激励的话："水原绿小姐尽管放心好了，近来您的演技大有进展，说不定还会因此得个女主角奖呢。"

"啊，如果能得奖，我该高兴死了。不过……"水原绿说着又卖弄风骚地笑了。

式子觉得，一个女人的著名，大多数情况下，是一种难于相信的偶然的机遇。只要心情浮动的女神无意中冲谁耸耸肩赐以一笑，那么，"著名"这块金牌就会易如反掌地降临到她的身上。

出了摄影场，车沿着来时尘土飞扬的乡间道路驶进了西大路。来时，房顶上的屋脊还浸沉在秋季凉沏的阳光中，此刻已是夕照晕红，汽车渐渐与暮色融为一体了。

式子参加完刚才那个气氛热烈的会见，心情的波涛还没有平息下来，倦怠之感也还没有过去。如果就此回到只有和女佣希代居住的家里，总觉得少了点什么。在黄昏时刻行人稀少的清静的大街上，她漫无边际地东张西望着，突然，想此刻同白石教授见一面聊聊天。白石教授出差去京都的丁大学讲课是在每月中旬的四五天里，现在正是他在京都停留的时间，据说住所是京都饭店。式子于是吩咐司机往京都饭店拐一趟，与此同时，她心里又冒出了这样一个念头：访问得这么突然恐有些失礼吧？万一白石教授不在呢？思索之中，车已沿着京都的大街照直东拐而下，朝着河原町大街驶去了。

在京都饭店大门前，式子退了摄影厂的车，进了饭店大门，向服务台讲了白石教授的名字。

"这位客人是住在这里，您贵姓？"

服务员问明姓名后立即同白石教授的房间联系，并把白石教授的回话转告给了式子："请客人在大厅稍等一下，我马上就去。"

式子在大厅中央的沙发上坐下来，抬头欣赏起吊在天花板上的华美的枝形灯。金刚石般透明光亮的雕花玻璃，好似多棱镜，使灯光的折射度加深了。在式子此刻的心目中，这种枝形灯真可谓富丽、堂皇而且高贵。

"让你久等了。"从式子背后传来了白石教授平静而低沉的声音。式子立即道歉说：

"突然来拜访您，给您带来麻烦了吧……"

"不，不，我没想到你今天来，有什么特殊情况吗？"白石教授目不转睛地望着她。

式子把今天参加会见记者的事一五一十地作了介绍：

"倒没什么特殊的事。今天到太秦东洋电影公司京都摄影厂走了一趟。有一部叫作《设计师的故事》的影片，其中的女主角是服装设计师，现在这部影片决定要开拍。影片里的服装决定由我负责设计。关于这件事，今天同京都的电影记者们举行了一次会见，出席的记者有二三十人，还有刚从意大利回国的新手导演浜田淳次以及影星水原绿等，这次会见非常热烈，有意思。"

白石教授将胳膊搁在沙发的扶手上，静静地听着式子的介绍，听罢，用意外冰冷而严厉的口吻说：

"这样的会见是那样有意思吗？你担任了电影的服装设计，对此我没什么可说的。看到你同电影女演员和电影导演一起举行记者招待会而欣喜若狂，我觉得有些奇怪。"

式子十分惊愕，忙低下了头。

"你吃饭了吗？要是没吃，我们一起去一处京都式的安静地方吃饭吧。"白石教授的声音依然冰冷淡泊，但态度温和。

上了汽车后，白石教授背靠座席，两眼微闭。这种姿势使式子感到有一种难以靠近的威严。

车从京都饭店出发，沿着高濑川，上了二条大桥，来到严安神宫前。从这里再往前走，便是被一片绿荫包围的带有京都特点的宁静的街道。河水闪着青光，缓缓流动着。当车驶到南禅寺前面时，白石教授让车停下来：

"我们在此下车，步行到餐馆去吧。"说毕，便领先而行。

行经南禅寺门前之后，树木突然繁密了起来。暮色渐浓时刻，这些树影像是沉落在地面上。白石教授似乎被这种景象吸引住了，霎时间止步驻足，旋即又从容沉静地穿行在树影间。过了一座小桥再稍走片刻便看到右侧有一所农舍式的建筑物——瓢亭。

房檐下吊着陈旧的瓢葫芦和草鞋，门口挂着竹制草帽。进了带有拉窗的大门，看见庭院中栽满了层层花草，上面撒了水，晶紫紫的。里院的池子里，粉红色的大鲤鱼扑打着水面。式子跟在白石教授的后面亦步亦趋，踏着院中的小石阶来到深宅的客间。

茶馆式的餐馆前院里，引水管的水降落到地面上发出了响声，院内铺石上的苔藓青翠碧绿。白石教授面向庭院坐下，向引路的女侍订了菜。然后转向式子，露出往常未曾出现过的爽朗的笑容，说：

"好久没到这里来了，一个人懒得走动，这次你能一起来，太好了，又可以领略一次京都式的气氛了。"

"我也是在家父活着的时候到过这里，只来过两三次，以后就再也没机会了。想不到这次能和您做伴而来，太难得了。"

式子现在已置身于幽静之中，适才会见记者时那种喧嚣和堂皇似乎已成为虚无缥缈的云彩。白石教授喜欢把自己放到这种幽静的环境中，他松了松膝盖部分的裤子，盘腿坐下来，静听着从引入管落下的水声。槅扇门静静地打开了，刚才那位女侍端来了蘸上用釉子做的飘着柚香的菜肴，味道十分爽口，不失为秋天的风味。接着上的是在京都酱汁里放下麸饼的汤菜、糖烧杜文鱼、绿叶重裹的半熟鸡蛋。这些都盛在高雅的餐具内，女侍每送一次，都要一一把筷子换新，并把酒杯斟满，然后施礼退下。

"关于你的情况，我从银四郎和曾根那里听说了。据说你的双亲已经去世，现在是你一个人单独生活。像你现在这样，工作上感到极大的兴趣并为此而奔忙，大概不会因孤身奋斗而感到寂寞、烦恼吧？孤独这种东西，在人的一生中，如果可以不必尝试也行的话，还是不尝为好哇。"说着，白石教授把视线从明亮的房间转向了花草茂密的有些灰暗的中院。

槅扇门又轻轻地打开了，那个女侍端来了新做的菜肴，只斟了一杯酒就退去了。

白石教授把酒盅慢慢地移到了嘴边，只用舌头尝了一下。他不是在品尝酒味，这似乎是他在百无聊赖中，为了单独一人静悄悄地消磨时光的一种方式。式子见他喝完，欲往他酒杯里添酒，白石教授阻止了她，说：

"我自己来吧，在家里经常是独自一个人喝惯了。"说着伸出细长的手指颤巍巍地拿起了酒壶。

"那么说，您家里……"式子吃惊地抬眼望着白石教授。

"嗯，家里还有一个六十岁的老女佣人。十年前我就像现在这样生活了，也不觉得有什么不便之处。"

"您的夫人，是不是已经不在……"式子谨慎地问道。

"你是说我妻子吧？她十年前已经去世了，她倒是幸运的。"

白石教授的声音沉重得像称砣落地。式子偷偷地瞧了一眼他的面容，只见他那深陷的眼睛呆呆地一动不动，从那里射出的是暗淡的光。这是一副忍受着失去心爱者的悲切、饱尝了命运的坎坷、浸透着辛酸的面容。

式子深切地感到，一个女性能在别人的祝福中结婚，并且在死而盖棺之后仍能得到丈夫的怀念，这样的妻子可算是幸运的了。于是她说：

"说起来，您去世的夫人是幸福的。因为像您这样，都已经过去十年了，还一如既往地怀念她……"

"怀念……"白石教授喃喃道："我并不是靠回忆才能活下去的人。"

然后，又以"往事全抛却"的冷漠，继续说：

"在一个男人同一个女人十几年的结婚生活中，会出现一个别人所窥视不到的苦闷而灰暗的深渊。本来是相爱的人，有时却不得不成为仇敌；本来是相互信赖的人，却要去背叛对方。爱情愈深，愈会因既非爱情亦非憎恨的争持而苦恼，愈会相互伤害和毁灭。在这类男女中，并非轻易地能留下怀念呀、爱呀之类的东西，有时甚至会留下对一个人的灵魂起腐蚀作用的东西。"

白石教授两眼直勾勾地望着中院里的黑暗，脸上微微浮起一丝虚幻的笑意。当式子无言以对把脸俯下去时，白石教授歉意地说道：

"我可能喝多了，话也说得太多了。好容易约你来吃饭，却这么东拉西扯起来。"

白石教授说完，向式子投去了慈爱的目光。这是一束善良的关怀备至的目光。使人难以置信的是，刚才向黑暗的中院注视时，这目光怎么是那样空虚缥缈呢？蓦地，式子觉得现在同老女仆生活在一起的白石教授那孤独的心境肯定是被深深地触及了。

第十五章　明　暗

　　《设计师的故事》首次上映的前夕，式子同主角水原绿脸对脸媲美的照片，忽然成了报纸和周刊杂志的招牌画页。妇女和电影杂志同时用大幅版面刊登了报道文章。式子一到学校，马上就卷入到应付采访的漩涡中。她所担任的课程，因时间不够，就停下来了。开初，在走廊里和学生相遇时，式子感到他们的目光是在责备院长停课太多；但后来随着电影上映期的迫近，她感到他们的目光变成了如同欣赏影星水原绿似的，充满了羡慕和憧憬。她便松了一口气，"由它去吧！"。

　　今天，由于必须接待连夜从东京赶来的妇女杂志女记者的采访，式子又停了院长讲课。当问清了离接待时间还有三十分钟之后，便离开院长席，急匆匆地上了二楼的实习室。

　　平日里，这个实习室是供学生用的，但自从为《设计师的故事》设计服装以来，它成为制作服装的场所了。在这里，一个以坪田葛美为中心的小组正在一个大裁板上剪裁着料子；另一个小组正在给按照水原绿的尺寸做成的木头模特儿试样，该小组由从甲子园分校来支援的津川伦子负责，还有一个小组是在缝纫机上制作，由大木富枝负责。全体工作人员发觉式子进来,并没放下手里的活,只是轻轻地点了点头。由于连日来的疲劳,人们脸色浮肿,眼睛凹陷,嘴唇也是干的。看到这种情形,式子心里顿觉一阵酸楚;但回头一想,一个有名的设计师要做一番大事业,这种背后的支撑力量是非常重要的,于是心情稍稍轻松了些。她走到被几个助手围着,正在给木头模特儿试衣的津川伦子身边,快活地问道:

"辛苦了,进展情况怎么样?"

伦子有些意外,妩媚地一笑,说:

"哟,您来得正好,这儿正试晚礼服呢。用木头模特儿试不出真实感,老师,您是不是给我们穿穿看……"

大庭式子对自己试穿属于水原绿的晚礼服,心里并不舒服。但这件被伦子小心翼翼地抱在胸前的、嵌着银饰白边、层层叠叠轻如羽毛的豪华晚礼服,正是式子最精心的作品。试穿一次的心情也就油然而生了。

进到被帘幕隔开的试样间后,伦子绕到式子背后,熟练地帮她穿上身,再把长长的下摆像孔雀开屏一样展开,盯着衣镜中式子的身影,激动地叫道:

"瞧,漂亮极了……式子老师,您本人就像电影中的女主角了!"

银色衣料的下摆纤长而宽阔,每当身体转动时,鳞状般银白色的光便晃动闪烁,象在周身流动。这种雍容华贵的晚礼服,堪配电影中的主角在作为设计师一举成名的夜里所穿的服装。式子着迷似地望着镜中那摇曳闪动的银白色的光,被一个念头紧紧地攫住了:不是电影中的主角,而是现实生活中的设计师大庭式子本人必须穿起这种华丽的晚礼服、沐浴在华贵的光焰之中。

"老师,刚才来了一位女记者在等您。"

这一声似乎把式子唤醒了。她的视线离开了镜中自己的身影。与Ｎ妇女杂志的一位记者约见的时间是在十一点，因离见面还有三十分钟，她才抽空来看一下实习室。镜中那身着银白色华贵服装的身姿，把自己给陶醉了，竟忘记了同记者会见的时间。

"啊……完成得很出色，我都看入迷了。"

好像自己是由于迷上了成功的制作而忘记时间似的，式子这样说了一句，赶紧换上原来的衣服，慌忙下楼往会客室走去。门一开，一位年轻女记者正要从沙发上起身，式子立刻止住她，说：

"请别起来……让您久候了。刚才我在二楼实习室检查这次服装的完成情况，不知不觉把同您见面的时间忘了。事情来得急，制作服装的时间短。随着电影拍摄的进行，接着场次的顺序，得先把临场所需的服装作好交上。还算不错，总算如期交上了电影界有史以来最为豪华的四十件服装。"

式子把服装制作的进行情况作了一番说明，同时也为让对方谅解自己为什么忘记了约定的时间。然后，她打开桌上的烟盒，叼上一支烟，问道：

"今天，谈什么好呢？总的情况已向其他报社和杂志社谈过了，特别新的东西好像还没有……"

式子以老练的被采访对象的姿态表白后，年轻女记者有些失望地说：

"那……您在这次电影服装设计方面最花心血的地方在哪里呢？"

"嗯……最花心血的地方……"式子在动脑筋。

她想，自己只画了设计图纸，剩下的试样、缝制等几乎都是伦子、葛美、富枝她们干的。所以当场想不出具体的答词来。

式子从容地从沙发上站起身来,两手交叉在胸前,拿态做势,边踱步边说:

"我觉得,最花心血的地方是在女主角国子成为第一流设计师以后所穿的服饰上。设计师的爱打扮,是'职业性的驱使',这和普通女性的爱打扮是迥然不同的。不同之处不表现出来就不能叫人信服。所以国子成了各设计师以后所穿的衣饰,从睡衣到晚礼服,都是一些无视日常生活现实的极端豪华的设计——挑的尽是些奢侈品,可以说简直是一种浪费。我认为,设计是从浪费中产生出来的。人类的浪费似乎是一种表示文明程度的尺子,如果缺乏这种对文明尺度的灵感,就创造不出卓越的设计式样来。悭吝的生活,狭隘的胸怀,是构思不出新设计作品来的……"

年轻女记者木然地做着记录。式子瞧着她的侧面,继续着自己的谈话。伴随着激情充溢的话语,式子浮想联翩:刚才自己穿上了银光灿灿的晚礼服,而比其更为辉煌灿烂的荣耀借这次电影的成功之机将必降临到自己身上。

N妇女杂志记者结束了采访离开之后,式子似乎因这次谈话颇费心机突然感到了疲劳。由于懒得动弹,便倚着沙发休息了。这时,身穿深黑色西装的银四郎,推开门,进来了。一看式子,问道,"怎么了?"

式子微微欠起身,疲惫地说:

"刚设计完服装,就得检查完成的情况,还要接受报刊及其画页专栏的采访……不要说近来没时间去讲课,就连我的休息时间也被夺走了。"

"不过,我看你还蛮有精神的呀。开始时是有些劳累,但近来你似乎把接待采访看作是一种享受。悠闲地抽着烟,盘着胳膊,在房间里边踱着方步,边介绍情况。那风度还真够神的。"

银四郎这番话像是钻进了式子的内心说的。但他马上又郑重其事地说："今天，有件事要和你深入地谈一谈。"

式子嗔他一眼说："看你那么一本正经的，什么事呵？"

"由于《设计师的故事》中的服装设计，大庭式子的名字更加有了声望。所以我想同你商量一下趁机再增加一所学校的问题。事情是这样的：京都车站附近决定盖一栋五层楼的新楼房，我计划把可以容纳八百人左右的第五层新辟为圣和服饰学院京都分校。"

虽说是商量，但银四郎的口气向来是强加于人的。

"哎呀，大阪本校开张还不到一年！尽管是借一层楼作教室，还不是等于又设一所新校？这无论如何是办不成的！头一件就是资金问题，建大阪本校时，以甲子园校为抵押品借了钱，再加上发行了两千万元的学校债券，现在每月都要还五十万元的债。要是在京都的新大楼再新设一所学校，这资金可打哪儿来呢？总不能把我鱼崎的住宅都拿去作抵押品吧？"

说着，式子向银四郎投去既责难又探询的目光。

"女人家，越是有钱有名，越是变得谨小慎微！捏住一小撮金子八辈子都想扒着不动！"

银四郎嘲讽地看了一眼式子，又说。

"你用不着担心！这件事是京都楼房建筑公司主动提出的。他们有一个如意算盘：这栋楼的一层至四层为大型的专门商店，经营百货。五层提供给名设计师领导的洋裁学校使用，招收年轻的女孩子，以招徕到大型专门商店来的顾客。他们说教室由他们免费提供，学校按比率回扣，实行共同经学。这样的共同经学，对我方来说，是很划得来的。我已同他们谈妥了，条件是以赢利的百分之二十支付给对方。总之，这样一来，用不着拿出一大笔钱就能在圣和服饰学院这个链条上于京都又添一所学校。洋裁学校的链条方式是我长期以来一直在揣摩着的、新的学校企业法。"

银四郎一滔滔不绝地谈起来，他的脸上就出现充满自信的傲然的笑。这种笑，每当他开始一项新事业时是定要流露出来的。

"说起连锁学校，我便想起了商店的联号。与其说是学校，倒使人觉得更像百货店分店。"式子挖苦道。这个生长在固守一处的老牌商家的姑娘，一谈到联号，脑子里所出现的往往就是那种清一色的卖便宜货的商店。

"你可真会在名字上兜圈子。"银四郎又露骨地扑哧一笑："老是把洋裁学校一成不变地认为是施行洋裁教育的机关，这种观念值得商榷。世界各国，哪个国家也不像日本这样洋裁学校如此繁盛。光在京都市内，洋裁学校就有两百所左右，大阪市内约有一百所，一般的府县都有四五十所。当然，这里所说的洋裁学校是大小好坏参差不齐的。但光是被承认的全国性洋裁学校的学生就有大约五十万人。在这么多从事洋裁活动的人面前，没有比只是沉默地垂涎更愚蠢的了。应当以大阪本校为基点，逐个地把这个链条上的环子伸展开去。今后，学校企业不能采取像在荒野里只种一棵杉树那种单打一的经营方式了。完全的办法是搞综合经营：先用链锁学校打好基础，即便某一环节经营得不好，他处的学校也可以来补欠。另外，可以把与本校同类的教材、出版物、购置部用品等推销到链锁学校去，以期使经营得到下降。特别是在购置部销售的用品方面，使用这些用品的学生越多，批发价就越划得来，从而学校的利率也就水涨船高了。"

银四郎一气讲完之后，脸上显出了欲把自己打好的算盘不折不扣地按到你头上的表情。式子把脸掉过去，反驳似地说：

"洋裁学校不能象茶馆和餐厅那样，把店堂设在主要街道上，以招徕顾客增加销售额。光是增加可以容纳学生的场所，但在指导洋裁方面缺乏具有丰富技术和经验的负责人，到底是无米之炊啊！你说，有谁可以担负起京都分校的工作呢？伦子负责甲子园校，我呢，光是大阪本校就够忙的了。"

"不是有葛美吗？"

"噢？葛美？"式子一怔。

"是的，正像把伦子派到甲子园校那样，可以把葛美派到京都分校嘛。"银四郎象是运筹帷幄的棋手，胸有成竹。

"可是，作为负责一个学校的人选，葛美还不够成熟呵。"式子有些为难了。

"我知道，一想到作为一个学校的负责人，你就会犹豫的。权且当作向连锁学校派一名小卒吧，先让她试试看，怎么样？每当增加一所连锁学校时，设计师大庭式子的名字就将被广泛地议论。大庭式子越是有名，学校的学生数就越增加，如此循环下去，这个雪球就会越滚越大，如同工厂的自动线，一切都会带动起来的……"

骤然间，刚才身着华丽的晚礼服，向往更大的荣华富贵，认为这种理想必须成为现实的观念，又在式子脑海里翻腾开了。她觉得连锁学校方式也许是实现上述愿望的一种可行的方法，于是故作推诿地说：

"那么，我就以委任办联号那样的轻松心情交出你试试看吧。现在，影片《设计师的故事》就要开始上映，这是一次大庭式子的名字通过电影而扬名全国的良机。这件事我尽管觉得有不如意的地方，也就将就一点算了。"

"我看得出来，你的劲头还很足呢。近来，虽然我不像从前那样遇事总要推你一把，但你还是积极地活动起来了。照这样下去，我们俩很快就会成为一部车的左右轮子。"银四郎以极其温柔的语调说，同时又不失时机地接上了刚才的话茬："如果你同意的话，关于连锁学校以后的具体事项，就交给我办好了。"

"你这个人呀！每当把脸一绷，说有事要谈时，定准是增加学校的事。到头来，总要巧妙地形成一个'正合吾意'的结论。有了连锁学校，我们俩就像一根绳子上的两只蚂蚱被拴在一起了。"式子向银四郎投去妩媚而调皮的一瞥。

银四郎眼镜下露出了一丝笑意，说：

"也许是这样的。无论什么事情，我这个人都最讨厌稀拉平庸：就拿女人来说，我只对胸怀大志要干一番大事业的女人感兴趣。为事业而四处奔波的女人，有着普通女人所不及的旺盛而充沛的精力，和一股极为清新的风艳！……"说到这里，银四郎把身子往式子偎去。就在这时，桌上的电话响了。式子伸手拿起话机，听到的是传达室办事员的声音：

"式子老师，S周刊的记者来了，要同您说话。"

接着是记者接过话机以后的声音：

"我是S周刊的记者。喂，喂，今天我想用半个小时请您谈谈情况，题目是电影《设计师的故事》的服装设计以及今年秋季的流行时装。请您给留出时间吧。因为是周刊杂志，无论如何今天得谈成，喂，喂，您听明白了吗……"

式子在听着对方精神抖擞的话语时，感觉到银四郎的双手从背后伸过来了。

伦子正按照原样整理着式子脱下的晚礼服，回想着刚才式子穿这件西服时的情景：当式子在擦得明亮亮的镜子前把这件银光耀眼的服装穿在身上时，也已把站在身后的伦子忘得一干二净了。她挺胸脯、晃脑袋、两眼亮晶晶，活似孔雀开屏。毫无隐讳地流露出傲慢和自信。这是一个女人对现在的成功感到得意、对将来的发展确信无疑所表现出来的傲岸之态。她只不过画了设计图，一切具体的工作都是别人干的。而她却在一楼会客室洋洋自得地接受记者们的采访！要知道试样和缝制这大量的事情都是伦子她们干的呀，可她却沾沾自喜据一切功劳为已有。在向记者讲述情况的姿态中时刻不忘矫饰她自己制作的艰辛和热情。伦子感到不满和好笑。她把面前的晚礼服整理好之后离开桌子，含上一支烟，悠然地吐着烟圈，似看非看地把视线转到了坪田葛美负责的裁剪组方面。只见葛美身着一套合体的栗色苏格兰呢西装，脖子上挂着卷尺，敏捷地来往于裁剪台之间，爽利地进行着指导。在此以前，比伦子岁数小的葛美还没有脱掉学生气，但在分成甲子园分校和大阪本校这半年多的时间里，在她那水灵灵的体态上却透出了年轻设计师所具备的风度和自信。伦子似乎怀着羡慕之情望着她。随着葛美那匆忙来去的身形，不知不觉中发现了葛美一个奇妙的动作。

　　葛美装作巡查剪裁情况的样子在室内来回走动着，同时又不时地向面对大街的窗外张望，像是有什么心事。开始的时候，伦子以为是自己眼神有误，但仔细一瞧，葛美确实是始终惦记着学校大门口那一带。这使伦子深为好奇，便离开位子向窗边走去。刚到窗前，便发现了正在窗下走动的银四郎。于是她来到葛美的背后，叫了一声：

　　"哟，你是在等银四郎先生吧？"

　　葛美猛然一惊，挪动了一下身子，反身一转，头上的短发也跟着飘动起来，面向伦子说：

　　"是的。今天是发工资的日子，银四郎先生要是不在的话，从会计那里领不出工资来，我想早一点把工资拿到手。"红边眼镜下的那双大大的瞳仁里闪动着急不可耐的光。她接着说：

"现在我身上穿的这套新西服还等着付费呢,我想快一点拿到工资,好电话通知衣料店来取钱。所以一到领工资的日子,我就不能像伦子小姐那样冷静地工作了。"

伦子听罢,没能立即反应过来。翘首盼望着发工资的日子,早已从伦子的生活中消失了。银四郎每月都留给她五万元的生活费;衣服的装饰品,每次银四郎也都给她买来。她过得宽裕、自由、铺张。而葛美呢,每月从洋裁学校领到工资仅一万元上下,还要从这为数不多的工资中支付买衣服、料子的钱。听到葛美刚才的话,再同自己比较一下,伦子立刻心满意足,洋洋自得起来了,觉得刚才对葛美起的疑心是没有道理的。于是讪讪地打着圆场道:

"我见你一个劲往窗外瞧,以为有什么事,走近一看,银四郎在下面,我想你大概有什么特别的事,这才问了问!"

葛美嘲弄的目光盯着伦子身上那套深灰色黑格西装,说:

"我哪里有特别的事求银四郎先生呀。我只是照他的指导工作,尽量争取好成绩,希望多拿点工钱……除此之外,还有什么呢?我可不像伦子小姐那样同纤维公司有交情,我也没可能随心所欲地打扮得漂漂亮亮的福分。"

"哟,你是说野本的事吧?我和他……"伦子说到这里噎住了。她觉得如果说走了嘴,反而弄巧成拙,会被人察觉同银四郎的瓜葛,与其那样倒不如让人认为自己仍同三和公司的野本敬太保持着关系,更为有利些。

"葛美,我们很久没在一起吃晚饭了,今天晚上你有空吗?今天发工资,我请客。四十件电影服装已经完成了三十四件,高峰已经过了。来一个小小的休整,怎么样?让富枝小姐也来。"伦子用眼神示意了一下正在指导缝制小组工作的大木富枝。

富枝此刻正低着她那前额犹如富士山一样的、白皙而丰满的脸，像是在自己家里做裁缝，表情平静而沉稳，尚未发觉来自伦子葛美的目光。正聚精会神地看着小组成员的缝纫机针的转动。

"今天就算了吧。我还有件事要办，留到下次工资日再去吧。富枝说她今天还要去烫发。"葛美爽快地一笑，便从窗边走开了。伦子不觉心里啧啧几声。她本打算在银四郎今晚深夜来自己公寓之前，约葛美她们去吃饭，以消磨时光，不料却遭到了拒绝。

葛美从轿车上下来后，小心翼翼地环顾了一下四周。当她确认周围静寂无人时便一溜小跑闪入一条灯光暗淡的窄小的胡同。胡同的尽头有一家小餐馆，葛美开开餐馆的扇子门，脚踩小小的铺石来到大门口，招呼了一声。回话的声音是熟悉的，还是通常接客的那个中年女侍出来了，说：

"哎哟，我疏忽了，真对不起！请，您请这边来，您的那位正在那里等着呢。"

女侍的这番应酬话虽也可亲，但举止行动却令人觉得有些粗野。葛美在她的指引下进了一间小客室。每当葛美跟在这个女侍的后边，沿着长廊穿过中院时，总感觉从女侍的后背仿佛射来一束不屑的、老于此道的光。一种羞愧之情袭上她的心头。自从在琵琶湖同银四郎发生关系之后，银四郎一次又一次地把她约到这里来幽会。槅扇门打开后，仰卧着的银四郎收回了搁在桌上的脚，慢悠悠地站了起来。引路的女侍向葛美让了座，问了菜名后便迅速地离开了。

"烦死人了，老是在这种地方见面……"葛美晃着脑袋说。

"那你说怎么办呢，你家的规矩严，不能在外头过夜，剩下的不就只好这么办吗？不过，这只是暂时的情形，等不久有了准日子，就好了。"

葛美被银四郎这一席温存的话语说得无言以对了。在银行当职员的父亲，连自己在女朋友家过夜都是严格禁止的。基于这种现实，也只好在小餐馆晚餐时幽会了。

"是啊，有了准日子，等结了婚……"葛美自言自语，神情又变得开朗了起来：

"今天差点儿被伦子抓住了尾巴！"

"什么？被伦子？"

"是的，关于你我之间的事。"

"噢？你我之间的事？"银四郎的脸色急剧地变幻着。

"怎么，有什么被伦子小姐知道后不好办的事吗？"

"女人家动不动就打醋瓶子！我只是因为弄不懂伦子为什么突然就我们的关系瞎猜起来而感到意外呢。"无边眼镜下，银四郎那躲闪的目光诧异地盯在葛美的眼睛上。

"那是因我疏忽的缘故。我老惦记着你，不时从实习室的窗户往下瞧，被伦子发觉了。她问我'在等银四郎先生吧？'一时吓得我打了个哆嗦。"

"后来，怎么样了？"银四郎故作镇静地问道。

"人，是会急中生智的。"葛美把刚才说给伦子的话演戏般地向银四郎复述了一遍。银四郎边吃着端来的菜肴边认真地听。他说：

"工资日呀，衣料费呀，你还真会撒谎啊。瞧，这就是衣料费的零用钱，同往常一样，总共三万元。"银四郎从上衣口袋里掏出一个四方白信封放在了客室的桌子上。

"哟，我可不是催您给我钱才说的呀。"葛美愣愣地瞧着桌子上那个内装三万元的白四方信封。

"不必再这样扭扭捏捏了,月月如此嘛。你就轻松地放到手提包里好了,反正早晚要用的。"

被银四郎这么一说,葛美从手提包里掏出一个花手绢,把那个装钱的信封包好放进提包后,抬起脸,眨动着秋波荡漾的大眼睛,突然把话题一转,问道:

"上回谈的那件事怎么样了?您答应今天要向式子老师提出的,是吧?"

"是的,女记者走后,我提起了这件事。银四郎说得异常从容,葛美却急不可耐地催问:

"那么,式子老师怎么说的?"

"不瞒你说,让你去负责一个学校,院长是不放心的。我坚持说,不让你先试试怎么能知道行不行呢。你知道,院长这个人只要一说出口就不会轻易收回去的。我呢,也缠住她不放,好容易才把她说服了。所以,你一旦把京都的分校抓到手,不做出相当大的成绩来,我的脸上可过不去啊!学校招生八百人,每人每月缴纳酬谢金一千元,总收入为八十万元,支出的情况是:人件费占百分之五十;各种经费占百分之二十;纯收益为百分之三十,以上是一般的算法。但设在大楼内的洋裁学校实行利率制的经营,必须把人件费降低到百分之三十,把各种经营费降低到百分之十五,把纯收益提高到百分之五十五,否则是办不下去的。当然,楼房的房东,把纯收益作为百分之四十来考虑,其中的百分之二十他提取去。这样一说,就像账面上的数字那样容易懂了。实际上洋裁学校的账面最为烦琐了。你想想,在一定的数目的教室内,把学生分为星期一、三、五组和二、四、六组,进而再细分为上午组和下午组,许多班次轮流交替。真正的总收入,来自楼房一方的外行工作人员是无法弄清楚的。"

银四郎这种在金钱上的精打细算使葛美感到可怕,这和刚才温柔地掏出装有三万元纸币的四方信封时的情形完全判若两人。

"您怎么这么苛刻呵?我简直被你银四郎先生当作经营学校的工具了。"葛美说着怪异地把身子向后挪了挪。

"你呀,和小孩子一样——"银四郎拉过榻扇门,抱起葛美,一边哄逗着,一边把她往羽绒被上推。

伦子独自一人简单地吃过晚饭后拉过椅子在面向阳台的窗前坐了下来。公寓窗内映出的微弱灯光,投到窗外的武库川水面上,川水泛着黑色的波纹,静静地流淌着。

从前,银四郎总是在黄昏之前沿着川堤大道步行到这里。但自从大阪本校建成后,只是深夜才来留宿,而且次数从这四个月前开始突然减少了,一个月内只来两、三回。当伦子抱怨他懒时,银四郎辩解说,"大阪本校刚刚开校,要干的事堆积如山;再加上式子院长又忙于《设计师的故事》制作服装以及接待报刊的采访,教员室的事务管理也必须我一手承担起来。"

银四郎这么一说,伦子再提不出什么了。只是在以往不到三天就和银四郎相处一次的她,现在无法忍受这种寂寞,周身都感到松垮、倦怠、焦躁。每当这时,她也曾想起野本敬太那粗犷而不知疲倦韵身躯。但这个粗俗的人为了领取仅仅两万四千元的月工资,每天都是表情僵硬地默默工作着。他唯一的长处是健康和认真。一想到他那副形象,伦子立刻从脑子里把他赶开了。

伦子叼上一支烟,瞅了瞅装饰台上的座钟。离银四郎答应来的时间十点还差一小时。本想为了消磨这难耐的时光才约葛美去吃饭的,但却被断然拒绝了。伦子想了许多:葛美有几分学生气,翘首盼望着微薄的工资;自己胡乱揣测她和银四郎的关系并出口试探,实在有失成熟的大人的身份,也同自己的现状不相称。因为,迄今,在同银四郎的关系方面也好,在两人共同搞的购置部用品的差额进货和经营内容的专断方面也好,自己都是小心翼翼、行动谨慎,没让式子院长察觉出破绽来。

突然,响起了一阵急促的汽车警笛声。起身朝窗下一看,在离自己房间的楼梯有一段距离的地方停着一辆中型轿车。一个黑色人影摇摇晃晃地从车里出来,用粗哑的嗓门毫不顾忌地喊叫着一个女人的名字。这个醉汉,似乎是那个女人的丈夫,他那大大咧咧并有些傲慢的喊叫深深地触动了伦子:他不必像银四郎那样偷偷摸摸地深夜来会自己的女人,然后再匆匆地离去;也不必在留宿的第二天清晨躲避着人眼悄悄溜走。他们的生活是无须遮人耳目的,是健康的。

猛然间响起了敲门声,咚咚两下之后,就心急地连续敲了起来,这是银四郎的习惯。伦子身披长衫把门打开后,银四郎闪进来说。

"今天,因葛美的事进行了一次深入的谈话,来晚了。"

劈头一句话就使伦子产生了一种说不出是什么滋味的心情。

见伦子不答话,银四郎便背向她脱了鞋,再脱下华贵的苏格兰呢上衣,身子一甩,坐到刚才伦子坐的椅子上,说:

"啊,真累,先给我一杯凉水……"

伦子倒来一杯,银四郎一饮而尽,又开了口:

"因是一件急事,刚才我到葛美家去了一趟。去时还好,回来时那一带没出租车,我是乘电车来的。"

银四郎毫不在乎地说了这件事,但伦子心里却打破了五味瓶:银四郎访问葛美家有点太唐突了,自己约葛美吃饭时,她明明预先知道银四郎要到她家,她却若无其事地说要办一件什

么事。葛美显然是有目的的撒谎。伦子抑制着因愤懑而激动起来的心情,说:

"哟,您访问教员的家庭这是头一回吧,难道出了什么非得进行家访不可的事吗?"

"不是家访,是了解情况。是这么回事:这次决定在京都开办一所新校,让葛美去负责。它与甲子园分校不同,是借一栋楼房的五层做教室,学校设在楼房内,实为圣和服饰学院链锁学校的一环。让葛美去负责之前需要了解一下她的家庭情况,我便顺路跑了一趟。我到她家时,她有事出去了。我刚转身要走,她却回来了。她对我的突然来访甚感意外。"

"那,她说什么来着?"

伦子截断了银四郎慢吞吞的大阪话,刨根究底。银四郎的目光蓦地盯到伦子的脸上,说:

"我当然立即把京都连锁学校的事提出来了。葛美高兴得了不得,马上就要承担下来。但在场的她那位不太随和的父亲,就连锁学校的组织情况呀、责任如何呀、啰啰唆唆问了一大堆。真不愧是个将要退休的银行老职员。问得还真细!最后,她应承是应承了,但费了不少时间。话要说回来,把学校交给这么一位家规严谨的姑娘,肯定是正确的。关于这一点,午间我同式子院长交换了意见。她对葛美的手腕还拿不定主意,但考虑她还有办事能力,且家规严谨,便点头同意了。"

银四郎似乎说话说累了,他从烟灰缸里拣起一截伦子刚扔下的带有口红的烟头,点上了火。这是他到伦子房间后,一种随便的无所介意的惯常动作。令人深感疑惑的是,他今晚这个动作,显然有些造作。这引起了伦子的反感,她说:

"你口袋里烟有的是,干吗故意吸我扔下的烟蒂呢?

然后脱口而出说出了一句连她自己都感到吃惊的话:

"该不会是，每增加一所连锁学校，就要增加一个女人吧？"

"如果可能的话，何乐而不为！但现在这么忙，我的手伸不了那么长啊。再说，只要不是像你现在这样单身独处在公寓里，即使我这个有两下子的人，在色和利的两方面，也不可能同时照应周全啊？"

银四郎从嘴里取出烟蒂，一副恬不知耻相。

"那么说，葛美不在京都住宿，而是从鸣尾的家里上班的？"

"葛美似乎愿意离开家，一个人在京都住着。但她父亲死活不答应，就连在女朋友家住宿，他也不允许呢。葛美这个要强的人，为此可耐了性子了。"

"葛美还是小孩子嘛！"伦子总算恢复了从容。因为她想探究的事都从银四郎嘴里流出来了。葛美派往京都分校后，从家里去上班，同银四郎秘密幽会的可能性很小；虽然还有休息室和会客室可利用，但在这些地方……连她伦子都会感到害臊的，何况葛美呢？

"你在想什么呀？"

"关于式子老师的事。"伦子像是要试试银四郎的反应，忽然说，"式子老师为什么总是对您的话百依百顺呢？我感到有点不可思议！不单单是这次连锁学校的事，向来都是您说了算。好像有不这么办就不行的关系……"伦子把最后的"关系"说得特别重，那目光好似要刺透银四郎的心。

"这，很明显嘛。照我说的去办，学校扩大了，她也出了名，这不是历历行之有效吗？如今，潜藏在她心中的那种女人的虚荣和野心，由于我的诱导萌动起来了。为了更加出名和进一步荣华富贵，而对我言听计从。我呢，则利用她的虚荣心，让自己干一番事业的欲望也得到了满足。也就是说，我把女人的虚荣心变成了金钱。"

说罢，银四郎从椅子上站起身来，打开了卧室的门，脱下衬衣和裤子，仰卧到床上，二话不说关上了电灯。伦子蓦然感到了被抛弃似的空虚，产生了一种热切的渴望。她想，式子出身名门，貌美，有钱，身上罩着高贵女人的光圈；自己现在却忍气吞声地追随在她的身后，一旦当她声名消匿、财力枯竭之时，自己当取而代之，这不是很理想吗？为此，无论如何也不能离开这个有着异常经营才能和魅力的男人。伦子强抑着涌上喉头的笑声，狂热地抱住了银四郎。

第十六章 青　云

飞机似乎正在伊势湾上空飞行。

从机窗口往下望，云海靛蓝，如大海般波汹浪涌。这个既不像海也不像云的靛蓝的空间，把视野给堵塞住了。式子望着窗外，凝视着缭乱多变的云流，飞快地回忆着半年来的情景。

去年秋季十一月间，《设计师的故事》上映了。真实而生动的故事情节，豪华的服装，为年轻女性的理想插上了翅膀：服装的设计者，大庭式子的名字，同电影中的女主角一样，在年轻女人们的心目中留下了令人艳羡和崇拜的形象。寄给圣和服饰学院的邮件，雪片般飞来。其中绝大多数是院长大庭式子的崇拜者寄来的信；少量是纤维厂家和商社寄来的。内容一律是要求给年轻女性设计出具有浪漫色彩的服装。报纸和杂志也没放过机会，无一例外地用夸张的笔调对设计师大庭式子的才能，吹嘘了一番。

正如式子所料，《设计师的故事》获得了成功，大庭式子的名字也随之传遍了全国。第二年三月新学期开始后，地方上突然有许多人要求报考圣和服饰学院。甲子园分校招生名额是四百人，大阪本校一千五百人，顷刻之间达到了满员。有一部分学生还要求在上学距离允许的情况下，调到京都分校去。一切都进行得很顺利！由于过于顺手，式子起初总有些惴惴不安，继而心胸坦然了，反而觉得自己的过虑是怯懦的表现，没出息。像自己这样出身大阪的商家名门，才貌双全，获得现在这种程度的成功，是不足为奇的。

不知何时，飞机已离开了海岸线，进入铃鹿山脉上空。雪山一样白皑皑的厚云层遮住了视野，式子从小小的圆窗口收回了视线，疲倦地往椅背上一靠，向熟睡在邻座上的大木富枝望去。一上飞机，富枝就把机内的蓝毛毯拥在双膝上，胖乎乎的、下颏宽阔的脸上睡意蒙眬，不久便发出了鼾声。尽管工作了两个通宵，她那富士山般的额头仍然没有失去光泽，小巧玲珑的下唇依然光亮殷红。在她这样的年龄，只要稍息片刻，一切疲劳很快就会消失的。

对大木富枝，式子向来没寄以多大的希望。可这回她却发挥了意想不到的作用，望着富枝那健康而充满朝气的睡容，式子为她所起的作用感到快慰。现在东京方面的工作量增加了，大阪东京间的来往也频繁了。式子把她当成私人秘书，外出时总要带着她。富枝彻夜不眠地工作，协助式子在东京搞时装展览和制作设计展览的作品，任务完成得很及时。当伦子和葛美二人分别挑起了甲子园和京都分校的重担而不能脱身时，富枝成了她不可缺少的重要助手了。

"您真是！老师，看人家睡……"

突然，富枝欠了欠身，操着软绵绵的大阪话盯着式子说。静静的机舱内，她的声音听起来非常清脆。式子向她使了个眼色，责备她说得太响了。

"你那富士山一样的额头真迷人！你的脸型是难得的典型的日本人的脸型。"式子说着目光又移注到她脸上。富枝高高的额头下两只眼睛似醒非醒，发出惺忪柔媚的亮光。她用带鼻音的大阪话慢吞吞地说：

"正因为这样，我即使穿上漂亮的西装也不显得好看，吃亏了！"

"吃亏的并不是你那个富士山一样的前额，而是你那口浓重的大阪话，能不能不说大阪话呢？至少在课堂上讲课或在和报刊方面的人士谈话时，改说普通的标准话呢？"

式子的口气含有严格要求的意思。富枝顿觉有些难堪，说：

"偏偏这一点，无论您怎么说，恐怕改不了了。我如果不用大阪话讲话，舌头就像压着一块铅似的转动不灵便。我真不明白您为什么对大阪话这么反感。前些日子我在东京时也一直是讲大阪话呀。可谁也没笑我，也没人显出不以为然的样子。相反，还夸奖我的话有着女性的特质呢。"

富枝这番话几乎是向式子提出了反证，但这个反证却使式子感到心烦。什么大阪话有着女性的特质呀、妖艳妩媚呀等等！这些言语隐含着东京人拿大阪人取乐，借以表现自己的地方优越感。式子对此是讨厌的。

"机内就餐马上就要开始了。"富枝恍然有所悟，边说边不客气地转身向乘务员室所在的机舱后部望去。

"哎呀，多不礼貌啊。"式子轻声责备她。

"这有什么呀，反正他们要送食品来的……再说如果不在这儿吃，飞机在东京一降落就会忙得不可开交，那时恐怕顾不上吃饭呢。你想想，从羽田机场直奔日活饭店，下榻后就要帮模特儿试穿好五件衣服；从三点半开始又要进行舞台排演，我们又不能不准时到场……"说到这里，富枝用手指了指小心谨慎地放在她脚旁的服装箱。箱子里装着东京O报主办的《十大设计师作品展》的预定展品：两件外出时的便服、一件晚礼服、一件夜会服。这几件服装是进入服饰界已有三年的式子,加入到鼎鼎大名的设计师行列后,首次预定在东京舞台上发表的作品。

乘务员送来了机内食品:汤食和三明治。吃完后,富枝仍觉犹未睡足又躺下了。式子挪动了一下身子,微微闭起眼睛,但总睡不着。她欠身坐了起来,伸手从前排椅背上的口袋里掏出了一张彩色明信片。明信片画面是日航客机在蔚蓝的天空中飞行的图景。她把明信片翻过来,掏出活动铅笔,取出通讯地址簿,先写上地址和白石庸介先生的名字,凝思了会儿,便一口气写了下去。

  我是在飞往羽田的飞机上突然给您写这封信的,请原谅我这不太礼貌的做法。
  定于明天(四月六日)和七日两天,分别于中午十二时、下午三时和六时,在产经大厅,由O报社举办时装展。我的设计作品也预定在这个展览会上展出。请您务必来看一看。我知道您不喜欢时装展之类的活动,可我的作品在东京展出这还是第一回。因而非常希望您能来看一眼,不胜感激。

写到这里,式子又从头读了一遍,然后添上几句。

  如您肯来的话,明天下午六点为宜,我已把您的名字写在招待券上,交给传达室了。届时您直接去就行了。
  写毕她把明信片交给乘务员,投了快递。

自从去年秋天在京都瓢亭餐馆,同白石教授一起,边听导水管的流水声边进餐，至今还未曾见过面。就式子来说，一方面忙于《设计师的故事》中的服装制作，一方面在电影上映后又穷于应付各方事务，虽说白石教授每个月来京都讲五天课，都没能抽空去拜访他。白石教授自登大阪古城至今也没到过学校了。在飘亭宁静的客室里用餐时，他两眼望着茂密的林木和庭院中被水淋湿的铺石，脸上浮现出茫然若失的苦笑。他曾说，"孤独这滋味儿在人的一生中，如果不尝也可以的话，还是莫尝为妙啊。"完全陷入于孤独凄楚的情景中，语带自嘲。不知怎的，他那种模样深深地留在了式子的心中。虽说这是个在另外一个天地里生活的人，同式子的职业毫不相干，但他的处境同式子是相差不离的。家中除了一名老女仆，没有任何亲人。正是这一点使式子感到分外亲切，迄今，式子每次来东京时，都想同他见见面，遗憾的是机会太少了。

"老师，现在到什么地方了？"

富枝突然睁开眼睛大声问。

往窗下一望，碧波荡漾的海面上浮出了一个大岛，驶往大岛的轮船只有豆粒般大，划出一道细细的水线。式子答道：

"正在大岛的上空，真美呀。"

富枝一听，赶忙揭去围在双膝上的毛毯，扯了扯裙子上有些松动的拉链，弓腰向机窗外眺望，随即又坐下来，仰起宽大的下颚问道：

"老师，您刚才的明信片是写给谁的呀？"

"哟，你原来装睡呀，都给你偷看了！"

"不，我刚才是在打盹呢。看见了！是给银四郎先生的吧？"

"咳，跟他有啥好说的呢！我是写给白石先生的，请他明天来参观展出……"

式子正色地说。

"白石先生似乎是一位悄悄地跟在您身边、时时给您以影响的人物！在开校典礼的酒会上，我虽然只见过先生一面，但不知怎地我老有这种感觉。"

式子有些惊讶地看了看富枝。伦子、葛美、富枝这三个老资历的教员中，要数富枝年纪最轻。平时处事似乎总显得迟钝、不机灵，没料到却有着这么一种敏锐的洞察力。

由羽田机场乘车到了日活饭店时，时装模特儿已先到了一步，此刻正等在楼下的大厅里，一见式子进来，立刻取下叼在嘴里的纸烟，往烟灰碟里一扔，说：

"式子老师，谢谢您前些日子的关照……今天，我来早了些，正在等您呢。"

模特儿名叫白川洋子，秉性我行我素，不遵守时间已经出了名。一双混血儿式的略带茶褐色的大眼睛，闪动着一缕妖艳妩媚的光。没想到此次她倒按时来了，式子打趣地说：

"哟，白川小姐准时到场，真出人意料！"

"太冤枉人了！我也并非故意要迟到的。每次都把日程安排得满满的，使人穷于应付都来不及，所以不得已，有时……不过，对于大庭式子老师的工作，我是要做到绝对不迟误的。要是吃了您的白眼的话，说不定我就难上银幕了……"

白川洋子毫不顾忌富枝在场，启开她那端庄秀丽的嘴唇，妩媚地笑了笑。此人持续保持着时装模特儿的首席地位，也有着自己的打算。式子在成功地设计了《设计师的故事》的服装之前，在大阪举行时装展览时，曾邀请她出台表演，但却被她婉言拒绝了。时过境迁，她对这次时装展的态度骤然转变了，早在一周之前就到大阪试了样；今天又准时赶到饭店来作出场的试穿。式子说：

"不过，您应该做到不要因为仅仅为我严守时间，而引起其他设计师对我的嫉恨来。好吧，我们开始吧！"

式子说罢率先进入电梯，升至八层后从电梯里出来进入预约的房间，立刻展开三面镜，开始了试穿的准备。为了身体活动灵便，式子脱去了高跟鞋，换上平底鞋，脱下西装上衣，只穿一件绸衬衫。富枝从饭店服务员协助提来的衣箱内取出衣服，顺手挂在衣架上，开始往左袖插针。

"先试晚礼服吧。"

式子边看手表边吩咐。

白川洋子一听，立即把身上的衣服脱得只剩下一条衬裙，穿上柞蚕丝的晚礼服，在镜子面前摆好了架势。晚礼服，肩线柔和，胸部蓬松地隆起，由腰部至下摆是一条袅娜纤细的线条——这三点特别体现了式子一向强调的和服的标致和女人特有的曲线。

"太好了，设计得别致极了……可是陪衬品怎么上呀。"白川洋子声音有些激动。她打开了一只红彤彤的长方形陪衬品手提包，里面装有耳环、项链、发卡等自备的附属装饰品。价值大约三十万元。真不愧是个特A级的模特儿。式子从中选定了同象牙色礼服相匹配的镀金项链和耳环。

白川洋子从装衣服的提箱里，取出了一个别致的黑嫩革镀金拉链手提包，一双鞋，问道：

"这个提包和这双鞋配得上吧？"

象牙色、黑色和金黄色在镜子里映出的影象，是庄重而谐调的。式子为这种高雅的庄重陶醉了。

看到式子把时间都花在一件晚礼服上，富枝担心地说。

"老师，还有一件晚礼服和另外的模特儿要试穿的两件衣服，都在等着我们呢……"

式子后悔自己把时间排得太紧迫了。模特儿结束试穿时已将近四点。虽然已经从旅馆出发驱车向大手町的产经大厅赶去，但无论如何疾驶，比预定三点半开始的彩排也得迟到相当时间。富枝由于连续两个半小时的试穿很觉疲倦，同时对式子没有抓紧时间有些不大高兴，把西服箱子往脚边一戳噘起了嘴，一声不吭。

来到产经大厅，进了便门，穿过办公室，在光线暗淡的座席上入了座。刚才来试穿的白川洋子此刻身着轻快的旅行装，在轻快的音乐旋律伴奏下，以旅行者的姿态正在舞台中央迈着步子。指挥者从舞台厢房里向她提出个什么要求，白川洋子傲慢地点了点头，又重新在舞台上走了一遍。现在，从白川的身上丝毫也找不到刚才在式子面前表现出的那种娇娜和媚态了。为此式子感到骄傲，掂出了自身的分量。

式子把目光从舞台转向富枝，吩咐富枝去乐池帮助模特儿把服装穿好，然后又向看客稀疏、光线暗淡的观众席上环顾了一周。随着眼睛对光线的适应，逐渐辨出了中田花枝、惠子夫人、中泽万树子、森薰等五、六位赫赫有名的设计师，她们都围坐在前第五、六排的中央位子上。式子站起身来，静穆地向她们走去，利用舞台上活动的间歇之机，弯身向她们施礼问候：

"我叫大庭式子，迟到了，对不起。同各位一起参加展出，这是头一回，请多关照……"

于是，五、六张白皙的脸庞一齐从昏暗的座位上转向了式子。她们甚至不肯露出半点微笑，只是轻轻地把头一点表示致意，然后又旁若无人地把脸转向舞台。这意味着她们对进入服饰界仅仅三年的式子，就被选为关西的唯一代表，其名字竟与十大设计师并列，表示强烈的反抗。

然而这时，式子反而觉得既没有产生被排斥在外的孤立感，也没有因此感到有切身的痛楚。那些有名的设计师们向她投去敌意的目光，无视她的存在，这反而证明了她的分量。对她来说这是一件愉快的事。如今，只要是对式子的不平凡给予肯定评价的事情，她都会感到心情舒畅。

"大庭女士！大庭女士的晚礼服准备好了吗？"司仪手中拿着节目时间表由舞台箱房走出，来到观众席上，大声呼叫。只听有人答了一声："刚才，她往乐池去了，您往那边招呼一下看看。"

于是司仪冲着后台大声叫了起来。

舞台上出现了两三分钟的静场。一阵奇妙的静寂过去之后，象牙色的晚礼服以其清澈凉爽之感出现在蓝森森的灯光下。可以毫不夸张地说，象牙色的绢绸在蓝晕泛泛的气氛中简直熠熠生辉，显得深远、高雅、美观。观客席上的有关人士中出现了一阵小小的波动。紧挨式子而坐的各设计师们显出了闷闷不乐的表情。由此式子看到了自己作品的成功之处，从而站起身来与这些名手们不辞而别了。

正式展出还没有开始，但产经大厅的入口处前，年轻妇女们已排上了队，周围是一派鲜艳明媚的气氛。《十大设计师作品展览》这个堂皇的名字似乎攫住了年轻女性的心。继第一轮展出之后，等着第二轮入场的年轻女人们又排成了一列长蛇阵。

透过大厅的玻璃，式子眺望着那条长长的队列，思索起这回展览的事来。

所谓"十大设计师"，到底是谁按照什么标准评定的？两个月之前，东京的报社突然同式子联系，要求她代表关西服饰界，向"十大设计师作品展"提供作品。关西服饰界的头面人物是大原京子，置大原于不顾把式子推出来，一定是O报社瞅准了《设计师的故事》上映后，大庭式子的响亮名字，在新闻报道方面具有宣传性的价值。这一点，式子心里是十分清楚的，因之，笑容满面地答应了对方的邀请。他们把她选为十大设计师之一的动机，对式子来说是无关紧要的。在仅仅两三年内，学校扩大了；成功地为具有强大宣传力量的电影设计了服装，转眼之间成了有名的设计师。现在看来，能否出名，实力所占的比重是微乎其微的，机遇才是第一位的。某一天，幸运之神突然降临到你的头上，而你又具有巧妙地利用这种幸运的才能，这才是出名的真正所在。因此，式子觉得，不管把自己选为十大设计师的动机如何，能挤入十大设计师的行列这样的事实是最重要的。为此，当她看到一大群女性为了观看十大设计师的作品，而表情激动地提前排队等候入场的情景时，对自己能在短期内进入名人的圈子，感到无比的快慰和兴奋。

"大庭女士，您在这儿呀。"突然，背后有人气喘吁吁地叫她。回头一看，原来是去年到大阪采访过她的N妇女杂志社的那位年轻女记者，她说："我找您好半天了，其他设计师们现都在休息室，唯独大庭女士没去……"

女记者稍稍喘了口气，又继续说：

"您的作品在第一次展出时就获得了很高的评价。这次的作品不同于《设计师的故事》里那种艳丽浪漫的式样，它是以传统性日本服装为基调的庄重的日本式设计。不瞒您说，对《设计师的故事》里的服装持批判性观点的行家，也在暗暗地佩服您设计学问的渊博了。大庭女士受到好评已是十拿九稳了。"

年轻女记者向式子投去了兴奋的目光。但式子觉得"好评"这个蛮好听的词是滑稽的。到头来它还要随着出名才能出现。早在三年前，于关西设计师协会举办的时装展上，式子就发表过同样的作品,但当时因是个无名小卒,就没能得到今天这样的评价。对于"好评"这个词,式子不屑一顾,露出了鄙夷的神情,她正经八百地说:

"说到底,关键是把工作做好。只要工作做好了,即使默不作声,也会得到应有的评价的……"

最后一轮展出开始后,式子频频往来于来宾接待处和来宾席之间,寻找白石教授,看他是否来参观了。对来宾接待处,式子已打过招呼,只要白石教授一到,就马上同她联系;来宾席方面,式子从开始到现在一直用目光进行着搜索。但展出时间已过了一半,白石教授仍然杳无踪影。以前,白石教授曾说过对时装展没有兴趣,说不定他会把从飞机里寄去的快信一读之后扔到字纸篓里的。式子不由得对自己的行动——在《十大设计师作品展》这一堂皇名称所激起的感情冲动中,飘飘然地发出了请帖,随后当展出进行时又站在空无人影的走廊里巴望着客人的到来——感到可气了。

她猛地推开走廊的门,步入了会场。观客席上坐满了年轻的女性,连两旁的通道也挤得水泄不通。此刻,中泽万树子设计的矫柔造作的晚礼服,在明亮的灯光下正移动在舞台的中央,那酸溜溜的劲儿是巴黎格调的生搬硬套,很使入恶心。式子不屑一顾地把视线从舞台转到了来宾席。

前数第五六排的席位上坐的都是纤维厂家、商社、百货店管服装的人,以及妇女杂志的主编等来宾。式子从光线暗淡的甬道的一端把这些人的脸庞一一审视了一遍,仍未发现白石教授的身影。式子感到没什么指望了,刚才那绷紧的心弦也随之松懈了下来,懊丧地把目光转移到普通客席上。就在这时,白石教授的脸容突然出现在式子的视野里。她怔了一下,揉了揉眼睛,定睛一看,白石教授那轮廓鲜明的面庞,正沐浴在由舞台射出的光晕里。他似乎不愿坐在来宾席的显眼位子上,选择了这来宾席后部的普通席位,默默地正襟危坐。这种姿势好像已保持很长时间了。他两眼望着舞台,目光呆滞,脸上没有表情。

突然,一片夜光笼罩了舞台。式子设计的紫色晚礼服,拖着长长的下摆出场了。这种晚礼服采纳了平安朝十二单①的幽雅。绢绸纤细蓬松,摆线层层,纤长而优美。式子此刻并没把目光投在舞台上,而是紧盯着白石教授的表情。只见在暗淡的灯光下,白石教授上身微微前倾,炯炯有神的双眼向舞台凝望了片刻。当式子的晚礼服从舞台上退下后,他的表情又一如既往,无精打采了起来。接着便静静地离开席位向后部的出口处走去。式子急忙盯住白石教授的背影,跟踪来到走廊,继而转向出口。当白石教授从内侧把门打开时,式子将身子凑近门扉,深深地鞠了一躬:

"我以为您实在来不成了!现在来了,真叫人高兴。"

"嗯,虽说我只是个名义理事,但毕竟还是圣和服饰学院的理事啊!像这样的展出还应该看一看的。"白石教授淡淡地答过之后,又提议道:"如你有空的话,我们一起去银座吃晚饭吧。"说罢,表情才缓和了些。

式子开初还惦记着展出的善后事宜,但现在已决定把善后工作全部交由守在乐池的富枝去办理了。

"花之木"餐厅的二楼飘溢着微微清冷的气氛,格调高雅而宁静。

---

① 平安朝:公元794—1191年。
十二单:宫中女官装束的一种。

式子在窗边的桌前,同白石教授面对面地坐了下来。一边喝着葡萄酒,一边品味着清汤炖大虾。虾肉嫩软,味道清香,似乎是用法式烹调法制作的。白石教授一边从容地用着餐,一边望着式子说:

"这个菜是法国马赛的名菜。把虾、鱼、贝等放到汤里,用一种叫番红花的香料清炖。我在法国时常吃这个菜。平时家里只有一个老女仆和我两个人一起吃饭,现在像这样在外边美餐一顿,也是一种享受哇。"

"今天,您不辞劳苦参观了时装展,又在银座大街上的考究餐厅请我吃珍贵的法国菜。没想到今天我遇上的净是幸运的事。"式子向白石教授投去了感谢的目光,接着,又征求意见似地说:

"您看了今天的时装展,有什么感想吗?"

白石教授有些为难地说:

"今天时装展的作品,尽管号称是所谓十大设计师的名手所为,依我看,与其说是对巴黎格调的生搬硬套不如说大多数是蹩脚的模仿。许多展品几乎是对巴黎格调的剽窃,恬不知耻的假货。老实说,我看后心情很不舒服。我这个人,对那种剽窃来的东西,以假充真的东西,特别敏感。那些东西在我这里是通不过的。我不能容忍冒牌货。而有些有缺陷的或者不够成熟,但却是独创的真货作品,我倒是会原谅它。从这个意义上说,你的那件采用了平安朝十二单风格的晚礼服,倒是不失为日本式的有创造性的作品。不过今后服装设计的趋向,不能永远只求助于对这种古典式的翻新。你还是要到巴黎去一趟,真正地学一学。不管哪个领域,一旦要学,起码要把它的真谛弄懂。"

白石教授表情严峻地望着式子,说了这番话之后,嘴角稍稍绽开,露出一丝苦笑,继续道:

"不知为什么，同你一见面，讲的尽是这些没趣的话。本来，在女性面前，应该找些令人愉快的妙趣横生的话题，可我说着说着就顽固地泼起冷水来了。"

"哎呀，我只有同您在一起谈话，才感到是一种解脱，从令人头晕目眩的工作中得到解脱，身心得到了休息，平静得到了恢复。吃完饭后我还想尽可能多听一会儿您的教诲呢。"

式子讲得如此坦白以至于连自己都感到意外。白石教授微微眨动了一下眼睛，平静地说：

"那么，饭后我们找个幽静的去处一边溜达一边再聊一会儿吧。"说罢，用餐巾擦了擦嘴角，开始吃起了餐后点心。

出了"花之木"餐厅，白石教授像是拿不定主意往何处去似的，在横道上停了片刻，然后把身体转向式子，问道：

"你下榻的地方在哪儿？"

"我住在日活饭店……"

"那么，我们沿着护城河溜达一会儿，我送你到饭店去吧。"

白石教授为了避开银座大街上的嘈杂，叫住一辆出租车，吩咐司机朝近在咫尺的日比谷开去。

出租车从日比谷公园的后面穿过，来到皇宫前广场的边上。他们在这儿下了车，信步向皇宫方向走去。八点过后的昏沉沉的天空，给皇宫的树林涂上了一层灰暗的色彩，周围的一切暗如剪影，静寂肃穆。护城河的石堤以及石堤上的松树都隐没到黑暗中去了。明晃晃的灯光从护城河尽头处的第一相互大楼的窗内，垂直射到正前方的水面上，摇曳着，闪烁着。在昏暗的道路上，同式子并肩行走的白石教授，猛然想起了什么，问她道：

"这阵子，银四郎君在干什么呀？"

"在为连锁学校张罗呢。"

"连锁学校？"白石教授不解地问。

"是的，四月十日，在京都开设了一所圣和服饰学院的连锁学校。搞多种经营、采取合理的连锁学校方式，似乎是银四郎经办学校的妙方。不知不觉中，他已做好了安排，然后硬性推行下去，现正为这事在四处奔走呢。这个人对经办学校可真够热心的。"式子的这番话好象含有某种期望似的。

"这不会是他的本意吧？我说句不客气的话，像他这样的高才生，不可能真心实意在经营洋裁学校上倾注精力的。他是不是别有所图呢？"

说罢，白石教授倏地抬头向漆黑的天空望去。式子也把头往上一仰，透过帽子的网眼看到了稀疏地散布于天空的星辰。它们正闪烁着微弱而暗淡的光。白石教授将话题一转，平声静气地问式子：

"你常和曾根君见面吗？"

"不，完全不……以前，要是有我的时装展或有什么会议的话，他几乎都要光临的。但自从我忙于电影服装设计以来，他就一次也不来了。"式子的这番话似乎是在埋怨曾根长期的不照面。

"啊，这可能是曾根君以自己的方式对你的批评吧。关于你的情况，他曾设身处地地为你考虑过，也向我做了很多介绍。从他那文雅的性格来看，他的步子大概要跟不上你这种急速变化的形象了。"

"什么？急速变化的形象？"式子反问，仿佛是要探询出这个词的含义。

"如果你对变化着的形象这个词感到不快的话，也可以换上另外的词。总之，事实是，每次见面时，你身上的那种气氛明显地在急剧变化着，流动着，以至使人难以捉摸到底是怎么回事。"

白石教授说毕，停下了脚步，同式子面对面地站在昏暗的道路上。借着微弱的灯光，可以发现白石教授的面部笼罩着一层阴影。冷峻的眼睛里闪动着深邃的光。

"自从我们分别以后，你又大变了。在大阪本校开校典礼酒会上我第一次见到你时，我的印象是：你是一位出身名门的小姐，举止彬彬有礼，交上了好运，应受盛大的祝福。第二次见你时，你意识到了自己是一位大型学校的院长，是一位出了名的设计师，从而学会了与之相适应的娴熟的举止。当我们一起登上大阪城时，你眺望着荒芜的石垣和草木丛生的内护城河，内心还是从容的。但是，当你从电影摄影场回来，到京都饭店去探望我时，你所注目的就只是那些华丽的东西了。而这次相见呢，我觉得你又有所变化。"

式子避开了白石教授冷森森的严厉的目光，垂下眼帘，默望着他映在地面上的威严的暗影。少顷，影子一晃，走动了起来。白石教授边走边一字一板地说：

"人，不管是谁，都希望别人以某种形式承认自己的存在。但是，如果被承认的方式发生了哪怕是些微的偏差或失常，那么，她（他）的人生甚至也会失常起来。比如说，一个人想把声望和财富象勋章一样悬挂在胸前，但如悬挂的方式失去常态，那还有什么意义可言？"

这些话是冷酷无情的，但式子觉得白石教授的内心是温暖的。她心里虽然受到了这些严词的冲击，但她的身体却向教授靠拢了一步。

当二人来到一片松林茂密的荫蔽之处时，白石教授踌躇了起来，止步不前了。原来暗处有人在那里进行着毫不掩饰的幽会。白石教授把眼睛避开，向式子说：

"我们回去吧,别太晚了。"说罢,转过身来,顺着来时的路,沿护城河向左拐,上了同电车线路平行的柏油路,在护路木繁茂的树荫掩映下,二人默默地沿着大道踽踽而行,向日比谷的交叉路口走去。来到日活国际大楼附近。白石教授停下来说:

"就到这儿吧,我不送你进去了。你好好休息吧。"说毕,端端正正地施了一礼,然后叫住一辆路过的出租车,钻进了车里。这时,一阵强烈的茫然而孤寂的情绪袭向了她……但回头一想,这种道别方式也是符合他的身份的。于是便推开大楼的门,上楼到饭店去了。

从服务台领回了房间的钥匙,刚要按电梯的电钮,服务台的一个男侍追过来对她说:

"八代银四郎先生现正在鸡尾酒间等着您呢。"

"噢?八代先生……什么时候来的?"式子吃惊地问。

"他乘飞机到的,到饭店的时间是七点过一点儿。"

"他的房间安排在什么地方?"

"他说要在您房间的附近,所以我们照往常一样安排在您房间的正对过儿了。"

"嗯,你们费心了……"

一前天,从大阪出发时,银四郎说他因连锁学校的事脱不开身,这次东京展出去不成了。可今天,出乎意料地来了,事前连个招呼也没打。式子没有乘电梯,步行登上了通往七楼鸡尾酒间的阶梯。

六楼大厅直通鸡尾酒间,酒间内的照明是间接的,柔和的光线从天花板上落了下来。客人中有脸颊贴着脸颊饮酒的洋人夫妇,也有谈笑风生的饭店的住客,宁静中可以听到窸窣的声音。

式子先从离入口处很近的地方开始，曲折迂回地扫视着每一个酒客，寻觅着银四郎的身影。当目光落到屋子中间靠墙壁的一把椅子上时，她看到了一个盘着腿一边喝酒一边读报的人，这个人像是银四郎。式子走近一瞧，果然不错。不知银四郎正在专心致志地读着什么，似乎没有觉察到式子已到了他的身边。

"银四郎先生！"式子一声招呼，银四郎吃惊似地仰起了脸，"你在那么认真地看什么呀？"说着便不客气地瞥了他一眼。好像为了遮掩，银四郎唰地把报纸叠了起来，装到了自己的口袋里。眼镜框下的目光一闪，带着几分不大和悦的表情，责备似地向式子说：

"没看什么，浏览了一下经济栏的文章。对了，七点半展出就结束了，你到哪儿去了？现在才回来！我问了一下先回来的富枝，她也不知道你的去向。"

"我和白石先生一道吃晚饭去了。"

"噢？同白石教授？"银四郎感到意外。

"是的，我邀请白石先生去看时装展。他请我在花之木餐厅吃饭。饭后，又一起在护城河畔散了会儿步。"

"嗯……白石教授去看时装展出，在银座同一个女性吃完饭后又一起去散步……这些日子，他可真有闲功夫呵。"银四郎的脸上露出讥刺的笑容，语调是不怀好意的。式子辩驳似地说：

"不，那是因为我给先生去了一封快信，要求先生无论如何要来看一次的。"

银四郎一听，立即揶揄地说：

"虽然如此，一个潇洒的文人去看女孩子爱去的时装展，也够可以的！"

"白石先生说，他尽管是圣和服饰学院的名义理事，来看一次也还是必要的。"式子婉转地说。

"倒也不错！这种说法很微妙。"不知为什么，银四郎突然对白石教授产生了抵触情绪。式子对银四郎无缘无故的不满白石教授，很是迷惑不解，问道：

"你为什么对他这么反感呢？是不是因为我和白石教授又吃饭又散步什么的，你吃醋了？"式子说着向银四郎投去调情似的一笑。

"你真糊涂，我不是那个意思。"银四郎否认道。

"那，你为什么对他那么讨厌呢？"式子追问说。

"白石教授对您现在的状况大概持批判态度吧。他一定会像权威理论家那样搬出一整套道理出来，向您说教：什么不要沽名钓誉，要洁身自重呀；什么不要卷进新闻报道的漩涡中去，要认真做出第一流的工作来呀等等。这一套，我不会买他的账。凭着父母留下的遗产，本来可以不必拼命而轻轻松松地过着小康式的幽雅生活。可你却不甘寂寞，以野草那样的坚韧不拔的毅力去奋斗。对于这样的人，白石教授却持冷笑和轻视的态度进行批判。大学教授的这种正人君子的面孔，我从心眼里就感到讨厌。"

银四郎把桌上的鸡尾酒一饮而尽，继续说：

"快十点了，回房间睡觉去吧，我明天还要参观第三轮的展出……"

"那么说，你突然来的目的是为了看展出呵？！"

"对了。对于十大设计师作品展的反映，我不亲眼看一看，将来对在东京作一番事业是会有影响的呀。"

"什么？在东京作一番事业？"式子惊讶地说。

"不过，现在还没有定下来，再过些日子，等工作开始有了眉目时，在一个适当的时机，我会同您商计的。今天晚上，这就——"

银四郎一语未了就挽起了式子的胳膊，同时向她的胸前投去一束灼人的光。

二人来到房间门前，银四郎从式子手里接过了钥匙，打开了房门，拥搂着式子滑进了门里。

早晨，式子在一阵敲门声中睁开了眼睛，一抹纤细的阳光从厚厚的窗帘缝中透射了进来。

式子坐起身来，迅速整了整零乱的床铺。确认了昨天夜里很迟才离去的银四郎没有留下任何物件时，应声道：

"是富枝吧，进来吧。"

富枝从门背后探头一看，说：

"哟，您在休息呀，银四郎先生让我把昨天时装展的报道早一点送给您看，我把它拿来了。"

说罢，把抱在右手里的一束报纸放在式子的床上。

式子翻开了报纸，心里感到了一阵快慰：这个银四郎真有一股男子汉的镇静，昨天夜里经过那样……之后还能早起在自己的前头，把时装展的报道过目之后又让富枝送了来。

主办《十大设计师作品展》的O报，在它的妇女栏的头版头条位置刊载了一幅晚礼服设计照，其式样如同平安朝的十二单一样拖着层层长摆，纤柔的绢绸显得格外蓬松。照片的下方印有大字说明：古典式的独特式样，大庭式子作。式子展开了其他五家报纸，这五家报纸也都报道了式子设计的晚礼服。报道说，式子女士试图从传统的日本服饰中找到新的服饰设计的基点，这种态度是一种独到的创造精神，它给走投无路的服饰界送来了一股别开生面的新风。各报都给予了很高的评价。

式子放下报纸，背靠床头，仰起脑袋，长长地舒了一口气。这是当人取得了新的成就时所表现出的自信和从容的呼吸。接

着,式子爽快地向富枝说:

"今天晚上展出结束后,我们和银四郎一起去银座干一杯吧。还有,我要给你买一件特别昂贵的礼物。"

"这么说,今天晚上我将不会被甩掉了。昨天晚上我单独一个人吃完饭后去银座兜了一圈儿,太没意思了。老师,昨晚您到哪儿去了?"富枝带着埋怨的口气说。

"昨晚,我和来参观展出的白石先生在一起吃饭,九点半左右回来,在酒吧间同银四郎说了几句话,就回房间了。"

"嗯,是吗……那时,我已经回来了,走到您房间前一看,一片漆黑,静悄悄的,我没敲门就折回去了……"富枝仍和平时一样,操着一口慢吞吞的大阪话。这时,她无意中向床下看了一眼,发现了一张叠了好几折的报纸,于是弯腰把它捡起来,说:

"老师,这报纸……您瞧,在股票的地方还划着红线呢。"

看到这张银四郎昨晚在床上脱上衣时掉落在床下的报纸,式子顿时脸色有些不自然了,但她强抑住即将变化的脸色,故作威严地说:

"原来掉到那里去了,一张挺重要的报纸,放到提包里去哟。"

"您要是也看报纸上的股票栏,那说明股票行情不寻常了。现在老师越来越像银四郎先生了……"富枝絮絮叨叨地说。

式子从床上下来,坐到梳妆镜前,平静而随便地向富枝道:

"你说我越来越像银四郎先生……指的是什么呢?"说罢,仔细地观察着映在镜子里的富枝的表情。富枝可能没有觉察到式子正从镜子里偷窥她。那富士山似的高高的额头往上一仰,胖脸儿掉转窗外,用不紧不慢的大阪话平和地说:

"其实,也没什么更深的意思。您在两三年以前考虑的只是学习设计和学校上课方面的事。有着大阪名门小姐式的风度和自信,工作上也满有成绩的。近来呢,您把学校的事搁在一边,一心只顾华丽的时装展出呀、电影服装设计呀等等。考虑的似乎净是那些显身扬名的事,这和银四郎先生的那种精于算计的作风可说是如出一辙了。"

式子一听,瞧着镜子里的富枝,机警地问:

"这种看法,只是你个人的呢还是伦子、葛美以及其他职员们都有呢?"

只见镜子里富枝那白皙的脸,立刻显出了深思的样子,她说:

"我不了解其他人有什么看法。但随着学校的扩大和设计师大庭式子的名字扬名天下,我觉得老师您便脱离了学校。您那最可凭恃依仗的东西已经不知不觉中失去了,这似乎是一种损失吧……"

望着富枝那深思的表情,式子回想起了这两三年来的情况:一天到晚总是同银四郎交往,同弟子们亲密交谈的机会一次也没有过。式子暗暗感到吃惊的是,正是这个平时显得矜持,不像伦子、葛美那样能说会道的富枝,却向自己提出了比她们更为冷静严峻的问题。

几声敲门声响过之后,镜子里出现了身穿西装的银四郎。他在东京只待两天,昨天穿一身浅黄色西服,今天又换上了有些深灰的黑色西装,打着领结,上衣的袋里微露着白手帕。银四郎向坐在镜子前面的式子瞟了一眼说:

"还没换好衣服呀,都快赶不上展出的开幕时间了。"

接着,抄起散乱在床上的报纸:

"十大设计师作品展的舞台,简直被大庭式子一个人独占了,很成功啊!大后天又是京都的连锁学校盛大开校典礼的日子……这下子，不说是您一个人的天下，又说什么呢。"

说罢，银四郎从上衣内侧的口袋里取出了一个细长塑料尺子在报纸上比画了起来。富枝一看，大为不解地问道：

"您在干什么呀？"

"我想看看这篇不花钱的宣传文章有多大尺寸。近来，每当有关式子先生的报道出现时，我就用这个随身携带的折叠式尺子把它量一量。有这个尺子，即使在电车或汽车里都可以就地量得的。"银四郎边说边用手指饶有兴味地伸缩着这个折叠成七厘米长的塑料轻便尺子。

银四郎口头上说是亲自来看一看对十大设计师作品展的反映。但到了产经大厅后，两眼并不看舞台，而是逡巡于来宾席方面。他急步走到来宾席一带，无所介意地同纤维厂家、商社、百货店的推销员等打着招呼。不时地还把他们叫到走廊里热切地交谈一番。

式子此刻还和昨天一样，让富枝去乐池给模特儿穿戴，自己在走廊的角落里同洋裁学校的有关人员和妇女杂志的编辑进行无拘无束的谈话。同时在避免被人察觉的情况下向银四郎那边递送眼神。

银四郎那白净端丽的脸上架着一副闪闪发光的无框眼镜，身着缝制得很合体的黑色西服，领襟外露出雪白的领子，袖口的裸露部分也很有分寸。这表明银四郎在服饰和边幅上是很考究的。每当对方向他谈什么时，他总是赋以柔和的微笑，并接过对方的话语频频地点着头。银四郎这种谦恭而恳挚的举止，使对方产生了信赖感。他们谈得很兴奋很投机，还不时发出咯咯的笑声。式子的视线被银四郎这种巧妙的善于交际和应酬的风度吸引住了。他那大阪良家子弟般的风貌和装束，那一口流利的大阪话,那温文尔雅的举止,不管是谁见到他,都不会认为他是个精于算计、野心勃勃的人。也许正是银四郎这种捉摸不透的良家子弟的气派使对方感到放心,诱使对方跃跃欲试,从而在不知不觉中把对方拉了过来,使之按银四郎划定的圈子转。银四郎长于算计,善于经营,仅仅在两三年内就扩充了学校,把式子推上了名设计师的交椅。现在他似乎又有新的筹划并为此在进行着精力充沛的活动。从这个比自己小五岁的男性身上,式子感到心里有一股难言的冲动,觉得有了主心骨。

"大庭女士!"有人突然招呼了一声。式子一怔,转过身来,不知什么时候自己离开了在走廊的角落里谈话的人们,站在了靠近窗台的地方。

"大庭女士,有一位先生要见您……"一个管传达的女办事员用眼睛向走廊的尽头瞟了一下。只见一个肩腕宽大健壮、身着西装的人,粗眉之下温和的眼睛闪着笑眯眯的光,走了过来。原来是三和纺织公司的野本敬太。野本谦恭地向式子说:

"祝贺您这次展出的成功。"

"您太客气了,谢谢。近来,您怎么一直没到学校来了呢?我们还以为有什么事了。原来您正在这里出差呀。"

"不是的,半年前我就调到东京分社工作了。这次展出,我想无论如何得来看看。"

"那么说,这半年来,你和伦子小姐没见上面了?"式子对野本表示了同情。

"我和她,一年前就决定分手了。"

"噢?一年前就?"式子甚感惊奇。

"是的。这么做,她可能会更幸福的……"野本话到舌头留半句,不说了。

"野本先生,最后一轮展出结束后,我和银四郎先生以及富枝小姐,要在银座的浜作餐馆,搞一次私人之间的会餐。到时,请您也一定来呵。"

"可是,我,那样的……"野本支支吾吾地推辞道。式子马上补充了一句:"好了,到时我们等着你。"说罢也不等野本的回话,就从野本的身旁走开了。

餐桌上已摆好菜肴,尽是式子常吃的关西菜。但今天坐在银座的"浜作"餐馆二楼客间再次品尝时,式子却感到味道是如此的不同。关西的用料和调味的独到之处在每道菜里都得到了精心的处理,关西的四个季节也在盛菜的器具上鲜明地表现了出来。

对这些菜肴,银四郎和富枝并没有多大的兴趣。他俩不像式子那样一一盘问盛菜器具的名称,也不是在细品着菜肴的味道,只是机械地移动着筷子。作为银四郎来说,他并非愿意在小巧别致的餐客间来顿简便的饭菜,而是希望在饭店的餐厅里或是在考究的饭店里,于众目睽睽之下热热闹闹地吃一顿晚餐。但是,由于两天来共六次展出所带来的疲劳,式子一心想在榻榻米上静静地吃一顿轻松的饭菜,以宽息一下倦怠了的身心。

一阵轻轻的脚步声响过后,又端上了一盘用新的器具盛着的菜。揭开盖子一看,是京都产的芋头同鲷鱼子以及嫩款冬的合炖。透明般青翠的嫩款冬及其嫩芽显得水灵灵的,式子舍不得立刻将其形象破坏掉,只用筷子尖夹起一小块儿。银四郎一看,轻蔑地说:

"简直是和上了岁数的人一样的癖好,把日本菜一小块一小块地夹在筷子尖上……"

然后,眼睛往一开始就空设的席位一瞅,问道。

"这个正面的席位,是谁的呀?"

式子戏谑地一笑，回答说：

"这个席位嘛，是你意想不到的人的。"

"是白石教授的吧"？"银四郎平淡地问。

"白石先生哪有连着两个晚上陪我在一起的闲工夫啊。"式子笑着应付了一句，眼睛里发出嘲弄似的光。

"那么说，到底邀请的谁呀？"

"野本先生。就是三和公司的那位……"

"啊？野本先生？"银四郎的表情在微微地起着变化，但又马上笑容可掬地说：

"这可是个稀客呵，敢情他是特意从大阪来看这次展出的吧？"

"这么说，你还不知道哇？野本先生半年前就调到东京工作了，今天到时装展会场来是为了同我们见个面。当我提起伦子的事时，他的表情很僵硬，说半年以前就和伦子分手了。野本想尽量避开这方面的话题。看到伦子打扮得漂漂亮亮，行动上沉稳从容的样子，我还以为她同野本一直在继续着来往呢。"

式子说完，不动声色地向银四郎望去，似乎是要探探他有什么反应。银四郎抬起眼睛，仿佛压根儿就不知道那回事，说：

"是吗？我可一点儿也不知道哇。当然，近来本校方面事务繁忙，我几乎没到甲子园校去了……野本先生怎么这么晚还不来呀？"银四郎对野本的迟迟未到好像有些不耐烦了。

会餐接近尾声，快到上汤的时候了，野本敬太还是没有出现。是他有急事不能来呢还是有碍面子不好意思出席呢？对于一丝不苟的野本来说这样的迟到，是不大可能的。特意为他准备的位子一直还空在那里。

"这么晚了，他果真还来吗？"银四郎晃了晃他那明晃晃的金壳手表说。

　　这一问把式子给问住了。在产经大厅的走廊里，野本执意推辞，式子不由分说就来了一句"到时候我们等着你"，也没有等到野本明确的回答就走了。但考虑到他肯来同式子见面，而且温文的目光里充满着怀念之情，并对久别不访表示了歉意。那么，自己发出了邀请，他不至于无故不来吧。

　　"富枝，你看野本先生今晚会不会来呢？"式子把话题转向了富枝。

　　富枝一开始就显出了事不关己的样子，只顾埋头吃饭。经式子一问，慢悠悠地放下移动着的筷子，说：

　　"哎呀，这难说呀。这个人看起来忠厚老实，内心也是耿直的，有男子汉的脾气。尽管你邀请了他，但如果某种情况不便于来的话，很可能他就不来了。"富枝回答得头头是道。

　　式子似乎想从富枝的嘴里套出点什么，便接着又问她：

　　"可野本先生并没什么不可能赴宴的事呀，是不是由于同伦子的关系，野本先生觉得出席这个晚餐会感到尴尬呢？"

　　"这，我就不得而知了……在经常出入我们学校的男性中，不知为什么我总觉得野本先生和白石教授倒有一种男性的气概，我喜欢这样的人。"富枝毫不掩饰地说。

　　银四郎一听，开玩笑似地从旁插了一句：

　　"这么说我这个人如何呢？"

　　"银四郎先生嘛……"富枝两眼直愣愣地盯着他，显得有些难为情，"关于银四郎先生，我完全不了解，我只知道您是大学的高才生，是个美男子，有着相当强的经商才能。"

　　富枝无所顾忌的回答深深地刺痛了式子的心。虽说式子还继续同银四郎保持着关系，但她对银四郎灵魂深处的活动了解得并不比富枝多。

突然，隔扇门打开了，一位女侍轻轻地走到式子身旁说：

"刚才楼下来了一位男客，说有急事，怎么也不肯到楼上来，让我把这件东西交给您。他不顾我的劝留转头就走了……"

女侍说着把一个白信封和纸包放到了式子的身旁。

在信封的背面，用粗钢笔硬邦邦地写着四个大字：野本敬太。式子急忙拆开信看了下去：

"承蒙您特意邀请，但我还是决定不出席了。因为我一去，很可能说出一些无聊的话来。何况在座的不光是我一个人！所以我到楼下就止步了，请原谅。

"另外，有两个纸包。大纸包是东京的紫菜，算是给式子老师的礼品吧，虽不成敬意，但请您收下。还有一个小纸包，烦劳式子老师给伦子小姐。里面是我去年用奖金给她买的蛋白石耳饰，这是她两三年前就想要的生日礼物。因为我见不着她，只好厚着脸皮拜托您转交了。我想，如您亲手给她的话，她会愉快接受的。

"说不定哪一天，我还要被调回大阪总公司去，那时我将上您的学校拜访，请您一如既往地在工作方面给予多多协助。"

这封信正像朴实无华的野本本人一样，没什么骄饰的辞藻，写得很直率，但却浸透着野本那殷切的心情，反映了他所托事情的急迫。

式子看完野本的信，没顾得上收拾起来，就把目光转向了榻榻米上的那个小小的纸包。包装纸上印有圣诞节松树的图案。可能在野本的手中已停留了四个月的缘故吧，包装纸的边上都起了皱纹，有了绽口。为了避免小包破损得更厉害，式子小心地把它拿到手里掂了掂，确有耳饰一样微微的沉重感。这个耳饰同伦子现在恬然自得地挂在耳边上的白金翡翠耳环，当然是不能同日而语的。但它却是野本忍受着上班高峰时电车里的拥挤，用半年辛勤劳动所得的奖金买给伦子的礼物。野本对伦子这种坚贞而又纯朴的爱情使式子心里热乎乎的。

"怎么搞的？既然已到了楼下，还不来照个面，哪有这么不懂礼节的呀？"银四郎责备起野本的失礼了。式子什么也没说，默默地把桌上野本的信递给了银四郎。银四郎接过信，胳膊肘支在桌子上一目十行地看了一遍，讽喻地说：

"哟哈，用我的奖金买的，真是令人神魂颠倒的甜言蜜语呀！"

富枝一听，反驳银四郎遭：

"野本先生不是那种会说甜言蜜语的人；他憨厚、朴实，有男性的特点，他用自己挣得的奖金给女人买耳饰，说明他是个心地善良的男子汉。"

"这么说，我也不能不给女的买个耳环，并写这么一封信了！"

银四郎边说边把野本的信拨弄得啪啪作响。今天，野本不是出席晚餐会来虚应场面，而是把晚宴推辞掉，给式子留下一封信。这正好为她在了解野本和伦子之间的那个神秘的纠葛方面，创造了一个转机。

第十七章　天空和海

从二见浦到鸟羽，紧靠公路的是烟波浩渺的伊势湾。白色的浪花飞溅到沿着汀线①向前奔驰的车窗玻璃上。过了鸟羽，公路断了，汽车倏忽间离开了海岸，进入了四周尽是田野的乡村小道上。在散发着昼间余热的夕阳光中，汽车沿着蜿蜒向前的乡村小道，扬起了股股白色的烟尘。

式子避开从车窗射进来的晃眼的夕阳，疲惫地靠到后边的软靠垫上。她觉得疲劳似一种滞涩的液体，从身体各部位溢了出来，沿着周身漫延。

今天早晨她乘"燕"号列车，离开东京到达名古屋附近时，银四郎突然提出为了庆祝东京时装展览会的成功，回去时，绕遭志摩半岛。式子因为一个月来的制作和在东京的两天奔波，感到非常的疲倦，想直接回大阪。可是看到银四郎如此热心，甚至去查看时间表；富枝也嚷着要去志摩半岛，兴致勃勃，式子无法拒绝了。于是，便决定在名古屋郊区换坐火车，到宇治山田后再改乘出租汽车前往志摩半岛的贤岛。银四郎和富枝，在从名古

---

① 汀线：海岸被海水侵蚀而成的线状痕迹。

屋到二见浦的途中，兴高采烈地交谈着，可是过了鸟羽，可能因为谈累了，两人竟靠在后边的软靠垫上，打起盹来了。

突然，道路两旁的农田加大了坡度，周围的树木显得更加浓郁，式子觉得自己的车已经奔驰在离贤岛尖端很近的窄小地带上了。她欠起身，朝车前方望去。在黄昏的晦暗中，散布着稀稀疏疏的村落，更远处有一缕闪亮的云彩在飘动，令人忘却已是黄昏的时刻。那里大概就是水天一色的贤岛尖端吧！

式子凝望着那静静飘动的云彩，陷入了沉思。这两三年来，自己好像被银四郎牵着鼻子走。为扩大学校，以获取名声，不顾一切地投身到工作中。连这样瞬间平静的休息也得不到。银四郎突然提出在名古屋换车绕道志摩，这大概出于体贴自己吧！她悄悄地透过富枝，往银四郎的方向望去。他端庄的脸，倚在车窗旁，那女人式的嘴唇轻轻地呼出气息。他是这样的年轻和清秀呀！

"啊，已经进到这样的村庄里了！"富枝的肩膀动了一下，抬起了因睡足而显得神采焕发的脸："有好几年，没到过这样僻静的地方了。"

说着，富枝站了起来，把身子探出窗外。车已上了一条细细的坡路。蓦然，山丘上露出了一个别墅般的红色屋顶。原来那就是志摩观光饭店。薄暮中，这简朴的北欧式建筑，呈现出农舍般的围墙。上了山坡，汽车的声音变小了，它缓缓地滑到饭店的大门前。

饭店居高临下，从饭店的房间可以眺望对面海上的英虞湾。傍晚，群山怀抱中的海湾，波澜不兴，水平如镜，如同平静的湖面。那点缀在海湾内的大小岛屿好似盆景的假山，精致玲珑，被绘出淡黑色的剪影。漂浮在附近岛屿之间，组成扇状的珍珠筏，在落日的余晖下，闪烁着银光。

式子似乎被这带着一缕寒意的宁静的海湾吸引住了，悄然地倚靠窗旁。不一会儿，远方响起了涨潮声，黄昏的风开始咿咿唦唦地吹起来了。落日的最后的余晖开始消失了，夜色倏然间加浓了。式子微微地闭着眼睛，仿佛昨日前那以往的繁忙和喧嚣，是那么遥远而缥缈。在大自然的怀抱中，她感到安闲和满足，心里是这样的充实。

突然，她觉得背后有人，回头一看，是银四郎。不知什么时候，他没有敲门就走了进来。他好像刚洗完澡，浑身散发着香露水的香味，他那端庄的脸，显得更加年轻湿润。

"您一个人在干什么？"

银四郎走到式子站着的窗旁，将刚洗过的脸，迎着吹进来的风，问道。

"多优美呀，宛如明信片和照片集上所见到的北欧景色！我想能到这样的地方旅行一次。"

式子望着已模糊不清的英虞湾，以羡慕的口气说。

"如果有机会，还是去一趟好！从北欧到巴黎！"

"怎么？"

式子情不自禁地望着银四郎。

"当然，不是去优哉优哉游山逛水。如今已成立了联合学校，学校基础已经巩固。院长的您作为一个名服装设计师正受到社会注目，在洋裁方面，这正是干一番事业的时候。通过这个事业，可以把东京和巴黎联结起来。当然具体做法，我还没有考虑。然而，从事唯有流行和创新才有意义的事业，我们甚至连片刻的休息也不能哪……得不断去闯呀！"

银四郎像在教员室那样用事务性的调子说。听罢他的话式子觉得眼前的景色一下子消失了。

"面对着这样美妙的自然景色，想不到银四郎先生还光想工作呢！我呀，置身于这大自然景物中，离开了那服饰界的激烈竞争，倒想平心静气地休息一下子呢。"

式子好像嘲弄银四郎气味的语言似地说。"您的这种想法，只是一时的感触。是女人们在见到或听到罗曼蒂克的事情时，往往会油然而生的一种甜蜜蜜的感触吧！一度迷恋于名声和事业的女人，建立了执着的信仰，是不会轻易地从自己所得到的东西里摆脱出来的。看吧！您回到大阪，不要三天，这种感触象轻感冒一样就会一阵风烟消雾散了。"银四郎像摸透了式子的心思，又说："到吃饭时间了，富枝已经在楼下等着呢！"

银四郎说着首先直起腰走出房门。

餐厅里，外国游客和一看便知是来新婚旅行的青年男女们，围着餐桌，开始就餐，个个显得欢乐而愉快。

式子看到紧靠里边窗口的桌旁，银四郎和富枝也坐在那里，便快步往那边走去。在离他们很近的地方，她忽然发现银四郎身旁的落地台灯边坐着一个人。式子惊奇地望着时，身着深蓝色西服的他已站了起来。

"是曾根先生呀——"

式子不由得睁大眼睛。曾根英生稍稍眨了眨明澈的双眼。"在大阪难得见面，却在这里邂逅呀！我因为要调查珍珠养殖的生产情况，写篇报道，刚刚到达。明日清早就要去多德岛。"曾根英生说着，没有坐下，仍以留恋的目光望着式子："请坐吧，咱们一起就餐。"

式子坐到曾根对面。一段时间没见面，本来干瘦的曾根显然胖了些，那神经质的苍白的脸，似乎变得柔和了。她推开餐巾道：

"怎么，曾根先生好像变了样了？"

"我刚才在休息室，突然见到曾根，也吃了一惊，他完全变了。连那书生气也没有了——结婚了吧？"银四郎问。

"哪能呢，忙得够呛！哪还有时间考虑结婚？要说结婚嘛，你可能比我早，你周围不是有许多可供选择的佼佼者吗？"

曾根一本正经地说。

"结婚吗？结婚必须双方深思熟虑才行呢！"银四郎接着故意岔开话题，道："噢，我最近虽然没有见到白石教授，但听说他来参观了式子先生的时装展，还和她到银座吃晚饭呢？"

曾根惊奇地望着式子：

"白石教授，来看时装展？"

"是的，我在飞机上给他写信，要他无论如何光临指教。"式子平静地注视着曾根。曾根终于明白了似的点了点头：

"是吗？想不到，先生也看时装展，而且在银座和别人一起吃饭。"继而又望着式子道："白石先生是不轻易相信别人的。可是，一旦相信了谁，那大概对谁就有严格的要求了。先生的这种为人，我们这些他的学生都极为钦佩。"

"听了您的话，我也被白石先生吸引住了。"富枝突然插进话来，曾根略感不悦地望了她一眼。"噢，对不起，这位是我们学校的教员，大木富枝。虽然没有见过白石先生，却是他的崇拜者呢！"

式子解释道。

"崇拜者也有各种各样的呀！"

曾根淡淡地说了一句，拿起桌上的叉子。

晚餐后，式子他们来到休息室。明亮的休息厅，充满着人们饭后满意的笑声和喧哗。人们靠在沙发上，显出幸福和满足的表情。

银四郎翻着晚刊，知道有职业摔跤的节目，就坐在电视前。富枝无所事事，坐在他旁边。式子想到宽阔的庭院草坪上散散步。

"曾根先生，我们去外面走走，怎么样？"

式子望着玻璃门道。

"只要式子老师有兴致……"

曾根很有礼貌地说着，和式子步出庭院。

四月的夜晚，空气温暖而饱含湿气，滋润着人们的肌肤，也滋润了脚下的草坪。嫩草茵茵的庭园，一直延伸到英虞湾。漆黑中，从这里可以看到远方渔船的点点灯光。

式子走到庭园中间，骤然停步道：

"曾根先生，您怎么总是格外尊敬白石先生呀？"

式子想起刚才在桌上，在谈到白石教授时，曾根那种崇敬的神情。暗夜里，曾根好像在寻找适当的话语来表达自己的心情，呆呆地站在那里。

"先生所写的论文《法国文学的思想性》，是一部研究法国文学的优秀文献，是一部不朽之作，也是研究法国文学的人必读之书。我们是从学习这部著作，才开始热心研究法国文学的。据说，先生用了八年时间写作这本书、其间，他排除了一切社交活动和琐碎之事，以至于有人说，他太太的去世，也与他一心扑到这部书的写作不无关系。我一见到先生那种孜孜不倦专心求学问、严肃而沉默的生活态度，总有一种从超凡脱俗中得到陶冶的感受。"

曾根满怀敬意地低声说着，深深地感动了式子。她才第一次知道，白石教授是研究法国文学的。于是她又一次想起白石教授对她所说的——当一种学习刚刚开始的时候，首先要学习它的第一流的真正的东西。为此，您应该去法国，学习正规的服装设计——那深刻的含义。

"曾根先生，我说不定要去外国，可能在今年末，或者明年初。"

曾根稍稍露出惊讶的表情，但却说：

"这再好不过了。刚才我听银四郎说，你们又在京都办了一所学校。真不知道，为什么还要扩大学校，弄得你忙得不可开交，名闻遐迩……为了摆脱这些烦琐的事务，您离开日本一段时间也很好。我听您这么说，也放心了。"

曾根深情地望着式子，又说，"已经有点凉飕飕的感觉了，您还是进去休息好，我和银四郎因为好久没有见面了，想在酒吧间喝一点酒，再睡。明天清早就出发，不能再向您告别了。请您保重，一切顺利！"

说罢，他径自离开，往休息室走去。

富枝在深感浑身热烘烘、脑袋昏沉沉的眩晕沉醉中，大口大口地呼吸着。酒味散发开来，扑进了鼻子，觉得连躺在草坪上的身体也泡在酒气中。刚才曾根邀请银四郎和她到饭店酒吧间喝酒。喝的是一种珍珠色的，味道特别甜，写着"妇人用酒"几个字的鸡尾酒。富枝十分放心。银四郎和曾根好像回到了学生时代一样，侃侃而谈，气氛十分热烈。在这种情况下，富枝大概喝多了，醉意久久不能消退。好在式子院长先去睡觉了，否则被她看到这种醉醺醺的样子，可能要挨斥的。富枝仰望着天空还在大口大口地喷着酒气。黑晶晶的天幕，闪闪烁烁的星星，看去是这样低、这样近，仿佛一张口就能把星星吸进嘴里。这草地似乎也沾濡了夜露，给人似湿漉漉的感觉。富枝在草坪上打了一个翻身。那润湿的草坪，使因酒醉而浑身发热的富枝感到凉爽舒服。在迷迷糊糊的快感中，富枝突然想起刚才曾根所说的有关珍珠的故事。

"那种纯净的乳白色的珍珠，是所有宝贝中，被人用最残酷的办法制成的呀！首先，人们用钳子撬开珠母贝的口，掰开母贝，剪下外膜，然后移植到其他珠母贝的生殖巢里，再植入珍珠核。最后将它放入养殖笼中，沉入海里几年，这样，核的周围就形成珠层，变成了美丽的珍珠。这就是人们把异物插进母贝体内，使之蒙受创伤；待到贝熟珠成，人们又要撬开母贝，挖出其内脏，取出珍珠。这哪里是制造宝贝呀！如此残忍，哪还有半点宝贝的浪漫色彩呢？"

曾根说毕，富枝情不自禁道：

"这挺像银四郎先生的做法呀！"

曾根露出惊诧神情：

"看你老实巴交的，说起话来却像子弹出膛！"

曾根尴尬地笑笑，银四郎却舐着白兰地杯，毫不介意地说：

"发明这种珍珠养殖法的人，很有意思。竟然把珍珠核插到珠母贝内脏、让其变化成珍珠，然后缠在贵妇人的脖子上，以达到赚钱的目的——这真是一项奇特的、带有讽刺性的、令人深感幽默的发明。"

说罢，银四郎自觉有味地哈哈笑起来。可能这种笑令人不愉快，曾根一下子板起了脸，低头不语。酒桌上的气氛顿时沉闷了。富枝见机，脱身走出来。

漆黑的草坪不见人影。富枝又一次翻了个身，舒展开双臂。闷热的草丛中散发着青草的气息，夜露落在草坪上，也湿了她的双手。她抬起头，忽然发现有人。

黑暗中，一个男人鬼鬼祟祟地走近了她，富枝立刻闻到一股酒味，并随即听到有人发问：

"一个人在这儿干什么呢？"

是银四郎。他的声音显得有所顾忌。富枝立刻坐起来。

"我喝得大醉，想在这里清醒清醒。其实，刚才倒不如像式子老师那样，早些回房间好。"

言毕她站了起来,突然,银四郎摇摇晃晃地贴到她背后。

"不过,这么着,不就给我们创造了只有你我二人在一起的机会了吗?"

银四郎从背后将手缠到她胸前。

"怎么,这回轮到我了?"

富枝一下子挣开银四郎的手,冷静睥睨他。

"你说什么?你指……"

银四郎故作懵懂。

"接在伦子、葛美之后,我是第三个了?或许还是接在式子之后呢?那就是第四个了。"

富枝以轻蔑的口气说。黑暗中,银四郎瞠目了,似乎犹豫了一阵子。

"既然你知道了,我也没办法。"

他气呼呼地说着,抽出一支烟点上火,在打火机的光亮中,银四郎那被酒熏成的微红的端正的脸,那好看的嘴唇,在微微颤动着。

"那么,你是怎么知道的?"

银四郎重新问。

"因为敝人外表大大咧咧,所以大家对我不加注意,而不大理我。伦子和葛美两人钩心斗角,对我并不防备。式子老师对她俩颇为警惕,对我也很放心。这样,我外表上装得象马大哈,就能静观他们的所作所为,洞察其中的奥妙之处。伦子在购买部用品的价格上打马虎眼,葛美大中午偷偷摸摸地溜出去,以及前天在日活饭店的事,我都知道。那天,我装着去银座,实际上却待在自己房间,始终在窥视式子老师房间。老师一回到房间,就一下子关闭了电灯,过一会儿又开了,事情是很清楚的,我一切都知道了。现在说了得不到好处,所以我不说,待到对我有好处时说。"

"所谓对你有好处的时候,是什么时候呢?"

"比如现在……"

"真是'人不可貌相'呀,想不到你竟是一个厉害的女人,这反而……"说着,银四郎把胸脯往富枝的脸上压过去。富枝赶快扭转身,讥刺地说:

"我这就去告诉式子老师!要是她知道了,你银四郎精心养殖的'珍珠贝'就会被掏出来了!"

"好……今晚,就算我输了。我干脆撒手吧,免得双方被动。不过,以后我还要和你商量,对你、对我都有好处的事呢?"说罢,银四郎把点着的香烟扔在草坪上,一扭身走了。

枕边的电话激烈地响了起来。被厚厚的窗帘蒙罩的房间还显得昏暗。可是放在床头柜上的手表,已经是九时半了。富枝慌忙拿起话筒。

"富枝、你怎么了?我和银四郎先生早就起来了,等着你吃早饭呢。我们要坐十二时四十分由宇治山田出发的'浪花号'列车回大阪,你不能睡懒觉了。明天还有分校开学典礼呢!今天杂杂的事情不少,可不能如此慢条斯理的呀!"

话筒里传来了式子生气的声音。

"对不起,我睡迟了!"

富枝道了歉,放下话筒,简单地洗完脸,连紧胸衣也不穿,就在衬衣上很快地套上衣服。好像昨夜酒意未消,觉得头很疼。

走到餐厅,见到式子和银四郎坐在窗户旁的桌前。

早晨,明亮的阳光从他们背后的窗户洒了进来。他们静静地坐着,很象一对心满意足的夫妇。式子用严厉的目光扫了一下晚来的富枝。银四郎却好像把昨晚的事忘了,和蔼地笑道:

"想不到平常认认真真的富枝,今天竟睡了懒觉。"

"对不来,让你们久等了,昨晚实在喝得过多了。"

富枝说着,坐在桌旁。式子正喝着番茄汁,立即放下了杯子,责备她道:

"怎么能喝那么多?我不是吩咐你,只代表我陪曾根先生一会儿吗?"

"可是曾根先生说起有关珍珠的事情,非常有趣,我竟被他吸引住了。"

"怎么,曾根先生说什么来着?"

富枝的话也吸引了式子,她追问。

"曾根先生说珍珠是一种残酷的宝贝,首先要打开珠母贝的口,插进珍珠核,让它长出美丽的珍珠,以后又要打开珠母贝,取出里头的珍珠。所以,获取珍珠的办法是十分残酷的。曾根先生还用这珍珠的一生来比喻女人可悲的一生,能这样比喻吗?"式子虎起了眼,富枝又漫不经心地接下去说:"之后我为了清醒清醒,一个人走到庭院外,在草坪上大字形地躺着。这时候银四郎先生出来了……"

银四郎的眼睛在无框眼镜下,闪了一下,富枝瞧了他一眼,又接着说:

"银四郎先生对我说,明早要早起,快一点去睡吧!"富枝用恶作剧的姿态说完后,银四郎这才如释重负,长舒了一口气。式子可能还在想着关于珍珠的事,没有注意银四郎的神色,只是默默地用勺舀着麦片粥往嘴里送。她突然抬起头,说:

"你是不是还在醉呢?一早起来,唠唠叨叨,聊个没完!赶快吃完饭,准备出发,去叫往宇治山田的汽车到门口等吧。"看到自己已经封住了富枝的嘴,式子闷闷不乐地继续喝起了麦片粥。

第十八章　新领域

式子走下讲台，接着是葛美致辞。富枝从式子的背后，望着葛美：她穿着一身黑绸西服，外表看来虽然比平时显得老一点，但却能因此显出一点校长的冷静和威严。她那眼镜里的大眼睛在闪烁着光。"就像刚才大庭式子院长所说的，京都圣和服饰学院是本校设在大阪的圣和服饰学院的分校。因而，尺寸、制图、教材等授课内容，皆由大庭院长直接指导。毕业资格和本校一样，得到公认。也就是说，虽然在京都，也能通过这所分校，学习到驰名日本服饰界的大庭洋裁，掌握极为优秀的服饰造型。"

听着葛美清脆的声音，富枝望了一眼下面的学生。因为学校的场地是借用一个大楼的五层，没有礼堂，只好将两个教室，取下中间隔板，作为临时会场。将近800名学生，插烛般地挤在一个教室里，大家津津有味地听着比大庭式子院长年轻得多的葛美校长的讲话。

"——像刚才我所说的，采用分校教学形式，这种尝试，在全国洋裁学校中，恐怕是首屈一指的。通过分校在全国普及大庭洋裁。诸位在这里学到大庭洋裁，无论何时何地都可受用无穷……"

富枝望着越讲越激昂的葛美,心里默计着她作为分校长所能获得的利益。一个学生每月的学费是一千元,分校学生人数以八百人算,学校每月可得学费八十万元。如果其中的四成是纯利,那么纯利就有三十二万元。分校长的薪水是纯利的二成,也不过六万四千元。当然在每月工资不过一万二三的普通职员看来,这比他们的工资要多五倍,可是如果作为肉体的代价,那实在太不上算了。式子老师表面上看来受银四郎摆布,说不定她是为了扩大学校,以博得名望,权且利用银四郎的。可是葛美和伦子,他们跟银四郎做这样的交易,未免太失算了。伦子在购买部的用品价格上做文章,充其量每月只不过搞个七八万元。不管是葛美还是伦子,都远比她富枝聪昵,有才智,却轻易地上了银四郎的钩,令人不可思议。伦子站在富枝左侧,她的侧脸十分漂亮。富枝不让她发现自己,往后退了一步,朝站在葛美讲台旁边的银四郎望去。他身着折袖的衬衫,结着蝴蝶领带,拿着程序表,站在那里显得一本正经。无框眼镜下闪闪烁烁的眼睛,此刻定睛凝神望着学生。银四郎大概是在按着学生的人数,统计着学费、收入和支出,以计算出纯利几许的吧。然而他却煞有介事地装出个十分谨慎的理事样子,道貌岸然如正人君子。刚才在走廊,银四郎和富枝擦身而过时,小声急促地约会她:"今晚六时,在心斋桥的'鹤之巢'……"富枝想起银四郎的约会,心里在说,要是不合算,我富枝才不会和你银四郎搞交易呢。

餐馆"鹤之巢"十分幽静。令人难于置信,它附近就是繁华喧闹的心斋桥大街。富枝把手腕搁在瑞典式椅子的把手上,看着手表。银四郎约定的时间是六点,可现在已经是六点半了。

京都的开学典礼结束以后，富枝随式子坐车回大阪。在校办完事，正六点钟赶到了"鹤之巢"。银四郎是在喧闹的开学仪式之际，背着式子和葛美，在走廊里偷偷地约定六时于"鹤之巢"见面的。富枝虽不解银四郎此举之用意，但对于他竟在葛美洋洋得意的开学仪式的当天约自己出来，是不无兴趣的。

银四郎以急促的步伐出现了。刚才的黑色蝴蝶领带不知何时已换成华丽的条纹领带。银四郎走到桌边，煞有介事地说：

"升学式结束后，要给学生发身份证和出入证，还要收'入学费'和'听讲费'用了不少时间，迟到了！"

开学式刚完不久，几乎不会有学生交纳学费什么的，理应耽搁不了多少时间。这时，富枝的脑海里倏地想起了开学式刚结束时葛美对她说的话："富枝，今天你辛苦了，本来想请你玩玩一下京都，再一起吃饭，真不巧，现在有个约会，改日再请吧！"话里含着欲犒劳部下而不可得之意。她所说的约会，恐怕就是和银四郎幽会。在开学式时，因为洋洋得意，忘乎所以，以至于漫不经心，脱口而出，说了这些天真的话。这些话却使富枝感到可笑。

"你去葛美那里后，这才来这里？"

"嗯？"

银四郎一下子懵了。

"你这个人外表装得迷迷糊糊，可说起话来真令人吃惊！"

银四郎显得不好意思，讪笑起来。

"今天，你要对我说什么事呢？"

"边吃这里的名菜烤牛排，慢慢地说吧，怎么样？"银四郎说着，订了菜，喝完了啤酒以后，又突然说遭：

"想听你说说，什么对你有好处……我性情比较急，我不是说过，以后还要和你商量吗？"

银四郎停了一会儿，又接着说：

"因为我在志摩吃大亏，想早日让你答应我呀！"

他涎着脸说了以上的话，又说：

"伦子担任了甲子园的分校长和购买部负责人，葛美担任了京都分校长。也许你也想，在什么合适的地方，办一所学校吧？就像今天葛美那样，拥有一所学校，有了几百个学生。这样，在服饰界就有了自己的地盘了。作为女服装设计师，这就开始了美妙的生涯……"

银四郎似乎想煽起对方的竞争欲望。富枝却像平常那样毫无表情地听着，等银四郎话一停，便冷冷道：

"我对什么洋裁学校的校长呀、有名气的服装设计师呀等等，毫无兴趣。我所感兴趣的事，是那些见识肤浅的人，所想象不到的。"

银四郎一听不觉愣了一下，眼镜框下浮起了一丝微笑，问道：

"那么，就让我听听你富枝才感兴趣的事吧。"

"我要有一个工厂。"

"什么？"

银四郎不无疑惑，反问道。

"想办一所西服服装工厂。洋裁学校，处于激烈的竞争漩涡，一些新校亮出了牌子，可又有更多的学校却走向破产。所谓名设计师，他们之间的竞争，更是你死我活。这是一种类似靠人缘维持的职业，受人之好恶所支配。反之，服装工厂，一旦具备相应的设备，只要扎扎实实地开办下去，随着时间的推移，技术能够精益求精，产值能积累起来，也就不会处于动荡不安的浮沉之中了。当然，跟着的棘手之处是它不能像洋裁学校那样，先靠一点资金，借一个楼，就可办起来。"

富枝审视了银四郎一眼，又继续道：

"我约略算了一下：需要一个六十坪左右的厂房，三十台缝纫机和一套包括套衣体模型和熨斗在内的洋裁器具。另外，洋裁学校招收学生，从对方收取学费，而服装工厂招收缝纫女工，却要付给对方工薪。这样，开始上马时，就必须投放四百万元左右的资本。但是，花了本，我们却得益匪浅。迄今式子老师受厂家、商社和百货商店委托设计服装，收取设计费，等于出卖了设计。我们办了服装工厂，就可以一手承担缝制，只卖制品。这样，一不卖设计，而蒙受损失；二能收回投资。另者，现在各地服装工厂的裁缝匠，大都不懂设计和制图，因而缝制难度大的服装，就产生不出令人满意的立体轮廓，把好端端的设计给糟蹋了。我们办缝制工厂，招收精于制图和缝制的洋裁学校的毕业生。人们一提起这样的工厂，就会想到这是服装设计家的实验工厂，是大庭式子设计家的圣和服饰制作所。"

富枝把三年来在脑海里反复酝酿描绘的美妙设想，用慢吞吞的大阪话一一地抖了出来。银四郎一边交互地把啤酒和烤牛排往自己嘴上送，一边听着富枝滔滔不绝的描述。待富枝话毕，他苦笑道："我是第一次聆听人家的内心打算！"接着像是观察富枝有什么反应似的，又道："在你们三人之中，你最不引人注目，看起来很憨厚，可这笔交易却是够大胆的。可我不能拒绝你呀！你握着一块牌子——要是把伦子和葛美的事抖给式子，那可就坏了！"富枝听罢，扑哧一声，打喉咙里笑出声来。

"今天我的情况，好像也不太好，你的想法让我再考虑一下，你所要求的是否符合我的算盘。让我仔细盘算以后，再答复你吧！"

银四郎说罢，放下叉子，拿起雪白的餐巾，擦着好看的嘴唇。

伦子独自一人吃完便饭后，和衣仰面躺在床上。

一合上眼，早晨京都分校开学典礼的那番热烈的情景便萦绕在脑际间。伦子对此感到心烦，便睁开大眼睛向天花板望去。然而只数着由钢筋水泥构造的公寓的天花板的纹理，是无法排遣心头烦闷的。片刻过去以后，今早开学典礼的情景又不知不觉地浮现在眼前。

银四郎对她伦子说，京都分校是借出租大楼五层办的。可是，今天上午一看，光线明亮，并排着几个教室，粉刷得雪白一新。比起泥灰涂刷的木头房的甲子园校，要舒适、明快多了。开学式毕，葛美领着大家参观了教室。她望着式子，那红边眼镜下充满着感激之情，而对她伦子投去的却是自鸣得意的一瞥。

葛美这种充满自信、自豪的表现中，明显地流露出她对伦子的优越和蔑视，也隐约地透露出她和银四郎的关系。

伦子躺在床上，一想到这里，把身体弯成了对虾，内心燃起的恼怒和嫉妒的火焰灼得她脊梁火辣辣的难受。她在算计着如何不让自己吃亏。这所京都洋裁学校即使是葛美和银四郎发生肉体关系的产物，自己也不能吵吵闹闹啊，否则吃亏的是自己。应该装出一无所知的样子。把银四郎拴在自己身边，加以利用，实现自己成为名服装设计师的目标。这是她伦子执着的追求。现在所受的这种程度的屈辱，比起自己要实现的目标，那就算不得一回事了。银四郎说，为认识京都洋裁学校联盟负责人，要和他们一起进餐，其实，八成是和葛美在京都幽会呢！这样一想，禁不住想起了野本敬太的善良来。

野本虽然外表粗犷，但他的身体就像他的心一样，令人感到温暖柔和。在他的怀抱里，虽然简单，但却使人能得到宁静的休息和幸福。而银四郎那滑腻冰冷的肌肤似乎潜伏着欺骗、冷酷和刻薄。

伦子伸直了弯曲的身体，翻过身来，从床头柜的抽屉里取出根烟点上火。然后"卟"地吐出一口白色的烟雾。仿佛是为了消除自己因想起野本敬太，瞬间所产生的带着甜味的感伤。

突然，楼下的房间传来了收音机的报时声，已经是十点了。伦子慢吞吞地起床，打开西服柜。吊钩上，并排挂着二十套衣衫，伦子思索着，到底从这一排衣服中取出那一套明天穿着去大阪本校。今天早上的开学式结束后，伦子要回到甲子园校。因为坐"国电"（国营电动火车）回去比较快，伦子就顺便坐式子院长的车到京都车站了。当她在京都车站下车时，式子惊讶地问她："怎么，在这儿下车？"好像她还要说什么，大概因为看到旁边坐着富枝，不好直说，便轻声道："那么明天甲子园校的课上完后，到本校来一下吧！有件要紧事须对你说。"

有要紧事，究竟是什么事呢？直到刚才她还一点儿也不放在心中，现在却焦急地想知道了。

结束了下午院长的课后，式子靠在会客室的沙发上，翻着巴黎流行杂志《摩登》，等着伦子的到来。

已经过了一点三十分。该是伦子上完了甲子园校的课，出发到这里了。式子望了一眼桌边上野本托交给伦子的小纸包。想象着伦子接受这件礼物的表情：她一听到野本的名字，那秀丽的脸，会一下子流露出不安的神情。或者和平常一样摆出一副漠然的样子，坦然地拿走野本的礼物。不管怎么样，由此，她和野本的瓜葛将会暴露出来。

突然，随着一声轻轻的叩门声，伦子的苗条身影，轻盈地飘了进来。她穿着一身淡褐色的毛织西服，好像被身子所吸，紧紧地裹在身上。一条金链挂在毛开领下，在那丰满的胸前闪

333

闪地摇晃着。"对不起，让老师久等了！"

伦子表情愉快，含着媚笑。她扯了一下贴身西服，在式子前面坐下来。

"您说要紧的事，是什么事呀？"

伦子迫不及待地问。式子合上了《摩登》慢慢地立起身。

"在东京有一个意想不到的人，托我带东西给你啊！"

"呀，是谁？带东西？……"

伦子惊讶地眨了眨眼。

"是野本先生……"

"怎么，野本先生？"

瞬间，伦子的表情显现出极度的不安。

"野本先生半年前转到东京工作了。因为我事先不知道，所以当他来到时装展会场时，我感到很突然。据他说，他也一年半，没见到你了！"

式子以试探的目光，望着伦子。

"野本先生用去年年终的奖金，给你买了你喜欢的蛋白石耳环，可是没办法交给你，这就特地托我转交了。"

说着，式子把桌上的小纸包推到伦子面前。伦子很快地扫了它一眼，但没动。

"那您就是为了把野本先生托交的东西转给我，才叫我到本校来的吗？要是这样，您倒不如昨天在京都直接交给我好呀……"

伦子语含客气，不慌不忙地回答。

"不仅仅是把东西交给你，我早就想问问你，关于你和野本先生的事——"

式子不客气地扫了伦子一眼。

"哎呀，老师！您要问我和野本的事？难道我有什么令老师特别不放心的地方吗?"

伦子机灵地挪了一下身体,躲开式子的视线,反问一句,以试探式子的内心。式子情不自禁地微微转动身体,从桌上的烟盒里取出一根烟衔在嘴上。

"我丝毫没有对你不放心的地方。因为你过去甚至还代表野本先生为他公司来催我设计服装呢。所以,对你为什么一下子疏远他,感到不可思议罢了。近来,我看你特别平静,总以为你们还保持关系呢!"

式子故意以柔和的语调说。

"难道我连这样的私事,都非回答不可吗?……"伦子嘴边泛起了挖苦的微笑,"他是个乡下佬,我讨厌他老缠着我,就不理他了!"

她似乎不理睬式子似的,声音冰冷。她这冷漠的表情,有着惊人的美。乌黑的大眼睛闪烁着强悍的光。红润润的朱唇含着冷酷。整个神情似乎充满了这样的自信:只要年轻美貌,一切都不在乎。式子突然觉得胸中对伦子的年轻美貌涌起了一股无比嫉恨的情绪。"像你这样的人,是难于理解人家野本先生的优点的。你们即使分别了,但他还仍不忘给你买你所喜欢的耳饰,并特地托我带给你。他对你始终如一的爱情,我是很受感动的。可是对这样的野本先生,你却说他老缠着你!还是不要说这难听的话吧,野本先生的爱情是纯朴的,难道你是想利用你的美貌取得比他的爱情更能令你满足的、更主要的东西吗?"式子目不转睛地盯着伦子。

"比起那些俯身可拾的十分平凡的幸福来,谁不想那些能得,但又不可多得的充满着名气和荣耀的幸福呢……说句失礼的话,老师,您不是在借助银四郎先生的手腕,取得了比原来更大的名声吗?当然,这对于出身名门小姐的您来说,是理所当然的了。然而,我这个普通人家的女儿,就不应该取得比现在更大的幸福吗……,我对于什么始终如一呀、纯朴呀这类冠冕堂皇的话,早已腻味了!"

"那么,你是说,你得到了比野本先生更能使你幸福的人?"

"老师,您怎么来这一手奇妙的飞跃呀!我只是谈谈自己的看法罢了。倒是对于你老师的神经过敏,才感到奇怪呢!"

伦子变得十分严肃地望着式子。式子当时不知如何回答好了。其实在她关心野本和伦子关系的背后,她是暗暗地害怕美貌的伦子接近银四郎。

突然,有人不经敲门,就匆匆地走了进来。是银四郎。他望了一眼隔着桌子对面而坐的她们俩,显出惊奇的样子。随即又扫了一眼桌子上的小纸包,打趣地说:

"噢,是把野本先生托交的东西交给伦子吧?昨天交给她不更妙吗……"接着把身子转向伦子,以事务性的口气催促道:

"今天是甲子园校的夜间新学期的第一个上课日。分校长必须出席,可不能在这些事情上磨叽呀。所有的学校教员都要讲课,要争取多拉一个学生呀。"

伦子眼睛里闪出好强的光。她像要讲什么,但忽然弯下腰来,把桌上野本的礼物,装进了小提包。

"老师好像还要对我说什么吧?既然银四郎先生说,学校的课重要,那我现在就失陪了!"她婉婉转转地说了一句就走了。

伦子走后,银四郎坐在式子沙发的扶手上,说:

"女人总喜欢为那些鸡毛蒜皮的事,闷闷不乐。你和伦子竟为野本先生送的东西,没完没了地唇枪舌剑,这值得吗?在这样的事情上花费时间,还不如想想如何更大地发展学校,使自己成为更加出名的设计师好。由于您在东京十大设计师时装展上的成功,而成了名时装设计师。又因为成立了京都分校,作为洋裁教育家，拥有了全国性的组织。在此基础上，我打算开拓一个与今日学校组织完全不一样的新领域。"

"新领域？"

式子迷惑不解地望着银四郎。

"大量生产您设计的服装。再也不把您的设计卖给厂家和商社了，而是由我们自己经营的附属工厂直接应用，生产服装出售。"

"是吗？这真是和我最近的想法不谋而合了。我好不容易搞出了好设计，可是缝制服装的人不懂设计，简直是一种糟蹋。这是致命的缺陷。所以，我想，早晚我们也要建立一个裁缝工厂，网罗优秀的技术人员，制造服装。采取一种记名制度。即：每一件制品都要标上缝制者的代号。这太好了。这样一来，我们的这种独创又一定会成为服饰界的新话题了。"

不知不觉，比起银四郎来，式子反而着了迷似的，滔滔不绝地谈论着。比起搞分校，更为吸引她的是自己设计的式样什么时候能够通过优秀的裁缝手，制造出精美的服装来。

"请你赶快制订出成立附属服装工厂的方案吧！"

式子激动地说。

"这次是您特别积极了。可是，因为刚成立分校不久，支出很多，附属服装工厂，到秋天再说吧！"

与刚才说出想法时相反，现在，银四郎显得十分冷静了。

第十九章　脚　步

不大干净的墙壁，被刷上一层淡绿色油漆，富枝出神地望着它。墙壁在夕阳的光辉照射下，油光可鉴。脚手架上有六个浑身沾满油垢的油漆工，他们每次刷三十平方厘米，按顺序，从顶棚往下认真地油刷着。一个月前，这里还是转包加工童装的工厂。如今，改变了外部装饰，内部墙上涂上淡绿色、油漆窗户上安上大玻璃，这一改就变成了令人感到快适的"设计附属服装工厂"了。

富枝向银四郎提起服装工厂的事，是在五个月前的四月中旬。当时，银四郎只说，"请让我考虑考虑吧。"直到一个月前，他还似乎忘记了这件事，竟一句话也没提及。话题本来是银四郎挑起来的，富枝对此再也不说什么了。这期间，银四郎好像兴致勃勃，时时约富枝在外面共进晚餐，间接地试探她的意向。而每一次富枝都表现出既不焦急，又不放弃的适当分寸，态度很是暧昧。这倒令银四郎反而沉不住气了。

富枝要经营一所服装工厂的想法，是前几年开始的。当时，野本敬太已不到伦子那里了，伦子迅速和银四郎亲近起来，不久伦子当上了甲子园校的校长，独断了购买部用品的采购。其间，银四郎和伦子常常趁教员们教书时，在一起相约幽会的时间。其时，他们总是特别注意负责传达的事务员在不在，而对悄悄地在教员室旁边的开水房喝定时茶的富枝倒没留心。富枝便知道了伦子之所以能成为甲子园校校长，并当上采购部负责人是因为她攀上了银四郎。于是，她突然想，自己也许能获得一个缝纫工厂吧！

  但富枝不动声色，一如既往地小心谨慎，从不表露出自己有什么非分之想。可是自去年末，当葛美突然当上了京都分校的校长后，富枝要办一个缝纫工厂的欲望变得强烈起来了。在此之前，她注意到葛美身着漂亮的服装，鬼鬼祟祟地外出的情景，特别是当知道了这是要同银四郎幽会时，富枝立刻猜出了银四郎的意图。此后，富枝就只是静静地等待着轮到自己的时机了。

  最初的机会是在志摩，第二次机会是在鹤之巢。但她为了提出对自己更有利的条件，没有顺从银四郎。其后，她更是有意识地耐心等待最佳时机。突然，一个月前，银四郎对她说，有人要出卖一个童装缝纫厂，要富枝陪同去看。他们来到味原町一看，除了厂房比较旧以外，其他方面还不错：工厂位于市内，交通方便，可能卖主实房心急，还附带送十五台缝纫机和剪裁台。外表经过改装，里面的墙壁通过油漆粉刷，可成为一个十分合适的设计附属服装加工厂。

  忽然传来了人们的话声，是银四郎和经纪人。他们滔滔不绝地谈论着，向这边走来。银四郎面露愠色对经纪人道：

  "您要再坚持，那就要受损失了，请您明天再来一次吧！"说着，他转向富枝，置经纪人于不顾，说：

  "你正好在这里呢！刚才我还到处找你！咱们现在到什么地方吃饭吧？"

从味原町的施工现场，驱车至上本町九丁目的高台附近。银四郎在一个不热闹的十字路口停下车，走到离大街半町远的不像是做生意的人家，打开了没有格子的门。一个年轻而见人亲切的女招待迎了出来，把他们带进了里面的屋子。

院里和旧时普通大阪人家一样，庭院的植物刚浇过水。种的不是颜色鲜艳的鲜花，而是十分雅致的常青树。这是一所古老的园林建筑，连点着的灯笼，也小巧玲珑。

"好久没看到过这种大阪旧式人家了。瞧，多么雅致的富有大阪特色的常青树呀！"

富枝好奇地说。

"这一带，是在战争中，侥幸没毁于战火的。所以，连院子的树木大概也是昔日留下来的吧。这一带像这种普通人家办的饭馆很多，来光顾的尽是介绍来的客人。"

说着，银四郎在铺着草席的桌几前坐了下来，向那位女招待订了啤酒和菜。

啤酒送来后，银四郎急不可耐地一口气喝干了一杯，说：

"今天忙得一塌糊涂。早上去甲子园校，做出购买部新用品购买预算；尔后又马上赶到京都分校，联系购买新分校教材事宜；待到折回大阪本校时，刚才那个经纪人已在等候索取这个缝纫厂的尾账了。"

他恶狠狠地说着，又喝干了一杯啤酒。

"已经开始改装，怎么款还没付清呢？"

富枝惊讶地问。

"不，已经付给他一百万元的定金了，余下的款额说好是本月交。可今天他却追着要！"

说着，银四郎把手伸进上衣兜里，取出一个褐色的厚信封。

"这就是缝纫工厂买卖合同。"

他随便地摊开合同，推到富枝面前。富枝有点不知就里似地瞧着它，而心里却立即记下合同的主要部分：

地点：大阪市天王寺区味原町三五番地。

宅地面积：七十六坪五台三勺。

建筑面积：五十五坪。

价格：三百一十五万元。

垫金一百万元已收取。

富枝记下这些后，又看到合同买方的名字是大木富枝时，就故作冷淡地将眼光从合同上移开。

"放在学校的文件，是以院长的名义写的。但合同和登记书，已偷偷地改写了，是用你的名义，因而所有权也属于你。"银四郎亲昵地说。富枝知道，此时应沉默为好。于是便泛起了暧昧的微笑。

"怎么样？这样，你该满意了吧！"

银四郎湿润的眼睛闪着光，强烈要求富枝满足他的欲望。

在熄了灯的黑暗房间里，银四郎停止了爱抚后，富枝悄悄地爬了起来。四席半的房间中，飘溢着兰花的清香。想起刚才和银四郎的一切，她觉得此情此景实不配这幽兰之香。她抱起刚才脱下来放在枕边的衣服，静静地打开了隔扇门。隔壁屋子的席桌上，仍如刚才，杯盘狼藉。看来，这是招待员已熟谙此事而故意不来取走的。富枝穿着衬衣，坐到席桌上，喝干了杯里的啤酒，润湿了自己的嗓子。突然她觉得有一种酸闷闷的疲惫之感袭上心头。于是她慢腾腾地穿上衣服，打开随身带的化妆盒，对着自己的脸瞧了起来。

下颌稍宽的白净的脸，稍比平常暗淡了些，但单眼皮的细长的眼睛依然熠熠生辉。稍微有点上翘的小嘴，还是十分红润。总之，和平常的富枝无甚相异之处。照毕，她顺手拿出粉扑，轻轻地往鼻梁上撑了撑。

"现在化妆，还想到哪里去呀？"

银四郎不知什么时候起来，站在四席半屋子的门槛旁，叼着烟问。

"我要回家。再不走，家里人不放心呢。"

富枝边答边描起眉和涂起口红来。

"那么，下一次见面，什么时候？"

银四郎问道。

"就这一次嘛！"

"怎么，就这一次？"

银四郎取下嘴里的烟。

"是呀，就这一回，怎么？难道不是吗？"

富枝故作惊讶似地反问之后，又接着说：

"银四郎先生虽然肯出三百五十万元，可我也不能白拿呀。我只是想以此作为资本，精心经营，以后偿还资本的。也就是说，你提供了不要担保的无息投资。以后资金总要一文不少地回到你银四郎先生的荷包的。所以，仅就这一次不就可以了吗？难道您觉得您付出太多了吗？"

富枝把胖胖的富士额的脸，正对着银四郎。银四郎似乎略有所思之后，说：

"你也太过分了！不过现在我们两人的算盘是一致的。你这样想也可以！"

说罢，从嘴上取下还未点燃的烟，扔进烟缸里。富枝一看眼角泛起微笑，说：

"以后，资金周转有困难，或者出现赤字，还得要多多麻烦您呢！请您还得多关照。我们两人一起出去，引人注目，我先走了……"

富枝把刚才银四郎给她看的不动产买卖合同，整齐地放进小提包里，先走了出去。

缝纫机"咔嗒咔嗒"连续不断的响声和剪裁厚布的利剪的吵吵声交织在一起。富枝鼓着胖胖的下巴，抿着嘴，憋着，不让自己哈哈大笑起来。但终于忍不住，嘴唇绽开了笑纹。

这是一间取掉中间隔板、有40坪宽的、十分明亮的房间。装图台、裁剪台和缝纫机，一个方向，整齐地排列着。那些由洋裁学校毕业的高级技术人员正在各部分前忙忙碌碌地工作。这种排列方法是富枝自己想出来的。它有别于过去的缝纫工厂那种杂乱无章的摆法。新的摆法很有秩序：先是按照设计图制造纸型的制图台，接着是根据纸型裁剪衣料的裁剪台，然后是缝制服装的缝纫机。三者犹如一列火车联结在一起。每一列为一组，实行责任制，每件成品必须标上制作小组的记号。这种编制，责任清楚，连胸围、暗线的位置也不会弄错。

纤维商社和百货店，常常因为缝制技术跟不上先进的设计，而感烦恼。因而，当富枝的这种制作编制，通过式子院长被报纸和杂志介绍出来时，一时订货者纷至沓来了。这样一来，银四郎不得不把电话由一部增加到三部。并不断地来附属厂，对富枝的经营才能大加赞赏。而富枝则觉得，她这个出身于袋物工匠家庭的女孩子，打定主意办个缝纫工厂，并参照洋裁学校的组织结构，设立这种编制，也是十分自然的事。然而，在银四郎眼里，此人则是少有的经商之才。于是，不惜投入重金，为之购买电气设备、洋裁设备等。这样，不知不觉，原来仅是三百五十万元的资本，竟膨胀至将近四百万元。

富枝忽然想起附属工厂开办之际式子讲的话来。那天，式子带着伦子和葛美，来看附属工厂。伦子、葛美兴趣索然；式子只好让她们两人先回去。然后，在静静的走廊上，她紧攥着富枝的手说：

"伦子和葛美不喜欢干这种后台的活，而你却甘做无名英雄，你呀，可真是个朴实、寡欲的人哪！"

"我竟是个朴实、寡欲的人！"——富枝从喉咙眼里发出压抑的笑声。一个女人评论另一个女人，什么朴实还是浮华呀，什么寡欲还是大欲呀，再也没有比这种评论更不值钱的了。在这种情况下，伦子、葛美和富枝这三人中，如果说有一个欲望最大、最贪婪的人的话，那说不定反而出人意外地要属富枝了。

富枝像只得意的雌猫，眯着眼睛，慢悠悠地打了个呵欠，无所事事地往窗外望去，一辆她所熟悉的"奔驰"车，由半町远的交叉路口处向这边开来。式子院长和银四郎并排坐在中年司机的后面。大清早，预先也不来电话通知，两人匆匆赶来，肯定有相当紧急的事。富枝离开窗旁，用心地准备着，但又装出从容不迫的样子，站在剪裁台前，扮一副帮助剪裁的架势。

富枝听到背后传来的招呼声音，表现出刚刚注意到的表情，回过头来，只见银四郎和式子正站在缝制室的门口，向她笑着。此时此刻的笑是最令人不放心的了。她故意冷冷地向他们点点头，把他们带到了大门旁边的会客室里。

说是会客室，可里面却摆着三张办公桌，旁边只放着一套简易沙发。式子坐到窗户旁边有阳光的地方后，向银四郎递了一个眼色，突然说：

"今天有一件事，非得你答应办不可！"式子的语调很随和，反而使富枝难以猜测谈话的内容了。于是富枝小心而又从容地问：

"是什么事呀，让你们二位亲自驾临指示呢？"

式子的一双大眼睛闪烁着激动的目光，回答道：

"是这样的，富枝。让你按照巴黎的杰·朗贝尔设计的纸型，缝制服装。"

"什么？杰·朗贝尔……"

富枝说不下去了。最近五六年来，杰·朗贝尔是风靡世界时装时样的名设计家。他所设计的时装，成为各个季节世界上最新的流行式样。他设计的时装，要用迄今服装设计师们还未考虑过的立体制图和剪裁！还需要运用复杂而精细的缝制技巧，才能加工制成。

"因为，明年年初，我要去巴黎，参观杰·朗贝尔的时装设计样品展览会。届时，想从他的设计品中购买一些有代表性的流行时装的纸型和适合日本人穿的时装纸型，然后在这里缝制成衣，作为巴黎流行时装介绍给日本人。"

式子说。银四郎似想为其掩饰得意之态，说：

"巴黎世界闻名的服装设计家的设计式样，报纸和杂志介绍的已经相当多了，但其设计的纸样，还未曾见到有谁向日本介绍过。所以，为了宣传式子老师的巴黎之行，我们打算购买那里的世界名设计师的纸型。这不仅是一个大宣传，同时分析、组合纸样，对提高我们缝制技术也大有裨益。问题是，我们好不容易买来了纸样，但不知日本现在的缝制技术能否组合好这些纸样。"

"我和银四郎先生一起来这里，就是要求你给予协作。虽然这是一项极为艰苦的工作，但既然买了人家杰·朗贝尔的纸样，我们买方就被赋予按照他们的方法和水平缝制服装的义务了。所以事实上就要你答应缝制不可了。"

式子带着半强制的口气说。富枝没有立刻回答，她在深思权衡接受这项缝制任务的得与失。

对于缝制迷的富枝，她巴不得缝制这位闻名全球的巴黎名时装设计师设计的时装。可是，这样了不起的工作，于她似乎太突然了点。况且，如此大的事业，难以想象光凭圣和服饰学院的力量所能胜任。在费用方面，同巴黎的杰·朗贝尔交涉；购买其纸样的费用；在日本举办介绍其设计的时装展的费用，粗略地算一下，需要近一千万日元。半年前，办了京都分校，一个月前又刚刚开办了附属服装工厂，银四郎手头不像是有这么多钱了。比起能否接受缝制来，这是富枝更为深忧的。

"这件事提得太突然了，一时难以答复。不过，你们是什么时候开始考虑的呢？"

她故意露出为难之色，小心地问。

"自京都分校成立后，银四郎先生看了那边的报纸和杂志，查阅了国际羊毛事务局和贸易振兴会等单位的资料，从而提出了这样的规划。当时，我也因计划之宏大，颇为吃惊。不过后来具体地考虑了一下，觉得只要我们有能力组合纸样，缝制服装，也并非什么了不起的事。即使杰·朗贝尔，被尊为流行时装之神，但只要支付购买费，也能买到其设计，使用其纸样。我只觉得不可思议的是，时至今日，为什么别人竟没注意到这样的事呢？"

式子不以为然地说。

"这种别人迄今未曾动手去干的，必须和外国人打交道的事，单靠我们一个洋裁学校能办得起吗？而且，还要进行与以往迥然不同的宣传和介绍，所以……"

富枝很是忧心忡忡。

"大可不必担心。这个计划，起初，当然不用说对你们教员，就是对式子院长，我也没有告诉她。实际上，我是经过了半年来周密的调查，才得以制订出来的。资金方面，我想请三和纺织公司赞助；宣传方面，可以请曾根的 B 报社协助。我无论干什么重要的事，决非采取孤注一掷、碰运气的手段，而是留有余地。万一摔了跤，也能有余力爬起来，否则决不贸然行动。这一点你完全可以放心。"

银四郎向富枝投去一瞥得意的目光。此刻，富枝似乎明白了银四郎为什么对她开办附属工厂的要求答应得那么痛快，并且慷慨地拿出了资金。他表面上装着听从富枝摆布的样子，其实是在巧妙地利用富枝。但对富枝来说，只要对自己有好处，倘若如此，也划得来。

"还是干吧！这是很有意义的事业呀！"银四郎又一次劝诱道。富枝慢慢地抬起眼睛，望着式子院长。

"只要用得着我……"

说着，表情温和地笑了。

第二十章 漩 涡

　　走廊里每响起脚步声，都会令伦子惶恐地从椅子上跳起来。在这大煞风景的三和纺织公司的会客室里，伦子面前放着一杯温茶，等待着野本的到来，时间已经过去将近两个钟头了。

　　传达室的事务员告诉她：野本敬太去纤维图案协会，要过十点才能回来。可现在已经过了十一点了，还不见他的踪影。伦子想，野本这个人是不会故意耍弄人而让人家久等的。她意识到野本还在爱着自己，而自己恰恰是利用这一点前来与他会面的，一想到这里，伦子便感到难以言状的惭愧和羞耻。

　　上次，采取欺骗的手段，甩了野本，而今自己却又接受了他充满爱情的礼品，然而竟连一封回信也不给人家。今天，自己突然来求他办事，他究竟会用什么眼光来看待自己呢？——这样一想，伦子深感，昨夜满不在乎地委托自己来办这件事的银四郎，是多么卑鄙冷酷啊！

　　昨晚，银四郎一来到伦子房间，就提出要伦子去找长时间没有见面的野本。伦子以为是银四郎一时的玩笑，不当他一回事，随便敷衍了几句。谁知银四郎竟认真地告诉她，要购买名扬世界的巴黎服装设计师杰·朗贝尔设计的纸样，然后由圣和服饰学院缝制服装，把巴黎的时髦服装向日本作首次介绍。因而，希望她去求三和纺织公司提供资助资金。

"这样大的事情，还是您自己到三和纺织公司去联系吧！何必让我去求野本呢？"

伦子满脸不高兴。

"当然，是得由我正式向其销售宣传部长提出。可是在这之前，为了顺利求得他们内部同意，还是麻烦你去求求野本。幸好，他在东京，出差了一年，现在刚好结束了那里的工作回来，担任销售宣传部的科长呢。"

银四郎想得很周到，甚至连野本的归任时间也调查到了。

"我现在再也不能去找他了，我对他……"

伦子踌躇不安地说。

"你是说，你对他采取了极为薄情的行动吗？然而，像你这样的女人，更能叫男人依恋不舍呢！特别是野本那样的普通男人，女人的薄情更能刺激他。你稍盼咐一下，他就会认真地为我们奔波。我们这个事业若能成功，我想借此机会，让你在东京拥有一所学校。难得现在有一个可利用来为我们事业服务的人。你不利用，就不像是平常的你了！"

说罢，银四郎用带着嘲弄的眼光，冷冷地看着伦子。对于厚颜无耻地要求自己去见野本，想利用野本对自己恋恋不舍的爱情，以实现事业上野心的银四郎，伦子感到被他藐视了的屈辱。不过，现在要是被他抛弃，自己就会失去了一个女时装设计师所拥有的令人羡慕的一切。伦子心中十分害怕，不得已答应了银四郎的要求。

忽然走廊响起了急促的脚步声，门从后面打开了。是野本。野本一进会客室，就说：

"果然是你呀……"

对于伦子的突然来访，好比一池清水被投石所击。他的心情复杂极了，但他浓眉下的眼睛，却十分柔和，充满着憨厚的喜悦之情。

"事先没给您打电话，突然来找，不给您添麻烦吗？"

伦子避开野本炽热的目光，抱歉地说。

"什么麻烦——不过因为十分突然，在传达室听到你的名字，直到在进会客室之前，不敢相信是你。让你等了一个多钟头了吧？！"

野本注视着一年半来没见过面的伦子。对于这种一如既往充满着真挚之情的目光，伦子心里涌起了一股负疚而胆怯之情。她振作精神道：

"今天是因为要拜托您办一件事，才来的，所以刚才一直在等着您呢！"

"有什么要托办的不必客气，提嘛！只要我能办得到的，我都高兴尽力而为！"

野本满含温情地回答。

"是这样的。式子老师预定明年初去巴黎，届时想在那里购买杰·朗贝尔设计的纸样，回来缝制服装，向日本介绍他的设计。这是一个大胆的计划，希望得到你们的资助。"

接着，她将昨晚从银四郎嘴里听到的计划内容，以及这个事业所具有的价值，详细地告诉了野本。野本作为一个纤维商社的成员，认真地听着。待伦子介绍完毕，他说：

"这么大的国际性事业，怎么能让你来说呢？老实说，这并非我和你能够交涉的问题呀！"

野本态度认真，语含责备之意。

"是的，这我知道。这次要求资助，比起上次的时装展和设计比赛更要困难得多，非花力气交涉不可。正因为这样，在式子院长正式向三和纺织公司提出要求前,我想求您,把我们这个宏伟计划的内容和意义转告贵方负责人,以使正式交涉能够圆满成功。很长时间我没理您了,突然拜托您办这样的事,实在感到难为情。可是,式子老师一定要我来求您,我没有理由予以拒绝。况且,此次是式子老师第一次出国办理国际性事务。我也不得不出把力,请您努力争取,以使贵公司能够给予我们协助。"

伦子诉说着。野本像表示理解似的,粗眉下的眼睛注视着伦子,但嘴唇紧闭,一语不发。

"野本,我给您带来了很大的痛苦,求您的又是如此难办的事。要是您拒绝我,我就失去立足之地了。请您把这作为任性的我的最后一次请求,帮帮我吧!"

说着,伦子的眼睛突然溢出了眼泪。野本吃惊地望了伦子一会儿,慢慢地说:

"你今天仅仅是为了求我办这件事才来的吗?"

与伦子的激情完全相反,野本平心静气地问。伦子一时无言以对了。

"除了无理求您办这棘手的事外,还顺便对上次我们分手时,我的失礼行为向您表示道歉。另外,您托式子老师送给我的蛋白石耳环,我收到后一直没有回谢您,今天在此我也向您表示谢意……"

伦子负疚似地低下头来。

"也就是说,若是没有这个机会,你是永远不会来找我了?"

野本目光炯炯地注视着伦子。

"像您这样郑重其事地问我,我就不好办了。不过,我原是想,最近什么时候来找您的呀!"

伦子含着媚笑,爽朗地说。野本并不为之心动,依然表情僵硬。

"伦子，你还要撒谎。要是不托我办这件事，你是决不会来的。我虽是个粗野的乡下佬，但还能够分清什么是真的什么是假的。我看得出你还和一年半前一样，虚荣心和个人欲望，丝毫没有改变。不过，我认为，这样的你是可怜的。这次，我可以被你利用，为你卖力。但是当你在拼命追求虚荣和欲望中，负了伤，要倒下去时，你还可以回到我身旁，我大概还可以等待你到那时候。"

野本的一言一语，似一股清泉流入伦子心间。和银四郎，这个为了自己的欲望，不惜利用伦子和野本的关系的冷酷的人相比，野本宛如另一个世界的男人。野本充满真挚的爱情和始终如一的诚恳的心，令伦子感动。她感到了一种使自己的心得到慰藉的幸福，情不自禁地想得到野本的温存。

"野本……"

伦子叫了起来，从桌上伸出两手，野本即用粗壮的手握住了她，并用依旧充满真挚感情的目光注视着伦子。伦子觉得这目光看透了她那追求行乐和虚荣的心，并不允许她这样滑下去。她感到喘不过气来。她心里油然感到一种无法排遣的烦恼，又感到野本有一种和她格格不入的土气。她松开野本的手，轻轻地将双手缩回来，仿佛是为了重新拉回一时倾到野本那边的心。野本眼里浮现出失望的神情，无力地垂下手道："一年半以来，我们分别生活在两个天地，难免一时不能恢复原来的样子，等式子老师出国之行和这件事告一段落之后，我们再慢慢谈谈。"

说着，勉强装出轻快的样子，说：

"好的，我得赶快将你们的要求转告给公司头头，能否顺利我不知道，反正，我将尽力而为好了。"

说罢，野本用静静的含着慰藉的目光望着伦子。

曾根毫无表情地听着银四郎讲述。而银四郎为了试探曾根的反应，在滔滔不绝的倾谈中，时时提高嗓门。这时，式子深感难为情，觉得好像自己在极力自我表白。

起初，式子不同意银四郎为这个计划去求曾根。可银四郎却说，曾根是自己的朋友，对他不必客气，就强拉着式子来了。

曾根在传达室听了银四郎来找他的目的时，表情冷淡地把他们领到会客室。虽然自志摩半岛以后，曾根和式子没见面，但还是和她略略寒暄了几句，然后就默默地听银四郎讲。银四郎突然提高声音，对曾根说杰·朗贝尔是世界一流的时装设计师呀，现在购买他设计的纸样的就是美国呀，日本就要成为第二购买国呀等等。曾根听着，用手往上拢他那没上油的头发。

"是的。对于杰·朗贝尔其人，连我这个对时装不甚感兴趣的人，也知道。我也清楚，你们的事业和现在所谓服饰事业完全一样，是一种国际性事业。的确是有意义的。问题在于，你们是否能买到真正是杰·朗贝尔设计的纸样。和外国人打交道的事，往往因为使用外市和合同上的一些问题，在眼看要成功的时候，失败了。所以报纸大都不愿意支持这方面的事业。如果报道得天花乱坠，到头来要是告吹了，这家报纸就威信大失了。再说，因为是国际性的事业，所需经费也是数目可观的！"

曾根踌躇不安地说。

"这你大可不必担心。经费方面，三和纺织公司已经答应资助我们了。因而，只要你们提供版面，为我们作好宣传，并免费让我们使用你们的会馆，就行了。"

银四郎还没有得到伦子的回话，却落落自在地说三和纺织公司已答应资助了。式子对银四郎这种不择手段的态度，以及今早利用伦子和野本的关系逼迫伦子去三和纺织公司的那种苛酷和无情，感到无法形容的厌恶。此时，银四郎坐着，向曾根倾过身去说：

"式子老师之所以能在服饰界崭露头角，开始还是因为你好意地在报纸上报道了她，大篇幅地发表了她的作品。这次还得请你协助她，使其初次从事的国际性事业，得以成功。"

银四郎巧妙地利用曾根对式子的好意，说了这些滑头的话，令曾根无法加以拒绝。曾根一时哽住，思虑片刻后说：

"好，我现在就把你们介绍给平山事业部长，你具体和他谈好了。当然，我也从中敲边鼓。你再发挥你那磨劲吧！"

说罢，曾根站起来，走到屋子角落的电话旁，给事业部挂了电话，告诉平山部长，说银四郎他们要向他介绍自己的计划。

平山事业部长，来到会客室，听罢曾根的简短介绍，向式子寒暄过后，满面红光，衔着烟斗，认真地听起银四郎的讲述来。银四郎仿佛要把话像锲子一样打进事业部长的肥胖身体，小心地围绕着自己的目的，把刚才对曾根说的话，对部长说了一遍。末了，他强调说，公开引进杰·朗贝尔的纸型，这在日本是第一次。加以宣传，对于报社来说，也是新鲜的富有意义的内容。至于经济方面，报社也不冒风险。听完银四郎的话之后，事业部长拿下烟斗，说：

"我对杰·朗贝尔的设计和纸样这种服饰事业的事，全然外行。但是听您说，你们的事业在日本是前所未有的，这倒颇有魅力。因为对于报纸，没有新闻性的事件，是毫无价值的。可是购买纸样的外币，你们是否能搞到呢？"

平山的语气有点傲慢，表现出很有风度的实干家所具有的精明和干练。

"这方面，我们已同国际羊毛事务局和贸易振兴会进行了联系，估计没有什么问题。这和邀请外国演奏家不同。我们所从事的,是买进纸型从而提高日本的洋裁技术,可以说是一种技术引进。所以,我们不难搞到外币。我们始终要以引进技术为前提,把这件事搞下去。如果即使这样还有困难的话,我们还可以得到三和纺织公司的资助,他们可以和法国方面交涉,请法国方面把纸样的款额,加在他们向我们进口物品的金额上。我们甚至考虑到这个地步,以这样的手段支付纸样费。因此外币问题,请您放心。"

银四郎以穷追不舍的韧性开导对方。事业部长吸了一口烟,吐出烟圈道。

"您对这件事真够执着以求的了。您究竟为什么要干这件事!难道真的仅仅是为提高日本的洋裁技术吗?"

他那精力充沛的赭红色的脸,对着银四郎,似乎看透了银四郎的内心世界。银四郎一时语塞,停了一会儿,说:

"当然并非只是这个表面的目的。因为朗贝尔的纸样,只卖给一个国家的一个企业家。一旦我们学校得到了,要想学习朗贝尔的制图和纸样,只有到我们学校来才行。这样,我们学校的学生人数自然就能增多。以此,我们将获得一种特别的营利。同时,通过我们洋裁学校在这方面的教育(即朗贝尔洋裁教育),日本的一般的洋裁水平,将获得提高。所以说能够提高日本的洋裁技术,是名副其实的。"

"您真是个了不起的干将!我们稍不留神,就要上您的当呀!不过,无论怎么说:

'提高日本的洋裁技术,这冠冕堂皇的理由是站得住脚的,因而,我们报社支持你们,也不会使人觉得奇怪。好吧,我们接受你们的要求。不过,我们的社告①,在你们取得了外币,并

---

① 社告:报社的通告。

355

且和杰朗贝尔正式签订了合同以后公布,希望你们遵守我们的协约。以后具体的事,可以通过曾根君联系。"他向式子稍稍点了点头,从椅子上站了起来。

事业部长走出房间后,银四郎叼着烟。大有大功告成之慨,从容地吐着烟。曾根以无动于衷的表情望着窗外。在这尴尬的气氛里,式子无话可说,只是难堪地默不作声。银四郎抽完烟后,似有答谢曾根之意,说:

"这会儿正是上不上、下不下的时间,咱们到外边喝一点威士忌吧!"

曾根把望着窗外的目光转到银四郎身上:

"大白天喝什么酒,我倒是要提醒你刚才说的事。因为平山事业部长已经答应了,我们报社就会出相当的力,作你们的后援。希望你们不要发生在关键时刻解除协约之类的事。"

曾根以冷漠的事务性口吻说。

"这方面我将慎重行事,希望你转告他们放心好了。以后就要看式子老师如何装配朗贝尔的纸样,向日本介绍巴黎的时髦服装了。由于你的帮助,式子老师得以开始了日本服饰界划时代的事业,迈出了一流时装设计师最关键的一步,我再次向你表示感谢!"

银四郎滑稽地低下头来。

"你张口就说是为了式子,其实我觉得我是被你的某种野心所利用,心里感到厌烦。式子老师难得初次去外国,你为什么要让她背上这个包袱,使之不能安静下来学习呢?式子老师,难道你也不想冷静下来学习一点东西吗?"

曾根突然以归咎的目光望着式子,式子一时无以回答,嗫嚅着说:

"我最……最初也是这样想的。可是银四郎先生说,光为了学习去外国，这样未免过于浪费了……"

"这怎么是浪费呢？您是一个时装设计师，去外国考察，增长见识，作为设计师，难道这不是很重要的事吗？购买朗贝尔的纸样，首次向日本公开他设计的服装，说得不好听，那是贸易商的事。您搞这种事，倒不如在外国，在没有任何干扰的情况下，从事学习设计，岂不更好？"

式子低下了头。曾根还没怀疑到式子和银四郎的关系，很认真地设身处地为式子打算。他这种纯真的严肃态度，使式子感到难堪。她无言以对，沉闷、缄默。

"曾根，你总是那样的天真、浪漫。在现实社会里，干什么事都要现实一点，不能像你这样光谈缥缈的理想哟。不过，有关式子老师的事业，是要大大地尊重你的意见，她也要把方向逐渐地转到你所说的这个方面来。总而言之，这次要请你多关照了。"

银四郎转过身来，说完这些话后，似乎有意催促低着头的式子走，站了起来。

听到走廊急促的脚步声，伦子知道银四郎来了。但她没从靠窗户的椅子上站起来。接着她听到了"咚咚"的敲门声，也不予搭理。随即响起了从门孔插进钥匙的声音，门开了。

"你原来在屋子里呢！为什么不应一声呢？"

银四郎责怪道，伦子头也不回，望着窗外。银四郎走到她身边，双手默默地从腰后缠着她。当他那柔软的手，缠绕到伦子的胸前时，伦子挣脱开了。

"唉，你真别扭！怎么样了？托野本先生办的事怎么样了？他答应了吗？"

银四郎似乎要故意引出伦子的回答。伦子赌气地望着窗外，没好气地说：

"野本说，尽力而为……"

"尽力而为——这算回答吗？大概你的态度不大诚恳吧？你应该拿出你的绝招呀？"

银四郎冷冷地说，口气和刚才的温柔举动迥然两样。伦子也不示弱，转过身望着他：

"你是要让我扮演娼妓的角色吗？野本很清楚，我是为了利用他而去的。他认为，我干这种差事是可怜的！不过，他答应尽力帮助。他这个人，一旦答应了就会负责到底的。可是你却说得这么无聊！你不觉得羞耻吗？你知道……"

伦子情绪激动，突然把下半截话咽下去了。"知道羞耻"——这是野本的话。伦子用欺骗的手段甩开野本时，野本说他虽然外表粗陋，但知道羞耻，就静静地离开了伦子。此时，银四郎反而津津有味地望着伦子，慢慢开口：

"羞耻！我是不知道羞耻的！人最可怕的是知道羞耻。否则什么事情都能成功。我成功的秘诀，就在于不知羞耻。你要尽量做到不知羞耻呀……"

银四郎站着，坦然地、毫无掩饰地说，咕咕地喝干伦子放在桌上的茶。

"我刚才和式子去报社要求他们协助时，一位大腹便便的事业部长已满口答应，下一步就是和三和纺织公司打交道了。现在报社答应帮助，这是我们手中的一张王牌。我们要以此为资本强求三和纺织公司帮助我们。你明天赶快和野本联系，希望他争取使我和式子在两三天内能和对方的头头会面。好，就这样拜托了！"

嘱咐毕，银四郎才感到疲惫似地，打了一声呵欠，坐到窗旁的椅子上。

第二次和野本打电话联系后,过了四天,伦子接到野本的电话,答复说,如果可以的话,三和纺织公司想今日会见圣和服饰学院式子院长。于是伦子马上在甲子园校,打电话告诉了银四郎。银四郎立即求之不得地催促式子一起往本町的三和纺织公司。

传达室的事务员看到式子,没等她开口,就把野本叫出来了。野本不和悦地看了银四郎一眼。接着,就前不久托式子带信和礼物给伦子之事,向式子郑重地表示谢意,然后告诉式子:

"有关资助问题,今天由负责销售的濑川常务亲自和你们谈。"

说罢,野本把他们领到了二层常务办公室。野本一打开门,身着淡灰色西服的濑川常务,即从大办公桌前站了起来,把式子他们让到办公室中间的沙发上。式子对这次自己学校向三和纺织公司提出这么过大的要求,表示不安。

"实际上,这次,我被我们野本的异乎寻常的热心感动了。他是一个认真而又热情的人。对有关资助这件事,抓紧不放。他还给我们讲了有关杰·朗贝尔的生平经历,他在世界服饰界的地位,以及他设计的特长。"

说着,他望着桌子旁边的野本,露出温厚的微笑。

"但是,对于纤维商社资助购买纸样,社内有些议论。要是百货商店购买了朗贝尔的纸样,制出巴黎时髦服装,可以马上出售;而我们商社只向百货商店和批发店出售布料,同用以制作服装的纸样关联不上,所以有人说资助购买纸样是一种徒劳之举。这样,我们十分为难,苦于想不出好办法。就在这时,听说B报向你们提供版面宣传,如果三和纺织公司作为资助公司,名字将和一流报纸的B报排在一起,出现在报刊、广告、说明书或别的印刷品上。为此，我们就可以以提供宣传费——而不是纸样购买费的名义，接受你们的要求了。请问，你们预算的经费内容是什么？"

濑川常务用温和的目光看看式子和银四郎。银四郎从上衣兜里取出一个小本。

"首先，朗贝尔纸样三十种的设计费包括进口税和运输费，需要三百万。大庭式子路费和购买纸样的交涉费为二百万；此外纸样购买以后，向观众公开介绍时，舞台装饰、模特儿、宣传等所需费用为一百五十万。这样，大概需要六百五十万元。我们在东京和大阪将举行杰·朗贝尔时装展，一张入场券为一千元。B报社会馆一次可容纳一千人，每日三次公演，东西两地共公演两日，这样可获利约六百万元。因为会场费约五十万元，由B报社提供，这样收支差不多平衡。我们只请求三和纺织公司用手头的外币支付纸样购买费和进口税、运输费的三百万元。"

濑川常务认真听银四郎谈经费的款项。听毕，说：

"刚好，我们公司尚留有特别外币。好吧，接受您的要求。"他非常平静地表示同意资助。

式子对着镜子注意到由于去年以来的繁忙，脸上失去了光泽，稍稍显出了菜色。自从B报社和三和纺织公司决定同意协助以后，忙于准备和杰·朗贝尔交涉，申请护照和排定日程表，近一个月来竟然无暇精心化妆了。

镜中，富枝白净的富士额脸晃了一下。

"老师，您在沉思什么呀？您不朝我这边来，我没法给您试领子呢！"

富枝把西服领子里的衬布，放到式子的脖子上，测着领衬的厚度和领圈的长度,别上别针。富枝那张白净的脸,近得几乎要触到式子的脖子上了。她那灼人的气息,使从清早已试了三套衣服而疲惫了的式子,浑身感到痒痒的。

　　为了准备式子的出国服装,伦子、葛美和富枝来到大阪本校的实习室,一天到晚给式子试衣服。冬天午后温暖的阳光,从西面窗口洒了进来。伦子在那窗旁的桌子边、给刚才试穿过的一件鸡尾礼服和一件晚礼服,开始画上滑石笔,准备修改。葛美正在给另外增加的一件鸡尾礼服画图。富枝将别针别在领子一侧时,问道:

　　"老师,这样,领子合适吗?"

　　富枝别针的别法是对的,但领子长短还不适当。

　　"再稍微放松一点,拔衣纹①的柔和风格就能表现出来了。"

　　式子望着镜子对富枝说。富枝几次改变领子的长短后,问伦子道:

　　"来,帮助我给老师试一下领子。我最头痛试样!"

　　富枝对伦子说。伦子懒洋洋地站起来,手夹着别针垫,走到镜前,很快地取下富枝别的针,松了松领子,又重新轻轻地别上别针。她别得恰如其分。要是对布料没有异常的触觉感,是难以别得如此恰到好处的。

　　"这样可以吗?"

　　从镜子里可以看出伦子美丽的眼睛充满着自信。式子曾对她的美貌和才华抱有戒心,但此刻,心胸一时开朗,对伦子的态度变得和蔼可亲了。

　　"很好,只要让伦子试,什么布料,在她手里都会像麦芽糖一样,运用自如地试缝出美丽的轮廓来。你们各显其能:伦子

---

　　① 拔衣纹:深露后颈的衣服。

的试样，富枝的缝制，以及葛美对图样能正确分析的本领，三人有机地互相配合。那么，这一次，一定也能很好组装，杰·朗贝尔的纸样，缝制出出色的服装来。"

式子为了重温一下自己的幸福似地说。她进到日本服装界到现在才刚刚四年，可是在Ｂ报和三和纺织公司的资助下，仅仅在两个星期之后，就要实现初次向日本介绍世界大时装设计家杰·朗贝尔纸样的宏伟计划了。自己的身旁又有一个强有力的班底，来帮助自己推动这项前所未有的事业。一个伟大事业将要成功的光辉，已经由地平线上升起，照射在自己身上了。式子沉浸在踌躇满志的得意之中。电话铃响了，葛美拿起话筒。

"老师，是Ｃ报社来的电话，想和您谈谈有关朗贝尔的事。"

式子穿着试衣，接过话筒，传来Ｃ报社女记者的爽快声音。

"我是大庭式子。是的，坐一月三十一日十九时法航飞机从羽田机场出发。嗯，和杰·朗贝尔的交涉很顺利，我们学校的理事八代银四郎先生通过信件和杰·朗贝尔的助手波洛米休直接进行联系。与此同时，他通过日本驻巴黎使馆的文化科，取得了时装收集会、展览会的招待请帖。以后就是我参观二月四日举行的这个展览会，选购哪种纸样的问题了。怎么，您是问，能否顺利组装朗贝尔纸样的问题吗？……不、不，您提得很有道理，一点儿也不失礼。是啊，朗贝尔的纸样和日本我们设计的平面纸样完全不同，完全是一种由点和线复杂而有机地结合起来的立体纸样。对于这种纸样，首先要有解释分析能力，而且，能够组装它。噢，关于缝制吗？我们圣和服饰学院最近成立了一个附属缝制工厂，缝制工作主要由这个工厂的负责人大木富枝抓。甲子园校的津川伦子、京都校的坪田葛美协助大木。从组装纸样、剪裁、试衣到缝制，我们采取流水作业。什么？报纸要介绍我们的班底？好呀，我们随时高兴地等待采访。好，再见!"

式子放下话筒,翘着高跟鞋,轻快地转过身来。

"C报的妇女栏要把你们作为朗贝尔服装制作班底给予介绍。所以记者到附属厂后,你们三人须一同去接受采访呀!"式子兴致勃勃,又站到原来的镜前。刚才显得疲惫不堪的脸,显露出了红润润的光。

"要试的衣服还剩下几件呀?试穿时,总得象模特儿似的一动不动站着,真叫人受不了呀!"

式子故意以十分温柔的语气说,因为一切进行得很顺利,她高兴得想要吹口哨了。

"老师,您真够性急的,还有晚礼服和一套西服呢。时间紧迫,这四五天来我们几乎彻夜缝制,相当劳累哪!"

经富枝这么一说,式子才想起,为了在一个月内缝制出十一套出国服装,在这个礼拜内让伦子和葛美把她们学校的工作撂下不管,来到本校帮忙。式子对她们说,C报纸要在妇女栏介绍他们时,伦子和葛美之所以没有表现出式子所想像的那么起劲,大概是一个星期来工作得太疲倦了吧。式子望了一眼手表。

"已经过五点了,你们累了吧,明日再试吧!不用收拾了,让我的车送你们回去吧!"

式子似乎有意为了酬劳她们。可心里却在想着七点钟要和银四郎幽会的事。

当宽畅的实习室只剩下式子一人时,她立即感到极端疲乏。午后,连续喝了三杯咖啡,已经失去了效力,连室内的灯光,她也感到刺眼了。

明亮的室内杂乱地放着刚才试完的别满别针的衣服,绷着线的裙子和需要再次试穿的西装。虽然旅行才两个月,作为时装设计师，式子新制了十一套衣服：毛西装三套，一色成套服两套，丝晚礼服和午礼服各两套，晚礼服大衣和普通大衣各一件。十一套中已经有六套制出来了，其余的五套，刚才试了三套，还有两套等着明天试。她慢慢地从椅子上站起来，走到杂乱地放着衣样的台前。试衣的前后身、袖子，还有裙子，分散放在台上。所有布角都别有标着记号的纸条。为了看看刚刚富枝给自己试的领子，就把那件西服从台上拿了起来。刚才伦子重新别了别针后，富枝又认真地缝上线。对于富枝这种大大方方地纠正自己不足之处的态度，式子深感满意，她微笑了。式子看毕，把衣服放回原处，刚要回转身时，一个硬硬的东西从台上掉落了下来。

　　式子弯下身拾起来，原来是一个天蓝色的皮钱包。究竟是他们三人中谁的东西呢？式子象查看学生的遗失物一样，打开了钱包。里面除了八张千元的日元券外，还有一张四折的纸。式子无意识地打开了纸，突然，她惊愕得竟怀疑起自己的眼睛来了。是一份不动产申报书，上写着：

　　不动产申报书：大阪市北区天神桥大街六丁目大木富枝。

　　不动产所在地：大阪市天王寺区米原町三五。

　　不动产种类：工厂。

　　不动产面积：土地面积七十六坪五合三勺，建筑面积五十五坪①。

　　获取方式：购买。

　　获取时间：昭和三十年九月十五日。

　　不动产价格：三百一十五万元。

　　这是圣和附属服装工厂的购买申报书，申报人是大木富枝。

---

① 1坪等于3.305平方米、等于10合，1合等于10勺。

式子感到一阵晕眩和惊诧，她又一次看了申报书。从不动产所在地、种类、面积、取得方法，以及取得的时间来看，毫无疑义是圣和附属服装工厂。而在学校的文件中，所有者是式子。但是这个印刷品的不动产取得申报书却明明白白地写着大阪市东府税务所长的名字。栏外还有备注：提出申报期限到昭和三十一年一月十八日。明天就是一月十八日。

式子用颤抖的手，拿着不动产申报书，走到屋子角落的电话机旁，给附属工厂打电话。可能因为拨得太急，没有接上线。刚才从这里出去时，富枝说要回工厂，现在应该到了工厂了。式子又重新拨号，话筒内传来富枝明快的声音。

"对不起，富枝，我想再改一下刚才那件西服，你立刻再过来一下吧！"

"怎么？现在又要我返回学校？既然老师命令，我也没办法呀！"

富枝像往常那样轻松地回答。

门开了，富枝慢悠悠地走了进来。明亮的灯光下，她白净的富士额的脸，泛着微笑。可以看出她对式子毫无戒心。

"老师，您突然想起，要改的是什么地方呀？"

富枝似乎完全没有意识到自己丢了钱包，她把刚才试过的西服又在台上摊开了。

"领子松了，有点翘起来，我无法忍耐到明天，叫你想把翘的地方放下来，变成和服的满肩那样。"

式子装出若无其事的样子，站到试衣镜前。

"真拿老师您没办法！您一说出来怎么办，再也听不进别人的意见了。"富枝马上转到式子后面。重新改变别针。此情此景，要是换了伦子或葛美，她们一定会很不耐烦地要求改为明日做,可是富枝却温顺地二话没说就立刻动手了。镜子里式子看到她仰着头,认真地别着针,有点突出的小嘴紧张得闭得很紧。她那白净的胖胖的脸显得那样天真无邪,表情是那样的纯真。她是如何取得附属工厂的申请书,并且将自己作为申报者呢?——式子用疑惑的目光,望着镜中的富枝道:

"富枝,附属工厂一开张,事情就很多,生意很兴隆呀,经理的账本是谁管的?"

式子装着无意地问。一边注意观察镜里富枝的神色。"因为我帮助家里记过账,对账目比较熟悉。所以工厂的账本,是我和一个女事务员管,月末向银四郎先生汇报。"

富枝毫无疑虑地回答。

"那么,所得税和不动产取得税,由谁去申报?"

"这样大的事情,当然由银四郎先生自己办了。"

镜中,富枝脸色毫无改变,一口回答。

"是吗?那就奇怪了!"

式子故意惊讶地说。

"有什么奇怪呢?"

富枝平静地问。式子没有搭理,一下子转过身来。

"富枝,你刚才把什么东西忘在这里了?"

"不,我没有忘什么东西呀!"

富枝十分诧异,望着式子。

"这,不是你的东西吗?"

式子把手伸到桌上,把放在东西下面的天蓝色皮钱包取出来,推到富枝面前。富枝一下子脸色有些不安了。

"噢,那是喝完咖啡,交钱时,不小心忘在那里的!"

富枝故意绽开小嘴笑着回答。

"我已经看了里面了!"

短促的回答，竟使富枝白胖的脸骤然变得苍白了。笑着的小嘴唇倏然间僵硬了。

式子看出她的表情变化，然后从皮包里取出不动产取得申报书放在桌上。

"附属服装工厂的不动产取得申报者，怎么是你呢？你难道偷了我的印章，伪造公文吧？或者……"

式子把下面要说的话咽住了。她对要说出银四郎的名字，感到难言的苦涩。难道是他捣的鬼吗？这种疑虑和不安愈来愈强烈地撞击着她的心。为了不使富枝怀疑到自己和银四郎的关系，式子竭力控制着自己，装着冷静的样子，和富枝说下去。富枝用细长的单眼皮的眼睛，望了一会桌上的申报书，然后慢慢地抬起头。

"是我从别人那里得到的。"

回答得干净磊落。

"什么？"

"是银四郎先生给我的。"富枝再次从容地回答。

"银四郎给你的？那么，你……难道和银四郎？"

式子的声音颤抖了。

"是的，我是第三个。"

富枝显得满不在乎，十分平静。可这短短一句话，却令式子听出了一个残酷的事实。

"第三个……那么，伦子、葛美也……"

式子的声音嘶哑了，一阵晕眩。她觉得富枝的脸跟一块泡水的海蜇皮一样可怕地膨胀开来，眼前又是一阵晕眩。她夹在桌子和富枝之间，好容易才站住。刚才因为自己的成功而升腾起的那种幸福感瞬间消失了。变成了一种暗淡的冰冷的东西。这种表面的幸福背后，原来隐藏着曾是自己信赖的弟子们对自己的无耻背叛和银四郎的卑鄙和虚伪。更可恨的是现在自己处于和三个弟子一样的位置上。这样一想,那无边的耻辱感,便从心底升腾了起来,她不禁想高声大叫。但现在惊慌失措,只能暴露出自己和银四郎的关系。将会陷入更深的受辱的泥坑。她强忍住喉咙千涸的痛苦,故作镇静地向富枝说:

"富枝,你怎么干出这样的事了?"

式子以责备的口气说。但富枝扬起胖胖的脸道:

"我也有竞争心的。伦子和葛美得到特殊利益,可我辛辛苦苦工作却比不过她们。所以,我也接受了和伦子、葛美他们一样的条件……"

"那么,你不后悔吗?"

式子低声地问,富枝慢慢地摇头:

"我并没有什么损失呀?"

说时,她想收拾起桌上的不动产申报书,式子压住了她的手:

"暂时放在我这里两三天,以后通过银四郎还你。"

式子的语气十分强硬。富枝愣了一下,她想了一会儿道。

"如果这样,就放在老师这里两三天吧!"

像刚才进来时那样,她若无其事地走了出去。

式子感到双脚酸疼。她慢慢地站起,转过身,脱下高跟鞋。这时,她感到身子似乎失去了依靠,摇摇晃晃起来。富枝一走,她关了灯,蹲在试衣镜前。

她抬起头。在暗淡的光线下,镜子里现出了一个双膝跪在地板上,弄脏了裙子下摆,披头散发,满身污秽的年已三十六岁的女人。这是一个被夺去自尊心和自信心的女人的丑陋形象。胸中不禁涌出一股与其说是悲痛不如说是愤恨的情绪——一个女人因失去自尊心而产生的愤恨。她的三个职员都和银四郎发生肉体关系，她竟蒙在鼓里。每次去东京出差时，还和银四郎在饭店里幽会，一次又一次在自己家里躲着佣人和银四郎重复着奸情，她感到羞辱，想把这些一笔抹去。每当想到银四郎那柔软的拥抱，和令人感到甜润的爱抚和轻言细语，也同样给了她以外的三个女人时，她浑身火辣辣地难受——这是憎恶他所引起的难受。

她在对此一无所知的情况下，把甲子园校交给伦子管理，让葛美担任京都分校校长，还让富枝开办附属服装工厂。每次举办庆祝活动时，自己总是陶醉在所谓名服装设计师功成名就的洋洋自得中，发表着娓娓动听的祝词。自己是多么的愚蠢啊！大概三个弟子，对自己的这种愚蠢，是报之以嘲笑和轻蔑吧？银四郎大概也像在耍猴子似的耍着自己，用无情的眼光望着自己吧！无比的耻辱、愤怒和绝望，一齐向她袭了来，她禁不住哭了。顷刻间，她又想到自己的愚蠢，放声地笑起来。

式子望着镜中，因为哭泣而略为浮肿，因为愤怒显得有点扭歪的脸，又发出歇斯底里的挑战似的笑声，"呼，呼，呼……"

笑声嘶哑，象吹不出声的笛子。镜中因笑不出而奇妙地抽搐的脸在激烈地摇晃。

走廊传来了脚步声，声音在实验室门外，停下来了。来人敲了几下门，因里面没人答应，就打开了门。他一看到屋内那么昏暗，颇感意外，他环视了一下周围。式子立刻站起来，掸了掸衣襟，拢了拢头发。

"屋子这样暗，您干什么呢？她们都回家了？"

银四郎扯扯大衣，站在门口说。式子没有回答，银四郎走近她身旁。

"怎么不讲话，一个人在想什么呀？"

他奇怪地望着式子。式子一下子向他转过身来，平静而冷淡地问他：

"你是想把我当作四分之一吗？"

"四分之一？什么意思？"

"我已经知道了，我的身体对你来说是四分之一，仅仅是四分之一。"

式子发疯似的叫起来，突然摊开在桌上的不动产取得申请书。银四郎为了掩饰内心的恐慌默不作声。少顷，拿起申报书说：

"证据仅仅是这个吗？"

银四郎发出恬不知耻的笑声。

"我还听到你和伦子、葛美的事了。"

式子短促而冰冷地说。

"既然连这些也知道，我就没有别的话好说了。"

他默然无事，从衣兜里取出烟，慢吞吞地点上火。态度十分冷静，丝毫没表现出狼狈之态。式子对他如此的厚颜无耻，简直深恶痛绝了。而这种厚颜无耻之徒竟和自己见不得人的丑事联在一起。她顿觉周身冰凉彻骨。于是果断地说：

"我们分手吧？"

"分手，为什么？"

银四郎漫不经心地反问。

"我无法忍受，我和我的弟子们处于同一的地位，和你联结在一起。这样令人羞耻的事，我一刻也容忍不下。我不像她们，抱着那种卑鄙的目的打算，和你做交易！"

式子措辞激烈地回答。

"是这样吗？难道可以说你没有丝毫打算吗？你俨然名门闺

秀，品行端庄，可你之求助于我，实际上是吃我做的现成饭。是由我一手扩大学校规模的，而你却得寸进尺，追求更大的成功，更高的名望。和你比起来，她们算是小巫见大巫。她们充其量是想穿戴比现在好些，拥有一些高档东西，生活过得更奢华一点罢了。她们的虚荣心是小的，是无法和你相比的。你的虚荣心是巧妙地伪装着，你更狡猾。"

"怎么，我狡猾……？"

式子愤怒到极点，声音也发颤了。

"是的，你美其名曰是搞服装设计，追求高尚艺术生活，实际上是一心追名逐利。你和我的关系，大概也是出于你这种女人的疯狂野心和虚荣心吧。这一点，你却高高挂起，而片面指责我，并马上提出要分手呀什么的——那也可以，但问题是，我俩只从肉体上分开呢？还是连学校经营方面也分开呢？"

"现在，两个方面都要分开！"

式子注视着银四郎。银四郎大口大口地喷着烟，一会儿突然开口道：

"那，你必须交付我两千万元的慰藉金！"

"什么？慰藉金？两千万元？"

式子惊叫起来。

"是的，两千万元。把人数仅两百人的郊外小洋裁学校，发展成为有大阪本校，有京都和甲子园两所分校，学生人数超过两千五百人的京、阪、神的大学校。大概不是出于你的力吧？在这前后三四年中，我为经营学校呕心沥血，耗费了体力、脑力和时间，对此，你要赔偿这些损失。我还使无名的大庭式子变成赫赫有名的时装设计师。我向你提出两千万的慰藉金，不算多吧？"银四郎无框眼镜后的眼睛露出笑意。他又点上第二支烟，说："我说出两千万元，决非无理。洋裁学生的人物以两千七百人计（包括分校），一个学生每月的学费一千元，这样，全校每月收入学费就有两百七十万元。那么，学校每月就能得其四成的纯益一百〇八万元。两千万元只不过是一年零七个月的纯益罢了。如果你交付不起这两千万元，那么，我还要这样待下去！"

"那么，你还要我继续过这种不知廉耻的生活吗？"无法形容的怒火，在式子胸中烧燃，她吼叫起来了。

"是不是不知廉耻的事，那是你的看法。我和她们三个人发生关系，可以说是一种手段。为了扩大学校加强工作的手段。过去大阪商人有一句话：有钱，还是让女人去做生意。说女人占便宜也不过为了几件华丽的衣服，不敢盗用大笔钱。她们三个人也一样。要是对她们薄情，舍不得花点，在这不到四年时间内，学校怎么能发展到这个程度呢？难道你能因一时之气把这三个有才能的弟子赶出去吗？向我支付两千万元，断送了这好不容易发展到这个规模的学校吗？今天的事，我要富枝别说出去，也不让她们两人知道。你呢，还是装出一无所知的样子为好。况且，现在我们正从事一项宏伟事业，我们就要向日本介绍朗贝尔的纸样了。而眼下就是你多彩多姿的巴黎之行的时候了。在这个时候，你如果有决心，使这一切付诸东流，那就随你便吧？"

银四郎不顾式子听与不听，径自阐明了利害。式子的脑袋乱成了一锅粥。她感到绝望。两个星期之后，她要去巴黎，十天后，关西时装设计师协会将为她举行盛大的欢送会。刚才，银四郎到这里之前，就是去关西协会联系欢送会的事。目前，为这次多彩多姿的巴黎之行的一切准备工作，正在紧锣密鼓地准备着，如果推翻这一切，那就会在众目睽睽下，突然失去两千万元，失去了名声，导致自己身败名裂。对此她感到恐怖极了。

"怎么样？不要像孩子那样耍脾气了吧？放弃那种小姐式的洁癖，千万不要让这千载难逢的机会白白失去啊！她们三人的事，待您回国以后解决。现在我们两人闹着一刀两断，成了丑闻传出去，一切都将付诸东流。再说，您从事这么宏伟的事业，我若不在您身旁，您胆子也不壮呀！"银四郎煞时又变得十分温柔了。他从椅子上站起来，慢慢地走到式子身旁。

"您已经三十六岁了，不可能总是像不知世事的小姐那样任性啰！您和我怎么能轻易地分手呢？"

说着，像哄孩子似的，抱起了她。

就像过节一样，从大门到里门，都洒过水，在门口旁边放上盛盐的盆子①之后，把式子的鞋摆好。

"祝贺您了，今天天气很好呢……"

"哎呀，今天我还不走呢，也不是开欢送会！"

式子把貂皮围襟围在西服上，取下帽子的垂纱，说。

"不，比起您坐上飞机一下离开日本，很多客人聚集一堂来欢送您，更值得祝贺呀！要是太太活着，那该多高兴呢……"

女佣希代眼睛潮湿了，说不下去了！

"哎呀，你怎么老说过时话！"

式子笑着，从女佣希代手中接过小提包，表情冷淡地坐上来接她的车。

车子出发后，式子静静地回味刚才希代含泪说的话，"要是太太活着，该多高兴呢！……"她不由得想掩住自己的耳朵。

在知道银四郎和三个弟子关系的夜里，明知蒙受了耻辱，

---

① 日本人为表示祝福在门口撒盐。

却又担心失去名声和财富。在银四郎温柔的抚爱和引诱下，同意了他的意见，对三个弟子的事装着不知道。她们的问题等待回国后处理。那天夜里，自己感到深深地受到了银四郎的污辱，对他无比憎恨，但却又甘心喘着气将自己的身体贴在他那执拗而滑溜的怀抱里。一想到当时可羞的情景，式子听到希代说到自己清白高傲的母亲时，一种无以名状的敬畏和痛苦包围了她。母亲是大阪商家名门的小姐，家业继承人。她为了区别入赘作养子的父亲的身份，保持自己的矜持。从衣饰、日常用品到餐具无不标上华丽的泥金画纹章。为了模仿这样的，连在丈夫面前也要保持自己高傲身份的母亲，式子无论在甲子园校，还是在大阪本校，都嵌上了华丽的彩色玻璃，作为学校的饰章。可是如今，自己失去了名门闺秀的尊严，失去了一个女人的自尊心，为了保住自己的名声和富有，甚至违背自己的良心，置身于内里肮脏而表面堂皇的荣华富贵中。

　　不知不觉车进了市内，过了野田阪神。式子看了看手表，才两点半。离三点开会还有一段时间。过了净正桥，越过田箕桥，马上可以看到场址新大阪饭店了。汽车徐徐驶进饭店大门前，式子很觉惊讶地睁大眼睛。伦子、葛美、富枝三人已经等着迎接她。自那天以后，式子就自称过度疲劳，不再试穿剩下的几套服装就让她们缝制了。学校的事托银四郎管理，到现在为止，还未曾同三个弟子见面。现在，当三个穿戴华丽的女弟子映入她的眼帘时，好像她们在那里冷眼旁观自己的耻辱似的，胸膛针扎似地疼。

　　式子努力使自己镇静下来。她想，幸亏她们三人不知道自己和银四郎的关系，这是此时唯一的安慰了。她终于恢复了平静，下了车。

　　"怎么，你们都来等我呢！辛苦了！"

式子若无其事地微笑着。向她们道谢毕,登上三楼的会场。

会场被插花①和彩带装饰得十分堂皇富丽。盛装的女时装设计师们,穿黑礼服的纤维厂家,商社和百货商店等有关服饰界人士,济济一堂。会堂充满着浓郁的香露水和香烟味。

式子由三位弟子陪着,心情沉重地走进会场。于是,整个会场响起了鼓掌声,从各个方向向式子射来耀眼的照相机拍照的闪光灯的光。仿佛自己的耻辱被闪光灯照出来似的,式子又感到惶惶不安了。她情不自禁地转过身来。这时紧跟在后面的富枝,走到她身边,带着温暖的气息,对着她的耳朵悄声道:

"前几天的事,谁也不知道。伦子、葛美也不知道。您放心好了,冷静地把这个欢送会应酬好!"

式子又转回身来。除了富枝、银四郎以外,谁也不知道那天的事,甚至这个富枝,也不知道自己和银四郎的关系。只要自己保持冷静,就能表现出这次欢送会女主人的尊贵和稳重。式子慢慢地走到主桌前,取下貂皮围襟,悄悄拉起帽子网,像表演似的,浮起笑容,向客人们深深敬了礼。周围桌子响起了掌声。洋裁学校联盟的理事长大原泰造走到麦克风前致辞:

"我代表今晚参加这个欢送会的所有人士致辞。没有比在鸡尾酒会上发表长篇大论更使人感到不通人情了。今晚欢送会十分豪华,西洋酒肴美味丰盛。在此,我祝愿大庭式子女士访问法国,和向日本介绍朗贝尔纸样这宏伟的事业取得成功。祝大庭式子女士健康!干杯!"

他高高举起杯子,喊着干杯。旋即,所有的桌子都响起了干杯声。顿时整个会场洋溢着欢笑声和喧闹声。主桌旁边坐着的是洋裁学校联盟的委员们和有名的设计师,谁都表现出彬彬

---

① 插花:把鲜花艺术地插在瓶里或盘里。

有礼、拘谨而冷峻的神情。大原京子和安田兼子两个人在喋喋不休地谈着什么，看也不看式子，显出傲慢而无礼。对刚登上服饰界才四年的式子，进行日本服饰界前所未有的事业，对她引人注目的巴黎之行，露骨地表现出反感。式子离开主桌，在向别的桌子客人致意时，寻找伊东歌子，但却见不到她的身影。早在大阪本校的开学式时，她就向伊东歌子发过请帖，但伊东歌子却没有来。以后在设计师协会和研究会时，也没有见到她。不过，在大阪本校开学前半个月，式子却被她叫到甲子园球场，在挤满观众的看台上，她显出极为疲惫的样子。她鼓励了式子一番，无精打采地回去了。当时的情景，仍留在式子的脑海里。

和几个桌子干了杯后，她有些醉了，脸颊绯红。这时她看到伊东歌子，从入口处往这边走来。式子赶快从桌子间穿过，走近她。伊东歌子一见到式子，大眼睛闪耀着光：

"祝贺您的成功！这太好了！介绍朗贝尔的纸样，谁也没有想到的呀！这个成功了，组装纸样，缝别服装对您来说是不成问题的。这一着，奠定了您在时装设计师界的地位了！"

她捉着式子的双手晃荡着说。

"托您的福，我个人也获得了幸福！四年以来，我和他的事，一直使我感到痛苦。两个月前，我的问题终于解决了。我和他已经结了婚。他比我小五岁。妻子很年轻，并且有了一个三岁的女儿，他终于离开了她们。去年我把您叫到甲子园球场时，我很难过，我和他的事当时差一点吹了。现在好了，您在设计师事业上取得成功，而我们也美满地结了婚……"

伊东歌子爽快地笑了起来，眼睛也潮湿了。她穿着雅致的枯叶色衣服，长长的头发在脖颈上缠起来。疲惫的阴影已经被抹去了，她好像换了一个人，外表显得比以前年轻而冷静多了。

"您完全变了。我虽然在服饰界取得了成功，但比不上您。

您比我幸福多了！我虽然不能参加您的结婚式，祝贺您！您才值得祝贺呀！……"

突然，式子说不下去了。

"怎么了，这样伤感可不行呢？一旦决定投身于这充满虚荣和尔虞我诈的设计师世界，那就要抛弃这无谓的感伤；拼命地奋斗呀！"

说着，像甩开式子似的，伊东歌子朝热闹的桌边挤去了。式子突然感到一个人被抛弃了的孤独，倚在柱子后面。这时，她看到野本教太向她直走过来。

"真是盛会，祝贺您！刚才我一直找您，想向您致意呢！"

野本站在柱子前，郑重地向式子问候。

"哎呀，是我先要向您致谢呢！正是因为您的大力协助，事情才能进行得如此顺利呀！"

"能够让我协助您的划时代事业，我才要向您感谢呢！而且，由于这次的接触，先生从巴黎圆满结束工作回来，我和伦子……"

说着，野本的眼睛在寻找远远的桌子边，穿着华丽的开襟晚礼服的伦子，脸上静静地泛起了幸福的微笑。

"野本先生，伦子她……"

出于意外，她不知说什么好。

"您在这里呢？"

突然，旁边响起银四郎的声音。他以揣测的锐利的目光望着式子，又向野本漾起亲切的微笑。

"野本，托您的协助，我们能够买到朗贝尔纸样，并且，举行了这样盛大的欢送会，集服饰界人士于一堂。濑川常务来了没有？"

"常务说，他今天要参加公司负责人会议，无法出席这个欢送会，失礼了！他说，他已指示驻巴黎的仓田联络员，去接式子女士，并帮助和朗贝尔联系。希望式子女士大可不必客气，有事尽管吩咐仓田联络员办好了。"

野本原封不动地把濑川常务的话转达给了式子他们。

"野本先生作为我们事业的推动者，能出席今晚的欢送会，我们多么高兴呀！"

银四郎恭维之情溢于言表。

"该是式子老师致辞的时候了，有话容当后叙吧！"

为了催促式子走，银四郎旋即起身离开了野本。

"这种时候，不要对他人抱那种无谓的同情。您应该想到，自己的名声和成功就是一切！我不是刚在那晚告诫你了吗？"

银四郎似乎抓住了式子心灵的旋钮，以权威的口气边走边低声轻轻地提醒她。

式子来到主桌前，人们立即把麦克风移到了她的面前。全场又响起了拍手声，照相机的闪光灯交织成了一幅光怪陆离的网。霎时，式子低下了头；蓦地，她又高昂了起来，慢声说道：

"今天，如此众多的女士先生们，光临此会，为我送行，热情激励，真不胜感激之至！众所周知，法国的时装设计，是一门精湛卓绝的艺术；同时，它在法国的出口产业中，占有重要的位置。其代表作，就是此次我想引进日本的杰·朗贝尔的纸样。通过它，我们可以学习到优秀的时装设计、剪裁和缝制。我们一定竭尽心力，把日本时装设计师所从事的工作，提高到一个艺术创造的高度，使我们的设计品也能输往国外，蜚声环宇……"

在将近四百双眼睛的注视下，式子侃侃地发表着动人的演说。但在这同时，心头猛地袭来一种悲哀——作为一个提线木偶的悲哀，这木偶身上的条条提线又都操纵在银四郎的手中。

致辞毕,整个会场又被欢笑和喧闹声淹没了。她觉得脖颈中渗出了温湿的汗珠。她离开主桌,走到一个通风的窗户旁边。蓦地,她看到高个子曾根正手拿玻璃酒杯,等待着她。

"哎呀,曾根先生,您什么时候来的?"

式子睁大眼睛惊奇地望着他。

"刚才。您在讲话的时候我就来了。您好像很疲劳的样子!你们的计划,报纸已经给公之于世了。既然搞到这步田地,那就要适当负起责任罗。有什么困难,可以去找白石教授。"

"怎么,白石先生——"

"嗯。先生因为出席国际法国文学会,前天就从羽田出发了。他的住址,问问驻法使馆或我们报社驻巴黎分社就知道了。"

"白石教授去法国了!……"式子陷于深深的惊颤中,不由自主地喃喃自语起来。白石教授有一种令人敬畏的威严,但又是个对人体贴入微的长者。此时在式子的心目中,教授的形象仿佛一座隆起的高山。对于自己不久就能到教授身旁,她既觉得有了一种盼望已久的依靠,但又感到惴惴不安。

第廿一章 巴黎之行

因为人们刚刚脱离陆地，那精神的紧张和兴奋，使得机内顿时安静起来了。戴着贝雷帽，由法国人和日本人组成的空中小姐，为了缓和乘客的紧张情绪，不辞劳苦地给乘客频频送酒。从外国人的座席上，传来了开香槟酒瓶栓的声音，他们正为踏上征程而祝酒。

式子喝着甜津津的酒，吃着服务车送来的夜餐。想起了一个钟头前离开羽田机场的情景：宽敞的国际线候机室里，充满着出国旅行者和送行人的笑语和花束，式子也抱着杂志社送来的花束，在设计师同事们、妇女杂志的编辑和纤维厂家、商社宣传人员的拥簇下，紧张地和人们互相道别。朗贝尔的纸样和对式子回国后将要举行的朗贝尔时装展的殷切期待，成为人们谈论的核心。式子每每因之感到自己肩负着一项重任，而银四郎却在为自己的神机妙算得意扬扬。他无框眼镜里的双眼，正泛出神采飞扬的笑意，在一旁悠闲地吞云吐雾。大厅里充满了爽朗的气氛，来客们致辞祝福，谈笑风生。最后只剩下银四郎在为式子送行了。他那内心深处正在暗暗地拨动着如意的冷酷无情的算盘珠。

突然，对面电灯通知屏现出了红字，扩音器里立即传出了播音员的声音：

"诸位，飞机就要离开日本领海了！"

讲的是日语。仿佛和日本国土告别似的，声音显得十分深情安详。往窗下一看，刚才还稀稀落落闪烁着的地面上的灯光，此刻已沉入了茫茫的黑暗中。飞机正翱翔在漆黑的海面上空。此刻，式子出乎意外地并不感到孤寂。随着飞机的远逝，她感到那种包围着自己的耻辱生活也随之远去了，从而产生了一种得救之感。对于现在的她，唯一得救的道路就是离开日本，摆脱开银四郎。甚至连购买朗贝尔纸样这样轰动视听的事，在她现时的心目中，也变成了一种离开日本的跳板而已。她认识了自己所过的那种污秽和耻辱的生活，意识到自己的成功，原来是建筑在虚伪的基础上。可她又担心失去既得的名气和财富，硬是用假面具把自己伪装起来。她多么矛盾呀：耻辱和烦恼困扰着她，虽知处境之恶，又想寻求什么适当的理由来安慰自己……

乘客们已开始准备就寝。身穿白短夹克的法国乘务员，动作麻利地给乘客放下椅子靠背，拉出脚蹬，铺上毛毯，放好枕头。式子脱了上衣，穿着宽松的连衣裙，躺进毛毯里。隔着两个位子前的一位男客在问空中小姐，到达西贡的时间和早餐的事。

"到达西贡是上午六时，早饭在西贡机场吃。在那里，您可以一边欣赏东南亚绿色的晨景，一边品尝法国饭菜。"

空中小姐的回答声在静静的机舱内回响着，使旅客们感到旅行之乐趣。式子祈祷般地闪闭了眼睛。西贡、卡拉奇、贝鲁特、罗马，最后是巴黎。再过四十多个钟头，式子就要到达白石教授所在的巴黎了。

窗下,薄雾朦胧的辽阔的意大利原野,向前伸展,一望无际。原野的尽头,蔚蓝色的大海,映着朝阳,熠熠闪光。飞机已经过了罗马,三个钟头以后就要飞抵巴黎了。因为晃眼,式子闭上了眼睛,沉浸在激动中。马上就要到达巴黎的紧迫感,和远离日本的解脱之情,千头万绪地抓挠着她的神经。

不知什么时候,飞机离开了海岸线,在云层中翱翔。南欧天空中耀眼的阳光,不时从云缝中钻出来,射进机舱。突然,飞机开始上升了,眼下可以看到阿尔卑斯山的山脉了。厚厚的云海中,轮廓分明地钻出了蒙柏朗山峰。蒙柏朗山银光耀眼,宛如一缕袅袅上升的白烟。突然,机内的嘈杂声戛然停止了,出现了片刻的寂静。

过了阿尔卑斯山,进入法国丘陵地带。那连绵不绝的平展展的森林和田野,和日本相似。过了一会儿,可以看到像是巴黎郊区的房子了。空中小姐开始分发入境卡片。机内又出现了填写卡片和整理行装的匆忙而嘈杂的景象。接着,飞机慢慢地降落在奥利机场。

发动机声停止了,扶梯放下了,机门打开了。因为初次踏上法国国土,式子激动得有些微微颤抖。走下扶梯,映入眼帘的是正对面嵌着玻璃的白色的机场主楼。透过玻璃,可以看到前来接客的人群。一位空中小姐引着乘客们穿过入境检查所,办了海关手续。当乘客们排队要走出大门时,一个人挥着双手,喊着式子的名字——是三和纺织公司驻巴黎的联络员。式子向他挥了挥手,走出了大门。

"我是三和纺织公司的仓田联络员,公司通知我,在您逗留法国期间关照您。"

仓田联络员带着法语腔,用柔和的带鼻音的日语,向式子问候。随即,让搬运服务员提着式子的行李,把她引到等待在那儿的车上。

汽车在公路上奔驰。从车窗可以看到宽广的田园和稀稀落落点缀其间的红屋顶的房子。离巴黎市区不过十四公里的郊外,行人很少,显得空旷而静穆。过了有着围墙高耸的市民墓地,一会儿就看到了鳞次栉比的四方形高层集团住宅了。驶入意大利门一带,就看到了巴黎的市街。那里,耸立着许多带有历史时代特色的古老建筑,还可以看到稍远处突出的巨大的昂乌阿利特的圆形屋顶,以及埃菲尔铁塔的上端。过了蒙苏利公园到蒙帕纳斯附近时,便见行人如织,顿时热闹起来了。在久经风雨侵蚀而变得灰黑的石墙下,行走着那些穿着简朴西装的男人和挎着提篮购买东西的主妇。整个街道的气氛显得沉闷而暗淡,远不如式子所想象的繁华美丽。

"巴黎的街道远不及您想象的那么整洁吧?初次到巴黎的人,都有这种感觉。但第二次、第三次来的时候,你对那种陈旧就不以为然了;待到住惯了以后,你会觉得那斑驳的墙壁,倒有着一种古朴的美。巴黎的魅力实在是不可思议的呀!"

坐在司机旁边的仓田联络员,好像看到了式子的心绪似地说。一想到从明日开始,必须在这人地生疏的市街,得依靠这位说日语时还带着法语味的仓田联络员,进行有关购买纸样的周旋时,式子的心情不由得沉重起来了。

透过厚厚的窗帘,式子已经看出外头天已亮了。自己是不是独自一人睡在巴黎市街的旅馆呢?式子似乎有些梦幻般的恍惚。她睁眼望了望摆着老式家具的房间,然后徐徐下了床,拉开了窗帘。

眼下是突勒里公园的一片荫蔽的树林。左边是罗浮宫,对面是塞纳河岸上一排排已经落叶的粗壮裸树。塞纳河虽被高高的河岸道路遮掩住,但还可以透过薄薄的晨霭,看到对岸的加多鲁、多路兹钟台。式子一想到塞纳河正在那里缓慢地流动,方才切实感到现在自己确已置身于巴黎的市街了。突然,电话铃响了。拿起听筒,传来了交换员流利的法语声:仓田先生来的电话。接着听到了仓田带法语鼻音的柔和的日语声:

"大庭小姐,早上好!昨晚睡得好吗?"

"是的,很好。饭店很舒服!"

"这我就放心了!我和对方约定十时到杰·朗贝尔的商店。所以,我在九点三刻来接您。"

仓田说毕就挂上了电话。和仓田去朗贝尔店,是昨天约好的。看看表还不到九时,式子洗了澡,简单地用了早饭,开始准备外出。她不穿毛料衣服,穿上厚厚褶皱的绉绸连衣裙,挂上珍珠项链,戴上首饰,选了一个用龟壳做成的小提包。化妆毕,刚穿上水貂皮大衣时,传达室已来人告诉她:仓田联络员到了。

从圣雅母饭店到圣多鲁街的朗贝尔店很近,可以不必坐车。式子和仓田穿过协和广场,从玛特雷努寺院前往左折,看到了两旁并不华丽的橱窗,没有给人以高级服装店橱窗的感觉。橱窗旁边挂着写有设计师名字的牌子。

杰·朗贝尔店面在右侧的人行道上。是一所用发黑的石头砌成的房子。走进店铺,看到厚厚的地毯上摆着极为讲究的箱子,里头装着高级的服饰品,但没有标明价格。仓田联络员向售货员说明了来意,售货员马上将他俩引到二楼接待室。少顷,朗贝尔的助手波尔米耶进来了。

"大庭小姐,早上好!怎么样?"

波尔米耶笑容可掬,和式子握手时,对她身上穿着的墨色连衣裙赞不绝口。式子通过仓田翻译向波尔米耶答道：能够访问贵店，并将能够见到朗贝尔先生，深感荣幸和高兴。可是波尔米耶却一下子脸露为难之色。当仓田焦急地用法语问他时，只见他表情慌张语言急促。式子不知道他在说什么，却见他那淡红色的脸更红了，不断地说，"帕鲁顿！帕鲁顿！（对不起）。"仓田联络员脸色发白，用法语激动地说着。

"请您原谅，仓田先生！"

波尔米耶说着，耸了耸肩。

仓田将激动的脸对着式子：

"实在对不起！您知道，这回的纸样，我们三和纺织公司本打算用手头的外币购买。可是据他说，一个星期前，日东贸易驻巴黎办事处，向他们提出要充当朗贝尔店在日本国内的总代理。也就是说，日东贸易将买到朗贝尔纸样的分配权，使其能够将购到的纸样，自由地转卖给日本的纤维厂家、商社和百货商店。而且，他们要求和朗贝尔店先订三年合同，购买每年两次发表会的作品。这样，我们就只能够买今年上半年即二月至七月春夏两次发表会的作品了。我对他说，我方在三个月前就已和你们说好了呀？可波尔米耶说，这是一种有关谁都可以购买纸样的合同！何况我们双方谁都没有正式签字呢！……我原想，先让大庭小姐看看发表会决定选购哪种纸样，然后按照品目再和他们签订合同为佳。谁料，日东贸易竟插手进来。这全怪我疏忽！朗贝尔纸样，不能同时卖给一个国家的两个买主，二者只归其一。这家伙是打算让三和纺织公司与日东贸易竞争一番呢。他表面上装着和蔼可亲的样子，连说对不起，实际上肚子里却打着鬼算盘！"

仓田望着波尔米耶，愤愤地说着。不懂日语的波尔米耶还是装着一副亲切相，瞧着式子，抱歉似地耸耸肩膀。

"仓田先生，我们在这里光生闷气也没用，还是先回去吧！"

式子向波尔米耶轻轻地道了别，催促仓田走出朗贝尔店。

出了门，仓田依然余怒未息，骂波尔米耶行为诡诈，说他肯定是犹太人。而式子因为初来乍到就遭此意外的挫折，除仓田外又无可兹商量的人，她的心情阴郁极了。石砌的人行道上，来往着欢快的行人，宽广的街道上车水马龙。可是无论行人或车里的坐客，都是和自己语言迥异、肤色不同的陌路人。后天就是作品发表会；会后就得签订合同。再也没有充裕的时间和日本联系、商量对策了。道路两旁是高高耸立的大楼，式子沮丧地往饭店方向走去。到达协和广场时，她突然想起了白石教授。

"仓田先生，请您到附近咖啡店，给日本驻法使馆打个电话，询问一下来参加国际法国文学会的Ｓ大学白石教授住在什么地方。"

式子急切地说。

午前的咖啡店，热闹非凡。许多人坐在伸向人行道安有玻璃的阳台里，眺望着人行道，悠然地喝着咖啡。

仓田在阳台进口旁边找到了空位，向服务员订了咖啡后，走进电话间。不知是因为过急还是线路不通，他拨了好几次号码才接上。

"是日本大使馆吗？请接文化科——噢，您是文化科？打搅您了，请问，来法国出席国际法国文学会的Ｓ大学白石教授，住哪儿？如果知道，请您告诉我。我是三和纺织公司驻巴黎联络员。"仓田声音很高，连式子也听到了。大约过了两三分钟，他记下了对方告诉的地址，放下听筒。

"一下子就查着了！白石教授住在拉苏帕尤布鲁巴鲁的圣·利蒂阿饭店。"仓田说罢，从口兜里拿出巴黎地图，把白石教授的地址指给式子看。原来白石教授住的饭店和式子的住处,隔着塞纳河,是在左岸的卢森堡公园附近。

"赶快给饭店打电话问问。"

坐在近旁喝咖啡的一对法国夫妇,露出因被打搅而不高兴的神色。仓田没理会他们,径自又去打电话。他说了两三句法语后即挂了电话,返回原位。

"白石教授现不在饭店。据服务员说,他上午十时就去开会了,晚上七时返回饭店。换上夜服,然后再出去。您看怎么样?"

现在离白石教授返回饭店的时间,还有七个钟头。本来预定用一天时间访问朗贝尔店,和朗贝尔会面,并交涉有关他的设计和纸样的事。可是出乎意料,由于自己的疏忽,一切计划都打破了。她头一回尝到了出口时髦服装的巴黎商人那厉害手腕的苦头。式子默默地想着,一语不发。仓田带着歉意的表情道:

"我现在无论如何要赶回办公室一趟。还要试探一下日东贸易的态度,为进行善后处理而周旋。现在这种中途生变,即使电告总公司,也无法得到什么指示。如今,我也不好再说什么蠢话了。总之,我将尽力而为,也请大庭女士助一臂之力。我想问一句失礼的话,您和白石教授联系上之后,能得到他什么帮助呢?"

仓田联络员的问话十分谨慎。由于自己的失算而给交易带来损失,这位年轻的联络员很是狼狈,反而想求式子的帮助了。

"因为没有见到他,我也不知道……"

她的脑海里出现了白石教授既冷漠威严又温和亲切的面孔,只好这样应对他。

利蒂阿饭店的走廊显得十分清静。只有两对穿着夜服准备去吃饭的美国夫妇和三两个在饭店食堂用毕晚饭，现在悠闲地看着报纸的客人。式子一直靠在沙发上等待着白石教授回来。服务员说，白石先生开完会后七点钟左右到家，换衣服。可是，在倥偬的旅行生活中，时间的安排往往不可靠。这样一想，式子觉得自己不问问对方的情况，这样贸然空等，是多么的傻。她扯了扯衣服，正从沙发上站起身，忽见一个人影推门而入，一看轮廓鲜明的侧脸，那不正是白石教授吗！他上身穿一件黑外套，一顶呢帽几乎压到眉毛处。白石教授在传达室说了两三句话之后，意外地把身躯转向了大厅。式子立即迎过去和白石教授打了个招呼。教授以惊讶不已、难以置信的目光呆望着式子。

"大庭小姐，您，什么时候……"

"昨天刚到。突然打搅您，十分抱歉！"

"您怎么知道我的住址呢了？"

白石教授语含诧异。

"在国内，出发之前，曾根先生告诉我，您到法国了，住址可以向日本驻法使馆或他们报社驻巴黎分社打听。我是从日本大使馆问来的。"

"这次，我是为出席国际法国文学会而来，在法国逗留时间不长，所以来以前，没有通知大家。您干吗在这早春二月就来巴黎呢？到这里参观罗浮宫或是游览著名的寺院，到四月份春暖阳和才好呀！"

白石教授似乎对式子的此行不可理解。

"嗯，是这样的。这里的时装发表会，后天就要开始了，我是赶来参观这个发表会的。可是，竟发生了意想不到的事情，我这就赶来求您帮助了。"

式子低下头，毅然地抖出了心里话。

"您这样郑重其事，真令人尴尬。只要您认为可以和我商量的事，就请直说好了！"

白石教授温和地回答她。式子受到了鼓舞，将今天早上发生的事，告诉了白石教授。

"离开日本以前，一切都办理得很顺利，以为一到巴黎就可以马到功成，谁知……"

式子把在朗贝尔店里交涉上遇到了挫折以及现在自己和仓田联络员的处境，向白石教授和盘托出了。白石教授背靠沙发，双手托着下颏，毫无表情地听着。听罢，慢慢地抬起头，望着式子。

"您好不容易来巴黎一趟，为什么非要办理这样事务性的事不可呢？您难道不想在没有干扰的情况下安安静静地参观巴黎和好好学习一点东西吗？"

白石教授压根就不理睬式子的请求似的，态度冷漠。气氛一下子变得沉闷起来了。式子一时无言以对。白石教授依然背靠沙发，望着式子，忽然探起上身问道：

"您吃过晚饭了吗？"

式子摇摇头。

"那么，现在我们一起去吃饭，如何？"

"可是，您还有别的安排吗？"

式子拘谨地问。

"有法文学会的酒会，不过，连日来一直都和他们在一起，不参加也不碍事。我们去以鸭料理闻名的士鲁达鲁吉吧！"

说着，白石教授让传达室向士鲁达鲁吉订了饭菜，又叫服务员叫来了出租汽车。

从拉苏帕尤大街的利蒂阿饭店到赛纳堤的士鲁达鲁吉餐厅

389

很近,坐车只用十二、三分钟。士鲁达鲁吉餐厅坐落在塞纳河边,这是一座有四百年历史的古老而幽静的餐馆,从这座高大的有白色围墙的建筑物的大窗户,可以俯瞰巴黎圣母院。店内没有豪华的装饰。留着胡子、着晚礼服的招待员,恭恭敬敬地把他们俩领到预约的桌子旁。然后用大银盘端出一只圆圆的已处理了调料的鸭身,给他俩过目,再拿回烹调。待红葡萄酒、前菜和鸭脯肉端上后,白石教授拿起叉子,道:

"据说这里的鸭料理是巴黎最可口的。更有趣的是,有个标鸭子号码的习惯:从一八九〇年开始一直沿袭到现在。刚才的鸭身就标着号码呢,说明你现在吃的鸭子是开店以来的第几只。据说,伊丽莎白二世女王和叶德贝拉公爵访法时,吃的是第185197和185198只,我们现在吃的是第265072只呢!"

白石教授说着将滴有红红调味汁的鸭肉,慢慢地往嘴里送。

"我和您一起吃饭,包括今晚是第三次了。第一次是在京都的瓢亭,第二次在银座的花之木,第三次就是这儿。奇怪的是,每一次吃饭都和您的工作有关系。第一次,您是给影片《女服装设计师的故事》的演员试衣回来的时候。第二次,是在东京开十大设计师作品发表会那一天。当时,我对您说过,您如果有志于继续从事服装设计师的事业,那就必须去巴黎学习服装设计,以掌握真正的而不是冒牌的巴黎时装设计。可您今天来找我,并不是求我介绍您到巴黎一流的设计师那里去深造;而是商量纯粹是贸易者事务性的事。这使我有点儿不愉快,请恕我刚才失礼!若是购买不到朗贝尔纸样,就不必勉强了吧,可以吗?"

白石教授以冷淡的口气平静地说。

"可是,这不单是三和纺织公司和我的学校的事。由于曾根先生的介绍,B报社已同意赞助我们了,并且已发了社告。"

"怎么？曾根的报社也资助——这是银四郎君的鬼点子吧？"

白石教授手抚葡萄酒杯，向式子投去究诘的目光。

"银四郎君为了取得朗贝尔纸样，从三和纺织公司那里搞到外币，又利用曾根求得报纸的赞助。他想借此捞到经济利益。而您在这个事业中像个演员！曾根君之所以协助这个事业，完全是出于对您的好意。"

说罢，白石教授不悦地沉默了下来。在他责备银四郎和式子的话语中，蕴含着对曾根的关怀和体谅。式子无言以对。白石教授喝干葡萄酒后，沉思着，默默地动着叉子，忽然停住手道：

"我对生意经一窍不通！我不了解日东贸易得到支配朗贝尔纸样的权利后，将会卖给哪些商社、百货店，以及他们将如何对待纸样之类的事，但有一点我是清楚的：如果日东贸易把纸样交给三和纺织公司，您是能够尊重朗贝尔纸样的艺术性，凭一个设计家的良心，组合好纸样，缝制好服装的。巴黎一流的时装设计师，都和画家结合起来工作的。我有一个法国朋友，认识一个常常业余协助朗贝尔工作的画家。我可以通过那位朋友，请这位画家向朗贝尔转达：如果把纸样卖给三和纺织公司，那么其艺术性就能得到可靠保证。巴黎的时装师比什么都珍惜自己作品的艺术性。间接向朗贝尔强调这一点后，您和仓田联络员再具体和他交涉吧。"

说完这些后，白石教授似乎为了拒绝式子的谢意，态度冷淡，机械地动着叉子。周围的桌子坐着各个国家的客人，喧闹声、嬉笑声此起彼伏，着晚礼服的殷勤的招待员，往返如梭。这是到巴黎后的第一个丰盛的晚餐。可自己却必须在这样的餐桌上谈论购买朗贝尔纸样的事，实属大煞风景和耻辱。

晚饭毕，他们走出土鲁达鲁吉餐厅，白石教授没有叫出租汽车。他们沿着幽暗而荫蔽的林荫道往前走。虽然是二月初，但今年是巴黎几十年来未有的暖冬，加上晚餐喝了酒，走在石砌的人行道上，式子觉得浑身暖洋洋的。

不到十分钟，他们来到圣日尔曼大街和圣米歇米大街交叉的地方。可以看到巴黎大学巍然耸立的大楼和街两旁边鳞次栉比的餐馆和咖啡店了。踽踽行人皆是学生模样的青年男女。

"这一带是学生街。和二十年前我在巴黎大学留学时候，丝毫没有变化。这里学生的思想却像受时代脉搏所牵动似的，变化很剧烈。沿着桑纪鲁曼街往西不远的广场，有萨路默鲁农聚会谈论存在主义的咖啡店和巴黎文人常常聚会的餐厅。今晚，您大概累了吧？明日九时开始还要开最后一天学术交流会。这儿完事后，马上去英国……"

"去英国……"

式子不由得停住了脚步。白石教授回过头来望了她一眼，稍停了一会儿，又慢慢往前走。

"这次国际法国文学会讨论的主题是，'二十世纪和人道主义'。英国的阿塞·格鲁教授对法国文学中个人主义和人道主义这个从表面上看来显得矛盾的问题，作了巧妙的阐述，他的意见具有启发性。所以，前天我到他的下榻处拜访了他，我们两人谈了将近一夜。应他的邀请，明天的总会结束后，答应和他一起去剑桥大学他的研究室一趟。预定在那里过一个星期或十天，然后再回到巴黎……"

白石教授说时脸上现出愉快的微笑。式子不知不觉已摸准了白石教授的心。她想知道使表情暗淡的白石教授骤显笑容的国际法国文学会的事。

"您能讲讲有关法国文学会的一些事情，给我听听吗？"

"法国文学会的事？"

"比如我想听听你们的文学会是在什么地方召开的?"

式子故意以孩子般的口气说。白石教授显出为难的微笑,答道:

"是在距此三十六公里,坐车需要四十分钟左右的巴黎郊外,一个名叫罗瓦奥姆修道院的僧院召开。那个修道院是圣姆路易修建的。修道院东边是美丽的香提伊森林,北边是一望无际的伊鲁。多·法朗士麦田。修道院周围,除了可以看到放牧的牛群外,找不到农产。环境十分僻静,很适合作为讨论学问的场所。有二百名左右研究法国文学的各国学者集中在那里。五天来,大家自由地讨论当年的研究课题。参加这数年一次的学术会,对我们法国文学研究者来说,再也没有比这更愉快的事了。"

白石教授沿着石砌的人行道,边走边从容地给式子做着介绍。可以看出,一旦谈及自己所研究的工作时,他就充满一种深沉而又热烈的喜悦之情。白石教授的这种举止状态,犹如一股湍急的清泉,浸透了式子的心田。相形之下,式子觉得自己为保住名气和富有,竟然违心地忍受过着龌龊生活的那种丑态,被无情地赤裸裸地暴露出来。猛然一阵心酸,两眼涌出了热泪。但式子也不明白,这眼泪是出于对自己的恼怒呢,还是表现了一种绝望。为了不被白石教授看出来,她咽住了哭声,往前快步走去。可是,走到卢森堡公园灯光下时,白石教授突然刹住了脚,瞧着她:

"怎么了?不舒服?"

式子微笑着摇摇头。

"您累了吧!我送你回饭店,你赶快休息吧!"

他挽起式子的手,让式子把身子靠到自己胸前。白石教授宽厚的胸脯轻轻地贴着式子的脸颊,像抱着她似的,雇了一部出租车。

式子心里此刻萌生了一种希望被白石教授那宽厚的胸膛强烈抱住的冲动。而白石教授却怜悯地用手拥住她的肩膀，忧虑地望着窗外。车开到饭店前，白石教授对式子说：

"好好休息吧！争取能参加后天的作品发表会。关于购买朗贝尔纸样的事，我将尽力帮助，请放心好了。安安静静地睡一觉吧！"

说罢，送式子走进饭店大门，返身走了出来。

朗贝尔作品发表会会场，气氛异样的热烈而隆重。进入二层展览厅的门口，摆着几张桌子。身着黑礼服的服务人员，在严格地检查入场券。

第一天的观众是报道方面的记者和东道主所关照的特别顾客。会场里枝形吊灯的光和鲜花交织在一起，显得格外华贵。那些经过选择而允许入场的各国的报纸、杂志的记者，以及身着华丽服装的贵妇人、贸易界人士，济济一堂。式子和仓田联络员，被作为最初提出购买纸样的日本顾客，得到了入场券。他们被领到会场中央的位子上。虽和日东贸易还未达成协议，但无论如何得参观这个发表会，以决定购买什么纸样好。看来，日东贸易方面把纸样看成纯粹的商品，没有派出对纸样懂行的设计师来，只来了个驻巴黎联络所的中年联络员。当式子他们注意到他后，他也注意起这边了，不时地偷眼看着身穿和服的式子。

到预定的三时，朗贝尔的助手波尔米耶开始简单地致辞。他宣布绝对禁止拍照和写生，并希望在解禁报道日之前，不得刊登有关报道这方面的照片。接着，发表会开始了。

"第一个，蓝色的交响乐！"

司仪用英文宣布节目的番号和题目后，一个身穿蓝色礼服的模特儿，从通径乐池的入口处走了出来。她轻柔地走在铺着地毯的地板上，让观众看了前后身，然后，一转身提着衣襟，退回乐池去。旋即，第二个模特儿又出来了。看惯慢节奏的日本时装表演会的人，觉得这只是眨眼间短促的时间。为了不使设计被人剽窃，在不到两个钟头时间内，就表演了150套到200套的服装。

"第五十，幸福的一日……"

"第五十一，七叶树……"

"第五十二，蝴蝶……"

随着司仪急速的呼叫，模特儿们像走马灯似的匆匆上来又急急退下，以致使式子为对照模特儿服装和节目单号码而忙得晕头转向了。节目演到一半之后，在弥漫着浓烈的香水味和热气的会场里，人们便开始低声地赞赏朗贝尔的才能了。坐在头等席上的记者们纷纷流露出兴奋的表情。在不到两个钟头的时间里，观看了一百八十套时装，式子因应接不暇眼都看酸了。而且由于精神亢奋，她还时时看漏了一些表演。但她却完全抓住了这次发表会的总的倾向。杰·朗贝尔的作品，是以美妙的色彩和大胆而单纯的线条构成的。对于妇女曲线的美，朗贝尔故意以直线来反衬，给人以新颖感。今天，举行这个作品发表会的有十三个巴黎一流的服装设计师。但是，将取得夺冠胜利的还是杰·朗贝尔。他将继续引起世界服饰界的注目。

发表会结束时，记者们一齐站了起来，为赶时间给第二天的朝刊发布发表会消息，他们推开人群，慌慌忙忙地拥出表演厅。

从他们兴奋的情绪，可以看出朗贝尔的成功。

留在表演厅的妇女和各国商人们，也情绪热烈地喝起送来的鸡尾酒。发表会结束时,波尔米耶又郑重地致辞,并转来转去向来宾们祝酒。此刻,他又消失了。式子和仓田没有找到他。

"大庭小姐,请您到这里来。"

旁边一个女子叫道。她是刚才在门口穿着黑礼服的服务员。她把式子和仓田领到里边的屋子。脸色淡红的波尔米耶泛起和蔼可亲的笑容和他俩握手,表示欢迎。并不断地就前天的事向他们道歉。接着,他告诉式子说,杰·朗贝尔今天会见他们。

"怎么?朗贝尔先生?"

对于只发表作品,连在这样豪华而隆重的场面都不露面的朗贝尔,将接见自己,式子深感吃惊。

"是的,是朗贝尔要见您。"

波尔米耶重复了一句时,门开了,杰·朗贝尔走了进来。他一见到式子,就睁大眼睛瞧着她那印有手染的紫黑色菊唐草的和服,寒暄起来:

"见到您很高兴!"

朗贝尔的蓝眼睛炯炯有神,但脸色却显得憔悴苍白。那漂亮的栗色头发是干燥而蓬乱的。也许是因为忙于举办这个发表会,他显得疲惫不堪。

"有幸参观您这杰出的有个性的作品,我深感高兴!要是能够让我在日本组装您的纸样,缝制您的服装,那我将怀着崇高的敬仰,把它作为至高无上的事业,竭力干好它。"

式子通过仓田翻译,这样告诉朗贝尔。

"我已从协助我的画家安特列乌阿那里,听说您对我的纸样感兴趣,并且我也知道您是一位优秀的时装设计师,还结交大学教授为朋友。我殷切希望,我的艺术能够得到尊重。所以,我愿意把我的纸样交给您。"

他那镂刻着纤细线条的神经质般的脸,表情和他的话语一样，洋溢着法国人对大学教授的崇敬和信赖。想不到白石教授能在关键的时刻力挽狂澜。

"朗贝尔先生，我太高兴了!"

式子用笨拙的法语答谢。

"明天，请您再来看发表会，谨慎地挑选纸样吧。"

朗贝尔说着微笑地和式子握手。

式子在朗贝尔设计的服装前，足足看了近三个钟头，不知挑选什么好。从早上开始，她看毕第二次发表会，从180套作品中选了50套。发表会结束后，她再看实物服装，准备购买三十套自己所挑选的纸样的实装。

刚才模特儿们身上穿的西服和礼服，散发着浓郁的香水味，件件都制作精巧，尺寸分毫不差。所有衣服的针迹都打破了迄今式子所认为的常规。与其说是衣服，不如说是用布料"雕塑"的美妙的立体模型。针眼这样少，立体感又这样强，这完全在于它有难以想象的高度完善的纸样为基础。式子想探索手里拿着的一件礼服，它的制作奥秘到底在何处。于是她装着看礼服的胸饰，把衣服翻过来，想弄清这件衣服复杂的下垂部分的缝制方法。这时，在场的波尔米耶和中年的销售主任，很快走到式子旁边，向她说。

"您想买这件衣服吗?"

当式子摇摇头时，他们便郑重地把衣服收起来并劝式子看别的。他们担心式子识破那些没有购买的纸样和服装的缝制技巧。

式子已经选出了二十二套，余下的几套，一时难以决定。所有的服装都制作得十分巧妙，千姿百态。舍弃哪一个都需要下相当的决心。而且，一想到要在日本组合纸样、缝制服装，并在普通的场合公开,她觉得不能光凭自己的好恶进行选择了。如果不能通过所选的三十套纸样将朗贝尔独特的设计介绍给日本,那么,这个好不容易进行到今天这个程度的划时代的事业,将失去意义。这就使式子在选择时更加举棋不定,踌躇再三,慎而又慎了。为此,陪同的波尔米耶和销售主任,则显出了疲劳和不耐烦的神情,伴随她的仓田联络员也坐在窗边椅子上缄默不语了。这期间,房间的门,几次被不客气地打开,那位身穿黑礼服的服务员,小声地和销售主任叽咕了几句之后,便将式子选择完了的礼服,慌慌忙忙地抱走了。这使式子感觉到,各国的商人也像她式子一样,正在慌忙地挑选纸样。在这种紧张气氛的胁迫下,式子只好从速选出最后的八套。

选择毕,波尔米耶事务性地在式子面前摊开了契约书。其上,用法语小字写着契约事项,登记购买物品的栏目里,填着三十套纸样的番号和二百五十万法郎的价格。仓田联络员走到式子面前看了看契约书。

"备注中说,为了保护设计师和各国购买者的利益,纸样不能立即交给购买者,而是由朗贝尔方面决定日期,同时统一邮往各国。其实,这是巴黎时装商人的作法,他们想在结束一场完整的宣传活动后做买卖。可谓在各个角落,都是用心良苦啊!"

仓田以厌恶的口气用日语说。可此刻的式子,正沉湎在购买到朗贝尔纸样的喜悦之中,二话不说便在契约书上签了字。

"明天下午三时,朗贝尔要会见大庭小姐。"

签字毕,波尔米耶对式子说,随即郑重地接过契约书。

第二天,当式子和仓田按约定时间来到朗贝尔店时,杰·朗贝尔亲自迎出来了。他身着淡灰色服装,胸前插着一朵红玫

瑰花。当他看到式子穿着青磁色结城绢①的和服,结着一条拼音的没有花纹的带子时,说:

"您穿的这衣服,我很喜欢。"

比起第一天出席发表会时式子穿的紫黑色菊唐草和服来,朗贝尔似乎更喜欢这种素雅的结城绢。他说,他车间的工作人员大概也喜欢式子这种服装,然后便把式子领到了三楼的车间。

完成发表会任务以后的车间,洋溢着轻松愉快的气氛。年约十七八至二十五六岁之间的女工们,分组缝制订做的服装。每组十五六人。有的缝制笔挺的服装,有的缝制柔软的衣服,后者又分为丝织品缝制组和毛织品缝制组。每个小组都配有一个经验丰富的中年主任,认真负责本小组的工作。

她们见到朗贝尔和式子走过来,都停止了低声说笑。一齐把好奇的目光投到式子的结城绢和服上。当式子向她们点头致意时,她们有的踏着缝纫机、有的握着熨斗都向她微笑。缝纫机和熨斗都比日本工厂用的显得陈旧。不是一人一台缝纫机,而是十五六个人三台,但这并没有给人不便的感觉。当部分人使用缝纫机时,大部分人或用手工缝制或熨衣服。她们不拘于设备,却能发挥出色的技术,随时从事最合适的工作。

朗贝尔默默地带着式子参观。当来到缝制室门前时,他突然停住脚步对式子说:

"看看我的纸样吧?"

进到房间后,他把用棉花和麻做成的模型,套在在场的模特儿身上,娴熟地用剪子和别针造出一个有很多下垂皱褶的连衣裙的形状。他好像在塑造一个预想中的布料的雕塑品,潇洒而自如地在人的身上操作着模型。待到塑出自己想象中的立体

---

① 结城绢:日本茨城县结城地方织的一种碎白道花纹布。

轮廓时，就解开模型把它平摊在制图用的纸上，由模型制成纸样。朗贝尔一边慢慢地动着铅笔，一边向式子强调道：

"好的服装，不是在用尺子和两脚规勾线的基础上，立即把艳丽的布料剪裁缝制而成。首先必须构思出服装的形状，考虑如何去设计，然后制成模型，进行充分的推敲。这种通过模型的探讨，不要被美丽的色调和材质所迷惑，这种美妙的立体轮廓，如果不先决定下来，你即使使用什么新鲜色彩和花纹，那也是肤浅的，决不能算制出了真正的好服装。我为了构思出一个满意的立体轮廓，总是多次地通过模型反复琢磨，直到满意以后，才转到平面制图上。所以，我的纸样并不是随便用尺和两脚规在纸上画出来的平面图，而是由模型转出来的立体图。"

通过仓田联络员的翻译，式子了解了朗贝尔先生严肃的创作态度和苦心经营的过程，以及由此而产生的驰誉世界的纸样的内容。一种即将能由自己组合这种纸样、缝制服装的喜悦，深深地激荡着她的心。

第廿二章　旅　愁

　　从凯旋门到协和广场的香舍丽榭大街的中央，宽阔的行车道上，各国的车辆川流不息。两排由七叶树组成的绿荫人行道上，行人们一边浏览着五光十色的橱窗，一边悠闲地漫步着。
　　式子独自漫步在香舍丽榭大街的人行道上。回味着刚才从凯旋门上所眺望的，到处都是河流、森林和寺院的巴黎美丽风光。仅是一边就有银座街道那么宽的人行道旁，妇女时装店、香水铺、毛皮店、裤子店、鞋帽铺、皮包店、绅士服商店，一字儿排列着。每个商店前，都有色彩美观、别具匠心的橱窗。式子心情尚好，她浏览着一个个商店，欣赏着一个个橱窗，心情愈觉轻松了，先前那种紧张疲惫之感渐渐消失了。
　　结束了购买杰·朗贝尔纸样的工作后，她必须给银四郎去信，详细告诉他有关社会对朗贝尔作品发表会的反映，购买纸样的经过和结果。此后，她每天参观一处由巴黎另外十三个一流设计师的作品所组成的时装展。将他们的作品和朗贝尔的作品进行比较、切磋，以作为将来在日本组合朗贝尔纸样、缝制服装的参考。同时，她还受国内一些报纸和杂志的委托，撰写一些有关时装发表会的报道文章寄回日本去。这样，她从踏上巴黎的第一天起,二十多天来,每天都几乎忙得不可开交。

今天,她从繁忙中解脱出来,漫无目的地在巴黎的街道上散步。置身于石砌的树影融融的人行道中,她感受到了以往未曾领略到的巴黎静谧的美。二月的巴黎,弥漫着灰白色的雾。道旁的林荫树好似为了争夺从云层中透下来的仅有的一点阳光,纷纷向空中伸展开了它们依然光秃的枝条。伸向行人道的嵌着玻璃的咖啡店阳台,坐满了人。静静地享受着从云层里透下来的微弱的阳光。

来到乔治五世街拐角处,看到了一块门牌,上面写着"花束"白色的大字。这是一家咖啡店,是雷马克的名小说《凯旋门》的舞台。走进一看,竟是一间极普通的到处都可以看到的咖啡店。它是这座五层楼古建筑的底层楼,给人一种昏暗沉闷的气息。式子坐在明亮的玻璃阳台的桌子旁,要了杯咖啡。她周围有许多男女,看起来很幸福。他们热烈地谈论着,不时地因为什么有趣的事,而朗声大笑。这是一种无忧无虑的满足、对这条街的一切习以为常的人们的笑声。蓦地,一种强烈的孤独感袭向了她。本要尽力忘却的日本的生活,又涌现在她的脑海中。和银四郎他们之间令人感到羞耻的事情,得等回国后解决。所以式子在给银四郎或银四郎给式子的信中,双方都不触及此事。银四郎在信中告诉她:伦子、葛美和富枝三人,在院长出差期间,工作都很卖力,今年报名入学的新生比去年增加了两成。然而,对式子来说,这一切遥远的故国里的事情,在巴黎逗留期间都得忘记它!好让自己安静下来,多看看巴黎美好的风光,在街上恬恬静静地漫步,以安慰自己这颗受伤的心。

她拿起放在椅子上的小提包,好像寻找一种慰藉似的,悄悄地打开长口,取出一张白石教授从伦敦给她寄来的明信片。这是一张很精美的明信片,正面印着威斯特敏斯特教堂。白石教授用钢笔工整地写道：

多雾的伦敦，天气比巴黎阴沉冷一些。但是每天和阿塞·格鲁在一起，生活极为愉快。剑桥大学坐落在离伦敦五十六英里的北部地区，泰晤士河畔，四周环绕着大树和绿色的草坪。在这幽静的研究室里，或看教授过去写的研究论文，或废寝忘餐地同教授热烈谈论学术问题，有时也和剑桥大学中其他专攻法国文学的教授们交谈。当阿塞·格鲁教授没课的时候，我们俩就到伦敦的街道和郊外散步。这样，原计划在这里只逗留一两个星期，结果却不知不觉中已过去将近一个月了。我决定三月初返回巴黎。

这是一张简单的信。白石教授只告诉她他在伦敦的近况和回巴黎的大概日期。然而，看信之时，式子的大脑屏幕上却映出了白石教授写信时的姿态：他低着那轮廓鲜明而又略带阴影的脸，像记符号似的，毫无表情地写着。不过，那眼光似乎蕴含着对式子的慈爱。对于购买朗贝尔纸样的事，他表面十分冷淡，背后却极力相助，终于成功地使朗贝尔把纸样卖给了她。对于表面上装作冷淡的白石教授的心，式子产生了一种要去触摸它的渴望，并期望着自己能够置于他那颗温暖善良的心的保护中。

服务员叫了一声，原来咖啡送来了。式子连忙把目光从明信片上移开，慢吞吞地接过杯子，边饮边眺望着街上的行人。虽然过几天人们大概都要脱掉大衣了，然而现在大家却都竖起了大衣的领子。突然，式子想到前不久和白石教授一起去卢森堡公园一带散步，今日很想再去旧地重游。

喝完咖啡，走出店门，式子就雇了车向卢森堡公园开去。二月下旬的公园，一排排的七叶树已经开始吐出绿芽了。那里林立着许多裸体的妇人雕像，有一个驾着一匹腾空而起的八头大马的女神塑像沐浴在喷泉中。到处是粗大的林木，与其说是公园不如说是森林。穿过这肃穆的公园，来到圣米歇乐大街。那里，则是一排排久经风雨侵蚀而变黑的建筑物。穿着轻便服装的年轻学生，喜气洋洋地走在尽是破裂的石砌道路上。与之互相映衬的古色古香的巴黎大学，会令人肃然起敬。此时，式子想起，二十年前，白石教授也走在这条道路上，在这个建筑物里度过他年轻的学生时代。不知怎的，她心中涌起了一股强烈的冲动之情，眼眶里竟溢出了一股热乎乎的泪水。过四天，白石教授就要回到巴黎了。想着，她抬头望了望在这庄严而古老的建筑物对面的教堂，心里荡漾着一种祈求的快感，等待着白石教授的归来。

过了三月初，白石教授还没有回到巴黎。窗外的七叶树，在温暖的阳光下，已经挂满了婴儿手掌般大小的绿叶了。式子的心却似遭到寒流的突然袭击，感到战栗。

白石教授自从寄来那张明信片，告诉式子三月初回到巴黎之后，一直音信杳然。莫非已经回来了？式子向白石教授曾经下榻的利蒂阿饭店去电话询问，那边说，也没接到白石教授的联系。于是她再也无心游览了。除了去过一回罗浮宫美术馆外，终日把自己关在房间里，怅望着窗外愈来愈浓的春色。仓田联络员对此十分担心，常常来约式子去外面散心或到什么饭馆吃些名菜，可是式子却以疲劳为借口，往往婉言谢绝他。

今天，仓田联络员又来约她到布鲁涅森林玩，式子没有去。她在房间的窗户旁，望着饭店前公园的林间，那一对对手挽手漫步私语的男女。突然，眼前浮现出前不久已经结婚的伊东歌子的形影。本来从服饰到行动都表现出颓唐状态的伊东歌子，在经历了和情人痛苦不安的恋爱之后，终于结了婚。一结婚，转眼间面貌大变,长长的披肩散发剪到脖子边上,服饰也变得素净大方了。态度从容镇定,前后判若两人。而今,她也多么渴望得到象伊东歌子那样成家的幸福啊。

突然,电话铃响了。一看表已过三点,可能又是仓田联络员约自己去玩吧。式子仍倚窗而坐,装作不在房间,不去接。可是电话铃却响个不住,她只好站起来,接过听筒:

"大庭小姐,是白石先生来的电话。"

式子不由得抱紧了话筒。

"我是白石。你怎么还没有走呀?大概已经习惯巴黎生活,难离了吧?"

和怀着热烈的期待心情的式子相比,白石教授却完全两样,他语调平静、淡淡如水。

"您现在在哪里?从哪儿给我打电话呢?"

式子极力忍住激动,问对方。

"是在饭店,我的……"

"是吗,是利蒂阿饭店——您什么时候回到巴黎的呀?"

"两小时前到的,回到饭店休息了会儿。如果方便的话,咱们现在到蒙玛特街散散步,好吗?"

"好的!蒙玛特街!现在我就去,我到哪儿见您呢?"

式子显然焦急了。

"我坐车经过你的饭店,你在休息厅等我好了。"

白石教授挂上了电话。回来也不打个电报通知,突然到达,又在饭店休息了一会儿,才给自己打电话。其态度之冷淡,不啻给式子火热的心浇上了一瓢冷水。她想,要是自己不在房间,不知道他已经回来,也许现在还正惴惴不安徘徊在大街上呢!伊东歌子已经得到了由家庭联系起来的平静的有情的幸福,自己则还在为了试探所爱的人,处于忐忑不安和焦燥中。自己主动一步一步靠近白石教授,而白石教授对自己却仍是那样一本正经,这使式子深感失望和孤寂。

蒙玛特街石砌的斜街两旁的建筑物,由于久经风雨,有了许多黑色的斑点和裂痕。昔日巴黎商业区的影子,从那些开始倾斜的建筑物二层窗枢中依稀可辨。在这些被熏黑的脏墙上,令人感到惊奇的是还贴着许多涂着流行色彩和图案的广告。这条街能给人一种新旧混杂的感觉。

白石教授沿着石砌的斜街慢慢地往上登。不时深情地望一眼离别一个月的巴黎市街。

"毕竟是巴黎的街道啊!无论什么时候,你在哪里行走,只要留心,都能发现那闪烁着艺术光辉的动人的东西。那美妙的建筑物也好,这蒙玛特街古老的商业区也好,都有珍奇可寻。可英国的市街却不然,那里,虽然平静无波,但总给人稍欠风稚、杂乱、郁闷的感觉。一个国家,国民的艺术才华、政治态度,从这市街的特点上也可窥一斑!"

说着,白石教授好似有意观察人们的日常生活似的,把目光转向街道两旁的廷筑物里。

"可是,伦敦的街,不是也因有国会大厦和威斯特敏斯特教堂这样的优美建筑,而显得美丽吗?"

"是的。伦敦也有许多名建筑物。但这些建筑物与其说优美,不如说威严,可不具备巴黎这种雅致如画的景象。也许是因为雾都常年不散的阴云所带给人们的凝重的印象吧。然而奇怪的是,我不像二十年前那样。对伦敦那阴郁凝重感到厌烦了,反而觉得习惯,心情也显得平静。这恐怕是由于我开始老了!"

白石教授苦笑地说着,走到斜坡中间时,突然刹住脚步。

"这是被色桑诺、弗拉米克以及乌托里他们画成名画的模特儿遗址。"

白石教授指着一排倾向街角的三层楼建筑物跟式子说。这些房子的墙壁，都有了船锈似的红红黑黑的斑驳斑点，百叶窗业已腐朽了。在这些建筑物间夹着简陋的酒吧间。房子的模样、墙壁的颜色在色桑诺、弗拉米克他们的画里完全被表现出来了。

　　登上斜坡之后，可以看到旧时的风车。山上屹立着白色的萨库莱库鲁寺院。到了蒙玛特最高广场时，见有四五位画家正摆着画架，画广场四周那古老的建筑物。这里也是过去乌特里萨几年来写生过的地方。

　　"累了吧？到咖啡店休息会儿如何？"

　　白石教授先自走进广场的咖啡店。店里有不少不修边幅的像是画家的人们，正在热烈地谈论着什么。

　　"香舍丽榭大街、圣·特挪莱特大街，这样繁华的地方，当然可以去看看。可我认为，最有意思的是观赏这些能令人回想起巴黎历史的街道。我想，不带有历史痕迹的东西是很难打动人的啊！"

　　说罢，白石教授深情地用手抚摸着咖啡店被历史的烟尘熏黑的墙壁。

　　"对不起！我过于按自己的爱好行动了。喝完咖啡后，我们到下面歌剧街附近用晚饭吧。"

　　白石教授亲切地望着式子，说。

　　拐过歌剧街，左边就是多罗文餐馆。用晚饭的顾客很多，所有的桌子都摆着盛生牡蛎的银盆。吃的时候，用专用的夹子夹住牡蛎，然后再用三个脚的叉一撬，厚厚的蛎肉便囫囵囵、滑溜溜地被剥下来了。白石教授熟练地剥着蛎肉，苦笑着说：

　　"英国好的餐馆都有法国菜，菜谱也用法语写着。可英国菜，味道平常。英国人瞧不起料理这一行，他们认为，饭菜只要别人做自己吃就行了。"

白石教授津津有味地品尝起阔别一个月余的法国菜。

"您的工作已经告一段落了吧？"

他开始问到式子的工作了。式子放下叉子恭敬地答道：

"由于先生的美言，朗贝尔把纸样卖给我了。您给我多大的帮助呀！而且，连在自己的发表会上都不肯露面的朗贝尔本人，也直接会见了我，并领我参观了他的工厂，甚至把制造纸样的过程都让我见识了。这大概就象他自己所说的——对有大学教授作为朋友的好时装设计师的信赖的缘故。现在，我才知道，法国人对大学教授的尊敬和信赖竟有如此之深厚呀！"

式子带着谢意和感激之情望着白石教授。

"相比之下，日本的大学教授的地位过低了。社会上的一般人，学生对教授，也没什么特别尊敬之感。可是在法国，不允许学生随便地接近教授。教授和学生见面，必须在学校内的会客室，会见谁由教授决定。此外，学生是难以随便见到教授的。这是为了不妨碍教授专心研究学问的缘故。这种对于学问的敬意，不要说是学生，就是在一般的法国人中也是历来就有的，这是法国的传统。正由于这样，法国才有今天的文化。像日本那样，紧急需要的时候，才喊几句，什么要建设文化之国呀！维护大学的权威呀！临时抱佛脚，没有一贯的对学问的尊重，岂能树立起真正的敬学思想来？"

白石教授说着，喝干了桌上的葡萄酒。

"我们研究法国文学的学者，一有机会总想来法国。因而往往被人挖苦，说受法国的影响太深了、染上了法国热的病，云云。可我们不是出于浅薄的目的，而是因为比起日本来，在法国更能研究学问。您也参观了巴黎时装设计师如何工作的情形了，您对时装设计的想法，大概有所改变了吧？！"

"是的。看了巴黎时装设计师的工作，觉得我过去只是在单纯地制造西装呀、礼服呀什么的,只是裁缝匠,而不是在搞设计。巴黎设计师搞服装设计,是一个由素描开始的极其艰巨的创作活动,它受到了巴黎社会上各种艺术的熏陶。因此,如有可能,我想在巴黎多住一段时间,到朗贝尔工厂,重新从基础开始,学习设计。"

式子认真地回答。

"比起当初举办引人注目的开学式酒会和时装展览会那个时候,您今天能有这种认识,真令人高兴!"

白石教授意味深长地望了式子一眼说。

饭毕出了门,他们往歌剧广场走去。来到广场前,他们看到了大理石砌的歌剧院,在耀眼的灯光下,犹如一座巍峨闪光的宫殿。来看九时开场的歌剧的各国来宾高级轿车,宛若一条条闪光的彩带往广场汇聚而来。

从歌剧院通过两旁尽是高级金属店、珠宝店的繁华的德拉彼街,便是旺多姆广场。这里,四周尽是安排和谐的古典肆筑物,广场中央耸立着高高的纪念战争胜利的圆柱。圆柱上站着拿破仑的塑像。此刻,漆黑的夜空已经把塑像的轮廓吞没了,无法看清。白石教授一边慢慢地走着,一边抬头望望广场周围的建筑物,说:

"法国人很有点令人可笑的孩子气。在这周围尽是希腊克郎式华丽建筑物的广场中央,却模仿罗马的托拉亚诺圆柱,把滑铁卢战争中缴获的一千二百门大炮,铸成了这么一个大圆柱。他们可能打算和两侧的克郎式建筑相协调。可为什么恬不知耻地用战利品,模仿罗马的圆柱,建立了一座四十四米高的大圆径呢?看来,法国人是多么好大喜功呀!"

"协和广场的方尖塔,也是战利品吗?"

"法国人说,那是拿破仑远征埃及时用钱换来的,然而,要是对方不肯卖呢？实际上也是掠夺的一种方式。法国人这种思想，表现了自我陶醉的稚气！"

白石教授苦笑着说。走出了旺多姆广场，沿着人行道，他们朝协和广场走去。

协和广场，瓦斯灯闪闪烁烁。在淡淡的光的海洋中，屹立着一座令人生畏的巨大的白色石碑。石碑两翼是雕像喷泉，不断向夜空喷出水柱，被灯光染成了条条绚丽的彩虹。水、光、影，交织成一幕瑰丽的夜景。式子好似陶醉于这种夜色中，不由自主地把身子靠到白石教授的肘弯里，和他缓步向前走去。灯光下，两人的影子从胯下向前伸去，如同剪影，亦拥亦倚。

从协和广场进到突勒里公园，可以看到林荫树下偎依在一起漫步的情侣。整个公园溶溶在早春的新鲜气息中。白石教授边走边望着式子。

"您预定还要在这里逗留多长时间呢？"

白石教授完全以事务性的口气问。

"我想参观了巴黎的高级服装店、服饰品商店后，如有可能再观摩布列塔尼的民族服装。我们预定四月中旬在日本举行朗贝尔时装展。赶得上举办这个时装展就行了。朗贝尔的纸样和说明书先寄回日本，让他们搞。所以，我四月初回去。"

"那么，您还要在这里待一个月呢。我们的国际法国文学会已经结束了，原来计划外的对剑桥大学的观光也已完成。这样，我决定下周末离开巴黎。"

"怎么？下周末？"

式子突然觉得身子失去了重心，感到一阵晕眩。几分钟前，偎依在他的身旁，漫步于巴黎市街，心里充溢着一种满足之情。可这会儿一听说他要回国，那满足感顿时飞逝了。

"您怎么啦？"

白石教授望着慌乱不安的式子，惊奇地问。

"因为太突然了！"

式子短促地回答：

"我是来参加国际法国文学会的。会议结束了，有关的调查也搞完了，当然就回日本。"

白石教授微笑着说。

"先生去英国期间，我就一直等着……我常常徘徊在我们一起走过的巴黎大学、卢森堡公园一带。终于等回了您，可您却要马上回国，撇下我一个人……"

她眼里涌出了泪珠，再也说不下去了。在周围树荫遮蔽的阴晦中，白石教授脸上好像镶着一圈黑色的框框，木然地站着。

"您最初不是为了购买朗贝尔纸样，一个人来到巴黎的吗？"

"可是，当我见到先生以后，我就不觉得是一个人在巴黎了。我第一次觉得有了爱……"

说着，她把脸深深地埋进白石教授宽厚温馨的胸膛里。他的身子支撑着她，轻轻地抱着她圆润的肩。

"您这是一种初到异乡的感伤。您不能因一时的感伤，而失去内心的平衡啊。"

白石教授显得十分平静。

"不，我到巴黎见到了先生，才第一次使自己的心恢复了平静。在日本，我生活在沽名钓誉和虚荣之中，我渴望摆脱这类生活，回到一种平静的环境里。我渴望先生的帮助。现在，生活老是见弃我，我也将会自我抛弃啊……"

式子向白石教授诉说着，眼泪夺眶而出。白石教授一动不动。待她说完时，拥着她肩膀的手轻轻地推开了她。他拒绝和式子谈下去，背向着她，朝茂密的林荫道径自走去。这种冷酷态度，和刚才轻柔地抱着她的情景，判若两人。

已经可以看到对面罗浮宫两侧和卡鲁塞尔凯旋门了。黑暗的天幕上，稀疏的星辰向这儿投下了淡淡的光。到了卡鲁塞尔广场时，白石教授停住步，慢慢地回过头说：

"已经到了您的饭店了，今晚就到此告别吧！"

说罢，白石教授仰头望着前面的圣雅姆饭店。一阵难以言状的绝望和恐怖突袭式子的心。

"请您今晚不要让我一个人孤零零的……"

式子痛苦地呻吟，靠到白石教授的身上。

白石教授的眼睛泛着一种既非悲伤又非痛苦的光：

"爱情，有时由于忍耐和克制才显得美丽。请您一个人在房间里冷静地考虑吧。当确信自己现在的感情，不是一时的冲动，而是源于心底时再来找我。"

说罢，突然像陌路人似的，在式子前面转过身来，走了。

回到饭店房间，式子拴上门，和衣卧倒床上。白石教授理也不理自己，扭身就走，他的冷漠无情深深地刺痛了她的心。

她撂下女人应有的谨慎、矜持，大胆地投到白石教授的怀抱，可遭到的却是他顽强的拒绝。他对于自己的激情，投来的只是怜悯的目光。这目光里既无痛苦又无悲哀，而是充满深沉的克制。他表面上那样冷酷地拒绝自己，也许不是由于薄情，但愿是由于深情吧！可是，对于现在的她，比起静静的深情来更需要的还是那种猛烈地抱紧自己的亢奋之情。一想起在日本时和银四郎的那种龌龊关系，以及和三个女职员蒙受了同样的污辱时，便陷入了一种可怕的绝望中。而今，身背着这种沉重的十字架，从绝望的深渊中爬上来，希望得到白石教授的爱。这既不是虚伪，也不是狡猾，而是生平第一次爱上了一个人的式子灵魂的洗礼。她为自己过去和银四郎的关系而感到羞愧、痛苦、悔恨，她觉得今天能继续爱白石教授，是自己灵魂的自救办法。

有敲门声。

"谁呀？"

"有大庭小姐的信。"

式子赶快擦去泪痕，起来开了门。服务员送进一封航空信，是银四郎寄来的。信封上贴着"特急件'三字的封缄。昨天，她刚接到银四郎汇报有关组装纸型情况的信。可见，这信是十分紧急的了。式子怀着沉重的心情拆开信。

　　由于全体职员们的努力，朗贝尔纸样的组装，已接近尾声了。目前，正不断地在生产日本制的朗贝尔时装。可是，三十套纸样中，有四套的组装极为困难。我们对照着看了朗贝尔方面附带的法语说明书和您实际考察的说明书，仍无法解决。因此，只好改变原来的安排，请您迅速返回日本。朗贝尔纸样的公开，在这儿已引起了轰动。三和纺织公司和Ｂ报社出了很大的力。眼下情况是，没有报道朗贝尔纸样的妇女杂志连一家也找不到了。一种伟大的成功的光辉，正照耀在您和我身上。现在举办时装展正合时宜，我们可以利用闻名世界的朗贝尔的名声，作为他作品的"广告'，大大地为我们自己宣传一番。而且，这次时装展若是取得成功，以后和朗贝尔签订合同，每年都可以举办这样的时装展了。届时，您仍有机会去巴黎。因此，希望您接信后乘最快的飞机回国。我以为这也是纸样购买者您的义务。您订下飞机票后立即和我联系。

　　　　　　　　　　　　　　　　　　　　银四郎

读罢信。式子手指僵硬，双手都痉挛似地发颤了。对于想抛弃事业和名声，投到白石教授怀抱中的她，这封由银四郎发来催她回国的信，无疑是一道要夺去她幸福的催命符。

式子一次又一次被噩梦惊醒，但又不由自主地沉入到使她窒息的又一个噩梦中。一场又一场豪华的时装展，在她面前闪闪而过：那些身穿华丽服装的美丽的模特儿们，因为过度疲劳而喘息着。忽然，她们像黑色的木乃伊似的霎时变成了干柴般的僵尸，如同她在罗浮宫美术馆见到的埃及雕刻家手下的"死者游览船"上的死者了。她们摇着橹开始向死亡的世界划去。起初，她们静静地划着，而后在她们群里腾起了一阵歌声、扬起了一阵怪笑、爆发出一阵戏闹。突然间，在船头上摇橹的死者的头目晃了一下橹，一切的声音都霎时消失了。那头儿掀开放在船舱底下的棺材盖，抱起躺在里面的一具僵尸，揭下僵尸脸上的殓布，放声大笑起来。原来是银四郎的笑声。式子"啊——"的一声惊叫，是一场噩梦，她浑身冷汗淋漓，打开床头灯，眼前出现了就寝前看过的银四郎的信。大概是刚才看了信，感到可怕，急于想摆脱银四郎，引起了这一场噩梦吧！银四郎还想用他那盈溢着色情的滑溜榴的身体来诱惑式子，企图再一次把她拉回到那充满虚荣的世界中去。准是那恶魔的诱惑，造就了这一场梦见死者的游览船的恶境。

她害怕再一次做这样可怖的梦，只好眼睁睁地躺在床上。已是午夜三时。巴黎的街道寂静极了，黑暗中，人人都入睡了。石路上不时地传来咯吱咯吱的脚步声，大概是那些春宵一刻值千金的情侣们在作终夜漫步吧！

不知什么时候她又睡着了。待到醒来时，窗外已投进来明媚的阳光。她照了照镜子，确信昨夜的噩梦没在自己脸上留下可怕的阴影时，便迅速地开始穿戴。她在上下一身皆是淡蓝色的礼服外，披上外套，把银四郎的信放入手提包，走出房间。

她在饭店前要了一部出租车，向协和桥方向驰去。汽车通过春花吐艳的突勒里公园旁边，穿过协和广场，到了塞纳河畔。河水在缓缓地流淌着，一艘蒸汽轮吐着白烟，拖着一条细长的水泡逆流而上。式子看到了横跨塞纳河的协和桥，叫司机停住了车。她走下车，倚在桥栏上，从手提包里取出银四郎的信，并不撕破，把它整个儿扔进河里。她冷冷地瞥了一眼那浸满水、越来越沉重地往下流去的信，回到车上，叫司机把车开到拉苏帕尤街的利蒂阿饭店。

在饭店前下了车，她表情沉静地进了大门。要服务员找白石先生。传达室负责接待客人的服务员脸露作难之色，说：

"白石先生已经走了。"

"怎么？回日本了？"

式子控制不住，声音发抖了。

"不，他清早乘飞机去里斯本了。"

式子听罢，因那突然爆发的不安，险些瘫倒在地。

从巴黎坐飞机到里斯本，需要两个半钟头。式子坐在只有七八个座位的葡萄牙航空公司的小型客机内。一边眺望着平坦的法国森林和一望无际的田野，一边对自己追赶白石教授，飞往里斯本的强烈的恋情，作种种的自我安慰。

在利蒂阿饭店的传达室前，突然听到白石教授飞往里斯本的消息时，她强制撑持了自己，询问了白石教授出发的时间，在里斯本的住宿饭店，以及白石教授预定在里斯本住四五天再返回巴黎的利蒂阿饭店诸情况。她心急如焚，无法熬过四五天。她急忙给仓田联络员去电话，请他购买飞往里斯本的飞机票。

这使仓田联络员惊讶极了。但他仍以驻外联络员特有的机敏，了解到葡萄牙对短期旅行者可以不出示护照，因此，很快买到了飞机票，把她送到了奥利北机场。

不知不觉间，飞机可能已经到了西班牙上空。翠绿色的蓝天下躺着红色的土地。式子把脸贴在机窗上，向下望去。底下几乎看不到森林和田野，只有披着红色外衣的山峦，插向蓝天。一眼望去，都是"涂满"赭红色的荒地。这种荒凉的自然景色，在式子看来，多象她现在的心境啊。白石教授没等待她的到来，就飞往里斯本，很可能是为了逃避她的爱。也可能是为了克制自己的爱。不管如何，这种不辞而别的冷酷，像尖刀一样剜着她的心，她感到了人生的荒凉。

飞过葡萄牙国境，森林多起来了。浓绿的田野平缓地向前延伸。田野上静静地卧着一条蓝色的飘带。这飘带与远远可见的大西洋相接。当开始可以看到河口旁边的街市时，葡萄牙空中小姐依次用葡语、法语、英语报告说，里斯本就要到了。旋即，飞机渐渐地往下降落了。

里斯本机场是小机场，周围是原野和点缀着稀疏的房子。规模和日本地方机场相似，来往飞机不多。式子拿出仓田联络员给的地图，告诉出租汽车司机自己的去向。汽车在宽敞的柏油马路上奔驰，到达和贵族住宅区交叉的拐角处往左拐弯时，式子看到了面向居民楼和园圃的由红砖砌成的椭圆形斗牛场。车过斗牛场约十五分钟便进入里斯本的街市了。街道建在斜坡上，路面由石块砌成。有着高大林荫树的维弗达德大街，街面也是稍稍倾斜的。两旁崭新的高楼大厦如同层峦叠嶂的山峰。街道上奔驰着最新式的汽车，可与巴黎的香舍丽榭大街媲美。不一会儿车转弯了，又是一条倾斜度很大的道路。老式电车倾斜着身子，如同铁索车似的，咔嗒咔嗒鸣叫着，跑着。在这条街道上，最新式的现代化的东西和古老的东西，相互掺和在一起了。穿过耸立着冬·彼德罗四世铜像的广场，就是聚集着商店和银行的繁华的商业街。过了商业街，来到一条傍河的街道，从那里走不远就是沿特琼河的高速公路了。

高速公路右边是起伏而平缓的丘陵，像一个个高尔夫球场，弥漫着湛蓝色的烟霭，左边是如同海湾似的宽阔的河流，水平如镜，微波不兴。整条公路林荫如蔽，郁郁葱葱，令人赏心悦目。从这条路往西北方向约奔驰一个半钟头，就是白石教授所住的锦索饭店了。

司机原先将车速加到每小时一百公里，可这会儿却渐渐减缓下来。当能看到寺院和塔的顶端时，司机让车滑行，用葡萄牙语对式子说什么。可她全然听不懂。不过这时，高高的塔和美丽的寺院，已经映入了她的眼帘。塔，建在海滨，高耸入云，仿佛在怅望着遥远的大海；寺院则掩映于绿色的丘坡里。这种美丽的自然风光在法国是见不到的。

进到埃斯多里尔街，沿着海岸线尽是豪华的饭店和别墅，伸展着一条条由桉树和椰子树组成的林荫道。到处都有一种避暑胜地的豪华而幽美的气氛。车到卡斯凯森一带。便进入了古老的乡间式的道路了，车子顿时稀落了起来，只看见两三辆车在奔驰。一辆驴拉大车在道路尽头处慢吞吞地走着。车上坐着修布伞的农夫，他神情自若。

过了卡斯凯森，波涛汹涌的大海突然在你面前展开了。沿岸峭壁巉岩，惊涛拍岸，卷起千堆雪扑向岩石间。这也许就是仓田联络员给的地图上所标的"地狱之口"海岸了。这里，再也看不到来往的车辆，左边是白浪滔滔的大西洋，右边是茂密的松林。这是葡萄牙西端人烟渺茫的极为幽静的所在。当式子觉得离白石教授的住所愈来愈近时，内心的激动越发不能遏止了。独自一人凭着地图追踪到这陌生之地，一股孤寂之情油然而生。

过了松林的尽头，沿着平坦的道路，往西跑了一会儿，司机突然刹住车，指着左侧道：

"到锦索饭店了。"

在傍晚的薄暮中，在伸向海岸的被波涛鼓捣着的断崖上，屹立着一座幽暗的古堡式的建筑。令人难以想象，那是一座饭店．然而那就是白石教授住宿的地方——锦索饭店。

汽车离开高速公路驶入一条弯弯曲曲的羊肠小道，驶进饭店门前。这座像是昔日的城堡式的建筑，四周岩石环绕，面对大海，仿若瞭望台。在风雨潮汐的侵蚀下，石灰岩是暗褐色的。进入大门，里面静悄悄，不见人影。通往中间庭院的过道，柱子很多，有点像修道院。庭院对面是一堵屏风墙。绕过屏风墙，只见一个留着胡子的中年服务员恭恭敬敬地迎了上来。式子告诉他白石教授的名字后，他点了点头，指了指屏风斜对面的休息室凉台。

在昏暗的灯光下，式子看不清那被石壁和玻璃环绕的凉台。那里静悄悄地好像没有人。凉台下的断崖不时地传来波浪的拍击声。式子向中年人摇摇头，表示凉台里面并没有人时，那人又默默地指了指凉台的左端。式子定睛一瞧，果然，在幽暗的凉台旁边，一个黑色的影子正面对着大海；是他！他，如同雕像，一动不动，望着大海在凝思。

式子屏声息气轻轻地向白石教授走去。近到咫尺时，她不禁停住了脚步。灯光从里面泄到凉台，晃晃悠悠，如同摇曳的烛光。白石教授的影子淡淡地映在墙壁上，好似剪影。式子默不作声地站在柱子旁边看他。

他的肩膀动了一下，慢悠悠地离开凉台，向室内方向回过头宋。大概由于突然，他没注意到式子，只是眯着眼望着走廊。

"先生……"

式子低声叫道。

"嗯……？"

白石教授似乎怀疑起自己的耳朵，惊疑地睁大眼睛，望了望四周。

"先生，是我呀……我来了……"

式子离开傍依的柱子，幽怨般地说。白石教授诧异地动了动身，透过昏暗的灯光，望了她好一会儿，说：

"您，怎么来了？"

语短声促。

"因为，我想知道先生的心……"

式子颤声回答。白石教授脸上闪过一丝困惑和不安。他把脸扭向窗外，沉默了一会儿说：

"我对您绝不是漠不关心的！"

语气沉重而平静。这种平静却使式子的心失去了平衡。激情的浪潮强烈地冲击着她。

"先生，您的声音为什么总是这样波澜不惊呢？我很想聆听先生那内心深处的真正的声音。您要我一个人冷静地考虑，当确信自己的感情不是一时冲动，而是出于本心时再来找您。可您却不辞而别了！我想知道，您这是出自何意。您是压根要拒绝我对您的火一般的满腔情爱，还是您其实也爱我？若是后者，您又为什么强忍自己那深沉的爱，独自一人跑到这个地方？"

式子如泣如诉地说着，浑身热烘烘。

"先生，您说呀，您对我的心……"

式子催逼着。白石教授的眼里闪出了平静而热烈的光。

"人，真正的内心世界是不能用语言来表达的。爱情这句话,好像一旦从口里说出来,就会失去她的真实性,变成了毫无意义的谎言。爱情,若激烈地燃烧,就会很快化成灰烬。爱情,应该是不要燃烧,静静地蕴藏心中。这才是真正的一颗爱情之心。"

"那么,先生……"

式子喘着气,盯着白石教授。

"那……"

白石教授平静地说了一声,向她伸出了手臂。式子突然觉得那颗激烈跳荡的心,倏地停住了。时间好像也静止了。她把自己的身体一下子投到白石教授屈起的肘弯里。他紧紧地搂住了她,她闻到了他的气息。

晚餐毕,他们进到面向大海的房间里。不知什么时候窗外下起了蒙蒙细雨。

式子坐在窗旁的椅子上。白石教授则站在一旁,目不转睛地凝视着烟雨苍茫的海面。那海面上的渔船灯火,业已消失;拍击巉岩的浪涛,也仅只闻其声。他的视线凝聚在那漆黑海面的一点上,似乎内心深处依然留有一股尚未燃尽的情火。这缕暗淡的残存情丝,在凉台上初次拥抱式子时,以及在餐厅吃饭时,就已隐约地萦绕在他的心头了。

"您怎么选择这个地方呢?"

被式子这样一问,白石教授似乎从沉思中醒来了。他转脸望着式子。

"我是想选一处连一个日本人也见不到的地方看海。这里和巴黎不一样,的确看不到日本游客。我在看海时爱单独一个人看。每次看海的时候,眼前就会浮现出十年前失去妻子时,社会上向我投来的充满好奇和嘲笑的目光,以及妻子那无可奈何的身影。"

那儿好像有一块磁铁，白石教授的目光又被海面吸引过去了。

"那时候，我正想完成一部自己一生中最重要的著作而埋头子研究和论文的撰写中，无暇照顾妻子。妻子比我小将近二十岁，她当时才二十三岁。我虽然没有很好地照顾她，但我觉得，她和出入于我们家的年轻学生们，能一起兴高采烈地说笑，单纯地玩乐，也就得其所哉了。可是万没有想到，当我去汤河原完成著作的最后定稿时，她和我的一位年纪比她小的学生，到志摩半岛的海角双双情死了。当时，我与其说指责妻子，倒不如说悔恨自己不理解她那情深意切的心理。对她缺少温柔和体贴。我才知道，人的爱情是多么脆弱啊！其实，我是以对学问那么深沉的爱来爱她的，可是年轻的妻子对我这种没有说出口、没有表现出来的爱，并不相信。她不知道我对她怀着深深的爱，竟和我的学生殉情了。我总觉得她的身体现在仍寂寞地横卧在这黑暗的海底下。"

白石教授依然凝望着大海，目光暗淡，仿佛在忍受着极度的痛苦。

"先生，您现在还爱着死去的夫人吗？"

式子激动地问。白石教授轻轻地摇摇头。

"经过了十年，我对于那种方式死去的人，可以说是可怜胜过了爱。就我个人而言，我相信永不背叛我的是学问，而不是人的爱情。我希望自己的心田平静沉寂，不再掀起半点涟漪。所以一年前我们认识以后，我仅仅想，远远地帮助你，保护你……"

突然，白石教授停止了说话，以一种比刚才拥抱式子更热烈的目光，静静地望着她。

在熄了灯的屋子里，可以听到波浪拍打岩壁的低沉的声音。可能是风吹的缘故，床旁玻璃窗发出了咔嗒咔嗒的响声。

式子枕在白石教授宽阔的胸脯上，静静地闭着眼睛。她惊讶地发现，白石教授的爱抚，竟然这样热烈而又温柔。此刻在她的身上，有着一种郁积已久而迸发出来的爱情的激动与平静。这是一种经历了深刻的爱抚之后的幸福。

式子在白石教授的爱抚中，体会到了他之所以单独离开巴黎，是为了克制自己那感情的冲击波。她感受到了白石教授经过忍耐克制之后那无言地爆发出来的激情。为了表示自己坚贞地爱他，她狂热地吻着他宽阔的胸膛。

但在激情的亢奋过后，式子突然感到一种无以言状的恐怖和不安。这不是因为脱离了白石教授的身体而产生的不安。乃是想起自己和银四郎有过难以启齿的关系而不安。那关系，现在已在她心中投下了可怕的阴影。刚才，白石教授一边望着海，一边将十年前给自己的心灵留下巨大创伤的事件告诉她时，她就想把自己和银四郎的关系也告诉他了。但当她抬起头正要开口时，蓦地想起，白石教授所告诉自己的事，是和教授威严的心有关系的，而自己所要告白于他的，却是和自己所蒙受的耻辱相关。她失去告白的勇气了。就这样一直在白往教授的拥抱中，默默无言。但现在，当平静而又激烈的爱抚过后，当两人的身体脱离拥抱的一瞬间，因和银四郎那种关系而产生的无以弥补的悔恨，就袭上了她的心头，深深地折磨着她。她在暗中因为痛苦而扭动着身躯，转到白石教授身边。

"我有事想告诉您！"

式子哀哀地低声说。

"明天说吧。"

白石教授悄声应道，仍然仰面躺着。

"我想现在就告诉您!"

式子央求地说：

"我最不喜欢在床上说话，所以你还是明天讲吧。"

他伸出手抱住式子的肩膀，又用这只手掌轻轻地捂住她的嘴。在白石教授的手腕中，式子一想起，从此自己心中将要被无法摆脱的阴影深深笼罩时，竟想放声大哭了。女人肉体的过失，不可能像男人这样容易消失。即使在取得新的幸福的时候，这种深深的创痕也是不会消失的。接到银四郎敦促她回国的信的当天夜里，她做了那可怕的梦。梦中，那死去的僵尸，大概就是无法摆脱过去创伤的女人吧！梦中，木乃伊们唱的那可怕的船歌，划着"死者游览船"将白色的棺柩运往死亡的世界，引头人就是银四郎，而棺木中躺着的殉难者呢？不正是她式子自己吗！……她虽然和白石教授同卧一床，但却感到一阵恐怖，仿佛自己独自沉入了黑暗的深渊。她不由得紧紧捂住自己的胸膛。她渴望着天亮，好把自己从恐怖中解脱出来，将自己心中的怨苦统统告诉心上人。

式子感觉到微弱的阳光已经从窗口洒进来。晃眼似地眨了眨眼，轻轻地睁开眼睛。她看见白石教授坐在临窗的安乐椅上，正望着躺在床上的自己。

"怎么？您在瞧着我呢……"

"是的。我起来已经一个多小时了……你像小孩子一样睡得很香，轻轻呼吸着。所以我舍不得打搅你，自己就悄悄起了床。外面起了一点雾，大海非常平静。"

白石教授望着窗外说：

"你昨天晚上要告诉我的，是什么？"

白石教授和蔼地问。阳光从窗外照了进来，他的眼睛如同洗涤过似的，清澈明亮，但又闪烁着一种严峻的光。在这清澈严峻的目光下，式子不由自主地转过身。

"怎么啦？你昨晚那么任性，说就要告诉我……"

白石教授笑说：

"不，不是我任性。我是有必须要告诉先生的事。关于先生的情况，我从曾根先生和银四郎先生那里，听到了不少。可是，关于我的情况，先生您大概还很不了解…………所以我想向您讲讲您所不了解的我，于是……"

白石教授轻声笑道：

"还是你的事吗？银四郎君和曾根君都告诉我了。如果说银四郎君的话，多少带着夸张和粉饰的成分的话；那么曾根君的话当不会错了。我最初见到您的时候，您也给我良好的印象：出身大阪名门一位有志气的自负纯洁的小姐。我最不可忍受的是，一个人心中失去了自豪和蒙上污垢。所以，对于我死去的妻子，可能因为她死了，我才宽恕她。如果她活着的话，我可能在懊悔自己对她关怀不周、可怜她年轻无知的同时，对她所犯下的不伦的过失，是不会原谅她的……"

白石教授无意中说出的这些话，却像箭一般射向式子的心。她想把自己的过失告诉他，但，白石教授那不能宽恕心灵蒙上污垢的人的话，却又堵住了她的嘴，残酷地折磨着她。如今，如果把自己和银四郎的事告诉他，那将有什么结果呢？可能会失去他的心。　种想欺骗白石教授的畏惧和害怕失去白石教授的恐怖，此时，像两股黑色的浪潮在她心中翻滚。式子不愿失去白石教授，只好把污点掩藏起来。她眼中涌出泪水，不禁失声呜咽。白石教授惊讶地抱起了她：

"怎么了？大概因为从昨晚开始的一切，使你疲倦了，控制不住自己了吧了？早饭后，我们到离这儿不远的洛卡海角灯台去玩吧。到那个海角走走,你的心会平静下来的。"

说着,他用双手捧起她的脸,用长长的手指轻轻弹去她眼角的泪珠。

早饭后,仍然是淡淡的云雾。白石教授和式子从饭店出发,坐车驰往洛卡海角的灯台。到那里,路上要花二十分钟。

汽车爬上弯弯曲曲的山间公路,到了一个安静、贫困的村庄。穿着皱褶连衣裙和套着黑色长围兜的农妇们,赤着脚,围聚在打水场,高声说笑。他们用大水瓮装水,巧妙地顶在头上,轻盈地迈着步子。公路旁的田野里,可以看到赶着耕牛的农夫。他们那茶褐色的皮肤,黑头发,黑眼睛,耕作的姿态,质朴的服装,都令人想起日本的农村。

过了山区公路,是一处稍为平坦的高地,前面就是海角的断崖了。崖头上屹立着一个古老的石砌灯塔,面对着大海。他们在高地上下下车,慢慢地向断崖边的灯塔走去。

似流非流的雾霭,遮住了瞭望广阔浩渺的大西洋的视线。断崖下,无数礁石犬牙交错地咬在一起,波涛拍打着岩崖,卷起雪白的浪花,又冲回海里,旋转着流去。式子望着这激烈翻腾的浪花和流去的漩涡,好像自身要被卷进去似的,感到一阵晕眩。她闭起眼睛,偎依到白石教授身边。白石教授微笑着轻轻地挽起她的手:

"再往前走一会儿。"

说着,他们沿着断崖上的崎岖小道,往崖顶走去。

断崖的顶端,风,格外强烈。脚下是悬崖绝壁,浪头击向岩壁,吼声如雷,雪花飞溅。强劲的海风吹着白石教授的头发,他默默地携着式子迎风而立,望着雾霭笼罩的东方海面。

"洛卡海角是欧洲大陆的最西角,据说葡萄牙诗人卡莫纳斯曾指着洛卡海角，咏叹道，'陆地到此终结，大海由此铺开。'的确，站在这断崖上，你会感到这里是陆地的尽头，辽阔的大海是从你的脚下向前展开的。那景象令人感叹不已！"

白石教授说着，出神地望着前方。"陆地到此结束，大海由此铺开。"式子感慨地重复着。自己和白石教授来到这陆地的尽头，初次结合在一起，虽然这是两人在远离日本国土的异乡、几经彷徨深思而走到一起来的，但毕竟终于结合了。双方都有各自的职业，过去又都有异乎寻常的经历，一个已年过半百，一个年方三十六，他们为了结合在一起，越过了多少障碍、走过多么漫长的道路啊！辽阔而浩瀚的大海由此铺开，白石教授和她式子的幸福，也由此开始了。式子激动地想着，仰起头望着白石教授。白石教授一动不动地望着烟雾笼罩的海面，说：

"想不到我们离开了巴黎，到了这么遥远的地方。"

"我还想去更遥远的地方，甚至想到渺无人烟的荒漠，静静地生活……"

式子心驰神往地说。

"热爱生活的人不应采取这种逃避现实的态度。在克己和忍耐基础上产生的爱情，是一种静静的更为严肃的爱情，卡莫纳斯的诗句，'陆地到此结束，大海由此铺开'里面就蕴含着一种严峻、清澈、不容置疑的坚定精神。"

白石教授平静地望着式子。语毕，在强劲的海风中抱住了式子的肩头。

刚才还只是薄雾霭霭，不知什么时候，大雾开始弥漫开来。这雾好似来自断崖的底部，洋洋冉冉，一瞬间一望无际的海面就被那乳白色的气体吞没了。

"回去吧，雾再大就不好走了。"

白石教授竖起外套的领子，挽起式子的手，沿着来路往回走。还没走五、六米远,那雾便像一股旋风,翻涌漫卷而来,瞬间咫尺之地便什么也看不见了。雾中可以看到那临海的灯塔发出一股强烈的光,象一柄雪亮的剑直刺朦胧渺茫的海面。同时,那刺耳的警笛声便朝着大海嘶鸣起来了。

白石教授紧紧地搂着式子,小心翼翼地在雾中摸索行进。那嘟、嘟、嘟令人毛骨悚然的警笛声使式子有些胆怯了。她觉得,这凄厉的叫声,突然给她和白石教授之间从昨晚开始的幸福带来了不祥的预兆,她心里深感不安。

断崖上短短的小路仿佛一下子变长了。雾不断地随风涌来,断崖下的浪涛声在雾中显得异常高亢。

"没关系吗?"

在雾中,式子问道。

"没关系,过会儿就好了。"

白石教授深情地回答。式子的脸颊触到了白石教授被雾气打湿的肩膀。

回到灯塔内侧。看到被浓雾围困中的灯塔,正扫射出强烈的光剑,发出要撕裂大海似的警笛声。塔畔有用砖和水泥砌成的简陋房子,在这恐怖的氛围中静静地蹲伏在塔的脚下。

白石教授走到那古老的建筑物前,推开门,向里面说了几句葡语。里头传来慢吞吞的脚步声,出来一个无精打采的老人。白石教授对他说了几句话后,他漠然地点了点头,拿出一张白纸在他们面前摊开。白石教授从上衣口袋里掏出钢笔,写了自己和式子的名字。

"把自己的名字、住址和护照号码写在这个灯塔的登记本上。以后,这里就会往日本给你寄一份蜡封的结着漂亮缎带的纪念书。书上用葡萄牙语写着。'您曾经站在欧亚大陆的最西端的洛卡海角上。富有信仰和冒险精神的葡萄牙爱国者们,就是从这里扬帆出发，去寻求美洲大陆和新世界的。'这对于我们的第一次旅行，是最适合不过的纪念品了。"

白石教授将两人的名字工整地写上去后，又说，"明天我们去兴托拉，然后再从那里到阿鲁卡拉萨、纳扎莱、孔姆布拉和葡萄牙的乡村玩玩。我离开巴黎前取回一笔翻译稿费，现在还剩一些，可以用来旅行。"

从金卻车站沿着一条已离开海滨的山区公路，往上爬，不一会，突然在兴托拉山脉的东北斜坡上，出现了一个令人耳目一新的绿色的高原之城——兴托拉城。

城的四周，围绕着绿荫覆盖的连绵山丘。山丘的半山坡上，矗立着王宫和古堡时代的尖塔。它们具有一种中世纪的尊贵沉静的美。整个山城绿树成荫，宛若一个植物园。市中心集中着松、柏和棕榈树。通过兴托拉停车场，再驰过一段弯弯曲曲的道路，就是博物馆，它也是一座昔日的王宫。车打它前面穿过后，依然是山路。茂密的松树从车外闪闪而过，将要到达山顶时，眼前忽然出现了如画般的城郭。那些圆形的屋顶，仿佛浮悬在蓝色的天空中，屋顶和屋顶之间，锐利的尖塔直指高空。白石教授透过车窗仰望城郭，要司机加快速度往上爬。

车到山顶。可以看到用石头砌成的朋纳城堡，屹立在巨大的山岩上，俯瞰着兴托拉城。城墙虽久经风雨，显得发黑，但那种精心设计的可特尖塔式城堡顶端的艺术造型十分壮丽。围着塔的城砦，都是用粗石堆砌而成，坚固异常。进入城堡，里面有豪华的客厅、休息室，以及当年国王和王后的卧室。在这幽暗的城堡里所保留下来的这些精美豪华的房屋，充满着中世纪的罗曼蒂克情趣。白石教授偕同式子在石砌的长廊里慢慢地走着。

"朋纳城堡是费尔兰多·哥勃莱王所建的葡萄牙屈指可数的华丽城堡之一。是具有莫罗风格的哥特式的充满着奇幻迷人气氛的建筑物，光说它华丽是远远不够的。"

说着，白石教授登上城堡高高的露台。在此，兴托拉城尽收眼底。万绿丛中那色彩斑斓的民房屋顶和寺院突兀可数。放眼另一处，可见荒凉的高原莽莽苍苍向前伸展，远方是特琼河和大西洋相交的海。这种放眼眺望能令人感到高原的荒凉寂寞，又能令人为神话般的城和远方的海而心旷神怡。

白石教授和式子似乎被这幽静晴朗的美景所陶醉，无言地伫立着。白石教授忽然想起什么，转向式子道：

"一个曾经来过这里旅行的、研究英国文学的朋友说过，要是客死在外国，他宁愿死在兴托拉。此话不假。英国诗人拜伦，去地中海旅行途经这里，对兴托拉城堡曾赞不绝口，说兴托拉是光芒四射的乐园。他写了一首诗。诗中，他赞叹道，自己的笔也无法表达兴托拉的美来。我过去总以为他说得过于夸张。现在，亲自站在这上面，我才理解了他的感叹。"

白石教授也许正在心里默诵着拜伦的诗，话语间不无感慨万端。式子和他是第一回来到这异国胜地，聆听了他许多有关这个国家的历史和风土人物的知识，心里高兴极了。而且他们俩最初的旅行，是从这高原的城堡发端的，她觉得心里萌生了一种无比甜蜜的幸福感，她为这种幸福陶醉了。

傍晚前，他们参观了山顶上古代莫罗人的废墟和离此四十公里左右的、在岩洞修炼的布钦僧团的天主教寺院。当白石教授和式子到达山谷里的饭店时，夜色已经覆盖了大地。

从饭店的窗户往下看兴托拉城，那错落在斜坡上的建筑物，如同沉入湖中的孤岛，闪烁着露湿般润泽的光——这里笼罩着高原之夜的宁静。

式子和白石教授长时间默默无语，望着窗外。周围静寂得似乎只要一张口，不管说些什么，都将是多余的谎言。式子回想着白天见到的梦幻般的城堡，以及高大树木森林中天主教寺院的那印象深刻、深沉而浓重的色调，品味着自己和白石教授竟能在无人打搅的情景中，温情脉脉地挽手漫步。一股感动之情蠕动在她的胸间。白石教授好像若有所思，阴郁地望着眼下的灯光，忽然转过身对式子说：

"我们在一念之下，信步旅行到了这里。我么，学会的工作以及与巴黎书店交涉的事项，都办完了，有暇游览。你呢？对工作是不是有影响？"

他脸上没有笑意但表情是温柔的。

"噢，没关系……我也……"

式子短促地回答。她没有把突然接到银四郎敦促她回国的信以及把信扔进塞纳河的事告诉白石先生。她想，要是明说了，他一定要她以工作为重，赶她回日本。可现在对她来说，在日本初次公开组合朗贝尔纸样这样大的事业，已成了一种沉重的负担。不过，因为和朗贝尔已经订了合同，所以她心里还是准备在时装展开幕前两个星期回国，以便由自己亲自组合银四郎所说的那四个最难的纸样。

"真的没关系？"

也许白石教授已敏锐地觉察到她心中的隐情，又一次追问。

"真的！我已将有关纸样的组合方法和服装缝制法的说明书附在纸样中寄回去了。职员们会加紧执行的。估计在我回国前，她们就能完成此项工作。我在举办时装展前两个星期回国，把她们不能组合的少数困难部分，以及有错的地方做一扫尾工作，就得了。再说，我现在也不想考虑工作上的事了……"

她想，过去自己在银四郎的操纵下，就像一只咯吱咯吱不停转动的齿轮,在服饰界的竞争中拼搏。而每当取得成功之时,自己就沾沾自喜,好像胸前又戴了一枚名利勋章。如今,这一切,她觉得都已成为遥远的往事了。现在,她更加渴望的是,永远、永远置身于白石教授身边——这没有污浊的、清澈而平静的幸福之河中。

"即使回到日本,只要可能,我想和过去的生活永别,开始一个新世界。"

式子以恳求般的强烈语气说。

"在这几天旅行中,我们慢慢考虑这个问题吧。明天我们去参观位于巴达利亚的以哥特式建筑闻名的巴达利亚寺院;然后再从那里去纳扎莱渔村。"

白石教授望着平原一角火焰般的灯光。说罢,用被夜风吹凉的手抱着式子的肩膀,关门闭户,拉上厚厚的窗帘。

从兴托拉到巴达利亚路程一百一十公里左右。公路沿着兴托拉山脉蜿蜒而行,往来车辆很少。汽车穿过森林般的树海,爬上了高原地带。这里低矮的丘陵,波浪般地起伏。过了高原,沿着一段陡峭的公路,汽车转向北去。

沿途所经的几个乡村小镇,周围是平缓的田园,镇中有小小的教堂,颇像日本的小市镇,十分幽静。

过了阿鲁卡拉萨镇,是蜿蜒逶迤的丘陵尽头,迎面扑来一个个浓绿的小山坡。接着,便进入四周尽是葡萄园和软树的巴达利亚镇。可以看到与民家褐色屋顶相对的巴达利亚寺院的尖塔。

车子驰近之时,整个巴达利亚寺院轮廓鲜明地呈现在眼前了。这个哥特式的有着锯齿状尖塔的寺院,使白石教授和式子惊叹不已。他们在寺院前的广场下了车。抬头望去,金黄的夕阳中，几座美丽的尖塔，宛若缝缀在天边，在夕阳余晖中，刺向天空。拱卫着尖塔的伽兰屋顶，如同钩织的华丽的印版浮雕。

从正面的拱门跨进一步，可以看出里面分两进，外部辉煌而明亮，里头却是简朴而显得晦暗，看不到做礼拜的人。

注目细看，在晦暗中礼拜堂的天花板和圆柱，依稀可辨。圆柱是用地方产的琥珀色中略带玫瑰色的石头砌成，尽量保持其自然。圆柱支撑着拱形的天棚，圈出一个简朴的空间，虽无精雕细刻之华美，却能给人以庄严之感。白石教授和式子手挽手，从走廊向礼拜堂走去。忽然，前面出现一抹光亮，抬眼寻去，原来正面的窗户上嵌着一块圆形的彩色玻璃。它，在夕阳的光照中，如同一轮燃烧着的火球。式子走到礼拜台下，又一次抬头望着圆形玻璃。这样的光彩和情景，似乎更为绚丽地反映出了自己于学校创办之初特意嵌在校部墙上那块彩色玻璃所显示的华丽与纯贞的自豪气概。这块太阳似的闪耀着夺目光彩的圆形玻璃深深地吸引着她。她目不转睛地望着，抑制着快要夺眶而出的泪水。

式子正蹲着，白石教授从背后走过来轻轻地抱住她的肩，说：

"跪下去祈求我们的幸福吧……"

说罢，表情严肃地默默望着她。在这无言而虔诚的严肃目光中，式子看出了白石教授要和自己宣誓结婚的愿望。

初次双双宣誓结婚的喜悦，使式子禁不住呜咽起来。她和白石教授跪在祭坛前，抑制着内心激情，紧闭着眼睛。从高窗照下来的火红光彩染红了他俩的脸。两人置身于肃穆、庄严、宁静和浓重的甜美气氛中。

从祭坛上站起，白石教授体贴温柔地拉起她的手，说：

"里面还有一个礼拜堂呢，进去看看吧！"

白石教授领着式子穿过没有一个人影的回廊，步进里边的庭院。那里是一个没有尖塔屋顶的礼拜堂。当他们通过一个小门，一步踏进礼拜堂时，式子不由得"啊！"地叫了一声。

这个礼拜堂没有屋顶，墙壁的颜色是带玫瑰色的琥珀色，四周是一根根顶端雕成火炬形的圆柱。上面是空荡荡的，可以看到夕阳西下霞光映红的苍穹。

"这究竟是为什么？没有天花板……"

式子吃惊地问。从围墙和圆柱雕刻的完美无缺来看，顶棚肯定不是毁于战火。

"五百年以前，就是这个样子。这个礼拜堂是在1453年遵照国王的命令修建的。由于修建得过于华丽，之后没有一个人能建造出与这内部装修匹敌的顶棚来，因而留下天花板未建。以至于今，便被称之为'未完成的礼拜堂'。不过，比起草率修建完工来，这种未完工程的谦逊之美，反而更能打动人。"

白石教授仿佛有意暗示两人未来的生活。言毕，轻轻地推开礼拜堂的小门。

走出巴达利亚寺院时，刚才还颇为强烈的阳光，此刻已变微弱了。静静的暮色已经开始笼罩了小城。他们乘上等在那里的车，往纳扎莱方向驶去，路上要走三十分钟。汽车先是在山丘之间的公路上奔驰，待穿过一小块平地后，眼前突然展现出了大海，纳扎莱海岸就在断崖之下，俯首可见。在傍晚的暮色中，浩瀚无垠的大西洋一片墨蓝。象被一柄神斧切开似的断崖下的海滨，白色的浪涛涌击着岩脚。

白石教授和式子把行李放在车里，穿过渔村狭小的街道，朝海滨走去。渔民的住宅是用石头砌的简陋的房子，拥拥挤挤，整个渔村弥漫着一股鱼腥味。他们走近海滨。这里，人声嘈杂，气氛活跃。把大褶裙下摆挽起来的赤脚女人和孩子们，围在出海归来的渔船旁边，和身强力壮的男人们一起将船拉到海滩上。这是一幕充满着粗犷气息的渔村景象。与具有美丽的古城堡和寺院的葡萄牙城市相比，别有一番风味。

沿着汀线，往人影稀少的海滩尽头走去，飒飒晚风开始吹起来了。日落前一瞬间的余晖，撒落在沙滩上，海水浸湿了的沙粒，发出金色的闪光。两人的脚陷进湿漉漉的沙堆里，不时踉跄欲倒。落日余晖中，金色的沙滩上，留下了他们的鲜明脚印。当走到水边时，式子不由停住了脚步。在夕阳残照的沙滩上，一群蒙头盖脚地披着黑色披风的妇女，蹲在沙滩上，面向大海。凝神细看，她们一边注视着大海，口中念念有词；一边用手掌不停地抚摸着海滩——原来她们一心在作着祷告。此刻，她们无暇欣赏远方地平线上那即将消失的美景，也看不到水边白色浪花的喧闹，只是着迷似的、专心致志地等待着出海渔船的归来。

"这是等待着丈夫远海打鱼归来的妇女们。她们为了使海神息怒，用手掌抚摸着海滩，虔诚祷告。她们祷告时心诚意坚，就像刚才我和你在巴达利亚寺院做祈祷时那样。"

白石教授低声说着，以一种深受感动的表情，望着这些做着祷告的妇女。一股感情的波涛冲击着式子的心。她们像一尊尊黑色的雕像，蹲在这凉风飒飒的沙滩上，忘记了流逝的时间，一心祈求丈夫的平安，等待他们安然归来。在一切处于等待状态的形象中，难道还有比这更美更动人的吗？这是式子迄今见过的最使她感动的美好形象了。热泪从她眼眶里溢了出来，她眼睛模糊了。透过模糊的泪帘，她看到这些等待丈夫归来的妻子身影在晃动，变得愈来愈高大。她自己现今也已找到了值得等待的人，从而感到了慰藉并置身于痴情之中了。

式子用泪眼深情地望着白石教授，款款地依偎到他的身旁，默默地迈着步。刚才因落日余晖还光亮的海滩,此刻已经暗下来了。只听到大海在呼吸。他们往渔村方向望去,那里热闹的夜灯已在暮色中闪现出来了——渔村的夜降临了。式子望着夜间的渔村,想到今晚和白石教授住在纳扎莱,明天去孔姆布拉,后天将到波里特,以后还要往葡萄牙北部作无忧无虑的旅行。一种无比甜蜜的幸福,如涨潮的海水,在她胸中扩展开来。

第廿三章　追逐者

　　一阵徐徐上升感过后，机舱对面的告示牌现出了通知：乘客们可以解开安全带了。

　　银四郎立即解开结在膝盖上的安全带，吐出嘴里的口香糖，旋即按了一下扶手下的按钮，放下椅子靠背，让自己仰倒其上，然后深深地吐了一口气。

　　十天来的忙碌，真使他深感疲惫了。此刻，这种疲惫压倒了他坐法航机尽快赶到巴黎的焦躁之情。

　　B报记者曾根为帮助他办理出国手续，各处奔走；三和纺织公司借给了他外币。但护照的申请手续，得由他本人亲自出马向外务省办理。为此，十天来，他忙得不可开交。同时，还给巴黎的式子发了两次电报，但均音讯杳然。他想，她可能去法国乡村游览观光去了。但他有一个预感：自从购买了朗贝尔纸样以后，式子仿佛失去了对朗贝尔事业的热情，对日本的学校也疏远了。当银四郎再三要求她复信时，收到的也只是她那事务报告书式的敷衍之言。奇怪地她突然冷淡下来，昔日的热情似乎成了隔夜黄花。这一骤然的变化使银四郎百思不得其解。

　　特别是那封催他紧急回国的信，叙述了有关朗贝尔纸样的重要情况，她应该在一个星期前就能收到了。可她竟置若罔闻。别说电报，连只言片语的明信片也没有回。事业维艰，进行到这个地步很不容易，如因组装纸型这种技术性的工作半途而废，岂不可惜！也许，远在巴黎的她会这样想：三十套纸样中，只有四套组合不易，若自己提前回国，日夜加班，不难在时装会之前组合完毕。可是她有没有想到，在日本，圣和服饰学院即将举办朗贝尔时装展，这已成为众所周知、声噪一时的大新闻了。岂能把它当作寻常之事等闲视之？入场券原定一张一千元，不知何时已提到一千五百元，后来竟涨到两千元。原定时装展在东京、大阪各举行一天，而后已改定延长至两天。纵然如此，入场券仍然提前倾售一空，银四郎可得到五百万元的纯利。他还打算，在这第一次朗贝尔时装展取得名副其实的成功之后，争取下一期仍由自己和式子再度举行。由此看来，买一张往返机票四十五万元，在巴黎住一天开支一万元，借亲赴巴黎接式子回国之机，再到朗贝尔店看一看，其花费与赢利相比实在是微不足道的。

银四郎脸上泛出得意的微笑。躬身坐起，点上烟，望着窗外。飞机好像已远离日本领海，进入了太平洋。窗外灯光全无，漆黑一片。

"您用夜餐吗？"

戴着贝雷帽的日本空中小姐问。

"有日本酒吗？请拿日本酒和凉菜来！"

银四郎戴着无边眼镜，气度潇洒。空中小姐对他的满口大阪话似乎不解，随即又问了句：

"那么，您用什么餐好呢？"

"嗯，饭卷也可以。"

晚餐用毕，银四郎想无论如何要好好睡一个晚上，恢复一下这十天来的疲劳。

飞机经过了西贡、卡拉奇、贝鲁特，连续飞行了一个半昼夜。一直坐在飞机里的银四郎，甚觉枯燥、无聊。乘客们始终兴致勃勃地欣赏着窗下的景色。他们在中途暂停的机场餐厅，品尝异国风味的菜；夜里在机内一边回味旅途风情，一边吃着、喝着，显得轻松愉快。唯独银四郎没有这些情趣。现在，他一心所想的是，马上飞抵巴黎，见到式子，和她商量有关纸样的事。继而会见朗贝尔，争取签订购买下次纸样的合同。然而飞机刚刚于夜间飞离贝鲁特，到巴黎还须九个小时。

此刻，静静的机舱内只有服务员在轻轻地走动。银四郎白天睡得太足了，现在无法入寐。当他把毛毯盖在身上，吐着烟雾，心不在焉地望着天花板时，眼前便一一地浮现出伦子、富枝和葛美的脸庞来。

十天前，她们三人集中在服装工厂组合纸样。银四郎突然说出他要去巴黎。伦子和葛美倏地惊讶了片刻。旋即，伦子像一只母豹灼灼逼人地盯视着他，葛美则从红眼镜背后向他投去侦询般的目光，只有富枝，好像她对此举早已料到，显得冷静和从容。在银四郎为办理护照和联系外币而忙碌的十天里，伦子和葛美对他仍不失那追寻的目光。只有富枝，在默默地收集组合纸样，把缝制服装时所遇到的难点和疑点，写成文字准备让他转交给式子。这使人感到她和银四郎并不像伦子及葛美她们那样有着肉体关系。看到富枝这么冷漠而镇静的样子，银四郎想到把主持价值三百十五万的服装工厂作为交换条件而同富枝发生的那仅有一次的关系，不知怎的，总觉得扑朔迷离，对她难以捉摸。那次艳事过后，他曾多次要求和她重播云雨，但都被她拒绝了。而当他执拗地强求时，她反而威胁他，说要向式子告发他。后来她自己不慎，丢失了不动产取得申报书，事情败露。她居然还能若无其事，神色坦然，竟使式子拿她没办法。时至今日，伦子和葛美对那件事还是毫无觉察。这个富枝啊！到底是个神昏志纯的人，还是一个虚怀若谷者？抑或是……？令人难以捉摸。不过目前，在以银四郎为中心，几个人关系错综地组合成的这个集体中，富枝的这种态度，倒有助于维持这不堪一击的脆弱局面那场轩然大波，终以式子的退让而平息。但她说，问题留待从巴黎回国、朗贝尔时装展举行以后解决。所以，他希望在这种脆弱局面暂存期间，争取和式子重调琴瑟。

银四郎把烟蒂扔进烟灰盒，下意识地笑了起来。此行说是为了朗贝尔纸样，但实际上是想再一次抱住她，以期破镜重圆。当她知道自己和那三位"美老鼠"的关系时，虽则怒不可遏，大哭大闹。但在他一边叙述吵闹之不利情由；一边活像抚慰、强制性地搂抱她时，她还是像失去弹性的弹簧，由他摆布了。这会儿，在远离日本的巴黎，她那久别男性的身体，是不会拒绝他银四郎执拗的要求的。

他转身向窗外望去，原以为窗外漆黑一片，没想到此刻在明亮月光照射下，天空明朗清澈，飞机正向罗马飞去。

飞机在罗马契阿比诺机场着落后，乘客们在机场餐厅眺望着罗马郊外的景色。休息了一个小时之后，飞机又起飞了。到巴黎还须三个钟头。当飞机进入意大利山峦地带上空时，银四郎向前探出身体，俯视窗外。他想看看阿尔卑斯山和终年银光闪烁的勃朗峰。但窗外云海滚滚，朝阳的耀眼光芒时而从云缝中透出。雄伟的阿尔卑斯山不得一睹其真面目。突然，飞机开始上升，阿尔卑斯山终于从云缝中露面了。银四郎兴奋地立起，凝视窗外。发现了阿尔卑斯山灰褐色的山体，披着白色的雪襞，在阳光下银光耀眼。但众所热盼的勃朗峰，仍然裹着层层面纱，不愿让人瞧见。于是,瞬间,机内响起了一阵失望的轻轻叹息。

越过阿尔卑斯山,飞机进入了绿色和茶褐色相混的法国丘陵地带。服务员给乘客们分发入境卡片。机内立即腾起一片填写卡片、整理行装的喧闹。银四郎一边飞快地填写姓名、国籍和护照号码等;一边想象着在巴黎机场翘首期待着他从天而降的式子的神情。他在离开羽田机场前,已给她拍了电报,告诉了她自己到达奥利机场的时间。即使她对自己的行为仍然耿耿于怀,但也不至于不来接他。

飞机停稳后,门开了,乘客们纷纷下了舷梯。个个显现出到达巴黎郊外的兴奋和不安相交错的生硬表情。银四郎因在大同商社工作过,为了和法国商社洽谈贸易,曾来过法国。有一种故地重游的轻松感。乘客们尾随服务员,通过机场大楼下的入境检查所,办了海关手续。银四郎手提一只简便旅行包,杂在出门乘客行列中,用眼睛在接客人群里扫描、搜寻着式子。他的前后,响起了客人和接客者的互相问候,话语热烈,热闹非凡。但却没有式子。走出大门,进入机场候客厅,仍然不见式子的身影。他眼镜下的目光,闪出了十分失望和愤慨的光。

银四郎表情阴郁,在机场大楼前要了一部出租汽车。告诉司机尽快开往利博里的圣雅母饭店。汽车箭一般地飞驰在宽阔的柏油马路上,目测左右两侧的车辆,也同样以每小时百公里的速度疾驰着。原来,在这条路上,汽车时速不限。窗外两旁,广阔的田野和红色、淡黄色的低矮民房,全都飞快后退。不一会儿,便看见了像是战后建筑的方块状的高层建筑群。

进到意大利门后,车放慢了速度,向左拐入了巴黎的环形公路。窗外出现了耸立着钢筋骨架的未完成建筑物。再往前走,是巴黎大学区,这里有树荫环抱的蒙苏利公园,可以看到年轻的学生们在悠闲地散步。银四郎忽地想到汽车就要从巴黎大学前面通过了。当车往右拐，来到巴黎大学广场时，可以看到大学正面的教堂与令人难以想象的教学大楼，并排而立。银四郎抬头望着这些建筑，想到了白石教授也来法国出席国际法国文学学会。据曾根说，此会时间短，那么，白石教授该已回到日本了吧？车开上了协和桥，正面，协和广场的方尖石柱，高高耸立，犹如一座白塔。朗贝尔服装店就在广场附近的桑·特诺列大街上。

"您知道杰·朗贝尔时装店吗？"

银四郎开始用法语询问司机。司机从反射镜里，扫视了一下银四郎的脸，手握方向盘，滔滔介绍起来。

"嗯，您问朗贝尔先生吗？他是巴黎最著名的时装设计师，他设计的服装吸引了世界各国的妇女。每当他的时装发表时，各国贸易商便云集巴黎。他们带来了大量金钱，巴黎市长举行盛大招待会招待他们。在这些豪商巨富所下榻的一流饭店和餐馆，停着他们的高级轿车。那里头无不藏有朗贝尔的时装。朗贝尔就是这样了不起呀！"

"他不过是设计女式服装的人罢了，有那么了不起吗？"

银四郎故作惊讶地问。

"不！杰·朗贝尔设计的服装，是巴黎的一种艺术品。有着巴黎建筑物的特色，七叶树花的图案美和富有诗意，这就成了世界贵妇人和电影明星追逐的目标。十年来，他的时装声望，一直是蜚声世界的。"

司机又喋喋不休地赞颂起朗贝尔来。接着问银四郎，是否要经过朗贝尔店。银四郎告诉他直接开往饭店。现在银四郎决定不仅要和朗贝尔签订下一期的纸样合同，而且要签订三年的合同了。目前，在日本，人们热烈地谈论朗贝尔；那么，在巴黎，人们对他有何看法呢？这是银四郎最想知道的。刚才他达到了预期的目的。想不到连普通司机,都如此崇拜朗贝尔,可见朗贝尔时装那坚实的群众基础,声誉卓著。银四郎对这项事业的安全感更加增强了。

汽车来到塞纳河畔的突勒里公园外,又绕了一大圈,终于到达圣雅母饭店。银四郎除付了相应路程的车费外,又给司机加了相当车费五分之一的小费。司机连声道谢,打开了车门。这时,从饭店内走出一个服务员,提起银四郎的旅行包。领他进了传达室。一个打着蝴蝶结的接待员,见到银四郎,就说。

"是银四郎先生吗?我们已预先给您安排一个好房间了。"

说着,恭恭敬敬地把登记册和笔递到银四郎面前。银四郎边登记名字和护照号码,边对服务员说:

"请您给大庭小姐房间挂个电话好吗?"

"大庭小姐一个星期前就离开这里了。"

"怎么?离开这里?一个星期前?"

"是的。一星期前去葡萄牙了。说是准备去两三天,可到现在还没回来!"

服务员事务性地回答。

"到葡萄牙的什么地方去了?"银四郎若无其事地问。

"她走得很突然。飞机票和饭店,是经常光临我们这儿的那位仓田先生代为办理的。我们只知道是到葡萄牙去了。"

"那么,我从日本打来的电报,大庭小姐接到了吗?"

"电报是在大庭小姐走后才到的,传达室收下了。"

银四郎轻轻地点了点头。填完表,服务员把他领到四层的一个房间。一进室内,银四郎急速地拿出随身所带的电话笔记本,给三和纺织公司驻巴黎联络站挂电话。耳机里传来一个不和悦的女人声,用生硬的法语回答:仓田联络员不在,不知他上哪儿去了。

"那么，他回来后，请转告他马上给圣雅姆饭店的八代银四郎来电话。"

银四郎也用法语不客气地对她说。挂上话筒，脱了上衣，银四郎一骨碌仰面躺到床上。

式子究竟为什么突然去葡萄牙呢了……说是预定去两三天，可已过了一个星期，竟然还没回来！其中必有异乎寻常之事啊！是不是突然想起去调查葡萄牙民间服装呢？可是，如果调查民间服装，那法国的布列塔尼地方民间服装，岂不对于制作朗贝尔服装更有直接补益？即使她没接到这两次电报，可他的加急航空信，她一定接到了，而她仍置之不理，连招呼都不打！就径自走了。银四郎恼怒之极。式子啊，她本是一位涉世未深而又具有一定名利欲的名门闺秀。在银四郎的操纵下，她已无意中踏进了追名逐利的充满虚荣的社会，并且产生了一种错觉：这就是她自己本来的生活圈子。银四郎自信地认为，抓住她这个弱点，即使她远在巴黎，也可以遥控。现在，银四郎失算了，心里针刺似地难受。根据以前占有式子的经验，他想，只要见到式子，把她的身体拥抱在自己怀里，式子就会在融融情欲中，乖乖地做自己的俘虏。这么一想，银四郎仰卧在床上，回忆着往事，不禁发出一阵得意的淫笑。

电话铃响了。银四郎依然躺着，伸手取过话筒。原来是仓田打来的电话。

"喂喂！是八代银四郎先生吗？您是什么时候到的？很突然，我一时竟想不起是谁呢。因为您住的是圣·雅姆饭店，我才想起，大庭小姐什么时候说过的银四郎先生来！"

仓田联络员习惯地带着说法语时的浓重鼻音，说柔和的日本话。银四郎眼前蓦地闪现出驻外联络员那矫揉造作的形象。

"突然打搅，十分对不起，请您今晚和我一起进晚餐，我想了解一下有关朗贝尔的事,以及最近大庭式子小姐的情况。"

银四郎急于知道式子的消息,但却故作镇静。

汽车到了蒙玛路默鲁闹市区。这里,到处闪烁着被法规所限制的过于眩目而又粗糙的霓虹灯。远处的莫兰·露涅高处,在漆黑的夜幕映衬下,那点缀着红灯的大风车,缓慢地旅转着。仓田联络员正朝那风车方向驰去,到达莫兰·露涅,银四郎和他下了车,走进带舞厅的地下酒巴间。

他们在向下倾斜的通道里,走了约三十米远,推开了酒吧间的门。里头坐满用晚餐的客人,他们边吃边等待跳舞表演的开场。酒吧间发暗的墙壁和大圆柱上,贴着几张旧广告画,上面画的是仿洛莱库的画。这个酒吧间与日本的不同,不能给人以华美的感受。反而带有洛莱库时代的痕迹,未免过于朴实陈旧。在幽幽的灯光下,一张张圆桌前围坐着穿戴讲究的顾客。其中一张桌子前,坐着身穿晚礼服的绅士和一位淑女。看来,他们是被专门接待的宾客。

银四郎和仓田隔着桌子,相向而坐。他们饮着香槟酒,径自侃侃而谈,为的是尽快消除和仓田之间的拘束情绪,以便从他的嘴里能掏出一个半月来式子在巴黎的详情细节。

"今晚,请您开怀畅饮吧,大可不必客气!此次,贵公司作了我们的赞助者,给予多方关照。听说大庭式子院长在巴黎逗留期间,也得到您的照应——甚至去葡萄牙,也是您给她买的飞机票和订的饭店。实在感谢之至!"

银四郎表情自然地说毕,又装出虔虔诚诚感激不尽的样子。

"哪里,哪里!您这样说,实在不敢当!因为她是突然提出要去葡萄牙的,我只是尽快替她买了飞机票而已。至于饭店,原以为她是去里斯本,本可很快予以预约。可她去的不是里斯本,而是葡萄牙西部的边远地区。这样,我就爱莫能助了。她去的好像是一个叫金郐的地方，那是葡萄牙西部的边远之地……"

"怎么？是金郐？我还是第一次听到这个地名！"

因为仓田毕竟知道式子的行踪，银四郎心中暗喜。可他表面仍然装出寻常相问的样子：

"那个地方有住宿的饭店吗？"

"好像有一座由古城堡改装的锦索饭店。我根据葡萄牙地图，给她画了一份详细的路线图。到了那边让司机看，一定能找到那个地方。不过，由于那里一个日本人也没有，我还是苦劝她不要去。可她好像有什么急事，仓仓促促地说'没关系，我又不是孩子'就出发了。"

银四郎呷着酒，带着三分醉意思索着。他企图在"葡萄牙西部边远的金郐、城堡改装的饭店、突然仓促出发，"这三者中找出有机的联系。

喝罢杯中香槟，银四郎想改变话题了。要从这位仅给式子买飞机票的仓田嘴里，也许难以探明她突然飞往葡萄牙的背景。倒不如和他闲聊无关紧要的事，说不定能从中发现蛛丝马迹。

银四郎扫了仓田一眼。年约三十岁的仓田，身着带点蓝色的黑西服，风度潇洒。白净端庄的脸朝着舞台方向，拿势作态，手握杯子放在嘴边轻轻呷着。正面舞台上，跳舞刚开始不久。灯光下，一位挪威还是瑞典的金发女郎，半裸着身体，十分妖艳。她回旋疾转着，时时以活泼的色情动作，博得客人的笑声。舞台和灯具显得昏暗陈旧，但服装却是过分的豪华。

"毕竟是巴黎！连披在裸体上的装饰品，也十分讲究。我刚才打听出租汽车的司机，问他知道不知道朗贝尔？不料他竟滔滔不绝地夸起朗贝尔来，说朗贝尔的服装，具有巴黎建筑的色彩：七叶树花的图案和诗意盎然。我本想只签订一个购买下期纸样的合同，可现在我决心签订三年的合同了。您看怎么样？"

银四郎十分巧妙地把话题引到朗贝尔纸样上来。仓田一下子面露惊讶之色，随即惶惑地说：

"实际上，这是件很麻烦的事。您也知道，在我们购买这次纸样前不久，日东贸易驻巴黎的联络处，向朗贝尔提出，他要做朗贝尔在日本的总代表。并要求和朗贝尔签订购买纸样的合同及做总代表的权利。然后由自己批发给日本国内的纤维厂家、商社、百货商店。所以当时，在那关键时刻我和大庭小姐都狼狈不堪。当时时间紧迫，无法同国内联系。既然是当地发生的事情，为了摆脱困境，我们两人只好四处奔波，八方求援。后来幸亏式子小姐请求了白石教授出力，才好不容易买到了纸样。"

这些事情，仓田以为像银四郎这样的人，不会不了解。可银四郎却是第一次听到白石教授也为购买纸样出了力。式子虽曾详尽告诉他日东贸易的事，但只字未提白石教授！

"白石教授有一位在巴黎大学任教的朋友。其人与朗贝尔有亲密交情。沟通了这种关系，我们的困难才迎刃而解。这次如果日东贸易挤了进来，事情还会顺利地进行下去吗？……"

仓田显出了信不过日东贸易的表情。可是此刻，比起纸样合同的事情，银四郎更想摸清白石教授的底细。

"白石教授有没有参观朗贝尔作品发表会？选择纸样时他也在场吗？"

"没有。他在发表会前两天就动身去英国了。之后，好像未曾回到巴黎。大庭小姐也一直待在饭店，闭门不出。他俩好像没一起出去过。看来，白石教授是否直接从英国回日本了？"

仓田如实以告。银四郎心想，式子足不出户，无心欣赏巴黎风光，肯定与白石教授有什么微妙关系。

舞台上，西班牙舞女热烈地跳着西班牙舞。客席间充斥着酒味和烟雾。在这美人与酒的气氛包围中，银四郎对白石教授和式子间那种朦胧的预感，越来越强烈了。

式子和白石教授回到了里斯本。

他们沿着葡萄牙西海岸旅行了十天。为了静静地回味这十天来的美好旅程，他们避开了闹市街的豪华餐厅。像是俚巷的波洛卡街，那里的小饭馆，以可聆听到葡萄牙民谣的轻吟低唱，适于他俩用餐。天花板低矮、墙壁做成了拱形；粗糙的墙上贴着用胶画颜料画的壁画。馆内显得很昏暗。餐桌上搁有盛着当地酒的木桶。客人们津津有味地酌着酒。一位四十开外的葡萄牙女人，肩上披着一条长长的披肩，用她悲切哀怨的音调唱着民谣。酒客们边酌边听。另一个角落，一位身着葡萄牙服装——衬衫上结着缎质领带、外套西装背心的人，独自弹着吉他，大声地唱着。虽然听不懂那歌词的意思，但从那悲切的调子，可以判断出，那是一首表现失恋、背叛和贫苦绝望的哀曲。

式子静静地品味着这令人感动的民谣。回顾着这十天来的日子。从金邰、兴托拉、巴达利亚到纳扎莱，他们沿着葡萄牙西海岸，踯躅于山海和平原之间。在近乎与世隔绝的幽境中，时而流连于那怪石悬崖上；时而漫步在欧洲边远的海岸边，倾听那大海深沉而又激昂的呼吸。海水中似乎倒映着他俩的身影——那相依相伴，柔情似水的身影……如今想来依然心潮荡漾。那歌女的歌声，虽然带着深沉的悲哀，好似向她倾诉人生的深重苦难。但它没有把式子推入绝望和潦倒的深渊，相反更引着她去追念那深沉的爱。她眼里闪动着泪花，偷偷地望着白石教授。他似乎被那感伤的歌声所感染，稍稍弯着腰，静静地呷着酒。忽然，他抬起头来说：

"明天就要坐飞机回巴黎了，明天和后天，我们应该在巴黎尽情地玩玩。我大后天乘法航机回国。"

他温和地望着她，嘴角绽开深情的笑。

"我想再在里斯本逗留两三天，再……"

式子欲言又止。这十天的旅行，是自己一再拖延才延长了旋程的。在葡萄牙山区迁延犹可，如今返回里斯本，自己还要要求延长，实在难以启齿啊。

"你怎么这样讨厌回巴黎和日本呢！有关朗贝尔时装的事业，正在等待你去进行呢。两个各有事业在身的人，怎能终日沉湎在儿女之情中。我们应该相互激励，搞好自己的事业，把幸福建筑在事业的基础上。所以，我还是希望你准备早日回巴黎、返回日本呀！"

白石教授一边爱怜地劝说式子，不要太任性，一边沉浸在美好的遐想中。他要比她早一步回国，以便着手安排和她的共同生活。而此时的式子，实是愁肠百结：能和白石教授结合，这是无比幸福的，但和银四郎的关系必须一刀两断，坚决洗清自己和他之间从工作到两性间的污泥浊水。倘不如此，自己和白石教授间的幸福，就很可能横遭断送。想到这里，她觉得像陷进了泥泞的沼泽一样，深感不安和恐惧。

银四郎一觉醒来，犹觉醉意未消。脑血管还在蹦蹦跳，头疼得厉害。但他再一次仔细揣摩起昨晚仓田详细告知他的细节来。

在银四郎一无所知的情况下，在巴黎发生了有关购买朗贝尔纸样的一番周折；白石教授出乎意料地帮助式子突破难关；这位不在朗贝尔时装展上露面的教授所表现的那种若即若离的态度，式子在展出结束后不去参观游览而是在饭店闭门不出；

……根据这些具体事实,追寻蛛丝马迹,耐心细致地推敲一番,银四郎的脑海里涌现出一个念头:这位教授和式子之间的瓜葛非比寻常啊!就像他跟银四郎以事业为诱饵引诱式子上钩一样,白石教授难道不会捕捉购买朗贝尔纸样遭受挫折这个有利时机,引式子上钩吗?而式子也很可能重蹈覆辙,在爱情和事业的混沌状态中,不辨东西南北,投入了白石教授的怀抱……

银四郎越想越觉得不妙。翻身下床,用开水把从日本带来的解醉药片咕噜咕噜地漱下,伸手拿起了话筒,给仓田联络员去电话。昨晚,同样酒醉的仓田,不经询问,就告诉银四郎,白石教授下榻的是利蒂阿饭店,说是自己问了日本大使馆才得知的。

银四郎立即拿起话筒要总机转接利蒂阿饭店传达室。对方可能以为是一般游客,立即用英语答话。但当听到银四郎用法语询问白石教授的事时,就客气地用法语答复银四郎:白石教授已在十天前离此前往葡萄牙了,行李仍放此处。因他一直没给饭店联系,故不知他何日回归。"先生有什么话,需要我们转达吗?"对方最后问。

"不必了,这两三天我还会给贵店去电话的。"

银四郎以平静的口气挂断了电话。他沉入了苦苦的思索中:是现在马上去葡萄牙追他们呢?还是耐心等他们回来,巧设圈套让他们来钻呢?

式子去追白石教授,最初的驻足点是金邹的饭店。顾客离去后会写下下一站的落脚处。自己去追他们,就先到金邹的饭店,然后顺藤摸瓜,必能跟踪找到。不过,他们已经出发十天了!也许他们正在返回巴黎的途中。天地茫茫,要是自己和他们相错而过呢?

顾不得那许多了!既然知道他们确实去了葡萄牙,那就追!

此时的银四郎,再也没有耐心在巴黎守株待兔了。一种既非出于对式子的爱情,也非发自对白石教授的嫉妒,而是一种因个人的严重失算所产生的狂怒和阴险的报复心情,使他不能自制了。银四郎立即拿起话筒,要传达室服务员马上替他购买飞往葡萄牙的飞机票,并开始洗脸,换衣服。不到十五分钟,传达室服务员回电话说,早上的班机已经飞走了,现在只剩十五时三十分的一班,是否可以?

银四郎气恼地咋了一下舌,把要结上的领带往床上一扔,回答说:"也只好如此吧!快给我买那一班的票!"

式子和白石教授在饭馆餐厅用毕又是早餐又是午餐的饭。让服务员把行李送到机场寄存,然后利用上机前的一个半小时,到里斯本街头散步。

饭店前面是冬·彼德罗广场。冬·彼德罗四世的铜像威武地站立在广场中央。铜象周围是波浪式的浇铸成花瓣状的黑白相间的柏油路。这些柏油路在地面上构成奇妙而鲜明的图案。铜象两侧的喷泉,向天空喷射出雪白的水花。广场西侧,咖啡店鳞次栉比。在咖啡店向人行道伸出的凉台里,人们边喝着咖啡,边眺望络绎不绝的行人,显得悠闲自在。这种气氛酷似巴黎。白石教授和式子甚至产生了错觉,以为自己已置身巴黎的街道中。

往北走,其尽头处是国立剧场。这是一座希腊式的建筑:有圆柱、有三角的破风形屋顶。绕过国立剧场左侧,就到莱斯塔乌洛莱斯广场了。这个广场前面,是宽约百米的通衢大道,向北坦荡延伸而去。大道两旁尽是一排排高大挺拔的林荫树。他们俩顺着林荫道,在里白洛达特人行道上慢慢地走着。放眼看去,到处都是修葺一新的花坛。奇花异卉;鲜妍娇媚。巨大的榆、枞、椰子所组成的林荫，与花坛上的鲜花，交相辉映，色调和谐。显得静谧，古朴。

再过一个钟头，就要离开葡萄牙了。这是把自己和白石教授，红线相牵的葡萄牙啊！一种恋恋不舍的惆怅之情，激荡着她的心。式子在石砌的人行道上踽踽而行，白石教授温柔地望着她：

"日本的朗贝尔时装展何时举行呢？"

"东京是四月十三日；四天后，即四月十七日在大阪举行。"

"那，东京的时装展，我一定去看看。不过，你未必非得取得辉煌成就不可。把它当作一项崇高的事业，认真正确地把纸样组合好就行。朗贝尔时装展告一段落后，五月初，公布我们的关系吧，怎么样？"

"怎么，五月上旬……？"

式子一边走，一边甚觉狼狈。

"如果你不好说，大阪方面由我向银四郎、曾根君讲，然后请他们转告其他有关方面的人。"

白石教授因为决定公开自己和式子的关系，喜形于色。式子则分外惴惴不安，满脸尴尬相。因为至今，她仍然对白石教授瞒着自己和银四郎之间的暧昧关系。她决定：在这给他和自己带来无比美好记忆的地方，不应该用这种事来污染彼此间的融洽之情。一切都留待回国后向白石教授坦诚相告，并求得他的宽恕。

他们俩默默地走了一会儿。当来到植物园附近时，白石教授看了一下表，神色紧张地叫住一部过路出租车：

"不知不觉要误点了！快，加快速度！如果坐不上这趟班机，就得改坐晚上那一班了！"

说着，紧催司机。汽车如箭，射向通往机场的公路。比平时快了一倍。当汽车驰入机场时,旅客们已经排列在入口处了,前头的已开始登机。式子和白石教授慌忙领回机场行李寄存处的东西,排在了旅客行列的尾梢。

银四郎来到奥利机场候机室。离他乘坐的十五时三十分出发飞往葡萄牙的班机,还有两个钟头。再过半个钟点,将有从葡萄牙飞来的班机。担心和他们阴错阳差,银四郎耐心地等待着这架班机的到来。以便查找乘客中的白石教授和式子。

候机室一隅的吃茶店,空荡冷落,人影稀疏。面向机坪的玻璃窗,阳光明媚。银四郎抱着从早上开始一直昏昏然处于沉醉状态的脑袋,想象着飞往葡萄牙时,如何追上式子和白石教授,如何当面谴责他们……一种满足的快乐浮上他的心头,禁不住冷笑一声。是啊,大学的恩师和自己的女人搞上了,这是何等滑稽而出人意料的事啊!正因为如此,银四郎感到一种异样的兴奋。为了抑制这种兴奋,以便因他俩的事情作种种设想,银四郎拿出了一支烟,慢慢地衔在嘴上,怡然自得地望着窗外。宽畅的跑道纵横交错,瑞士航空班机,在控制塔指挥下,刚刚落地。地勤人员立即从跑道上拉走舷梯。银四郎喝了第二杯咖啡,憋住充满隔夜酒臭的饱嗝,看了一眼手表。已将近十四时四分,他慌忙站起。

葡萄牙飞机比预定时间早三分钟着落了。当银四郎走到出口处时,服务员正引着乘客走下飞机。一行像是来自美国的观光贵客,兴致勃勃地交谈着,先下了飞机。尔后是零零散散三五成群的客人。银四郎以为客已下尽时,式子出现了!她围着天蓝色的围巾,白色的外套被风轻轻飘起,其后是深戴软帽的白石教授。

本来是怀着"或许""可能"的心情在此等待的。如今已是活生生的现实:式子和白石教授"比翼"飞回!

银四郎发现了他们二人，慌忙躲入接客的人群中。式子从舷梯下来，站到地面之后，回头向白石教授莞尔一笑。白石教授默默地点了点头，轻轻地挽起式子的手。这是已经结合在一起的男女随便的亲密动作。银四郎顿觉醋意横生。白石教授和式子，手挽手办完了海关手续，走出了大门。银四郎让他们过去之后，从背后以灼热的目光追逐他们。他们俩走了几步，又收住脚，偎依在一起，举目望着晴朗的苍穹，好似在说：啊，巴黎，我们阔别十一天又回来了！

趁他俩毫无觉察之际，银四郎从人群中钻出来，悄悄地走到他们身旁：

"式子小姐！"

他从背后叫了一声。

"谁？"

式子并没回头，仍然望着天空，还轻轻地摇了摇头。她怀疑起自己的听觉神经。

"式子小姐，我是银四郎！"

"啊？！"

她仰视着，回过头。见到身旁站着的真是银四郎，而自己正被白石教授挽着时，她发出了嘶哑的呻吟声。

"你几时……为什么……几时……"

她嘴唇瑟瑟发抖，声哑音细，语不成声。银四郎见她这种近似恐怖的惊愕，心中暗乐，不禁露出微笑。白石教授似乎也因为自己和学生的女同事有这种关系，而感到负疚。神色尴尬地看了银四郎一眼，说道：

"好久不见了！没想到你会来巴黎，而且在此见面，真是奇遇！你是为什么……"

"我打算现在就去葡萄牙！"

"怎么？去葡萄牙？"

"是的。而且首先是去锦索饭店！"

瞬间，白石教授失色了。他陷入了难堪的沉默。但他似乎悟到自己的失态，说：

"这里不方便，我们还是到别的什么地方，慢慢地谈谈吧！"

说罢，叫住了一辆出租汽车。自己先上了车，然后牵住式子的手，让她坐在中间。车开出后，白石教授为了打破难堪的沉默，对银四郎说。

"怎么样？对巴黎的印象？"

"瞧！到处都是坑坑洼洼的路，被烟尘熏黑的房屋！日本人开口巴黎、闭口巴黎，我现在才觉得他们是何等天真可笑！"

银四郎望着车外回答。

"作为学习法文的人，应该有像是来到第二祖国的感情！"

"我经过巴黎大学，忽然觉得那些建筑物，活像是教会和百货商店的奇妙混合体。只有站在中央的奥丘斯特，根特的胸像，才过于惹人注目。"

银四郎出语刺耳。白石教授不知道银四郎和式子的关系，态度仍然和蔼可亲。夹在他们之间的式子，脸色像死人一样苍白。她觉得自己浑身颤斗，脸肌难看地痉挛。和银四郎的关系瞒着白石教授，这件事给她带来的可怕后果，现在已不能回避了。她想哭，但无法呜咽，她想跑，又动弹不得。她像木头人，默然呆坐，茫然地望着车的前方。

车到了协和桥边时，白石教授问银四郎：

"开到什么地方好呀？你喜欢什么地方？"

"我有话对先生谈。比起任何餐厅或咖啡店来，还是到圣雅姆饭店我自己的房间为好！"

他口气殷勤。白石教授略一思索，以随便的口气答应了他。

"好吧。式子小姐好像也累了，就到那里吧。"

银四郎把白石教授和式子领到自己屋里，请他们就座，旋即关上门，很不礼貌地站到白石教授面前：

"这回好像承蒙老师的积极斡旋，我们才得以签订了合同，买到了朗贝尔纸样。是不是趁此机会，老师和式子小姐……或许二位从在日本时就开始……"

银四郎语含轻蔑，肆无忌惮。

"你！谈话要注意分寸！我和式子小姐……"

白石教授怒不可遏，声音颤抖。当他要往下说时，式子开口了：

"先生，您什么都不要说！让我讲——"

说着，她转向银四郎：

"是我追求先生的。因为认识先生，我才第一次知道什么是纯洁的、没有欺骗和耻辱的爱情。但我越是执拗地追求先生，先生越是避开我。他告诫我，真正的爱情，不能沉湎于一时的激情，要有忍耐和克制，这样才显得美丽和温馨。因此，他要我不要感情冲动，要冷静地思索：当确信自己的感情，的确是发自内心时，再去找他。他说完后，很从容地离开了我。尔后，他不辞而别，自己去了里斯本。是我从饭店的传达室得知先生的去向，然后不畏艰苦去寻找他。是我渴求先生的爱！"

式子如泣如诉地说着，嘴唇颤抖，目不转睛，泪水夺眶而出。银四郎从眼镜片后似瞧非瞧地看着她。然后慢慢地把目光转向白石教授。

"不愧是大学教授的高论！所谓要女方冷静地考虑以后再来，真是棋高一着：这就是说，你要来就来，愿者上钩，责任在你不在我。逃到葡萄牙，这更是金钩钓鱼计：女人的胃口已吊，现在该考验考验她的心了，若女方真的追到葡萄牙，那就说明她真心真意。说穿了，这是怕驻巴黎的日本人，易于信口开河，暴露自己的艳事。所以还是躲到神不知鬼不觉的葡萄牙乡村，来得安逸。不愧是挖空心思，神机妙算啊！如此周密算计女人的心，真是厉害！可你还不曾意识到我和式子之间的关系——"

"怎么，你和式子小姐？"

白石教授顿时扭歪了身子。

突然，式子激烈地悲恸起来。她那柔软的身躯，像失去弹性似地从椅子上弯垂了下去，伏到床上，全身扭动着，听到了她的号啕声。这是一种因为自己的凄惨人生，被赤裸裸地暴露出来的悲号。白石教授以他那强忍内心剧烈不安的悲痛眼光，望着她伏床痛哭的耸动的脊背。银四郎则用他透着残忍的目光，冷冷地朝下睨视着式子。

式子终于停止了哭泣，徐徐地站起身来，挽拢蓬乱的头发，用她那苍白的，但却饱含着坚毅的表情，抬头望着白石教授：

"我并不想欺瞒先生。当我到金郆追寻到先生时，就想把自己的不幸如实向先生坦白了。先生告诉我有关您死去太太的事情时，我就想借机诉说……可是，先生的告白，是那样的威严庄重，而我的告白呢，那是同自身所受的污辱联系在一起的啊！为此，我深感恐怖！我没有领略过爱别人的痛苦和考验，就不知不觉地落进了一个颇有经营能力的年轻男人的诱惑圈中。我被他那种虚情假意的所谓献身精神所感动，被他的虚伪的柔情所俘虏，同他一起踏进了一个充满虚荣和追逐名利的世界。然而，欺骗是不能长久的，在一个偶然的机会，我识破了他的丑恶面目。他借着创办几个分校的机会，控制经营，操纵利润，用金钱和地位诱使我的另外三个女职员上钩——和他发生了两性关系。这使我蒙受了不可洗涤的耻辱。我一直确信他对我的爱情和事业的献身精神，可他却把我当作四个情妇中的一个……"

式子吃力地诉说着，脸上的肌肉因为羞耻的痛苦而抽搐。白石教授眼睛里闪动着内心剧痛而又强行抑制的光。银四郎则透过眼镜片，用满不在乎的冷眼瞅着式子。

"我是在动身来巴黎的前两周，才识破他的真面目的。当时我就决心清算过去的一切，抛弃由于这个人的协助而开办的学校和事业。但是，购买朗贝尔纸样已在报刊上发表了。我虽然对事业失去了热情，但为了对社会负责，我决定一切问题留待回国后解决。我在出发前，已从曾根先生处获知先生当时在巴黎。不知怎的，一种如获救星之情闪过我心头。尔后在巴黎，因为朗贝尔的事，我求见先生，虽然先生对我购买朗贝尔纸样十分冷淡，但出于同情之心，还是帮了我的忙。在和先生的接触期间，我虽对自己因蒙受耻辱将会导致什么后果，深感恐惧，但我却十分渴望先生的救助，以期得到幸福。在葡萄牙的十天旅行中，我常常想：今天就把一切都告诉先生吧！可是，在那幽静、和谐、甜蜜的环境中，我又不忍把那可怕的一切说出。我决心，等回到日本、把朗贝尔时装展办完之后，再向先生和盘托出，以求得先生的谅解。谁知……今天就遇到这种难堪的局面，使先生因我也蒙受了耻辱……"

式子已经平静下来，摒弃了那烦恼的饮泣，忍住内心的波动，冷静地说着。白石教授木然而坐，睁大眼睛听着，听罢，没理式子，转对银四郎，问：

"你最初对式子抱什么态度？是打算娶她做终身伴侣吗？"声调是严厉的，要求对方给予明白无误的回答。

"结婚？我和式子小姐？"

银四郎语含不屑地自问，接着说：

"结婚,无论是对女人、还是对男人,都是一项巨大的投资。因此,必须充分权衡利弊。也就是说,要充分考虑对自己的事业是否有利。我是一流大学毕业的。无论容貌或者体格,都在一般人之上。我才三十一岁,并具有不逊于任何人的经营能力,所以我不能简单地做这笔买卖。现在的问题是:和她结婚,做一名经营者的丈夫,对办学有利呢?还是同她保持已成事实的关系,而表面上却装作独身,以使其他女职员持有同我结婚的希望,进而操纵她们,对搞事业更为有利呢?从目前效果来看,后者显然得利非浅。我就是按照这种方式行动,以迄于今的。"

银四郎恬不知耻,露出得意的冷笑。

"那么,你从一开始,就丝毫也不负责任地耍弄卑鄙的伎俩,窃取女人的肉体和心灵了?"

白石教授因为难以抑制胸中的怒火,语尾都抖动了。

"窃取?请不要说这种难听的话!我没有白白占有她们!我以各种形式尽量满足她们那虚荣的欲望和名利野心;她们才以自己的肉体和劳动给我以报偿。这是两相情愿,买卖公平。怎能说是盗占窃取?再者,我没有和任何人订过婚约,又怎能谈得上欺骗?"

银四郎满不在乎,朗朗回答。

"真是良心丧尽,卑鄙无耻!自己却居然毫不知羞。贪得无厌,无以复加。你算得上什么受过一流大学的教育、攻读过法国文学的人?"

被激怒的言辞从白石教授嘴里迸发而出。银四郎不由得一震。但他很快又依然故我:

"大学吗?那只不过是授予和测定智能指数的综合机关。能否进二流的国立大学,凭的仅仅是高考成绩是否合格,别的是一概不问的。在日本，人格归人格，教育归教育，难道不是如此吗？企图把这两者扯在一起的，只是你们教授们的一种自我陶醉罢了！至于说到学习法国文学嘛，先生大概还记得，过去您讲过个人主义思想和人道主义思想的相互关系吧？在法国文学所描写的个人主义思想中，我所选择并吸取的只是把利己同合理精神结合在一起的那一部分罢了。"

银四郎振振有词，十分得意。白石教授目光炯炯地注视着这个奇怪的学生。

"银四郎君，我无法忍受和你再谈！想不到我会卷进你们的纠葛泥淖中，可悲，可耻！我全然不知道你和式子小姐的关系，请原谅！我要说的就是这些，再见！"

说罢，白石教授默默地从椅子上站起。

"您不要走，先生……"

式子大声地叫着，转过身来。白石教授掉过脸，用他那既是愤怒、羞耻又是怜悯的充满苦涩的目光，直直地注视着式子，推开了门。

门关了。听到白石教授远去的脚步声，式子丧魂落魄地跌坐椅子上。白石教授如此一言不发、平静地走出房门，这使式子的不安之情与之俱增，并进而感到难言的恐惧。是他谅解了自己呢？还是余意未尽，希望改日两人再谈呢？

"怎么啦？"

银四郎从背后蹑近式子。式子不理他。

"久违了……和你……"

银四郎从背后抱住了她。

"放开！你要干什么——"

她转过身，甩脱银四郎的手。

"怎么？不愿意？"

银四郎眼里射出冷酷的光。

"你要多少钱？要多少？我都给！"

"钱？什么钱？"

"你在两个月前，不是提出要我给你两千万圆的慰藉金吗？现在，你即使要三千万、四千万，我也如数给你！请你不要动哦！"

式子脸色惨白，目不转睛地盯着他。

"那是和你开玩笑！"

银四郎狡谲地说。

"怎么？开玩笑——？"

"当然。我知道，当时别说两千万，就是五百万你也拿不出！所以才要挟你一下。我如果当真要你付慰藉金，两千万、三千万，哼！那才不够呢！我把你那不过两百人的郊外小洋裁学校，在仅仅二三年时间内，发展成拥有两千五百人的大学院。光学费收入每月就不下两百五十万纯利。在京、阪、神首屈一指！仅两千万圆，太微不足道了！"

"那，你说要多少？"

"眼下，我不要钱。光有钱，而没有发挥钱的效力的事业，钱又有何用？"银四郎绕着圈子说。

"那，你要什么？你究竟要我怎么办？"

式子声音发颤了。

"我要你打消那种天真的念头。跟过去一样，精力充沛地投身到事业中去。我们的事业好不容易进行到这种地步，不能因为你的幼稚、天真而前功尽弃啊！我已预料到朗贝尔时装展会取得巨大的成功。已在东京池袋后面，购到三百坪的地皮，准备建造东京分校。朗贝尔时装展结束后，东京方面的事情就靠你去运筹了。既然我们已经着手进行朗贝尔时装这项国际性的洋裁事业，就应该抓住这千载难逢之机，一举扩充学校，洋裁界的皇冠宝珠你就伸手可得啦！何必再说什么给我二千万、三千万的呢？舍弃大事业不干，去追求一位大学教授！我说呀，待你回到东京、踏入日本社会，这种天真的想法，你会觉得只是一场梦呓！好了，请不要过于激动，还是冷静考虑为妙。"

银四郎老调重弹，充满自信。式子却觉得，那一切如同纠集在一起的蛇，正向她和白石教授凶猛扑来。为巧妙地跳出银四郎的圈套，摆脱在日本业已涉足的各种利害冲突和名利纠葛，以获得安适的幸福生活，式子看来必须付出前所未曾虑及的重大牺牲了。

银四郎一边慢吞吞地走着，一边从眼镜边上偷看式子。

这是纯生街。街道两旁，高级时装、名贵香水、珠宝玉器等店铺的橱窗，装饰得五光十色，一个连着一个。可式子看也不看。她默默地思索着，懒洋洋地拖着步。从一大早起，她就是这付僵硬凝固的表情。这可以看作是她对银四郎的反抗和泄愤，也可理解为因昨天白石教授事被搞得心神不宁。不管是前者还是后者，对银四郎来说都无关紧要。在弄清他们的关系之前是另外一回事，一旦弄清了他们的关系，就用不着着急了。得慢慢来。

等待回到日本，再把她推进女人们追名逐利、虚荣和野心的漩涡中。她不会从作为名设计师曾一度尝味过的那豪华奢侈的生活中简单地超脱出来的。她一定会在犹豫和胆怯中，不知不觉地重蹈覆辙。至于和白石教授的关系，一旦离开葡萄牙和巴黎，回到日本现实社会里，那种生活淡泊、颇有闲情逸趣的大学教授，和总是由于工作而成为新闻界采访对象、名噪社会的女时装设计师，将都不会再有充裕的时间去卿卿我我了。两者格格不入的日常生活和社会圈子，社会使他们之间天然隔离、逐渐疏远,以至产生隔阂。到头来,异乡十几天的风流韵事,只好成为过去的回忆。

对式子的身心了如指掌的银四郎,这样地预测着未来。

来到和洛瓦伊亚鲁大街交叉的地方,银四郎止步回头,望着式子说:

"朗贝尔店在哪一边?"

式子默默地指了指右边。

银四郎朝她所指的方向走,将左手挟着的文件包,换到右手提着。

"想在朗贝尔工作的地方,将我们在日本所遇到的组合纸样的一些疑难问题,直接请教一下。你看怎么样?好不容易见面,还是问他本人好呀?!"

银四郎又拿出今早给式子看的那四个纸样。

"真是小题大做!这样的问题,还特地跑到巴黎来!我回日本马上可以解决。是她们把组合的记号弄混淆了。朗贝尔纸样的记号和记号相拼的方法,是一般人难以想象的。以过去那种平面裁剪的常识,来核对那种记号,是无法组合的。我因为实地观察了朗贝尔纸样的制作方法,你无须去问,我也懂!"

式子从一早开始就对那四个纸样,作了这样不满的、冷淡的回复。

"我还是去请教一下为好,哪怕一个。我表面上去请教他解决纸样的疑难问题,实际上是打算向他提出签订购买三年纸样合同的要求。"

"怎么?三年?"

式子显出极为狼狈的表情。

"是的。你在今后三年,也必须负起责任进行这项事业。我们不能只在最初对朗贝尔纸样热乎一阵,而后甩手不干!"

银四郎的这番话似乎是要把式子的狼狈相压下去。

推开朗贝尔店的门。银四郎和式子告诉一位身着黑色连衣裙的女服务员：他们是应波尔米耶之约而来的。服务员像是预先已接到通知似地，即刻领他们登上铺着枯叶色地毯的楼梯，上了二楼。服务员推开局头的一扇门，脸色淡红的波尔米耶，满脸堆笑，站了起来。

"您好，大庭小姐！"

他握着式子的手，望着银四郎道：

"是银四郎先生吗？早上接到您的电话，很是吃惊，您的法语太好了，说得很流利。听说，您是为了办好朗贝尔时装展，特地从日本赶到巴黎和大庭小姐商量，真令人惊叹不已！"

波尔米耶淡红色的脸红光焕发。他向银四郎伸过大手，银四郎紧紧和他相握倾过身子说：

"那是因为朗贝尔纸样太了不起了。日本人现在以你们难以置信的狂热心情，期待着朗贝尔时装展的开幕，其热烈的程度，恐怕比你们在巴黎举办朗贝尔时装展，有过之而无不及。在纸样还没有公开的现在，日本各方面就盼望和你们签订购买以后纸样的合同了。"

波尔米耶刚想插话，银四郎又接了下去：

"当前在日本，有关朗贝尔时装会，已成了脍炙人口的话题。怎么样？我告诉你有关这方面的新闻吧！"

说着，银四郎在式子身旁对着波尔米耶坐下。打开放在桌上的文件包，取出一大摞报纸剪贴，拿起来说：

"这是近三个月来，日本报纸就朗贝尔先生的纸样所发表的文章。"

银四郎当场把这些报上的文章——用法语翻译给波尔米耶听。读完之后，把剪贴摆在对方面前。波尔米耶边听边点头，当剪报摆满三分之一桌面时,他表情惊诧,连连摇手。银四郎停住口,向他奇妙地笑了笑,把余下的剪报全部摆在了桌子上。米耶惊愕地摇了摇头。这时,银四郎从上衣的内兜里,拔出随身所带的折叠式塑料尺,量了量剪报所铺排的面积。

"需要一千万法郎——"

说罢,用尺子敲了敲桌子。波尔米耶吃惊地望着他,似乎懂了这句话的意思:如果这些文章做广告刊登,需要一千万法郎!波尔米耶淡红色的脸上顿时泛起几丝微笑:

"银四郎先生,你干得很出色,很出色!"

说罢,猛地站起,握住银四郎的手,摇晃着。银四郎也紧握他的手,说:

"米耶先生,同意与我们签购买新纸样的合同吧?"

银四郎盯着对方,眼镜片下闪动着灼灼逼人的目光。米耶稍为犹豫了一下,说:

"您很有办事能力。和您合作,一切大概都能获得最佳效果。虽然日东贸易驻巴黎支店已先于你们,向我们提出签订购买三年纸样的合同。但是,要是合同的年限、纸样件数、纸样权利的购买额等,条件都一样的话,我们还是乐于给你们的!因为你们投入这么多宣传费,事情必将能取得更大效果,所以还是和银四郎先生签订合同为好。朗贝尔本人大概也会同意的。只是很遗憾,他原定今日下午从安蒂伯回返巴黎,可是又改为明天下午,因此,有劳你们再来一趟了。"

波尔米耶郑重地向式子和银四郎道歉。式子一听朗贝尔不在,眼露失望之色。银四郎反而觉得这倒好,但他却向米耶说。

"没见到朗贝尔先生,着实遗憾!但我预感明天定能得到他的好意关照,为此我深感愉快!"

银四郎的恭维之态比米耶更郑重。像是催促式子离开似地,他站了起来。

踅出朗贝尔店,银四郎立即回头望着式子。

"啊,累了!毕竟不能像讲大阪话那样滔滔不绝讲法语呀。我嗓子都快冒烟了!我们到香榭丽舍街喝咖啡去吧!"

说着,急匆匆地往前走去。穿过伦勃安广场,到香榭丽舍街。下午四时以后的大街,车如流水,穿梭不绝。石砌的人行道上,已有不少散步的人了。银四郎对此毫不留意,他首先要找一间咖啡店。在照相机店旁,他终于找到了一间带有玻璃罩阳台的咖啡店。他赶快推开店门,坐到凉台的椅子上,向招待员要了咖啡。咖啡一到,他立刻便喝起来。待到喘过一口气时,他望着式子说。

"想不到继续签订合同,进行得如此顺利,看今天的情形,十拿九稳无疑。为了表示预祝成功,我们打电话请白石教授今晚来一起吃饭吧!"

银四郎仿佛把昨晚对白石教授极为无礼的行为忘得一干二净了,以若无其事的口气问式子。

式子面露难色,咿咿唔唔地说:

"那……反而会给先生带来麻烦呢!"

"什么麻烦!双方一起吃饭,缓和昨晚那这尴尬局面,不是很好吗?"

银四郎从椅子上站起来,马上挂了电话。回到位子时,他说:

"他不在。说是乘下午的班机,回日本了。"

"怎么?下午的班机?!"

式子说不下去了。白石教授本预定明天下午回国的,可他提前了,也没对她说一声。他的这种行动,像刀一样剜疼她的心。白石教授把自己丢在银四郎身旁,满不在乎地独自先回国,这种冷淡态度，使式子感到冷酷得令人可怕。

她情不自禁地想呜咽，甚至想放声痛哭，因为银四郎在身旁，她才忍住。

"明天和朗贝尔签订新合同以后，我们也紧步先生后尘，后关启程回国吧！"

银四郎好似看穿了式子的心思，嘴边浮起得意的微笑。

第二天，他们按约定时间来到朗贝尔店。

杰·朗贝尔已在等待他们了。

"又能见到您，非常高兴！"

朗贝尔说着，挽起式子的手，领他们走进屋子里。朗贝尔刚从安蒂伯休养回来。时装会时期的疲劳已从他脸上消失，消瘦的面庞显得很红润，凹陷的蓝眼睛，炯炯有神。式子介绍了银四郎后，朗贝尔十分注意地望着银四郎，说：

"关于银四郎先生，我已从米耶那里听到了介绍。由于您的努力，看来，我的纸样将第一次在日本顺利地、卓有成效地层出。为此，敝人甚感满意！"

朗贝尔伸出白净柔软的手，银四郎紧攥着他说道。

"我们的工作，是首次向日本介绍先生极为美好的布样'造型'。我是向白石教授学习法国文学的，对法国的许多艺术深感亲切，所以这项工作能极大地激起我的热情！"

银四郎郑重其事地说。他有意抬出白石教授，以提高自己的身价。

"噢，非常巧！白石先生是我一个好友十分赞赏的日本教授。"

朗贝尔清澄的蓝眼睛，闪着亲切的光。银四郎立即以优雅流利的法语说：

"如果您不嫌弃的话，大庭小姐和我，将作为以后您在日本的纸样合同签订者。我们保证您所创造的美妙作品艺术性，能够得到完全的保护和体现，使您的纸样时装展获得成功。"

"这是我最大的愿望，我马上叫米耶和你们签订合同。"

朗贝尔随即按了一下桌旁的电铃。米耶一进入房间，神情爽朗地表示欢迎式子和银四郎，说：

"很失礼！因下面来了客人，走不开。怎么样？已经定下来了吗？"

米耶亲切地微笑，望着朗贝尔。朗贝尔略为庄重地说。

"考虑到我的作品的艺术性和事务性问题，我答应将纸样交给这位富有才华的时装设计师大庭小姐，以及很有教养的、极有办事能力的助手银四郎先生。你和他们办理合同手续吧！"

米耶听罢，望着银四郎。神情亲切，笑容里含着妙算得计的自诩。

"很好，我马上把合同书拿来。"

说着，他站起来，走出房间，迅速拿来了合同书，铺在桌上。

合同书上密密麻麻地用法文写着契约条款。有关契约物件的条件、交款办法，极为详尽。无论哪一条都露骨地体现了巴黎时装业者十足的卖方优势。可是银四郎一反常态，不讨价还价，默默地签了字。他认为，能这样简单地得到在日本支配朗贝尔纸样的权利，等于获得了一只金饭碗。

出了朗贝尔店，银四郎无框眼镜里的目光闪烁着得意的笑，望着式子道：

"此后三年，我们能充分运用朗贝尔这个财神爷了。我们到玛克希姆去庆贺一番吧。仓田先生正在那儿等我们呢！今晚我们要慷慨解囊,开怀畅饮。明天下午乘飞机回国。"

银四郎精神抖擞,耸耸肩膀,往洛瓦伊亚鲁街的方向走去。他大概在今日上午同仓田出去观光时,和仓田相约好了的。式子却极不愿意用干杯度过这巴黎的最后一夜。可又不能拒之不去.她心情沉重,步履艰难。

玛克希姆餐厅内,女客们身着闪闪发光的晚礼服,或穿着胸前插着兰花的黑西服,为整个餐厅增添了豪华的气氛。男客则大多身着黑色晚礼服。仓田已经先到,他见到式子,便从椅上站起:

"好久不见了!我是从银四郎先生嘴里知道,您从葡萄牙回来了。您对葡国的印象如何?"

不识内情的仓田,满脸喜色,向式子打招呼。待式子、银四郎就座后,他马上叫服务员打开香槟酒,说:

"为顺利签订了朗贝尔纸样合同,干杯!"

香槟酒斟入酒杯后,银四郎边说边高高举杯,转向仓田:

"仓田先生,我们已经签订了为期三年的纸样合同!"

"怎么?为期三年的合同?"

仓田停住拿杯的手,显得将信将疑。

"我们刚签完字回来的。"

银四郎笑嘻嘻地从上衣兜里取出了合同。仓田展开合同看着,说:

"干得不错呀!和那个米耶打交道……实在有点……"

仓田甚为敬佩。

精致的器皿盛着美味的料理。银四郎一边往嘴里夹着食物,一边毫不忌讳在场的式子,神气活现地吹嘘起自己如何在这两天时间里进行交涉等情况。仓田不断地点着头,当听到银四郎说到把日本报刊上的有关朗贝尔的文章摆上桌面并用尺子测出面积换算成广告费时，仓田惊叹道：

"嚅，在朗贝尔的助手面前，突如其来地对朗贝尔做出估价，这种做法是没有前例的！大概米耶也为之折服了吧?!"

仓田这一惊叹，银四郎更加得意忘形。吹个没完没了。

式子一边动着叉子，一边难耐地等待银四郎停止他的自吹自擂。突然，她叠起餐巾说：

"正在吃饭，太对不起了！因为疲倦，请恕我先告辞回去"。

式子还未等他们反应过来，即离座起身。仓田慌忙站起。

"让我用车送您回饭店吧？"

仓田歉恭地要送式子。

"不，就在附近。还是让我一个人慢慢走回去好！"

式子婉言谢绝。银四郎望了她一眼：

"那，由她吧！让她一个人散散心也行！"

他以嘲弄的口吻说罢，叫住仓田。

出了餐厅，式子慢悠悠地向协和广场走去。只见四周的瓦斯灯闪闪烁烁，把整个广场辉映成蒙蒙眩眩的光海。式子想起和白石教授相依相偎漫步在广场上的情景。

在晕淡的灯光下，她沉醉迷离地望着他和自己那映在地上的剪影般的影子。他们默默地静静地靠拢，她渐觉两颗心偎在一起了。多么幸福甜蜜啊！可是如今，这一切却是这样令人不安和可怕。明天就要离开巴黎，回到日本了。回到日本，见到白石教授。除了跪着向他求得谅解、求得救助，自己还有什么别的出路呢?！如果，白石教授不原谅自己——不不，式子激烈地摇着头！在葡萄牙那十天——那将自己和他结合在一起的静谧而热烈的生活，已经把自己的心紧紧地拴在他身上了。

式子仰起头，望着活似泪眼迷蒙的瓦斯灯光，追忆往事似地慢步踯躅在石砌街道上。

第廿四章 回 国

从西贡到东京还需要十小时左右。

银四郎已连续坐了一昼夜飞机。为了排遣无聊的时间,他望着窗外。

机身前移,日本越来越近了,式子的心也越来越兴奋。再过十个钟头,和银四郎两人相处的这个漫长的旅程,就可以结束了。她渐觉身心轻松些。

当面责骂白石教授和污辱式子之后,银四郎又厚颜无耻地向式子求欢,遭到了式子满含憎恶和蔑视的拒绝。此后银四郎对式子也表现出了隐含"杀机"的冷淡。在巴黎,虽然两人同住一个饭店,但除午饭和到朗贝尔店以外,他也不到式子的房间;出外观光或夜间外游,也只请仓田陪同。坐上回国的班机后,他也好像看透了式子的心思,除了吃饭或有什么事,他也从不与式子搭腔。但式子还是时时觉得,银四郎那麦芒般的目光,总是时时在偷窥她。她心里十分不安:在冷淡的屏幕后,他在策划着什么呢?当她想到,只要回到日本,回到自己的家,这种不安也许可以自然消失时,她的嘴角漾起了一丝柔和的笑。窗外,似云非云、似海非海的一片蔚蓝色空间,罩住了视野。

时而有白色的小云块飘过，少顷，从云块的缝隙间透出了令人炫目的午后阳光。

银四郎动了一下身子。他把放倒的椅子拉回到原来的位置，坐起来，向式子说：

"马上就到日本了。在那里，有许多事等待着你去完成。首先，你要应付一群报社和杂志社记者的采访——就在羽田机场进行，有关我们和朗贝尔的关系问题。我在离开巴黎前，就给三和纺织公司宣传部去了电报，要他们和各公司联系。在羽田机场，你要卷起轰动东京的朗贝尔旋风。首先你要像是呼吁似地向新闻界发表谈话：你和世界闻名的服装设计师朗贝尔个人之间进行了如何亲切的接触；为了购买他的纸样，你付出了怎样的代价；他的纸样为什么会有那样令你不惜代价的价值，如此等等。一下飞机，你要像尝试一项具有划时代意义的服饰事业的设计师，风度大方，气派雍容。我作为你的得力助手，在后压阵。不要紧张，好自为之！"

银四郎以命令的口气交代式子应该这样那样地去做。那眼镜后的目光，锐利地盯着式子，不允许她说出个"不"字来。

"可是，这么突然，我真无法演好……"

式子拒绝般地说。

"还有不少时间，你可以酝酿酝酿。"

银四郎把笔记本和铅笔推到她的膝盖上。

式子深感自己一经回到日本，又要被银四郎推向他所精心策划的猎场中了。可是当她想到，这是自己在完成朗贝尔时装展之前，不得不对他做出的让步时，她表情不变地默默拿起了膝盖上的笔和笔记本。

机窗下，羽田机场的灯光，如同一条条流动着的绚丽彩带。

横写着文字的霓虹灯和照射着飞机降落的聚光灯,尤其光彩夺目。由许多红色和蓝色的小灯组成两列长长的诱导灯带,好比两条珠光宝气的彩绸,航空标志在漆黑的滑行道上闪闪烁烁。过几分钟,飞机就要降落了,机内顿时热闹了起来。但式子还是安坐不动,静静地凝视着窗外夜晚的机场。

飞机降落在滑行道上,发动机停止了。舷梯搭上后,式子身着风衣,提起在巴黎购买的挪威产黑色手提包,离座站起;银四郎提起装着式子日用品的淡黄色旅行包。从下舷梯的那一分钟起,式子的一举一动都要按照银四郎编排的进行。

式子意识到站台上有欢迎她的人群时,用戴着纤长手指手套的手,轻轻地把帽子的垂纱拨撩了一下,走下舷梯。

"大庭女士,您回来了!"

正面站台上,一个人使劲地挥着手,喊着她的名字。式子站住,透过明亮的灯光看去,认出了她所熟悉的 N 杂志的女记者。另外,还有一些认识的记者也在向她挥手。式子突然产生一种欲行又止的异样感觉。如果再继续走下去,自己又要被拖回到去巴黎之前的那种争名逐利的角逐场中去了。她感到惊恐,停住了脚步。

"真是隆重之至呀!关于接受记者采访的事,要像我们在飞机上合计好的那样……"

背后传来了银四郎叮嘱的声音。瞬间,式子踌躇了一下,然后大踏步向前走去。通过入国检查所,办了海关手续,登上通往正面走廊的楼梯。式子看到纤维厂家和商社的宣传部人员,也夹在报纸杂志的记者群中。三和纺织公司的宣传部长,在公司职员的陪同下,也前来欢迎了。

"您回来了,辛苦辛苦!我们已经为您预备下了接受记者采访的特别会客室。请——"

说着,宣传部长很快站到记者们的前面,给式子引路。穿过走廊,走进特别会客室。会客室正面已安排好式子的专座。各报纸杂志记者们,围着那专座,坐了下来。式子面对这种过于盛大的场面,一时有些怯场,表现得有些不大自然。可是,当她被站在房间角落、紧盯着她的银四郎那无情的视线所灼着时,她强行振作起来,泛起微笑,开始回答记者们的问题。

"日本报纸和杂志的照片,对杰·朗贝尔的作品已做了大量介绍。但亲睹其作品者,只有大庭女士一人,您能谈谈感想吗?"

式子稍稍眨了眨眼睛,说:

"朗贝尔作品,是以巧妙的立体剪裁和通过大胆的色彩对比制成的服饰造型。每个造型都含义渊深。朗贝尔本人说过,'应该是诗的服装,不朽的服装。'的确如此,他的设计本身就是一首美妙动人的诗。"

"各国争相购买的朗贝尔纸样,其价值如何?"

"朗贝尔纸样,对于一直搞平面制图的日本时装设计师,是难以想象的。它是极为复杂的立体制图。因为有纸样的版权问题,我不能在此详谈。但有一点是可以断言的:把朗贝尔纸样引进日本国内,将给日本服饰界带来一场划时代的时装设计革命。"

式子觉得记者们越来越兴奋了。她用眼角扫了一下银四郎。他正从眼镜片下投出灼人的目光,盯着记者们,估计着式子发言的效果。

记者们连珠炮般的提问,使式子甚觉疲惫。但看到自己周围各报社记者们都很严肃认真;又见银四郎的目光,似在记者们的脸上探寻着此次会见的效果。她不忍让自己的倦态外露,随即又活跃起来。饮料送来之后,K报社记者热情洋溢地问:

"巴黎朗贝尔时装展结束后,世界各国争相购买其作品。您能把购买办法和价格披露一点吗?"

此人问得单刀直入。

"正如您所知道的,朗贝尔作品展,最初两个星期,是向各国记者和贸易人士开放的。让记者们向各国报道有关朗贝尔时装展的消息。但朗贝尔作品,只能售给每一个国家的一个单位。所以,贸易人士为了独占经营,竞争十分激烈。其购买方法有三种情况:在现场买现成作品,每件大约须要三、四十万圆;用一种叫诺瓦罗的木棉布做的服装,每件十五万圆,用纸做的纸样,每件从八万圆到十万圆不等。这些服装和纸样,都附有复制的权益,所以将在世界流行。"

"巴黎人对朗贝尔的印象如何?"

式子稍露困惑之态。她忽然想起了银四郎向她说过那位巴黎汽车司机如何称赞朗贝尔的话。当她把这些话转述给记者们时,座上腾起了朗朗笑声。采访时那种过于认真严肃的气氛一下子打破了,人们显得轻松愉快。

"那么,记者会见计划到此结束,还有问题要问吗?"

记者会见的主持人〇报社记者这么一说,刚才在站台上喊叫式子的 N 杂志女记者,举手问道。

"您打算举办下一期朗贝尔纸样时装展吗?"

虽然问题普通,但带有很大的新闻性。式子顿觉紧张,拿眼睛扫了一下站在记者席背后的银四郎。他的眼镜片正闪着"天遂人愿"的得意目光。

"实际上,我们在离开巴黎前一天,见到了朗贝尔,和他签订了为期三年的合同。"

"嘀!三年的合同?"

"是的,三年的合同。他已同意,每年两次在巴黎举行作品发表会后,再由我们在日本组合他的纸样,公开发表。"

记者席顿时骚动起来。气氛热烈而兴奋。此刻,在这由银四郎筹划的事业取得初步成功之际,式子却像虚脱似地感到无比的疲惫、空虚。

记者会见毕,走出特别会客室。纤维厂家、商社、百货商店等宣传方面的人员,已在走廊上等着她了。各家公司女职员,捧着赠予她的美丽花束,聚在她周围。式子双手抱满了鲜花,向大家道谢,简单地致了辞。R纺织商社的宣传部人员用颇为兴奋的声音说:

"刚才记者会见的情况,已略有所闻。据说,已经签订了朗贝尔纸样的三年合同?!"

式子温和地微笑点头。周围响起了热烈的掌声。于是式子又被卷进另一种热烈隆重的欢迎中。

从羽田机场到日活饭店后,式子拒绝了银四郎的晚餐,回到自己房间。她拴上门,把花束摔向地板,和衣躺到床上。从巴黎出发,五十多个钟头和银四郎在一起,直到现在才得摆脱,真憋死了她。

式子横躺在床上,觉得身体的每个细胞都浸透了疲劳。她懒得动弹,似乎体内的水分全被风刮走了,浑身唯觉干燥发涩。

刚才的所作所为,虽说是一种权宜之计,但依然在银四郎的摆布下,被欢迎人群簇拥着,会见记者、接受献花……自己如此卑屈和丑陋,真是难以言状的可悲啊!

为什么自己总是如此惧怕银四郎呢?是怕他阻碍自己和白石教授的结合?还是怕他夺取学校的经营权?这些当然是可怕的,可是,银四郎不是提出抚慰金的问题吗?这似乎是个可以用金钱来解决的问题。那么自己还怕他什么呢?——式子眼前浮现起从羽田机场到饭店的路上,一言不发,呆望窗外的银四郎的侧脸。这张侧脸是英俊端正的。可是,不知怎的,她透过灯光看见他白皙的脸皮下,隐隐约约浮起许多青筋。这是条条流着黏乎乎的肮脏血液的静脉。这使他的脸变得阴森可怖了。那时候他又在盘算着什么呢?外表是那样僵硬冰冷!啊,太可怕了!

式子慢慢地从床上欠起身来,仿佛要甩开那无名的恐怖,拿起茶几上的话筒:

"请接417530。"

这是成城白石教授家的电话,饭店交换台接通电话后,式子拿起听筒,传来一个女人安详的声音:

"是白石家,您是谁呀?"

从答话中可以感觉到说话者态度庄重。好像是白石教授说过的那个过去一直在他家的老女佣。

"我叫大庭,白石先生如果在家,请您叫他接电话好吗?"

"是大庭女士呀,请稍等!"

几秒钟后就能和白石教授对话了,式子手握话筒,一阵激动。可以听见有人拿起了话筒,随即传来一个低沉的声音:

"我是白石……"

"先生,是我,是式子,我刚刚回来!"

"……"

"喂,喂,听见了吗?我是式子!我是坐法航飞机回来的,二十时五分到达羽田机场的。"

式子急不可耐地说。

"是吗?你回来了!"

白石教授回答得很短促。

"虽说已是晚上,如果可能,我想现在就见到您!"

白石教授停了一会儿:

"今天太晚了，改日吧！"

"我明天必须回大阪去。所以现在想见先生，哪怕十分钟也好！"

式子用哀求的声音说，对方苦苦地沉默。

"今天晚上还是不要见面好！日本和巴黎不一样，夜里过十时见面，会被人认为不正常。再说，你刚回到东京，旅途一定很辛苦，今晚还是安静地休息吧！"

这些话既可认为是客气的、亲切的关怀，也可以认为是一种冷漠的推诿。如果再继续重复下去，会使自己难堪和丢脸的。于是她强抑自己的激动，说：

"那么，您休息吧！"

说罢，放下了话筒。

火车窗外，波浪般起伏的山脉，黄绿交错的田野，如同盆景似地沐浴在明媚的春光里。式子痴然地呆望着，仿佛置身于寒冷的阴暗角落。

她想起昨晚白石教授的话。

他说得那么平静，可以说是一种包含着亲切、温暖、体贴的话语。但仔细嚼来，却带着冷淡无情，好像要狠狠地把自己推开。这种冷淡，很可能是为了避免损伤自己，以便达到不使对方留下任何伤痕、悄悄地离去的目的。可是，自己和他，已经不是寻常的关系，那是在巴黎和葡萄牙甜蜜地结合在一起的爱情关系啊！这种关系？怎能通过短短的几句电话做种种主观臆测并妄下定论呢？式子对白石教授的爱情，恰似那炽热的岩浆，自火山口喷射而出；而白石教授对式子的爱情，却像静静的森林，广阔的大海，是那么深沉、稳重。这在式子则觉得未免有些冷漠。可是，如果白石教授对在巴黎得知的自己和银四郎之间龃龉关系不予谅解，从而拒绝了自己……想到这里，式子不由得紧闭双眼，摇了摇头。

式子觉得，自己因见不到白石教授，只通了几句电话，就胡思乱想、惴惴不安，以至于惶惶不可终日，还不如回到大阪，赶快结束朗贝尔时装展的准备工作，再立即返回东京找白石教授，把他的想法，彻底弄清楚。

"是疲劳了，还是在想白石教授的事情？"

一上火车就眯眼瞌睡的银四郎，不知什么时候睁开了眼睛。眼镜片里的目光满含着揶揄之意。式子没有理他。

"你和白石教授的事情，你自己如何打算，我不知道。不过，我要求你先把它搁一搁，把我筹备的朗贝尔时装展先搞成功再说。"

银四郎边说边从上衣口兜里取出日记本，打开，说道：

"朗贝尔时装展虽未开幕，但影响之大实属出人意料，预定在东京和大阪的Ｂ报会馆，展出两天，决不能满足需要。为此，昨晚我和三和纺织公司的宣传部长，经过协商决定：在正式公开展出举行前，先在东京帝国饭店和大阪的大阪饭店，为三和纺织公司的顾客、知名人士、贵妇人，各举行一天豪华的加场表演。在一流饭店大厅，举行这种表演，会把社会名流、贵妇人统统聚集起来，这种初次尝试，又将成为一项爆炸新闻。总而言之，已经搞到这种地步，我们的一切都要为朗贝尔旋风推波助澜。加场表演和在Ｂ报会馆展览，有所不同。你得考虑怎么办才好。时间，东京帝国饭店是四月十二日；大阪的新大阪饭店是十六日，希望你集中精力好好办。"

说毕，他合上笔记本，用审视的目光望着她。

式子沉默许久，说：

"就这些吗？利用这次朗贝尔时装展，你大概又要附带着对我提出要求了。不要零零星星地提,除此之外,如果还有的话,希望你统统说出来!"

式子强抑住自己的盛怒,低声说。

"听得出来,你好像想急手清算我和你之间的关系。可是,两年半以来,你我之间已不是普通关系,而是有着深深的特殊关系了。同时,你也是我的一笔大财产!我们之间的关系,无法简单地清算呀!"

银四郎涎着脸,用缓慢的大阪话说毕,头一甩,转向窗外。

富枝惦记着式子到达大阪火车站的时间,埋头于朗贝尔纸样的缝制。伦子和葛美,从刚才就开始贪婪地读着刊登式子回国消息的各类报刊,直瞪瞪地注视着式子的照片。富枝鼓了鼓丰润的大下巴,抿了抿嘴,说:

"你们干什么呀?各家报纸写的还不都一样吗?请你们还是快一点搞好纸样吧,在老师到达前务必完成组合任务。"

伦子冷不防遭训,大眼睛一闪,站了起来。葛美托了托眼镜转向富枝。

"是啊,这个地方你是头头,得听你的呀!"

葛美语含嘲讽。拿起摊在裁剪台上的一件晚礼服,用粗暴的动作检查制法。突然,她恶狠狠地叫过缝制者:

"谁教你这样缝内衬布?太奇怪了!朗贝尔纸样被你这么一缝,那美丽的立体轮廓,不是全被糟蹋了?"

"是……是大木老师教我这样缝的!"

一位去年刚从学校本科毕业的年轻裁缝畏怯地回答。

"怎么?富枝?是你这样教她吗?太可笑了!我看你对朗贝尔纸样完全缺乏理解,即使你缝制技术高明,又有什么用?"

葛美简直是在吼叫,可是富枝却充耳不闻,不予理睬。从早晨开始，伦子和葛美就故意找缝制者的碴子，歇斯底里地大发作。富枝知道这是为什么。式子院长回国了，而且受到前所未有的隆重欢迎。她是和银四郎一起双双旅行归来。这两人怎能排遣她们的疑惑和醋意？富枝遵照银四郎的劝告，在式子前往巴黎之后，不可将自己、式子和他之间的关系暴露给伦子和葛美。因而她们两人，大概都自以为得天独厚和银四郎有着特殊关系呢！

式子一离开日本，伦子和葛美就分别在大阪和京都随心所欲地行动起来。伦子在大阪本校，俨然以院长自居，大模大样地代表式子参加豪华的宴会、出席座谈会等。葛美也在京都同时装设计师们聚会，出席报纸杂志的座谈会。她们利用院长不在家之机，以所取得的自由、权利，来满足自己的虚荣。这在富枝看来，实在愚蠢之极，活似小孩子般的狭隘，为小小的欲望之得逞忘乎所以。此刻，她也以嘲弄之情，抿着嘴自乐，瞧了瞧厂房中央的挂钟。快四时了，式子和银四郎该回到大阪了。

火车进入站台区。从八号车厢的窗口露出了式子和银四郎的脸。学校的师生、纤维界的人们，争着向八号车厢拥去。富枝从人群背后定睛注视着这个场面。

式子头戴薄薄黑纱罩着的帽子——大概是巴黎的时髦货——身穿素雅的外衣。当她下到站台时，鲜艳的花束潮水般地向她涌去，照相机的闪光灯也对准她闪耀个不停。式子微笑着，姿势优雅地向人们致意，同时回答手握笔记本的记者们的提问。其间，纤维厂家的代表走上前向她问候。她在答记者问的同时，利用间歇时间向问候者致意。那种忙碌的样子，令旁观者也眼花缭乱。

忽然，式子转向摄影记者，不知对谁点了点头。伦子和葛美赶紧站到她两侧。她们好像是应摄影记者的导演,欲拍一张"老师,您回来了!"的照片!两人拉着式子的手,眼里闪烁着热烈的光,像演员一样拿势作态,伴式子而立。她们因为能够上报纸和杂志,而显得激动不已。唉唉,她们为什么把扬名于报纸杂志看得这样重呢?在富枝看来,这种热情未免有些过份。与其追求"出名"这种只能作为装饰品的东西,不如为积蓄实实在在的能够由自己自由支配的财富而奋斗,这才是实打实的人生之道!可是伦子和葛美,为什么那样垂涎于名声?实在不可思议!名声,一文不值——富枝冷笑着,轻蔑地望着伦子她们的表演。

忽然,她觉得背后有人,转头一看是银四郎。

"哎呀,你回来了!吓我一跳,干吗从背后鬼鬼祟祟冒出来……"

富枝斜睨着银四郎说。

"纸样组合得怎么样了?"

富枝反问起银四郎带到巴黎的四幅纸样来。

"其实,那些个纸样,无须特地去问朗贝尔。她自己就能组合。据她说,你们把组合记号弄错了!"

"怎么?组合记号?"

富枝故作惊讶。

"朗贝尔纸样组合的记号非同一般。你们可能因袭过去那种平面图的办法去对记号,所以错了。"

"是吗?还是我们错了……"

富枝像核实一位伪证者的话那样,险些要笑出声来。其实她是知道这四套纸样的组合方法的,但佯装不知,还让银四郎拿到巴黎去做"手信",她的小小诡计居然还没让式子和银四郎看破。

"现在你到缝制厂去,详细的问题,你问她好了。我和野本先生还有事呢!"

说罢,银四郎快步向三和纺织公司那几个欢迎者走去。

富枝比式子她们先从大阪火车站回到了工厂。她明知那四套纸样的组合法,却佯装不知,让银四郎跑到巴黎。她的目的是合情合理地支走银四郎,然后神不知鬼不觉地复制朗贝尔纸样。

原先在组装朗贝尔纸样时,银四郎天天守在缝制工厂。当天的纸样组装毕,他因怕人复制,马上将纸样锁进了保险柜。他要去巴黎了,不得不把钥匙交给富枝。她梦寐以求,正中下怀。银四郎对朗贝尔时装展孤注一掷:在东京池袋买了地皮,又计划扩大大阪本校。这种冒险在富枝看来,如意算盘未免打得太称心了!万一朗贝尔事业失败,富枝想自保平安。又虑及式子从巴黎回来后,要下狠刀子解决银四郎和她、以及她们三个职员关系的事情,富枝偷偷地复制了二十六套,每套价值八万圆的纸样。正当伦子和葛美模仿式子,出席豪华的宴会、座谈会,为使自己成为名时装设计师,极力吹嘘炫耀之时,富枝暗暗地为自己捞到了触手可及的财富。这样,不管朗贝尔事业成败如何,也不管式子对她们三位怎样处置,她都将立于不败之地。只要有朗贝尔纸样的复制品在手,纵使不能公开出售,也可暗中偷卖给以盗窃设计品为业的投机商,牟取暴利。

大门口传来停车声,随即飘来一阵轻微的嘈杂声。式子走了进来。银四朗好像已随野本去三和纺织公司,只有伦子和葛美跟随着。

式子一看到富枝就问道:

"听说你也去大阪车站了,干吗自个儿先回呢?"

"欢迎太隆重了。我挤在那么多人中,实在受不了。何况我老是惦记着纸样的事,所以先回来了……"

富枝用甜甜的大阪话慢声细气地回答,把眼睛瞟向放衣服的裁剪台。

"富枝还是那样认真呀!"

式子微笑着说。她一件一件地拿起裁剪台上的服装,认真地看着。也许她忆起了在巴黎所观赏过的朗贝尔时装展,不觉而然地在进行对照吧。她时时现出若有所思,细致地检查已完成90%的时装立体造型。看毕,她问伦子:

"朗贝尔的纸样,你全部看过一遍没有?"

伦子一下子慌乱了起来。

"是的!我全都初步看了一遍。因为忙于学校事务;特别是银四郎先生去了巴黎后,我还要和三和纺织公司、报社等联系,所以您若问我是否详细看过,那我就为难了……"

"那么,葛美呢?"

葛美那红色眼镜里的大眼睛显然有点乱了神。

"我也因为有京都分校那一摊子事,加上最近总校的联络工作也不少,所以只有晚上有空到这儿。有关朗贝尔纸样的事,大多由富枝负责了!"

"这么说,有关朗贝尔纸样的组合结尾工作,只有富枝一人支撑了。我不是说过,由你们三人共同负责吗?"

式子说罢,沉默了好一阵,忽然想起什么似的说:

"伦子、葛美,你们先回去吧,富枝留下!"

当只剩两个人时,富枝隔着裁剪台与式子对面而坐。式子好像很疲劳,双手搁在裁剪台上,身子倚着台板,突然问道:

"富枝,你真的不会组合那四套纸样吗?"

富枝顿显惊慌失措,但立即强令自己镇静下来:

"我组装了好几次，怎么也联不起来。我翻来覆去地返工，以至于把纸样都弄得皱巴巴的，写在上面的记号都快要被磨掉了，但还是组装不起来。最后只好请银四郎向您联系。老师，这难道不行吗？"

富枝故作不解，偏着脑袋问式子。

"三十套纸样，你能够准确地组装二十六套，只这四套，你却不会组装！这不是怪事吗？"

式子以怀疑的目光，一眨不眨地盯着富枝。

"可这四套，皱褶很多。虽然在这些又长又大的纸样上，标着几个记号，但由于左右身量的形状各异，加上有些符号记在一些特殊的地方，而这些标志的说明又是用法文的洋裁专门用语写的，请教银四郎先生，他也不懂。我们有什么办法呢？"

"是吗？我想，有你富枝这样的缝制才能，凭直感，这种要求有皱褶的纸样，于你似乎不在话下的呀？！"

式子突然进逼道。

"老师，您如此怀疑我，究竟为什么呢？"

富枝以攻为守，反问。

"因为是你富枝，所以我很怀疑；是不是你故作不懂，厚着脸皮把银四郎支使到巴黎去的！"

"真奇怪！您怎么会想到那边去呢？"

富枝沉着应战。

"银四郎惯于骗人，而没有受过骗。要骗他，用他所处理不了的纸样上的技术问题，是再高明不过了。你看起来憨厚，胆子却最大。这样的事你会干出来的！倘若如此，我要为你这个小恶棍的行径喝彩的。因为这样的事，不用说伦子和葛美了，就连我也是干不成的。"

"哦，我是小恶棍……嗯，嗯……"

富枝从喉咙里发出笛子般的响声。

"要是可能的话,我倒希望这样!可是,说实在话,我真是不会组装那四套纸样呀!"

富枝依然一本正经。式子脸上现出失望的神色。

"老师,您为什么希望我采取那种微不足道的骗术呢?明知会组装,佯装不会,把银四郎支使去巴黎,哈,这是孩子般幼稚的骗术呢!我要骗,就要骗得更高明一些……"

"那么,你怎个高明法?"

"我嘛……怎么说呢?到时候大家就知道了。银四郎爱钱如命,我要在钱这方面骗他一手。我不知老师和银四郎先生之间是什么关系,您可不能做那种赔本的交易。在这次朗贝尔时装展上,老师您也别受制于银四郎先生,干什么事都要考虑一下合算不合算。"

说罢,富枝从椅子上站起来,笑容可掬地又补充了一句:

"老师,您赶快从明天起教大家组装那四套纸样吧!"

第廿五章　期　待

随着朗贝尔时装展的趋近，式子忙极了。

日本的模特儿和法国的模特儿，其形体显然是有差异的。得让三十套按纸样缝制的时装，让日本模特儿试穿，然后消去这种差异所产生的多余皱褶和松弛的部分。富枝她们在缝制时，过分拘泥于原纸样的记号，依样画葫芦，忽视了日本模特儿体形的特点，这就添了麻烦。

时装会的模特儿，已在式子面前站了几个小时。式子全神贯注，一丝不苟，对模特儿身上的服装和摊在裁剪台上的纸样，一一核对，将其胸部和腰部的多余部分逐件处理。她利用活人的身体，认真琢磨朗贝尔记号的意义、检查衬布的尺寸，考虑如何处理才得当。这是十分费精劳神的事情。她一边别着标志别针，一边望着模特儿的脸。模特儿虽然也显出疲惫的神色，但因能试穿朗贝尔时装而颇显兴奋。式子似乎被她的这种兴奋所感染，目光炯炯，聚精会神地检核着。

"累了吧？再坚持一下就完了。"

式子说着，在时装的胸部和肩线部分，别上了作为纠正记号的别针。检验完这一套，她酬谢模特儿几句话以后，自己稍事休息。

　　为了消去眼睛的疲劳,她举眼望向窗边。在离窗不远的缝制室的柱子后,露出了伦子的侧脸,她嘴角叼着根烟,大概以为式子还在忙,无暇顾及这边。她斜倚在柱子上,用眼睛追逐着白色的烟雾。那轮廓鲜明的侧脸,冷气森森,大眼睛母豹似地闪着阴冷强悍的光。在短短的两个多月时间里,她似乎又增添了几分姿色,但却愈显桀骜不驯了。可想而知,在自己不在期间,她是如何的骄横。式子觉得,自己过去对她的年轻美貌所怀的嫉妒、对她的傲慢所生的厌恶,今天好像全都消失了。她一方面被诚实敦厚的野本敬太所爱,另一方面却又和银四郎这样的男人鬼混。她是多么肤浅而轻浮啊,应该劝劝她。式子决心在朗贝尔时装展结束之后,把银四郎和她们三个职员,以及和自己的关系,弄个一清二楚,决心把银四郎安排的这种人与人之间的卑鄙关系,来一个清算。可是现在,比起这件事来,她和白石教授之间的关系,在她心目中所占的比重更大了。

　　自那次给白石教授打电话之后,他一直音信杳然。四月份大学开学,他应该要到京都的大学来讲课的,可他一次也不和自己联系;给他去信,他也只字不回。朗贝尔时装展虽在紧锣密鼓地准备,她无时无刻不在挂念他的一切。她心里难受极了。

　　式子抬头望着缝纫广门口的大挂历。离在东京举办朗贝尔时装展,还有一个星期。这个短短的七天,令人度日如年!她真想把今天的工作急速收摊,坐飞机去东京见他。

　　"老师,曾根先生来了!很突然!"

　　富枝慢吞吞地说。

　　"怎么?曾根先生?"

　　式子惊讶地望着富枝,叫她赶快把曾根请到会客室去。

　　"我虽然知道您回来了,但没能去接,实在抱歉!您回大阪那天，我不巧出差去山阴了。另外嘛，朗贝尔时装展的事，现在由报社事业部负责，我也不便插手，所以一直没有来。今天，因为到这附近的日赤医院来访，突然想起您可能会在这缝纫厂，碰碰运气，这就来了——好久不见了呀……"

曾根用手拢着没有上油的头发，眼里荡漾着怀念之情。式子对这位给自己和白石教授的认识搭桥铺路的人，突然来访，虽出意外，但倍感亲切。

"是我久未问候您了！这次时装展，多亏了您的帮助呀！托您的福，我顺利完成了任务，从巴黎返回。但这股展览前的朗贝尔旋风，实在有点令人不知所措。我真担心结局会使人们大失所望！"

式子温柔地笑着说。曾根稍稍沉默了会儿道：

"是啊，人们过高的期望，这是一种潜伏的危机！对朗贝尔时装展的狂热，简直像火山爆发一样，连时装研究专家也大吃一惊。登在妇女版的朗贝尔时装展消息，比社会新闻版的头条新闻，还要吸引人。不过，越是轰轰烈烈，是不是越是背离式子老师的初衷？嗯？"

曾根说得很客气。然而像他本人一样，他的看法是坦率而又严厉的。

"是的，朗贝尔纸样本来是专业性的东西。我对朗贝尔时装的剪裁和缝制作了实地考察和学习。我原来的意图，是以服饰专家和洋裁学校的学生为对象，把根据朗贝尔纸样制成的服装作一个专门性的公开展出。仅此而已。然而，事与愿违！在我去巴黎期间，不知为什么，事情竟发展到这个时装展非得举办得非常隆重豪华不可的地步了。"

式子说着，心情沉重，默默地闭了嘴。

"您在巴黎见到白石教授了吗？"

曾根为了缓和气氛，改变了话题。

"见到了。我们在签订朗贝尔纸样合同时，求他帮过忙。还和先生一起逛了巴黎市区……"

式子脸上又漾出了温柔的笑容。

"是吗？那太好了！同样是逛巴黎城，如能和白石教授一起，那就会茅塞顿开、增长不少见识啊。巴黎大学也去了吗？"

"没有进入校内，因为是白石教授年轻时就读的地方，我从外面仔细地欣赏了它的风光。另外，参观了那里的萨特和集中了许多法国文坛名人的卡菲、伏罗鲁等地。"

"噢，真是令人羡慕啊！明天在京都见到白石教授，我要向他请教有关法国文坛的事。"

"怎么了白石先生……明天来京都……"

式子吞吞吐吐地问。

"是的，来参加京都大学组织的会议。我们还准备举行晚宴呢。您有什么……"

曾根突然感到惊讶。

"不，没什么……我只想再次向他表示谢忱，感谢他在巴黎对我的关照！"

式子强抑着内心的激动，说。

"是吗？那么，我就向白石教授转达式子小姐的谢意。"

说罢，他看了看表。

"因有采访任务在身，就此告辞了！"

语毕，他赶快站起来。式子掩住了自己激动的情绪，外表平静地送走了曾根。然而，听说白石教授明天要来，她有点控制不住自己，心驰神往，心慌意乱了。

车到桥本一带。左边是宽阔的积水河滩，长满茂密的芦苇。

一条带子似的细流闪射着春天的阳光，在缓缓流动。河滩的中心处，芦苇迎风摇曳。

式子怔怔地望着格外寒冷的河滩，心想白石教授对自己也太淡漠了，人都到了京都，居然对自己一声不吭。昨天，要不是曾根透露了消息，她哪里会知道白石教授今早乘火车来京都？又哪会知道他和往日一样仍落脚在京都饭店？说不定自己今早已乘飞机飞往东京去寻他了呢！整整一个早上，她没有去学校，也没到缝制厂，而待在鱼崎的家中。她以为白石教授一到，肯定会打电话和自己联系的，因此寸步也不敢离开。谁知，白石教授还是不给她挂电话。她忧心如焚了，这才急急忙忙乘上了驰往京都的车。

白石教授究竟为什么对自己如此冷酷无情地保持缄默呢？是为了避免难于启齿的交谈，想静候时间的流逝，从而静静地从自己身边离去？或是为了考验考验自己？不管出自什么原因，这种冷静和耐性，都是顽强的。式子感到，仿佛血液在沸腾，骨骼在熬煎，心中一阵痛楚。她再也不能忍耐白石教授的沉默。在葡萄牙，是自己去追逐他；如今，还是自己去追逐他！这种凰求凤的局面，委实令她难堪。但现在为了稍稍减缓一点自己内心的痛苦，她顾不得这种羞情了。

猛抬头，天王山矗立在正前方。浓荫如盖的山坡上，到处是一片片盛开的樱花，如同一幅用白色颜料洒下的色块。再过会儿，驰过御幸桥和鸟羽，就到京都了。愈近京都市区，因为将要见到白石教授，式子心中翻腾着的激动和不安就愈是强烈了。这种不安，几乎接近恐怖。渐渐地，另一种甜蜜的情怀溢满心头：那是在葡萄牙时，在那"蜜月"旅行中，白石教授对她体贴入微的关怀和他那温情脉脉的爱抚……她的心稍稍恢复了平静。

式子下了车，推开饭店的门。在传达室里，当她报了白石教授的名字后，服务员对她说：

"刚才来了客人，现在，他正和客人在大厅里谈话呢。"

服务员用手向大厅方向指了指。

在大厅里，式子边走边搜寻白石教授。走廊昏暗，人影憧憧如画。白石教授面朝里边，正坐在一张大扶手椅上，和一个戴眼镜的青年谈着话。那青年谈锋正锐，不时地用手往上拢着干涩的额发。白石教授一动不动地听着。他那正对着式子的脊背，似有一种会突然把人拱开的冷酷无情。顿时，那种不安的心绪又袭上了心头，她有点悔恨自己的轻率——不该这么自信贸然来找他啊！

白石教授点了点头，青年站起来鞠了一躬，横穿过式子面前，走了。青年走后，白石教授还坐了一阵子，才慢慢地站起来。式子蹑手蹑脚地走过来招呼道：

"先生……"

白石教授吃惊地回过头，望着她。

"是曾根君告诉你的吧？"

式子点点头，脸上变了色。

"我们还是出去走走吧！"

说着，白石教授先移步踅出大厅，在大门口叫了一部出租车。

坐上车。白石教授背靠座席，摆出一副不愿在车上谈话的姿态，默不作声。车，沿着高濑川，跨过二条大桥，从冈崎路进入黑谷。

到京都饭店行车仅仅十分钟。可这儿却是另一个世界——一条幽静而古老的寺院街。低矮的民房和有名的寺院，错落相间。

他们俩在高丽门前下了车，沿着石墙，顺着石砌的坡道往上走。高处是苍翠挺拔的松杉混合林。步入林间，还可鸟瞰京都的街市。环绕街市的低矮的山丘就在眼下，似有伸手可触之感。白石教授停住脚，回头望着式子说：

"七点钟，我还要和曾根君他们一道吃晚饭，我们就在黑谷边走边谈吧？！"

说罢，他沿着石路，开始往上攀登。他那咯吱咯吱的皮鞋声，和往昔在巴黎的石路上行走时一模一样，竟使式子产生了错觉，以为他们俩现在还在巴黎！石路的斜坡使她想起，他们俩同登蒙玛鲁梅鲁山丘时的情景。式子心如刀绞，不觉黯然泪下。

"您来京都，为什么不告诉我一声？在东京时，我又是打电话，又是给您写信，那样急迫地想见见您，您干吗还是避着我呢？即使先生想拒绝我，也该让我见您一面之后再分手也不晚呀。见不到您，我心里是多么空虚和痛苦啊！这，像先生这样冷酷的人，是难以理解的。"

式子无法抑制自己的激动之情。

"冷酷——你说，我不见你是冷酷吗？"

白石教授语出又住。

"我不见你，是因为我对我们的事深感渺茫。我对于我们在巴黎的那种邂逅……觉得羞辱，内心一直不能平静。我不知道如何处理我们今后的关系。我担心在这种时候见你，会不知不觉地重蹈覆辙。我不是像你想象的那种冷血动物、时过境迁的铁石人！我之所以一个人从巴黎躲到葡萄牙，就是因为我没有信心可以抵挡住你的激情，而采取了'鸵鸟政策'……"

白石教授沉重地说。

"先生，您为什么要逃避我呢？您若不理我，我就无法活下去了!请您原谅我和银四郎的事吧。我和他之间,没有爱情、没有信赖、没有温柔体贴,只是在他的诱惑下懵懵懂懂地和他有了那种关系。我被他的表面现象所迷惑,轻信了他的所作所为,听凭了他的策划,以不断扩大学校、从事惹人注目的服饰设计为自我陶醉。殊不知,我已被他带入了设定的陷阱,置身于女人们谋求虚荣、追名逐利、野心勃勃的竞争漩涡。待到南柯梦醒,已不可自拔了!我虽已年过三十,很愚蠢地失身于那样的男人,成为轻薄的名利之徒。但先生可怜我……先生,您可以蔑视我,甚至可以揍我、狠狠地揍我,但我只求先生不要抛弃我……"

式子双手掩面,下跪般地蹲在白石教授脚下。白石先生双眼愣愣地注视着她,半响,才静静地俯下身,用手搂住她的肩膀,半抱半拉地把她扶了起来。

"无论如何痛苦,爱情,绝不能过于冲动和乞求,应该忍耐和克制。做不到这一点,就不是真正的爱情,只是一种简单的激情而已。"

白石教授严峻地注视了她一会儿,像是催促她似的,自己先行往前走了。长长的寺院土墙夹道蜿蜒,尽头是一条僻静。的小路。午后的阳光静静地洒在小道上。这里,可以望见真如堂的房脊。

"我和你从激情中摆脱出来,在恢复原来的关系之前,须有经过慎重考虑解决问题的时间。银四郎君和你的关系,与此有关的你的事业,此类问题不解决,我们是无法结合的。我不愿再次蒙受在巴黎那种耻辱。我并不是不负责任地和你产生那种关系。即使在银四郎面前,我也不会因此感到羞耻。问题是在事前,当我不知道你和银四郎君有那种关系的情况下……却被名义上是我的学生的他,狠狠地咒骂、侮辱、奚落了一顿。你为什么事先要对我隐瞒和他的关系呢？当时，我实在决意不原谅你了。但是，后来我认真回顾了在葡萄牙那十天：你时而高兴，时而胆怯，时而心虚，时而痛苦……身上似乎笼罩着一种不安的阴影。由此看来，当时你并非要故意隐瞒，而是因为面对彼情彼景，有苦难言。所以，现在我可以原谅你了。但话得说回来，如果你无法割断和银四郎过去的一切关系，那么，无论要经受多大的痛苦，我们也只有分手，别无他法。因为我无法忍受，也无以对付银四郎的刻毒和卑劣。"

白石教授竭力抑制自己的感情，低声柔和地说。式子胸中牵肠挂肚，痛苦难言。

"先生，希望您等候我到朗贝尔时装展结束吧。我要办好时装展，满足他的欲望。我将分给他所需要的一切财产，清算和他的一切关系，请您等候一段时间吧！"

由于紧张和激烈，式子有些上气接不着下气了。白石教授沉静地思索着，挨着白色的土墙踽踽而行。少顷，他停住步，回头对式子说：

"也不能让你孤军作战解决这些问题，等东京的朗贝尔时装展开过，我也要找银四郎谈一次话。"

白石教授像是有意安慰她，温和地望着她笑，寓意深长地说，

"多么幽静呀，黑谷这一带……"

说罢，他抬起头来，眺望黑谷那片小森林和寺院对面曲线柔和的东山。薄暮悄悄降临，刚才白岚袅袅的东山，此刻已被淡墨色的暮霭笼罩了。式子和白石教授置身于傍晚的宁静中。他像是要估摸这宁静的分量似的，凝神默瞩了好一会儿。

"从真如堂到白川有一条坡路。踏着那条坡路走，出白川路，我们再叫辆车子吧？"他说。

小坡路弯弯曲曲，狭小而静谧。路的右侧是真如堂境内浓荫遮蔽的小树林，左侧是一排排民房。从斜坡的转弯处，可以俯瞰薄暮中的京都城街市。到处闪烁着昏黄朦胧的灯光。

　　走在寂静的悄无人影的小路上，白石教授常常停住脚步，眯缝着眼睛，透过树叶的间隙眺望闪亮的街灯。式子步履缓慢，常常落在后面，像是要把那个身影吸进眼眶似地，她不时驻足凝望着他，眼里闪着激情的火光。已经二十天没有见面了，现在两人单独相处，他却能如此平静，这使式子深感寂寞。虽然决心等待东京的朗贝尔时装展后，再谈两人间的关系，但此刻她忍耐不住了：

　　"先生……"

　　她向他急促地呼喊。白石教授惊讶地回头，透过暮霭凝视着她。

　　"先生……"

　　她摇晃着，不能自持似地快步扑向他……白石教授眼里闪着湿润的深沉的光泽，肩膀微微颤动一下，突然把身一转，默默地向前走去。这是一种克制激情，保持严肃态度的举动。昏暗中，式子满腔激情被拒绝，感到无限惆怅和羞愧，她噙住满眶的泪水，怏怏地跟在他的后面。

　　坡路下了一半左右，树林渐渐稀疏了。两旁出现了京都式的屋檐长长伸出的民房，微弱的灯光从那里边透了出来。刚才还轮廓清晰的东山，此刻已被暮暗吞没了；只有西边那个方向还有它一丝模糊的暗影。坡路尽头，灯光变亮了。过了白川路，来到电车道附近，四周一片光明，已是进入闹市区。仿佛得救似地，式子猛地松了一口气。明亮的街灯下，两三步外的白石教授忽然刹住脚，回头说：

　　"在这里乘车吧。我要在粟田口下车，你可以直接回大阪。"

他叫住从银阁寺方向开来的一辆出租车,告诉司机沿着疏水渠的路开往粟田口。

这条顺着疏水渠的路,穿行于东山脚下。两旁,微微泛白的樱花树,枝叶低垂;渠水,在黑暗中闪着幽幽的光,潺潺而流。

"刚才那条黑谷的坡路,和这条顺着疏水渠的路,都是东京学者们极喜欢静静漫步的地方。我来京都必定要到此一走……你累了吧?"

白石教授关切地望着式子,又说:

"等一切都平静下来后,我们再到此尽情畅游一次吧。朗贝尔时装展后,我们再彼此心平气和地谈谈,如何?"

他拉过式子的手,热烈地把它抱在手心中,好似要让它饱享自己的温热。

汽车以每小时一百公里的速度向前奔驰。风在车窗外呼呼嘶鸣。车内,昏暗的灯光下,式子轻轻地闭上眼睛,回味着刚才白石教授的话。"也不能让你孤军奋战解决这些问题。在东京的朗贝尔时装展后,我也要找银四郎君谈一次话。"……像一股从温泉里汩汩泄出的清流,带着温热,轻轻地流进式子的心田,在她胸中旋环激荡。现在离朗贝尔时装展只有六天了。在这期间,她必须再一次核查一遍按纸样制作的时装。务必作好展览前的一切准备工作。同时,就得着手整理自己身边的事务,清算和银四郎的关系。整整两年半的时间,自己在这位年轻男人的操纵下,周旋于虚荣世界,处于和自己的学生职员同等可恶的境地。再过六天,这一切就都可以清算了!

汽车穿过大阪,进入阪神国营公路,速度加快了。式子决定不经过缝纫厂,直接开回鱼崎的家。虽然对缝纫厂她还不大放心，但在去京都之前，她已经过那儿，向富枝作了交代。估计不会有什么问题的。

由公路进入沿住吉川的小路，穿过反高桥，车子便在家门口停住了。希代脸露惊奇之色，开门出来迎接式子。

"您回来了！好早呀！"

她高高兴兴地接过式子的外衣和小提包。式子从庭院的花树丛中穿过，数着刚才浇花时被水浇湿的石块，慢慢地走着。去巴黎前，以及回返这段日子，她从来没有像今天这样——九时归家，心情轻松。以往她总要在十时以后，带着疲惫的身心进入家门，茫然地踏过脚下的石板，哪有边走边数的呢！

在里面的八席的屋子，换上和服后，她坐到饭桌旁。这儿，希代已经很快摆上了饭菜，她感到了一种只有两个女人生活的平静。

"好久没和你这样单独两个人吃饭了——几年了？这种日子……"

式子拿起筷子，望着希代。希代最近一下子苍老了许多，她热泪盈眶地说：

"我看到，最近小姐忙得不可开交！真不知道您为什么要这样拼命！有一个鱼崎的家和甲子园学校，不是就够了嘛？为什么要扩大了又扩大，自己折磨自己呢……"

说着，她又涌出了泪。

"以后，我再也不折磨自己了。这次朗贝尔时装展结束后，我们又可以像过去那样平静地生活了！"

希代深感意外，张大了老眼。

"希代，我可能要结婚了……"

"怎么？您要结婚……？"

希代突然神色一变，默然不语。式子知道她为什么沉默；

她是以为式子是要和那个银四郎结婚。

"不是银四郎,是和——"

希代绷紧的脸一下子缓和了下来,笑眯了眼角。

"是谁?可以告诉我吗?"

希代小心地问。

"是白石先生。在大学教法国文学的……"

"大学的先生?"

希代惊疑地反问。式子脸色绯红,点了点头。她毫不隐瞒地,向希代介绍了自己和白石教授认识的经过、他的人品、家庭情况,等等。希代表情紧张、愣神地听着,时时若有所思。静待式子介绍完毕,她说:

"噢,是个配得上小姐的优秀人才。家境和工作都是无可挑剔的。只是对方是一个结过婚的男人,这对小姐……"

对式子百般信赖的希代,当然不会怀疑她和银四郎有过那种见不得人的关系,因而对于白石教授是个已经结过婚的男人,未免觉得美中不足。

"不过,他的太太已经去世了,又没有别的人累赘,我们都是单身一人。再说我……只要白石先生说什么,我都听……"

式子羞怩地补充道。希代好似重睹少女时代的式子,露出欣慰的笑容。

"小姐只要这么满意,那就幸福了。主人和太太在九泉之下也放心了!我也多么高兴呀……"

希代眼圈红了。

"你怎么啦,突然这么伤心!倒不如把我父母亲给我留下的东西整理一下。我也该开始准备结婚的事情了呢。"

式子故作冷静地说。希代把手搁在膝盖上道。

"太太留给小姐的,有鱼崎的这座房子,有银行存款和宝石之类。因为战争结束后,新旧日元的变换,存款都变没了。值钱的宝石,又都在建甲子园校时卖了。但以甲子园校为出发点,学校不断扩大,实际上这就是主人和太太给您留下的遗产的一部份呀?!"

希代说到这儿,略停片刻,又担心地问:

"是您结婚需要一些钱吗?"

"不是。结婚倒不需要,不过,有许多需要清理的事情,所以……"

式子好像不愿再往下说,希代见她这样,也就不再问了。

式子慢慢地放下筷子之后,心里打着算盘:自己只留下鱼崎的房子和甲子园学校……其他凡经银四郎手所得的一切,都得和他算个清楚;如果伦子、葛美和富枝也提出要慰藉金的话,为了让她们也能得到幸福,自己愿意代银四郎付给她们慰藉金。

第廿六章　虚和实

离朗贝尔时装展只有四天了。

缝制厂洋溢着异常的兴奋。为了防止朗贝尔设计被盗走，房门上了锁。不用说外部人员是不得出入了，就连本厂进出的缝制者也控制在最小的限度内。

式子一大早就忙碌开了。她要对时装进行最后一次收尾工作，一件一件地过滤检查。朗贝尔时装还标明需要什么附属品，为此，还须在日本制造出类似的附属品，供给配套。式子审慎地核计着这些附属品的颜色、材料和数量，然后选择匹配者配套成龙，这是极耗精力的事，但她心中却感受到了一种涨潮般渐起的平静的幸福。今早希代送她出门时，用期望的口气对她说：还有四天，您不要太过忙碌了！可是式子却不，在进行那么多琐事时，还对经济方面进行了清理。

在所有的财产中，鱼崎的房子是属于式子个人的。而学校——大阪本校、甲子园校、京都校全部属于学校法人。对于这些学校，式子决定和银四郎谈判。收回甲子园校作为个人财产，其余两个分校让给银四郎。这样一来，本来拥有学生三千一百人，每月学费收入三百一十万元的大学校，瞬间变成了只有五百名学生、每月学费收入不过五十五万元的小学校了。对此,式子突然觉得有一种切肤之痛。但为了不让银四郎再动自己一根毫毛,不得不忍痛割让两个学校,以取得和他一刀两断。这样,在朗贝尔时装展后,和白石教授配合,向银四郎提出脱离关系时,银四郎大概不会再纠缠了。然而,自巴黎回返后,银四郎几乎没在学校和缝制厂露过面,保持着一种不可思议的沉默。一想到银四郎的这种态度,式子的心头便罩上了一层沉重的铅云。

"老师,您怎么啦?您在想什么?"

传来了伦子的声音。抬眼望时,只见伦子正扑闪着那双美丽的眼睛,在探询着自己。

"没,没什么!只是有点累了,你有什么事?"

式子沉静地回答。伦子略带拘泥地说:

"我现在有事,需要回甲子园一趟。今天是夜间部学生新学期的第一天,我忘了向教员交待教材的问题了。"

"用电话联系就行了嘛。今天,葛美没从京都校来此帮忙,你一走,只剩富枝一个人,不好办呀?"

式子边说边用眼睛指了指富枝。富枝正在摊开服装,把式子刚才用别针做标志、要求修改的部分,指给缝制者看,让她们改钉。伦子略一踌躇,又说:

"用电话说不清楚呀。从这学期开始,为了使讲解通俗易懂,将纸型的讲解顺序作了变更。这变更部分我忘记告诉她们了。如今只能把纸样放在眼前边指点边说。再说,这里的工作是富枝的本职,我的岗位在学校——两个半钟头后我就回来!"

伦子几乎是不近情理的强求,显然内含骗局。但因为四天后就要举行时装展了,诸事多烦,式子无暇去猜测她。

"那,你要按时回来。今天,必须把全部服装最后检查一遍

——另外,这个时装会结束后,我要和你们好好谈谈。"

式子以灼灼逼人的目光盯视伦子,瞬间,伦子感到紧张了。

"这……怎么啦?您干吗这么郑重其事……那么,到时候就谈吧!"

她那俊俏的脸,恢复了平静的笑容。快步走出去了。

门开了条缝。伦子知道银四郎已先到自己房间。她急忙推开门,看到银四郎仰坐在窗旁面向阳台的椅子上,面前摊着一张大图纸,边看边吞云吐雾。

"对不起,我来迟了。式子老师正忙着,我不好脱身,只好借口说甲子园校有事,才溜回来了。"

伦子边说边从银四郎背后走近他。原来银四郎面前摊的是一张学校校舍设计图,呈凸凹型模样。

"怎么?是东京分校的设计图?"

伦子机灵地意识到银四郎召唤她的意图了。

"嗯。学校设计成星形凸凹状,有点奇怪吧?既然好不容易借朗贝尔时装展的旋风,挤进东京。那么,在学校建筑形式方面也该标新立异、引人注目呀?"

银四郎把图纸放在伦子面前。伦子一边察看着蓝色图案上复杂的线条,一边隐隐感觉到有一副重担正向自己肩上压来。

"可是,朗贝尔时装展成功与否,还得待开幕后才知道。现在,你就这样尽打如意算盘筹建新学校,能行吗?"

伦子胆怯地问。

"是啊。挤进东京,岂能光靠朗贝尔时装展?!将近一个月来,我拿着地图,走遍了东京都所有重要地方。结果,我选中了池袋。最热闹的新宿和涩谷,已被划成战后规划区。新宿附近已有了文化服装学院,涩谷附近也有了目黑的礼服学院,都无法再挤进去了，只好选择池袋。这个地方现已有了地铁，从这里到市中心不过十五分钟。所以，即使朗贝尔时装展不成功，只要今后经营有方，不愁不会立足。"

银四郎侃侃而谈。谈罢，折好图纸，靠近了伦子。

"你为了成为一个名时装设计师，和我结合在一起。现在，你将要取代式子院长了。不能这么畏畏缩缩呀！这回，我又要请你出马去求三和纺织公司提供协助资金了。"

"怎么？求三和纺织公司？"

"是的，我已经了解了池袋那边三百坪地皮的价格和新校预算资金。可是，内部设备，如缝纫机、裁剪台、桌椅等，这些费用也不能低估。所以，我想要求三和纺织公司提供大约五百万日元的协助资金。其条件是：将我们在巴黎签订的下期朗贝尔纸样的合同的权益让给它。这对三和纺织公司也是蛮合算的罗。"

"那么，前不久你去巴黎，是一脚踢开三和纺织公司，以圣和服饰学院的名义，和朗贝尔单独签订合同罗？这倒好！第一回你觉得心里没有把握，就让人家当垫脚石，和朗贝尔签订合同！这回，觉得稳操胜券了，就撇开人家，把权利据为己有，再拿出去卖！现在又要我当说客——"

伦子嘴唇微微颤抖，眼里射出愤激的光。

"瞧你，怒气冲天！野本先生被你耍弄，无知无觉，还一味忠心耿耿为你效劳。你是被他的精神感动了吧？那好，你如果觉得无能为力的话，东京学校就让葛美或者谁来经办吧？"

银四郎冷冷地说毕，断然地从椅子上站起。这是他惯用的、因发怒而采取的威慑对方的动作。虽然表情平静、淡漠，但咄咄逼人。伦子抬头，凝视着银四郎。

"为筹备这次朗贝尔时装展，我不知道找过多少回野本！我不止一次地被他笃厚和诚实的为人所感动，常常茫然不知所措。但是，与其享受平凡的幸福，我更渴望获得充满着荣耀的轰轰烈烈的事业的成功。为了求得后者，我才和你结合在一起。现在，我是不会投到野本的怀抱，再回到那平凡的生活中去了。所以，我……"

伦子呼吸紧促，以至言不能竞。

"也就是说你愿意去三和纺织公司了？"

银四郎转而柔和地问。伦子轻轻地点了点头。

"你答应了，我就好办了。要是行，你明天就去，怎么样？"

银四郎用柔和的大阪话说毕，把伦子拉到了膝盖上。

"不行！式子老师还等着我呢。她要我八点钟前回到缝纫厂，今晚得把所有的时装最后检查一遍。"

伦子说着，欲走。

"没关系，就一会儿……"

银四郎用手腕抱住她，轻声地问：

"式子劲头就那么大？"

"是的。她不知为什么要这样拼命干，以至于我都跟不上。她好像把一切都押到朗贝尔时装展这张牌上了！"

伦子在银四郎的怀抱里温柔地低语。

"押在朗贝尔时装展上？对呀！她如此拼命地干，我们也应该拼命地干罗！"

说着，不知何故，银四郎大笑。那笑声从白色的咽喉里挤出来，酷似口笛的声音。

"大家都借助朗贝尔时装，大庭式子的将来、津川伦子的东京学校、我的钱……"

又是一串凄厉的口笛声音。

"总之，你明天马上去三和纺织公司。我会对缝纫厂说，你去洋裁学校联盟联系有关学校事宜去了。"

银四郎扫了一眼手表,又一次抱紧了伦子。

野本和伦子隔着桌子相向而坐。野本像石头人一样,拱着宽厚的肩膀,一动不动地坐着,沉默着。摆在他们面前的粗茶,已经沉底,变凉。从刚才开始,他们之间就笼罩着这种令人难堪的气氛。这种气氛痛苦地折磨着伦子。蓦地,野本上身往前一倾,粗眉下的炯炯目光盯视着她:

"你是说,把下期朗贝尔纸样的权利,作为提供五百万协助金的抵押?"

伦子深深地点了点头,却又支吾着说:

"不是抵押,而是作为一种条件,向你们提出要求提供协助金……"

"说法不同,实质一样。如果我方拒绝你们的要求,那么,你们就把这个抵押品卖给其他公司或者商社,然后,在你们自己的缝纫厂加以组合和缝制,进而单独开时装展?"

伦子无言。她知道银四郎其人是什么事都干得出来的。

"伦子,五个月前,是你来求我们提供购买朗贝尔纸样资助金的,当时我们可万万没有想到,你们会有这么辣的一手呀!"

野本十分愤慨,但语调平静,眼睛仍瞪视着伦子。

"无论是五百万或是六百万,说实话,只要合算,我们公司是可以用宣传资助金的名义提供的。然而,你们在巴黎忘恩负义,一脚踢开最初提供资助的公司,仅以你们学校的名义同朗贝尔签订纸样合同。现在又反过来,以出卖合同权益,换取提供新校建设资金。这不是赤裸裸的叛变行为吗?大庭式子女士是不会干出如此卑劣勾当的。你说是大庭女士的主意,不,是那个八代银四郎!你为什么对他这样唯命是从呢?"

野本的眼里喷出激愤的光。

"不是他的主意！式子老师初次从事国际性的事业，雄心勃勃。欲以此为契机，在东京建设新校，把她的服饰事业推向一个新阶段。我是为她打开通路而奔忙的呀！老师还说呢，待这次时装展结束，东京学校的事有了眉目，就考虑我和你之间的事呢……"

伦子不惜花言巧语。闪动着美丽的双眸，泛起妩媚的笑，以摄人魂魄的娇态望着野本。野本好像被伦子的妖艳所吸引，目不转睛地盯着她，说。

"伦子，你又在对我撒谎吧。在举办这次朗贝尔时装展上，我已为你竭诚尽力了。本以为这可以挽回我们之间的危险局面。可是，看到你现在这个样子，你我想的不是一回事，我只能认为你是在继续利用我的善意。只要你能让我相信我们之间的事前途有望，等待多久都是没有问题的。可是，我无法忍受别人的狡诈，不许人随便利用我的善意，老是在对我行骗！——如果你还要欺骗，我们之间的事就算了！哪怕要忍受多大的痛苦。"

他宽厚的肩膀在抽搐。为了抑制沸腾的心绪，紧攥着搁在膝盖上的拳头。

"欺骗！哪里的话……"

伦子支吾着摇摇头。

"那么，请问，在我屡次谈到我们之间的关系时，你总是有意岔开话题？在朗贝尔时装展刚开始筹办时，你说，待时装展结束后，就考虑我们之间的事。现在，离朗贝尔时装展开幕只剩下三天。几天之内就告结束，可这时你又说什么要等东京学校的事有了眉目……你的真心实意何在？你敢否认，你不是在骗我吗？"

一种穿透一切假象、洞察所有谎言的目光，从野本的眼里闪射出来，直刺伦子的心坎。她觉得再也骗不下去了。于是快快然带着隐含悔悟的平静，望着野本说：

"野本，我是一个正如你所说的女人！在要求提供购买朗贝尔纸样的协助金时，我答应你，待朗贝尔时装展后，谈我们的事情。今天，当朗贝尔时装展就要举办时，我又说，要待东京学校成立后。老实说，我的话是言不由衷的，我说谎。可我到底为什么呢？由于我是东京学校的负责人，为了成为一位名时装设计师，获取辉煌成功，以至于利用了你对我的一片好意。"

伦子总算第一次吐露了自己的真心话。

"就这些吗？你骗我的——"

野本燃烧的目光，还在追逐伦子的眼睛。她低下头沉思了会儿，终于仰起苍白的脸：

"我连自己的肉体也赌上去了……"

野本两腮的肌肉在痉挛，肩膀在摇晃。

"噢，这就是女人的那种所谓虚荣心吧，是什么妄念使你舍得抛舍自己的肉体乃至灵魂？是什么呀？难道所有女人都有这种痴心妄念吗？利用女人这种妄念的男人，是卑鄙而又愚蠢的；而对女人这种妄念熟视无睹、受其欺瞒的男人，又是多么的无知可怜啊……"

野本由于强忍内心的痛楚，失态地大笑起来。

"伦子，我明白了，我对你的心，死了！事到如今，虽然是痛苦的事，但我再对你恋恋不舍，那是太没脸了。"

说罢，野本像无法忍耐似的站了起来，决然转身欲走。是心灰，还是蔑视？野本这个断然的举动，像一枝利箭，嘶鸣着，射向了伦子的胸膛。

"野本——"

伦子赎罪似地大叫一声。野本直挺挺地站在桌前,两眼紧紧地盯着伦子的面容,说:

"好吧!作为我最后一次为你效劳,我尽力争取我们公司向你们学校提供协助金吧!"

"提供协助金……?"

伦子有点怀疑自己的听觉,抬头望着野本。她发现野本的眼里闪动着晶莹的泪光。为了掩饰自己的痛苦,他扭过了身,给伦子打开了传达室的门。

葛美虽然惦记着约会的时间,但无法脱身。

式子刚才叫她把后天就要用的朗贝尔时装展的解说词原稿,复写出来。还要写好后台的进程表。本来想请伦子帮忙,可她午后就到洋裁学校联盟,联系有关学校事宜去了。银四郎是约她下午两点见面的。两点以前,式子托办的这些事怎完成得了哇?她望着富枝。

富枝"周"字形的胖脸,像平时一样无忧无虑地笑着,她一边指挥着青年缝制者,一边很麻利地熨着已经检查完毕的时装。不知怎的还时时一个人抿着小嘴笑。这就是富枝的可爱之处。葛美把桌上的稿子翻过来,搁下笔,悄悄地踅到富枝身旁。

"富枝,我想出去一个小时就回来,下边的事情就拜托给你了!"

葛美装出去办一件小事的样子,轻轻松松地对富枝说。

"嗬!昨天是伦子突然溜出去,今天又轮到你,你们都是溜号专家呀?!"

富枝鼓起"周"字形的胖脸,随随便便地说了一句。

"怎么,昨天伦子……"葛美感到意外,自问一句。

昨天,因为京都校有联系教材的会议,她不知道伦子的事。

"是呀，傍晚的时候，说是甲子园校有急事要回，约定八时回来，可挨到九点钟才到呢！弄得我和老师两个人拼命赶才把服装检查完。昨天有老师在，今天老师要出席报社的座谈会，伦子不知因什么事，中午到洋裁学校联盟去了，你再一走，只剩我一人，这么多事情我对付得了吗？"

富枝以异乎寻常的态度断然说。

"可我和伦子不一样，我只要一个钟头呀。你不要要坏去告发给式子老师呀。"

说罢，不待富枝首肯与否，拿起小提包，推开门，就走。到了大街。她叫住一辆出租车，直驰和银四郎约会的餐厅。

坐落在通顿崛川旁的餐厅，十分幽静。下午三时过后。里间就只剩银四郎一名顾客了。

银四郎一边饮着咖啡，一边悠然地看报。听到脚步声，忙转过仍跷着二郎腿的身子。

"你迟到了好长时间呀，是不方便吗？"

银四郎像平日同她相见一样，哄她喜欢似的，满脸堆笑。

"没什么不方便的！"

葛美不笑，绷着脸，不理睬银四郎，悻悻地坐到银四郎前面。

"不要这样绷着脸嘛，要吃什么美味的吗？"

银四郎仍然对葛美笑，不计较她的态度，摊开菜单，自己订了菜。

"究竟是怎么回事呀？"

银四郎轻松地问。

"富枝说我们是溜号专家——讽刺昨天的伦子、今天的我，都偷偷地溜出来了！"

葛美没好气地回答他。

"比喻得这么形象！溜号专家！这可不是富枝可以说得出来的！"

银四郎本来涎着嘴傻笑，此刻收敛笑容，从眼镜片后闪出锐利的光，以微妙的柔和的声调说：

"我找你是有件急事的。"

"什么事？什么紧急要事……？"

葛美轻轻地拢了拢短发型的前发，支着肘，托着腮帮，抬头望着银四郎端庄英俊的脸。银四郎掉转镜片内眼角细长的眼睛，说：

"京都校要增加两个教室，把学生人数扩充到千人以上。这事不正是要找你商量吗？"

"怎么？千人以上？"

葛美惊愕地望着银四郎。

"是的。现在有五个教室，每一班招收六十名学生，采取每星期一、三、五和二、四、六两班倒制。这样白天部学生就可达六百人。夜间部每班招四十人，就是两百人。两部合起来学生人数可达八百。若再增加两个大教室，白天部招两百四十人，夜间部招八十人，总共搞他三百二十人。这样，你的学校不就达到一千两百余人了吗？"

银四郎一边搛菜，一边把这些数字灌到了葛美的耳朵里，他说得如此准确，犹如脑子里有架算盘似的。

"不过，京都是个人口不多的城市。在昨天京都洋裁学校联盟的教材联络会议上，大家也说，京都人口仅是大阪的一半。办一个学生人数不超过千人的学校容易，要办一个千人以上的大学校就难了。再说，我们的京都校才开办一年，一下子将学生数猛增到千人以上，这未免太勉强了。首先，教室怎么办？

我们还是借住别人的楼房呢,哪里有符合我们条件的空楼房?"葛美以教室不够为理由拒绝道。

"关于教室,大约在两个月前,房管所就向我提出过,说是四层的茶道教室,已经空了半年,损失了半年的房租了。现在要租出去,愿意租给我们。我要求对方把每坪租金由八万元降到七万元。这样,我们就增加了二十五坪的两个新教室了。我想听听你的意见。"

银四郎口头上说是听听意见,但说话的口气很强硬,是逼人就范的。

"如果我说不同意呢?"

葛美眼里闪出倔强的光。

"那我就天天动员,直到你同意为止!"

银四郎嘴角泛出坚决的笑。

"那么,就用不着同我商量了。你从来就不是商量;而是早已准备就绪,然后把结论说出,逼人家同意。人家要是不同意。你就有根有据地和人争辩;人家要是生气,你就七哄八骗,真叫人没办法!不过,这回,你干吗要在后天就要举行朗贝尔时装展的紧张时刻,突然提出京都校扩大教室的事呢?"

在葛美看来,银四郎似乎以朗贝尔时装展为契机,在急于干什么事。他慌慌张张,显得很不自然。

"说明白些吧:大阪校的扩大,东京校的开办,都要同朗贝尔时装展相辅相成。所以,我也想趁机扩大京都校。仅此而已!得赶快交付押金,缔结合同。"

"不可思议的怪事!无论是式子老师,还是银四郎先生,一到朗贝尔时装展,就都像豁上命似的。唯独我悠闲自在,当一个旁观者!"

"旁观者——哈,对了!这次时装展,可能就你一个算是纯粹的旁观者!"

说着,银四郎紧张地看了一下手表。

"怎么啦?把我催命一样的叫出来,自己又匆匆忙忙地要走!最近,你都没有和我好好在一起过了……"

葛美赌起气来. 银四郎从上衣口兜里拔出一个白色信封:

"这是本月给你的零花钱。五万元。等到朗贝尔时装展结束后,再给你多一些。"

银四郎重复了最后的一句话,浮出妙不可言的笑,站起来催葛美走。

伦子从三和纺织公司回到宿舍,外衣没脱,就坐在窗旁的椅子上,眼帘映出了野本刚才那背朝她,痛苦分手的情景……

他那宽厚的胸膛里,深深蕴藏着一颗纯朴无瑕的心。他对自己所爱的人是忠贞不二的。只要自己温顺地靠近他,就能成为一个幸福的妻子。可她伦子却不愿那样做,她所追求的是另一个灯红酒绿的世界,是富有和名声互相交织的舞台。为此,她利用擅于经商、手腕莫测的银四郎,尽快地缩小自己和有名设计师大庭式子之间的距离,甚至在她精疲力竭之后取而代之。大庭式子是个名门闺秀,幸运、有钱、穿戴华丽,对于她伦子这个出身于地方普通家庭的女子来说,是一个近乎憎恶的嫉妒对象。只要东京校能够拔地而起,使她成为该校的负责人,也许,她每天所食不甘味的这种被妒火所煎熬的生活,才能告一段落。

门开了,是银四郎悄悄地闪了进来。他比约定时间迟到一个钟头。今天,是说伦子去了洋裁学校联盟,式子院长才去出席了新闻座谈会。缝制厂只剩下富枝和葛美两人了。因此,她伦子必须尽快赶回去。银四郎快手快脚地脱了鞋,双手插在裤

兜里,走到伦子跟前,站着,迫不及待地问:

"怎么样?三和纺织公司方面……"

"野本说,尽最大努力……"

伦子只冷冷地回答一句。

"不错吧?因为附加了下期朗贝尔纸样的权益,他们是不得不提供协助金的罗——"

银四郎自鸣得意。

"不是的!野本说,是作为最后给我的礼物,他才要尽最大努力……"

"最后的礼物?那么说,这是饯别了!也就是说,野本的利用率结束了,这是最后的一笔尾数?"

银四郎脸露揶揄别人的笑。

"哎呀,你这个人……"

伦子有些怒不可遏。

"野本说你是骗子!他说,我受你这样的人摆布是可怜的。五个月前,我低着头向他恳求提供购买纸样的资金;这回我又为了让他们提供办校资金,恬不知耻地倒卖朗贝尔纸样的权益。他感到我是可悲的。可这些,全是你……"

伦子紧绷着嘴唇,怒视着银四郎。

"别激动,三年半来,他那样恋着你,甚至和你有了特殊的关系。这样情深意笃的男人要和自己所爱的女人分手,怎不赠送钱别礼物呢?这不就是利用的终止吗?男女之间也该有这样的交易呀?不然,怎么能在这种追名逐利的社会混下去呢?"

银四郎平心静气地说毕,款款然离开伦子,站到窗户旁。

"你从后天开始,和式子一起负责朗贝尔时装展使之获得巨大成功。野本的钱别礼物同时装展的成功是有关系的。"

银四郎目光炯炯,似乎又瞄准了某个目标。

第廿七章　碎　冰

　　式子和银四郎并排坐着,她一边眺望着机窗外如絮的白云,一边思忖着:明天开始的朗贝尔时装展或许是她和银四郎共同事业的最后一幕了。回想这三年来,自己被银四郎拴在一起,一切都充满着屈辱。是女人的虚荣心和追逐名利的欲望,使她看上了银四郎善于耍弄手腕的经营才能,被他那年轻肉体所引诱,沉溺在由他安排而得来的荣誉、名声和豪华生活中,昏昏然沾沾自喜。而今,她已认识到自己的卑贱和遭受愚弄的耻辱。为了结束这种生活,以获得一种平静而美好的幸福,在瞒着银四郎的情况下,她悄悄地着手清理身边的事务,充分地做好准备,以便和银四郎一刀两断。但在时装展即将举办之际,他奇怪地以一种冷漠的眼光瞧着自己,好像对自己起了戒心,他背后又在耍弄着什么鬼花招呢?

　　"累了吧?从巴黎回来以后,虽然忙得不可开交,但你却精神抖擞,好像迷上了什么似的,是什么使你那么拼着命干呀?"

　　银四郎把目光从对面的窗户转过来,打量着她。

　　"怎么?我还觉得,比起我来,你是更加卖劲了呢!这些日子,除偶尔有事外,你几乎不到缝制厂和学校来了,是不是又在追逐什么新目标啦?"

式子轻轻地笑着,警惕地试探。

"是的,我是照样很忙。因为这次时装展协助我们的 B 报社和三和纺织公司,都不是搞服饰业的内行,什么事都得我亲自过问。再说,东京的帝国饭店和大阪的新大阪饭店的加场时装展又各增加了一天,为此,我连去缝制厂的时间也难以抽出来了!"

银四郎语气平和,事务性地回答。

"噢,白石教授也要来参观时装展吗?"

银四郎似乎看出对方的心思似的问。式子很快转过目光。

"说是要来看帝国饭店的一场。"

"是吗?届时我要对自己在巴黎的失礼行为向他赔礼道歉,和他畅谈畅谈。"

银四郎好像想起了什么,脸上泛起柔和的笑容,轻轻地说。

"先生也说,想在朗贝尔时装展以后见见银四郎君。"

"是吗?先生说要见我,那就更好了,我也有事想对他谈。"

银四郎出乎意外地恭敬回答。但他那难以掩饰的对白石教授的虚情假意,令式子忐忑不安。她觉得他和她的谈话,表面上虽然心平气和,实质上是毫无诚意的。无聊!虚伪!

她转回目光,重又俯视着机窗外。机下那偌大的岛屿飘浮在波涛滚滚的蓝色大海上。令人惊奇的是,云雾缭绕的三原山看起来觉得近在咫尺。

从羽田机场来到帝国饭店,昨晚提前到达的伦子和葛美,已经做好了时装展前的准备,等待着式子他们的到来。

银四郎在柜台办好住宿手续后,立即去 B 报社的事业部和三和纺织公司驻东京支店,商量有关时装展事宜。式子回到自己房间,脱下西装上衣,换上衬衫式罩衫,来到作为明天时装展会场的三层楼的"孔雀间"。这是一个十字形的细长房间,天花板上画着华丽的孔雀。会场按照明天时装会的形式,摆好了椅子,正面放着钢琴和麦克风。伦子代替式子,已经开始指挥排演。式子轻手轻脚走到门旁的椅子前坐下。此刻,伦子转向担任司仪的葛美,低语几句之后,大声道:

"刚才出场顺序有点乱,要记住节目顺序表,切勿弄错。每一套时装的表演和对纸样组合、缝制的介绍,只用两分钟。由司仪开始,随着钢琴伴奏,再从头表演一次。"

说着,伦子向担任司仪的K剧团的花田美子和钢琴伴奏者做了一个手势。于是聚在一起的模特儿们很快地散开,以轻快的步子,滑行似地在大厅上表演起来。晚会女便服、晚礼服、上街便服、晚会女礼服——无一不再度表现出朗贝尔美的布料"雕塑"。模特儿每走一步,都描绘出朗贝尔时装的纤细的轮廓。

突然,钢琴伴奏声停止了,传来了伦子的高叫声:

"二十一号,穿晚礼服的,把项链戴好!"

她指着一个穿蓝色晚礼服的模特儿嚷道。那个年轻姑娘立刻收住脚步,惊讶地望着伦子。

"你的项链戴错了,不能贴在颈项皮肤上,应该作为上衣前面的装饰品,垂在胸前。"

伦子断然地纠正她。她让模特儿重新戴好镀银的长项链后,又开始指挥排演。她充满异样的热情,显得那么从容自信。式子注视着她,心中萌起一个念头,她是不是企图取而代替自己呢?如若这样现在该是尽快满足她那野心的时候了。式子又看了看站在钢琴旁的葛美。葛美不耐烦地用手拢着头发,扫视着顺序表,不时快活地和等待出场的模特儿说话。性格坦率的葛美是最讨厌银四郎的,可又为什么也和银四郎勾搭上呢?这是式子难以理解的。当她想到银四郎可能是利用葛美梦寐以求当名时装设计师的欲望，吊了葛美的胃口，从而摆布了她时，一股对银四郎的难以言喻的怒火，便在胸中燃烧起来了。

"老师，明天时装会的成功，看来是十拿九稳的了！"

式子回过头，原来是伦子。不知什么时候她走到自己背后来了。伦子眼里闪着兴奋的光，美丽的小嘴唇，乐得开了花。

"还没有公开，不能打保票啊！人们往往容易沉醉在自己苦心制作的东西上……"

式子口头上虽然这样平静地回答，但心里却是确信：在日本首次举办的这个朗贝尔时装展，成功在望。她打算把成功所取得的一切好处，都交给银四郎。过去，自己由于追名逐利，渴望事业的成功，以致被银四郎所操纵；而今，为了摆脱他，反而又要追求更大的成功，命运之神是多么刻薄啊。

帝国饭店那间画有华丽的孔雀和装饰着枝形吊灯的"孔雀间"，此刻变成了豪华和兴奋充斥的海洋。那些珠光宝气的贵夫人，衣冠楚楚的社会名流、纤维厂家和服饰商社的有关人员，以及报纸杂志的记者，挤得满满的。

式子身着镶有细金丝线的黑色西服，胸前挂着一条项链，项链上缀着一枚四周嵌着小粒钻石的翡翠。她一站到麦克风前，大厅里就腾起一阵热烈的掌声，闪耀起照相机的闪光网。式子深深鞠了一躬后，平静地抬起头说。

"在日本首次举办的朗贝尔时装展，在诸位美好的期待中开幕了。不用说杰·朗贝尔先生，就连在日本组合纸样和负责缝制时装的我本人，也感到无限荣幸和无比高兴。如果通过这次时装展，诸位能够欣赏到杰·朗贝尔先生及其优秀的时装设计、时装剪裁以及时装所具有的立体感，感受到他那独特的立体剪裁美妙之处，那么，我首次向日本介绍朗贝尔纸样的工作，就算有意义了……"

将近五百双眼睛注视着式子。她一面审慎地致辞,一面想象此刻白石教授也在静静地看着她,不由得内心激起一阵紧张和兴奋。

式子致辞毕,在司仪主持下,朗贝尔时装展随着优美的钢琴曲开始表演了。

"第一,蓝色的交响乐。"

朗贝尔纸样那富有生命力的绚丽多姿的立体感,在模特儿身上体现出来了。身着蓝色晚会女便服的模特儿漫步在表演台上,描绘出朗贝尔时装的那布料"雕塑"的特色来了。

"第二,七叶树。"

"第三,巴黎的石街。"

"第四,幸福的日子。"

模特儿们身着各式各样的时装;午礼服、晚礼服还有便服……翩翩而出,走到表演厅。她们让观众看了时装的前身和后身,然后S字形地旋转表演起来。朗贝尔时装色彩之绚丽,立体轮廓之鲜明,使观众沉醉在无比美妙的兴奋之中。

时装表演过半,夹杂着香水浓郁的闷热会场上,已经充满人们对朗贝尔时装的啧啧称赞声和满意的喝彩声。式子想起了那次自己参观的巴黎朗贝尔作品发表会上的情景来。当时,整个会场气氛,热烈非常。如今这个重现朗贝尔设计的时装展,气氛之热烈与之相比,毫无逊色。她感到时装展正在取得成功。

突然响起一阵暴风雨般的掌声,司仪宣布表演业已结束。少顷,掌声再一次响起。身着朗贝尔时装的模特儿们围住式子,把她拉到表演厅正中间。这时,晃人眼睛的相机闪光灯在追逐着她的一举一动。掌声延续着。

掌声平静下来后,式子站到表演厅中间。她一面致闭幕词,一面憧憬着即将到来的幸福:朗贝尔时装展取得了成功,银四郎得到了满足,在这种时刻,给予他所希望得到的一笔财产,从此与他分道扬镳。

闭幕词致毕,式子返回等候室。这时,身着黑礼服,身材颀长的银四郎已在门口迎候她了。

"取得了大成功!今日盛况,各家报纸明天定将头条登载。旗开得胜,一开始就掀起如此热烈的朗贝尔旋风。往后这番事业就容易多了。我们尽快联名向巴黎的杰·朗贝尔报告今天成功的消息吧!你累了吗?"

银四郎细长的眼睛充满无限柔情,执拗地注视着式子。他那目光洋溢着要和式子重归旧好、再度合欢的强烈欲望。但式子表情生硬,目光冷峻,反问道:

"白石教授在哪里?他好像来了吧?"

银四郎眼镜后的眼睛好像激烈地闪动了一下,装作毫不在意的样子答道:

"让他在这个等候室里等待,岂非失礼?请他在另一房间休息了。等这里的事整理完毕,再去看他,怎么样?"

银四郎用眼神指了指伦子和葛美在忙忙碌碌的等候室。因为是时装设计的世界名家作品,为防止有人盗窃纸样组合和时装缝制的复杂工艺,伦子和葛美两人守候在那里。模特儿一脱下服装,她们立即收好锁进箱里,严加保管起来。

"这里的事全托付他们两人好了。"

"瞧你这么焦急。"

银四郎好像看出了式子心思似的,带着挖苦的口气说。

"是焦急!请你也到白石教授那里去一下。"

"就是说,现在朗贝尔时装展取得了成功,我们三个人该在一起以各自的立场谈一次话了吗?"

说着，银四郎发出奇妙的笑声，随即收起笑容，两手插进口兜，一转身，推开房门走出去。

他在铺着红地毯的长廊慢慢走着。式子跟在他后面，她觉得长条红地毯带着强烈的色彩和紧迫感向她袭来。她内心感到强烈的激动。走在前面的这个男人，为了满足其个人野心，两年半多时间里，对她的肉体等一切予以玩弄和利用。现在，他即将踏进白石教授等在那里的房间，从那一瞬间开始，她就得和他进行断绝关系的清算了。银四郎大概没有意识到这一点，或者已经意识到，却佯装不知，他的步子显得平静、稳重。

在走廊拐角处，银四郎像想到什么事，回过头来，闪动着无框眼镜里的眼睛，扫了式子一眼。她浑身一阵冷战。倏忽间，他嘴边又浮起了微笑，站在了走廊尽头的白石教授房间前。他从口兜里抽出两手，轻轻敲了几下门，待白石教授回答后，便恭恭敬敬地开了门。

白石教授见到式子，从沙发站起来，迎上前道：

"真是盛会，祝贺，祝贺……"

教授眼角露出微笑，又转向银四郎道。

"祝贺你的成功，日本初次举办这样的时装展，是极不容易的。第一次就取得这么大的成功，你筹划组织，为之奔走，值得值得！"

白石教授对银四郎的劳苦，表扬一番。

"我学的法语，在这次从巴黎直接引进纸样的服饰事业中可帮了大忙。但在先生看来，这也许是学非所用了……"

银四郎意外显得那么认真地说了一句，就坐在白石教授正对面的椅子上。式子也在白石教授旁边的椅子上坐下来。霎时间，各自都缄默下来，一种令人难堪的气氛，笼罩在他们中间，相互在等待着对方先开口。

"银四郎君,今天我有事想和你再谈一谈。"

白石教授终于开口了。

"老师突然这么郑重其事,是什么事呀?"

银四郎脸上浮现出暧昧的微笑,问道。

"是关于我和式子的事。现在我决定宽恕你和式子过去的事,原谅你在巴黎的无礼,把式子接到自己的生活中来。"

"是正式提出和式子结婚吗?"

银四郎平静地问。白石教授深深地点了点头。

"为此要你清理迄今你们合作的事业。只要式子进到我的生活中来,我就希望朗贝尔时装展是你们事业的最后一次合作。这就是我今天要说的。"

白石教授的语气平静而坚决。银四郎眼镜下闪动着逼人的目光,令人不快地沉默一会儿道:

"清理,那要看什么条件了。式子现在是我的一笔特殊财产,即便是恩师,我也不能简单让出去呀!"

说毕,他竟轻轻地发出一阵冷笑。

"银四郎君,你……"

白石教授语含激愤。

"先生,您不必对他讲,什么也……"

式子打断了白石教授的话,眼光直视着银四郎。

"你是不可能用宽容、信赖和爱来处理人与人之间关系的。那么,按照你的条件来清理,总可以吧?"

式子以愤怒和轻蔑的目光,冲着银四郎说:

"把这次朗贝尔时装展所得利益全都给你!"

式子好像豁出去似地说。

"就这些吗?"

银四郎似乎受之无愧,冷冷地说。

"还有,把拥有一幢钢筋水泥三层楼房、学生一千八百人的大阪本校也给你。"

"就这些吗?"

银四郎像要讨价还价似地这样重复着。

"那个京都分校,我也撒手,给你。"

"就这些吗?"

一阵难忍的愤怒,使式子浑身冰冷了。

"东京池袋那块准备建校的地皮,你也想要吧?给你。"

"就这些吗?"

式子感到银四郎身上似乎含有令人可怕的东西。

"我还有什么?我只把甲子园校留下来。把大阪校、京都校,甚至东京池袋建校的地皮都给你之后,你还要想从我这里得到什么呢?"

式子强忍愤怒,压低声音说。

银四郎把头靠在椅背上,叼着一根没有点燃的香烟,突然松开绷紧的嘴唇道:

"我要这些作为抵押品或者是债台高筑的学校,有什么用?!"

银四郎冷冷地说。

"怎么?抵押?债台高筑?"

式子叫了起来,但说不下去。白石教授脸上也顿时现出惊愕不安的神色。

"是的。大阪本校除了欠一笔两千万圆的学校债券债务外,又以校舍和校地皮作为抵押,借了人家一千五百万圆。京都校是和楼房的房主合作开办的。而东京池袋的地皮,是以信用保证协会作保,用京都校教室和器具设备作抵押借来资金购买的。而这块地皮又是作为筹借建筑混凝土五层教学楼和星形校舍资金的抵押品。所以,你要给我的全是负债的抵押品,这当然不能作为清理条件。"

银四郎以轻蔑口气拒绝了她。式子脸色渐变苍白,嘴唇痉挛似地瑟瑟抖动着。

"你未经我同意,随便借债,那么,你接过学校之后,你自己去还!"

"可是这债是以学校法人、圣和服饰学院院长大庭式子的名义借的,因而在法律上你负有还债的义务。你想送给我学校,也只能继续干三年院长还清债务以后再送。你要不愿这样,对不起,你和白石教授尽快商量办法如何还清债务。"

银四郎面露残忍的奸笑,直视着式子。

"诈骗!你是个无耻的诈骗犯。经营一所三千多学生的学校,完全有足够资金来扩大学校而无须借债的。是你侵吞学校的收益,致使学校负上庞大的债务。现在却推卸得一干二净,以此来威胁我,拴住我!好歹毒的心肠呀!你是什么时候设下这条毒计的呢?是我去巴黎期间,还是知道了白石先生和我的事以后呢?难道在短短时间内,就能设下这种圈套吗?对于你侵吞公款和诈骗行为,我要向法院提出控告!"

因愤怒,式子浑身颤抖了。

"我如若犯了诈骗罪、侵吞公款罪,那你就犯了严重的玩忽职守罪了。作为院长,你严重失职,致使学校管理杂乱无章,拖欠了家长们巨额学校债券的债务而不能偿还。你的玩忽职守,罪责不轻呀!你要去法院告我,没关系,什么时候我都可以奉陪。"

银四郎毫不客气地说毕,叼着新点燃的香烟,转向白石教授:

"这是有关钱的事,老师是极为厌恶的。可是式子是我的特殊'财产',要是清理的条件对我不合算,我是不会完全放手的。请您谅解。"

他用柔和的大阪话说毕,表现出一种对式子和白石教授的轻蔑神情,平静地从座位上站起来,走到门前,又转过身来,望着白石教授道:

"关于您两人的事,我还要登门听您的意见,您看什么时候合适?"

他躬身问,语气殷勤。白石教授弯着上身坐着,闪动了一下目光,无视银四郎似的闭口不答。

"让您不高兴了吧?可是金钱问题是含糊不得的。要以双方都感到满意的条件来解决。这一点也请老师谅解。"

银四郎刚刚讲到这里时,白石教授突然大声问道:

"你要说的就是这些吗?"

银四郎身躬为之一震,一时语塞。

"没有其他要说了。"

他堆起满面笑容,立刻改变语气。

"那么,你给我出去!"

白石教授指着门命令他。

银四郎似乎慑于白石教授语调之激烈,把手放到门把手上。推门走了出去。

门关上之后,紧张的沉默顿时弥漫了整个房间,使人觉得稍一摇动,沉默就会划破,而从划破口中可以听到冰层即将破碎时的刺耳龟裂声。式子脸色苍白地坐在椅子上,她觉得心已冰冷了。刚才,本来充满信心的清理,遭到惨败。她预感到无法从银四郎设置的圈套里自拔出来,自己和白石教授的幸福将遭破坏的恐怖,猛烈地撞击着她的心。她惶恐地悄悄抬起头。此刻白石教授紧闭着双眼,坐在那里一动不动。他那轮廓鲜明的脸，充满着苦痛。他绷紧嘴唇，好像拒绝讲话似的。

忽然白石教授身体移动一下，他直起上身，慢慢从座位上站起来，走近式子的座椅，站在式子的双膝前。一种要从身体中迸发出来的激情，使式子喘不过气来。白石教授把手轻轻地放在她的肩上。

"我们的事就算了吧！"

"怎么？"

式子怀疑自己听错了。

"银四郎对我们已设下卑鄙的法律圈套。我们除了放弃结婚的打算外，别无他法。我不知道如何对付银四郎的卑鄙、无耻和狡猾。再说我也没有足够的力量，帮助你摆脱经济上的困境。他非要金钱来解决问题不可，我们不能指望有金钱交易以外的办法——可能我是一个软弱怯懦的人，对于这样一个信奉金钱万能的无赖，毫无办法。我终于失去了和你结婚的信心。"

白石教授的内心好似在盲斟句酌，一字一板、慢吞吞地说。可是每句话都沉重地敲击着式子的心。她感到冰碎般的寒冷。

"先生，求您不要抛弃我……"

式子喊道。她的身体从椅子上向前挪动。

"您为什么让我孤零零一个人……从巴黎回来直至今天，为了我们的新生活，您作了如此努力，可是现在您为什么不更加努力和他交涉呢……？"

式子眼睛涌出了泪水，如泣如诉地说着，摇晃着白石教授。白石教授任她摇晃，木然地注视着她。突然他调开眼睛，挣脱她的手，和她面对面地说：

"我在自己妻子情死的时候，对社会的非议和流言蜚语，毫不予以反驳和纠正，就是由于我不愿理睬这些繁杂的事，以保持我的生活寂静罢了。在这方面，我也许是一个冷漠无情的人。

不过,我的确不愿让人搅乱自己研究学问的平静。我固然重视人和人之间的关系,但不愿让别人介入我的生活,只希望在一种纯粹的平静中研究学问。我在巴黎和葡萄牙时,相信我们结合还能做到这一点。但意想不到我们的婚姻中竟闯入了银四郎这样的人,他制造的气氛,我实在无法忍受……再者,恕我不留情地说,刚才我默默听你们两人的谈话,虽然谈出来的形式不同,但你们的金钱观,颇为相似。在这方面,我和你所处的社会有些不同,我是不能跟着进到你们那个社会去的……"

白石教授的最后一句话,如同尖刀刺进式子胸膛,鲜血自刀口喷射而出似的,她感到一阵难言的疼痛。

"先生,我该怎么办好呀!"

式子想从剧烈痛苦中挣扎出来。

"你应该继续从事现在的工作,以还清以你名义借的学校债务。还清债务后,离开银四郎君,独立生活。这确是痛苦的。但目前这种局面,只能由你自己来收拾,别无他法了,而我只能从远处看护着你。"

"那么,我们的关系已经……"

式子喘着粗气。白石教授以平静而冷淡的目光望着她,深深地点了点头。他们一时相对无言,沉闷抑郁的空气弥漫开来。式子已经感受到白石教授的内心,确信几年以后,他也不会回到自己身旁。她觉得支撑自己的支柱在咔咔作响,行将倒塌。

"我们的分手至少不算难堪的。因为双方都有职业,并且是一个五十岁、一个三十六岁的男女的分手……"

他好像严予克己似地说。之后,白石教授用深沉的目光看了看式子,拿起桌上的帽子。式子微微颤动了一下,忘却哭泣似的,呆呆地望着白石教授推门走了出去。

走廊里白石教授的脚步声渐渐远去。式子弯下身伏在椅子上。就在两个钟头前,她还相信和白石教授的幸福生活即将变成现实,而此刻这种幸福已被残酷无情地剥夺了,白石教授再也不能回到自己身边来了。她感到她所追求的赖以生存的希望已经失去了!难以挽回的绝望和沉重的悲哀,袭击着她的心。现在她仿佛站在一个可怖的空间。精神恍惚,面前一片漆黑。她渴望从这种残酷的现实中挣脱出去。

她站起身来,摇摇晃晃地走出黑暗的房间。走廊里开着电灯,式子感到一阵恐怖,生怕现在不马上离开此地,或许有人跑来或打来电话,又把她拉回可怕的现实中,而逃脱不出。于是她悄悄回到自己房间,把帽子上的垂纱放下来,拿出手提包和貂皮外套,不乘电梯,从狭小搂梯下去,急速走出底层的走廊。此刻,预定明天在B报会馆举办朗贝尔时装展的事,虽然一下子在她脑海掠过,但她还是走出饭店,立即叫了一部出租车,往东京车站驰去了。

二十点开往大阪的列车内。在开车前五分钟,人声嘈杂,一片喧闹。式子托列车员买了一张特二等车票,在六号车厢门旁一个位子上弯身坐着。火车一开动,她再次想起明天朗贝尔时装展的事。虽然当回顾起自己第一次在巴黎见到名闻世界的时装设计师杰·朗贝尔,参观他的作品发表会,并签订购买到他的纸样合同时,那新鲜而兴奋的情景,还是抑制不住内心的激动。但是在失去了和白石教授结合的幸福的现在,她再也没有兴趣站在朗贝尔时装展豪华的舞台上,向来宾致辞了。

车内的电灯减低了亮度,嘈杂声开始静了下来。式子感到夜的寂静和黑暗带着一种异样的恐怖向她袭来。她现在失去了幸福,逃避出席明天东京的朗贝尔时装展后,该怎么办呢?——中途放弃朗贝尔时装展,就等于自己断送了时装设计师的前程，会招致社会严厉的谴责。但这对于失去与白石教授结合的幸福相比，已经微不足道了。她不知道现在去什么地方好。还是暂回大阪，然后再躲到谁也找不到的地方去吧！她如此这般地想着。

式子把脸靠近车窗。闪着铅灰色的玻璃窗内，有一双放着异样神色的眼睛，死死盯住自己，那眼睛闪烁着与银四郎很相似的执拗的光。式子不由得吃了一惊，身体颤动了一下。回头看，背后并无人影。玻璃窗里那两只令人可怕的大眼睛，却是她自己的因为疲乏而闪烁出异样神色的眼睛。式子暗为自己的胆怯，微微苦笑了。向窗外望去。两根铁轨平行地向后闪过，车到有信号灯处，黑暗中，闪着寒光的铁轨，宛如一柄剑在式子疲惫的眼睛里，它却具有一种冷酷的美。此刻她内心才确切地感到，自己现在是在返回大阪的途中。

虽然前天刚刚离开大阪，但是，因痛苦而折腾了一整夜的式子，觉得好像阔别了几个月似的。

她因睡眠不足而昏昏沉沉，反而觉得清晨的大阪街道是这样安静，湿润而柔和。她从火车下来以后，深深地吸了一口气，把身体紧紧靠在出租车座后背上。此刻，离东京 B 报社会馆的朗贝尔时装展开幕，还有六个钟头，乘飞机返回完全来得及，但她却让车沿阪神国营公路朝西驶去了。

到了上甲子园，车从国营公路驶进通往海滨的一条狭小马路，来到甲子园球场后面。从海面吹来的海风，穿过没有人影的球场，发出嗖嗖吓人的声响。式子叫司机停车下来，独自移步向自己学校走去。只有五米左右宽的街道，各家商店还没有开门，房檐下散乱着盖满尘土的纸屑。穿过街道，到了学校门前时，她不断地问着自己，我为什么回甲子园来啊？可是她竟自己也弄不清楚。

学校正门紧闭,她从日夜不关的后门进去。星期天的校园一片寂静,朝阳正静静地晒在乳白色校舍的墙壁上。式子突然想起建校时的情景。当时她要求在楼房的高窗上,嵌上一块华丽的彩色玻璃。可是,这和水泥装修的木结构校舍很不相称,承担建筑的设计师多次要求她改变主意,但她始终没有退让。式子慢慢转过身来,穿过大门旁的小走廊,向西边的大教室走去。

推开大教室的门,里面昏昏暗暗的。但她一抬头,正面高高窗户上,那块彩色玻璃却在朝阳照射下,宛如一个燃烧着的光环,喷吐着红色的光,使周围沐浴在奇光异彩之中。透过这彩色玻璃的光彩,式子仿佛看到昔日的自己。在开办这小洋裁学校时,她想起了已经故去的母亲。母亲从衣裳到日常用品乃至餐具,都要标上金莳纹的泥金画纹章,以表示自己名门闺秀的矜持。式子渴望自己能像母亲那样骄傲而美好地生活,于是在校舍的高窗上,嵌上像纹章似的华丽的彩色玻璃。可是如今可引以为自豪的东西一件也不复存在了。有的只是被白石教授拒绝后所产生的无法摆脱的绝望,以及由银四郎强加给她的耻辱。

式子不禁呜咽起来。她想她现在是多么可悲:没有什么幸福,没有什么可引以为荣,等待她的是劳作,是为了还清学校债务的繁重劳作。她的心似浸在冬日的海水里,凉透了。她觉得活下去,只是一种毫无意义的沉重负担。突然她那无神的目光转向站在教室角落的一个等身量的布制人体躯干模型上,于是就像被模型吸引住似的往那方向走去。

式子站在模型前,忽地摘下自己的帽子,戴在模型上,脱下外套,套到模型上。帽子是在巴黎买的,上面垂着浅灰色的面纱。现在帽子在模型上轻轻地摇摆着。那白色貂皮外套,使模型宛如一位装腔作势的贵妇人。式子又从自己身上取下围巾,在模型脖子上套成花的模样,然后打开裁剪台的抽屉,取出制图纸和裁剪刀。她在制图纸上画出与自己相似的脸谱,用剪刀剪好,贴到帽子下面,于是一个酷似式子本人的木偶做成了。

在这昏暗的教室里,只有这酷像自己的布木偶,形状奇特,色彩鲜艳,给人一种妖冶之感。式子好像被它引诱了似的,又取下那个白金项链——上面有一块周围镶着钻石的翡翠——戴在木偶脖子上。这垂在木偶胸前的项链,钻石的光彩和白金的闪光交相辉映,像是挂在胸前的一串勋章,是浸透着追逐名利欲望的女人的勋章。式子用嘲笑、憎恶和愤怒的目光,望着木偶人。

木偶身着华贵的衣服,戴着装腔作势的帽子,胸前垂着勋章似的项链,神情显得那么滑稽可笑。式子在想,愚昧的自己,不就像这木偶吗?一味追求表面上的荣华富贵,到头来失去了幸福,失去了一切。虽然一时洋洋自得,自以为高贵无比,实际上却是多么愚蠢、内心空虚啊。把鱼崎的小洋裁教室改为甲子园校、举办时装展、在大阪建立新学校,之后甚至在京都办起了分校。这一切不光是银四郎操纵着自己去办的,而且也是自己出于强烈执着的欲望——追求事业步步成功以取得更多的名利地位的勋章来装饰自己的欲望去办的。但这些沉重的勋章却把自己和过去紧紧拴在一起,并无情地夺去了自己与白石教授结合的幸福。

突然,式子走到木偶旁,用手抓住勋章似的项链,用力一拽。她的手渗出了血,翡翠钻石项链咔的一声折断,掉在地板上,闪烁着晃眼的光。式子茫然地望着项链,移动脚步,拿起桌上的裁剪刀,猛然向木偶胸部捅去。随后她吵吵地撕破整个木偶，剪碎帽子，把白色貂皮外套剪成碎条。貂皮毛像白色羽毛的轻轻地飘舞着。

周围静悄悄的，一阵恐怖向她袭来。她觉得自己脑海中有什么东西正渐渐燃烧殆尽，就像蜡烛边燃烧放热，边熔化塌落似的。突然，她睁大眼睛，发狂地大喊一声，将剪刀对准自己的喉咙。她朝上看，彩色玻璃微笑似地向她炫耀着明亮的光彩。她避开它，用锋利的剪刀刺进了喉咙。刹那间，她觉得彩色玻璃闪耀一下血红的光，在一阵激烈的疼痛中，那红色的光，变成了黑雾，把自己吞没了。

银四郎叼着烟，表面上悠闲自得地看着登载有朗贝尔时装展取得成功消息的报纸，心里却憋着一股气：昨晚式子竟连内部的晚餐会也不参加。原以为她又和白石教授到什么地方去谈他们的事了，可是到今早还未回来。不过，现在离B报社会馆的时装展开幕时间，还有四个钟头，还用不着过于焦急。

"不要紧吧？平常老师都要看我们整理完毕才走，可昨天时装展一完，我们还忙着整理，她就默默地从等候室出去了。我总觉得有点不放心。"

葛美像比较两人似的，一边看着貌似冷静的银四郎，一边看着沉着脸默不作声的伦子说。

"那么，给白石先生家打电话问问怎么样？"

伦子仿佛看出银四郎的内心焦急似的说。

"好，不过再过两个钟头去打，来得及。"

银四郎略表异议说着，坐到椅子上。即便不给白石教授去电话什么的，也不会有什么可担心的。她虽被迫承担还清学校债务的义务，但朗贝尔时装展正取得成功并将获得莫大收益。现在不会有什么三长两短的。

电话铃响了,葛美像本来在等待着似的,拿起话筒。

"什么?从什么地方?大阪……噢,是富枝呀?"

葛美颇感意外地问。

"怎么?式子老师?"

话筒从葛美手中掉落下去了。她神情异常,想向伦子说些什么,可是嘴唇发抖,说不出来。伦子拿起垂挂在电线上的话筒。

"我是伦子,式子老师怎么啦?怎么……今天早上……在甲子园校……"

伦子声音激烈地颤抖着,不断地点头。

"好,马上告诉银四郎先生。知道了,在武库川河畔的武库川医院……"

放下话筒,伦子转过苍白的脸,直对着银四郎。

"式子老师自杀了……在甲子园校的教室……用裁剪刀捅了喉咙……"

伦子说不下去了。葛美悲痛地大叫一声,伏在椅子上。

"有抢救希望吗?……"

银四郎问了一句。

"据说是星期天来上班的教员发现的。大家赶忙把她送进医院,可因为出血过多。不行了!"

银四郎好像挨了当头一棒,身子险些向前栽倒,突然发生了意想不到的事。刚才还估计她不会出了什么事,并且还想设法把她拉回自己身边,但现在这一切算计都无情地破产了,他失算了。银四郎抑制住自己的不安,从椅子上站起来。

"我现在马上乘飞机回大阪,这里……"

他停住话头,略有所思。

"这里的一切,我来办好了。下午的朗贝尔时装展,就说大庭式子因急病不能出席，我来代表她致辞。我要把今天时装展办得像昨天一样，取得圆满成功。"

伦子眼睛里闪烁着冷酷的光，她在惊愕中，很快平静下来，毫不掩饰地表现出取代式子的残忍的欲望。这种态度倒使此时的银四郎冷静下来。

"再给富枝去电话，告诉她在我到达那里之前，避免对外的一切应酬。"

说着，他拿起外衣。

飞机渐渐靠近大阪，银四郎愈发觉得自己完全估计错了。

他从银行借了并不急用的款，增加学校的债务，想以此来拴住式子。这也许出自对式子恋恋不舍之心和对白石教授的嫉妒——他是不愿意白石教授从自己手里把式子夺走的。他满以为这样一来，原来准备和白石教授结婚的式子，会无可奈何地回到自己身边，像原先一样把心按捺下来，经营校务。可是不知为什么式子竟然寻了短见。是突然说出的庞大债务对她的打击呢？还是他走出房间之后，白石教授和她闹翻，因感绝望而自杀呢？不管怎样，是他银四郎把她逼上死路的。大概他再也没有比这更失策的事了……

他满以为设下的圈套是万无一失的。他丝毫没有想到会发生这样的事。要是外界知道式子是因苦于庞大的学校债务而自杀，学校的经营情况就要受到调查。人们就会怀疑银四郎为什么在从巴黎回来到胡贝尔时装展前的仅仅二十四天内，从银行借了如此之多不急用的款。这样一来，他就有可能被指控犯了胁迫导致自杀罪。但是，只要式子没留下遗书，看来总有办法度过这一关。因此，在新闻界还没嗅到式子的死讯、记者蜂拥而来采访之前，自己先要弄清式子之死的情况。他想，大阪那边在他到达之前,富枝凭着她那令人难以捉摸的表情,和大胆沉着,定会采取妥善措施的。

到达伊丹机场,银四郎即乘出租汽车,抄着绕石桥的近道向前奔驰。当汽车以每小时一百公里高速靠近甲子园时,银四郎想象着即将看到的式子,用剪刀刺进喉咙自杀而死的惨痛的表情,一阵恐怖攫住了她。他生怕刚才自己绞尽脑汁想出来的安排,在看到式子痛苦表情的瞬间,一下子被打乱而可能招来致命的打击。此时,他不让司机注意,悄悄瞧了瞧汽车后视镜里自己的脸:胡子总是刮得干干净净,脸颊显得白净光滑,无框眼镜闪着光,眼镜后的眼睛和往常一样炯炯有神,可是整个面庞却是笼罩着阴影。银四郎推开车窗,像是要掸去这阴影似的,轻轻地摇摇头,把身体深深埋进车座里。

汽车横穿阪神国营公路,沿着武库川向前奔驰,在武库川医院前停了下来。银四郎下了车,审视似地望了望附近的人,然后疾步走进医院大门。他把头伸进传达室小玻璃窗口,问道:

"大庭式子的遗体放在哪里?"

"在三层四十五号病房。警察已检验完毕,遗体将马上移到太平间去。您要去看,得快去。"

一个中年事务员毫无表情地告诉银四郎,又用眼神指了指通往三层的楼梯。

楼梯充满消毒药水的气味。银四郎边登楼,边思忖警察验尸完毕一语的含义。这虽意味着警察对式子的自杀并不抱什么怀疑,但他仍感到一种异样而不安。他强装冷静地在走廊里走着。到了四十五号病房停住步,不敢敲,小心翼翼地推开了门。式子的遗体放置在床上,覆盖着白布,显得十分瘦小。富枝和希代坐在床两侧。看见银四郎,富枝默默地和他相视一眼,而希代则立即站起,走出病房。

银四郎走近床边，站着不敢掀开白布。他怕看到白布下式子那痛苦可怕的表情。富枝敦促似的望着他，他避开她的目光。于是富枝把手伸到式子脸上掀开那白布。银四郎不由得打了一个寒战，望着式子。可是式子脸上表情毫无痛苦，她的下巴好象埋在脖子上卷得厚厚的绷带里。面孔蜡黄，安静地闭着眼睛。银四郎突然感到胸部掠过一阵剧痛，悲痛心情油然而起。她虽是用剪刀刺进喉咙自杀，但却没有表现出痛苦。这种强忍着痛楚，以平静表情死去的女人，此刻却使银四郎不忍睹了。他那把式子逼上死路的残酷计谋，现在成了他恐怖的根源。他情不自禁地失去平静，几次往前倾倒。一阵激烈的痛苦过去后，他突然想起了警察验尸的结果和式子有无遗书的事了，于是他转向富枝。

"警察验毕了吗？"

他明知故问道。富枝试探地望了银四郎一眼，点了点头。

"一个小时前就结束了。要是在教室里死去，那就麻烦了，可能会被当作他杀，就要进行解剖什么的。老师是在医院，接受手术过程中咽气的，所以和他杀不一样，警察很快就检验完了。"

"她对把她送到这里的教师说了什么？或者留有遗书什么没有？"

他故作镇静地问。富枝略思片刻，说。

"没留下遗书。老师把自己的帽子和外套，穿戴在试衣用的模型上，然后用剪刀把模型剪碎，最后才用剪刀刺进喉咙的。老师为什么在朗贝尔时装展正取得成功之际，突然去死呢——老师蒙受了最大的损失呀！"

"什么？蒙受最大的损失？"

银四郎费解地望着富枝。

"是的,她损失最大。取而代之的伦子得利最多,葛美也将获到比现在更好的名利。我呢,以我名义所有的缝制工厂,这下完全归我了。大家各有所得,唯独老师,毕竟是良家闺秀,为人大方,憨直缺心眼,所以蒙受最大损失。"

说着,富枝从西装上衣口兜掏出一包用手帕裹着的东西。

"这是老师的项链,在她自杀地点拾到的,我要了。老师追悼仪式结束以后,我要离开学校,独立办我的缝制厂……"

好像是死者给她的纪念品似的,富枝紧握着式子的镶有钻石的翡翠项链,以一种强硬的目光,凝视着银四郎。

突然,他们感觉到走廊里有了嘈杂的人声,随即传来护士的高叫声。银四郎不由得一震,打开门往外看。有七、八个人像是新闻记者,在等候室前和护士争执。银四郎向富枝道:

"好像是新闻记者来了,我到等候室去应付他们。在这期间,你把式子移到太平间去。"

银四郎强作冷静吩咐毕,径自向等候室走去。

七八个记者中,有在时装展上见过面的K报社记者。他一见到银四郎,就走过来,故作亲昵道:

"我们刚从甲子园派出所来。请问大庭女士为什么突然自杀呢?现在离晚刊发稿只有一个来钟头,无论如何你得告诉我一些呀!"

这时拦住记者们的那位中年护士,转过身来板着脸,冲着银四郎道:

"你们打搅了别的病房,要谈就在这个房间谈。"

说着用手指着等候室旁的一个小房间。

这是一间空房,到处是灰尘,角落里堆着折叠床和椅子。银四郎走进房间后,为了不被人们看出他表情的微妙变化,背着从窗户照进来的光线站着。K报社记者又走到银四郎身旁:

"昨天东京朗贝尔时装展取得如此之大的成功,一个处于幸福绝顶的人却突然死去,这种自杀是普通常识所难以想象的,甚至可以认为是他杀。可是据说送到医院后,在有医生在场的情况下才死去。警察验尸结果在鉴定书上写的是自杀。所以,大家都说,毫无疑义是自杀。您和大庭女士常在一起,关于她回大阪的事,您难道真不知道吗?"

K报社记者们一股劲地问,语调也显得不大客气。银四郎用心听着,眼睛故意眨了几下,装作沉思的样子。

"我因有涉外事务,在外奔波;而随去东京的她的两个学生也忙于时装展幕后的事。因而,直至今早我们还不知其去向。接至大阪来的电话时,我才大吃一惊,乘飞机赶回来的。"

"如果是昨天时装展结束以后走,那么是乘晚班车回大阪的了。她究竟为什么单独一人特地跑回大阪呢?这一点您……"

"关于这一点,我也毫无所知。原以为她会留下遗书什么的,找的结果,什么都没有。为此我们感到茫然,不得其解。"

说着,银四郎故意压低声音,悄然地缩着肩膀。

"问句失礼的话,除了作为助手的您以外,大庭女士身边还有她更接近的人吗?"

一个戴着眼镜的年轻记者问。银四郎一时语塞,少停,答道:

"我是她最接近的人。我一直知道院长公私各方面的事。"

"那么,大庭女士在工作之外,你认为她有什么烦恼的事,可能成造自杀原因呢?譬如,深刻的两性关系或者爱情纠纷等。"

年轻记者眼镜里闪烁着光,紧追不放。

"大庭院长在这些方面并没有什么令人感到异常的地方。像她那样孜孜不倦,一心干事业的人,可以说是很少有的。在我看来，造成她自杀的原因，恐怕就是朗贝尔时装展。"

"怎么？朗贝尔时装展？现在正取得成功的朗贝尔时装展？……这怎么能和她自杀联在一起？"

记者们一下子都面露紧张神色。银四郎终于感到他们的提问正中下怀了。

"实际上，大庭院长在组合朗贝尔纸样的过程中，被朗贝尔纸样所特有的复杂的立体感所迷恋，嘴里不断念叨着。若能设计出一套杰·朗贝尔那样的纸样，死了也好。之后在东京时装展时，她时常表现出若有所思的神情。东京时装展开幕之后，她突然莫名其妙地产生了脱离同伴的念头，一个人仓促回到大阪。在自己学校的教室里，她大概再次被朗贝尔纸样的幻影所捉弄，一个人站在服装模型前，给模型穿戴打扮起来。在拿着剪刀的时候，突然发作性地想到了自杀——但是，自始至终，乃至生命最后一刻，她还站在模型面前，进行设计构思。在设计中死去，作为一名女时装设计师，她死得是何等壮丽……"

银四郎一边说着，一边望着记者们。

他们一个个面露感动的神情，紧握铅笔，吵吵地写着。于是他想：今天晚报上关于式子死亡的报道，将被蒙上一层浪漫的神奇色彩了。他收起眼镜下泛起的微笑，情不自禁地把目光转向房门处，忽然他看到曾根站在那里。曾根不知是什么时候来的，正一动不动地望着银四郎。

记者们急于回去发稿，采访一结束，都急急忙忙走出房间，而曾根还站在门旁，一动不动地直瞪着银四郎。银四郎感到异常狼狈，但却佯装平静，走近曾根。

"没想到你来采访了，来了有一会儿了吧？"

他亲昵地问。曾根板着脸孔点了点头。

"星期天到报社，他们说大庭式子突然自杀，说我和他在时装展等场合见过面,所以让我直接来这里。并说社会部的记者,就不必去采访警察了。"

说着,曾根怒视银四郎,接着道:

"式子果真如你所说的是迷上了朗贝尔纸样而突然发作性地自杀吗?我是不相信的。从他过去对待朗贝尔纸样的态度看,纸样是不会成为她自杀原因的。"

"那么,你说她自杀的原因是什么?"

银四郎冷冷地问。

"我不知道!不过我觉得,她如果有什么非得以死来对付的话,那绝不是朗贝尔纸样,而是她身边更现实的问题。譬如,她可能不是一个想当什么名时装设计师,办什么名噪一时的时装展,作为自己人生目的的人。她追求的可能是别的东西,而你却强迫她卷进了充满竞争的服饰事业中去,你摆布了她,使她失去了独立性。她身心感到疲惫、厌倦,甚至无法生活下去了。她为什么一个人回到大阪?如果说要死,什么地方都可以死嘛。她之所以回到大阪,回到甲子园,是因为她在你导演的所谓豪华的舞台上,已经疲惫不堪,忍无可忍,才想独自回到曾经在这里开始工作而给她留下安静记忆的地方。所以,如果说有什么非得以死来对付的话,可能你就是把她逼到这步田地的罪魁……"

蓦地曾根停住话头,用锐利的目光凝视银四郎。银四郎禁不住浑身发热了,但他马上绽出笑脸道:

"你说得如此偏激,好像是我杀死她似的。可是,她为了成为一个名时装设计师而全力奋斗,对这次朗贝尔时装展也倾注了异常的热情。这是她周围的人所有目共睹的事实,不是我杜撰的。其证据……"

银四郎正要喋喋不休地往下说,曾根毫不留情地打断他,郑重地问：

"通知白石先生了没有？"

银四郎默默地摇摇头。

"为什么不通知白石先生呢？你应该在东京出发来大阪之前就通知他。死者希望最先来到这里的，不是你和我，可能是白石教授……"

曾根声音颤抖着，他好像强忍什么似的闭了口。银四郎以试探的目光，望着曾根的侧脸，扫了一眼手表道：

"你来得及给晚报发稿吗？已经快两点了……"

他想催促曾根快点离开。

"我不像别的报纸记者那样，被你的胡言巧语所迷惑，原原本本报道你的话，给式子的死蒙上一层神奇的色彩。你这样把式子的死公然加以渲染进行宣传，说明你已失去了一个正直人所应有的良心。你不是人！"

曾根怒斥银四郎，怒气冲冲地转过身拉开了门。

曾根走了以后，银四郎在这满是灰尘的房间里站了一会儿，然后穿过没有人影的走廊，回到原来的病房。他推开门，式子遗体已被移走，房子陡然显得空荡荡了。周围是这样空旷、阴冷。在银四郎应付新闻记者时，是富枝和值勤室联系，把式子遗体运走的。刚才式子遗体躺着的上面盖着白布的床，现在只剩上一块旧草垫。银四郎的大衣，可能是富枝叠的，放在草垫上。

银四郎慢慢走到床边，他感到极度疲乏。自从听到式子自杀之后，他心里一直绷着一根不安和紧张的弦，现在这根弦开始松弛了。他一骨碌躺到旧草垫上，闻到一股潮湿发霉的气味。他觉得这里面含有式子遗体的尸腥味，于是刹那间一阵恐怖向他袭来，不由得想站起身来；瞬间他又像为了驱除恐怖似的，翻过身，对着天花板，发出一阵狞笑。

现在再也不必担心被指控为胁迫导致自杀罪了，也不必担心真相会被新闻记者揭发出来了，那么，我还怕什么呢？是怕白石教授知道式子自杀的真相吗？但是白石教授是一个力避烦扰以求清静的人，即便知道真相，也怕被卷进事件的漩涡。那么，我还怕什么呢？难道能因一个人的死而使自己感到恐怖吗？

是我给她争得了女人的勋章——名声和财富，使她那女人的虚荣心得到了满足。可以说，我的买卖是在制造女人的勋章，又将之佩戴在女人的胸前。大庭式子即使不满意自己胸前的勋章，大可不必去死呀，不满意可以摘下来。可她不，却简单地去死！对于这样的死，我没有任何责任。她遗留下来的学校法人、圣和服饰学院，我继承下来。这回让伦子代替式子，象利用式子那样地利用伦子女人的虚荣心，再往她的胸前佩戴女人的勋章。

银四郎伸手看了一眼手表。今日五时开始的第二次朗贝尔时装展已经开始。此时，取代式子的伦子，该站在东京那豪华的舞台上致辞了吧。伦子在对式子之死的惊愕中，很快就能平静下来，像压根儿没有发生过什么事情似的，她一定会做出精彩的表演。

突然，背后，门响了一声，开了。回头一看，在约十厘米宽的门缝下，扔着一份晚报。这好像是给各个病房发报纸的人发错了，塞进了这个门缝，被从走廊窗户吹进的风吹了进来。银四郎拾起报纸：

《迷上朗贝尔的名时装设计师之死》

晚报社会版印着这个大标题，并登有式子盛装的半身照片。文章津津乐道地介绍了式子如何迷上朗贝尔纸样，如何在模型前用剪刀自殉死去。作者好似目击者，介绍得煞有介事。果然，像银四郎所希望和导演的那样,式子之死被蒙上了一层神奇浪漫的色彩。她的死更使朗贝尔时装展,被渲染得天花乱坠、耸人听闻了。

银四郎像获得猎物的狗,眼睛闪烁着残忍而喜悦的光彩,嘴边浮现出得意的微笑。他把手伸进上衣口兜,取出随身携带的折叠尺,放在报道式子自杀的文章上。他算计着如果每一公分文章需要四千五百元的话,该换算成多少广告费,于是银四郎把眼镜靠近塑料折叠尺,仔细地看着尺上红色的刻度。